ASNO DE OURO

APULEIO

Asno de ouro ou Metamorfoses

Introdução, tradução e notas de
Gilson Charles dos Santos

MNĒMA

Título original: *Asinus aureus*

Editor	Marcelo Azevedo
Direção da coleção	Alexandre Hasegawa
Edição e produção	Felipe Campos
Direção de arte	Jonas de Azevedo
Projeto gráfico e capa	Marcelo Girard
Preparação	Alex Mazzanti Jr.
Revisão técnica	Alexandre Hasegawa
Revisão final	Felipe Campos
Diagramação	Johnny Dotta

Dados Internacionais de Catalogação na Publicação (CIP)
(Câmara Brasileira do Livro, SP, Brasil)

Apuleio
Asno de ouro / Apuleio ; introdução, tradução e e notas de Gilson Charles dos Santos. -- 1. ed. -- Araçoiaba da Serra, SP : Editora Mnēma, 2025. -- (Biblioteca monumenta ; 9)

Título original: Asinus aureus
ISBN 978-65-85066-22-8

1. Literatura latina I. Santos, Gilson Charles dos. II. Título. III. Série.

25-284015 CDD-870

Índices para catálogo sistemático:
1. Literatura latina 870
Aline Graziele Benitez - Bibliotecária - CRB-1/3129

Editora Mnēma
Alameda Antares, 45
Condomínio Lago Azul – Bairro Barreiro
CEP 18190-000 – Araçoiaba da Serra – São Paulo
www.editoramnema.com.br

Sumário

Introdução

1. APULEIO: VIDA E OBRA

Nascido no Norte da África, provavelmente na comuna de Madauros (atual M'Daourouch, Argélia) após o ano 120 EC, Apuleio deixou, em alguns de seus discursos oratórios, informações pontuais sobre sua trajetória de vida. Nós o conhecemos como o autor do *Asno de ouro* ou *Metamorfoses*, aqui traduzido em edição bilíngue, mas o próprio autor se apresenta como um talento produtivo, erudito e multifacetado: cultivou o romance, a poesia, a geometria, a música, a dialética e a filosofia em geral.[1] Além do *Asno de ouro*, anteriormente traduzido em português brasileiro por Ruth Guimarães em 1963, por Sandra Braga Bianchet em 2020, e em português lusitano por Delfim Leão em 2007, possuimos também a tradução que Paulo Alcoforado realizou em 2023 do tratado de lógica elaborado pelo madaurense, intitulado *Sobre a interpretação* (o mais antigo que temos em latim sobre o assunto). De sua farta produção também herdamos o discurso judiciário proferido em sua própria defesa contra o grave crime de prática de magia (*Apologia* ou *Em sua própria defesa sobre a magia*) e uma antologia de discursos epidíticos sobre temas variados, denominada *Florilégio*. Existem, ainda, textos filosóficos seus sobre o platonismo (*Sobre o deus socrático*, *Sobre o universo*, *Sobre a doutrina de Platão* – havendo quem julgue o *Sobre a interpretação* como o terceiro capítulo desse último) e um tratado hermético de atribuição duvidosa, de nome *Asclépio*. De sua poesia, contudo, nada restou.

Apuleio provém de família aristocrática, tendo iniciado seus estudos em Cartago e, depois, seguido para Atenas. Daí, realizou viagens por

1 Apuleio, *Florilégio* 20.

todo o território grego[2] e especula-se a possibilidade[3] de ter vivido em Roma entre 145 e 152, o que não basta para explicar a lacuna sobre sua vida e sua produção até a metade da década de 150. Foi por essa época que Apuleio se casou com a viúva Emília Pudentila, mãe de um antigo colega de classe em Atenas, chamado Sicínio Ponciano, a qual veio a falecer logo depois do enlace matrimonial. Pouco mais tarde, por volta de 158, foi acusado de uso de magia para seduzi-la, em um processo detalhado na *Apologia*. Parece ter sido absolvido, porque as últimas informações biográficas que temos dão conta de sua popularidade como orador, mestre de retórica e conferencista em Cartago, onde redigiu o *Asno de ouro* possivelmente na década de 160.

À primeira vista, poderíamos pensar que Madauros, à época de Apuleio, caracterizava-se como uma região administrativa do império completamente romanizada, a exemplo das cidades italianas. No entanto, hoje sabemos que pelo menos três quartos dos magistrados madaurenses ainda empregavam sobrenomes púnicos, sinal de que não estavam totalmente integrados ao mundo romano. Apesar de fundada como uma colônia de militares veteranos durante o período flaviano, Madauros já era habitada desde muito antes por tribos nativas que, como seus vizinhos cartagineses, utilizavam o púnico como língua oficial. Há notícia, porém, de que a colônia recebesse o planejamento urbano típico de cidades romanas, com fórum, ruas e avenidas perpendiculares, templos, basílicas, pórticos e teatro (de tamanho bastante modesto, o que sinaliza uma população reduzida).[4] Além disso, parece ter sido um centro de atividades educacionais, pois foi onde Agostinho de Hipona, quase duzentos anos depois de Apuleio, concluiu seus primeiros estudos antes de seguir para Cartago.[5]

2 Apuleio, *Florilégio* 15.

3 Coarelli *apud* Gaisser (2008: 17 n. 5).

4 Uma descrição bastante completa do espaço geográfico e do perfil da população de Madauros pode ser encontrada em Bradley (2012: 143 ss.), que aqui resumimos.

5 Agostinho, *Confissões* 2.3.5.

Trata-se, sem dúvida, de uma comunidade culturalmente complexa. Nela, Apuleio pode ter desempenhado um papel conciliador por introduzir a seus conterrâneos a filosofia grega e as Letras latinas. Pode, ainda, ter sido o expoente máximo da *Romanitas*, atuando como transmissor de elementos culturais e valores romanos para a população local, de origem autóctone. De toda forma, como lembra Adriane Duarte, Apuleio é, sob vários aspectos, uma exceção.[6] Sua singularidade vai além de ter escrito o único romance latino que chegou inteiro aos nossos dias; por ter dados biográficos espalhados em sua produção retórica; por ter sido lido e comentado já na Antiguidade; por instaurar uma tradição picaresca *avant la lettre* de pouca repercussão na literatura em língua portuguesa, mas espetacularmente ampla na Inglaterra de Chaucer, na Itália de Boccaccio e, especialmente, na Espanha do *Siglo de Oro*. Apuleio é, antes de tudo, um cosmopolita, educado em, pelo menos, três ambientes culturais diferentes (cartaginês, romano e grego) e para quem a fala ordenada já era um sinal de distinção social em termos de erudição e refinamento – e, por isso mesmo, podia e devia ser objeto de ostentação.

Nisso diferenciam-se acentuadamente criador e criatura. Instigados pelas informações biográficas espalhadas nos discursos oratórios de Apuleio e pelo emprego da primeira pessoa no *Asno de ouro*, é comum nos sentirmos à vontade para associar o Lúcio da narrativa ao autor do romance, principalmente pela autoapresentação registrada nos dois primeiros parágrafos do Livro 1. Aliás, *Lúcio* Apuleio é o nome completo que não poucas edições do *Asno de ouro* trazem para identificar seu autor. No entanto, ao passo que as atitudes de Lúcio oscilam entre a credulidade e a franca estupidez, Apuleio se apresenta como um homem culto tanto na *Apologia* como no seu *Florilégio*. Além disso, não existe qualquer indício sério de que as aventuras de Lúcio de alguma forma ressoem experiências pessoais do escritor. Por fim, Lúcio é um aristocrata de origem grega, que aprendeu a duras penas o latim para se iniciar na vida pública, o que não vale para Apuleio.

6 Duarte (2019: 7).

Reconheça-se, porém, que o jogo de identidades é parte da graça da narrativa.[7] Afinal, se os dois parágrafos iniciais do Livro 1 se propõem a despistar alguma semelhança entre o autor da obra e o protagonista, uma pequena passagem do Livro 11 (o último!) poderia muito bem nos devolver à estaca zero. Diz o texto (grifo nosso):

> sem tardar, reparei em um dos pastóforos que, além do sinal no pé, correspondia também na altura e no porte à imagem do sonho. Descobri que seu nome era Asínio Marcelo, nome que tinha tudo a ver com a minha metamorfose. Sem hesitar, me aproximei dele, que não ignorava o que eu iria dizer, porque já havia sido avisado anteriormente sobre o mesmo procedimento da iniciação nos rituais sagrados. De fato, na noite anterior ele também tinha tido um sonho: enquanto ajeitava coroas de flores para o deus, ouviu de seus lábios, com os quais ditava o destino de cada um, *que lhe seria enviado um cidadão madaurense, homem muito pobre, a quem deveria imediatamente conferir o sacramento, pois sua Providência concederia àquele homem a glória nos estudos das Letras*, e a ele próprio um grande lucro (*Asno de ouro*, 11.27).

A essa altura, Lúcio não mais contava com os recursos necessários para dar continuidade aos rituais de iniciação ao serviço de Ísis quando vê um sacerdote (pastóforo) que poderia ajudá-lo. O sacerdote lhe relata um sonho no qual ouvira, dos lábios de Osíris, que um cidadão de Madauros iria procurá-lo a mando do próprio deus, de quem receberia, como um dom, a glória nas Letras. O leitor atento terá percebido que o madaurense do sonho da noite anterior pode ser o mesmíssimo Apuleio, materializado em Lúcio na manhã seguinte.

Separemos, porém, os elementos de tal sincronia em dois planos distintos: na narrativa, o madaurense é um homem muito pobre, que assume a figura de Lúcio diante do pastóforo; na realidade, Apuleio foi

7 O jogo de identidades é objeto de várias obras sobre Apuleio, das quais destacam-se os estudos de Griffiths (1975), Winkler (1985), Schlam (1992), Harrison (2004), Kahane & Laird (2005), Gaisser (2008) e Bradley (2012).

um aristocrata provincial, e Lúcio permanece sendo um personagem. Uma forma pioneira de autoficção, talvez? A realidade relega ao lugar da imaginação e ao talento do autor tanto o sonho como a sua continuação no plano narrativo, e nisso reside a armadilha de uma leitura biográfica do *Asno de ouro*. O certo é que o procedimento básico de sua composição é a *mistura*, resultando no que Bakhtin chamará de *romance antigo de aventuras*, pertencendo o *Asno de ouro* à vertente cômico-realista (na definição de Adriane Duarte),[8] o que pretendemos apresentar a seguir.

2. ANTECEDENTES

É ponto pacífico hoje em dia considerar a obra *Lúcio ou O Burro*, atribuída a Luciano de Samósata (ca. 125–181), como fonte do romance de Apuleio. Motivo de debate, porém, é a fonte da obra de Luciano. Fócio, Patriarca de Constantinopla (séc. IX EC) menciona[9] ter lido, com gosto, umas *Metamorfoses* compostas por certo Lúcio de Patras, que serviram de mote para a versão de Luciano – esta condensada em um livro, aquela em vários. A questão, no entanto, se refere à possibilidade de que a versão de Lúcio de Patras tenha sido posterior à de Luciano, o que poderia sugerir (e há quem encontre inclusive citações nos primeiros parágrafos do Livro 1 do *Asno de ouro*)[10] alguma relação entre Apuleio e Lúcio de Patras. Sem adentrar na polêmica (porque insolúvel até este momento, já que a obra de Lúcio de Patras não chegou a nós, e sim apenas o resumo de Fócio), é possível concluir o óbvio: a história do jovem transformado em asno por bruxaria e as diversas aventuras que viveu até retornar à forma humana havia sido bastante popular desde antes de Apuleio, visto que dela restaram pelo menos dois relatos e um resumo produzidos em locais e línguas distintas (grego e latim).

Tal como em Apuleio, a versão de Luciano de Samósata também é escrita em primeira pessoa e traz boa parte dos episódios também presentes no *Asno de ouro*, com exceção do Festival do Riso (Livros 2–3), da

8 Duarte (2020: 13).

9 *Biblioteca* cod. 129 apud Magueijo (2012: 20).

10 Caso de Harrison & Winterbottom (2005: 11).

história de Psiquê e Cupido (Livros 4–6), da conversão de Lúcio em sacerdote de Ísis (Livro 11) e de vários relatos menores enxertados na versão latina. O leitor interessado em uma comparação entre as duas obras encontrará na tabela abaixo as seguintes equivalências:

Lúcio ou O Burro		*Asno de ouro*
1–3	Chegada de Lúcio a Hípata. Recepção de Hiparco[11]/Milão.	1.2, 21–4, 26
4	Advertência de Abreia/Birrena sobre a esposa de Hiparco/Pânfila.	2.1–3.5
5–10	Intriga com Palestra/Fótis.	2.6–7, 10, 15–17
11–15	Metamorfose de Lúcio.	3.19–26
16–26	Lúcio e os bandidos.	3.28–4.5, 7–8, 22–23, 6.25–32
26–27	Captura dos bandidos. Lúcio escravizado. Lúcio salvo pela donzela cativa/Cáris.	7.12–14
27–28	Aventuras no pasto e no moinho.	7.14–16
29–33	O rapazinho infame. Ameaça de castração.	7.17–23
34	Morte da donzela cativa/Cáris e de seu amado. Fuga.	8.1, 8.15
35–41	Chegada a Bereia/cidade populosa e rica. Lúcio é vendido para Filebo. Encontro com os sacerdotes.	8.23–9.4, 9.8–10
42	Lúcio e o moleiro.	9.10–11

11 Na designação de personagens e cenários, seguimos a tradução de *Lúcio ou O Burro* feita por Custódio Magueijo.

43–45	Lúcio e o hortelão.	9.32, 9.39–42
46–47	Lúcio e os irmãos cozinheiros.	10.13–16
48–52	Lúcio e Ménecles de Tessalônica/Tíaso de Corinto.	10.16–23
53–55	Jogos/espetáculo. Lúcio recobra a forma humana.	10.34–35

Tabela 1. Equivalências entre *Lúcio ou O Burro* e *Asno de ouro*, apresentadas por Kenney (2004: 215).

Não por acaso, logo no início do romance o narrador informa que está começando uma "história à grega" (*fabulam Graecanicam incipimus*):[12] se seguida a lição de Varrão,[13] o adjetivo *Graecanicus* refere-se ao que é *híbrido*: origem grega, uso latino. Dessa forma, o *Asno de ouro* constitui, ao mesmo tempo, a **tradução** e a **adaptação** de um original grego destinadas a um público distinto, por ser falante da língua latina e cujo gosto motivou a ampliação do número de episódios sem a promessa de mais nada além de entretenimento.

Duas são as características essenciais desses episódios: magia e erotismo,[14] o que justifica o "colóquio em estilo milésio" (*sermone isto Milesio*)[15] expresso pelo narrador na abertura do romance, já que teria sido Aristides de Mileto (séc. II AEC) o precursor de narrativas curtas contendo essas particularidades.

Além disso, tais episódios neutralizam o que poderia ser a desgraça de Lúcio, pois, embora transformado em asno, o protagonista perde apenas o dom da fala (o que lhe renderá o envolvimento em situações particularmente divertidas): de resto, são resultado do que Lúcio vê, ouve, aguarda, anseia ou repudia – seus sentidos ficam aguçados. Até mesmo sua racionalidade se mantém – limitada, porém, à contingência da vida

12 Apuleio, *Asno de ouro* 1.1.

13 Varrão, *Sobre a língua latina* apud Harrison & Winterbottom (2005: 15).

14 Duarte (2020: 12).

15 Apuleio, *Asno de ouro* 1.1.

como sucede a qualquer ser humano. Com efeito, o que marca a trajetória de Lúcio como asno é a teimosia, que se manifesta na renitência em aprender com a experiência alheia.

Forma e conteúdo do romance são amálgama, *mistura*, de origens e propriedades distintas: fórmula grega vazada em língua latina acerca de um ser humano metamorfoseado em burro, com traços do caráter de uma e outra espécie animal. A mistura, além do efeito imediato da ampliação do público, tem outro efeito sobre a narrativa: o de permitir ao protagonista testemunhar eventos e situações que, caso mantida a sua forma humana, ele jamais poderia vivenciar impunemente.

3. GÊNERO

O gênero latino em que os costumes de um determinado indivíduo ou grupo são alvo do comentário pessoal de um observador-testemunha é a sátira. Quintiliano[16] a descreve como sendo "toda nossa", isto é, de tradição romana, em contraposição à elegia (por exemplo), que é de origem grega. Ao apresentar Lucílio, o pioneiro no gênero, Quintiliano menciona, como seus qualificativos, a erudição admirável (*eruditio mira*), a franqueza de expressão (*libertas*) e, a partir delas, a aspereza (*acerbitas*) e a "abundância de sal" (*abunde salis*): disso se pode depreender que, na sátira, emprega-se o vocabulário cotidiano, primando-se pela clareza no tratamento dos temas e pela mordacidade.

Sátira e comédia (sobretudo a chamada "Comédia Nova", do período helenístico) são gêneros confins, dirigidas ambas a pessoas comuns, que possuem falhas morais e se submetem, por conta disso, ao ridículo, o qual consiste naquilo a que as pessoas estão sujeitas quando contrariam normas de comportamento ou regras tidas como aceitas socialmente – ou seja, trata-se de uma questão de adequação ou decoro (*decorum*) nas palavras e na maneira de levar a vida. É o que acontece com pessoas mais velhas que não sabem como empregar a sabedoria (espera-se) derivada da experiência da vida (o "velho tolo" será mote de obras

16 Quintiliano, *Instituição oratória* 10.1.93.

dos períodos mais diversos, seja em Plauto, seja em Gil Vicente); com os rapazes, suscetíveis à paixão arrebatadora e resistentes aos trabalhos duros da vida militar; com pessoas de origem simples que se comportam como aristocratas (o esnobismo sempre gerou ótimas situações para a risada franca, e Monsieur Jourdain, Doña Florinda e Hyacinth Bucket estão aí para provar); ou ainda com os escravos que demonstram mais inteligência do que as esperadas habilidades manuais. Contudo, ao passo que, na comédia, as falhas morais são superadas no *happy ending* pela conciliação dos bons e a punição dos maus, na sátira prevalece a risada sardônica, cuja maledicência motiva a aprendizagem a partir das mazelas morais para evitar novos erros. É o "sal" a que se refere Quintiliano.

A sátira admite tanto o verso como a prosa. O modelo estabelecido por Lucílio, em verso, influenciou poetas como Horário e Pérsio (Juvenal veio logo depois), aos quais Quintiliano se refere como "[poetas] que hoje são famosos e serão citados pelo nome no futuro";[17] existe, contudo, uma segunda vertente, que combina verso e prosa e tem como predecessor o erudito Terêncio Varrão, autor do famoso tratado *Sobre a língua latina*. É essa segunda vertente que vai se misturar ao romance grego de aventuras, exemplificado tanto pelo *Satyricon* de Petrônio como pelo *Asno de ouro*.

Aliás, o próprio romance grego de aventuras manteve com a épica homérica um diálogo rico e profícuo. Afinal, a sucessão de aventuras que o protagonista do romance vive atualiza, em menor ou maior nível, a peregrinação de Odisseu em retorno a Ítaca. Não faltam aí as intervenções divinas e o elemento maravilhoso, mágico ou místico, amplificado na épica latina pelo modelo histórico de Lucano. No caso específico do *Asno de ouro*, não falta sequer o caráter unitário do enredo principal, que, por questões de decoro, não pode retroceder aos antecedentes e se deter nas causas da ação, sob pena de enfastiar o leitor.

Bakhtin (2002: 238) chama a atenção para esse traço do gênero romance; afinal, ele não se desenvolve num "tempo biográfico", restrin-

17 Quintiliano, *Instituição oratória* 10.1.94: *Sunt clari hodieque et qui olim nominabuntur.*

gindo-se a momentos excepcionais da vida humana, fora do comum, e que merecem o registro pelo impacto que produzem no caráter do protagonista. O romance, portanto, "dá duas ou três imagens diferentes do mesmo homem, unidas e desunidas por suas crises e regenerações" (Bakhtin 2002: 238). O que garante a construção dessas imagens é a sucessão de acasos ou as demonstrações do poder da Fortuna sobre o protagonista, sobre a evolução ou as etapas do enredo desde a situação inicial até a conclusão e, por fim, sobre a própria existência humana. Daí que a Fortuna desempenha a função essencial de contrariar as expectativas do protagonista, alongando o conflito e estendendo o quanto possível o entretenimento.

Isso nos devolve à relação entre o romance de aventuras e a *Odisseia*: em ambos, o protagonista passa da má fortuna para a boa, sendo o final feliz um produto da superação que o herói consegue após longos embates contra as adversidades, travestidas pela fúria de um deus ou pela simples ação do acaso. O próprio Apuleio aponta essa relação, quando diz:

> Não foi sem motivo que o divino criador da antiga poesia dos gregos pretendeu, ao lhe exaltar as mais excelsas virtudes, eternizar o *herói astucioso* que *muitas cidades dos homens viajou, conheceu seus costumes*; pois eu também guardo a grata lembrança do asno que fui, uma vez que, depois de estar na pele dele e passar por diferentes situações, se não me tornei mais sábio, pelo menos me vi mais astucioso (*Asno de ouro*, 9.13).

Portanto, o romance de aventuras, em sua vertente cômico-realista, pode ser definido como uma narrativa mista, cuja fórmula é composta pela passagem do protagonista de uma fortuna boa para uma ruim e, em seguida, de uma fortuna ruim para uma boa. Contudo, ao enredo principal soma-se uma variedade de episódios que, além de entreterem o leitor e suspenderem o efeito da fortuna sobre a vida do herói, servem de modelo para a observação dos costumes humanos, conforme esperado da sátira.

4. COMPOSIÇÃO

A sátira, porém, compartilha fronteiras tanto com a comédia como com a filosofia. Afinal, das três divisões clássicas desse campo do saber (física, lógica e ética), a sátira trata especialmente de temas éticos.

Há vários pesquisadores que contrastam os primeiros dez livros do *Asno de ouro* com o último. De fato, no Livro 11, temos a iniciação de Lúcio nos mistérios de Ísis, numa jornada marcada pelo *(auto)conhecimento*. Já nos dez primeiros livros, há basicamente a coletânea de episódios dos quais Lúcio, em termos muito gerais, é espectador – sua relação com eles é a de *curiosidade*. Neles, Lúcio perde a forma humana; porém, no Livro 11, ele a recupera. Tal contraste serve de ponto de partida para o debate sobre a unidade narrativa do *Asno de ouro*, bem como de sua relação com a filosofia de Platão e a chamada Segunda Sofística, em voga nas Letras quando do surgimento da obra.

Dowden (2006: 58 ss.), citando Irene de Jong, sugere que o início do *Asno de ouro* tenha seguido o modelo de *cena* à maneira da introdução dos diálogos platônicos, em que dois ou três amigos se encontram em momento propício, mas fortuitamente, e passam rapidamente dos cumprimentos ao debate sério. Lembra, em seguida, que a sátira latina em verso também possui natureza dialógica, já que um dos interlocutores toma a palavra para censurar os maus costumes. Por fim, analisando os episódios de Lúcio e Fótis, de Psiquê e Cupido e o de Cáris e Tlepólemo, defende que o *Asno de ouro* possui estrutura análoga ao *Banquete* platônico no que diz respeito às digressões (episódios) sobre a(s) natureza(s) do amor.

O ensaio de Dowden permite especular que a convergência entre sátira e filosofia platônica justificaria a unidade da obra, já que o Livro 11 trataria de uma forma ideal de amor, representada pela ascese religiosa e o alcance da divindade pelo conhecimento. A metamorfose de Lúcio seria, portanto, dupla: a de Lúcio em asno e a de Lúcio em sacerdote, sendo que, nessa última, Ísis desempenharia, tomadas as devidas precauções que separam romance antigo e diálogo filosófico, o mesmo papel de Sócrates no *Banquete*. Ideia semelhante é retomada no ensaio de Claudio Moreschini, para quem o platonismo no *Asno de ouro* está resumido a dois conceitos fundamentais: 1. o caos e a irracionalidade da vida não-filosófica, material, transformam o ser humano em presa das vontades; e 2. a verdadeira felicidade reside no conhecimento, que aproxima o ser humano da divindade.[18] Se os primeiros dez livros do *Asno do ouro* exemplificam a regra um, o Livro 11 ilustra a regra dois, como uma espécie de moral da história que irmana sátira e filosofia.

Já o artigo de Van der Stockt (2012) retoma algumas análises do *Asno de ouro* que relacionam o Livro 11 ao tratado de Plutarco *Sobre Ísis e Osíris* tanto para defender a impossibilidade de se construir uma ponte intertextual entre os dois autores (apesar da referência de Lúcio ao parentesco com o filósofo já na introdução do romance, reiterado posteriormente pela personagem Birrena, no Livro 2) como para contestar uma possível finalidade místico-filosófica numa obra que explicitamente se propõe a *divertir* o leitor. A unidade narrativa, aí, não seria de natureza temática, mas essencialmente formal: se, ao fim e ao cabo, a coleção de episódios culminados pela(s) metamorfose(s) do protagonista tiver divertido o leitor, sua unidade estará garantida e sua função, cumprida.

O mesmo princípio é defendido por Harrison (2012: 74) pela constatação de que o caráter do protagonista e sua forma de narrar não se alteraram no Livro 11 com relação aos livros antecedentes. Além disso, Harrison reconhece uma dissonância entre Apuleio (o autor) e Lúcio, na medida em que o papel da filosofia (ou da magia...) na vida do primeiro, objeto da *Apologia*,[19] não encontra paralelo sério na vida do segundo. A oratória nos relembra que Apuleio foi um aristocrata provincial, e a narrativa, que Lúcio é somente personagem. Não há espaço suficiente para a filosofia ou para a religião no *Asno de ouro*, porque a ficção contradiz a realidade do autor e a realidade reforça o caráter ficcional do protagonista.

As duas correntes chegam a conclusões diferentes por defenderem perspectivas diversas sobre o Livro 11; afinal, se os elementos biográfi-

18 Moreschini (2015: 74).
19 Cf. Apuleio, *Apologia* 55.8.

cos de Apuleio não são encarados como fonte de inspiração desse último livro, então a unidade da obra estaria justificada pelo cumprimento de uma só tarefa em toda a obra: a de *divertir*. Tendemos a concordar com essa interpretação. Primeiro porque, com exceção da introdução do *Asno de ouro* e de diversas passagens que explicitam a tarefa a ser cumprida durante a obra, o procedimento-padrão de composição adotado pelo autor é o de "mirar a verdade, mas errar a pontaria", nas palavras de Winkler (1985: 185). Ou seja, Apuleio não poupa esforços para despistar o leitor quanto a qualquer conclusão definitiva sobre seu *status* social, sua autoridade ou sua integridade.[20] Segundo, porque percebemos no *Asno de ouro* uma série de convenções de gênero que conformam o romance de aventuras com elementos importantes da comédia e da sátira. No *Asno de ouro* existe lugar apenas para estalajadeiros, senhoras de família nada decentes, velhos avarentos, escravos, bandidos e bruxas malvadas e impudicas. Os cenários dos episódios são matas fechadas, cavernas, saunas e banhos públicos, festivais populares, estábulos e cocheiras, *bas fond* onde é possível ver circulando personagens da vida social romana que só teriam direito de voz naqueles gêneros (e, mesmo assim, com ressalvas).

Uma só tarefa a ser cumprida, mistura de gêneros: são essas as fronteiras que delimitam o romance antigo, cuja composição prevê o encadeamento de episódios de amor e aventura para serem lidos "após o almoço" (como Pérsio[21] sugeriu que se fizesse com *Calírroe*), unificados pelo poder da Fortuna sobre o presente e o devir dos homens.

20 Winkler (1985: 185) diz "pointing at the truth but missing the point": procedimento de composição que deixa em aberto qualquer informação biográfica do autor que possa determinar ou contaminar a compreensão da obra. Trata-se de um expediente muito comum na poesia lírica, haja vista os exemplos das(os) musas(os) e amadas(os) de Catulo, Propércio e Tibulo.

21 Pérsio 1.134 *post prandia Callirhoen do*, "após o almoço leio *Calírroe*", em menção ao romance *Quéreas e Calírroe*, de Cáriton de Afrodísias. Diz isso porque, enquanto as atividades judiciais e políticas tinham lugar pela manhã, a tarde era devotada ao lazer e ao descanso, cabendo-lhe atividades de "menor importância", como a leitura de romances.

5. SOBRE ESTA TRADUÇÃO

A presente tradução foi realizada a partir da edição de J. Arthur Hanson para a *Loeb Classical Library* (Hanson 1989; 1996) e largamente inspirada pela versão espanhola de Diogo López de Cortegana, datada de 1515 e ainda em circulação nos países hispano-falantes pela altíssima qualidade.

Explico: Cortegana percebeu que o linguajar comum de sua época se aplicava melhor ao entretenimento proposto na narrativa por Apuleio do que a obediência escrupulosa às estruturas sintáticas latinas, que já naquela época poderiam parecer complicadas a ponto de comprometerem não só a diversão do leitor, mas inclusive a própria compreensão da obra. Inspirado por ele, adaptei o latim de Apuleio ao português brasileiro informal, incluindo gírias e expressões que entendi serem necessárias para produzir alguma graça – sobretudo nos diálogos.[22] Foi por procedimentos similares a esses que me peguei várias vezes rindo sozinho com a tradução de Cortegana, sem conseguir largá-la, enquanto viajava diariamente no micro-ônibus que me levava de Lince, distrito onde eu morava na fria e cinzenta cidade de Lima (Peru), a Miraflores, onde trabalhava.

Sua justificativa já apresenta o método. Afinal, faz do título da obra, *El Asno de Oro*, a metáfora para a sua (mas também para toda e qualquer) tradução. Diz Cortegana:

> Eis aqui este Asno; ainda que, há pouco, era de Ouro, a ninguém irá agradar porque, desnudado das chapas de ouro, que são a excelência de seu estilo e polido falar em latim, foi profanado e desfavorecido por ser traduzido e vertido em romance e fala comum; verdade é que o ouro, por mais que

22 Contudo, preferi não adotar o mesmo procedimento em preces e cerimônias religiosas ou quando os deuses se dirigem aos mortais (e vice-versa), visto que muitos textos religiosos atuais ainda empregam a segunda pessoa do discurso (tu, vós) para indicar formalidade e, inclusive, reverência. O leitor poderá notar a diferença de tom no Livro 11, no qual a solenidade da linguagem sinaliza, também, o ponto culminante da jornada do herói.

> escondido debaixo da terra, não é tratado e possuído por todos igualmente. Mas, onde quer que seja encontrado, ainda que em moeda vil e barata, sempre tem sua estima e valor (Cortegana 2013 [1542]: 427).

Mas seria de alguma forma possível aumentar o valor dessa "moeda vil e barata" que afinal é a tradução? Só encontrei uma possibilidade limitada de fazer isso na alusão à *mistura* que tentei deslindar nas seções anteriores – não com a imitação dos episódios, porque não espero que o leitor tenha lido *Lúcio ou O Burro*, de Luciano de Samósata, e sim com a menção a um sem-número de passagens de clássicos da Literatura Brasileira e da MPB, que me serviram para incrementar as possibilidades de intepretação do que está sendo traduzido. Este *Asno de ouro* vai de Machado de Assis a Roberto Carlos sem quaisquer pudores, mas com muita reverência. Tal como ocorria com o caráter alusivo da poesia de Catulo, Horácio, Ovídio ou Pérsio, o leitor de hoje estará convidado a procurar essas passagens, interpretá-las e julgá-las a seu bel-prazer. São o ouro que Cortegana diz estar embaixo da terra. E podem ou não ter algum valor para os propósitos que se lhes dão.

Acompanham a tradução notas sobre personagens mitológicos e históricos, citações de lendas religiosas e fábulas e, por fim, paisagens ou referências geográficas desconhecidas do leitor que eventualmente não esteja acostumado com narrativas antigas.

*****

Expresso meus agradecimentos a todas e todos que contribuíram para a realização do presente trabalho, sobretudo Bárbara de Abreu Lobato, pelo apoio com o texto latino e cujo mestrado tenho a felicidade de orientar; Emanuelle do Nascimento dos Santos de Freitas, a primeira aluna de latim que tive a se empolgar vivamente com Apuleio; meus colegas das áreas de Grego e Latim do Departamento de Linguística, Português e Línguas Clássicas do Instituto de Letras da Universidade de Brasília, Agatha P. Bacelar, Jane Adriana Ramos Ottoni de Castro, Jonas da Nóbrega e Sandra Lúcia Rodrigues da Rocha; Lúcia Sano (Unifesp), que me incentivou a procurar a editora certa para a minha tradução e Alexandre Pinheiro Hasegawa (USP), que possibilitou que o projeto desta publicação fosse desenvolvido.

Asinus aureus * | Asno de ouro

* A edição do texto latino utilizada como base foi a da coleção Loeb Classical Library, feita por J. Arthur Hanson, em dois volumes:
HANSON, J. A. (ed.). *Apuleius: Metamorphoses. Books 1-6*. Edited and translated by J. Arthur Hanson. Cambridge [MA]: Harvard University Press (Loeb), 1996 [1989].
HANSON, J. A. (ed.). *Apuleius: Metamorphoses. Books 7-11*. Edited and translated by J. Arthur Hanson. Cambridge [MA]: Harvard University Press (Loeb), 1989.

Liber I

1. At ego tibi sermone isto Milesio varias fabulas conseram, auresque tuas benivolas lepido susurro permulceam, modo si papyrum Aegyptiam argutia Nilotici calami inscriptam non spreveris inspicere, figuras fortunasque hominum in alias imagines conversas et in se rursum mutuo nexu refectas, ut mireris. Exordior. Quis

1 **Mas eu** (*at ego*): o texto se inicia por uma conjunção adversativa, sugerindo que o narrador interrompeu seu interlocutor ou respondeu a uma pergunta sua durante uma conversa. O procedimento é semelhante ao início abrupto (*in medias res*) da poesia épica, indicando que o autor não pretende remontar às causas que levaram o protagonista à situação em que a narração começa. A sugestão de que se trata de uma conversa interrompida pelo narrador é reforçada pelo uso do subjuntivo volitivo *conseram* ("gostaria de agrupar") como uma fórmula para prender a atenção do leitor (*captatio benevolentiae*), que Harrison & Winterbottom (2005: 10–11) associam à filosofia (Xenofonte, *Simpósio* 1.1) e à comédia (Plauto, *O persa* 542–543).

2 **histórias variadas** (*varias fabulas*): Harrison & Winterbottom (2005: 11) veem aí o eco da história de Lúcio de Patras citado por Fócio (*Biblioteca* cod. 129), sendo que Ovídio (*Tristezas* 2.443–444) mencionou que a primeira tradução latina das fábulas de Aristides de Mileto por Sisenna já continha interpolações.

3 **neste colóquio em estilo milésio** (*sermone isto Milesio*): a menção a Aristides de Mileto (ca. 100 AEC) aponta para uma coleção de contos e anedotas colhidos do repertório popular e embelezados para recepção junto a uma audiência instruída.

Livro 1

1. Mas eu[1] gostaria de agrupar histórias variadas[2] para você neste colóquio em estilo milésio,[3] roçando os seus ouvidos benévolos[4] com um sussurro divertido.[5] Caso não tenha desprezo por um papiro egípcio riscado com a sutileza da pena do Nilo,[6] você vai ver, com espanto, seres humanos mudando de forma[7] e de condição[8] para, em seguida, pelo artifício contrário, serem devolvidos ao seu estado anterior. Vou começar.

4 **benévolos**: o uso do termo latino (*benivolas*) não é acidental; na retórica, a primeira tarefa do orador é prender a atenção do ouvinte para torná-lo atento, benevolente e dócil para a persuasão. Apuleio parte do princípio de que identificar o leitor como benévolo já é considerá-lo, de antemão, preparado ou disposto para a persuasão – isso porque, claro está, se trata de um romance, não de um pronunciamento.

5 **sussurro divertido** (*lepido sussurro*): o adjetivo *lepidus* ("divertido") abarca as noções de "agradável", "prazeroso", "ligeiro", "leve" e "feliz", o que se aplica a todos os episódios da narrativa; já *sussurrus* se opõe ao som da tuba guerreira, em contraposição à narrativa épica. Trata-se, portanto, de uma expressão programática com que Apuleio anuncia a intenção da obra.

6 **papiro egípcio riscado com a sutileza da pena do Nilo:** primeira referência ao episódio derradeiro da obra, que se passa no Egito, como o leitor terá a oportunidade de descobrir no Livro 11.

7 **mudando de forma:** eco de Ovídio (*Metamorfoses* 1.1 *mutatas ... formas*), sendo que, em ambos os autores, as metamorfoses constituem matéria principal da narrativa.

8 **condição** (*fortunas*): além das metamorfoses, as vicissitudes da fortuna também constituem matéria principal da narrativa, sendo um lugar-comum do romance de aventuras antigo.

ille? Paucis accipe. Hymettos Attica et Isthmos Ephyrea et Taenaros Spartiaca, glebae felices aeternum libris felicioribus conditae, mea vetus prosapia est: ibi linguam Attidem primis pueritiae stipendiis merui. Mox in urbe Latia advena studiorum Quiritium indigenam sermonem aerumnabili labore, nullo magistro praeeunte, aggressus excolui. En ecce praefamur veniam, siquid exotici ac forensis sermonis rudis locutor offendero. Iam haec equidem ipsa vocis immutatio desultoriae scientiae stilo quem accessimus respondet. Fabulam Graecanicam incipimus. Lector intende: laetaberis.

2. Thessaliam—nam et illic originis maternae nostrae fundamenta a Plutarcho illo inclito ac mox Sexto philosopho nepote eius prodita gloriam nobis faciunt—eam Thessaliam ex negotio petebam. Postquam ardua montium et lubrica vallium et roscida caespitum

9 **"E esse, quem é?":** a *sermocinatio* é um procedimento típico da retórica, o qual consiste em antecipar a fala do adversário para rebater seu argumento; não é o caso aqui, já que o expediente forja a situação dialógica em que se inicia a narrativa, destinando-se à apresentação da figura do narrador.

10 **O Himeto da Ática, o Istmo de Efireia e o Tênaro de Esparta:** o Monte Himeto é metonímia de Atenas, onde Lúcio estudou (1.24); o Istmo de Efireia é Corinto, cuja primeira habitante teria sido Éfira, filha de Tétis com o Oceano (Ovídio, *Metamorfoses* 2.240; 7.391); trata-se do local de nascimento de Lúcio (2.12); Tênaro de Esparta volta a aparecer nesta obra no episódio de Psiquê e Cupido (6.18) como local sagrado, que dá passagem ao mundo subterrâneo, sendo esse também um dos rituais para a iniciação ao sacerdócio de Ísis (11.18). Tanto Psiquê como Lúcio descerão ao lar de Prosérpina, como se verá. Harrison & Winterbottom (2005: 13) sugerem que a fonte de Apuleio para esta passagem tenha sido Plínio, o Velho (*História natural* 11.32; 4.9 e 4.16).

11 **paisagens felizes e lembradas para sempre em livros ainda mais felizes:** menção às diversas histórias que se passam em território grego; *felizes* denota aqui "afortunadas", porque eternizadas desde Homero até Estrabão.

"E esse, quem é?"[9] Vou lhe contar em poucas palavras. O Himeto da Ática, o Istmo de Efireia e o Tênaro de Esparta[10] — paisagens felizes e lembradas para sempre em livros ainda mais felizes[11] — são a origem da minha estirpe. Foi aí que recebi as primeiras mesadas da infância na língua ática. Em seguida, me instalando na Capital do Lácio, alheio à educação dos romanos, aprendi a língua nativa com imensa dificuldade e sem a participação de qualquer mestre.[12] Por isso, desde já lhe peço mil desculpas se, mal versado na língua do fórum, eu ofender você com algum termo estrangeiro. A bem da verdade, mudar de ritmo de hora em hora, como nos movimentos de acrobacia, é a resposta ao gênero que adotamos.[13] Estamos começando uma história à grega.[14] Não feche o livro, leitor. Você vai se divertir.

2. Era à Tessália[15] (pois lá as origens da família de nossa mãe nos garantem boa reputação, a começar pelo famoso Plutarco e seu sobrinho, o filósofo Sexto);[16] sim, era à Tessália que eu estava indo a negócios. Depois de atravessar montes íngremes e vales perigosos,

12 **aprendi a língua nativa com imensa dificuldade:** mais do que uma confissão, o procedimento tem como objetivo indicar que a obra é tradução e adaptação de um original grego, porém apenas parcialmente.

13 **mudar de ritmo a toda hora, como na acrobacia:** os movimentos de salto no ar em várias velocidades servem de analogia para o entrelaçamento dos diversos episódios que compõem a obra.

14 **história à grega:** nova menção à origem grega da história de Lúcio; cf. Introdução.

15 **Tessália:** a menção a essa região grega evoca a prática da magia, um dos temas da presente obra.

16 **famoso Plutarco e seu sobrinho, o filósofo Sexto:** Plutarco, de fato, escreveu um tratado sobre Ísis e Osíris, mas não há unanimidade sobre a utilização dessa obra como fonte do *Asno de ouro* (cf. Introdução); Sexto foi preceptor do imperador Marco Aurélio.

et glebosa camporum emersi, in equo indigena peralbo vehens, iam eo quoque admodum fesso, ut ipse etiam fatigationem sedentariam incessus vegetatione discuterem, in pedes desilio, equi sudorem frontem curiose effrico, aures remulceo, frenos detraho, in gradum lenem sensim proveho, quoad lassitudinis incommodum alvi solitum ac naturale praesidium eliquaret. Ac dum is, ientaculum ambulatorium—prata quae praeterit—ore in latus detorto pronus affectat, duobus comitum, qui forte paululum processerant, tertium me facio. Ac dum ausculto quid sermonis agitarent, alter exerto cachinno "Parce" inquit "In verba ista haec tam absurda tamque immania mentiendo."

Isto accepto, sititor alioquin novitatis "Immo vero" inquam "impertite sermone non quidem curiosum, sed qui velim scire vel cuncta vel certe plurima. Simul iugi quod insurgimus aspritudinem fabularum lepida incunditas levigabit."

3. At ille qui coeperat "Ne" inquit "istud mendacium tam verum est quam siqui velit dicere magico susurramine amnes agiles reverti, mare pigrum colligari, ventos inanimes exspirare, solem inhiberi, lunam despumari, stellas evelli, diem tolli, noctem teneri."

Tunc ego in verba fidentior "Heus tu", inquam "qui sermonem ieceras priorem, ne pigeat te vel taedeat reliqua pertexere." Et ad alium "Tu vero crassis auribus et obstinato corde respuis quae forsitan vere perhibeantur. Minus hercule calles pravissimis opinionibus ea putari mendacia quae vel auditu nova vel visu rudia vel certe supra captum cogitationis ardua videantur; quae si paulo accuratius exploraris, non modo compertu evidentia, verum etiam factu facilia senties.

17 **cavalo branco:** este será o cavalo restituído a Lúcio ao final da obra (11.20).

pântanos alagadiços e terras cultivadas, ia eu montando um já cansado cavalo branco,[17] nativo dali. Como também buscava mitigar o cansaço de permanecer montado, achei melhor apear a fim de caminhar um pouco na relva; limpei o suor do animal com algumas folhas, lhe afaguei as orelhas, lhe tirei os freios e, com toda a calma, o fiz avançar a passo lento até ele se livrar do cansaço e pôr para fora da barriga o que se põe por costume e natureza. Enquanto ele, com o focinho torto para o lado, mastigava sem parar o alimento da estrada — a grama que ele acabava de pisotear —, me somei como o terceiro aos dois amigos que por acaso viajavam mais adiante. Porém, enquanto escuto a conversa que desenrolavam, um deles diz, rindo alto:

— Basta! Chega de dizer coisas tão absurdas e falsas!

Ao ouvir isso (e, como sempre, sedento de novidades), eu disse:

— Nada disso, me incluam na conversa! Não que eu seja intrometido, mas gosto de conhecer tudo ou, pelo menos, grande parte das coisas. Além disso, a distração com um assunto leve vai diminuir a aspereza da encosta que estamos subindo.

3. O primeiro que havia falado continuou:

— Essa lorota é tão verdadeira quanto se alguém quisesse provar que, por meio de uma fórmula mágica, o rio caudaloso inverte seu curso, o mar agitado fica parado, as rajadas de vento deixam de soprar, o sol interrompe seu trajeto, o orvalho da lua seca, as estrelas caem do céu, o dia desaparece e a noite dura para sempre.

Então, me senti mais confiante para pedir:

— Ei, já que você começou a falar, não faça rodeios e termine! E você — me virando para o outro — bem pode estar se fazendo de surdo e de tonto para o que talvez seja a verdade. Por Hércules! Você não sabe que, com opiniões tão erradas, está considerando falso o que é novidade para os ouvidos, incômodo para os olhos e impossível de se entender por estar acima da compreensão humana? Se olhar com bastante cuidado, vai descobrir que existem coisas fáceis de se encontrar e simples de se fazer.

4. Ego denique vespera, dum polentae caseatae modico secus offulam grandiorem in convivas aemulus contruncare gestio, mollitie cibi glutinosi faucibus inhaerentis et meacula spiritus distinentis minimo minus interii. Et tamen Athenis proximo et ante Poecilen porticum isto gemino obtutu circulatorem aspexi equestrem spatham praeacutam mucrone infesto devorasse; ac mox eundem invitamento exiguae stipis venatoriam lanceam, qua parte minatur exitium, in ima viscera condidisse. Et ecce pone lanceae ferrum, qua bacillum inversi teli ad occipitium per ingluviem subit, puer in mollitiem decorus insurgit inque flexibus tortuosis enervam et exossam saltationem explicat, cum omnium qui aderamus admiratione. Diceres dei medici baculo, quod ramulis semiamputatis nodosum gerit, serpentem generosum lubricis amplexibus inhaerere. Sed iam cedo tu sodes, qui coeperas, fabulam remetire. Ego tibi solus haec pro isto credam, et quod ingressui primum fuerit stabulum, prandio participabo. Haec tibi merces deposita est."

5. At ille: "Istud quidem quod polliceris aequi bonique facio, verum quod incohaveram porro exordiar. Sed tibi prius deierabo Solem istum omnividentem deum me vera comperta memorare; nec vos ulterius dubitabitis, si Thessaliam proximam civitatem perveneritis, quod ibidem passim per ora populi sermo iactetur quae palam gesta sunt. Sed ut prius noritis cuiatis sim, Aegiensis. Audite et quo quaestu me teneam: melle vel caseo et huiusce modi cau-

18 **Pórtico Pintado:** também chamado Pecile ou Pecilo, localizava-se na ágora de Atenas e estava decorado com pinturas de famosos artistas, sendo o local preferido para representações teatrais e para a reunião de interessados na filosofia estoica.

19 **rapazinho:** representação do deus Esculápio, ou do jovem que o acompanhava na velhice, portando um bastão com uma serpente enrolada. Há edições que sugerem se tratar, na verdade, de Mercúrio (Hermes), mas seu caduceu possui duas serpentes enroladas.

4. Eu mesmo, por exemplo, no jantar de ontem, mal conseguindo competir com aqueles com quem eu dividia a mesa, fui comer um pedaço grande de pudim de queijo e quase bati as botas com a viscosidade desse prato gelatinoso, que ficou preso na minha garganta e me impedia de respirar. No entanto, pouco tempo antes, em Atenas, ao lado do Pórtico Pintado,[18] eu vi com estes olhos um malabarista engolir uma espada de cavaleiro de ponta bem afiada e, em seguida, o mesmo sujeito enfiar goela abaixo, por uns poucos trocados, uma flecha pela parte afiada para matar. E eis que, por cima da rabeira da flecha, onde o bastão da arma invertida sobe pela garganta até o cérebro, apareceu, para surpresa de todos nós que assistíamos, um rapazinho lindo feito uma garota requebrando o corpo desossado numa dança buliçosa e frenética. Me arrisco a dizer que se tratava da famosa serpente que se enrola em espiral no báculo de gravetos mal cortados que o deus-médico carrega.[19] Mas peço por favor que você, que havia começado a contar sua história, termine. Vou acreditar nela por mim e por seu amigo e, assim que pararmos na primeira pousada, compartilharei com vocês o meu jantar. Essa é a forma de lhes mostrar minha gratidão.

5. Ele, então:

— Isso que você está nos oferecendo é bom e justo; assim, vou prosseguir no que comecei lá atrás. Mas, antes, juro por este Sol que nos ilumina que tudo o que lhes contarei é a mais pura verdade. Vocês tirarão suas dúvidas assim que chegarem à próxima cidade da Tessália, porque, lá mesmo, todo mundo comenta em público o que aconteceu de fato. Só que, antes, saibam de que lugar venho e quem sou. Venho de Egina;[20] vejam só a profissão que tenho: vendo mel, queijo e outras coisas do gênero de que os taberneiros gostam,

20 **Egina:** cidade da região de Corinto, de grande importância comercial e, segundo Pausânias (2.29.5), dotada de uma frota mais pujante que a de Atenas. Teria sido fundada pelo rei Éaco, avô de Aquiles (cf. Píndaro, *Odes olímpicas* 8.50–52).

ponarum mercibus per Thessaliam Aetoliam Boeotiam ultro citro discurrens. Comperto itaque Hypatae, quae civitas cunctae Thessaliae antepollet, caseum recens et sciti saporis admodum commodo pretio distrahi, festinus accucurri id omne praestinaturus. Sed ut fieri assolet, sinistro pede profectum me spes compendii frustrata est. Omne enim pridie Lupus negotiator magnarius coemerat. Ergo igitur inefficaci celeritate fatigatus commodum vespera oriente ad balneas processeram.

6. "Ecce Socratem contubernalem meum conspicio. Humi sedebat scissili palliastro semiamictus, paene alius lurore, ad miseram maciem deformatus, qualia solent Fortunae decermina stipes in triviis erogare. Hunc talem, quamquam necessarium et summe cognitum, tamen dubia mente propius accessi. 'Hem,' inquam 'mi Socrates, quid istud? Quae facies! Quod flagitium! At vero domi tuae iam defletus et conclamatus es, liberis tuis tutores iuridici provincialis decreto dati, uxor persolutis feralibus officiis luctu et maerore diuturno deformata, diffletis paene ad extremam captivitatem oculis suis, domus infortunium novarum nuptiarum gaudiis a suis sibi parentibus hilarare compellitur. At tu hic larvale simulacrum cum summo dedecore nostro viseris.'

"'Aristomene,' inquit 'ne tu fortunarum lubricas ambages et instabiles incursiones et reciprocas vicissitudines ignoras.' Et cum dicto sutili centunculo faciem suam iam dudum punicantem prae pudore obtexit ita ut ab umbilico pube tenus cetera corporis renudaret. Nec denique perpessus ego tam miserum aerumnae spectaculum, iniecta manu ut adsurgat enitor.

7. "At ille, ut erat, capite velato, 'Sine, sine' inquit 'fruatur diutius tropaeo Fortuna quod fixit ipsa.'

"Effeci sequatur, et simul unam e duabus laciniis meis exuo eumque propere vestio dicam an contego, et illico lavacro trado. Quod

21 **Lúpus:** "lobo", em latim; tal como na comédia, o nome da personagem indica um traço importante de seu caráter – a voracidade, melhor dizendo, a ganância.

e faço comércio em toda a Tessália, Etólia e Beócia. Soube que, em Hípata — a cidade mais próspera da Tessália inteira —, existia um queijo fresco de excelente sabor a um preço baixo e, sem perder tempo, corri para lá no intuito de comprar todo o estoque. Porém, como de costume, acordei com o pé esquerdo e a esperança do lucro fracassou: um dia antes, um tal Lúpus,[21] que é atacadista, tinha comprado tudo. Assim, exausto pela pressa inútil, me dei a chance de ir aos banhos públicos ao cair da noite.

6. Eis que lá encontro meu camarada Sócrates. Estava sentado no chão, vestindo uma capa velha e rasgada, quase outra pessoa de tão pálido, magro de dar dó, parecendo esses pedintes da vida que pedem esmolas nas esquinas. Me aproximei dele com certo receio, mesmo conhecendo-o bem e sendo um velho amigo seu. Então eu lhe perguntei:

— E aí, Sócrates? O que é isso? O que você está fazendo aqui? Que miséria é essa? Na sua casa todos sofrem e choram por você; seus filhos receberam tutores por ordem do juiz provincial; sua esposa, depois de cumprir os ritos fúnebres, irreconhecível pela tristeza e pelo luto, exaurida pelas lágrimas incontroláveis que derramou, está sendo obrigada pelos próprios pais a alegrar com novas núpcias a desolação do seu lar. Mas, para nossa vergonha, você está aqui, parecendo um fantasma.

— Aristômenes — ele retrucou —, você não conhece as reviravoltas da sorte, seus golpes imprevistos, os infortúnios que derivam dela.

Depois de dizer isso, escondeu com um pedaço de pano a cara já vermelha de vergonha, deixando o corpo descoberto do umbigo até o púbis. Não suportando um espetáculo de sofrimento tão infeliz, por fim lhe estendi a mão para que se levantasse.

7. Ele, porém, ficando como estava, resmungou com a cabeça escondida:

— Pare, pare! Que a Fortuna se alegre com o troféu que ela mesma fez!

Consegui erguê-lo; tirei de uma só vez um dos meus mantos, o vesti com rapidez (ou melhor, o cobri) e o levei aos banhos públicos. Eu

unctui, quod tersui, ipse praeministro; sordium enormem eluviem operose effrico; probe curato, ad hospitium lassus ipse fatigatum aegerrime sustinens, perduco. Lectulo refoveo, cibo satio, poculo mitigo, fabulis permulceo. Iam allubentia proclivis est sermonis et ioci et scitum etiam cavillum, iam dicacitas timida, cum ille imo de pectore cruciabilem suspiritum ducens, dextra saeviente frontem replaudens, 'Me miserum' infit 'qui dum voluptatem gladiatorii spectaculi famigerabilis consector, in has aerumnas incidi. Nam, ut scis optime, secundum quaestum Macedoniam profectus, dum mense decimo ibidem attentus nummatior revertor, modico prius quam Larissam accederem, per transitum spectaculum obiturus, in quadam avia et lacunosa convalli a vastissimis latronibus obsessus atque omnibus privatus tandem evado. Et utpote ultime affectus, ad quandam cauponam Meroen, anum sed admodum scitulam, deverto, eique causas et peregrinationis diuturnae et domuitionis anxiae et spoliationis [diuturnae et dum] miserae refero. Quae me nimis quam humane tractare adorta cenae gratae atque gratuitae ac mox urigine percita cubili suo applicat. Et statim miser ut cum illa acquievi, ab unico congressu annosam ac pestilentem coniunctionem contraho; et ipsas etiam lacinias quas boni latrones contegendo mihi concesserant in eam contuli, operulas etiam quas adhuc vegetus saccariam faciens merebam, quoad me ad istam faciem quam paulo ante vidisti bona uxor et mala Fortuna perduxit.'

8. "'Pol quidem tu dignus' inquam 'es extrema sustinere, siquid est tamen novissimo extremius, qui voluptatem Veneriam et scortum scorteum lari et liberis praetulisti.'

"At ille, digitum a pollice proximum ori suo admovens et in stuporem attonitus, 'Tace, tace' inquit; et circumspiciens tutamenta

mesmo lhe forneci óleo e toalha, e esfreguei bastante o corpo dele para limpar a espessa crosta de sujeira. Bem asseado, o conduzi até a pousada, carregando-lhe o corpo abatido com bastante esforço, pois também eu estava esgotado. Preparei-lhe a cama, dei-lhe de comer, servi-lhe a bebida e contei-lhe anedotas. Já se animava a conversar, a se entreter, a fazer gracejos e a contar piadas (ainda que com certa timidez), quando, ao dar um suspiro desolador do fundo do peito e bater na própria cara com raiva, exclamou:

— Ai de mim! Procurando diversão num famoso jogo de gladiadores, fui cair nessa desgraça! Como você bem sabe, eu estava na Macedônia, a negócios. Trabalhando duro durante nove meses seguidos, regressei mais rico, quando, um pouco antes de chegar a Larissa para, de passagem, assistir ao espetáculo, fui cercado por vários assaltantes num estreito isolado e repleto de grutas. Perdi tudo; porém, consegui escapar. Em estado deplorável, procurei a ajuda de uma tal Méroe, estalajadeira velha, mas até que bem apanhada. Contei-lhe o motivo tanto da longa viagem como do regresso que eu ansiava, bem como o assalto infeliz, que me deixou sem nada. Ela foi generosa até demais comigo: me ofereceu um ótimo jantar sem que eu pagasse e, logo depois, tomada de desejo, me levou para sua cama. Ai de mim! Bastou ficar com ela uma só vez, e com apenas uma transa começou uma relação longa e pestilenta. Entreguei-lhe as roupas que os assaltantes, por bondade, me deixaram para vestir e inclusive o parco salário que, com minhas próprias forças, recebi como carregador, até que a boa esposa e a Fortuna me deixaram com essa cara que você acabou de ver.

8. — Por Pólux! — eu disse — Você bem que merece o pior se houver situação mais grave do que a que você está passando agora, porque você deu mais valor aos prazeres de Vênus e a uma prostituta velha do que ao seu lar e aos seus filhos.

Contudo, levando o dedo indicador aos lábios e tomado de aflição, ele exclamou:

— Quieto! Quieto!

E, olhando ao redor para garantir a segurança, prosseguiu:

sermonis, 'Parce' inquit 'in feminam divinam, ne quam tibi lingua intemperante noxam contrahas.'

"'Ain tandem?' inquam 'Potens illa et regina caupona quid mulieris est?'

"'Saga' inquit 'et divini potens caelum deponere, terram suspendere, fontes durare, montes diluere, manes sublimare, deos infimare, sidera exstinguere, Tartarum ipsum illuminare.'

"'Oro te' inquam 'aulaeum tragicum dimoveto et siparium scaenicum complicato et cedo verbis communibus.'

"'Vis' inquit 'unum vel alterum, immo plurima eius audire facta? Nam ut se ament efflictim non modo incolae, verum etiam Indi vel Aethiopes utrique vel ipsi Anticthones, folia sunt artis et nugae merae. Sed quod in conspectum plurium perpetravit audi.

9. "'Amatorem suum, quod in aliam temerasset, unico verbo mutavit in feram castorem, quod ea bestia captivitati metuens ab insequentibus se praecisione genitalium liberat, ut illi quoque simile, quod Venerem habuit in aliam, proveniret. Cauponem quoque vicinum atque ob id aemulum deformavit in ranam, et nunc senex ille dolium innatans vini sui adventores pristinos in faece summissus officiosis roncis raucus appellat. Alium de foro, quod adversus eam locutus esset, in arietem deformavit, et nunc aries ille causas agit. Eadem amatoris sui uxorem, quod in eam dicacule probrum dixerat, iam in sarcina praegnationis, obsepto utero et repigrato fetu perpetua praegnatione damnavit, et, ut cuncti numerant, iam octo annorum onere misella illa velut elephantum paritura distenditur.

10. "'Quae cum subinde ac multi nocerentur, publicitus indignatio percrebruit statutumque ut in eam die altera severissime saxorum iaculationibus vindicaretur. Quod consilium virtutibus cantionum antevertit, et, ut illa Medea unius dieculae a Creone impetratis in-

— Bico calado! Ela é uma feiticeira! Cuidado para não atrair má sorte, falando assim pelos cotovelos.

— Sério mesmo? — eu disse — Que tipo de mulher é essa estalajadeira tão poderosa? Que rainha é ela?

— Uma bruxa — ele respondeu — com poderes para derrubar o céu, levantar a terra, paralisar fontes, derreter montes, mover fantasmas, rebaixar deuses, apagar estrelas e iluminar até mesmo o Tártaro.

— Faça-me o favor! — exclamei — Baixe a cortina, troque de cenário e fale numa linguagem que eu entenda!

— Você prefere ouvir uma, duas ou várias das suas bruxarias? — questionou-me — Fazer se apaixonarem loucamente por ela não só os habitantes do lugar, mas igualmente indianos, etíopes e inclusive os antípodas é coisa fácil, para ela é moleza. Mas ouça o que ela perpetrou na frente de muita gente:

9. Transformou em castor um amante seu, que a trocou por outra, com uma só palavra. É que esse animal, temendo o cativeiro, se livra dos caçadores com a castração da própria genitália, coisa que sucederia com o amante dela por arranjar um outro amor. Da mesma forma, transmutou um estalajadeiro vizinho dela (e por isso seu concorrente) em sapo. Agora o velho, que nada no tonel do seu próprio vinho, cumprimenta os seus antigos clientes com coaxos roucos, mergulhado na borra. Outro, que havia falado contra ela no tribunal, foi transformado em carneiro; agora, é um carneiro que atua como advogado. A própria esposa do seu amante, que havia feito alguns comentários maliciosos sobre ela, estava grávida na ocasião e foi condenada a uma gestação perpétua, ficando com o útero preso e o feto sem se desenvolver. Faz oito anos, nas contas de alguns, que a pobre mulher carrega o fardo, como se fosse dar à luz um elefante.

10. Como, depois disso, muita gente foi prejudicada, a indignação pública se acentuou e ficou decidido que, no dia seguinte, ela seria mortalmente punida com o apedrejamento. Graças às suas bruxarias, a mulher teve conhecimento da decisão previamente e, tal como Medeia — que, conseguindo de Creonte um dia a mais de tré-

dutiis totam eius domum filiamque cum ipso sene flammis coronalibus deusserat, sic haec devotionibus sepulcralibus in scrobem procuratis, ut mihi temulenta narravit proxime, cunctos in suis sibi domibus tacita numinum violentia clausit, ut toto biduo non claustra perfringi, non fores evelli, non denique parietes ipsi quiverint perforari, quoad mutua hortatione consone clamitarent quam sanctissime deierantes sese neque ei manus admolituros et, si quis aliud cogitarit, salutare laturos subsidium. Et sic illa propitiata totam civitatem absolvit. At vero coetus illius auctorem nocte intempesta cum tota domo—id est parietibus et ipso solo et omni fundamento—ut erat, clausa, ad centesimum lapidem in aliam civitatem, summo vertice montis exasperati sitam et ob id ad aquas sterilem, transtulit. Et quoniam densa inhabitantium aedificia locum novo hospiti non dabant, ante portam proiecta domo discessit.'

11. "'Mira' inquam 'nec minus saeva, mi Socrates, memoras. Denique mihi quoque non parvam incussisti sollicitudinem, immo vero formidinem, iniecto non scrupulo sed lancea, ne quo numinis ministerio similiter usa sermones istos nostros anus illa cognoscat. Itaque maturius quieti nos reponamus et, somno levata lassitudine, noctis antelucio aufugiamus istinc quam pote longissime.'

"Haec adhuc me suadente, insolita vinolentia ac diuturna fatigatione pertentatus bonus Socrates iam sopitus stertebat altius. Ego vero, adducta fore pessulisque firmatis, grabatulo etiam pone cardinem supposito et probe aggesto, super eum me recipio. Ac primum prae metu aliquantisper vigilo, dein circa tertiam ferme vigiliam paululum coniveo. Commodum quieveram, et repente impulsu maiore quam ut latrones crederes ianuae reserantur, immo vero fractis et evulsis funditus cardinibus prosternuntur. Grabatu-

22 **Medeia:** arquétipo de feiticeira; Apuleio faz referência aos versos 340–345 da tragédia homônima de Eurípides. Trata-se do episódio em que o rei Creonte exige que Medeia abandone Corinto para consumar o matrimônio de sua filha, Glauce, com Jasão, marido de Medeia e pai de seus filhos, sobre os quais ela executará sua vingança matando-os.

gua, fez arder com as chamas de uma coroa o palácio inteiro do rei, bem como o próprio velho e sua filha[22] —, ela, após celebrar cultos sepulcrais sobre uma catacumba (conforme ela mesma me contou, bêbada, tempos atrás), encerrou todo mundo nas próprias casas com a força silenciosa das entidades divinas, para que, durante dois dias, eles não conseguissem forçar as fechaduras, derrubar as portas ou mesmo escavar as paredes até que, convencendo-se uns aos outros, gritassem a uma só voz que prometiam pelo que há de mais sagrado que não lhe poriam a mão e que, se houvesse quem tentasse isso, eles mesmos prestariam ajuda a ela. Mais calma, Méroe libertou toda a cidade. No entanto, removeu o líder do povo na calada da noite com a casa dele completa (quer dizer, paredes, piso e fundações), trancada como estava, para uma outra cidade a cem léguas, situada na ponta mais empinada de um morro íngreme e, dessa forma, sem acesso a água. Mas, como as casas amontoadas dos moradores não davam lugar a uma nova hóspede, ela, depois de largar sua casa na frente do portão da cidade, foi embora.

11. — É terrível — disse eu — e não menos grave o que você está relembrando, amigo Sócrates! De fato, você me deixou não só bastante apreensivo, mas também assustado, como se eu tivesse sido atingido não pela ponta, e sim pela lança inteira. Tomara que a velha não tenha feito nenhum feitiço igual para ter conhecimento dessa nossa conversa! O melhor é a gente ir dormir mais cedo e, relaxados pelo sono, fugir daqui ainda de madrugada para o lugar mais distante possível.

Mal eu dava essa sugestão, e o bom Sócrates, tomado de um estranho torpor e de um cansaço extremo, já roncava alto. Eu, por outro lado, depois de fechar a porta, trancar bem o ferrolho e estender minha cama contra ela, me deitei. No início, quase não durmo de medo. Lá pela terceira hora, consegui fechar os olhos. Eu havia caído no sono quando, bruscamente, com força maior do que a que se espera de ladrões, a porta se abriu (ou, antes, trincada e arrancada do pino, foi derrubada). A cama, de resto bem pequena e com um pé

lus, alioquin breviculus et uno pede mutilus ac putris, impetus tanti violentia prosternitur; me quoque evolutum atque excussum humi recidens in inversum cooperit ac tegit.

12. "Tunc ego sensi naturalitus quosdam affectus in contrarium provenire. Nam ut lacrimae saepicule de gaudio prodeunt, ita et in illo nimio pavore risum nequivi continere, de Aristomene testudo factus. Ac dum infimum deiectus obliquo aspectu quid rei sit, grabatuli sollertia munitus, opperior, video mulieres duas altioris aetatis. Lucernam lucidam gerebat una, spongiam et nudum gladium altera. Hoc habitu Socratem bene quietum circumstetere. Infit illa cum gladio, 'Hic est, soror Panthia, carus Endymion, hic Catamitus meus, qui diebus ac noctibus illusit aetatulam meam, hic qui meis amoribus subterhabitis non solum me diffamat probris, verum etiam fugam instruit. At ego scilicet Ulixi astu deserta vice Calypsonis aeternam solitudinem flebo.' Et porrecta dextera meque Panthiae suae demonstrato, 'At hic bonus' inquit 'consiliator Aristomenes, qui fugae huius auctor fuit et nunc morti proximus iam humi prostratus grabatulo succubans iacet et haec omnia conspicit, impune se relaturum meas contumelias putat. Faxo eum sero, immo statim, immo vero iam nunc ut et praecedentis dicacitatis et instantis curiositatis paeniteat.'

13. "Haec ego ut accepi, sudore frigido miser perfluo, tremore viscera quatior, ut grabatulus etiam succussu meo inquietus super dorsum meum palpitando saltaret. At bona Panthia 'Quin igitur,' inquit 'so-

23 **Endímion:** belo pastor, filho de Júpiter (Zeus) e Cálice, por quem a deusa Diana (Ártemis) se apaixona; a seu pedido, Júpiter (Zeus) lhe confere vida, juventude e sono eternos (Apolodoro 1.7.5).

24 **Catamito:** Tradução latina do nome de Ganimedes, que, após ser raptado por Júpiter (Zeus), tornou-se seu copeiro e favorito.

25 **Calipso abandonada pelo astucioso Ulisses:** menção ao episódio de Calipso, no Canto 5 da *Odisseia* (vv. 241–275), a qual permite, contrariada, que o herói continue sua jornada de regresso a Ítaca.

rachado e carcomido, se quebrou de vez com a força do golpe, virou toda de cabeça para baixo e me cobriu por inteiro, ao passo que eu também me virava e caía no chão.

12. Foi então que eu descobri que algumas emoções, por natureza, se manifestam pelo seu oposto. Da mesma forma que, em certas ocasiões, lágrimas são expressão de alegria, naquele pavor gigantesco não consegui conter o riso, pois de Aristômenes me havia transformado em cágado. Contudo, estirado no chão, dei uma espiada para ver o que sucedia. Oculto pela proteção oportuna da cama, me deparo com duas mulheres de idade avançada. Uma trazia uma lamparina acesa e a outra, uma esponja e uma espada nua. Providas desses objetos, cercaram Sócrates, que dormia tranquilo, e a que carregava a espada comentou:

— Aqui está, minha irmã Pância, o caro Endímion;[23] aqui está meu Catamito,[24] que se aproveitou noite e dia da minha tenra idade. Aqui está aquele que, desprezando o meu amor, não apenas me difamou como ainda se prepara para a fuga. Lamentarei por acaso a solidão eterna, como Calipso abandonada pelo astucioso Ulisses?[25]

E, me apontando para a irmã Pância, disse:

— E esse bom conselheiro Aristômenes — que lhe recomendou a fuga e neste instante, já perto da morte, prostrado na terra e escondido sob a cama, está assistindo a tudo — supõe que não pagará caro por me humilhar? A justiça tarda, mas não falha:[26] daqui a pouco, aliás, imediatamente, será punido pela difamação de antes e pela bisbilhotice de agora.

13. Ouvidas essas palavras (ai de mim!), um suor frio me escorreu pelo rosto e as tripas me sacudiram tanto que até mesmo a cama, balançando com o tremor, bailava, saltando sobre o meu lombo. Disse, então, a boa Pância:

26 **A justiça tarda, mas não falha**: preferi uma fórmula conhecida nossa para traduzir o original, que seria algo como "faço isso tarde, mas agora mesmo" (*faxo eum sero, immo statim*). Procurei, assim, acrescentar à noção de urgência também a de justiça.

ror, hunc primum bacchatim discerpimus vel membris eius destinatis virilia desecamus?'

"Ad haec Meroe—sic enim reapse nomen eius tunc fabulis Socratis convenire sentiebam—'Immo' ait 'supersit hic saltem qui miselli huius corpus parvo contumulet humo.' Et capite Socratis in alterum dimoto latus, per iugulum sinistrum capulo tenus gladium totum ei demergit, et sanguinis eruptionem utriculo admoto excipit diligenter, ut nulla stilla compareret usquam. Haec ego meis oculis aspexi. Nam etiam, ne quid demutaret, credo, a victimae religione, immissa dextera per vulnus illud ad viscera penitus cor miseri contubernalis mei Meroe bona scrutata protulit, cum ille impetu teli praesecata gula vocem, immo stridorem incertum, per vulnus effunderet et spiritum rebulliret. Quod vulnus qua maxime patebat spongia offulciens, Panthia 'Heus tu,' inquit 'spongia, cave in mari nata per fluvium transeas.' His editis abeunt et una remoto grabatulo varicus super faciem meam residentes vesicam exonerant, quoad me urinae spurcissimae madore perluerent.

14. "Commodum limen evaserant et fores ad pristinum statum integrae resurgunt: cardines ad foramina residunt, ad postes repagula redeunt, ad claustra pessuli recurrunt. At ego, ut eram, etiam nunc humi proiectus, inanimis, nudus et frigidus et lotio perlitus, quasi recens utero matris editus, immo vero semimortuus, verum etiam ipse mihi supervivens et postumus, vel certe destinatae iam cruci candidatus, 'Quid' inquam "me fiet, ubi iste iugulatus mane paruerit? Cui videbor veri similia dicere perferens vera? 'Proclamares saltem suppetiatum, si resistere vir tantus mulieri nequibas. Sub oculis tuis homo iugulatur et siles? Cur autem te simile latrocinium non

27 **bacantes:** seguidoras do deus Baco, que, em seu ritual, costumavam se exceder por efeito da bebida e praticar atos insanos; a ação de esquartejar remete à punição que infligiram a Penteu, retratado nas *Bacantes*, de Eurípides.

— Irmã, por que antes não o esquartejamos como as bacantes[27] ou o penduramos pelas pernas e lhe cortamos o membro viril?

A isso, Méroe (de fato, deduzi seu nome pela narrativa de Sócrates) retrucou:

— Não, esse aí deve continuar vivo para jogar um pouco de terra sobre o cadáver do meu pobre amado.

Então, virando a cabeça de Sócrates para o outro lado, cravou a espada inteira, até o punho, no lado esquerdo do pescoço dele e colheu o sangue que esguichava numa bacia que estava ali perto, sem pôr a perder uma gota sequer. Isso eu vi com meus próprios olhos. De fato, para não parecer profana (suponho eu) a imolação da vítima, depois de inserir a mão no ferimento até encontrar as vísceras, a boa Méroe arrancou, cautelosa, o coração do meu camarada. Ele, com a garganta rasgada pelo golpe do cutelo, deixou sair pelo ferimento um último som, na verdade um sussurro vacilante, e expirou. Concluindo o ato, Pância enfiava a esponja na ferida escancarada, dizendo assim:

— Oh, esponja! Nascida no mar, trata de jamais cruzares o rio!

Feito o voto, prepararam-se para ir embora, afastando a cama. De cócoras, se sentaram sobre a minha cara e esvaziaram a bexiga até me encharcarem com o mau cheiro da sua urina asquerosa.

14. Mal haviam atravessado a soleira, e a porta voltou ao seu estado anterior: os pinos se encaixaram nas dobradiças, as trancas se ajustaram nos passadores, o ferrolho tornou a se fechar. Eu, porém, fiquei como estava: jogado no chão, desmaiado, nu, com frio e encharcado de urina, parecendo um recém-nascido ao deixar o ventre materno (ou antes, um semimorto, aliás sobrevivente e póstumo a mim mesmo e, além disso, condenado à crucificação). "O que será de mim", cogitei, "quando o virem de manhã degolado? Quem vai acreditar quando eu disser a verdade? Você deveria pedir ajuda, se, mesmo tão grande, não conseguisse deter uma mulher. Um homem foi degolado na sua frente e você não disse nada? Por que você não foi vítima do mesmo delito? Por que tamanha frieza poupou o dela-

peremit? Cur saeva crudelitas vel propter indicium sceleris arbitro pepercit? Ergo quoniam evasisti mortem, nunc illo redi.'"

"Haec identidem mecum replicabam, et nox ibat in diem. Optimum itaque factu visum est anteluculo furtim evadere et viam licet trepido vestigio capessere. Sumo sarcinulam meam, subdita clavi pessulos reduco; at illae probae et fideles ianuae, quae sua sponte reseratae nocte fuerant, vix tandem et aegerrime tunc clavis suae crebra immissione patefiunt.

15. "Et 'Heus tu, ubi es?' inquam. 'Valvas stabuli absolve; antelucio volo ire.'

"Ianitor pone stabuli ostium humi cubitans etiam nunc semisomnus, 'Quid? Tu' inquit 'ignoras latronibus infestari vias, qui hoc noctis iter incipis? Nam etsi tu alicuius facinoris tibi conscius scilicet mori cupis, nos cucurbitae caput non habemus ut pro te moriamur.'

"'Non longe' inquam 'lux abest. Et praeterea quid viatori de summa pauperie latrones auferre possunt? An ignoras, inepte, nudum nec a decem palaestritis despoliari posse?'

"Ad haec ille marcidus et semisopitus in alterum latus evolutus, 'Unde autem' inquit 'scio an convectore illo tuo, cum quo sero deverteras, iugulato fugae mandes praesidium?'

"Illud horae memini me terra dehiscente ima Tartara inque his canem Cerberum prorsus esurientem mei prospexisse. Ac recordabar profecto bonam Meroen non misericordia iugulo meo pepercisse, sed saevitia cruci me reservasse.

16. In cubiculum itaque reversus de genere tumultuario mortis mecum deliberabam. Sed cum nullum aliud telum mortiferum Fortuna quam solum mihi grabatulum sumministraret, 'Iam iam, grabatule,'

28 **liso** (*nudum*): o adjetivo aqui denota tanto nudez (ou ausência de pelos corporais) como pobreza.

29 **Cérbero:** cão de guarda que impedia a entrada e a saída do Tártaro (Hades); é representado como um monstro com três cabeças caninas, rabo de serpente e várias cabeças de cobras distribuídas pelo dorso.

tor do crime? Por ser a testemunha dele? Assim, já que você escapou da morte, volte para ela".

Enquanto eu desabafava isso comigo mesmo, a noite ia embora e o dia chegava. Me pareceu que o melhor a fazer era fugir sorrateiramente antes de o sol nascer e pegar a estrada sem deixar rastro. Arrumei meus trapinhos e, depois de virar a chave na fechadura, abri o ferrolho. Contudo, a honesta e confiável porta — que, por si mesma, havia trincado na noite anterior — se abriu a duras penas e só depois de eu tentar várias vezes.

15. — Olá, cadê você? — falei — Abra essa porta, quero ir-me embora desta pousada antes do amanhecer.

O porteiro, que estava deitado no chão, perto da porta, disse, ainda sonolento:

— Quê? Não sabe que as estradas estão infestadas de bandidos para você sair nessa escuridão? Mesmo que você pretenda morrer planejando um crime, eu não sou um cabeça de melão para morrer no seu lugar.

— O dia já vai nascer — respondi — e, além disso, o que os ladrões podem roubar de um viajante sem nada? Ou você não percebeu, seu cretino, que nem uma dezena de gladiadores poderiam acabar com um liso[28] como eu?

O porteiro, entorpecido de sono e quase dormindo de novo, virou para o outro lado e falou:

— E quem me garante que você não degolou aquele seu camarada com quem você chegou aqui ontem à noite e agora quer fugir?

Nesse instante, me lembro, vi a terra se abrir e o cão Cérbero[29] aparecer no fundo do Tártaro pronto para me devorar; recordei também que a boa Méroe não poupara minha vida por misericórdia e sim que, por crueldade, me reservara à cruz.

16. Ao regressar ao quarto, eu refletia comigo mesmo que tipo de morte me estava reservado. Porém, como a Fortuna não me fornecia nenhuma outra flecha mortífera a não ser a cama, eu disse:

inquam 'animo meo carissime, qui mecum tot aerumnas exanclasti conscius et arbiter quae nocte gesta sunt, quem solum in meo reatu testem innocentiae citare possum, tu mihi ad inferos festinanti sumministra telum salutare.' Et cum dicto restim qua erat intextus aggredior expedire, ac tigillo, quod fenestrae subditum altrinsecus prominebat, iniecta atque obdita parte funiculi et altera firmiter in nodum coacta, ascenso grabatulo ad exitium sublimatus et immisso capite laqueum induo. Sed dum pede altero fulcimentum quo sustinebar repello, ut ponderis deductu restis ad ingluviem astricta spiritus officia discluderet, repente putris alioquin et vetus funis dirumpitur, atque ego de alto recidens Socratem—nam iuxta me iacebat—superruo cumque eo in terram devolvor.

17. "Et ecce in ipso momento ianitor introrumpit exserte clamitans 'Ubi es tu, qui alta nocte immodice festinabas et nunc stertis involutus?'

"Ad haec, nescio an casu nostro an illius absono clamore experrectus, Socrates exsurgit prior et 'Non' inquit 'immerito stabularios hos omnes hospites detestantur. Nam iste curiosus dum importune irrumpit—credo studio rapiendi aliquid—clamore vasto marcidum alioquin me altissimo somno excussit.'

"Emergo laetus atque alacer insperato gaudio perfusus, et 'Ecce, ianitor fidelissime, comes et pater meus et frater meus, quem nocte ebrius occisum a me calumniabaris.' Et cum dicto Socratem deosculabar amplexus.

"At ille, odore alioquin spurcissimi umoris percussus quo me lamiae illae infecerant, vehementer aspernatur. 'Apage te,' inquit

30 **Cama, cama do meu coração** ("*Iam iam, grabatule*" *inquam* "*Animo meo carissime*"): eco de Salústio (Salústio, *Guerra jugurtina* 22 *Iam iam, frater animo meo carissime*), referindo-se ao discurso de Aderbal em lamento pelo assassinato de seu irmão, Hiempsal, cometido pelo outro irmão, Jugurta, que procurava tomar sozinho o poder sobre a Numídia. Procurei manter o efeito cômico-patético da cena com a repetição do nome do móvel, omitindo o advérbio *iam*.

— Cama, cama do meu coração,[30] que passou tantas tribulações comigo, espectadora e juíza do que sucedeu ontem à noite, a única que posso citar no tribunal como testemunha de minha inocência, me dê a flechada benfazeja, pois corro em disparada rumo ao reino dos mortos!

Falando assim, comecei a soltar a corda que trançava o estrado: tendo enrolado e amarrado uma ponta dela na grade, que ia de uma travessa a outra da janela, e formado um nó firme com a outra ponta, eu, depois de subir na cama, obstinado a morrer, enrosquei o laço no pescoço. Mas, enquanto afastava com um pé o apoio no qual eu me sustentava, de modo que o laço, com meu peso, apertasse minha garganta e me impedisse de respirar, de súbito a corda, de resto podre e velha, arrebentou; então, me estatelando de lá de cima, caí sobre Sócrates, que jazia perto de mim, e rolei com ele no chão.

17. Eis que, nesse exato momento, o porteiro entrou no quarto, gritando alto:

— Cadê você, que, no meio da madrugada, tinha pressa para ir embora e agora ronca debaixo do lençol?

Nisso, Sócrates, desperto pela nossa queda ou pelos gritos do porteiro, se levantou e disse:

— Não é sem razão que esses estalajadeiros são detestados pelos hóspedes! Esse bisbilhoteiro, ao entrar sem bater (acho que para roubar alguma coisa), me tirou do sono profundo, moído como eu estava, com esses gritos altos.

Eu me ergui contente, empolgado e tomado de uma satisfação inesperada:

— Viu só, leal porteiro? Eis meu amigo de fé, meu irmão camarada, que você, seu bêbado, me acusou injustamente de ter matado nessa noite — e, falando assim, eu abraçava Sócrates e o cobria de beijos.

Mas ele, incomodado mais pelo cheiro ruim do líquido asqueroso com o qual aquelas duas bruxas me infectaram, me afastou de supetão:

'foetorem extremae latrinae;' et causas coepit huius odoris comiter inquirere.

"At ego miser, affleto ex tempore absurdo ioco, in alium sermonem intentionem eius denuo derivo, et iniecta dextra 'Quin imus' inquam 'et itineris matutini gratiam capimus?' Sumo sarcinulam et, pretio mansionis stabulario persoluto, capessimus viam.

18. "Aliquantum processeramus et iam iubaris exortu cuncta collustrantur. Et ego curiose sedulo arbitrabar iugulum comitis, qua parte gladium delapsum videram; et mecum 'Vesane,' aio 'qui poculis et vino sepultus extrema somniasti. Ecce Socrates integer, sanus, incolumis. Ubi vulnus, spongia? Ubi postremum cicatrix tam alta, tam recens?' Et ad illum 'Non' inquam 'immerito medici fidi cibo et crapula distentos saeva et gravia somniare autumant. Mihi denique, quod poculis vesperi minus temperavi, nox acerba diras et truces imagines obtulit, ut adhuc me credam cruore humano aspersum atque impiatum.'

"Ad haec ille surridens 'At tu' inquit 'non sanguine sed lotio perfusus es. Verum tamen et ipse per somnium iugulari visus sum mihi. Nam et iugulum istum dolui et cor ipsum mihi avelli putavi; et nunc etiam spiritu deficior et genua quatior et gradu titubo et aliquid cibatus refovendo spiritu desidero.'

"'En' inquam 'paratum tibi adest ientaculum.' Et cum dicto manticam meam umero exuo, caseum cum pane propere ei porrigo, et 'Iuxta platanum istam residamus' aio.

19. "Quo facto et ipse aliquid indidem sumo, eumque avide essitantem aspiciens, aliquanto intentiore macie atque pallore buxeo de-

31 **plátano**: o cenário bucólico remete ao diálogo *Fedro*, de Platão (*Fedro*, 229a-b), sendo propício, na filosofia, ao aprendizado e ao debate.

— Sai fora! — exclamou — Que fedor de penico é esse? — e, num tom mais amigável, começou a me perguntar o motivo daquela catinga.

Eu, porém (coitado de mim!), saindo pela tangente, mudei o foco da conversa e pus a mão no ombro dele, dizendo:

— Por que não aproveitamos o começo do dia e vamos embora?

Ajeitei nossas coisas e, depois de pagar ao estalajadeiro pela estadia, partimos.

18. Mal começamos a jornada, e tudo se iluminava com os raios do sol. Eu, porém, observava com curiosidade o pescoço do meu camarada, aquela parte em que eu tinha visto que a espada tinha sido cravada, e dizia para mim mesmo: "Louco, que teve pesadelos encharcado de vinho e de bebida! Aqui está Sócrates são, salvo e ileso. Cadê a ferida? E a esponja, cadê? Enfim, cadê a cicatriz tão profunda, tão recente?" E, para ele:

— Não é sem razão que os bons médicos afirmam que gente entupida de comida e bebida tem sonhos assustadores e angustiantes. É que isso aconteceu comigo. Por não beber com moderação ontem à noite, o sono me trouxe imagens terríveis e monstruosas, tanto que até agora eu me achava banhado e manchado de sangue humano.

A essas palavras ele respondeu, sorrindo:

— Mas não é de sangue que você está banhado e manchado, e sim de mijo! De resto, me pareceu que eu tinha sido degolado num pesadelo. Senti a dor do golpe na garganta e achei que meu coração havia sido arrancado. Mesmo agora a respiração não me sai, os joelhos tremem, os passos estão vacilantes e eu quero comer alguma coisa que me revigore.

— Ei! Seu almoço já está pronto — eu disse.

Então, tiro a sacola do ombro e, sem demora, lhe estendo queijo e pão, falando assim:

— Vamos nos sentar embaixo deste plátano.[31]

19. Ali sentados, comecei a comer alguma coisa; contudo, enquanto via meu amigo satisfazer seu apetite com voracidade, reparei que ele perdia as forças, seus traços se cavavam e sua palidez era de bu-

ficientem video. Sic denique eum vitalis color turbaverat ut mihi prae metu, nocturnas etiam Furias illas imaginanti, frustulum panis quod primum sumpseram, quamvis admodum modicum, mediis faucibus inhaereret ac neque deorsum demeare neque sursum remeare posset. Nam et brevitas ipsa commeantium metum mihi cumulabat. Quis enim de duobus comitum alterum sine alterius noxa peremptum crederet? Verum ille, ut satis detruncaverat cibum, sitire impatienter coeperat. Nam et optimi casei bonam partem avide devoraverat, et haud ita longe radices platani lenis fluvius in speciem placidae paludis ignavus ibat, argento vel vitro aemulus in colorem. 'En' inquam 'explere latice fontis lacteo.' Assurgit et, oppertus paululum planiorem ripae marginem, complicitus in genua appronat se avidus affectans poculum. Necdum satis extremis labiis summum aquae rorem attigerat, et iugulo eius vulnus dehiscit in profundum patorem et illa spongia de eo repente devolvitur eamque parvus admodum comitatur cruor. Denique corpus exanimatum in flumen paene cernuat, nisi ego altero eius pede retento vix et aegre ad ripam superiorem attraxi, ubi defletum pro tempore comitem misellum arenosa humo in amnis vicinia sempiterna contexi. Ipse trepidus et eximie metuens mihi per diversas et avias solitudines aufugi, et quasi conscius mihi caedis humanae relicta patria et Lare ultroneum exilium amplexus, nunc Aetoliam novo contracto matrimonio colo."

20. Haec Aristomenes. At ille comes eius, qui statim initio obstinata incredulitate sermonem eius respuebat, "Nihil" inquit "hac fabula fabulosius, nihil isto mendacio absurdius." Et ad me conversus, "Tu autem," inquit "vir ut habitus et habitudo demonstrat ornatus, accedis huic fabulae?"

"Ego vero" inquam "nihil impossibile arbitror, sed utcumque fata decreverint, ita cuncta mortalibus provenire. Nam et mihi et tibi

32 **Fúrias:** tradução latina do termo de origem grega *Erínias* (ou *Eumênides*), vingadoras infernais dos crimes cometidos pelos humanos.

cho. Tão desfigurado ele estava que, de puro medo, eu imaginei ter diante de mim aquelas Fúrias[32] da noite anterior, e o pedaço de pão que eu tinha mastigado, ainda que bem pequeno, ficou atravessado na minha garganta, sem que eu conseguisse engoli-lo ou colocá-lo para fora. A ausência de pessoas por ali era o que duplicava o meu temor: quem iria acreditar que, de dois amigos, um morresse e o outro não sofresse nada? Porém ele, por ter comido bastante, começou a ter sede, pois havia devorado um bom pedaço de um queijo excelente. Não muito longe das raízes do plátano, corria um rio suave, moroso como uma lagoa calma, de cor parecida com a prata e o vidro.

— Vá lá — eu lhe disse — tomar daquela água cristalina.

Ele se levantou e, depois de procurar a margem mais rente ao regato, dobrou os joelhos e se debruçou para beber; no entanto, nem bem havia encostado os lábios na água, e a ferida no seu pescoço se abriu ostensivamente; a esponja saltou de repente, seguida de um fiapo de sangue; o corpo, sem vida, só não caiu dentro do rio porque eu o segurei com o pé e o arrastei com dificuldade margem acima. Ali, depois de chorar todas as lágrimas que o momento pedia, cobri de terra arenosa o meu pobre camarada na beira do rio, para todo o sempre. Em seguida, assustado e temendo pela minha vida, fugi pelo caminho oposto, pura escuridão. Culpando-me a mim mesmo pela morte dele, sofri um exílio voluntário depois de deixar a pátria e o lar; hoje em dia vivo na Etólia e me casei novamente.

20. Essa foi a narrativa de Aristômenes. Porém, o amigo dele — que desde o começo resistia à história com obstinada incredulidade — disse:

— Nada é mais fabuloso do que essa fábula, nem mais absurdo do que essa mentira — disse ele e, voltando-se para mim — Mas você, que tem jeito e cara de gente culta, dá crédito a esse conto?

— De fato, eu não acho nada impossível — lhe respondi — e cada um tem o destino que lhe cabe. Para você, para mim e para todo

et cunctis hominibus multa usu venire mira et paene infecta, quae tamen ignaro relata fidem perdant. Sed ego huic et credo hercules et gratas gratias memini, quod lepidae fabulae festivitate nos avocavit; asperam denique ac prolixam viam sine labore ac taedio evasi. Quod beneficium etiam illum vectorem meum credo laetari, sine fatigatione sui me usque ad istam civitatis portam non dorso illius sed meis auribus pervecto."

21. Is finis nobis et sermonis et itineris communis fuit. Nam comites uterque ad villulam proximam laevorsum abierunt. Ego vero quod primum ingressui stabulum conspicatus sum accessi, et de quadam anu caupona ilico percontor. "Estne" inquam "Hypata haec civitas?" Annuit. "Nostine Milonem quendam e primoribus?" Arrisit, et "Vere" inquit "primus istic perhibetur Milo, qui extra pomerium et urbem totam colit." "Remoto" inquam "ioco, parens optima, dic oro et cuiatis sit et quibus deversetur aedibus." "Videsne" inquit "extremas fenestras, quae foris urbem prospiciunt, et altrinsecus fores proximum respicientes angiportum? Inibi iste Milo deversatur, ampliter nummatus et longe opulentus, verum extremae avaritiae et sordis infimae infamis homo. Faenus denique copiosum sub arrabone auri et argenti crebriter exercens, exiguo lare inclusus et aerugini semper intentus, cum uxore etiam calamitatis suae comite habet, neque praeter unicam pascit ancillulam et habitu mendicantis semper incedit."

Ad haec ego risum subicio. "Benigne" inquam "et prospicue Demeas meus in me consuluit, qui peregrinaturum tali viro conciliavit, in cuius hospitio nec fumi nec nidoris nebulam vererer."

22. Et cum dicto modico secus progressus ostium accedo et ianuam firmiter oppessulatam pulsare vocaliter incipio. Tandem adulescentula quaedam procedens, "Heus tu," inquit "qui tam fortiter

mundo podem acontecer coisas estranhas e quase impossíveis, que para o desavisado não fazem sentido quando são contadas. Mas eu — por Hércules! — acredito nelas, sim, e fico muito grato a você por nos distrair bastante com uma história divertida. De fato, atravessei este caminho longo e cansativo sem esforço nem tédio. Acho que até o meu cavalo foi beneficiado, porque, sem cansaço, fui carregado até os portões da cidade não pelo lombo dele, e sim pelos meus ouvidos.

21. Esse foi o final da conversa e da nossa viagem juntos, porque os dois amigos entraram à esquerda a caminho de uma pequena chácara ali perto. Eu, por outro lado, me acercando da primeira hospedaria que encontrei, perguntei a uma velha estalajadeira:

— É aqui a cidade de Hípata?

Ela indicou que sim.

— A senhora, por acaso, conhece Milão, um dos líderes desta cidade?

Ela riu e disse:

— Pois é, parece que ele é o líder mesmo, porque mora bem na frente dos portões da cidade.

— Minha senhora, é sério! Por favor, me diga como ele é e em qual casa ele mora.

— Está vendo aquelas janelas lá longe que dão para a cidade e a porta do outro lado que dá para uma viela? É ali que mora esse Milão, homem bastante rico e cheio de luxos, mas que tem a fama ruim de avarento e bastante perverso; é um agiota de primeira e cobra ouro e prata de garantia; vive enfiado num quartinho da casa, sempre zeloso da sua paixão, com a mulher, também ela cúmplice da sua calamidade. Alimenta só uma criada e se veste como um mendigo.

Rindo, rebati essas palavras assim:

— Demeias, meu bom e precavido amigo, que tomou conta de mim e me aconselhou a buscar um sujeito cuja recepção não me daria medo nem da fumaça das chamas, nem do cheiro da panela!

22. Dito isso, dei uns passos à frente até chegar à entrada da casa e comecei a bater com firmeza na porta bem trancada, chamando quem me atendesse. Por fim, apareceu uma moça dizendo:

fores verberasti, sub qua specie mutuari cupis? An tu solus ignoras praeter aurum argentumque nullum nos pignus admittere?" "Meliora" inquam "ominare, et potius responde an intra aedes erum tuum offenderim." "Plane," inquit "sed quae causa quaestionis huius?" "Litteras ei a Corinthio Demea scriptas ad eum reddo." "Dum annuntio" inquit "hic ibidem me opperimino." Et cum dicto rursum foribus oppessulatis intro capessit. Modico deinde regressa patefactis aedibus, "Rogat te" inquit.

Intuli me eumque accubantem exiguo admodum grabatulo et commodum cenare incipientem invenio. Assidebat pedes uxor et mensa vacua posita, cuius monstratu "En" inquit "hospitium." "Bene" ego, et ilico ei litteras Demeae trado. Quibus properiter lectis, "Amo" inquit "meum Demean, qui mihi tantum conciliavit hospitem."

23. Et cum dicto iubet uxorem decedere, utque in eius locum assidam iubet, meque etiam nunc verecundia cunctantem arrepta lacinia detrahens, "Asside" inquit "istic. Nam prae metu latronum nulla sessibula ac ne sufficientem supellectilem parare nobis licet." Feci.

Et sic "Ego te" inquit "etiam de ista corporis speciosa habitudine deque hac virginali prorsus verecundia generosa stirpe proditum et recte conicerem, sed et meus Demeas eadem litteris pronuntiat. Ergo brevitatem gurgustioli nostri ne spernas peto. Erit tibi adiacens en ecce illud cubiculum honestum receptaculum. Fac libenter deverseris in nostro. Nam et maiorem domum dignatione tua feceris, et tibi specimen gloriosum arrogaris, si contentus lare parvulo

— Ei, você aí! Que tipo de empréstimo está buscando batendo tão forte na porta? Ou só você não sabe que, para emprestar, cobramos ouro e prata de garantia?

— Ótimo! — respondi — Agora faça o favor de me dizer se o seu patrão se encontra em casa.

— Certo — ela retorquiu — Mas por que você quer saber?

— Trago-lhe uma carta de Demeias de Corinto.

— Espere aqui enquanto anuncio você — ela me pediu, trancando a porta e voltando para dentro.

Regressou poucos minutos depois e, abrindo a porta, me disse:

— Ele está lhe esperando.

Entrei e o encontrei bem no momento em que ele tomava seu lugar em um pequeno estrado para jantar. Ao seu lado, a esposa; a mesa estava posta, mas sem comida alguma. Convidando-me, ele disse:

— É assim que eu recebo meus hóspedes.

— Muito bem! — respondi-lhe e ali mesmo lhe estendi a carta de Demeias.

Depois de lê-la, ele falou:

— Fico imensamente grato a Demeias, que me mandou um hóspede tão distinto!

23. Dito isso, pediu à esposa que saísse do lugar e me pediu que eu o ocupasse; como eu me sentia paralisado pela timidez, ele então me puxou para junto de si pela barra das minhas vestes:

— Sente aqui: é que não podemos adquirir nem móveis nem cadeiras suficientes por medo dos ladrões.

Obedeci.

— Eu reconheceria de imediato a sua estirpe — ele continuou — pela sua elegância e pela sua modéstia virginal, mas quem me confirma isso é meu querido Demeias em sua carta. Por isso, peço que você não se incomode com a humildade da nossa casa. Aqui ao lado tem um quartinho que lhe garantirá um abrigo decente: fique à vontade e aproveite a estadia. Você vai ampliar a fama desta casa com sua nobreza e será digno de um título de glória se, satisfeito com um

Thesei illius cognominis patris tui virtutes aemulaveris, qui non est aspernatus Hecales anus hospitium tenue."

Et vocata ancillula, "Photis," inquit "sarcinulas hospitis susceptas cum fide conde in illud cubiculum, ac simul ex promptuario oleum unctui et lintea tersui et cetera hoc eidem usui profers ociter, et hospitem meum produc ad proximas balneas; satis arduo itinere atque prolixo fatigatus est."

24. His ego auditis, mores atque parsimoniam ratiocinans Milonis volensque me artius ei conciliare, "Nihil" inquam "rerum istarum, quae itineris ubique nos comitantur, indigemus. Sed et balneas facile percontabimur. Plane quod est mihi summe praecipuum, equo, qui me strenue pervexit, faenum atque hordeum acceptis istis nummulis tu, Photis, emito."

His actis et rebus meis in illo cubiculo conditis, pergens ipse ad balneas, ut prius aliquid nobis cibatui prospicerem, forum cuppedinis peto inque eo piscatum opiparem expositum video, et percontato pretio, quod centum nummis indicaret, aspernatus viginti denarios praestinavi. Inde me commodum egredientem continatur Pythias condiscipulus apud Athenas Atticas meus, qui me post aliquantum multum temporis amanter agnitum invadit, amplexusque ac comiter deosculatus, "Mi Luci," ait "sat pol diu est quod intervisimus te, at hercules exinde cum a Clytio magistro digressi sumus. Quae autem tibi causa peregrinationis huius?" "Crastino die scies" inquam "Sed quid istud? Voti gaudeo. Nam et lixas et virgas et habitum prorsus magistratui congruentem in te video." "Annonam curamus" ait "Et aedilem gerimus, et si quid obsonare cupis utique commodabimus." Abnuebam, quippe qui iam cenae affatim

33 **Hécale:** anciã que acolheu em sua casa o herói Teseu quando esse estava a caminho de lutar contra o touro de Maratona. O mito é recontado por Calímaco, em poema atualmente em estado fragmentário.

34 **Lúcio**: aqui, pela primeira vez, o leitor é apresentado ao personagem-narrador da obra.

pequeno lar, imitar as qualidades do herói Teseu, homônimo do seu pai, que não desprezou a modesta hospitalidade da velha Hécale.[33]

E, chamando a pequena escrava, ordenou:

— Fótis, guarde com cuidado a bagagem do hóspede no quartinho e, logo em seguida, tire do armário óleo de fricção, toalha de banho e o que de mais for necessário e leve meu hóspede aos banhos públicos mais próximos, porque ele está cansado da viagem longa e difícil.

24. Ao ouvir isso, refleti sobre os costumes e a parcimônia de Milão e, querendo me afinar com ele diligentemente, falei:

— Não preciso de nada disso, pois minhas coisas ficam comigo em todas as viagens. Os banhos públicos, eu os encontrarei sem dificuldade. Só o que me preocupa mesmo é o meu cavalo, que valentemente me carregou até aqui. Pegue, Fótis, estas moedas e compre feno e cevada.

Depois disso, acomodei minha bagagem no quartinho e saí para os banhos públicos. Só que, antes, procurando algo de comer, fui para o mercado e vi exposto nele um peixe de aspecto excelente. Perguntei o preço: custava cem moedas. Negociei e paguei vinte denários. Assim que, feliz com a compra, deixei o lugar, encontrei Pítias, meu colega de escola em Atenas da Ática, que, depois de tanto tempo, me reconheceu com toda a simpatia e, me abraçando e beijando como um irmão, disse:

— Meu caro Lúcio![34] Caramba! Faz tempo que não nos vemos, por Hércules! Desde que deixamos a escola do mestre Clítio! E o que traz você aqui?

— Você vai saber amanhã — lhe respondi — Mas o que é isso? Meus parabéns! Estou vendo a comitiva, as faixas, o traje e tudo de um magistrado em você!

— Sou fiscal de abastecimento e exerço o cargo de edil:[35] se quiser comprar algo de comer, é só avisar.

35 **edil:** magistrado romano cujas funções incluíam, entre outras, fiscalizar o abastecimento e o funcionamento dos mercados.

piscatum prospexeramus. Sed enim Pythias, visa sportula succussisque in aspectum planiorem piscibus, "At has quisquilias quanti parasti?" "Vix" inquam "piscatori extorsimus accipere viginti denarium."

25. Quo audito, statim arrepta dextera postliminio me in forum cuppedinis reducens "Et a quo" inquit "istorum nugamenta haec comparasti?" Demonstro seniculum—in angulo sedebat—quem confestim pro aedilitatis imperio voce asperrima increpans, "Iam iam" inquit "nec amicis quidem nostris vel omnino ullis hospitibus parcitis, quod tam magnis pretiis pisces frivolos indicatis et florem Thessalicae regionis ad instar solitudinis et scopuli edulium caritate deducitis? Sed non impune. Iam enim faxo scias quem ad modum sub meo magisterio mali debeant coerceri." Et profusa in medium sportula iubet officialem suum insuper pisces inscendere ac pedibus suis totos obterere. Qua contentus morum severitudine meus Pythias ac mihi ut abirem suadens, "Sufficit mihi, o Luci," inquit "seniculi tanta haec contumelia."

His actis consternatus ac prorsus obstupidus, ad balneas me refero, prudentis condiscipuli valido consilio et nummis simul privatus et cena, lautusque ad hospitium Milonis ac dehinc cubiculum me reporto.

26. Et ecce Photis ancilla "Rogat te" inquit "hospes." At ego iam inde Milonis abstinentiae cognitor excusavi comiter, quod viae vexationem non cibo sed somno censerem diluendam. Isto accepto pergit ipse et iniecta dextera clementer me trahere adoritur. Ac dum cunctor, dum modeste renitor, "Non prius" inquit "discedam quam me

Agradeci-lhe; os peixes tinham sido o bastante para o meu jantar. Porém Pítias, ao ver a cesta e sacudir os peixes para verificar seu estado, questionou:

— Quanto você pagou por esse troço?

— A duras penas — lhe respondi — arranquei-os de um pescador por vinte denários.

25. Ao ouvir isso, no mesmo instante ele me pegou pela mão, me levando de volta para o mercado:

— De quem você comprou essa porcaria? — perguntou.

Apontei-lhe o velhinho: estava sentado num canto. Sem tardar, apresentando suas credenciais de edil, ele exclamou:

— Muito bem, muito bem! Você não poupa nossos amigos e nem sequer os turistas, porque vende caro peixes sem valor nenhum e faz da flor da Tessália um deserto, um abismo pelo alto custo da comida! Mas isso não vai ficar assim: eu farei você descobrir que, no meu governo, os trapaceiros vão ser punidos.

E então, jogando no chão o conteúdo da cesta, mandou seu oficial pisotear os peixes e esfacelá-los um a um. Depois, orgulhoso da seriedade de seus costumes, meu amigo Pítias, convidando-me a sair, falou:

— Para mim é o bastante aplicar esta punição ao velhinho.

Consternado com a atitude e visivelmente confuso, me dirigi aos banhos públicos: por conta da impetuosa decisão do meu sábio colega de escola, eu havia ficado, ao mesmo tempo, sem dinheiro e sem jantar.

Já asseado, regressei à casa de Milão e fui para o meu quarto.

26. E eis que Fótis aparece e me diz:

— Seu anfitrião está lhe chamando.

Ciente que eu estava da frugalidade de Milão, recusei gentilmente por achar que o jeito de acabar com o cansaço da viagem não era mais comer, e sim dormir. Ao saber disso, ele mesmo veio a mim e, me pegando gentilmente pela mão, tentou me arrastar para fora. Porém, como eu me esquivasse e francamente resistisse, ele disse:

— Só saio daqui se você vier comigo.

sequaris." Et dictum iure iurando secutus iam obstinationi suae me ingratis oboedientem perducit ad illum suum grabatulum, et residenti "Quam salve agit" inquit "Demeas noster? Quid uxor? Quid liberi? Quid vernaculi?" Narro singula. Percontatur accuratius causas etiam peregrinationis meae. Quas ubi probe pertuli, iam et de patria nostra et eius primoribus ac denique de ipso praeside scrupulosissime explorans, ubi me post itineris tam saevi vexationem sensit fabularum quoque serie fatigatum in verba media somnolentum desinere ac nequicquam, defectum iam, incerta verborum salebra balbuttire, tandem patitur cubitum concederem. Evasi aliquando rancidi senis loquax et famelicum convivium, somno non cibo gravatus, cenatus solis fabulis, et in cubiculum reversus optatae me quieti reddidi.

Ele falava sério e, convencendo-me com sua obstinação, me levou até o seu leito, onde me sentei.

— Como vai o nosso amigo Demeias? — me perguntou — E sua esposa? E seus filhos? E seus escravos?

Eu lhe contei tudo; ele também quis saber os motivos da minha viagem e, quando eu lhe expliquei isso, o que ele quis que eu lhe explicasse com mais detalhes ainda era de que pátria eu provinha, quem eram seus cidadãos mais ilustres e, por fim, seu governador. Percebendo que, além de cansado depois uma viagem difícil, eu não aguentava mais contar histórias (parando no meio da frase, caindo de sono e, já com os olhos quase fechados, balbuciando qualquer coisa), deu a sua permissão para que eu fosse me deitar. Finalmente me livrava do banquete famélico de um velho chato, mesmo que farto de sono, não de comida.

Assim, nutrido apenas com histórias, voltei para o quarto e me entreguei ao tão desejado repouso.

Liber II

1. Ut primum nocte discussa sol novus diem fecit, et somno simul emersus et lectulo, anxius alioquin et nimis cupidus cognoscendi quae rara miraque sunt, reputansque me media Thessaliae loca tenere, quo artis magicae nativa cantamina totius orbis consono ore celebrentur, fabulamque illam optimi comitis Aristomenis de situ civitatis huius exortam, suspensus alioquin et voto simul et studio, curiose singula considerabam. Nec fuit in illa civitate quod aspiciens id esse crederem quod esset, sed omnia prorsus ferali murmure in aliam effigiem translata, ut et lapides quos offenderem de homine duratos, et aves quas audirem indidem plumatas, et arbores quae pomerium ambirent similiter foliatas, et fontanos latices de corporibus humanis fluxos crederem; iam statuas et imagines incessuras, parietes locuturos, boves et id genus pecua dicturas praesagium, de ipso vero caelo et iubaris orbe subito venturum oraculum.

2. Sic attonitus, immo vero cruciabili desiderio stupidus, nullo quidem initio vel omnino vestigio cupidinis meae reperto cuncta circumibam tamen. Dum luxum nepotalem similis ostiatim singula pererro, repente me nescius forum cuppedinis intuli. Et ecce mulierem quampiam frequenti stipatam famulitione ibidem gradientem accelerato vestigio comprehendo. Aurum in gemmis et in tunicis, ibi inflexum, hic intextum, matronam profecto confitebatur. Huius adhaerebat lateri senex iam gravis in annis, qui, ut primum me

Livro 2

1. Logo que a noite se dissipou e um novo sol iluminou o dia, despertei do sono e me levantei da cama. Bastante ansioso e com muita vontade de conhecer coisas diferentes e insólitas, me vi no coração da Tessália — que é tida, na opinião de todo mundo, como o berço das artes mágicas, região na qual sucedeu o caso do meu colega Aristômenes. Além de agitado pela curiosidade e pela animação, eu procurava, com interesse, alguma novidade. Achava que tudo aquilo que eu via naquele lugar era outra coisa, transfigurada por algum feitiço infernal: julgava que as pedras em que eu tropeçava eram homens petrificados; o pássaro que cantava era uma pessoa com asas; o mesmo com as árvores e suas folhas ao redor da cidade, e que a água das fontes eram corpos de seres humanos liquefeitos. Estátuas e pinturas pareciam prestes a se mexer; paredes, a falar; bois e rebanhos de outros animais, a prognosticar o futuro, e que até mesmo do céu e do círculo das estrelas cairia um presságio.

2. Assim estupefato ou mesmo bestificado por um desejo excruciante, andava eu por toda parte, ainda que sem qualquer traço ou sinal mínimo do que eu desejava. Indo de porta em porta como um bêbado sem rumo, entrei no mercado de repente e sem me dar conta. Ali, dei de cara com uma mulher que tinha um monte de criados e tratei de chegar mais perto dela. O brilho do ouro que irradiava das suas joias e resplandecia nas suas roupas deixava claro que se travava mesmo de uma madame. Um velho de idade bastante avançada ia ao lado dela; assim que me viu, ele disse:

conspexit, "Est," inquit "hercules, est Lucius," et offert osculum, et statim incertum quidnam in aurem mulieris obganniit. "Quin" inquit "etiam ipse parentem tuam accedis et salutas?" "Vereor" inquam "ignotae mihi feminae," et statim rubore suffusus deiecto capite restiti.

At illa, optutum in me conversa, "En" inquit "sanctissimae Salviae matris generosa probitas. Sed et cetera corporis exsecrabiliter ad [regulam qua diligenter aliquid affingunt] amussim congruentia: inenormis proceritas, suculenta gracilitas, rubor temperatus, flavum et inaffectatum capillitium, oculi caesii quidem, sed vigiles et in aspectu micantes, prorsus aquilini, os quoquoversum floridum, speciosus et immeditatus incessus."

3. Et adiecit, "Ego te, o Luci, meis istis manibus educavi—quidni?—parentis tuae non modo sanguinis, verum alimoniarum etiam socia. Nam et familia Plutarchi ambae prognatae sumus, et eandem nutricem simul bibimus, et in nexu germanitatis una coaluimus. Nec aliud nos quam dignitas discernit, quod illa clarissimas, ego privatas nuptias fecerimus. Ego sum Byrrhena illa, cuius forte saepicule nomen inter tuos educatores frequentatum retines. Accede itaque hospitium fiducia, immo vero iam tuum proprium larem."

Ad haec ego, iam sermonis ipsius mora rubore digesto, "Absit," inquam "parens, ut Milonem hospitem sine ulla querela deseram. Sed plane quod officiis integris potest effici curabo sedulo. Quotiens itineris huius ratio nascetur, numquam erit ut non apud te devertar."

Dum hunc et huius modi sermonem altercamur, paucis admodum confectis passibus ad domum Byrrhenae pervenimus.

4. Atria longe pulcherrima columnis quadrifariam per singulos angulos stantibus attolerabant statuas, palmaris deae facies, quae pinnis explicitis sine gressu pilae volubilis instabile vestigium plantis roscidis delibantes nec ut maneant inhaerent et iam volare creduntur. Ecce lapis Parius in Dianam factus tenet libratam totius loci

— Por Hércules, é o Lúcio! — me beijou e, em seguida, murmurou alguma coisa no ouvido da mulher — Por que você não se aproxima da sua mãe e fala com ela?

— Sinto muito — lhe respondi —, mas não sei quem é esta senhora.

Resisti, ficando logo em seguida vermelho de vergonha e abaixando a cabeça. Ela, porém, virou-se para mim e falou:

— Tem todo o jeito honesto da mãe, a Sálvia, pessoa das mais incríveis! Até a aparência é odiosamente parecida: altura adequada, formas bem talhadas, pele corada, cabelos loiros e lisos, olhos verdes vivos e vigilantes, de olhar penetrante como o da águia, traços delicados por onde quer que se olhe, postura firme e elegante.

3. E, em seguida, emendou:

— Fui eu, Lúcio, que criei você com minhas próprias mãos: e como não faria isso, ligada que estou à sua mãe não somente pelos laços sanguíneos, como ainda por beber do mesmo leite que ela? Ambas procedemos da família de Plutarco, tivemos a mesma nutriz e crescemos juntas, como irmãs. A nossa diferença é apenas a posição social, porque ela se casou com um político famoso, e eu com um desconhecido. Eu sou a Birrena, cujo nome é bem possível que você tenha ouvido falar entre os seus parentes. Aceite sem medo a minha hospitalidade, porque minha casa na verdade é sua.

Enquanto ela falava, a vermelhidão do meu rosto se desvaneceu. Então eu lhe disse:

— Tia, eu não posso sair da casa de Milão sem chateá-lo, mas farei o que for possível para não causar problemas. Sempre que eu estiver por aqui, jamais vou deixar de visitar você.

Assim, trocando entre nós essas palavras, avançamos alguns passos até o palácio de Birrena.

4. O átrio, que de fato era extremamente belo, ostentava, sobre colunas que se distribuíam em cada um dos quatro cantos, uma estátua da deusa que retrata a Vitória — a qual, de asas abertas, permanecia imóvel, impulsando com os pés rosados um passo irresoluto na esfera rolante, na qual pousava sem se demorar dando a entender que já voaria. Vejo então o mármore de Paros esculpido como Diana, que

medietatem, signum perfecte luculentum, veste reflatum, procursu vegetum, introeuntibus obvium et maiestate numinis venerabile. Canes utrimquesecus deae latera muniunt, qui canes et ipsi lapis erant. His oculi minantur, aures rigent, nares hiant, ora saeviunt, et, sicunde de proximo latratus ingruerit, eum putabis de faucibus lapidis exire; et—in quo summum specimen operae fabrilis egregius ille signifex prodidit—sublatis canibus in pectus arduis pedes imi resistunt, currunt priores. Pone tergum deae saxum insurgit in speluncae modum, muscis et herbis et foliis et virgulis et sicubi pampinis et arbusculis alibi de lapide florentibus. Splendet intus umbra signi de nitore lapidis. Sub extrema saxi margine poma et uvae faberrime politae dependent, quas ars aemula naturae veritati similes explicuit. Putes ad cibum inde quaedam, eum mustulentus autumnus maturum colorem afflaverit, posse decerpi, et si fontem, qui deae vestigio discurrens in lenem vibratur undam, pronus aspexeris, credes illos ut rure pendentes racemos inter cetera veritatis nec agitationis officio carere. Inter medias frondes lapidis Actaeon simulacrum, curioso optutu in deam versum proiectus, iam in cervum ferinus et in saxo simul et in fonte loturam Dianam opperiens visitur.

36 **2.4**: a écfrase da cena de transformação de Actéon em cervo (Ovídio, *Metamorfoses* 3.138–252) pode ser lida aqui em contraposição à história de Lúcio: no mito, Actéon, metamorfoseado em cervo, é esquartejado por cães de caça após espiar a deusa Diana nua banhando-se num regato; já Lúcio é transformado em asno após espiar uma bruxa banhando-se em líquidos mágicos para se metamorfosear em pássaro e querer fazer o mesmo. A sorte de ambas as personagens muda devido à *curiosidade*. Além disso, a écfrase materializa a função de Birrena na narrativa: logo após ver as estátuas da Vitória e de Diana, Lúcio irá ao encontro dela, e ela (apelando para Diana!) procurará adverti-lo dos perigos da esposa de Milão. Segundo Frangoulidis (2015: 77–78), tanto a Vitória como Diana são manifestações de Ísis, o que

se encontra bem no centro de todo o espaço. Obra de arte executada com perfeição, trazia as vestes balançando ao vento e corria com velocidade na direção de quem entrava, venerável pela solenidade da deusa. Cães colocavam-se em ambos os lados da deusa, também eles de mármore. Seus olhos eram ameaçadores; as orelhas, empinadas; as narinas, bem abertas; os focinhos, ferozes e, caso tivesse ressoado um latido ao seu redor, se acreditaria que foram os focinhos de pedra que ladraram. Neles, o sublime artista revelou a excelência da sua arte: as patas traseiras dos cães de peito erguido descansavam; as dianteiras, corriam. Por trás das costas da deusa, aparece uma pedra em forma de caverna, de onde brotavam musgos, ervas, folhagens, ramos e, aqui e ali, videiras e arbustos. O vulto da estátua brilhava, no interior da caverna, com o resplendor da pedra. Sob o arremate exterior da rocha, pendiam maçãs e uvas esculpidas com toda a delicadeza, que a arte, cópia da natureza, fez muito próximas das verdadeiras. É possível afirmar que se poderia comê-las quando o abundante outono as pigmentasse com a cor da maturação e que, se alguém se inclinasse para observar a fonte que, derramando-se aos pés da deusa, fluía em ondas suaves, era de se esperar que a esses racimos, pendentes como se estivessem no campo, não faltaria nem mesmo o balanço do movimento e os demais toques de realidade. No meio das folhagens, um Actéon de mármore, distendido sobre a deusa e lançando-lhe um olhar curioso, assumia a forma de um animal selvagem, transformando-se em cervo, e era visto, ao mesmo tempo, na pedra e na água da fonte espiando Diana prestes a banhar-se.[36]

não apenas torna a écfrase um espelho inverso da sorte de Lúcio/Ísis (= Actéon/Diana) como ainda retoma o diálogo entre romance e poesia épica, já que equivaleria simbolicamente à cena da *Eneida* em que o herói Eneias contempla as imagens da guerra de Troia no templo de Juno (Virgílio, *Eneida* 1.450 ss.); é de se lembrar que, tanto na *Eneida* como no *Asno de ouro*, a imagem retratada não é bem compreendida pelos protagonistas.

5. Dum haec identidem rimabundus eximie delector, "Tua sunt" ait Byrrhena "cuncta quae vides." Et cum dicto ceteros omnes sermone secreto decedere praecipit. Quibus dispulsis omnibus, "Per hanc" inquit "Deam, o Luci carissime, ut anxie tibi metuo et ut pote pignori meo longe provisum cupio, cave tibi, sed cave fortiter a malis artibus et facinorosis illecebris Pamphiles illius, quae cum Milone isto, quem dicis hospitem, nupta est. Maga primi nominis et omnis carminis sepulcralis magistra creditur, quae surculis et lapillis et id genus frivolis inhalatis omnem istam lucem mundi sideralis imis Tartari et in vetustum Chaos summergere novit. Nam simul quemque conspexerit speciosae formae iuvenem, venustate eius sumitur et ilico in eum et oculum et animum detorquet. Serit blanditias, invadit spiritum, amoris profundi pedicis aeternis alligat. Tunc minus morigeros et viles fastidio in saxa et in pecua et quodvis animal puncto reformat, alios vero prorsus exstinguit. Haec tibi trepido et cavenda censeo. Nam et illa urit perpetuum, et tu per aetatem et pulchritudinem capax eius es." Haec mecum Byrrhena satis anxia.

6. At ego curiosus alioquin, ut primum artis magicae semper optatum nomen audivi, tantum a cautela Pamphiles afui ut etiam ultro gestirem tali magisterio me volens ampla cum mercede tradere et prorsus in ipsum barathrum saltu concito praecipitare. Festinus denique et vecors animi manu eius velut catena quadam memet expedio et, "Salve" propere addito, ad Milonis hospitium perniciter evolo. Ac dum amenti similis celero vestigium, "Age," inquam "o Luci, evigila et tecum esto. Habes exoptatam occasionem et voto

5. Eu analisava os detalhes da obra meticulosamente e me maravilhava, quando então Birrena disse:

— Tudo isso que você está vendo é seu.

E, depois de falar, tratou de que os demais presentes se retirassem do local para conversarmos a sós. Quando todos saíram, ela continuou:

— Juro por esta deusa, meu querido Lúcio, que me preocupo muito com você e quero ajudá-lo o quanto possível antes que algo aconteça, porque considero você como um filho: cuidado, mas cuidado mesmo, com as bruxarias e feitiços dessa Pânfila, casada com o tal Milão de quem você diz ser hóspede. Ela é uma bruxa de primeira, e tida como especialista em todo o tipo de liturgia sepulcral. Assoprando varinhas, pedregulhos e outras coisas do gênero, consegue submergir toda a luz deste mundo sideral nas profundezas do Tártaro até o Caos primitivo. Assim que ela vê um rapaz de belas formas, é atraída por sua beleza e não tira dele nem os olhos nem os pensamentos: semeia carícias, se apodera de seu espírito, prende-o nos laços eternos de um amor profundo. Porém, os que não se rendem ou de quem já se cansou, ela os transforma de imediato em pedras, carneiros ou num animal qualquer, isso quando simplesmente não os elimina. Creio que você deve ficar atento e tomar cuidado: é que ela arde sem descanso, e você, pela juventude e pela beleza, pode muito bem ser a próxima vítima.

Assim falou Birrena, toda preocupada.

6. Mas eu, curioso até demais, assim que ouvi falar das artes mágicas (coisa que desde sempre me interessou muito), não só não fiquei com medo de Pânfila, como ainda, bem ao contrário, me empolguei com toda a emoção de saber mais sobre o assunto e, sem medir as consequências, me jogar de cabeça no abismo. Por fim, apressado e agitado, me desprendi das mãos de Birrena como se fossem algemas e, depois de lhe dar um rápido "tchau!", saí voando com toda a rapidez para a casa de Milão.

"Cuidado, Lúcio!" — eu dizia a mim mesmo — "Cuidado e muita atenção: chegou a hora tão esperada de cumprir sua promessa

diutino potiris fabulis miris explere pectus. Aufers formidines pueriles, comminus cum re ipsa naviter congredere, et a nexu quidem venerio hospitis tuae tempera et probi Milonis genialem torum religiosus suspice, verum enimvero Photis famula petatur enixe. Nam et forma scitula et moribus ludicra et prorsus argutula est. Vesperi quoque cum somno concederes, et in cubiculum te deduxit comiter et blande lectulo collocavit et satis amanter cooperuit et osculato tuo capite quam invita discederet vultu prodidit, denique saepe retrorsa respiciens substitit. Quod bonum felix et faustum itaque, licet salutare non erit, Photis illa temptetur."

7. Haec mecum ipse disputans fores Milonis accedo et, quod aiunt, pedibus in sententiam meam vado. Nec tamen domi Milonem vel uxorem eius offendo, sed tantum caram meam Photidem. Suis parabat viscus fartim concisum et pulpam frustatim consectam, †abacumpascuae† iurulenta et, quod naribus iam inde hariolabar, tuccetum perquam sapidissimum. Ipsa linea tunica mundule amicta et russea fasceola praenitente altiuscule sub ipsas papillas succinctula, illud cibarium vasculum floridis palmulis rotabat in circulum, et in orbis flexibus crebra succutiens et simul membra sua leniter illubricans, lumbis sensim vibrantibus, spinam mobilem quatiens placide decenter undabat. Isto aspectu defixus obstupui et mirabundus steti; steterunt et membra quae iacebant ante. Et tandem ad illam "Quam pulchre quamque festive," inquam "Photis mea, ollulam istam cum natibus intorques! Quam mellitum pulmentum apparas! Felix et certius beatus, cui permiseris illuc digitum intingere."

Tunc illa lepida alioquin et dicacula puella, "Discede," inquit "miselle, quam procul a meo foculo, discede. Nam si te vel modice meus igniculus afflaverit, ureris intime nec ullus extinguet ardorem tuum nisi ego, quae dulce condiens et ollam et lectulum suave quatere novi."

8. Haec dicens in me respexit et risit. Nec tamen ego prius inde discessi quam diligenter omnem eius explorassem habitudinem. Vel

e encher o coração de histórias incríveis. Deixe de lado os medos infantis, enfrente as coisas cara-a-cara, sem se meter com a mulher do seu anfitrião e respeitando a união conjugal do correto Milão. Mas você pode cair em cima de Fótis, a criada, já que ela é jeitosinha, mais liberal e, claro, bem espertinha. Ontem à tarde, quando você caía de sono, ela gentilmente o levou para o quarto, deitou você delicadamente na caminha e o cobriu com toda a amabilidade. Depois de lhe dar um beijinho na testa, saiu do lugar a contragosto (sua cara mostrava isso) e, enfim, mais de uma vez voltou ao quarto e ficou parada olhando para você. Então, tente a sorte com Fótis; a coisa toda pode dar errado, só que é boa, gostosa e veio na hora certa!"

7. Discutindo isso comigo mesmo, cheguei à porta de Milão e, como dizem, não arredei pé do meu plano. Não encontrei Milão nem a mulher dele, mas sim minha Fótis, sozinha. Da entrada eu percebia, pelo cheiro delicioso, que ela lhes preparava um refogado com linguiça e uma torta de carne muito bem temperada. Ela usava uma túnica de linho, cingida com elegância por uma faixa vermelha na altura dos seios. Girava as mãozinhas em flor na panela, movendo o corpo com agitação: ao mesmo tempo que mexia os braços gentilmente, balançando com delicadeza a cintura, meneava lentamente a espinha buliçosa, requebrando o corpo devidamente. Estupefato pela imagem, não consegui sair do lugar e, embasbacado, senti meus membros endurecerem (o que fica embaixo da roupa também endureceu). Eu, porém, disse a ela:

— Que jeito lindo e gostoso de mexer uma panela gingando o traseiro, minha Fótis! Que cozido delicioso é o seu! Tem muita sorte e prazer aquele que você deixa meter o dedo aí dentro.

Então, a moça marota e ardilosa respondeu:

— Nem vem, safadinho! Fique bem longe do meu fogão, porque, se uma só faísca lhe triscar, você todinho vai pegar fogo e só quem vai poder apagar serei eu, que conheço muito bem o jeito de remexer numa caçarola... e na cama.

8. Falando assim, ela se voltou para mim e deu um sorriso. No entanto, eu não me afastei antes de explorar com cuidado todo o corpo

quid ego de ceteris aio, cum semper mihi unica cura fuerit caput capillumque sedulo et publice prius intueri et domi postea perfrui, sitque iudicii huius apud me certa et statuta ratio: vel quod praecipua pars ista corporis in aperto et perspicuo posita prima nostris luminibus occurrit, et quod in ceteris membris floridae vestis hilaris color, hoc in capite nitor nativus operatur; denique pleraeque indolem gratiamque suam probaturae lacinias omnes exuunt, amicula dimovent, nudam pulchritudinem suam praebere se gestiunt, magis de cutis roseo rubore quam de vestis aureo colore placiturae. At vero —quod nefas dicere, nec quod sit ullum huius rei tam dirum exemplum!—si cuiuslibet eximiae pulcherrimaeque feminae caput capillo spoliaveris et faciem nativa specie nudaveris, licet illa caelo deiecta, mari edita, fluctibus educata, licet inquam Venus ipsa fuerit, licet omni Gratiarum choro stipata et toto Cupidinum populo comitata et balteo suo cincta, cinnama fragrans et balsama rorans, calva processerit, placere non poterit nec Vulcano suo.

9. Quid cum capillis color gratus et nitor splendidus illucet, et contra solis aciem vegetus fulgurat vel placidus renitet, aut in contrariam gratiam variat aspectum, et nunc aurum coruscans in lenem mellis deprimitur umbram, nunc corvina nigredine caerulus columbarum collis flosculos aemulatur, vel cum guttis Arabicis obunctus et pectinis arguti dente tenui discriminatus et pone versum coactus amatoris oculis occurrens ad instar speculi reddit imaginem gratiorem? Quid cum frequenti subole spissus cumulat verticem, vel prolixa serie porrectus dorsa permanat? Tanta denique est capillamenti dignitas ut quamvis auro veste gemmis omnique cetero mun-

37 **2.8:** A referência aqui é dupla: assim como Vênus surge das águas, também Ísis emerge das águas em aparição a Lúcio num sonho (11.3 ss.). Aliás, a écfrase dos cabelos de Fótis (a seguir) é retomada (do mesmo ponto em que termina) na écfrase dos cabelos de Ísis (ibid.). Não por acaso, May (2015: 65–67; 69–71) analisa Fótis não só como Vênus, mas também como uma “falsa Ísis”.

dela. Por que descrevê-lo? Os únicos objetos da minha atenção desde sempre foram rosto e cabelos: primeiro observá-los com atenção em público e, depois, desfrutar deles em privado. Para mim, isso é certo e comprovado; afinal, não são os cabelos a primeira parte do corpo que, descobertos e explícitos, atraem nossos olhares? O que, para os demais membros, é a cor vívida de um tecido florido, para o rosto é esse adorno natural. Além disso, são muitas as mulheres que, querendo mostrar sua beleza e seus atrativos, tiram toda a roupa (incluindo as peças íntimas), expondo sua beleza nua e pretendendo agradar mais com a frescura rósea da sua pele do que com a cor dourada das roupas. Na verdade (não é correto dizer isso, e espero que tal exemplo não se torne uma prática), se você cortar todo o cabelo de uma mulher linda e perfeita e lhe privar o rosto de seu adorno natural, mesmo que ela tenha caído do céu, nascido no mar, sido sustentada pelas ondas, mesmo que fosse a própria Vênus (perdão, deusa!) — cercada por todo o coro das Graças, protegida pela enorme quantidade de Cupidos, cingida pelo seu Cinturão, exalando o perfume do cinamomo e ungindo-se com o bálsamo — a andar careca por aí, não poderia agradar nem sequer ao seu amado Vulcano.[37]

9. E como é agradável a cor e radiante é o brilho de cabelos que, resplendentes, reagem aos raios do sol ou, plácidos, os espelham, ou assumem o aspecto contrário àquele com que foram agraciados! Ora dourados como o ouro, esmaecem até alcançarem o mate do mel; ora negros como as penas do corvo, imitam o penacho cerúleo da cerviz das pombinhas; ora perfumados com as fragrâncias da Arábia, repartidos pelo dente delicado de um pente bem-feito e enfeixados para trás, devolvem, como um espelho, um reflexo ainda mais gracioso. O que dizer daqueles que, presos em tranças espessas, coroam o rosto, ou daqueles que, soltos em longas madeixas, se espalham pelas costas? É tão grande a nobreza dos cabelos que, mesmo

do exornata mulier incedat, tamen, nisi capillum distinxerit, ornata non possit audire.

Sed in mea Photide non operosus sed inordinatus ornatus addebat gratiam. Uberes enim crines leniter emissos et cervice dependulos ac dein per colla dispositos sensimque sinuato patagio residentes paulisper ad finem conglobatos in summum verticem nodus astrinxerat.

10. Nec diutius quivi tantum cruciatum voluptatis eximiae sustinere, sed pronus in eam, qua fine summum cacumen capillus ascendit, mellitissimum illud savium impressi. Tum illa cervicem intorsit et ad me conversa limis et morsicantibus oculis, "Heus tu, scholastice," ait "dulce et amarum gustulum carpis. Cave ne nimia mellis dulcedine diutinam bilis amaritudinem contrahas."

"Quid istic" inquam "est, mea festivitas, cum sim paratus vel uno saviolo interim recreatus super istum ignem porrectus assari?" Et cum dicto artius eam complexus coepi saviari. Iamque aemula libidine in amoris parilitatem congermanescenti mecum, iam patentis oris inhalatu cinnameo et occursantis linguae illisu nectareo prona cupidine allibescenti, "Pereo," inquam "immo iam dudum perii, nisi tu propitiaris."

Ad haec illa rursum me deosculato, "Bono animo esto" inquit. "Nam ego tibi mutua voluntate mancipata sum, nec voluptas nostra differetur ulterius, sed prima face cubiculum tuum adero. Abi ergo ac te compara: tota enim nocte tecum fortiter et ex animo proeliabor."

11. His et talibus obgannitis sermonibus inter nos discessum est. Commodum meridies accesserat et mittit mihi Byrrhena xeniola,

38 **2.10:** emprego do tópico da *militia amoris*; a associação entre amor e guerra é um lugar-comum na poesia elegíaca latina (p. ex., Ovídio, *Amores* 1.9), mas já aparece no *Lúcio, o Burro* atribuído a Luciano de Samósata (cf. Introdução). O tópico do *servitium amoris*, que aborda a escravidão voluntária ao amor e o serviço do apaixonado à sua amada, aparece em Apuleio, *Asno de ouro* 2.7; 2.16; 2.18; 3.19 e 3.22.

exibindo ouro, vestes, joias e todos os enfeites, uma mulher com um penteado ruim não poderá ser vista como elegante.

Na minha Fótis, porém, os cabelos embelezados pelo desalinho, e não pelo disfarce, lhe agregavam maior encanto. O trançado, espesso e disposto com delicadeza para trás, pendendo sobre a nuca e espalhando-se pescoço abaixo, ia caindo em cachos à altura da túnica; no alto da cabeça, ela o amarrou com um laço.

10. Não pude aguentar por muito tempo o suplício cruel de um desejo tão intenso: inclinei-me sobre ela e lhe dei um beijo de mel no ponto em que os cabelos escalam o alto da nuca. Ela, então, derreou a cabeça e, meneando o pescoço, me lançou um olhar oblíquo e piscou para mim, dizendo:

— Eh, mocinho! É doce e amarga a fruta que você devora. Cuidado para este mel tão doce não se transformar em fel perpétuo.

— Minha pequena — lhe respondi —, você diz isso quando estou pronto, aliás disposto a arder na brasa desse fogão só por um beijinho seu?

E, assim falando, apertei-a entre meus braços e a cobri de beijos. Ela, então, retribuiu meu amor com igual desejo. Em meio ao hálito de cinamomo de sua boca entreaberta e à licença da doce volúpia do encontro da sua língua com a minha, prossegui:

— Vou morrer, ou até já estou morto, se você não tiver pena de mim!

A tais palavras, depois de me beijar uma vez mais, ela respondeu:

— E você tenha de mim, pois eu também estou com vontade. Nosso anseio não vai ser adiado por muito tempo: assim que o sol se puser, irei ao seu quarto. Vá para lá e se prepare, porque quero lutar com você a noite toda e com todas as minhas forças.[38]

11. Depois de sussurrar essas e outras frases, nos separamos. Ao meio-dia, recebi de Birrena alguns presentinhos: um porco gordo, cinco

porcum opimum et quinque gallinulas et vini cadum in aetate pretiosi. Tunc ego vocata Photide, "Ecce" inquam "Veneris hortator et armiger Liber advenit ultro. Vinum istud hodie sorbamus omne, quod nobis restinguat pudoris ignaviam et alacrem vigorem libidinis incutiat. Hac enim sitarchia navigium Veneris indiget sola, ut in nocte pervigili et oleo lucerna et vino calix abundet."

Diem ceterum lavacro ac dein cenae dedimus. Nam Milonis boni concinnaticiam mensulam rogatus accubueram, quam pote tutus ab uxoris eius aspectu, Byrrhenae monitorum memor, et perinde in eius faciem oculos meos ac si in Avernum lacum formidans deieceram. Sed assidue respiciens praeministrantem Photidem inibi recreabar animi, cum ecce iam vespera lucernam intuens Pamphile, "Quam largus" inquit "imber aderit crastino," et percontanti marito qui comperisset istud, respondit sibi lucernam praedicere. Quod dictum ipsius Milo risu secutus, "Grandem" inquit "ista in lucerna Sibyllam pascimus, quae cuncta caeli negotia et solem ipsum de specula candelabri contuetur."

12. Ad haec ego subiciens "Sunt" aio "prima huiusce divinationis experimenta, Nec mirum, licet modicum istum igniculum et manibus humanis laboratum, memorem tamen illius maioris et caelestis ignis velut sui parentis, quid is sit editurus in aetheris vertice, divino praesagio et ipsum scire et nobis enuntiare. Nam et Corinthi nunc apud nos passim Chaldaeus quidam hospes miris totam civitatem responsis turbulentat, et arcana fatorum stipibus emerendis

39 **lago Averno**: região subterrânea, distante da luz do sol, e repleta de sombras e névoa; inóspita e de difícil acesso, cercada por rios de fogo e muros altos, é um lugar de penitência, onde os mais ímpios são condenados a pagar por suas ações com dores insuportáveis.

40 **caldeu:** os caldeus (ou babilônicos) eram conhecidos em Roma como os inventores da astrologia. Tácito (*Anais* 6.21) relata o caso de Trasilo, que se tornou membro da corte de Tibério após fazer seu mapa astral e acertar previsões sobre a saúde e sobre a segurança física de seu mais ilustre cliente – sinal de que nem sempre astrólogos gozaram de má fama na capital.

frangos e uma jarra de um vinho maduro e precioso. Então, chamei Fótis e lhe disse:

— Baco, patrono e intercessor de Vênus, se adiantou. Devemos beber hoje todo este vinho, para extinguir a timidez e incutir em nós o vigor alegre do prazer. Essa é a única provisão de que o navio de Vênus precisa para passar a noite em vigília: óleo na lamparina e bastante vinho na taça!

Passei o resto do dia nos banhos públicos e depois fui jantar. Convidado pelo gentil Milão, tomei meu lugar à mesa bem arrumada, precavendo-me o quanto possível dos olhares da esposa dele. Eu tinha em mente a advertência de Birrena e evitava pousar o olhar sobre o rosto dela, como quem teme olhar o lago Averno.[39] Contudo, espiar Fótis, que nos servia ali, me reconfortava a alma.

Eis que, ao cair da noite, Pânfila observou a lamparina e exclamou:

— Como vai ser grande a tempestade de amanhã!

E, ao marido que lhe perguntou como ela sabia disso, respondeu que a lamparina tinha feito tal previsão. O próprio Milão, rindo, emendou o seguinte:

— Mas que sibila poderosa temos nessa lamparina, que, do espelho de seu candelabro, vigia todas as atividades do céu e até o próprio sol!

12. Entrei na conversa, falando o seguinte:

— Essas são as primeiras experiências na arte da adivinhação. Não é de se admirar que esta pequena chama, produzida pelas mãos humanas, evoque a memória de uma chama maior e celestial, da qual, por assim dizer, é a filha, capaz de antecipar e nos declarar o que, por orientação divina, a mãe preparou nas alturas. Aliás, agora mesmo, de passagem por Corinto, se encontra entre nós um viajante caldeu[40] que está deixando a cidade inteira em polvorosa com suas fantásticas profecias e que ganha a vida revelando em público os

edicit in vulgum, qui dies copulas nuptiarum affirmet, qui fundamenta moenium perpetuet, qui negotiatori commodus, qui viatori celebris, qui navigiis opportunus. Mihi denique proventum huius peregrinationis inquirenti multa respondit et oppido mira et satis varia: nunc enim gloriam satis floridam, nunc historiam magnam et incredundam fabulam et libros me futurum."

13. Ad haec renidens Milo "Qua" inquit "corporis habitudine praeditus quove nomine nuncupatus hic iste Chaldaeus est?" "Procerus" inquam "et suffusculus, Diophanes nomine." "Ipse est" ait "nec ullus alius. Nam et hic apud nos multa multis similiter effatus, non parvas stipes, immo vero mercedes opimas iam consecutus, Fortunam scaevam, an saevam verius dixerim, miser incidit.

"Nam die quadam cum frequentis populi circulo consaeptus coronae circumstantium fata donaret, Cerdo quidam nomine negotiator accessit eum, diem commodum peregrinationi cupiens. Quem cum electum destinasset ille, iam deposita crumina, iam profusis nummulis, iam dinumeratis centum denarium quos mercedem divinationis auferret, ecce quidam de nobilibus adulescentulus a tergo arrepens eum lacinia prehendit et conversum amplexus exosculatur artissime. At ille ubi primum consaviatus eum iuxtim se ut assidat effecit, attonitus et repentinae visionis stupore et praesentis negotii quod gerebat oblitus, infit ad eum, "Quam olim equidem exoptatus nobis advenis?" Respondit ad haec ille alius "Commodum vespera oriente. Sed vicissim tu quoque, frater, mihi memora quem ad modum exinde, ut de Euboea insula festinus enavigasti, et maris et viae confeceris iter."

14. "Ad haec Diophanes ille Chaldaeus egregius, mente viduus necdum suus, 'Hostes' inquit 'et omnes inimici nostri tam diram, immo vero Ulixeam peregrinationem incidant. Nam et navis ipsa qua

segredos do destino: o dia de sorte para celebrar um casamento, a melhor data para se erguerem paredes, a mais favorável para o comerciante, propícia para o viajante e a mais vantajosa para o navegador. Ele previu coisas admiráveis e bastante variadas quando lhe perguntei qual seria o resultado desta minha viagem: que, justo agora, eu ia conquistar uma glória para lá de notável e que eu havia de viver uma grande história e um conto incrível, que dariam um livro.

13. Milão, ao ouvir isso, perguntou:

— Qual é a aparência e como chamam a esse caldeu?

— É alto e moreno — eu respondi — e se chama Diófanes.

— É esse mesmo — disse Milão — e não outro! Também aqui, diante de nós, ele previu muita coisa parecida para muita gente, e não por uns trocados e sim por grandes fortunas, até cair sobre o infeliz uma desgraça terrível, aliás temível:

Certa vez, quando estava cercado de pessoas na rua e fazia previsões do futuro a um grupo que o rodeava, um negociante de nome Cerdo se aproximou dele, querendo saber o melhor dia para uma viagem. No que ele prognosticava a data indicada e o outro, já aberta a bolsa, separava as moedas e contava cem denários para pagar o preço da consulta, um jovem rico, deslizando por trás de Diófanes, puxou-lhe a aba da veste e, tendo esse se voltado para ele, abraçou-o e o beijou com todo o carinho. Assim que lhe retribuiu o cumprimento e fê-lo sentar-se ao seu lado, surpreso com a presença repentina do rapaz e esquecido da previsão que fazia, Diófanes disse:

— Que saudade! Faz tempo que você chegou?

O outro lhe respondeu:

— Ontem mesmo, pela tarde. Mas e você, meu irmão, me conte o que aconteceu depois que você foi embora da ilha de Eubeia, viajando com toda a pressa por terra e por mar.

14. A isso, o famoso caldeu Diófanes, divagando e ainda distraído, respondeu:

— Quisera eu meus inimigos e os demais que me querem mal tivessem uma viagem tão ruim como a minha, igualzinha à de Ulisses. Na

vehebamur, variis turbinibus procellarum quassata, utroque regimine amisso aegre ad ulterioris ripae marginem detrusa, praeceps demersa est; et nos omnibus amissis vix enatavimus. Quodcumque vel ignotorum miseratione vel amicorum benivolentia contraximus, id omne latrocinalis invasit manus, quorum audaciae repugnans etiam Arignotus unicus frater meus sub istis oculis miser iugulatus est.'

"Haec eo adhuc narrante maesto Cerdo ille negotiator correptis nummulis suis, quos divinationis mercedi destinaverat, protinus aufugit. Ac dehinc tunc demum Diophanes expergitus sensit imprudentiae suae labem, cum etiam nos omnes circumsecus astantes in clarum cachinnum videret effusos.

"Sed tibi plane, Luci domine, soli omnium Chaldaeus ille vera dixerit, sisque felix et iter dexterum porrigas."

15. Haec Milone diutine sermocinante tacitus ingemescebam, mihique non mediocriter suscensebam, quod ultro inducta serie inopportunarum fabularum partem bonam vesperae eiusque gratissimum fructum amitterem. Et tandem denique devorato pudore ad Milonem aio, "Ferat suam Diophanes ille Fortunam et spolia populorum rursum conferat mari pariter ac terrae. Mihi vero fatigationis hesternae etiam nunc saucio da veniam, maturius concedam cubitum." Et cum dicto facesso et cubiculum meum contendo, atque illic deprehendo epularum dispositiones satis concinnas. Nam et pueris extra limen—credo, ut arbitrio nocturni gannitus ablegarentur—humi quam procul distratum fuerat. Et grabatulum meum astitit mensula cenae totius honestas reliquias tolerans, et calices boni, iam infuso latice semipleni, solam temperiem sustinentes, et lagoena iuxta orificio caesim deasceato patescens facilis hauritu—prorsus gladiatoriae Veneris antecenia.

16. Commodum cubueram et ecce Photis mea, iam domina cubitum reddita, laeta proximat, rosa serta et rosa soluta in sinu tuberante. Ac me pressim deosculato et corollis revincto ac flore persperso, ar-

verdade, o navio em que viajávamos, sacudido pela fúria de várias tempestades, foi lançado, depois de perder os dois capitães, contra a margem da costa e afundou. Tendo perdido tudo, só nos restou nadar para salvar a nossa própria vida. Tudo o que tínhamos conseguido pela piedade de desconhecidos ou pela generosidade dos amigos foi levado por assaltantes, a cujo descaramento meu único irmão, Arignoto, reagiu, sendo degolado diante dos meus olhos, o coitado.

Mal havia terminado o triste relato e Cerdo, o tal negociante, afanando as moedas que havia contado para pagar a consulta, se evaporou sem demora. Só então Diófanes caiu em si e se deu conta do desastre derivado da sua distração, assistindo a todos ao redor dele reagirem às gargalhadas. Mas é certo que somente para você, meu caro Lúcio, o tal caldeu previu a verdade. Boa sorte e boa viagem!

15. Enquanto Milão se estendia nesse blá-blá-blá, eu resmungava baixinho e me indignava comigo mesmo com toda a raiva, porque, por ter aberto a porteira daquela série de contos inoportunos, atrasava a parte boa da noite e seu fruto gostosíssimo. Por fim, engoli a vergonha e comentei com Milão:

— Pois muito bem: que o Diófanes siga seu destino e mais uma vez ofereça à terra e ao mar os espólios das populações. Se não for muito incômodo, peço para me retirar neste momento para o meu quarto, porque ainda estou perturbado pelo cansaço de ontem.

Falando assim, me despedi e fui para o meu quarto, onde encontrei os preparativos para a melhor das ceias. O colchão dos escravos foi colocado para fora, no chão, longe da porta, sem dúvidas para afastar as testemunhas dos gemidos noturnos. Ao lado da minha cama, havia uma mesinha com as melhores sobras de todo o jantar e bons cálices de vinho, o qual apenas esperava a água para ser diluído. Junto deles, uma ânfora com o gargalo aberto, pronto para servir: esses eram os aperitivos para os gladiadores de Vênus.

16. Mal havia me reclinado, e eis que minha Fótis, assim que sua senhora tinha se retirado para dormir, foi ao meu encontro, risonha, com uma grinalda de rosas e um botão de rosa entre os seios. Beijou-me com paixão, me coroou de flores e espalhou pétalas sobre mim;

ripit poculum ac desuper aqua calida iniecta porrigit bibam; idque modico prius quam totum exsorberem clementer invadit, ac relictum pullulatim labellis minuens meque respiciens sorbillat dulciter. Sequens et tertium inter nos vicissim et frequens alternat poculum, cum ego iam vino madens, nec animo tantum verum etiam corpore ipso ad libidinem inquies alioquin et petulans, et iam saucius paulisper, inguinum fine lacinia remota impatientiam Veneris Photidi meae monstrans, "Miserere" inquam "et subveni maturius. Nam, ut vides, proelio quod nobis sine fetiali officio indixeras iam proximante vehementer intentus, ubi primam sagittam saevi Cupidinis in ima praecordia mea delapsam excepi, arcum meum et ipse vigorate tetendiet oppido formido ne nervus rigoris nimietate rumpatur. Sed ut mihi morem plenius gesseris, in effusum laxa crinem et capillo fluenter undante redde complexus amabiles."

17. Neci mora cum, omnibus illis cibariis vasculis raptim remotis, laciniis cunctis suis renudata crinibusque dissolutis ad hilarem lasciviam, in speciem Veneris quae marinos fluctus subit pulchre reformata, paulisper etiam glabellum feminal rosea palmula potius obumbrans de industria quam tegens verecundia, "Proeliare" inquit "et fortiter proeliare, nec enim tibi cedam nec terga vertam. Comminus in aspectum, si vir es, derige, et grassare naviter et occide moriturus. Hodierna pugna non habet missionem."

Haec simul dicens inscenso grabatulo, super me sensim residens ac crebra subsiliens lubricisque gestibus mobilem spinam quatiens, pendulae Veneris fructu me satiavit, usque dum lassis animis et marcidis artubus defatigati simul ambo corruimus inter mutuos amplexus animas anhelantes. His et huius modi colluctationibus ad confinia lucis usque pervigiles egimus, poculis interdum lassitudi-

pegou uma taça de vinho, juntou-lhe água morna e me estendeu para beber. Antes mesmo de eu esvaziá-la por completo, tomou-a da minha mão gentilmente e, molhando devagar os lábios com o restante do líquido, sorveu-o docemente, olhando bem nos meus olhos. Um segundo e um terceiro cálice circularam entre nós dois alternadamente, quando, inebriado de vinho e tendo tanto a alma como o corpo assaltados pelo desejo, levantei, sem pudores e impacientemente, a túnica à altura da virilha, mostrando para minha Fótis a impaciência do meu amor:

— Tenha pena de mim — lhe implorei — e me ajude logo, porque, como você está vendo, estou preparado para o combate iminente que, sem os ritos apropriados, você provocou. Assim que eu vi a primeira flecha do cruel Cupido cravada no fundo do meu coração, estendi meu arco com toda a força, morrendo de medo de que a corda arrebentasse pelo excesso de tensão. Mas, se você quiser resolver esse problema para mim, solte os cabelos e, enquanto abraço você com paixão, deixe que eles balancem como as ondas do mar.

17. Na mesma hora, retirados todos os petiscos da mesinha, completamente nua e com os cabelos soltos para gozar os prazeres do amor, Fótis ficou parecida com a própria Vênus quando emerge belamente sobre a espuma das águas e, imitando a deusa, encobriu, por um instante, a nudez do seu sexo com a palma rosada de sua mão graciosa, mais por malícia do que por recato. Disse, em seguida:

— Lute, sim, lute como um homem, pois não vou recuar nem lhe dar as costas! Se você é valente, avance e me enfrente cara-a-cara; mate como se fosse morrer, porque a batalha de hoje não terá descanso.

E, ao mesmo tempo que dizia isso, galgou o leito, se firmou sobre mim devagar e, movendo para cima e para baixo o quadril inquieto com gestos libidinosos, me saciou com o fruto trêmulo de Vênus até que, perdidas as forças e com os membros vencidos pelo cansaço, caímos, ofegantes, um sobre os braços do outro. Seguimos madrugada adentro em tão grande e intensa batalha, por vezes nos recupe-

nem refoventes et libidinem incitantes et voluptatem integrantes. Ad cuius noctis exemplar similes astruximus alias plusculas.

18. Forte quadam die de me magno opere Byrrhena contendit apud eam cenulae interessem, et, cum impendio excusarem, negavit veniam. Ergo igitur Photis erat adeunda deque nutu eius consilium velut auspicium petendum. Quae quanquam invita quod a se ungue latius digrederer, tamen comiter amatoriae militiae brevem commeatum indulsit. Sed "Heus tu" inquit "cave regrediare cena maturius. Nam vesana factio nobilissimorum iuvenum pacem publicam infestat. Passim trucidatos per medias plateas videbis iacere, nec praesidis auxilia longinqua levare civitatem tanta clade possunt. Tibi vero fortunae splendor insidias, contemptus etiam peregrinationis poterit afferre."

"Fac sine cura" inquam "sis, Photis mea. Nam praeter quod epulis alienis voluptates meas anteferrem, metum etiam istum tibi demam maturata regressione. Nec tamen incomitatus ibo. Nam gladiolo solito cinctus altrinsecus ipse salutis meae praesidia gestabo."

Sic paratus cenae me committo.

19. Frequens ibi numerus epulonum, et utpote apud primatem feminam flos ipse civitatis. Mensae opipares citro et ebore nitentes, lecti aureis vestibus intecti, ampli calices variae quidem gratiae sed pretiositatis unius: hic vitrum fabre sigillatum, ibi crystallum impunctum, argentum alibi clarum et aurum fulgurans et succinum mire cavatum et lapides ut bibas; et quidquid fieri non potest ibi est. Diribitores plusculi splendide amicti fercula copiosa scitule subministrare, pueri calami strati pulchre indusiati gemmas formatas in pocula vini vetusti frequenter offerre. Iam illatis luminibus epularis sermo percrebruit, iam risus affluens et ioci liberales et cavillus hinc inde.

rando da lassidão com o vinho para reacender o desejo e estimular o prazer. Foram muitas as noites que vivemos a exemplo dessa.

18. Certo dia, aconteceu de Birrena pedir com muita insistência que eu fosse jantar com ela e, muito embora eu me escusasse, minhas desculpas não foram aceitas. Senti a necessidade de encontrar Fótis e, como quem consulta os astros, lhe perguntar o que fazer. Mesmo chateada de eu me afastar dela um dedinho que fosse, ela gentilmente me concedeu uma pequena trégua na nossa campanha amorosa, dizendo:

— Olha lá, hein! Evite voltar para casa muito tarde, porque um grupo de garotos das melhores famílias anda vandalizando por toda parte: é bem capaz de você encontrar corpos espalhados pelas ruas, e nem as forças policiais, que se instalaram longe daqui, conseguem livrar a cidade de tamanha desgraça. Não só o brilho da sua fortuna, como ainda o desprezo aos estrangeiros podem lhe trazer problemas.

— Minha Fótis — respondi — fique tranquila: além de colocar minhas vontades acima dos jantares alheios, vou espantar seu medo regressando cedo. E, além do mais, não estou desamparado: terei como proteger minha vida com o punhal que sempre carrego na cintura.

Assim prevenido, saí para o jantar.

19. Chegando lá, me deparei com um número grande de comensais (a fina-flor da cidade, como convém à casa de uma mulher de alto nível). Mesas ricamente talhadas em cedro e marfim, leitos forrados de ouro, taças fundas e de colorido variado, mas únicas na preciosidade; aqui, o vidro de relevos perfeitos; ali, o cristal bem-acabado; lá, a prata brilhante, o ouro flamejante, o âmbar lapidado com todo o capricho e os cálices de pedras preciosas: até o improvável se poderia encontrar naquele lugar. Vários garçons de uniforme alinhado com toda a elegância carregavam bandejas vistosas; garotos de cabelos cacheados e belamente vestidos ofereciam vinho maduro em taças feitas de uma pérola só. Acesas as lamparinas da sala de jantar, o ruído das conversas se intensificou; as risadas, as anedotas

Tum infit ad me Byrrhena, "Quam commode versaris in nostra patria? Quod sciam, templis et lavacris et ceteris operibus longe cunctas civitates antecellimus, utensilium praeterea pollemus affatim. Certe libertas otioso, et negotioso quidem advenae Romana frequentia, modesto vero hospiti quies villatica. Omni denique provinciae voluptarii secessus sumus."

20. Ad haec ego subiciens, "Vera memoras, nec usquam gentium magis me liberum quam hic fuisse credidi. Sed oppido formido caecas et inevitabiles latebras magicae disciplinae. Nam ne mortuorum quidem sepulchra tuta dicuntur, sed et bustis et rogis reliquiae quaedam et cadaverum praesegmina ad exitiabiles viventium fortunas petuntur; et cantatrices anus in ipso momento choragii funeris praepeti celeritate alienam sepulturam antevertunt."

His meis addidit alius, "Immo vero istic nec viventibus quidem ullis parcitur. Et nescio qui simile passus ore undique omnifariam deformato truncatus est."

Inter haec convivium totum in licentiosos cachinnos effunditur, omniumque ora et optutus in unum quempiam angulo secubantem conferuntur. Qui cunctorum obstinatione confusus indigna murmurabundus cum vellet exsurgere, "Immo mi Thelyphron," Byrrhena inquit "et subsiste paulisper et more tuae urbanitatis fabulam illam tuam remetire, ut et filius meus iste Lucius lepidi sermonis tui perfruatur comitate."

At ille "Tu quidem domina," ait "In officio manes sanctae tuae bonitatis, sed ferenda non est quorundam insolentia." Sic ille com-

e as brincadeiras despontaram de uma ponta a outra, quando então Birrena me dirigiu a palavra:

— Está gostando da nossa cidade? Que eu saiba, de longe superamos as demais nos templos, nos banhos públicos e em outros edifícios, e dispomos de tudo o que precisamos. Há liberdade para o intelectual, oportunidade de negócios para o administrador e até mesmo a agitação de Roma para o estrangeiro ou a tranquilidade para o viajante contemplativo; enfim, somos um recanto acolhedor, na opinião de toda a província.

20. Em reação às suas palavras, comentei:

— O que você está dizendo é verdade: admito que jamais me senti mais livre em meio a outros povos do que aqui. Mas o que me dá medo nesta cidade são os cantos escuros e inevitáveis das artes mágicas, pois se comenta que nem as sepulturas estão a salvo; que os restos dos funerais e das cremações e os ossos dos mortos são aproveitados para prever a sorte cruel dos vivos e que velhas feiticeiras chegam às cerimônias fúnebres com toda a rapidez enquanto elas ainda estão em preparação.

Outro comensal acrescentou às minhas palavras o seguinte:

— Na verdade, aqui não se poupam nem mesmo os vivos: um fulano passou por algo desse gênero e ficou com o rosto completamente desfigurado.

A isso, todos os convidados desataram a rir e os rostos e olhares se concentraram em um sujeito que estava sentado num canto. Irritado com a indiscrição das pessoas ao redor, ele blasfemava qualquer coisa em voz baixa e queria se levantar para ir embora. Disse-lhe Birrena:

— Calma, Télifron querido! Fique mais um pouco e, com toda a gentileza (que é só sua), conte de novo a sua história para que também este meu filho, Lúcio, desfrute da lembrança do seu relato.

Ele, então:

— A senhora de fato continua a dar provas de sua irrepreensível bondade, mas a insolência de alguns é insuportável!

motus. Sed instantia Byrrhenae, quae eum adiuratione suae salutis ingratis cogebat effari, perfecit ut vellet.

21. Ac sic aggeratis in cumulum stragulis, et effultus in cubitum suberectusque in torum porrigit dexteram, et ad instar oratorum conformat articulum, duobusque infimis conclusis digitis ceteros eminus porrigens et infesto pollice clementer surrigens infit Thelyphron:

"Pupillus ego Mileto profectus ad spectaculum Olympicum, cum haec etiam loca provinciae famigerabilis adire cuperem, peragrata cuncta Thessalia fuscis avibus Larissam accessi. Ac dum singula pererrans tenuato admodum viatico paupertati meae fomenta conquiro, conspicor medio foro procerum quendam senem. Insistebat lapidem claraque voce praedicabat, siqui mortuum servare vellet, de pretio liceretur. Et ad quempiam praetereuntium 'Quid hoc' inquam 'comperior? Hicine mortui solent aufugere?'

"'Tace' respondit ille. 'Nam oppido puer et satis peregrinus es, meritoque ignoras Thessaliae te consistere, ubi sagae mulieres ora mortuorum passim demorsicant, eaque sunt illis artis magicae supplementa.'

22. "Contra ego 'Et quae, tu' inquam 'dic sodes, custodela ista feralis?'

"'Iam primum' respondit ille 'perpetem noctem eximie vigilandum est exsertis et inconivis oculis semper in cadaver intentis, nec acies usquam devertenda, immo ne obliquanda quidem, quippe cum deterrimae versipelles in quodvis animal ore converso latenter arrepant, ut ipsos etiam oculos Solis et Iustitiae facile frustrentur. Nam et aves et rursum canes et mures, immo vero etiam muscas, induunt. Tunc diris cantaminibus somno custodes obruunt. Nec satis quisquam definire poterit quantas latebras nequissimae mulieres pro libidine sua comminiscuntur. Nec tamen huius tam exitiabilis operae merces amplior quam quaterni vel seni ferme offeruntur au-

Ele estava bastante alterado. Contudo, a insistência de Birrena, que lhe rogava com todas as suas forças para que narrasse sua história, fez com que ele se convencesse.

21. Então, empilhadas as cobertas num canto do leito, Télifron, apoiando-se no cotovelo e se erguendo ligeiramente, estendeu a mão direita (como fazem os oradores) e, fechados os dois últimos dedos, alongando os outros dois e levantando o polegar, disse:

Quando eu era jovem, fui a Mileto para acompanhar as Olimpíadas e, querendo conhecer também esta parte da famosa província, percorri toda a Tessália; mas, como a desgraça nunca vem sozinha, acabei indo parar em Larissa. Caminhando a esmo durante vários dias, com a comida cada vez mais escassa, buscava alívio contra a minha indigência quando encontrei, bem no meio do fórum, um senhor de estatura alta. De cima de uma pedra, ele anunciava aos gritos que, se houvesse alguém que quisesse vigiar um morto, poderia lhe dizer o quanto cobrava. Perguntei, então, a um transeunte:

— Como é que é? Aqui os mortos costumam fugir?

— Cale essa boca! — ele exclamou — Bem se vê que, além de um fedelho, você não é daqui e, obviamente, não sabe que está na Tessália, lugar onde as feiticeiras arrancam os dentes dos mortos para fazer magia.

22. Voltei a lhe perguntar:

— E do que você acha que se trata essa vigília noturna?

— Para começar, você tem que ficar acordado a noite toda, com os olhos sempre atentos e grudados no cadáver, sem se desviar nem virar para o lado. É que essas criaturas horríveis, ao se transformarem em qualquer animal, se disfarçam tão bem, que podem enganar com facilidade até mesmo os olhos do sol e da justiça, porque assumem tanto a aparência de pássaros quanto de cachorros, de ratos e até mesmo de moscas. Depois disso, elas fazem os guardas caírem num sono fatal, e ninguém sabe exatamente que artimanhas essas mulheres tão perversas são capazes de inventar por puro capricho. Porém, para um trabalho assim tão perigoso, o salário oferecido é de somente umas quatro ou seis moedas de ouro. Ah! E quase ia me

rei. Ehem et—quod paene praeterieram—siqui non integrum corpus mane restituerit, quidquid inde decerptum deminutumque fuerit, id omne de facie sua desecto sarcire compellitur.'

23. "His cognitis animum meum commasculo et ilico accedens praeconem, 'Clamare' inquam 'iam desine. Adest custos paratus. Cedo praemium.' 'Mille' inquit 'nummum deponentur tibi. Sed heus iuvenis, cave diligenter principum civitatis filii cadaver a malis Harpyis probe custodias.' 'Ineptias' inquam 'mihi narras et nugas meras. Vides hominem ferreum et insomnem, certe perspicaciorem ipso Lynceo vel Argo, et oculeum totum.'

"Vix finieram et ilico me perducit ad domum quampiam, cuius ipsis foribus obsaeptis per quandam brevem posticulam intro vocat me et, conclave quoddam reserans obseratis luminibus umbrosum, demonstrat matronam flebilem fusca veste contectam. Quam propter assistens, 'Hic' inquit 'auctoratus ad custodiam mariti tui fidenter accessit.' At illa, crinibus antependulis hinc inde dimotis etiam in maerore luculentam proferens faciem meque respectans, 'Vide oro' inquit 'quam expergite munus obeas.' 'Sine cura sis' inquam. 'Modo corollarium idoneum compara.'

24. "Sic placito consurrexit et ad aliud me cubiculum inducit. ibi corpus splendentibus linteis coopertum introductis quibusdam septem testibus manu revelat, et diutine insuper fleto obtestata fidem praesentium singula demonstrat anxie, verba concepta de industria quodam tabulis praenotante. 'Ecce' inquit 'nasus integer, incolumes

41 **Harpias:** gênios alados em forma de aves de rapina, com seios e cabeça de mulher.

42 **Linceu ou Argo:** Linceu, um dos argonautas, é lembrado pela capacidade de ver até o que estava sob a terra (Apolônio de Rodes, *Argonáuticas* 1.151–155); Argo é o guarda de Io, com cem olhos que jamais dormiam todos ao mesmo tempo (Ovídio, *Metamorfoses* 1.625 et seq.). Linceu, porém, é morto em confronto com Pólux, e Argo é morto pelo deus Mercúrio que, sob as ordens de Júpiter, foi incumbido do resgate de Io.

esquecendo: se, de manhã, você não entregar o corpo intacto, o que tiver sido extirpado ou subtraído tem que ser compensado com as partes arrancadas do seu próprio rosto!

23. Sabendo disso, me enchi de coragem e fui direto ao pregoeiro para lhe avisar:

— Chega de gritar! Aqui está seu guardião. Fale qual é o preço!

— Você vai receber mil sestércios. Mas, preste atenção, jovem! Você deve, com todo o zelo, proteger das malvadas Harpias[41] o cadáver do filho de um dos líderes da cidade!

— Isso que você está me dizendo são asneiras e meras bobagens. O que você tem diante de si é um homem de ferro, que não descansa e, com toda certeza, é mais atento do que Linceu ou Argo.[42] Sou todo-olhos.

Mal acabara de falar, e ele me puxou para a casa do fulano, cuja entrada principal estava fechada; me pediu, então, para entrar por uma portinha de trás e me apontou um quartinho escuro, de janelas cerradas, onde uma senhora de luto fechado estava chorando. Chegando junto dela, ele comentou:

— Trago aqui o homem que se apresentou para velar zelosamente pelo seu esposo.

E ela, afastando para um lado e para o outro os cabelos que escondiam um rosto bonito mesmo em tamanho sofrimento, olhou para mim e disse:

— Peço por favor que você execute bem o seu trabalho.

— Não se preocupe — lhe respondi — Trate apenas de me dar uma recompensa justa.

24. Feito o trato, levantou-se e me levou para outro quartinho; estava ali o corpo, coberto de um linho esplêndido. Com a entrada de sete pessoas como testemunhas, ela desvendou o cadáver com as próprias mãos e, depois de chorar sobre ele durante um bom tempo e recorrer à boa-fé dos presentes, levantou detalhadamente o inventário, que estava sendo registrado por um deles:

oculi, salvae aures, illibatae labiae, mentum solidum. Vos in hanc rem, boni Quirites, testimonium perhibetote.' Et cum dicto consignatis illis tabulis facessit.

"At ego 'Iube,' inquam 'domina, cuncta quae sunt usui necessaria nobis exhiberi.' 'At quae' inquit 'ista sunt?' 'Lucerna' aio 'praegrandis, et oleum ad lucem luci sufficiens et calida cum oenophoris et calice, cenarumque reliquiis discus ornatus.' Tunc illa capite quassati 'Abi,' inquit 'fatue, qui in domo funesta cenas et partes requiris, in qua totiugis iam diebus ne fumus quidem visus est ullus. An istic comissatum te venisse credis? Quin sumis potius loco congruentes luctus et lacrimas?' Haec simul dicens respexit ancillulam et 'Myrhine,' inquit 'lucernam et oleum trade confestim et incluso custode cubiculo protinus facesse.'

25. "Sic desolatus ad cadaveris solacium, perfrictis oculis et obarmatis ad vigilias, animum meum permulcebam cantationibus, cum ecce crepusculum et nox provecta et nox altior et dein concubia altiora et iam nox intempesta. Mihique oppido formido cumulatior quidem, cum repente introrepens mustela contra me constitit optutumque acerrimum in me destituit, ut tantillula animalis prae nimia sui fiducia mihi turbarit animum. Denique sic ad illam 'Quin abis,' inquam 'impurata bestia, teque ad tui similes musculos recondis, antequam nostri vim praesentariam experiaris? Quin abis?'

"Terga vertit et cubiculo protinus exterminatur. Nec mora cum me somnus profundus in imum barathrum repente demergit, ut ne deus quidem Delphicus ipse facile discerneret duobus nobis iacentibus, quis esset magis mortuus. Sic inanimis et indigens alio custode paene ibi non eram.

43 **deus de Delfos:** trata-se de Apolo, regente do oráculo de Delfos, sendo por isso a divindade que presidia os vaticínios, bem como a música, o arco-e-flecha e, por consequência, a morte por ferimento à distância.

— O nariz está inteiro, os olhos estão intactos, as orelhas estão perfeitas, os lábios não foram atingidos, o queixo está preservado. Vocês, meus concidadãos, são as testemunhas disso.

E, ao falar assim, selou o documento. Eu, porém, lhe pedi:

— Senhora, mande providenciar tudo de que vou precisar para o meu trabalho.

— E do que é?

— De uma lamparina grande, óleo de iluminar o suficiente para uma noite inteira, água quente com um cântaro de vinho, um cálice e uma bandeja com os restos do almoço.

Mexendo a cabeça, ela retorquiu:

— Vá embora, seu folgado, que fica exigindo comida e bebida numa casa assolada pelo luto e onde faz vários dias que não se vê nem sequer um sinal de fumaça! Você acha que veio aqui para comer? Por que não assume a tristeza e o luto adequados à ocasião?

Dizendo isso, voltou-se para a sua criada, ordenando:

— Mirrena, traga imediatamente uma lamparina e óleo de iluminar e, assim que o guarda se instalar, tranque o quarto!

25. Assim, pois, sozinho à disposição de um cadáver, esfreguei bem os olhos e me preparei para a vigília, confortando a alma com algumas canções. Eis que caiu a tarde, a tarde fez-se noite, a noite escureceu, tornou-se noite densa e veio a madrugada silenciosa. Em mim o medo só aumentava, quando de repente uma doninha entrou no recinto, ficou parada bem na minha frente e me olhou fixamente, de modo que tamanha confiança em um animal tão pequeno me deixasse paralisado de terror. Então eu lhe disse:

— Doninha, bicho infecto, sai daí sim? Suma daqui e vá se juntar logo à sua laia de ratazanas! Doninha, sai daí que senão te bato!

O animal me deu as costas e desapareceu num canto do quarto. Do nada, caí num sono tão profundo, que nem mesmo o deus de Delfos[43] saberia qual dos dois deitados era de fato o morto: dessa forma, desmaiado e também precisando de um guarda, por assim dizer eu estava ali, sem estar.

26. "Commodum noctis indutias cantus perstrepebat cristatae cohortis. Tandem expergitus et nimio pavore perterritus cadaver accurro, et admoto lumine revelataque eius facie rimabar singula, quae cuncta convenerant. Ecce uxor misella flens cum hesternis testibus introrumpit anxia, et statim corpori superruens multumque ac diu deosculata sub arbitrio luminis recognoscit omnia, et conversa Philodespotum requirit actorem. Ei praecipit bono custodi redderet sine mora praemium. Et oblato statim, 'Summas' inquit 'tibi, iuvenis, gratias agimus, et hercules ob sedulum istud ministerium inter ceteros familiares dehinc numerabimus.'

"Ad haec ego insperato lucro diffusus in gaudium, et in aureos refulgentes, quod identidem manu mea ventilabam, attonitus, 'Immo,' inquam 'domina, de famulis tuis unum putato, et quotiens operam nostram desiderabis, fidenter impera.'

"Vix effatum me statim familiares, omen nefarium exsecrati, raptis cuiusque modi telis insequuntur: pugnis ille malas offendere, scapulas alius cubitis impingere, palmis infestis hic latera suffodere, calcibus insultare, capillos distrahere, vestem discindere. Sic in modum superbi iuvenis Aoni vel musici vatis Piplei laceratus atque discerptus domo proturbor.

27. "Ac dum in proxima platea refovens animum infausti atque improvidi sermonis mei sero reminiscor dignumque me pluribus etiam verberibus fuisse merito consentio, ecce iam ultimum defletus atque conclamatus processerat mortuus, rituque patrio, utpote unus de optimatibus, pompa funeris publici ductabatur per forum. Occurrit atratus quidam maestus in lacrimis genialem canitiem re-

44 **orgulhoso jovem da Aônia ou o poeta de Pipla:** respectivamente, Penteu (rei da Aônia, isto é, Tebas) e Orfeu (Pipleu ou Piéride: "amado das Musas"). Ambos morrem despedaçados pelas bacantes – Penteu, em mito recontado por Eurípides na tragédia *Bacantes*, e igualmente Orfeu (Ovídio, *Metamorfoses* 11.1–66), pois ficaram revoltadas com o desprezo que o vate lhes tinha.

26. Nem bem o canto de um coral de galos rompia o descanso da noite quando, enfim desperto do sono e tomado de espanto, corri em direção ao cadáver e, erguendo a lamparina para observar seu rosto, esmiucei cada elemento que constava do acordo. De repente, a pobre esposa, agoniada e em prantos, entrou no quarto seguida das mesmas testemunhas. Precipitando-se sem demora sobre o corpo e cobrindo-o de beijos, fez a inspeção de tudo à luz da lamparina. Em seguida, voltou-se para trás e chamou o contador Filodéspoto à sua presença. Ordenou-lhe dar logo o prêmio ao dedicado vigilante e, depois de entregá-lo, me falou assim:

— Nós lhe estamos muito agradecidos, meu jovem e, em reconhecimento aos seus serviços, daqui para frente vamos considerá-lo um amigo da família.

A tais palavras, transbordando de alegria pelo ganho inesperado e extasiado pelo brilho das moedas de ouro que, sem parar, eu fazia tilintar nas minhas mãos, respondi:

— Melhor me considerar um de seus criados, senhora; precisando da gente, é só chamar.

Mal acabei de falar e, de imediato, todo mundo daquela família, me xingando de ladrão, pegou as primeiras armas que encontrou e veio correndo atrás de mim: um me esmurrava a cara; outro me dava cotoveladas no lombo; um terceiro me dava pontapés no traseiro, me chutava os calcanhares, me puxava os cabelos e rasgava minhas roupas. Foi assim que, tal como o orgulhoso jovem da Aônia ou o poeta de Pipla,[44] saí daquela casa espancado e todo estropiado.

27. Parei numa rua próxima dali para recuperar o fôlego quando me dei conta tarde demais do ridículo e da estupidez das minhas palavras, chegando à conclusão de que o que eu merecia mesmo eram ainda mais pancadas. Nisso, concluído o velório, o pomposo cortejo fúnebre já tinha começado e, dada a origem aristocrática do falecido, prosseguia pelo fórum segundo a regra local. Correndo na direção dele apareceu um velho que ostentava o luto e estava encharcado em lágrimas, arrancando os cabelos brancos; agarrou-se

vellens senex, et manibus ambabus invadens torum, voce contenta quidem sed assiduis singultibus impedita, 'Per fidem vestram,' inquit 'Quirites, per pietatem publicam perempto civi subsistite et extremum facinus in nefariam scelestamque istam feminam severiter vindicate. Haec enim nec ullus alius miserum adulescentem, sororis meae filium, in adulteri gratiam et ob praedam hereditariam exstinxit veneno.'

"Sic ille senior lamentabiles questus singulis instrepebat. Saevire vulgus interdum et facti verisimilitudine ad criminis credulitatem impelli. Conclamant ignem, requirunt saxa, parvulos ad exitium mulieris hortantur. Emeditatis ad haec illa fletibus quamque sanctissime poterat adiurans cuncta numina, tantum scelus abnuebat.

28. "Ergo igitur senex ille: 'Veritatis arbitrium in divinam providentiam reponamus. Zatchlas adest Aegyptius propheta primarius, qui mecum iam dudum grandi praemio pepigit reducere paulisper ab inferis spiritum corpusque istud postliminio mortis animare.' Et cum dicto iuvenem quempiam linteis amiculis iniectum pedesque palmeis baxeis inductum et adusque deraso capite producit in medium. Huius diu manus deosculatus et ipsa genua contingens, 'Miserere,' ait 'sacerdos, miserere. Per caelestia sidera, per inferna numina, per naturalia elementa, per nocturna silentia et adyta Coptitica, et per incrementa Nilotica et arcana Memphitica et sistra Phariaca, da brevem solis usuram et in aeternum conditis oculis modicam lucem infunde. Non obnitimur nec terrae rem suam denegamus, sed ad ultionis solacium exiguum vitae spatium deprecamur.'

"Propheta sic propitiatus herbulam quampiam ob os corporis et aliam pectori eius imponit. Tunc orientem obversus, incrementa

45 **Coptas, Mênfis, Faros:** regiões onde a deusa Ísis era cultuada; os sistros são clara indicação do culto à deusa (11.12). O presente ritual é análogo à ressureição de Osíris pela deusa Ísis.

com ambas as mãos ao ataúde e declarou em voz alta, muito embora embargada:

— Cidadãos! Pela boa-fé dos senhores e pelo bem da república, não se resignem com a morte de um concidadão e castiguem com severidade essa mulher execrável e perversa que cometeu um crime tão horrendo! Foi ela e mais ninguém que intoxicou o coitado do meu sobrinho com veneno para ficar com a herança dele e agradar ao seu amante!

Tais eram as palavras que o pobre ancião soluçava de pessoa em pessoa. A multidão, contudo, começou a se irritar e a se convencer da veracidade do crime devido à coerência dos fatos; gritou por fogo, buscou pedras, exortou as crianças a pedirem a morte da mulher. Reagindo com lágrimas fingidas, ela jurava por todos os deuses e negava o crime.

28. Assim, pois, disse o ancião:

— Vamos deixar para a Divina Providência o veredito sobre a verdade. No meio de nós está Zatlas, o Egípcio, mestre dos adivinhos, que já acertou comigo, por um preço bem alto, trazer do mundo dos mortos, por alguns instantes, a alma do falecido, bem como lhe reanimar o corpo a fim de ele ser resgatado da morte.

Dito isso, trouxe para o meio da multidão um certo jovem, vestido com roupas simples, calçando sandálias de cipó e com a cabeça inteira raspada. Cobriu-lhe a mão de beijos e, ajoelhando-se diante dele, clamou:

— Piedade, ó Reverendo, piedade! Pelos seres celestiais, pelas estrelas, pelos gênios infernais, pelos quatro elementos, pelo silêncio noturno, pelos templos coptas, pelas cheias do Nilo, pelos mistérios de Mênfis e pelos sistros de Faros,[45] concede-lhe um pouco da luz do sol e acende em seus olhos fechados para sempre uma faísca de vida! Não nos rebelamos nem denegamos à terra o que lhe pertence, mas suplicamos para ele um breve momento de vida no afã de vingança!

Instado dessa maneira, o profeta colocou o ramo de alguma erva nos lábios do falecido e outro sobre o peito dele. Em seguida, virando-se para o oriente e orando em silêncio ao esplendor do sol

Solis augusti tacitus imprecatus, venerabilis scaenae facie studia praesentium ad miraculum tantum certatim arrexit.

29. "Immitto me turbae socium et pone ipsum lectulum editiorem quendam lapidem insistens cuncta curiosis oculis arbitrabar. Iam tumore pectus extolli, iam salubris vena pulsari, iam spiritu corpus impleri. Et assurgit cadaver, et profatur adulescens: 'Quid, oro, me post Lethaea pocula iam Stygiis paludibus innatantem ad momentariae vitae reducitis officia? Desine iam, precor, desine, ae me in meam quietem permitte.'

"Haec audita vox de corpore, sed aliquanto propheta commotior 'Quin refers' ait 'populo singula tuaeque mortis illuminas arcana? An non putas devotionibus meis posse Diras invocari, posse tibi membra lassa torqueri?'

"Suscipit ille de lectulo et imo cum gemitu populum sic adorat: 'Malis novae nuptae peremptus artibus et addictus noxio poculo, torum tepentem adultero mancipavi.'

"Tunc uxor egregia capit praesentem audaciam et mente sacrilega coarguenti marito resistens altercat Populus aestuat diversa tendentes: hi pessimam feminam viventem statim cum corpore mariti sepeliendam, alii mendacio cadaveris fidem non habendam.

30. "Sed hanc cunctationem sequens adulescentis sermo distinxit. Nam rursus altius ingemescens, 'Dabo,' inquit 'dabo vobis intemeratae veritatis documenta perlucida, et quod prorsus alius nemo cognorit vel ominarit indicabo.' Tunc digito me demonstrans: 'Nam cum corporis mei custos hic sagacissimus exsertam mihi teneret vigiliam, cantatrices anus exuviis meis imminentes atque ob id reformatae frustra saepius cum industriam sedulam eius fallere nequivissent, postremum iniecta somni nebula eoque in profundam

46 **Estige... Lete:** rios do Hades; as águas do Lete (como o próprio termo grego diz) promoviam o esquecimento de todas as experiências mortais.

majestoso, atraiu, em reação a essa admirável cena, a atenção dos presentes para um milagre assim tão colossal.

29. Me meti no meio da multidão e, me apoiando em cima de uma pedra alta atrás do ataúde, presenciava tudo aquilo com o olhar curioso: o pulmão do morto arfava, as veias pulsavam, o corpo ressuscitava. O cadáver, então, se ergueu, e o rapaz questionou:

— Podem me dizer qual é o motivo de vocês me obrigarem a cumprir as obrigações dessa vida passageira depois de eu, nadando nos brejos do Estige, beber do Lete?[46] Parem, por favor, parem, e me deixem voltar para o meu descanso!

Essas foram as frases ditas pelo falecido. O profeta, porém, retorquiu, com alguma irritação:

— Você não vai aclarar os fatos para estas pessoas e revelar o mistério da sua morte? Não sabe que tenho o poder de invocar as Fúrias e mandar que lhe torturem os membros fatigados?

Então, o morto saiu de seu caixão e, depois de um gemido profundo, se dirigiu à multidão com estas palavras:

— Fui morto pelos dons maléficos da minha nova esposa e, deixando a vida numa taça de veneno, cedi meu leito ainda quente para o seu amante.

À vista disso, a distinta esposa se encheu de coragem, opondo-se com audácia às afirmações do marido. A opinião das pessoas se dividiu: alguns achavam que a mulher merecia ser sepultada viva ao lado do esposo; já outros, que não se devia dar crédito às lorotas de um cadáver.

30. As alegações posteriores do rapaz acabaram de vez com a confusão. Com um novo gemido, ele acrescentou:

— Eu lhes darei, sim, eu lhes darei as provas claras da verdade, revelando fatos de que, até o presente instante, ninguém tinha tido conhecimento — e, então, me apontando com o dedo — na hora em que este guarda para lá de esperto permanecia alerta vigiando o meu corpo, feiticeiras velhas, que desejavam meus pertences e em vão tinham mudado várias vezes de forma sem conseguir ludibriar a excepcional atenção dele, por fim o entorpeceram com uma neblina

quietem sepulto, me nomine ciere non prius desierunt quam dum hebetes artus et membra frigida pigris conatibus ad artis magicae nituntur obsequia. Hic utpote vivus quidem, sed tantum sopore mortuus, quod eodem mecum vocabulo nuncupatur, ad suum nomen ignarus exsurgit, et, in exanimis umbrae modum ultroneus gradiens, quamquam foribus cubiculi diligenter occlusis, per quoddam foramen prosectis naso prius ac mox auribus vicariam pro me lanienam suscitavit. Utque fallaciae reliqua convenirent, ceram in modum prosectarum formatam aurium ei applicant examussim nasoque ipsius similem comparant. Et nunc assistit miser hic, praemium non industriae sed debilitationis consecutus.'

"His dictis perterritus temptare Fortunam aggredior. Iniecta manu nasum prehendo: sequitur; aures pertracto: deruunt. Ac dum directis digitis et detortis nutibus praesentium denotor, dum risus ebullit, inter pedes circumstantium frigido sudore defluens evado. Nec postea debilis ac sic ridiculus Lari me patrio reddere potui, sed capillis hinc inde laterum deiectis aurium vulnera celavi, nasi vero dedecus linteolo isto pressim agglutinato decenter obtexi."

31. Cum primum Thelyphron hanc fabulam posuit, compotores vino madidi rursum cachinnum integrant. Dumque bibere solitarias postulant, sic ad me Byrrhena: "Sollemnis" inquit "dies a primis cunabulis huius urbis conditus crastinus advenit, quo die soli mortalium sanctissimum deum Risum hilaro atque gaudiali ritu propitiamus. Hunc tua praesentia nobis efficies gratiorem. Atque utinam aliquid de proprio lepore laetificum honorando deo comminiscaris, quo magis pleniusque tanto numini litemus."

47 **deus do Riso:** não há registro de tal divindade no Panteão romano; Kenney (2004: 227) sugere que tanto a divindade como o ritual do Riso são invenções de Apuleio.

de sono e, sepultando-o em um descanso profundo, não pararam de me chamar pelo nome até os meus nervos mortos e meus membros gelados fazerem algum esforço de responder aos artifícios mágicos. Só que foi ele, por ainda estar vivo e morto apenas de sono, que, sem ter ciência disso, se levantou e saiu caminhando por si mesmo, como uma sombra sem vida, ao ouvi-las me chamando: acontece que nosso nome é o mesmo. Embora as portas do aposento estivessem bem trancadas, cortaram-lhe por uma fresta primeiro o nariz e, logo depois, as orelhas, convencendo-se de que o amputado ali era eu. E, para disfarçar as evidências da tramoia, aplicaram nele uma cera com o formato impecável das suas orelhas, fazendo a mesma coisa em relação a um nariz semelhante ao dele. Agora, aqui está o coitado, que recebeu o prêmio não de seu trabalho, mas da sua fraqueza.

Inerte de horror depois de escutar tudo isso, decidi tentar a sorte: peguei meu nariz com as mãos... e ele veio junto! Toquei as minhas orelhas... e elas se soltaram! Enquanto todo mundo me apontava o dedo, fazia gestos na minha direção e dava risada, escapei, suando frio, por entre as pernas de quem estava perto de mim. Depois disso, mutilado e ridículo desse jeito, nunca mais consegui regressar à minha terra natal e ao meu lar, e sim preferi esconder a deformidade das minhas orelhas com os cabelos repartidos; já o vexame do nariz, eu o disfarcei com este tecido, que foi ajeitadamente colocado sobre ele.

31. Assim que Télifron terminou de contar a sua história, os convivas (bêbados de vinho) começaram a gargalhar de novo. Enquanto propõem um brinde ao deus do Riso[47] conforme o costume, Birrena me diz:

— Amanhã é a data (que vem dos tempos da fundação desta cidade) em que somente nós rendemos homenagem ao santíssimo deus do Riso numa cerimônia alegre e divertida. Para nós, seria muito bom contar com a sua presença. Você, talvez, poderia apresentar algo engraçado para homenageá-lo e, dessa forma, nos ajudar a obter graças maiores e mais irrestritas de um deus tão importante.

"Bene" inquam "et fiet ut iubes. Et vellem hercules materiam repperire aliquam quam deus tantus affluenter indueret."

Post haec monitu famuli mei, qui noctis admonebat, iam et ipse crapula distentus protinus exsurgo et appellata prospere Byrrhena titubante vestigio domuitionem capesso.

32. Sed cum primam plateam vadimus, vento repentino lumen quo nitebamur exstinguitur, ut vix improvidae noctis caligine liberati, digitis pedum detunsis ob lapides, hospitium defessi rediremus. Dumque iam iunctim proximamus, ecce tres quidam vegetes et vastulis corporibus fores nostras ex summis viribus irruentes, ac ne praesentia quidem nostra tantillum conterriti, sed magis cum aemulatione virium crebrius insultantes, ut nobis—ac mihi potissimum—non immerito latrones esse et quidem saevissimi viderentur. Statim denique gladium, quem veste mea contectum ad hos usus extuleram, sinu liberatum arripio; nec cunctatus medios latrones involo ac singulis, ut quemque colluctantem offenderam, altissime demergo, quoad tandem ante ipsa vestigia mea vastis et crebris perforati vulneribus spiritus efflaverint.

Sic proeliatus, iam tumultu eo Photide suscitata, patefactis aedibus anhelans et sudore perlutus irrepo, meque statim, utpote pugna trium latronum in vicem Geryoneae caedis fatigatum, lecto simul et somno tradidi.

48 **desgraça de Gerião:** gigante com três corpos, seis braços e seis asas, cujo raro rebanho vermelho deveria ser capturado por Hércules, sendo esse o seu Décimo Trabalho. O relato encontra-se em Apolodoro 2.5.10.

— Claro! — respondi — Seu desejo é uma ordem! Tomara que eu consiga bolar algo que chegue à altura desse deus tão venerável!

Dito isso, a conselho de um criado meu, que me disse que horas eram, e como eu mesmo já estava meio alterado por causa da bebida, sem mais tardar me levantei e, depois de me despedir de Birrena, saí cambaleando a caminho de casa.

32. Contudo, ao virar na primeira esquina, a tocha que nos iluminava se apagou com uma rajada de vento, de modo que somente com bastante esforço conseguimos vencer a escuridão de uma noite soturna, chegando à casa de nosso anfitrião esgotados e com os dedos dos pés machucados pelas pedras do pavimento. Prontos para entrar, colados um no outro, eis que topamos com três sombras robustas e de enorme aparência forçando as portas da casa com toda a violência e sem qualquer reserva quanto à nossa presença; aliás, elas redobraram a força dos golpes, nos dando a entender (a mim em particular e não sem razão) que eram mesmo ladrões, e dos mais perigosos. Sem hesitar, puxei a espada que levava escondida debaixo da roupa para situações como essa, me enfiei no meio dos bandidos, enfrentei um por um e a enterrei em quem me apareceu pela frente, até enfim eles exalarem seu último suspiro aos meus pés, crivados de feridas profundas. Fótis despertara com o tumulto da briga, ao passo que eu, depois dessa luta violenta, entrei pelas portas abertas da casa, ofegante e molhado de suor. Em seguida, fatigado pelo combate contra os três bandidos (que mais parecia a desgraça de Gerião),[48] me abandonei, ao mesmo tempo, ao leito e ao sono.

Liber III

1. Commodum punieantibus phaleris Aurora roseum quatiens lacertum caelum inequitabat, et me securae quieti revulsum nox diei reddidit. Aestus invadit animum vesperni recordatione facinoris. Complicitis denique pedibus ac palmulis in alternas digitorum vicissitudines super genua connexis, sic grabatum cossim insidens ubertim flebam, iam forum et iudicia, iam sententiam, ipsum denique carnificem imaginabundus. "An mihi quisquam tam mitis tamque benivolus iudex obtinget, qui me trinae caedis cruore perlitum et tot civium sanguine delibutum innocentem pronuntiare poterit? Hanc illam mihi gloriosam peregrinationem fore Chaldaeus Diophanes obstinate praedicabat."

Haec identidem mecum replicans fortunas meas eiulabam. Quati fores interdum et frequenti clamore ianuae nostrae perstrepi.

2. Nec mora, cum magna irruptione patefactis aedibus, magistratibus eorumque ministris et turbae miscellaneae frequentia cuncta completa, statimque lictores duo de iussu magistratuum immissa manu trahere me sane non renitentem occipiunt. Ac dum primum angiportum insistimus, statim civitas omnis in publicum effusa mira densitate nos insequitur. Et quamquam capite in terram, immo ad ipsos inferos, iam deiecto maestus incederem, obliquato tamen aspectu rem admirationis maximae conspicio. Nam inter tot milia

49 **Já a Aurora, movendo os braços róseos**: lugar-comum da épica homérica, a menção à Aurora "de dedos róseos" aparecia, com algumas exceções, no início do canto (Homero, *Ilíada* 11.1; *Odisseia* 3.491; 7.1; 12.3; 17.1).

Livro 3

1. Já a Aurora, movendo os braços róseos,[49] cruzava o céu com suas fáleras cor de carmim, quando então a noite se tornou dia e me arrancou do sono tranquilo. Uma angústia me invadiu a alma com a lembrança da fatalidade da noite anterior. Por fim, cruzei os pés, juntei as mãos, entrelaçando os dedos sobre os joelhos e, me equilibrando na cama, chorei sem parar, já antevendo o tribunal, o julgamento, a sentença e, no final de tudo, o meu carrasco. "Será que o juiz que vai me julgar é bondoso e piedoso o bastante para me declarar inocente, sendo que estou manchado por três mortes e coberto pelo sangue de tantos cidadãos? Era essa a gloriosa viagem que o caldeu Diófanes me anunciava com tamanha convicção?"

Eu deplorava a minha sorte com essas perguntas a mim mesmo. No entanto, uma algazarra começou lá fora e bateram à minha porta.

2. Sem demora, irrompendo casa adentro com enorme alarde, uma multidão, seguindo os magistrados e seus ministros, mais dois lictores, que cumpriam as ordens dos magistrados, imediatamente começaram a me arrastar pela mão, sem que eu lhes opusesse qualquer resistência. Assim que entramos no primeiro beco, toda a população da cidade, que estava dispersa, seguiu nossos passos e formou um cortejo impressionante. E, muito embora eu estivesse triste e de cabeça baixa para o chão (na verdade, para as profundezas da terra!), ao olhar de ladinho percebi algo completamente

populi circumsedentis nemo prorsum qui non risu dirumperetur aderat. Tandem pererratis plateis omnibus, et in modum eorum quibus lustralibus piamentis minas portentorum hostiis circumforaneis expiant circumductus angulatim, forum eiusque tribunal astituor.

Iamque sublimo suggestu magistratibus residentibus, iam praecone publico silentium clamante, repente cuncti consona voce flagitant, propter coetus multitudinem, quae pressurae nimia densitate periclitaretur, iudicium tantum theatro redderetur. Nec mora cum passim populus procurrens caveae consaeptum mira celeritate complevit. Aditus etiam et tectum omne fartim stipaverant. Plerique columnis implexi, alii statuis dependuli, nonnulli per fenestras et lacunaria semiconspicui, miro tamen omnes studio visendi pericula salutis neglegebant. Tunc me per proscaenium medium velut quandam victimam publica ministeria producunt et orchestrae mediae sistunt.

3. Sic rursum praeconis amplo boatu citatus, accusator quidam senior exsurgit et, ad dicendi spatium vasculo quodam in vicem coli graciliter fistulato ac per hoc guttatim defluo infusa aqua, populum sic adorat:

"Neque parva res ac praecipue pacem civitatis cunctae respiciens et exemplo serio profutura tractatur, Quirites sanctissimi. Quare magis congruit sedulo singulos atque universos vos pro dignitate publica providere ne nefarius homicida tot caedium lanienam, quam cruenter exercuit, impune commiserit. Nec me putetis privatis simultatibus instinctum odio proprio saevire. Sum namque nocturnae custodiae praefectus, nec in hodiernum credo quemquam pervigilem diligentiam meam culpare posse.

50 **orquestra:** espaço entre o palco e o cenário; nos teatros romanos, era o local destinado aos senadores.

bizarro: com tanta gente ao redor, não havia uma pessoa sequer que não estivesse morrendo de rir. Todavia, arrastado por todas as ruas como aquelas vítimas que esconjuram os presságios de desgraças nas cerimônias de purificação, me fazem estacar, depois de passar por cada ponto da cidade, no fórum e em seu tribunal.

Tendo os magistrados já se instalado no plenário e já sido reclamado o silêncio por parte do arauto, subitamente todo mundo exigiu, em uníssono, por causa da quantidade de pessoas prestes a serem esmagadas pela falta de espaço, que um julgamento assim tão solene fosse transferido para o teatro. Sem tardar, a multidão saiu correndo para ocupar a plateia o mais rápido possível. Da entrada ao teto, o espaço estava abarrotado: gente atracada nas colunas, dependurada nas estátuas, olhando pela fenda das janelas ou pelos buracos do telhado. Todo mundo, por uma curiosidade desmedida, arriscava a própria vida. Então, os guardas me levaram para o meio do palco, como se eu fosse uma oferenda, e me fizeram parar bem na orquestra.[50]

3. Mal o arauto, gritando, pediu silêncio pela segunda vez, um senhor idoso, no papel de acusador, se levantou; para medir o tempo de sua fala, verteu-se água num tipo particular de vaso, sutilmente furado e por onde a água fluía de gota em gota.[51] Ele, então, dirigiu-se à multidão, orando:

— A questão não é de somenos importância: diz respeito à paz da cidade como um todo e serve de exemplo para o futuro, veneráveis cidadãos. Por essa razão, compete a todos e a cada um de vocês velar pela integridade da república, para o ímpio assassino, que cometeu uma chacina tão horrenda, não ficar sem castigo. E não me julguem movido por razões pessoais ou pelo ódio particular: sou o chefe da guarda noturna e creio que, até este momento, não houve qualquer pessoa que reclamasse da minha enorme dedicação.

51 **tipo particular de vaso**: a clepsidra, empregada para determinar o limite de tempo de fala no senado ou nos tribunais.

"Rem denique ipsam et quae nocte gesta sunt cum fide proferam. Nam cum fere iam tertia vigilia scrupulosa diligentia cunctae civitatis ostiatim singula considerans circumirem, conspicio istum crudelissimum iuvenem mucrone destricto passim caedibus operantem, iamque tres numero saevitia eius interemptos ante pedes ipsius spirantes adhuc, corporibus in multo sanguine palpitantibus. Et ipse quidem conscientia tanti facinoris merito permotus statim profugit et in domum quandam praesidio tenebrarum elapsus perpetem noctem delituit. Sed providentia deum, quae nihil impunitum nocentibus permittit, priusquam iste clandestinis itineribus elaberetur, mane praestolatus ad gravissimum iudicii vestri sacramentum eum curavi perducere. Habetis itaque reum tot caedibus impiatum, reum coram deprensum, reum peregrinum. Constanter itaque in hominem alienum ferte sententias de eo crimine quod etiam in vestrum civem severiter vindicaretis."

4. Sic profatus accusator acerrimus immanem vocem repressit. Ac me statim praeco, siquid ad ea respondere vellem, iubebat incipere. At ego nihil tunc temporis amplius quam flere poteram, non tam hercules truculentam accusationem intuens quam meam miseram conscientiam. Sed tamen oborta divinitus audacia sic ad illa:

"Nec ipse ignoro quam sit arduum, trinis civium corporibus expositis, eum qui caedis arguatur, quamvis vera dicat et de facto confiteatur ultro, tamen tantae multitudini quod sit innocens, persuadere. Sed si paulisper audientiam publicam mihi tribuerit humanitas, facile vos edocebo me discrimen capitis non meo merito, sed rationabilis indignationis eventu fortuito tantam criminis invidiam frustra sustinere.

5. "Nam cum a cena me serius aliquanto reciperem, potulentus alioquin, quod plane verum crimen meum non diffitebor, ante ipsas fores hospitii—ad bonum autem Milonem civem vestrum deverto—video quosdam saevissimos latrones aditum temptantes et domus

Vou lhes contar em detalhes o que aconteceu ontem à noite: eu estava fazendo a ronda, no meio da madrugada, vigiando com toda a atenção cada canto da cidade, quando me deparei com este jovem dos mais violentos a manejar ostensivamente um punhal por todo lado, com as três vítimas da sua crueldade morrendo aos seus pés e cujos corpos expiravam numa poça de sangue. Ciente da chacina que tinha cometido e, com toda razão, perturbado, ele imediatamente saiu correndo e, oculto com o auxílio da escuridão noturna, se escondeu numa casa, onde passou o resto da noite. Porém, com as graças da Divina Providência, que não permite que infratores fiquem sem punição, capturei-o pela manhã, antes de ele escapar por vias ignoradas, e o fiz comparecer ao sagrado tribunal de vocês. Assim, pois, aqui está um réu manchado por vários delitos, um réu detido em flagrante, um réu estrangeiro. Dessa maneira, pronunciem sem hesitar sua sentença contra um estranho por seu delito, o qual vocês puniriam com severidade mesmo que se tratasse de um concidadão.

4. Depois desse pronunciamento, a voz terrível do severo acusador se calou e o arauto me ordenou que, havendo algo a falar, eu lhe respondesse. Só que eu, naquele momento, não conseguia fazer outra coisa além de chorar. O que me afligia (por Hércules!) não era uma acusação tão violenta, e sim minha pobre consciência. Entretanto, com uma coragem insuflada pelos deuses, argumentei:

— Eu não ignoro que é difícil, diante dos cadáveres de três cidadãos, que o acusado dos assassinatos defenda sua inocência para uma multidão tão grande, mesmo que esteja dizendo a verdade e dê a sua versão do que aconteceu. Porém, se a benevolência de vocês me conceder um minuto de atenção, facilmente lhes demonstrarei que corro risco de morte não por erro meu, e sim que, por uma indignação compreensível, carrego a culpa do crime injustamente.

5. De fato, eu tinha saído de um jantar bem mais cedo do que planejava e, além disso, estava um pouco bêbado (esse, sim, um delito que eu não nego), quando, na porta da casa do meu anfitrião (falo do bom Milão, concidadão de vocês), encontrei alguns ladrões bem

ianuas cardinibus obtortis evellere gestientes, claustrisque omnibus, quae accuratissime affixa fuerant, violenter evulsis, secum iam de inhabitantium exitio deliberantes. Unus denique et manu promptior et corpore vastior his affatibus et ceteros incitabat:

"'Heus pueri, quam maribus animis et viribus alacribus dormientes aggrediamur. Omnis cunctatio, ignavia omnis facessat e pectore. Stricto mucrone per totam domum caedes ambulet. Qui sopitus iacebit trucidetur; qui repugnare temptaverit, feriatur. Sic salvi recedemus, si salvum in domo neminem reliquerimus.'

"Fateor, Quirites, extremos latrones—boni civis officium arbitratus, simul et eximie metuens et hospitibus meis et mihi—gladiolo, qui me propter huius modi pericula comitabatur, armatus fugare atque proterrere eos aggressus sum. At illi barbari prorsus et immanes homines neque fugam capessunt et, cum me viderent in ferro, tamen audaciter resistunt.

6. "Dirigitur proeliaris acies. Ipse denique dux et signifer ceterorum validis me viribus aggressus illico manibus ambabus capilli arreptum ac retro reflexum effligere lapide gestit. Quem dum sibi porrigi flagitat, certa manu percussum feliciter prosterno. Ac mox alium pedibus meis mordicus inhaerentem per scapulas ictu temperato tertiumque improvide occurrentem pectore offenso peremo.

"Sic pace vindicata, domoque hospitum ac salute communi protecta, non tam impunem me, verum etiam laudabilem publice credebam fore, qui ne tantillo quidem umquam crimine postulatus, sed probe spectatus apud meos semper innocentiam commodis cunctis antetuleram. Nec possum repperire cur iustae ultionis, qua contra latrones deterrimos commotus sum, nunc istum reatum sustineam, cum nemo possit monstrare vel proprias inter nos inimicitias prae-

descarados forçando a porta para arrombá-la, depois de arrebentarem o ferrolho. Os cadeados, que tinham trancado bem a porta, foram brutalmente arrancados, e os ladrões deliberavam entre si sobre a forma de matar os habitantes. Um deles (o de maior força e altura) estimulava os demais, dizendo:

— Vamos lá, moçada, atacá-los com ousadia e valentia enquanto estão dormindo! Arranquem do peito toda a hesitação e o temor! Com o punhal nas mãos, vamos derramar sangue pela casa toda! Quem estiver dormindo vai ser trucidado; quem reagir, massacrado! Só vamos sair vivos se a gente não deixar ninguém da casa vivo.

Confesso, concidadãos, que, motivado pelo dever de um bom cidadão e ao mesmo tempo com muito medo por mim e por meus anfitriões, investi contra os terríveis bandidos com o punhal que eu carregava comigo para perigos desse tipo, de modo a assustá-los e afugentá-los. Porém, diante disso, aqueles homens bárbaros e execráveis não se puseram em fuga, e sim, descaradamente, me enfrentaram.

6. A frente de batalha se formou. Finalmente, o próprio general e porta-estandarte dos demais, avançando sobre mim com toda a violência, me agarrou pelos cabelos com ambas as mãos e puxou minha cabeça para trás, pretendendo esmagá-la com uma pedra. Enquanto pedia que lhe alcançassem a tal pedra, lhe desferi um golpe certeiro. Em seguida, matei o segundo, que se prendeu aos meus pés com uma mordida, acertando-lhe bem ali entre as costelas, e o terceiro, que correu impulsivamente na minha direção, com um talho no peito.

Assim, restabelecida a paz e protegida a tranquilidade dos meus anfitriões e da comunidade como um todo, eu achava que não apenas seria inocentado, como até mesmo louvado publicamente. Eu nunca (mas nunquinha mesmo) tinha sido acusado de qualquer crime, e sim contei com a aprovação dos meus concidadãos por sempre colocar minha inocência à frente de outros interesses. Não dá para entender por que uma justa vingança (motivo de eu ter enfrentado ladrões de altíssima periculosidade) agora me transforma em réu, mesmo quando ninguém consiga demonstrar que tivesse havido

cessisse ac ne omnino mihi notos illos latrones usquam fuisse. Vel certe ulla praeda monstretur, cuius cupidine tantum flagitium credatur admissum."

7. Haec profatus, rursum lacrimis obortis porrectisque in preces manibus per publicam misericordiam, per pignorum caritatem maestus tunc hos tunc illos deprecabar. Cumque iam humanitate commotos, misericordia fletuum affectos omnes satis crederem, Solis et Iustitiae testatus oculum casumque praesentem meum commendans deum providentiae, paulo altius aspectu relato conspicio prorsus totum populum—risu cachinnabili diffluebant—nec secus illum bonum hospitem parentemque meum Milonem risu maximo dissolutum. At tunc sic tacitus mecum "En fides," inquam "en conscientia! Ego quidem pro hospitis salute et homicida sum et reus capitis inducor; at ille non contentus quod mihi nec assistendi solacium perhibuit, insuper exitium meum cachinnat."

8. Inter haec quaedam mulier per medium theatrum lacrimosa et flebilis, atra veste contecta, parvulum quendam sinu tolerans decurrit, ac pone eam anus alia pannis horridis obsita paribusque maesta fletibus, ramos oleagineos utraeque quatientes. Quae circumfusae lectulum quo peremptorum cadavera contecta fuerant, plangore sublato se lugubriter eiulantes, "Per publicam misericordiam, per commune ius humanitatis," aiunt "miseremini indigne caesorum iuvenum, nostraeque viduitati ac solitudini de vindicta solacium date. Certe parvuli huius in primis annis destituti fortunis succurrite, et de latronis huius sanguine legibus vestris et disciplinae publicae litate."

Post haec magistratus qui natu maior assurgit, et ad populum talia: "De scelere quidem, quod serio vindicandum est, nec ipse qui commisit potest diffiteri. Sed una tantum subseciva sollicitudo nobis relicta est, ut ceteros socios tanti facinoris requiramus: nec enim verisimile est hominem solitarium tres tam validos enecasse

inimizade entre nós anteriormente, ou, inclusive, que eu sequer soubesse de quem se tratavam esses bandidos, ou, mais ainda, que existisse algum espólio cuja tentação tenha me levado a cometer um crime tão cruel.

7. Proferidas essas palavras, de novo brotaram-me as lágrimas; estendidas as mãos em súplica, eu, desolado, implorava a uns e a outros pela misericórdia pública e por tudo o que havia de mais sagrado para eles. Supondo que todos estivessem comovidos o bastante e abalados pelo meu pranto, tomei o Sol e a Justiça por testemunhas. Recomendando minha sorte à Divina Providência, levantei sutilmente a cabeça e reparei que a multidão ao redor rolava de tanto rir — até meu bom anfitrião e amigo Milão ria às gargalhadas. Então, falei baixinho para mim mesmo: "Eis aí a lealdade, eis aí a consideração: para salvar meu anfitrião me tornei um assassino e vou receber sentença de morte; mas ele, não satisfeito de me negar seu apoio e sua ajuda, ainda por cima ri da minha desgraça".

8. Entretanto, uma mulher, entre lágrimas e gemidos, vestida de preto e carregando uma criança no colo, saiu correndo no meio do teatro; seguiu-a uma senhora idosa, coberta de trapos, que também chorava e gemia. Ambas brandiam um ramo de oliveira. Cercando os esquifes em que jaziam os cadáveres cobertos por um véu, redobraram os lamentos, clamando lutuosamente:

— Pela misericórdia pública, pelo direito de toda a humanidade, tenham piedade desses jovens assassinados injustamente e deem ao nosso luto e desamparo a consolação da vingança! Confortem pelo menos esta criancinha, deixada sem proteção na mais tenra infância, e sacrifiquem o sangue desse bandido às leis da comunidade e à ordem pública!

Em seguida, o magistrado mais velho se levantou e se dirigiu aos presentes com as seguintes palavras:

— Que aconteceu o crime, que deverá ser punido com rigor, isso nem o autor pode negar; falta-nos, porém, o esclarecimento de mais uma coisa: queremos saber quais foram os cúmplices de um delito tão sério, pois não faz sentido um homem assassinar três jovens

iuvenes. Prohinc tormentis veritas eruenda, nam et qui comitabatur cum puer clanculo profugit, et res ad hoc deducta est, ut per quaestionem sceleris sui participes indicet, ut tam dirae factionis funditus formido peremattur."

9. Nec mora cum ritu Graeciensi ignis et rota, tum omne flagrorum genus inferuntur. Augetur oppido, immo duplicatur, mihi maestitia, quod integro saltim mori non licuerit. Sed anus illa quae fletibus cuncta turbaverat "Prius," inquit "optimi cives, quam latronem istum miserorum pignorum meorum peremptorem cruci affigatis, permittite corpora necatorum revelari, ut et formae simul et aetatis contemplatione magis magisque ad iustam indignationem arrecti pro modo facinoris saeviatis."

His dictis applauditur, et ilico me magistratus ipsum iubet corpora, quae lectulo fuerant posita, mea manu detegere. Luctantem me ac diu renuentem praecedens facinus instaurare nova ostensione, lictores iussu magistratuum quam instantissime compellunt. Manum denique ipsam e regione lateris tundentes in exitium suum super ipsa cadavera porrigunt. Evictus tandem necessitate succumbo et, ingratis licet, abrepto pallio retexi corpora.

Dii boni, quae facies rei! Quod monstrum! Quae fortunarum mearum repentina mutatio! Quamquam enim iam in peculio Proserpinae et Orci familia numeratus, subito in contrariam faciem obstupefactus haesi. Nec possum novae illius imaginis rationem idoneis verbis expedire. Nam cadavera illa iugulatorum hominum erant tres utres inflati variisque secti foraminibus et, ut vespertinum proelium meum recordabar, his locis hiantes quibus latrones illos vulneraveram.

52 **Prosérpina:** no Panteão romano, é a divindade dos Infernos; muito cedo foi associada à deusa Perséfone.

53 **Orco:** divindade que preside a morte, é associado ao deus Plutão, senhor do submundo.

robustos sozinho. Dessa forma, a verdade deve ser arrancada pela tortura, dado que o criado que o acompanhava fugiu às escondidas e a situação chegou a um tal ponto que só por meio de um interrogatório ele vai confessar quem foram seus comparsas durante o ato, a fim de que possamos cortar pela raiz o terror plantado por essa facção tão maldita.

9. Sem demora, são trazidos, de acordo com o costume grego, não apenas o fogo e a roda, como ainda todo tipo de chibata. Minha desolação aumentou, aliás duplicou, pois no final de tudo não me deixariam sequer morrer inteiro. Porém, a anciã que havia comovido todo mundo com suas lágrimas, disse:

— Cidadãos de bem, antes de vocês pregarem na cruz esse bandido que me roubou meus pobres tesouros, deem sua permissão para revelar o cadáver dos mortos, para que, com a visão da beleza e da juventude deles, a sua justa indignação aumente cada vez mais e predisponha vocês a punirem o crime à altura!

Dito isso, ela recebeu aplausos, e sem mais delongas o magistrado me ordenou descobrir os corpos ali no caixão com minhas próprias mãos. Muito embora eu estivesse relutante e muito contrariado de relembrar, com um novo espetáculo, o crime passado, os lictores, cumprindo as ordens dos magistrados, me forçaram a obedecer-lhes de imediato. Puxando minha mão, que pendia ao lado dos cadáveres, colocaram-na (para sua desgraça) sobre eles. Ao fim, derrotado pela imposição do momento, sucumbi e, contra a vontade, retirei o véu dos corpos.

Deuses bondosos, que visão! Que prodígio! Que repentina mudança da minha sorte! Eu já me achava no espólio de Prosérpina[52] e parte da família do Orco,[53] quando, subitamente, a coisa ganhou outro aspecto e eu, surpreendido, fiquei sem palavras para expressar aquela nova imagem: é que os cadáveres dos homens executados eram três odres inchados, com buracos em várias partes e, a julgar pelo que eu recordava acerca do combate que havia travado na noite anterior, abertos bem nos lugares onde eu havia ferido de morte aqueles malfeitores.

10. Tunc ille quorundam astu paulisper cohibitus risus libere iam exarsit in plebem. Hi gaudii nimietate gratulari, illi dolorem ventris manuum compressione sedare. Et certe laetitia delibuti meque respectantes cuncti theatro facessunt. At ego, ut primum illam laciniam prenderam, fixus in lapidem steti gelidus nihil secus quam una de ceteris theatri statuis vel columnis. Nec prius ab inferis emersi quam Milon hospes accessit, et iniecta manu me renitentem lacrimisque rursum promicantibus crebra singultientem clementi violentia secum attraxit. Et observatis viae solitudinibus per quosdam anfractus domum suam perduxit, maestumque me atque etiam tunc trepidum variis solatur affatibus. Nec tamen indignationem iniuriae, quae inhaeserat altius meo pectori, ullo modo permulcere quivit.

11. Ecce ilico etiam ipsi magistratus cum suis insignibus domum nostram ingressi talibus me monitis delenire gestiunt: "Neque tuae dignitatis vel etiam prosapiae tuorum ignari sumus, Luci domine. Nam et provinciam totam inclutae vestrae familiae nobilitas complectitur. Ac ne istud quod vehementer ingemescis contumeliae causa perpessus es. Omnem itaque de tuo pectore praesentem tristitudinem mitte et angorem animi depelle. Nam lusus iste, quem publice gratissimo deo Risui per annua reverticula sollemniter celebramus, semper commenti novitate florescit. Iste deus auctorem et actorem suum propitius ubique comitabitur amanter, nec umquam patietur ut ex animo doleas, sed frontem tuam serena venustate laetabit assidue. At tibi civitas omnis pro ista gratia honores egregios obtulit; nam et patronum scripsit et ut in aere staret imago tua decrevit."

Ad haec dicta sermonis vicem refero. "Tibi quidem," inquam "splendidissima et unica Thessaliae civitas, honorum talium parem

10. Então o riso, até ali contido pela astúcia de alguns, alastrou-se livremente entre as pessoas: uma parte delas, pelo excesso de euforia, começou a perder a linha; outra, a apertar a barriga com as mãos para diminuir a dor de tanto rir e todo mundo, sem dúvida ébrio de felicidade, saiu do teatro com os olhos fixos em mim. Eu, porém, assim que larguei o véu, fiquei gelado e estático como uma pedra, parecendo mais uma das colunas e estátuas do teatro. Nem bem regressei dos ínferos quando Milão, meu anfitrião, se aproximou e, colocando a mão em mim, mesmo com a minha resistência e enquanto eu voltava a chorar e a soluçar convulsivamente, me levou de volta para a sua casa com uma violência gentil e fazendo desvios por ruas desertas. Milão me consolava com todo o alento possível; porém, desolado como eu estava e, naquela situação, ainda trêmulo, ele não foi, de jeito nenhum, bem sucedido em apaziguar a minha indignação por um insulto tão grande, que realmente me doía no peito.

11. Eis, porém, que os mesmos magistrados, entrando na nossa casa com suas insígnias, trataram de me acalmar desta maneira:

— Não ignoramos sua reputação e o prestígio de seus antepassados, senhor Lúcio, pois a nobreza de sua ilustre família é conhecida em toda a província. Isso, que tanto incomoda você, foi apenas uma brincadeira nossa. Espante essa tristeza do seu coração e afugente do seu espírito a angústia, pois este festival, que celebramos solenemente em público todos os anos em honra ao Riso, o mais generoso dos deuses, desde sempre deveu o seu sucesso a um passatempo novo. Este deus será propício e bondosamente acompanhará seu benfeitor por toda parte; ele jamais vai permitir que você sofra alguma desgraça e, em todas as situações, vai colocar um sorriso plácido no seu rosto. Em agradecimento pela graça obtida, a cidade inteira teve por bem render-lhe as maiores homenagens e decretou que se forjasse uma estátua do senhor em bronze e que o senhor fosse designado nosso patrono.

A essas indicações, redargui com as seguintes palavras:

— A gratidão que tenho à mais esplêndida e singular cidade da Tessália é equivalente à honra que me foi deferida, mas aconselho

gratiam memini, verum statuas et imagines dignioribus meique maioribus reservare suadeo."

12. Sic pudenter allocutus et paulisper hilaro vultu renidens, quantumque poteram laetiorem me refingens, comiter abeuntes magistratus appello.

Et ecce quidam intro currens famulus "Rogat te" ait "tua parens Byrrhena, et convivii cui te sero desponderas iam appropinquantis admonet."

Ad haec ego, formidans et procul perhorrescens etiam ipsam domum eius, "Quam vellem," inquam "parens, iussis tuis obsequium commodare, si per fidem liceret id facere. Hospes enim meus Milon per hodierni diei praesentissimum numen adiurans effecit ut eius hodiernae cenae pignerarer, nec ipse discedit nec me digredi patitur. Prohinc epulare vadimonium differamus."

Haec adhuc me loquente, manu firmiter iniecta Milon, iussis balnearibus assequi, producit ad lavacrum proximum. At ego vitans oculos omnium, et quem ipse fabricaveram risum obviorum declinans, lateri eius adambulabam obtectus. Nec qui laverim, qui terserim, qui domum rursum reverterim, prae rubore memini: sic omnium oculis nutibus ac denique manibus denotatus impos animi stupebam.

13. Raptim denique paupertina Milonis cenula perfunctus, causatusque capitis acrem dolorem quem mihi lacrimarum assiduitas incusserat, cubitum venia facile tributa concedo. Et abiectus in lectulo meo, quae gesta fuerant singula maestus recordabar, quoad tandem Photis mea, dominae suae cubitu procurato, sui longe dissimilis advenit. Non enim laeta facie nec sermone dicaculo, sed vultuosam frontem rugis insurgentibus asseverabat.

Cunctanter ad timide denique sermone prolato, "Ego" inquit "ipsa, confiteor ultro, ego origo tibi huius molestiae fui." Et cum dicto lorum quempiam sinu suo depromit mihique porrigens, "Cape,"

vocês a reservarem estátuas e bustos a pessoas mais dignas e mais importantes do que eu.

12. Com essa fala modesta, me esforçando para pôr algum sorriso no rosto e fingindo o máximo possível estar alegre, despedi com toda a amabilidade os magistrados, que já estavam mesmo indo embora.

Eis, porém, que um criado entrou correndo e disse:

— Sua tia está lhe chamando e falou que está na hora do jantar que vocês combinaram ontem à noite.

Hesitando em aceitar o convite e morrendo de medo de voltar à casa de Birrena, dei-lhe a seguinte mensagem: "Tia, bem que eu queria atender ao seu convite sem faltar à minha palavra, mas o que acontece é que meu anfitrião Milão me fez prometer pelo padroeiro desta data que eu iria cear com ele hoje e não vai me desculpar pela ausência. Nosso jantar pode ficar para outra ocasião".

Mal eu tinha justificado minha renúncia, quando Milão me pegou firmemente e, depois de ordenar que lhe trouxessem os apetrechos para a toalete, me conduziu aos banhos públicos mais próximos. Eu, por outro lado, me esquivando do olhar de todos, cuja risada eu mesmo havia provocado, me escondia caminhando colado em Milão. Como me banhei, me sequei e voltei para casa eu me esqueci, de tanta vergonha. Encarado, apontado e, enfim, julgado por todo mundo, fiquei paralisado, sem qualquer reação.

13. Como o jantarzinho simples de Milão terminou depressa, obtive facilmente a permissão para me retirar para o meu quarto, alegando uma enxaqueca terrível, provocada pelo excesso de lágrimas. Deitado na minha cama, eu refletia, desconsolado, sobre os detalhes dos acontecimentos, quando minha Fótis, tendo preparado o quarto para a sua senhora ir dormir, se aproximou de mim com o semblante alterado: não estava de cara boa nem fazia suas gracinhas, e sim apresentava uma expressão carrancuda, com rugas profundas. Disse o seguinte, em tom vacilante e acanhado:

— Confesso, sem rodeios, que a culpada do que lhe aconteceu fui eu — e, terminando de falar isso, me estendeu algo como uma correia que ela guardava entre os seios — Pegue, por favor, e castigue

inquit "oro te, et de perfida muliere vindictam, immo vero licet maius quodvis supplicium sume. Nec tamen me putes, oro, sponte angorem istum tibi concinnasse. Dii mihi melius quam ut mei causa vel tantillum, scrupulum patiare. Ac siquid adversi tuum caput respicit, id omne protinus meo luatur sanguine. Sed quod alterius rei causa facere iussa sum, mala quadam mea sorte in tuam recidit iniuriam."

14. Tunc ego familiaris curiositatis admonitus factique causam delitescentem nudari gestiens suscipio: "Omnium quidem nequissimus audacissimusque lorus iste, quem tibi verberandae destinasti, prius a me concisus atque laceratus interibit ipse quam tuam plumeam lacteamque contingat cutem. Sed mihi cum fide memora: quod tuum factum scaevitas consecuta in meum convertit exitium? Adiuro enim tuum mihi carissimum caput nulli me prorsus ac ne tibi quidem ipsi asseveranti posse credere quod tu quicquam in meam cogitaveris perniciem. Porro meditatus innoxios casus incertus vel etiam adversus culpae non potest addicere."

Cum isto fine sermonis oculos Photidis meae, udos ac tremulos et prona libidine marcidos iamiamque semiadopertulos, adnixis et sorbillantibus saviis sitienter hauriebam.

15. Sic illa laetitia recreata "Patere," inquit "oro, prius fores cubiculi diligenter occludam, ne sermonis elapsi profana petulantia committam grande flagitium." Et cum dicto pessulis iniectis et uncino firmiter immisso, sic ad me reversa colloque meo manibus ambabus implexa, voce tenui et admodum minuta "Pave" inquit "et formido solide domus huius operta detegere et arcana dominae meae revelare secreta. Sed melius de te doctrinaque tua praesumo, qui praeter generosam natalium dignitatem, praeter sublime ingenium, sacris pluribus initiatus profecto nosti sanctam silentii fidem. Quaecum-

esta mulher malvada; aliás, dê a ela o maior castigo que você puder. Mas, lhe imploro, não julgue que lhe infligi esse sofrimento por vontade própria: que os deuses me condenem antes de você padecer um só tormento que seja por minha culpa! Se você correr algum perigo, que eu possa afastá-lo com meu próprio sangue! O que fui obrigada a fazer com outra intenção se transformou, para minha desgraça, no seu prejuízo.

14. Dessa forma, desperto por minha natural curiosidade e pretendendo desvelar a razão oculta do seu ato, comecei a dizer:

— Essa correia (de fato a coisa mais absurda e desaforada do mundo que você havia destinado ao seu próprio suplício) vai ser picotada e destruída por mim antes de encostar na sua pele delicada como a pluma e branca como o leite. Mas seja sincera e me conte que ação maldosa do acaso transformou sua intenção no meu prejuízo. Juro pela sua vida, preciosíssima para mim, que eu não daria crédito a ninguém (nem mesmo a você) que me dissesse que você planejou qualquer coisa para me prejudicar. Além disso, as boas intenções não podem ser julgadas pela sorte ou pelo azar.

Assim que eu terminei de falar, pus-me a beber avidamente dos olhos úmidos e trêmulos da minha Fótis, lânguidos e já cerrados de tanto desejo, com beijos e mordidelas aflitivas.

15. Ela, bem-humorada de novo, me comentou:

— Se me permite, vou antes fechar a porta deste quarto para evitar que aconteça uma desgraça caso minhas palavras, por pura indiscrição, escapem daqui.

Dito isso, trancando o ferrolho e fechando bem as travas da porta, ela me confessou em voz baixa e quase inaudível, virando-se para mim e pousando os dois braços ao redor do meu pescoço:

— Tremo só de pensar e tenho medo de desvendar os mistérios desta casa e de lhe revelar os segredos ocultos da minha senhora. Porém, tenho a melhor das impressões sobre você e sobre a sua educação, porque, além de vir de uma família de grande distinção e ter uma sabedoria formidável, você foi iniciado em vários cultos e conhece a sagrada lei do silêncio. Sendo assim, tudo aquilo que eu vier

que itaque commisero huius religiosi pectoris tui penetralibus, semper haec intra consaeptum clausa custodias, oro, et simplicitatem relationis meae tenacitate taciturnitatis tuae remunerare. Nam me, quae sola mortalium novi, amor is quo tibi teneor indicare compellit. Iam scies omnem domus nostrae statum, iam scies herae meae miranda secreta, quibus obaudiunt manes, turbantur sidera, coguntur numina, serviunt elementa. Nec unquam magis artis huius violentia nititur quam cum scitulae formulae iuvenem quempiam libenter aspexit, quod quidem ei solet crebriter evenire.

16. "Nunc etiam adulescentem quendam Boeotium summe decorum efflictim deperit totasque artis manus, machinas omnes ardenter exercet. Audivi vesperi—meis his, inquam, auribus audivi—quod non celerius Sol caelo ruisset noctique ad exercendas illecebras magiae maturius cessisset, ipsi Soli nubilam caliginem et perpetuas tenebras comminantem. Hunc iuvenem, cum e balneis rediret ipsa, tonstrinae residentem hesterna die forte conspexit, ac me capillos eius, qui iam caede cultrorum desecti humi iacebant, clanculo praecepit auferre. Quos me sedulo furtimque colligentem tonsor invenit et, quod alioquin publicitus maleficae disciplinae perinfames sumus, arreptam inclementer increpat: 'Tune, ultima, non cessas subinde lectorum iuvenum capillamenta surripere? Quod scelus nisi tandem desines, magistratibus te constanter obiciam.' Et verbum facto secutus immissa manu scrutatus e mediis papillis meis iam capillos absconditos iratus abripuit. Quo gesto graviter affecta mecumque reputans dominae meae mores, quod huiusmodi repulsa satis acriter commoveri meque verberare saevissime consuevit, iam

a confiar ao santuário do seu coração peço-lhe, por favor, que deixe trancado nele e retribua a veracidade desta confissão com a firmeza do seu sigilo. O amor que eu tenho por você me anima a lhe revelar coisas que, de todos os outros seres humanos, somente eu pude testemunhar. Já, já, você vai saber de tudo o que se passa em nossa casa, os segredos assombrosos da minha senhora a que os espíritos obedecem, que mudam o curso das estrelas, que subordinam os deuses e que dominam os elementos da natureza. No entanto, ela só recorre à violência dessas artes quando põe os olhos em um rapaz de formas perfeitas, coisa que não é difícil de acontecer.

16. Aliás, neste momento mesmo está toda apaixonada por um rapaz da Beócia, lindo de morrer e, lançando mão de qualquer artifício, se empenha em armar todo tipo de plano para conquistar o tal garoto: neste fim de tarde, por exemplo, eu escutei com estes meus ouvidos que (como o sol demorasse a se pôr e não cedesse logo o seu lugar à noite para que minha senhora executasse seus feitiços mágicos) ela ameaçava envolver o próprio Sol em uma neblina escura e encerrá-lo em trevas perpétuas. Ontem, voltando dos banhos públicos, ela encontrou o moço cortando os cabelos na barbearia e, olhando para ele fixamente, me ordenou que recolhesse, sem ninguém se dar conta, as mechas do cabelo dele que iam caindo no chão com o corte da lâmina. Só que o barbeiro me surpreendeu agindo concentrada e sorrateiramente e, como a gente já tem a fama ruim de fazer bruxarias, me pegou pelo braço e me repreendeu, dizendo com toda a grosseria:

— Por que, ser desprezível, você não pára agora mesmo de roubar os cabelos dos rapazes bonitos? Se você não parar já, vou lhe entregar para os magistrados sem um pingo de dó! — e, não contente com o que acabava de dizer, enfiou a mão entre os meus seios para me revistar, sacando, enfurecido, as mechas que encontrou ali.

Abalada por esse gesto e pensando cá com meus botões sobre o caráter da minha senhora (porque, com aborrecimentos desse tipo, costumava ficar fora de si e me espancar com toda a crueldade), che-

de fuga consilium tenebam, sed istud quidem tui contemplatione abieci statim.

17. “Verum cum tristis inde discederem, ne prorsus vacuis manibus redirem, conspicor quendam forficulis attondentem caprinos utres. Quos cum probe constrictos inflatosque et iam pendentes cernerent, capillos eorum humi iacentes, flavos ac per hoc illi Boeotio iuveni consimiles, plusculos aufero eosque dominae meae dissimulata veritate trado. Sic noctis initio, priusquam cena te reciperes, Pamphile mea iam vecors animi tectum scandulare conscendit, quod altrinsecus aedium patore perflabili nudatum, ad omnes orientales ceterosque aspectus pervium, maxime his artibus suis commodatum secreto colit. Priusque apparatu solito instruit feralem officinam, omne genus aromatis et ignorabiliter laminis litteratis et infelicium avium durantibus damnis, defletorum sepultorum etiam cadaverum expositis multis admodum membris: hic nares em digiti, illic carnosi clavi pendentium, alibi trucidatorum servatus cruor et extorta dentibus ferarum trunca calvaria.

18. “Tunc decantatis spirantibus fibris litat vario latice, nunc rore fontano, nunc lacte vaccino, nunc melle montano; litat et mulsa. Sic illos capillos in mutuos nexus obditos atque nodatos cum multis odoribus dat vivis carbonibus adolendos. Tunc protinus inexpugnabili magicae disciplinae potestate et caeca numinum coactorum violentia illa corpora, quorum fumabant stridentes capilli, spiritum mutuantur humanum et sentiunt et audiunt et ambulant, et qua nidor suarum ducebat exuviarum veniunt, et pro illo iuvene Boeotio aditum gestientes fores insiliunt; cum ecce crapula madens et improvidae Noctis deceptus caligine audacter mucrone destricto in insani modum Aiacis armatus, non ut illi vivis pecoribus infestus tota

54 **Ájax:** filho de Télamon, rei de Salamina, é um dos maiores líderes gregos na guerra de Troia; reivindicando as armas de Aquiles, igualmente pleiteadas por Odisseu, enlouquece por ação da deusa Atena e ataca um rebanho de cabras julgando vingar-se de seu rival. O episódio é narrado pela própria deusa a Odisseu na tragédia *Ájax* (vv. 40–54), de Sófocles.

guei a considerar a possibilidade de fuga; porém, me lembrando de você, logo desisti.

17. No entanto, indo embora de cabeça baixa, avistei um fulano tosquiando com uma tesoura os pelos de uns odres de cabra; vendo-os bem amarrados em laços firmes e prontos para serem levados, peguei alguns deles que caíam no chão, castanhos como os do rapaz da Beócia e, para não voltar para casa de mãos vazias, os levei para minha senhora como se fossem legítimos. Assim, no início da noite, antes de você regressar do jantar, a senhora Pânfila subiu, feito uma desvairada, para um quarto aberto aos quatro ventos, que fica na parte superior da casa e dá para o oriente, com vista para as demais direções. É o lugar predileto dela para realizar seus feitiços em segredo. Ordenando antes a sua equipagem, tratou de instalar seu laboratório macabro com unguentos de toda espécie, lâminas gravadas com símbolos ilegíveis, restos de embarcações afundadas e muitos membros de cadáveres já carpidos e até mesmo sepultados: aqui, narizes e dedos; ali, pregos com a carne de gente crucificada; lá, sangue colhido de gargantas degoladas e pedaços de crânios arrancados dos dentes das feras.

18. A seguir, ela pronunciou a fórmula mágica sobre entranhas ainda palpitantes e fez uma libação com vários líquidos: ora com a água da fonte, ora com o leite da vaca, ora com o mel da montanha e, ao final de tudo, verteu também o vinho temperado. Depois, colocou aqueles tufos de pelo — trançados em laços, amarrados em nós múltiplos e borrifados com os vários unguentos — sobre o carvão aceso. Na mesma hora, com o poder inexpugnável das artes mágicas e da potência cega das divindades invocadas, aqueles corpos, cujos pelos finos crepitavam, receberam espírito humano e tanto passaram a sentir quanto a ouvir e a falar. Para onde os guiava o cheiro de seus restos mortais, lá iam eles, saltitando de encontro à porta da casa como se fossem o jovem beócio. Foi aí que você apareceu, caindo de bêbado e traído pela escuridão da noite imprudente, sacando audaciosamente o punhal e pronto para lutar como Ájax[54] enlouquecido. Porém, à diferença dele, que tinha sido atacado por cabras vivas e

laniavit armenta, sed longe fortius, qui tres inflatos caprinos utres exanimasti, ut ego te prostratis hostibus sine macula sanguinis non homicidam nunc, sed utricidam amplecterer."

19. Exarsi lepido sermone Photidis et in vicem cavillatus, "Ergo igitur iam et ipse possum" inquam "mihi primam istam virtutis adoriam ad exemplum duodeni laboris Herculei numerare, vel trigemino corpori Geryonis vel triplici formae Cerberi totidem peremptos utres coaequando. Sed ut ex animo tibi volens omne delictum quo me tantis angoribus implicasti remittam, praesta quod summis votis expostulo, et dominam tuam, cum aliquid huius divinae disciplinae molitur, ostende, cum deos invocat, certe cum reformatur videam. Sum namque coram magiae noscendae ardentissimus cupitor, quamquam mihi nec ipsa tu videare rerum rudis vel expers. Scio istud et plane sentio, cum semper alioquin spretorem matronalium amplexuum sic tuis istis micantibus oculis et rubentibus bucculis et renidentibus crinibus et hiantibus osculis et fraglantibus papillis in servilem modum addictum atque mancipatum teneas volentem. Iam denique nec larem requiro nec domuitionem paro et nocte ista nihil antepono."

20. "Quam vellem" respondit illa "praestare tibi, Luci, quod cupis, sed praeter invidos mores in solitudinem semper abstrusa et omnium praesentia viduata solet huius modi secreta perficere. Sed tuum postulatum praeponam periculo meo idque observatis opportunis temporibus sedulo perficiam; modo, ut initio praefata sum, rei tantae fidem silentiumque tribue."

Sic nobis garrientibus libido mutua et animos simul et membra suscitat. Omnibus abiectis amiculis, hactenus denique intecti atque nudati bacchamur in Venerem, cum quidem mihi iam fatigato de propria liberalitate Photis puerile obtulit corollarium; iamque lu-

55 **Gerião**: monstro de três cabeças e três corpos que habitava a ilha de Erítia (região costeira da atual Espanha), que possuía rebanhos de gado, cujo rapto consistiu em um dos trabalhos de Hércules.

dizimou um rebanho inteiro, você foi ainda mais corajoso, porque aniquilou três odres de cabra cheios de ar. Assim, já que você derrotou os inimigos sem derramar nenhuma gota de sangue, eu queria te abraçar agora não como um *homicida*, e sim como um *odricida*.

19. A esse relato divertido de Fótis eu respondi, em tom de brincadeira:

— Nesse caso, eu bem que posso listar essa primeira prova de virtude como exemplo dos doze trabalhos de Hércules, comparando pelo número a morte dos odres com o corpo tríplice de Gerião[55] ou as três cabeças de Cérbero. Mas, para eu perdoar de vez, como você quer, o equívoco com que você me fez passar tanto medo, me faça o favor que lhe peço do fundo do coração e me mostre sua senhora praticando alguma coisa dessa arte divina, para que eu veja o momento em que ela invoca um deus ou, no mínimo, quando se converte em outra criatura: é que tenho um interesse profundo em conhecer a magia. E você não me parece inexperiente nesses assuntos, mas sim uma especialista. Sei disso e percebo muito bem, pois, embora desde sempre eu desprezasse as carícias das mulheres, você, com esses olhos brilhantes, esse rostinho corado, esses cabelos macios, esses beijos ardentes, esses seios perfumados, me prendeu, por minha própria vontade, como um escravo: já não sinto saudades de casa e nem quero regressar; nada é mais importante para mim do que as noites que passamos juntos.

20. — Como eu queria — respondeu Fótis — lhe conceder o que você quer, Lúcio! Só que, por ser desconfiada por natureza, ela sempre se refugia na solidão e costuma fazer seus rituais longe da presença de todo mundo. Mas vou colocar sua vontade acima do meu perigo e, no momento oportuno, farei o possível para satisfazê-la, desde que, como eu disse antes, você guarde segredo e não conte nada a ninguém sobre algo tão apavorante.

Estávamos conversando sobre esses assuntos quando um desejo mútuo tomou de assalto tanto os nossos corpos quanto as nossas almas. Tiramos as roupas e, enfim, celebramos, nus em pelo, os prazeres de Vênus. Mesmo bem cansado, Fótis, com toda bondade,

minibus nostris vigilia marcidis infusus sopor etiam in altum diem nos attinuit.

21. Ad hunc modum transactis voluptarie paucis noctibus, quadam die percita Photis ac satis trepida me accurrit indicatque dominam suam, quod nihil etiam tunc in suos amores ceteris artibus promoveret nocte proxima in avem sese plumaturam atque ad suum cupitum sic devolaturam; proin memet ad rei tantae speculam caute praepararem. Iamque circa primam noctis vigiliam ad illud superius cubiculum suspenso et insono vestigio me perducit ipsa, perque rimam ostiorum quampiam iubet arbitrari, quae sic gesta sunt.

Iam primum omnibus laciniis se devestit Pamphile et arcula quadam reclusa pyxides plusculas inde depromit, de quis unius operculo remoto atque indidem egesta unguedine diuque palmulis sui africta ab imis unguibus sese totam adusque summos capillos perlinit, multumque cum lucerna secreto collocuta, membra tremulo succussu quatit. Quis leniter fluctuantibus promicant molles plumulae, crescunt et fortes pinnulae; duratur nasus incurvus coguntur ungues adunci. Fit bubo Pamphile. Sic edito stridore querulo iam sui periclitabunda paulatini terra resultat; mox in altum sublimata forinsecus totis alis evolat.

22. Et illa quidem magicis suis artibus volens reformatur. At ego nullo decantatus carmine, praesentis tantum facti stupore defixus, quidvis aliud magis videbar esse quam Lucius. Sic exterminatus animi, attonitus in amentiam vigilans somniabar. Defrictis adeo diu pupulis, an vigilarem scire quaerebam. Tandem denique reversus ad sensum praesentium arrepta manu Photidis et admota meis luminibus, "Patere, oro te," inquam "dum dictat occasio, magno et singulari me affectionis tuae fructu perfrui, et impertire nobis unctulum in-

me concedeu seu presente. Depois disso, o sono derramado sobre nossos olhos derrotados pela vigília nos reteve até boa parte do dia seguinte.

21. Passadas, então, umas poucas noites de volúpia, Fótis, tensa e um tanto ansiosa, me procurou para revelar que sua senhora, sem ter obtido ainda o sucesso com seu amor, ia se recobrir com as penas de um pássaro na noite seguinte com auxílio de artes diversas e assim voaria em direção ao seu amado; por isso, eu deveria me preparar com cautela para espiar esse fenômeno tão colossal. Perto da primeira hora da noite, Fótis me levou, calada e na ponta dos pés, até aquele quarto na parte superior da casa, me pedindo para observar por uma fissura da porta o que acontecia.

Primeiro, Pânfila se despiu por completo; tirou várias caixas pequenas de uma arca fechada e, abrindo a tampa de uma delas, apanhou uma pomada que esfregou na palma das mãos durante um bom tempo e com a qual untou o corpo da ponta dos pés até o último fio de cabelo. Depois de conversar bastante e em segredo com a lamparina, moveu os membros num impulso trépido. Ao passo que agitava os braços com gestos delicados, nasciam-lhe plumas e, em seguida, toda uma penugem; o nariz reto enrijeceu e converteu-se num bico adunco: Pânfila virou uma coruja. Sob tal feição, grasnou como se lamentasse e começou a dar pequenos saltos; ergueu-se devagar acima do chão e, logo a seguir, bateu as asas e saiu voando pelos ares.

22. Pânfila, com as suas artes grandiosas, se metamorfoseou segundo a sua vontade; já eu, sem recorrer a arte nenhuma, estupefato apenas por presenciar o acontecimento, parecia ser qualquer outra coisa, menos o Lúcio! Desse modo, fora de mim, aturdido feito um louco, eu sonhava acordado: esfreguei os olhos por alguns minutos, para ter certeza de que estava mesmo desperto. Porém, enfim voltando para a realidade, peguei as mãos de Fótis e as levei aos meus olhos, pedindo:

— Agora, que a ocasião é favorável, por favor me deixe aproveitar do fruto singular do seu amor e compartilhe comigo um pouco desse

didem per istas tuas papillas, mea mellitula; tuumque mancipium irremunerabili beneficio sic tibi perpetuo pignera, ac iam perfice ut meae Veneri Cupido pinnatus assistam tibi."

"Ain," inquit "vulpinaris, amasio, meque sponte asceam cruribus meis illidere compellis? Sic inermem vix a lupulis conservo Thessalis. Hunc alitem factum ubi quaeram, videbo quando?"

23. "At mihi scelus istud depellant caelites" inquam "ut ego, quamvis ipsius aquilae sublimis volatibus toto caelo pervius et supremi Iovis certus nuntius vel laetus armiger, tamen non ad meum nidulum post illam pinnarum dignitatem subinde devolem? Adiuro per dulcem istum capilli tui nodulum, quo meum vinxisti spiritum, me nullam aliam meae Photidi malle. Tunc etiam istud meis cogitationibus occurrit, cum semel avem talem perunctus induero, domus omnes procul me vitare debere. Quam pulchro enim quamque festivo matronae perfruentur amatore bubone! Quid quod istas nocturnas aves, cum penetraverint larem quempiam, sollicite prehensas foribus videmus affigi, ut quod infaustis volatibus familiae minantur exitium suis luant cruciatibus? Sed, quod sciscitari paene praeterivi, quo dicto factove rursum exutis pinnulis illis ad meum redibo Lucium?"

"Bono animo es quod ad huius rei curam pertinet" ait. "Nam mihi domina singula monstravit, quae possunt rursus in facies hominum tales figuras reformare. Neci istud factum putes ulla benivolentia, sed ut ei redeunti medela salubri possem subsistere. Specta denique quam parvis quamque futilibus tanta res procuretur herbulis: anethi modicum cum lauri foliis immissum rori fontano datur lavacrum et poculum."

24. Haec identidem asseverans summa cum trepidatione irrepit cubiculum et pyxidem depromit arcula. Quam ego amplexus ac deosculatus prius, utque mihi prosperis faveret volatibus deprecatus,

mesmo unguento! Por esses seus olhos, meu benzinho, me aceite como seu escravo para sempre por conta de um favor impossível de ser retribuído! Faça de mim um Cupido alado, para eu ficar ao seu lado como se você fosse a minha Vênus!

— O quê?! — Fótis questionou — Está me pedindo, meu bem, minha raposa, que, por vontade própria, eu use um machado para amputar as minhas próprias pernas? Não vou livrar você, assim indefeso, das lobas tessalonicenses. Dotado de asas, onde vou encontrar você? E quando o verei?

23. — Deus me livre de cometer um crime desses! — exclamei — Você acha que, mesmo se cruzasse o céu inteiro com as asas de uma águia de verdade, tal como o leal mensageiro do supremo Júpiter ou seu escudeiro, eu não voltaria para o meu ninho logo depois desse privilégio alado? Por esse nó suave dos seus cabelos, com os quais você venceu meu espírito, eu juro que não troco minha Fótis por mais ninguém. Aliás, me ocorreu agora que, se eu assumir de uma vez a forma de tal pássaro, eu devo ficar longe de todas as casas. Como as mulheres iam gostar de um amante tão vistoso e divertido como uma coruja! Não é que essas aves noturnas, ao entrarem em qualquer casa, são apreendidas com cuidado e aparecem pregadas nas portas para expiar, com a sua crucificação, aquilo que trazem de ruim às famílias com seu voo funesto? Mas (coisa que eu já ia esquecendo de perguntar) o que eu devo fazer ou dizer para me despir das penas e voltar a ser o Lúcio de novo?

— Quanto a isso, não se preocupe. — ela me respondeu — Minha senhora me mostrou o jeito certo de devolver a figura humana a essas criaturas. Não julgue que ela fez isso por bondade, e sim para que eu pudesse lhe dar o remédio certo quando ela regressasse. Mas olhe só como são simples e banais as ervas que produzem um milagre tão grande: um punhado de salsa, mergulhado em água da fonte com folhas de louro, dá para um banho e uma poção.

24. Ainda que ela afirmasse com toda a segurança o que ia dizendo, foi tremendo de medo que adentrou o quarto e tirou a caixa de dentro da arca. Depois de abraçar e beijar a minha Fótis, pedindo-lhe que

abiectis propere laciniis totis, avide manus immersi et haurite plusculo uncto corporis mei membra perfricui. Iamque alternis conatibus libratis brachiis in avem similem gestiebam. Nec ullae plumulae nec usquam pinnulae, sed plane pili mei crassantur in saetas, et cutis tenella duratur in corium, et in extimis palmulis perdito numero toti digiti coguntur in singulas ungulas, et de spinae meae termino grandis cauda procedit. Iam facies enormis et os prolixum et nares hiantes et labiae pendulae; sic et aures immodicis horripilant auctibus. Nec ullum miserae reformationis video solacium, nisi quod mihi iam nequeunti tenere Photidem natura crescebat.

25. Ac dum salutis inopia cuncta corporis mei considerans non avem me sed asinum video, querens de facto Photidis, sed iam humano gestu simul et voce privatus, quod solum poteram, postrema deiecta labia. humidis tamen oculis obliquum respiciens ad illam tacitus expostulabam.

Quae ubi primum me talem aspexit, percussit faciem suam manibus infestis et "Occisa sum misera!" clamavit. "Me trepidatio simul et festinatio fefellit et pyxidum similitudo decepit. Sed bene quod facilior reformationis huius medela suppeditat. Nam rosis tantum demorsitatis exibis asinum statimque in meum Lucium postliminio redibis. Atque utinam vesperi de more nobis parassem corollas aliquas, ne moram talem patereris vel noctis unius. Sed primo diluculo remedium festinabitur tibi."

26. Sic illa maerebat, ego vero quamquam perfectus asinus et pro Lucio iumentum, sensum tamen retinebam humanum. Diu denique ac multum mecum ipse deliberavi an nequissimam facinerosissimamque feminam illam spissis calcibus feriens et mordicus appetens necare deberem. Sed ab incepto temerario melior me sententia

me augurasse um voo próspero, rapidamente me despi por completo, enfiei ansiosamente a mão na caixa e, subtraindo dela um pouco do unguento, esfreguei-o por todas as partes do corpo. Em seguida, estendendo bem ambos os braços, comecei a imitar um pássaro. Não apareceu qualquer penugem e nem sequer penas; meus cabelos, por outro lado, se converteram em crina; minha pele macia enrijeceu e tornou-se couro; das pontas das mãos despareceu o número de dedos, que se transformaram em casco, e do limite da espinha me apareceu uma cauda colossal. Minha cara ficou enorme; minha boca, imensa; as narinas, escancaradas; os lábios viraram beiços e, por sua vez, as orelhas cresceram até ficar gigantescas e se eriçaram de pelos. Não vi qualquer outro consolo à minha lamentável metamorfose a não ser aquilo de que, já incapaz de ter Fótis entre os meus braços, eu era bem-dotado por natureza.

25. Impedido de me defender, observei todo o meu corpo e vi que não me transformara em pássaro, e sim em asno. Condenando a atitude de Fótis, mas, ao mesmo tempo, já privado do gesto e da voz humana, a única coisa que eu conseguia fazer era curvar os beiços em silêncio, enquanto, com os olhos mareados, lançava-lhe um olhar de suspeita. Já ela, assim que me viu daquele jeito, começou a golpear o próprio rosto com o punho cerrado, exclamando:

— Me ferrei, que desgraça! A pressa e a tensão me confundiram e a forma parecida das caixas me fez cometer um erro! Mas tudo bem: vou achar o remédio para essa mutação o mais rápido possível. Basta mastigar algumas rosas, e o asno que tenho na minha frente vai voltar a ser o mesmo Lúcio meu de sempre. Poxa vida! Se eu tivesse preparado, como de costume, as grinaldas de flores para a gente, você não teria de esperar nem uma noite sequer; mas, assim que o sol raiar, você vai ter o remédio à sua disposição.

26. E assim ela se lamentava; já eu, muito embora um asno completo e de Lúcio transformado em jegue, preservava a inteligência humana. Por longo tempo e com muito cuidado deliberei comigo mesmo se eu deveria matar aquela mulher miserabilíssima e celeradíssima lhe dando mordidas ou coices; porém, abandonar esse plano temerário

revocavit, ne morte multata Photide salutares mihi suppetias rursus extinguerem. Deiecto itaque et quassanti capite ac demussata temporali contumelia, durissimo casui meo serviens ad equum illum vectorem meum probissimum in stabulum concedo, ubi alium etiam Milonis quondam hospitis mei asinum stabulantem inveni. Atque ego rebar, si quod inesset mutis animalibus tacitum ac naturale sacramentum, agnitione ac miseratione quadam inductum equum illum meum hospitium ac loca lautia mihi praebiturum. Sed pro Iupiter hospitalis et Fidei secreta numina! Praeclarus ille vector mens cum asino capita conferunt in meamque perniciem illico consentiunt et, verentes scilicet cibariis suis, vix me praesepio videre proximantem: deiectis auribus iam furentes infestis calcibus insequuntur, et abigor quam procul ab hordeo, quod apposueram vesperi meis manibus illi gratissimo famulo.

27. Sic affectus atque in solitudinem relegatus angulo stabuli concesseram. Dumque de insolentia collegarum meorum mecum cogito atque in alterum diem auxilio rosario Lucius denuo futurus equi perfidi vindictam meditor, respicio pilae mediae, quae stabuli trabes sustinebat, in ipso fere meditullio Eponae deae simulacrum residens acdiculae, quod accurate corollis roseis equidem recentibus fuerat ornatum. Denique agnito salutari praesidio, pronus spei, quantum extensis prioribus pedibus anniti poteram, insurgo valida et cervice prolixa nimiumque porrectis labiis, quanto maxime nisu poteram corollas appetebam. Quod me pessima scilicet sorte conantem servulus meus, cum semper equi cura mandata fuerat, repente conspiciens, indignatus exsurgit, et "Quousque tandem," inquit

56 **Epona:** divindade protetora de muares e equinos.

foi a melhor ideia que tive, porque, se eu desse a morte como castigo para Fótis, também eliminaria a possibilidade da minha salvação. Dessa maneira, abaixando a cabeça e abanando-a, me resignando com essa humilhação momentânea e cedendo à minha dificílima situação, me dirigi ao estábulo para buscar a companhia do cavalo, minha montaria fidelíssima, onde encontrei outro asno pertencente a Milão, o qual, até uns minutos atrás, havia sido o meu anfitrião. Eu refletia comigo mesmo que, se houvesse entre os animais mudos algum vínculo de comunhão, o meu cavalo, comovido por algum sentimento de pena e compaixão, me ofereceria abrigo e hospitalidade. No entanto (por Júpiter Hospitaleiro e pelas divindades secretas da Boa Fé!), a minha conspícua montaria somou as suas intenções com as do asno e ambos trataram de dar cabo de mim! Receosos, com toda a certeza, pela sua comida, não deixavam que eu me aproximasse do cocho: baixando as orelhas, enfurecidos, me perseguiam para me escoicear. Fui enxotado para o mais longe possível da cevada que, com as minhas próprias mãos, eu havia levado, naquela mesma tarde, para aquele meu distintíssimo serviçal.

27. Assim agredido e relegado à solidão, me dirigi para um canto do estábulo. Ao mesmo tempo que refletia sobre a insolência dos meus camaradas e planejava a vingança do dia seguinte contra o pérfido cavalo quando, com o auxílio das rosas, eu voltasse a ser o Lúcio, reparei que, no meio do pilar principal que sustentava as vigas da estrebaria, uma estátua da deusa Epona,[56] muito bem alinhada em um nicho, havia sido ornamentada com delicadas coroas de rosas frescas. Reconhecida a garantia da minha salvação e renovada a minha esperança, me levantei e estendi o máximo possível as patas dianteiras, esticando o pescoço e espichando bem os beiços com todo o empenho para alcançar as coroas. Para o meu azar, o criado, que desde sempre havia sido o cuidador do cavalo, entrou e, me flagrando, falou, indignado:

"cantherium patiemur istum paulo ante cibariis iumentorum, nunc etiam simulacris deorum infestum? Quin iam ego istum sacrilegum debilem claudumque reddam." Et statim telum aliquod quaeritans temere fascem lignorum positum offendit, rimatusque frondosum fustem cunctis vastiorem, non prius miserum me tundere desiit quam, sonitu vehementi et largo strepitu percussis ianuis, trepido etiam rumore viciniae conclamatis latronibus profugit territus.

28. Nec mora cum vi patefactis aedibus globus latronum invadit omnia, et singula domus membra cingit armata factio, et auxiliis hinc inde convolantibus obsistit discursus hostilis. Cuncti gladiis et facibus instructi noctem illuminant; coruscat in modum ortivi solis ignis et mucro. Tunc horreum quoddam satis validis claustris obsaeptum obseratumque, quod mediis aedibus constitutum gazis Milonis fuerat refertum, securibus validis aggressi diffindunt. Quo passim recluso totas opes vehunt raptimque constrictis sarcinis singuli partiuntur, sed gestaminum modus numerum gerulorum excedit. Tunc opulentiae nimiae nimio ad extremas incitas deducti, nos duos asinos et equum meum productos e stabulo quantum potest gravioribus sarcinis onerant, et domo iam vacua minantes baculis exigunt, unoque de sociis ad speculandum, qui de facinoris inquisitione nuntiaret, relicto, nos crebra tundentes per avia montium ducunt concitos.

29. Iamque rerum tantarum pondere et montis ardui vertice et prolixo satis itinere nihil a mortu differebam. Sed mihi sero quidem, serio tamen, subvenit ad auxilium civile decurrere et interposito venerabili principis nomine tot aerumnis me liberare. Cum denique iam luce clarissima vicum quempiam frequentem et nundinis cele-

57 **Até quando, pangaré, aceitaremos...:** eco do famoso exórdio da *Primeira Catilinária*, de Cícero (*Catilinárias* 1. 1 *Quo usque tandem abutere, Catilina, patientia nostra*). O eco se repetirá ainda mais duas vezes nesta obra: em *Metamorfoses* 6.26 e 7.20, sempre em chave cômica.

— Até quando, pangaré, aceitaremos[57] você atacar, primeiro, a ração dos jumentos e, depois, inclusive as imagens dos deuses? Já, já, vou deixar esse profanador manco e esfalfado!

Em seguida, buscando uma arma, bateu subitamente o olho num feixe de madeira caído ali perto e, logo após selecionar o toco mais grosseiro de todos, só parou de fustigar meu pobre lombo quando, ouvindo baterem à porta com pancadas fortes, saiu correndo, desesperado com os gritos caóticos da vizinhança a denunciar a presença de ladrões.

28. Sem demora, depois de arrombar a porta com violência, um grupo de bandidos tomou conta de todo o local. Uma facção armada cercou cada uma das alas da residência, enquanto os demais membros do bando se dispersaram para bloquear os que acorriam de todos os cantos para prestar socorro. Juntos, portando espadas e tochas, eles clareavam a noite: o resplendor das armas e do fogo cintilava como o brilho do sol nascente. Então, se dirigiram a um cômodo muito bem trancado com ferrolhos resistentes, que se situava no centro do edifício e resguardava os tesouros de Milão, arruinando esses trincos com machados afiados. Pegaram todas as riquezas espalhadas pelo recinto escancarado e dividiram-nas entre si, guardando-as em sacolas amarradas às pressas. No entanto, a quantidade da carga excedia o número de carregadores. Sem saberem direito o que fazer diante de tanta riqueza, arrancaram do estábulo a nós dois asnos e ao meu cavalo e nos oneraram o quanto possível com as sacolas cheias, ameaçando-nos com um bastão para que deixássemos o domicílio já vazio. Tendo deixado um dos comparsas para verificar se haveria queixa do crime, os assaltantes, fustigando-nos sem cessar, nos levaram embora pelas trilhas das montanhas.

29. Eu já me sentia, em razão do peso enorme da carga, da aspereza do monte e da extensa jornada, quase como um morto. Contudo, me veio a ideia (tardia, porém séria) de fazer valer o meu direito de cidadão e, apelando ao venerável nome do imperador, me livrar de um problema tão grande. Por fim, cruzando, em plena luz do dia, uma rua onde existia um mercado que estava repleto de gente, ten-

brem praeteriremus, inter ipsas turbelas Graecorum genuino sermone nomen augustum Caesaris invocare temptavi. Et "O" quidem tantum disertum ac validum clamitavi, reliquum autem Caesaris nomen enuntiare non potui. Aspernati latrones clamorem absonum meum, caedentes hinc inde miserum corium nec cribris iam idoneum relinquunt.

Sed tandem mihi inopinatam salutem Iuppiter ille tribuit. Nam cum multas villulas et casas amplas praeterimus, hortulum quendam prospexi satis amoenum, in quo praeter ceteras gratas herbulas rosae virgines matutino rore florebant. His inhians et spe salutis alacer ac laetus propius accessi, dumque iam labiis undantibus affecto, consilium me subiti longe salubrius, ne, si rursum asino remoto prodirem in Lucium, evidens exitium inter manus latronum offenderem vel artis magicae suspectione vel indicii futuri criminatione. Tunc igitur a rosis et quidem necessario temperavi et casum praesentem tolerans in asini faciem faena rodebam.

tei, na frente de todos, invocar o sacrossanto nome de César no grego corrente; no entanto, somente consegui emitir um claro e sonoro "ó"; o resto do nome de César eu não pude articular. Então os bandidos, fazendo pouco do meu clamor desengonçado, caíram sobre o coitado do meu lombo com uma violência tão grande, que nem para peneira ele poderia servir mais. No entanto, o bondoso Júpiter me concedeu uma salvação inesperada, pois, tendo deixado pequenas chácaras e casarões enormes para trás, avistei um jardim modesto e bastante ameno no qual, além de outras plantinhas delicadas, botões de rosas floresciam sob o orvalho matutino. Ávido por eles, animado e radiante pela esperança da salvação, me aproximei. Eu já tinha os beiços cheios d'água quando, subitamente, me ocorreu um pensamento mais sensato: se, do asno que era, eu voltasse a ser o Lúcio, correria o sério risco de morrer nas mãos dos bandidos quer pela suspeita de magia, quer por poder denunciá-los no futuro. Por isso, fui obrigado a me afastar das rosas e, me conformando com aquela situação, saí para mastigar feno com a minha cara de asno mesmo.

Liber IV

1. Diem ferme circa medium, cum iam flagrantia solis caleretur, in pago quodam apud notos ac familiares latronibus senes devertimus. Sic enim primus aditus et sermo prolixus et oscula mutua quamvis asino sentire praestabant Nam et rebus eos quibusdam dorso meo depromptis munerabantur, et secretis gannitibus quod essent latrocinio partae videbantur indicare. Iamque nos omni sarcina levatos in pratum proximum passim libero pastui tradidere. Nec me cum asino vel equo meo compascuus coetus attinere potuit, adhuc insolitum alioquin prandere faenum; sed plane pone stabulum prospectum hortulum iam fame perditus fidenter invado, et quamvis crudis holeribus, affatim tamen ventrem sagino, deosque comprecatus omnes cuncta prospectabam loca, sicubi forte conterminis in hortulis candens repperirem rosarium. Nam et ipsa solitudo iam mihi bonam fiduciam tribuebat, si devius et frutectis absconditus, sumpto remedio, de iumenti quadripedis incurvo gradu rursum erectus in hominem inspectante nullo resurgerem.

2. Ergo igitur cum in isto cogitationis salo fluctuarem, aliquanto longius video frondosi nemoris convallem umbrosam, cuius inter varias herbulas et laetissima virecta fulgentium rosarum mineus color renidebat. Iamque apud mea non usquequaque ferina praecordia Veneris et Gratiarum lucum illum arbitrabar, cuius inter opaca secreta floris genialis regius nitor relucebat. Tunc invocato hilaro atque prospero Eventu, cursu me concito proripio, ut hercule

Livro 4

1. Lá pelo meio dia, quando abrasava o calor do sol, paramos numa aldeia de uns homens velhos, que eram conhecidos e familiares dos bandidos. De fato, por mais asno que eu fosse, conseguia compreender a primeira reação do encontro, as conversas, os beijos de saudação. Alguns objetos foram retirados do meu lombo e dados de presente a eles; as palavras trocadas em voz baixa pareciam indicar que eram o produto do assalto. Já aliviados de todo fardo, fomos conduzidos a uma várzea ali perto para pastar à vontade. Não me senti confortável em dividir espaço com o asno e com o meu cavalo; além disso, ainda não me acostumara a comer feno. Porém, bem atrás do estábulo, avistei uma horta e, morto de fome, me imiscuí nela sem ser visto. Enchi a barriga com as hortaliças, ainda que cruas e, pedindo ajuda a todos os deuses, olhei em todas as direções, ansioso por topar por acaso com um roseiral nos jardins das imediações. Na verdade, o isolamento, por si só, me dava a confiança de, ingerida a poção longe de todo mundo e escondido nos arbustos, voltar a me erguer como homem, deixando de lado, sem espectadores, a posição curvada de jumento quadrúpede.

2. Assim, pois, vagando nesse oceano de pensamentos, avistei a uma certa distância um barranco sombreado por um bosque frondoso, no qual resplandecia, entre as várias plantas e um gramado agradabilíssimo, a cor nacarada das rosas esplêndidas. Provando ali que o meu coração ainda não era de todo asinino, julgava se tratar do santuário de Vênus e das Graças, no qual reluzia, em meio à sombra densa, o brilho régio da flor abençoada. Dessa forma, invocando a Sorte risonha e próspera, me precipitei num galope impulsivo, me

ipse sentirem non asinum me, verum etiam equum currulem nimio velocitatis effectum. Sed agilis atque praeclarus ille conatus Fortunae meae scaevitatem anteire non potuit. Iam enim loco proximus non illas rosas teneras et amoenas, madidas divini roris et nectaris, quas rubi felices, beatae spinae generant, at ne convallem quidem usquam nisi tantum ripae fluvialis marginem densis arboribus saeptam video. Hae arbores in lauri faciem prolixe foliatae pariunt in odori modum floris porrectos caliculos modice punicantes, quos equidem fragrantes minime rurestri vocabulo vulgus indoctum rosas laureas appellant, quarumque cuncto pecori cibus letalis est.

3. Talibus fatis implicitus et iam ipsam salutem recusans sponte illud venenum rosarium sumere gestiebam. Sed dum cunctanter accedo decerpere, iuvenis quidam, ut mihi videbatur, hortulanus cuius omnia prorsus holera vastaveram, tanto damno cognito cum grandi baculo furens decurrit, adreptumque me totum plagis obtundit adusque vitae ipsius periculum, nisi tandem sapienter alioquin ipse mihi tulissent auxilium. Nam lumbis elevatis in altum, pedum posteriorum calcibus iactatis in eum crebriter, iam mulcato graviter atque iacente contra proclive montis attigui, fuga me liberavi. Sed ilico mulier quaepiam, uxor eius scilicet, simul eum prostratum et semianimem ex edito despexit, ululabili cum plangore ad eum statim prosilit, ut sui videlicet miseratione mihi praesens crearet exitium. Cuncti enim pagani fletibus eius exciti statim conclamant canes, atque ad me laniandum rabie perciti ferrent impetum passim cohortantur.

Tunc igitur procul dubio iam morti proximus, cum viderem canes, et modo magnos et numera multos et ursis ac leonibus ad compugnandum idoneos, in me convocatos exasperari, e re nata capto consilio fugam desino ac me retrorsus celeri gradu rursum iri stabulum quo deverteramus recipio. At illi, canibus iam aegre cohibitis, arreptum me loro quam valido ad ansulam quandam destina-

sentindo (por Hércules!) não um asno, e sim cavalo de corrida, tamanha era a velocidade. Contudo, aquele astuto e exímio esforço não conseguiu superar a bizarrice da minha sorte, porque, já próximo do local, vi não rosas tenras e frescas, umedecidas pelo orvalho divino e pelo néctar, que as ricas roseiras e as sarças ditosas geram, mas somente a margem de um riacho ladeado por densos arbustos: tais árvores, à imagem dos loureiros na rica folhagem, criam, como flores inodoras, umas hastes um tanto avermelhadas, às quais, ainda que sem qualquer odor, o vulgo iletrado, com seu vocabulário limitado, chama de rosas láureas, mas que são um pasto mortífero para qualquer animal.

3. Desconcertado por tantas adversidades e já recusando a minha própria salvação, eu pretendia ingerir as tais rosas venenosas por iniciativa pessoal. Porém, enquanto me aproximava lentamente para colhê-las, um jovem agricultor, cuja plantação eu havia consumido por inteiro, assim que me viu, se dando conta do tamanho do prejuízo, correu atrás de mim, furioso, com um bastão enorme na mão e me golpeou pelo corpo inteiro. Estava a ponto de me matar, mas eu mesmo, sabiamente, vim em meu socorro: empinando as ancas, levantei as patas traseiras e apliquei-lhe um par de coices. Depois de deixá-lo gravemente ferido e estendido nas encostas do monte, desatei a fugir. Entretanto, apareceu por ali uma certa mulher (muito provavelmente sua esposa) que, ao vê-lo do alto prostrado e quase falecido, imediatamente atirou-se sobre ele lamentando aos gritos para ver se, com seus clamores, provocaria a minha ruína.

De fato, todos os camponeses, assanhados pelas lágrimas dela, sem demora chamaram os cachorros e lhes ordenaram que, cheios de ódio, me dilacerassem. Dessa vez, não duvidei de que minha morte estava próxima, vendo que os cachorros, não apenas imensos, como ainda em enorme número e treinados para estraçalhar ursos e leões, haviam sido instigados contra mim. De improviso, tomei a decisão de desistir da fuga e, no galope, retomei o caminho do estábulo onde havíamos parado. Contudo, sem conseguirem deter os cachorros, os campesinos, me aprisionando e amarrando com um nó

tum rursum caedendo confecissent profecto, nisi dolore plagarum alvus artata, crudisque illis oleribus abundans et lubrico fluxu saucia, fimo fistulatim excusso, quosdam extremi liquoris aspergine, alios putore nidoris faetidi a meis iam quassis scapulis abegisset.

4. Nec mora cum, iam in meridiem prono iubare rursum nos ac praecipue me longe gravius onustum producunt illi latrones stabulo. Iamque confecta bona parte itineris, et viae spatio defectus et sarcinae pondere depressus, ictibusque fustium fatigatus atque etiam ungulis extritis iam claudus et titubans, rivulum quendam serpentis leniter aquae propter insistent, subtilem occasionem feliciter nactus, cogitabam totum memet flexis scite cruribus pronum abicere, certus atque obstinatus nullis verberibus ad ingrediundum exsurgere, immo etiam paratus non fusti tantum sed machaera perfossus occumbere. Rebar enim iam me prorsus exanimatum ac debilem mereri causariam missionem; certe latrones partim impatientia morae, partim studio festinatae fugae dorsi mei sarcinam duobus ceteris iumentis distributuros meque in altioris vindictae vicem lupis et vulturiis praedam relicturos.

5. Sed tam bellum consilium meum praevertit sors deterrima. Namque ille alius asinus, divinato et antecapto meo cogitatu, statim se mentita lassitudine cum rebus totis offudit, iacensque in mortuum non fustibus, non stimulis, ac ne cauda et auribus cruribusque undique versum elevatis, temptavit exsurgere, quoad tandem postumae spei fatigati secumque collocuti, ne tam diu mortuo, immo vero lapideo asino servientes fugam morarentur, sarcinis eius mihi equoque

extremamente forte de uma corda para mais uma vez me encherem de pancada, só não me massacraram porque meus intestinos, contraídos pela dor das bordoadas, repletos daquelas hortaliças cruas e atacados por uma forte diarreia, lançaram um jato de excremento, afugentando do meu lombo cansado de apanhar alguns deles, que foram alvejados pelo líquido asqueroso, e os demais, por não suportarem o fedor do arremesso.

4. Sem demora, como o sol do meio-dia já estava baixando, de novo os ladrões nos carregaram, me delegando em particular a carga mais pesada, e nos levaram embora do estábulo. Boa parte do trajeto já havia sido cumprida; prostrado pela extensão percorrida, alquebrado pelo peso da bagagem, fatigado pelos golpes da chibata e, ainda por cima, com os cascos gastos, manco e tropeçando, parei junto a um córrego cujas águas serpenteavam lentamente. Tendo felizmente em mãos essa rara oportunidade, tive a ideia de, dobrando os joelhos, me projetar inteiro para frente, decidido e obstinado a não avançar mesmo sob pancada. A bem da verdade, eu estava preparado, não apenas para levar uma surra, como ainda sucumbir ao golpe da espada. Aliás, eu supunha que, completamente exausto e fraco, eu merecia mesmo o descanso. Em razão disso, os bandidos (parte por impaciência, parte pela urgência da fuga) iriam redistribuir entre as outras duas bestas de carga a bagagem que eu carregava nas costas e, numa vingança exemplar, me deixariam como presa de lobos e abutres.

5. Contudo, uma péssima sorte atrapalhou meu belo plano; acontece que o outro asno, ao adivinhar e perceber minha intenção, de imediato, fingindo cansaço, se estirou no chão com a sua carga inteira. Parecendo um morto, nem com pancadas, nem esporeado, nem tendo a cauda, as orelhas e as pernas puxadas para tudo quanto é lado ele demonstrou intenção de se levantar até que, enfim, os ladrões, cansados de bater nele sem resultado, chegaram juntos à conclusão de que não poderiam ficar tanto tempo à mercê de um jumento morto, ou melhor, duro feito pedra, pois eles estavam se atrasando na fuga. Distribuindo a carga dele entre mim e o cavalo, sacaram da

distributis, destricto gladio poplites eius totos amputant, ac paululum a via retractum per altissimum praeceps in vallem proximam etiam nunc spirantem praecipitant. Tunc ego miseri commilitonis fortunam cogitans statui iam dolis abiectis et fraudibus asinum me bonae frugi dominis exhibere. Nam et secum eos animadverteram colloquentes, quod in proximo nobis esset habenda mansio et totius viae finis quieta eorumque esset sedes illa et habitatio. Clementi denique transmisso clivulo pervenimus ad locum destinatum, ubi rebus totis exsolutis atque intus conditis iam pondere liberatus lassitudinem vice lavacri pulvereis volutatibus digerebam.

6. Res ac tempus ipsum locorum speluncaeque illius quam latrones inhabitant descriptionem exponere flagitat. Nam et meum simul periclitabor ingenium, et faxo vos quoque an mente etiam sensuque fuerim asinus sedulo sentiatis.

Mons horridus silvestribusque frondibus umbrosus et in primis altus fuit. Huius perobliqua devexa, qua saxis asperrimis et ob id inaccessis cingitur, convalles lacunosae cavaeque nimium spinetis aggeratae et quaqua versus repositae naturalem tutelam praebentes ambiebant. De summo vertice fons affluens bullis ingentibus scaturribat, perque prona delapsus evomebat undas argenteas, iamque rivulis pluribus dispersus ac valles illas agminibus stagnantibus irrigans in modum stipati maris vel ignavi fluminis cuncta cohibebat. Insurgit speluncae, qua margines montanae desinunt, turris ardua. Caulae firmae solidis cratibus ovili stabulatione commoda porrectis undique lateribus ante fores exigui tramitis vice structi parietis attenduntur. Ea tu bono certe meo periculo latronum dixeris atria. Nec iuxta quicquam quam parva casula cannulis temere contecta, quo speculatores e numero latronum, ut postea comperi, sorte ducti noctibus excubabant.

7. Ibi cum singuli derepsissent stipatis artubus, nobis ante ipsas fores loro valido destinatis, anum vatam gravi senio, cui soli salus

espada, amputaram-lhe as quatro patas e, levando-o para a beira da estrada, o atiraram do ponto mais alto para um vale ali perto enquanto o asno ainda respirava. Então, refletindo sobre a sorte do meu infeliz camarada, decidi abandonar burlas e falcatruas e me portar bem para os meus senhores, pois eu percebera, pela conversa entre eles, que íamos descansar em breve e chegar à casa deles, completando assim a viagem. Por fim, vencida uma complacente ladeira, chegamos ao nosso destino, em cujo chão, depois de descarregadas as bagagens e levadas para dentro de casa, ficando eu livre do peso da carga, me refestelei tomando um banho de poeira.

6. O assunto e este momento mesmo requerem a descrição do local e da caverna onde os ladrões habitavam. Dessa forma, tanto ponho meu talento à prova quanto ofereço a vocês a possibilidade de julgarem se, na mente e no coração, eu realmente era um asno.

Tratava-se de uma montanha horrenda, incrivelmente alta e coberta de matas espessas; ao longo de sua encosta íngreme, cingida por rochas maciças que a tornavam inacessível, estava cercada de penhascos profundos e fendas cheias de moitas espinhosas, que se estendiam por todas as partes e lhe serviam de defesa natural. Do pico da montanha jorrava uma mina de água borbulhante, de cuja cabeceira fluíam ondas argênteas e que, dividindo-se em diferentes regatos, irrigava os vales com correntes tranquilas se entrelaçando como um mar compacto ou um rio preguiçoso. Junto à caverna, de onde se projetavam as ladeiras da montanha, erguia-se uma torre altaneira. Uma cerca resistente, feita de grades firmes, apropriadas para os apriscos, se espalhava por um lado e outro, protegendo como uma muralha o estreito corredor de acesso. Sou capaz de jurar para você que aquilo é que era o átrio da casa dos ladrões. Não havia mais nada perto dali a não ser uma cabana, coberta de caniços ao acaso, na qual, como eu soube depois, alguns dos bandidos escolhidos a esmo faziam a patrulha noturna.

7. Logo que deslizaram, de cócoras, para dentro da caverna, não sem antes nos atarem a uma correia maciça diante da entrada, os bandidos, irritados, constrangeram uma velha senhora — curvada pelo

atque tutela tot numero iuvenum commissa videbatur, sic infesti compellant: "Etiamne tu, busti cadaver extremum et vitae dedecus primum et Orci fastidium solum, sic nobis otiosa domi residens lusitabis, nec nostris tam magnis tamque periculosis laboribus solacium de tam sera refectione tribues? Quae diebus ac noctibus nil quicquam rei quam merum saevienti ventri tuo soles aviditer ingurgitare."

Tremens ad haec et stridenti vocula pavida sic anus: "At vobis, fortissimi fidelissimique mei sospitatores iuvenes, affatim cuncta suavi sapore percocta pulmenta praesto sunt, panis numerosus, vinum probe calicibus ecfricatis affluenter immissum, et ex more calida tumultuario lavacro vestro praeparata."

In fine sermonis huius statim sese devestiunt, nudatique et flammae largissimae vapore recreati calidaque perfusi et oleo peruncti mensas dapibus largiter instructas accumbunt.

8. Commodum cubuerant et ecce quidam longe plures numero iuvenes adveniunt alii, quos incunctanter adaeque latrones arbitrarere. Nam et ipsi praedas aureorum argentariorum nummorum ac vasculorum vestisque sericae et intextae filis aureis invehebant. Hi simili lavacro refoti inter toros sociorum sese reponunt. Tunc sorte ducti ministerium faciunt. Estur ac potatur incondite, pulmentis acervatim, panibus aggeratim, poculis agminatim ingestis. Clamore ludunt, strepitu cantilant, conviciis iocantur, ac iam cetera semiferis Lapithis Centaurisque similia.

Tunc inter eos unus, qui robore ceteros antistabat, "Nos quidem" inquit "Milonis Hypatini domum fortiter expugnavimus. Praeter tantam fortunae copiam, quam nostra virtute nacti sumus, et inco-

58 **banquete dos Lápitas e dos Centauros:** episódio narrado por Ovídio nas *Metamorfoses* (12.210 ss.): nas bodas de Pirítoo, de origem Lápita, com Hipodâmia, o centauro Êurito, apaixonado pela noiva e bêbado, decide sequestrá-la. Os demais centauros seguem seu exemplo e começam a raptar as outras mulheres, o que ensejou uma guerra contra os Lápitas.

peso dos anos e que, ao que tudo indicava, era a única responsável por um número tão grande de homens jovens —, dizendo-lhe o seguinte:

— Então é assim, seu cadáver, resto de velório, cúmulo da vergonha para os vivos, único tédio do Orco, que você passa o tempo em nossa casa se divertindo às nossas custas sem oferecer para a gente, que enfrentou trabalhos tão grandes e tão perigosos, o alívio de um cansaço tão grande? Você só sabe passar o dia e a noite enchendo essa sua barriga de vinho!

Tremendo de medo, a velha senhora, sussurrando, lhes respondeu:

— Mas, para vocês, meus jovens, meus tão valentes e dedicados protetores, já está pronta a carne, que preparei em fartura e com um saboroso tempero, pão à vontade, vinho de qualidade, servido em abundância em taças cintilando de limpas, e água morna, ajeitada como de costume para vocês se lavarem rapidinho.

Assim que ela acabou de falar, eles começaram a se despir. Nus, revigorados pelo calor de uma enorme fogueira, banhados e untados de óleo, tomaram seus lugares à mesa repleta de comida.

8. Mal haviam se acomodado e eis que se aproximou um outro grupo ainda maior de jovens, que sem hesitação poderiam ser tidos igualmente como ladrões. De fato, eles traziam sua apreensão de moedas e vasos de ouro e de prata, e ainda peças de seda trabalhadas em ouro. Igualmente asseados, se recostaram nos leitos junto aos demais comparsas. Então, foram escolhidos a esmo os que serviriam a mesa. Comia-se e bebia-se sem moderação: carne à disposição, pão a granel, bebida sem conta. Divertiam-se aos gritos, cantavam aos berros, faziam troças aos brados. Tudo aquilo já estava se parecendo com o banquete dos Lápitas e dos Centauros[58] bestiais quando um deles, que se diferenciava dos demais pelo vigor, tratou de dizer:

— Tivemos mais sorte ao assaltar a casa de Milão de Hípata. Além de todo o dinheiro que conseguimos com nosso próprio esforço, vol-

lumi numero castra nostra petivimus et, si quid ad rem facit, octo pedibus auctiores remeavimus. At vos, qui Boeotias urbes appetistis, ipso duce vestro fortissimo Lamacho deminuti debilem numerum reduxistis, cuius salutem merito sarcinis istis quas advexistis omnibus antetulerim. Sed illum quidem utcumque nimia virtus sua peremit, inter inclutos reges ac duces proeliorum tanti viri memoria celebrabitur. Enim vos bonae frugi latrones inter furta parva atque servilia timidule per balneas et aniles cellulas reptantes scrutariam facitis."

9. Suscipit unus ex illo posteriore numero. "Tune solus ignoras longe faciliores ad expugnandum domus esse maiores? Quippe quod, licet numerosa familia latis deversetur aedibus, tamen quisque magis suae saluti quam domini consulat opibus. Frugi autem et solitarii homines fortunam parvam vel certe satis amplam dissimulanter obtectam protegunt acrius et sanguinis sui periculo muniunt. Res ipsa denique fidem sermoni meo dabit.

"Vix enim Thebas heptapylos accessimus; quod est huic disciplinae primarium studium, sedum sedulo fortunas inquirebamus popularium. Nec nos denique latuit Chryseros quidam nummularius copiosae pecuniae dominus, qui metu officiorum ac munerum publicorum magnis artibus magnam dissimulabat opulentiam. Denique solus ac solitarius, parva sed satis munita domuncula contentus, pannosus alioquin ac sordidus, aureos folles incubabat. Ergo placuit ad hunc primum ferremus aditum, ut contempta pugna manus unicae nullo negotio cunctis opibus otiose potiremur.

10. "Nec mora cum noctis initio foribus eius praestolamur, quas neque sublevare neque dimovere ac ne perfringere quidem nobis videbatur, ne valvarum sonus cunctam viciniam nostro suscitaret exitio. Tunc itaque sublimis ille vexillarius noster Lamachus spectatae vir-

59 **Tebas dos Sete Portões:** cidade da Beócia, cujo fundador mitológico teria sido Cadmo, que procurava o paradeiro de sua irmã, Europa, raptada por Júpiter (Ovídio, *Metamorfoses* 3.1–137).

tamos para o quartel sem sofrer baixas e, se isso acrescenta alguma coisa, com mais oito patas. Já vocês, que cobiçavam as cidades da Beócia, regressaram em número menor e sem o seu chefe, o valente Lâmaco, cuja salvação sem pensar eu colocaria acima dessas sacolas que vocês trouxeram. Dessa forma, ladrões de boa cepa como vocês são, se arrastando feito escravos entre pequenos furtos pelos banhos públicos e quitandas velhas, não passam de uns trombadinhas.

9. Um dos membros do segundo grupo redarguiu:

— Só você não sabe que as casas mais fáceis de se assaltar são as mais abastadas? É verdade que o comum é um palacete possuir uma quantidade enorme de criados, mas também é verdade que cada um deles dá mais valor à própria vida do que às riquezas do dono da casa. Já os homens de hábitos austeros e solitários protegem com todo o empenho o seu patrimônio, por menor ou maior que seja, disfarçando-o com cuidado e enfrentando o risco da morte. Os fatos confirmam o que estou dizendo.

Mal chegáramos a Tebas dos Sete Portões,[59] e com toda a paciência averiguávamos qual era a situação dos habitantes (na nossa área, essa é a primeira coisa a se fazer). Não tardamos em prestar atenção num tal Crísero, agiota de enorme riqueza que, com medo dos deveres e obrigações públicas, dissimulava o luxo com muita habilidade. Vivia sozinho e isolado numa casinha modesta, mas bem munida. Vestia trapos e andava muito sujo, porém dormia sobre sacos de ouro. Por isso, nos pareceu mais fácil começar por ele, pois, como derrotar uma só pessoa é coisa simples, conseguiríamos tranquilamente e sem qualquer problema uma enorme quantidade de objetos valiosos.

10. Sem demora, no começo da noite ficamos à espreita na porta da casa dele — a qual não nos parecia oportuno arrombar, nem forçar, nem arrebentar para não chamar a atenção da vizinhança com a bagunça no local. Foi aí que o nosso líder supremo, Lâmaco, con-

tutis suae fiducia, qua clavis immittendae foramen patebat sensim immissa manu, claustrum evellere gestiebat. Sed dudum scilicet omnium bipedum nequissimus Chryseros vigilans et singula rerum sentiens, lenem gradum et obnixum silentium tolerans paulatim arrepit, grandique clavo manum ducis nostri repente nisu fortissimo ad ostii tabulam offigit. Et exitiabili nexu patibulatum relinquens, gurgustioli sui tectum ascendit, atque inde contentissima voce clamitans rogansque vicinos et unum quemque proprio nomine ciens et salutis communis admonens, diffamat incendio repentino domum suam possideri. Sic unus quisque proximi periculi confinio territus suppetiatum decurrunt anxii.

11. "Tunc nos in ancipiti periculo constituti vel opprimendi nostri vel deserendi socii, remedium e re nata validum eo volente comminiscimus. Antesignani nostri partem qua manus umerum subit ictu per articulum medium temperato prorsus abscidimus, atque ibi bracchio relicto, multis laciniis offulto vulnere ne stillae sanguinis vestigium proderent, ceterum Lamachum raptim reportamus. Ac dum trepidi regionis urguemur gravi tumultu et instantis periculi metu terremur ad fugam, nec vel sequi propere vel remanere tuto potest, vir sublimis animi virtutisque praecipuus multis nos affatibus multisque precibus querens adhortatur per dexteram Martis, per fidem sacramenti, bonum commilitonem cruciatu simul et captivitate liberaremus. Cur enim manui, quae rapere et iugulare sola posset, fortem latronem supervivere? Sat se beatum, qui manu socia volens occumberet. Cumque nulli nostrum spontale parricidium suadens persuadere posset, manu reliqua sumptum gladium suum diuque deosculatum per medium pectus ictu fortissimo transadigit. Tunc nos magnanimi ducis vigore venerato corpus reliquum veste lintea

fiando na sua renomada malandragem, meteu a mão no buraco da fechadura para forçá-la e assim destravar o trinco. Porém, minutos antes, Crísero (sem dúvida o mais desprezível de todos os mortais), atento e percebendo a estranheza da situação, se acercou devagar, a passos suaves e em profundo silêncio, e cravou de supetão um prego enorme na mão do nosso líder, que ficou colada à porta. Depois de lhe aplicar o suplício de um condenado, subiu para a cobertura de sua choupana; de lá, gritando a plenos pulmões, chamou cada vizinho seu pelo nome, apelando para a salvação de todos, e alegou que um incêndio repentino se alastrava pela casa. Dessa forma, um por um dos vizinhos, com medo do perigo que se acercava, saiu correndo para socorrê-lo.

11. Destarte, submetidos ao crítico impasse de morrermos todos ou abandonarmos um companheiro, tomamos uma medida drástica com a sua anuência: amputamos a parte do corpo do nosso chefe que conecta o braço ao ombro com um corte preciso nas articulações e deixamos para trás o que restou. Depois de envolver o ferimento com um tampão para que as gotas de sangue não deixassem rastro, levamos rapidamente conosco o que permanecia de Lâmaco. Como, porém, tomados de receio, fugíamos de uma enorme multidão e, com o temor de um perigo iminente, nos precipitávamos na fuga, aquele homem de sublime coragem e de virtude incomum, sem poder ficar a salvo nem nos acompanhar na correria, nos dirigiu a palavra, fazendo vários pedidos e implorando pela destra de Marte e pela lealdade militar para que o livrássemos como um bom companheiro ao mesmo tempo do suplício e da prisão: de que serve um ladrão valente sobreviver à sua mão, sendo ela o seu único recurso para roubar e decepar? Ele ficaria feliz de morrer voluntariamente pelas mãos de um companheiro. Sem conseguir persuadir nenhum de nós a cometer livremente um parricídio, com a mão que escapara incólume tomou de uma espada, que beijou repetidas vezes, e a cravou no meio do peito com um golpe violentíssimo. Nós, então, feitas as homenagens a um líder tão magnânimo, entregamos

diligenter convolutum mari celandum commisimus. Et nunc iacet noster Lamachus elemento toto sepultus.

12. "Et ille quidem dignum virtutibus suis vitae terminum posuit. Enimvero Alcimus sollertibus coeptis consonum Fortunae nutum non potuit adducere. Qui, cum dormientis anus perfracto tuguriolo conscendisset cubiculum superius iamque protinus oblisis faucibus interstinguere eam debuisset, prius maluit rerum singula per latiorem fenestram forinsecus, nobis scilicet rapienda, dispergere. Cumque iam cuncta rerum naviter emolitus nec toro quidem aniculae quiescentis parcere vellet, eaque lectulo suo devoluta vestem stragulam subductam scilicet iactare similiter destinaret, genibus eius profusa sic nequissima illa deprecatur: 'Quid, oro, fili, paupertinas pannosasque resculas miserrimae anus donas vicinis divitibus, quorum haec fenestra domum prospicit?'

Quo sermone callido deceptus astu et vera quae dicta sunt credens Alcimus, verens scilicet ne et ea quae prius miserat quaeque postea missurus foret, non sociis suis, sed in alienos lares iam certus erroris abiceret, suspendit se fenestra sagaciter perspecturus omnia, praesertim domus attiguae, quam dixerat illa, fortunas arbitraturus. Quod eum strenue quidem et satis improvide conantem senile illud facinus, quamquam invalido, repentino tamen et inopinato pulsu nutantem ac pendulum et in prospectu alioquin attonitum praeceps inegit. Qui praeter altitudinem nimiam super quendam etiam vastissimum lapidem propter iacentem decidens, perfracta diffusaque crate costarum rivos sanguinis vomens imitus, narratisque nobis quae gesta sunt, non diu cruciatus vitam evasit. Quem prioris exemplo sepulturae traditum bonum secutorem Lamacho dedimus.

ao mar o que remanescera do seu corpo, diligentemente envolvido em linho. Agora, nosso Lâmaco jaz sepulto no fundo das águas.

12. Com efeito, o fim que ele deu à própria vida era digno de suas virtudes. Já o Alcimo, ainda que muito esperto nas suas empreitadas, não conseguiu obter o favor da Fortuna. Depois de invadir o casebre de uma velha que estava dormindo, subiu as escadas até o quarto de cima e, muito embora devesse sem demora aniquilá-la estrangulando o pescoço dela, preferiu arremessar do alto de uma janela ampla um por um dos móveis, para que, evidentemente, a gente os recebesse. Assim que atirou tudo com cuidado, não quis poupar nem mesmo o leito em que ela dormia. Arrancando-a da cama, já se preparava para arremessar os lençóis pela janela quando então a desgraçada da velha o agarrou pelos joelhos, suplicando:

— Pelo amor de deus, meu filho, me diga por que é que você está doando os farrapos e os trastes de uma pobre senhora para os vizinhos ricos, cujos palacetes podemos ver pela janela?

Ludibriado pela astúcia dessas palavras e acreditando que eram mesmo verdadeiras, Alcimo, temendo que aqueles objetos que havia arremessado antes e os que ainda pretendia lançar poderiam ter caído na casa alheia e não nas mãos dos seus ajudantes, teve a genial ideia, seguro de ter cometido um erro, de se pendurar na janela para vistoriar tudo, especialmente a casa vizinha, presumindo (pelo o que velha dizia) que ali havia muitas riquezas. Enquanto Alcimo se dependurava com grande coragem, mas com imprudência ainda maior, a velha assassina, num empurrão débil, muito embora rápido e inesperado, o fez cair de cabeça, bem no momento em que ele se inclinava para a frente, suspenso no ar e concentrado na observação. Além de despencar de uma altura elevada, ele caiu sobre uma pedra enorme que havia ali por perto. Tendo a caixa torácica fraturada e exposta, Alcimo nos descreveu, vomitando rios de sangue, o que havia sucedido, após o que abandonou a vida sem maiores tormentos. A exemplo das exéquias anteriores, confiamo-lo a Lâmaco como seu fiel seguidor.

13. "Tunc orbitatis duplici plaga petiti iamque Thebanis conatibus abnuentes, Plataeas proximam conscendimus civitatem. Ibi famam celebrem super quodam Demochare munus edituro gladiatorium deprehendimus. Nam vir et genere primarius et opibus plurimus et liberalitate praecipuus digno fortunae suae splendore publicas voluptates instruebat. Quis tantus ingenii, quis facundiae, qui singulas species apparatus multiiugi verbis idoneis posset explicare? Gladiatores isti famosae manus, venatores illi probatae pernicitatis, alibi noxii perdita securitate suis epulis bestiarum saginas instruentes. Confixilis machinae sublicae, turres tabularum nexibus ad instar circumforaneae domus, floridae picturae, decora futurae venationis receptacula. Qui praeterea numerus, quae facies ferarum! Nam praecipuo studio foris etiam advexerat generosa illa damnatorum capitum funera. Sed praeter ceteram speciosi muneris supellectilem totis utcumque patrimonii viribus immanis ursae comparabat numerum copiosum. Nam praeter domesticis venationibus captas, praeter largis emptionibus partas, amicorum etiam donationibus variis certatim oblatas tutela sumptuosa sollicite nutriebat.

14. "Nec ille tam clarus tamque splendidus publicae voluptatis apparatus Invidiae noxios effugit oculos. Nam diutina captivitate fatigatae simul et aestiva flagrantia maceratae, pigra etiam sessione languidae, repentina correptae pestilentia paene ad nullum redivere numerum. Passim per plateas plurimas cerneres iacere semivivorum corporum ferina naufragia. Tunc vulgus ignobile, quos inculta pauperies sine dilectu ciborum tenuato ventri cogit sordentia supplementa et dapes gratuitas conquirere, passim iacentes epulas accurrunt. Tunc e re nata subtile consilium et iste Babulus tale comminiscimur. Unam, quae ceteris ego sarcina corporis praevalebat,

13. Então, impelidos pela desgraça das duas baixas e desistindo dos nossos planos em Tebas, subimos até Plateia, a cidade mais próxima. Ali, ouvimos falar da enorme fama dos jogos de gladiadores que um tal Demócares estava prestes a celebrar. Esse homem de nobre estirpe, de grandes riquezas e de singular bondade atendia aos anseios da população com a opulência digna da sua fortuna. Quem teria talento e eloquência suficientes para descrever com as palavras adequadas a pompa multiforme de cada um dos preparativos? Aqui, gladiadores famosos pela destreza; ali, caçadores de provada agilidade; mais adiante, culpados sem esperança de remissão engordando para banquetear as feras; máquinas de varas articuladas; torres de módulos encaixados, como se fossem casas móveis; pinturas floridas e cenários arrumados para as caçadas futuras. Que enorme número de animais, e de que aspecto! Demócares, com enorme empenho, trouxera do estrangeiro aqueles ilustres sepulcros dos condenados. Entretanto, além dos demais atrativos do fantástico espetáculo, ele adquiriu, gastando quase todo o seu patrimônio, um amplo número de ursos enormes. Ademais daqueles capturados em suas próprias caçadas ou adquiridos a valores exorbitantes, havia igualmente os recebidos gentilmente como presente de vários amigos. Eram ursos que ele alimentava com toda a solicitude e a um custo monumental.

14. Nem mesmo tão ilustres e tão faustosos preparativos para satisfazer a plebe escaparam ao olhar danoso da Inveja. Com efeito, ao mesmo tempo fatigados pelo longo encarceramento, debilitados pelo calor do sol e impedidos de se movimentarem, os ursos, adoentados por uma peste repentina, foram morrendo um a um. Por toda parte, estendidos por diversas ruas, era possível vê-los espalhados como soçobros irracionais de corpos semivivos. Assim, pois, o vulgo ignóbil, a quem a pobreza inculta não permite que o ventre esfaimado selecione o alimento, mas somente recolha comida estragada e sobras de refeições, se apressava para apanhar, aqui e ali, o banquete que se espalhava. Pela natureza daquela situação, este Bábulo aqui e eu decidimos tomar juntos uma astuciosa decisão: pegamos um desses ursos (aquele cujo porte era superior ao dos demais)

quasi cibo parandam portamus ad nostrum receptaculum, eiusque probe nudatum carnibus corium, servatis sollerter totis unguibus, ipso etiam bestiae capite adusque confinium cervicis solido relicto, tergus omne rasura studiosa tenuamus et minuto cinere perspersum soli siccandum tradimus. Ac dum caelestis vaporis flammis examurgatur, nos interdum pulpis eius valenter saginantes sic instanti militiae disponimus sacramentum, ut unus e numero nostro, non qui corporis adeo, sed animi robore ceteris antistaret, atque is in primis voluntarius, pelle illa contectus ursae subiret effigiem, domumque Democharis illatus per opportuna noctis silentia nobis ianuae faciles praestaret aditus.

15. "Nec paucos fortissimi collegii sollers species ad munus obeundum arrexerat. Quorum prae ceteris Thrasyleon factionis optione delectus ancipitis machinae subivit aleam, iamque habili corio et mollitie tractabili vultu sereno sese recondit. Tunc tenui sarcimine summas oras eius adaequamus, et iuncturae rimam, licet gracilem, setae circumfluentis densitate saepimus. Ad ipsum confinium gulae, qua cervix bestiae fuerat exsecta, Thrasyleonis caput subire cogimus, parvisque respiratui circa nares et oculos datis foraminibus, fortissimum socium nostrum prorsus bestiam factum immittimus caveae modico praedestinatae pretio, quam constanti vigore festinus irrepsit ipse. Ad hunc modum prioribus incohatis sic ad reliqua fallaciae pergimus.

16. "Sciscitati nomen cuiusdam Nicanoris, qui genere Thracio proditus ius amicitiae summum cum illo Demochare colebat, litteras affingimus, ut venationis suae primitias bonus amicus videretur ornando muneri dedicasse. Iamque provecta vespera abusi praesidio tenebrarum, Thrasyleonis caveam Demochari cum litteris illis adulterinis offerimus. Qui miratus bestiae magnitudinem suique contubernalis opportuna liberalitate laetatus, iubet nobis protinus

como se fôssemos cozinhá-lo e o levamos para o nosso esconderijo. Devidamente separado o couro das carnes, preservadas cuidadosamente todas as garras, conservada por inteiro inclusive a cabeça do animal até o limite do pescoço, raspamos bem toda a parte interior para adelgaçá-la e, salpicando-a com cinzas, pusemo-la para secar ao sol. Enquanto o couro ia secando pelo calor das chamas celestes, com toda a impavidez nós nos empanturrávamos com as carnes, decidindo as posições de batalha: um dos nossos (o que era superior aos demais não tanto na força corporal, e sim na intelectual, e que se oferecesse por iniciativa própria), se disfarçando com aquela pele de urso, entraria na casa de Demócares e aproveitaria o silêncio noturno para facilitar a nossa entrada pela porta.

15. Não foram poucos os valentes comparsas que se empolgaram com a ideia de colocar em prática esse plano ardiloso. De todos eles, Trasileão foi o escolhido pelo grupo, o qual aceitou o desafio da missão imprevisível e, de imediato e com toda a serenidade, tratou de se fantasiar com o couro já tratado e flexível. Nós, então, remendamos as bordas com uma costura delicada e disfarçamos o remendo, muito embora sutil, com a pelugem espalhada ao redor. Em seguida, enfiamos a cabeça de Trasileão pela beirada da garganta, onde a cabeça da fera tinha sido cortada e, depois de fazer uns pequenos buracos perto do nariz e dos olhos para que ele respirasse, trancamos o nosso corajoso parceiro, convertido numa verdadeira fera, em uma jaula adquirida a um preço módico. Ele rapidamente entrou nela com firme disposição. Feitos esses preparativos, passamos para o próximo passo do golpe.

16. Cientes do nome de um tal Nicanor, de origem trácia, que era um grande amigo do Demócares, falsificamos uma carta na qual ele informava que, como um bom amigo, havia dedicado à celebração dos jogos os primeiros ganhos da sua caçada. Já bem avançada a noite e protegidos pelo disfarce da escuridão, mostramos para o Demócares a jaula do Trasileão e lhe estendemos a carta falsificada. Admirado com o tamanho do animal e contente com a liberalidade oportuna do seu compadre, deu a ordem de sacarem do seu cofre dez moe-

gaudii sui gerulis, ut ipse habebat, decem aureos e suis loculis annumerari. Tunc, ut novitas consuevit ad repentinas visiones animos hominum pellere, multi numero mirabundi bestiam confluebant, quorum satis callenter curiosos aspectus Thrasyleon noster impetu minaci frequenter inhibebat. Consonaque civium voce satis felix ac beatus Demochares ille saepe celebratus, quod post tantam cladem ferarum novo proventu quoquo modo Fortunae resisteret, iubet novalibus suis confestim bestiam ire, iubet summa cum diligentia reportari.

17. "Sed suscipiens ego, 'Caveas,' inquam 'domine, flagrantia solis et itineris spatio fatigatam coetui multarum et, ut audio, non recte valentium committere ferarum. Quin potius domus tuae patulum ac perflabilem locum, immo et lacu aliquo conterminum refrigerantemque prospicis? An ignoras hoc genus bestiae lucos consitos et specus roridos et fontes amoenos semper incubare?'

"Talibus monitis Demochares perterritus numerumque perditorum secum recensens non difficulter assensus, ut ex arbitrio nostro caveam locaremus facile permisit. 'Sed et nos' inquam 'ipsi parati sumus hic ibidem pro cavea ista excubare noctes, ut aestus et vexationis incommodo bestiae fatigatae et cibum tempestivum et potum solitum accuratius offeramus.'

"'Nihil indigemus labore isto vestro' respondit ille. 'Iam paene tota familia per diutinam consuetudinem nutriendis ursis exercitata est.'

18. "Post haec valefacto discessimus, et portam civitatis egressi monumentum quoddam conspicamur procul a via remoto et abdito loco positum. Ibi capulos carie et vetustate semitectos, quis inhabitabant pulverei et iam cinerosi mortui, passim ad futurae praedae receptacula reseramus. Et ex disciplina sectae servato noctis illunio tempore, quo somnus obvius impetu primo corda mortalium validius invadit ac premit, cohortem nostram gladiis armatam ante

das de ouro e de que nos dessem, achando que éramos os emissários da sua alegria. E, como o que é novo sempre atrai a atenção das pessoas, uma multidão se juntou para ver o urso; porém, com bastante frequência o nosso comparsa Trasileão afastava, com investidas ameaçadoras, os olhares mais curiosos. Todos juntos celebravam Demócares como alguém feliz e afortunado, porque, depois de tantas mortes de animais, resistiria aos reveses da Fortuna com um novo provento. Logo em seguida, mandou levarem a fera com todos os cuidados para a chácara dele.

17. Eu, porém, tomando a palavra, intervim:

— Veja bem, meu senhor: abatido pelo calor do sol e pela lonjura da viagem, não coloque esse urso em contato com os demais, que (pelo que ouvi dizer) andam mal de saúde. Por que não buscar um lugar amplo e arejado da sua casa, agradável e, de preferência, perto da piscina? O senhor não sabia que este tipo de animal desde sempre frequentou florestas fechadas, cavernas úmidas e fontes amenas?

Com tais conselhos, Demócares, apavorado e contabilizando consigo o número de feras perdidas, permitiu, anuindo sem hesitações, que a gente posicionasse a jaula onde achasse melhor.

— Só que nós — eu lhe disse — gostaríamos de montar guarda bem aqui na frente da jaula durante a noite para providenciar tanto as refeições de cada hora quanto a bebida habitual ao urso fatigado pelo calor e pelo estorvo da viagem.

— Não se preocupem — Demócares objetou — Quase todos os criados já têm muita prática em alimentar os ursos.

18. Depois disso, nos despedimos e fomos embora. Ao atravessar os portões da cidade, avistamos um cemitério afastado da estrada, num terreno perdido e esquecido. Havia ali túmulos de campa deteriorada e corroída pelo tempo, onde jaziam corpos que eram só poeira e cinzas. Forçamos aqui e ali alguns desses túmulos, que serviriam de esconderijo para o butim que estávamos por capturar e, seguindo o costume do grupo, esperamos o momento em que a lua não ilumina a noite e um sono profundo vem tomar de assalto e de uma só vez o espírito dos mortais. Nossa tropa, armada de espadas e

ipsas fores Democharis velut expilationis vadimonium sistimus. Nec setius Thrasyleon examussim capto noctis latrocinali momento prorepit cavea, statimque custodes, qui propter sopiti quiescebant, omnes ad unum, mox etiam ianitorem ipsum gladio conficit; clavique subtracta fores ianuae repandit, nobisque prompte convolantibus et domus alveo receptis demonstrat horreum ubi vespera sagaciter argentum copiosum recondi viderat. Quo protinus perfracto confertae manus violentia, iubeo singulos commilitonum asportare quantum quisque poterat auri vel argenti, et in illis aedibus fidelissimorum mortuorum occultare propere, rursumque concito gradu recurrentes sarcinas iterare. Quod enim ex usu foret omnium, me solum resistentem pro domus limine cuncta rerum exploraturum sollicite, dum redirent. Nam et facies ursae mediis aedibus discurrentis ad proterrendos, siqui de familia forte vigilassent, videbatur opportuna. Quis enim, quamvis fortis et intrepidus, immani forma tantae bestiae noctu praesertim visitata, non se ad fugam statim concitaret, non obdito cellae pessulo pavens et trepidus sese cohiberet?

19. "His omnibus salubri consilio recte dispositis occurrit scaevus Eventus. Namque dum reduces socios nostros suspensus opperior, quidam servulus strepitu scilicet divinitus inquietus proserpit leniter, visaque bestia, quae libere discurrens totis aedibus commeabat, premens obnixum silentium vestigium suum replicat et utcumque cunctis in domo visa pronuntiat. Nec mora cum numerosae familiae frequentia domus tota completur. Taedis, lucernis, cereis, sebaciis, et ceteris nocturni luminis instrumentis clarescunt tenebrae. Nec inermis quisquam de tanta copia processit, sed singuli fustibus, lanceis, destrictis denique gladiis armati muniunt aditus. Nec secus canes etiam venaticos auritos illos et horricomes ad comprimendam bestiam cohortantur.

já preparada para a emboscada, se colocou junto à porta da casa de Demócares. Trasileão não fez diferente e aproveitou o momento da noite perfeito para um assalto: abriu a jaula e, sem tardar, matou a golpes de espada um por um dos vigilantes dele, ferrados que estavam num sono pesado e, logo em seguida, também o porteiro. Roubada a chave, Trasileão liberou a nossa entrada. Voamos para dentro da casa e, já no interior dela, ele nos indicou a direção de um depósito, no qual havia visto que uma enorme quantia em moedas tinha sido guardada com toda a reserva um dia antes. Sem demora, depois de unirmos esforços para arrombá-lo, dei a indicação para cada um dos nossos comparsas carregarem o quanto fosse possível de ouro e prata, esconderem-no bem depressa na casa daqueles leais cadáveres e, com passo rápido, de novo regressarem para o próximo frete. Para dar suporte aos demais, eu ficaria sozinho na frente da casa de Demócares, vigiando tudo com atenção até eles regressarem. Aliás, a imagem do urso correndo no meio da casa de um lado para o outro me parecia suficiente para deixar em pânico qualquer criado que, por acaso, despertasse. Quem é que, mesmo sendo valente e ousado, sem pensar duas vezes não sairia correndo de uma fera tão enorme, ainda mais encarada de noite? Ou, morrendo de medo e tremendo, não se fecharia no quarto depois de trancar bem o ferrolho?

19. Todas as posições estavam coordenadas com toda a cautela quando o evento adverso sobreveio: enquanto eu tratava de aguardar o regresso dos nossos camaradas, um pajem, pelo barulho ou por aviso divino, apareceu sem fazer barulho. Ao ver a fera que, correndo livre de lá para cá, percorria toda a casa, ele voltou na ponta dos pés para contar aos demais o que tinha visto. Sem demora, a casa inteira estava tomada pela imensa criadagem. As trevas clarearam com tochas, lâmpadas, velas e todos os meios de iluminação noturna. Não havia ninguém que aparecera por ali desarmado; cada criado, munido de porretes, lanças e, inclusive, espadas nuas, vigiava a porta. Além disso, os cães de caça (desses de orelhas empinadas e pelos eriçados) foram atiçados a dominar o urso.

20. "Tunc ego sensim, gliscente adhuc illo tumultu, retrogradi fuga domo facesso, sed plane Thrasyleonem mire canibus repugnantem latens pone ianuam ipse prospicio. Quamquam enim vitae metas ultimas obiret, non tamen sui nostrique vel pristinae virtutis oblitus, iam faucibus ipsis hiantis Cerberi reluctabat. Scaenam denique, quam sponte sumpserat, cum anima retinens, nunc fugiens, nunc resistens variis corporis sui schemis ac motibus, tandem domo prolapsus est. Nec tamen, quamvis publica potitus libertate, salutem fuga quaerere potuit. Quippe cuncti canes de proximo angiportu satis feri satisque copiosi venaticis illis, qui commodum domo similiter insequentes processerant, se ommiscent agminatim. Miserum funestumque spectamen aspexi, Thrasyleonem nostrum catervis canum saevientium cinctum atque obsessum multisque numero morsibus laniatum.

"Denique tanti doloris impatiens populi circumfluentis turbelis immisceor et, in quo solo poteram celatum auxilium bono ferre commilitoni, sic indaginis principes dehortabar: 'O grande' inquam 'et extremum flagitium! Magnam et vere pretiosam perdimus bestiam.'

21. "Nec tamen nostri sermonis artes infelicissimo profuerunt iuveni. Quippe quidam procurrens e domo procerus et validus incunctanter lanceam mediis iniecit ursae praecordiis, nec secus alius; et ecce plurimi, iam timore discusso, certatim gladios etiam de proximo congerunt. Enimvero Thrasyleon, egregium decus nostrae factionis, tandem immortalitate digno illo spiritu expugnato magis quam patientia, neque clamore ac ne ululatu quidem fidem sacramenti prodidit, sed iam morsibus laceratus ferroque laniatus, obnixo mugitu et ferino fremitu praesentem casum generoso vigore tolerans gloriam sibi reservavit, vitam fato reddidit. Tanto tamen terrore tantaque formidine coetum illum turbaverat, ut usque diluculum,

20. Então, visto que o tumulto ali só aumentava, decidi bater em retirada e fugir daquela casa. Porém, pude ver claramente o Trasileão espantar os cães com valentia enquanto eu me escondia por trás de uma porta. Mesmo nos últimos instantes de vida, não esqueceu quem ele era, quem éramos nós e qual era a sua virtude: resistia às mandíbulas abertas daquele Cérbero e levava até o fim o personagem que havia incorporado por vontade própria; ora se defendendo com bravura, ora fugindo, ora resistindo com diferentes gestos e posições corporais, disparou para longe da casa. No entanto, muito embora contando com a liberdade das vias públicas, não pôde encontrar a salvação na fuga, pois todos os cães da rua vizinha, tão ferozes e em número tão grande quanto o dos cães de caça, se somaram à matilha que havia deixado a casa para persegui-lo. Fui então a testemunha de um espetáculo trágico e medonho: nosso camarada Trasileão, cercado e dominado por uma alcateia raivosa, sendo esquartejado por muitas e repetidas mordidas.

Não podendo enfim suportar tanta dor, me meti entre a multidão ao redor e, como único meio de prestar ajuda a um bom companheiro sem ser descoberto, procurava dissuadir os adestradores dos cães com estas palavras:

— Que imensa e grave desgraça é perder um animal magnífico e caro desse jeito!

21. Contudo, os nossos argumentos não serviram de nada ao infelicíssimo jovem, pois um sujeito alto e forte, sem qualquer hesitação, cravou uma lança bem no coração do urso; veio então um segundo e, logo depois, um mundaréu de gente que, tendo já perdido o medo, competia entre si para golpeá-lo com suas espadas. Foi assim que Trasileão, o herói do nosso grupo, perdendo a vida mesmo sendo digno da imortalidade, não traiu a lealdade militar, se mantendo firme sem deixar escapar um só lamento ou gemido; ao contrário, marcado pelas mordidas, ferido pelas espadas e suportando, entre vagidos e ganidos ferinos, a sua desdita com generoso vigor, cumpriu sua sina e reservou a glória para si. Tão grandes foram o horror e o pânico com que ele afligira a multidão, que até o amanhecer do

immo et in multum diem nemo quisquam fuerit ausus, quamvis iacentem, bestiam vel digito contingere, nisi tandem pigre ac timide quidam lanius paulo fidentior, utero bestiae resecto, ursae magnificum despoliavit latronem. Sic etiam Thrasyleon nobis perivit, sed a gloria non perivit.

"Confestim itaque constrictis sarcinis illis, quas nobis servaverant fideles mortui, Plataeae terminos concito gradu deserentes, istud apud nostros animos identidem reputabamus: merito nullam fidem in vita nostra reperiri, quod ad manes iam et mortuos odio perfidiae nostrae demigrarit. Sic onere vecturae simul et asperae viae toti fatigati, tribus comitum desideratis, istas quas videtis praedas adveximus."

22. Post istum sermonis terminum poculis aureis memoriae defunctorum commilitonum vino mero libant. Dehinc canticis quibusdam Marti deo blanditii paululum conquiescunt. Enim nobis anus illa recens hordeum affatim et sine ulla mensura largita est, ut equus quidem meus tanta copia et quidem solus potitus saliares esse cenas crederet. Ego vero, numquam alias hordeo cibatus nisi tunsum minutatim et diutina coquitatione iurulentum semper esset, rimatus angulum, quo panes reliquiae totius multitudinis congestae fuerant, fauces diutina fame saucias et araneantes valenter exerceo.

Et ecce nocte promota latrones expergiti castra commovent, instructique varie, partim gladiis armati, partim in Lemures reformati, concito se gradu proripiunt. Nec me tamen instanter ac fortiter manducantem vel somnus imminens impedire potuit. Et quamquam prius, cum essem Lucius, unico vel secundo pane contentus mensa decederem, tunc ventri tam profundo serviens iam ferme tertium qualum rumigabam. Huic me operi attonitum clara lux oppressit.

60 **vinho puro**: o consumo do vinho puro era tido como costume de pessoas de má conduta, bêbados ou bandidos.

61 **banquete dos sálios:** o colegiado dos sálios (sacerdotes de Marte) organizava banquetes muito conhecidos pelo fausto e pela riqueza.

dia seguinte e depois, com o sol a pino, não tinha havido ninguém que ousasse colocar um só dedo no animal, ainda que morto. A exceção foi apenas um açougueiro um tanto mais confiante que, com mão frouxa e tensa, retirou o ladrão de dentro da fera imensa depois de lhe rasgar a barriga. Trasileão está morto para nós, mas não para a glória.

Assim sendo, fechadas bem depressa as sacolas que os leais cadáveres nos haviam guardado, abandonamos a passos largos o território de Plateia, repetindo de quando em quando entre nós mesmos que era não sem razão que a lealdade não permanecia entre os homens, pois, por ódio à nossa perfídia, ela se fez sua casa entre os deuses e os mortos. Destarte, fatigados todos pelo peso do fardo e pela dureza da viagem e além disso desprovidos de três comparsas nossos, foi assim que trouxemos o butim que vocês estão vendo.

22. Depois de concluído esse relato, em taças de ouro eles fizeram uma libação com vinho puro[60] em memória dos camaradas falecidos. Em seguida, entoaram algumas canções para honrar o deus Marte e foram descansar um pouco. Quanto a nós, aquela senhora que apresentei uns parágrafos atrás ofereceu-nos cevada com fartura e sem medida, de maneira que o meu cavalo (que se regalou sozinho com tanta fartura) julgava participar de um banquete dos sálios.[61] Já eu, que nunca ingeri cevada senão moída e sempre liquefeita após uma longa fervura, sondei o canto onde estava largado o restante dos pães de todo o grupo e, com toda a pressa, coloquei a goela morta de fome e cheia de teias de aranha para trabalhar.

Eis que, no meio da noite, os bandidos, ao despertarem, levantaram acampamento e, preparados de jeitos diferentes — uns armados de espadas; outros, disfarçados de fantasmas — fugiram a passos largos. Contudo, nem mesmo o sono que estava me batendo impediu que eu comesse com ímpeto e disposição. Ao passo que antes, quando eu era o Lúcio, levantava satisfeito da mesa depois do primeiro ou do segundo pão, agora, servindo a uma barriga tão profunda, já estava ruminando o terceiro cesto. Os raios do sol me flagraram concentrado nessa tarefa.

23. Tandem itaque asinali verecundia ductus, aegerrime tamen digrediens rivulo proximo sitim lenio. Nec mora cum latrones ultra anxii atque solliciti remeant, nullam quidem prorsus sarcinam vel omnino, licet vilem, laciniam ferentes, sed tantum gladiis, totis manibus, immo factionis suae cunctis viribus unicam virginem, filo liberalem et, ut matronatus eius indicabat, summatem regionis, puellam mehercules et asino tali concupiscendam, maerentem et crines cum veste sua lacerantem, advehebant. Eam simul intra speluncam verbisque quae dolebat minora facientes, sic alloquuntur:

"Tu quidem salutis et pudicitiae secura brevem patientiam nostro compendio tribue, quos ad istam sectam paupertatis necessitas adegit. Parentes autem tui de tanto suarum divitiarum cumulo, quamquam satis cupidi, tamen sine mora parabunt scilicet idoneam sui sanguinis redemptionem."

24. His et his similibus blateratis nequicquam dolor sedatur puellae—quidni?—quae inter genua sua deposito capite sine modo flebat. At illi intro vocatae anui praecipiunt assidens eam blando quantum posset solaretur alloquio, seque ad sectae sueta conferunt. Nec tamen puella quivit ullis aniculae sermonibus ab inceptis fletibus avocari, sed altius eiulans sese et assiduis singultibus ilia quatiens mihi etiam lacrimas excussit.

Ac sic "An ego" inquit "misera tali domo, tanta familia, tam caris vernulis, tam sanctis parentibus desolata, et infelicis rapinae praeda et mancipium effecta, inque isto saxeo carcere serviliter clausa, et omnibus deliciis quis innata atque innutrita sum privata, sub incerta salutis et carnificinae laniena inter tot ac tales latrones et

23. Contudo, levado por um sentimento de vergonha um tanto asinina, mas ainda assim a contragosto, parei de comer e fui matar minha sede num regato ali perto. Sem demora, os ladrões apareceram por lá, tensos e exaltados, sem trazerem consigo qualquer sacola ou sequer um reles pacote, mas com todas suas espadas e braços, ou melhor, com todas as forças da quadrilha inteira, apenas uma donzela de aparência nobre que, a deduzir pela fidalguia dela, devia pertencer à família mais importante da localidade. Essa donzela arrastada por eles despertava o desejo (e como, pelo amor de deus!) até mesmo de um asno como eu. Ao passo que se desfazia em prantos, arrancava os cabelos e as vestes. Levando-a para dentro da caverna, os bandidos lhe dirigiam estas palavras para acalmá-la:

— Quanto à sua vida e à sua honra, fique tranquila; tenha um pouco de paciência e ajude a gente a se dar bem. É a lei da pobreza que nos obriga a fazer este tipo de coisa. Com o tanto de dinheiro que os seus pais têm, eles não vão demorar muito, por mais mesquinhos que sejam, para pagar o resgate de alguém do seu próprio sangue.

24. Com esses disparates e outros mais eles tentaram, sem sucesso, acalmar a dor da donzela. Mas como fazer isso, se ela, escondendo a cabeça entre os joelhos, não parava de chorar? Dessa forma, chamaram lá para dentro a velha senhora para fazer companhia à donzela e consolá-la como fosse possível. Depois disso, eles voltaram a seus afazeres. Contudo, nada do que a velha senhora dissesse podia estancar as lágrimas derramadas pela donzela; bem ao contrário, os lamentos só aumentavam e ela soluçava tanto que até eu comecei a chorar.

Ela dizia o seguinte:

— Pobre de mim! Eu, que nasci numa casa tão distinta, com tantos criados e tão bondosos serviçais, com pais tão importantes, estou abandonada como o espólio de um fatídico sequestro, convertida em mercadoria e trancafiada como escrava neste cárcere de pedra! Estou desprovida de todas as comodidades com as quais eu nasci e cresci. Correndo perigo de morte ou de ser torturada no meio de tantos e tão perigosos bandidos e de uma corja horrenda de gla-

horrendum gladiatorum populum vel fletum desinere vel omnino vivere potero?"

Lamentata sic et animi dolore et faucium tendore et corporis lassitudine iam fatigata, marcentes oculos demisit

25. ad soporem. At commodum coniverat, nec diu cum repente lymphatico ritu somno recussa longeque vehementius afflictare sese et pectus etiam palmis infestis tundere et faciem illam luculentam verberare incipit. Et aniculae quamquam instantissime causas novi et instaurati maeroris requirenti sic assuspirans altius infit: "Em nunc certe, nunc maxime funditus perii, nunc spei salutiferae renuntiavi. Laqueus aut gladius aut certe praecipitium procul dubio capessendum est."

Ad haec anus iratior dicere eam saeviore iam vultu iubebat quid, malum, fleret, vel quid repente postliminio pressae quietis lamentationes licentiosas refricaret. "Nimirum" inquit "tanto compendio tuae redemptionis defraudare iuvenes meos destinas? Quod si pergis ulterius, iam faxo lacrimis istis, quas parvi pendere latrones consuerunt, insuper habitis viva exurare."

26. Tali puella sermone deterrita manuque eius exosculata, "Parce," inquit "mi parens, et durissimo casui meo pietatis humanae memor subsiste paululum. Nec enim, ut reor, aevo longiore maturae tibi in ista sancta canitie miseratio prorsus exaruit. Specta denique scaenam meae calamitatis.

"Speciosus adulescens inter suos principalis, quem filium publicum omnis sibi civitas cooptavit, meus alioquin consobrinus, tantulo triennio maior in aetate, qui mecum primis ab annis nutritus et adultus individuo contubernio domusculae, immo vero

diadores, conseguirei por acaso estancar as lágrimas ou ao menos continuar vivendo?

Lamentando dessa forma e já consumida pela dor na alma, pelo esforço da garganta e pela prostração física, ela se entregou ao sono, cerrando os olhos lânguidos.

25. Porém, mal tinha fechado os olhos, quando, de repente, foi arrancada do sono por algum tipo de delírio. Começou a se agitar com violência ainda maior, a desferir golpes frenéticos no próprio peito e a bater em seu rosto gracioso. Depois de um profundo suspiro, ela disse o seguinte para a velha senhora, que insistia em perguntar o motivo de sua nova agonia:

— Agora sim, agora sei com certeza que estou perdida, agora renunciei à minha tão ansiada salvação! Não sei o que escolher: se uma corda, se uma espada ou, sem hesitar, me atirar de um precipício!

Com tais palavras, a velha senhora se indignou e, já de cenho franzido, instou a donzela a explicar por que raios ela estava chorando e por que, de repente, despertando de um sono pesado, voltava a lamentos tão desaforados.

— Já entendi! — exclamou a velha senhora — O que você quer é despojar os meus meninos da rica soma do seu resgate? Se continuar agindo dessa maneira, farei logo com que eles ignorem essas lágrimas (que bandidos não levam em conta mesmo) e queimem você viva!

26. Amedrontada por tal advertência, a donzela, beijando as mãos da velha senhora, disse-lhe:

— Me perdoe, vovó, tenha piedade de mim e me console, nem que seja um pouco, nesta aflição tão grande! Mesmo que o tempo lhe trouxesse a velhice, acredito que, sob os venerandos cabelos brancos, a compaixão da senhora não ressequiu. Escute só a comovente história da minha infelicidade:

Havia um lindo rapaz, o melhor entre os seus pares, a quem a cidade inteira adotou como seu filho comum. Além disso, era meu primo, de idade superior à minha em apenas três anos. Foi criado em minha companhia desde a mais tenra infância e, homem-feito,

cubiculi torique, sanctae caritatis affectione mutuo mihi pigneratus, votisque nuptialibus pacto iugali pridem destinatus, consensu parentum tabulis etiam maritus nuncupatus, ad nuptias officio frequenti cognatorum et affinium stipatus, templis et aedibus publicis victimas immolabat. Domus tota lauris obsita, taedis lucida, constrepebat hymenaeum. Tunc me gremio suo mater infelix tolerans mundo nuptiali decenter ornabat, mellitisque saviis crebriter ingestis iam spem futuram liberorum votis anxiis propagabat, cum irruptionis subitae gladiatorum impetus ad belli faciem saeviens, nudis et infestis mucronibus coruscans, non caedi, non rapinae manus afferunt, sed denso conglobatoque cuneo cubiculum nostrum invadunt protinus. Nec ullo de familiaribus nostris repugnante ac ne tantillum quidem resistente, miseram, exanimem saevo pavore, trepido de medio matris gremio rapuere. Sic ad instar Attidis vel Protesilai dispectae disturbataeque nuptiae.

27. "Sed ecce saevissimo somnio mihi nunc etiam redintegratur, immo vero cumulatur, infortunium meum. Nam visa sum mihi de domo, de thalamo, de cubiculo, de toro denique ipso violenter extracta, per solitudines avias infortunatissimi mariti nomen invocare, eumque, ut primum meis amplexibus viduatus est, adhuc unguentis madidum, coronis floridum, consequi vestigio me pedibus fugientem alienis. Utque clamore percito formosae raptum uxoris conquerens populi testatur auxilium, quidam de latronibus, importunae persecutionis indignatione permotus, saxo grandi pro pedibus arrepto, misellum iuvenem maritum meum percussum interemit. Talis aspectus atrocitate perterrita somno funesto pavens excussa sum."

62 **himeneu:** canto matrimonial.

63 **Átis e Protesilau:** exemplos de recém-casados cujas núpcias não se consumaram; Átis, por ter cometido autocastração em suas bodas; Protesilau por ter sido chamado para a guerra de Troia e o primeiro a morrer em combate. Sua esposa, Laodâmia, é a personagem escolhida por Ovídio para a Oitava Carta das *Heroides*.

dividia comigo o mesmo lar, o mesmo dormitório e o mesmo leito, enlaçado pela sagrada ternura de uma afeição correspondida. Há muito tempo estava prometido pelo voto nupcial a me desposar, sendo chamado oficialmente de meu esposo com a permissão dos meus pais. Na preparação para as bodas, imolava vítimas nos templos e santuários públicos, cercado de familiares e parentes. Na casa inteira, coberta de louros e iluminada por tochas, ecoava o himeneu.[62] Minha desditosa mãe, estreitando-me entre seus braços, me ajeitava habilmente no vestido de noiva e, ternamente me recobrindo de beijos de mel, revelava com votos ansiosos sua esperança na descendência, quando irrompeu a súbita invasão de gladiadores, imagem violenta da guerra: as espadas nuas e ameaçadoras coruscavam. As mãos deles, no entanto, não produziam nem a morte nem o assalto: em densa e maciça linha de ataque, eles invadiram o nosso dormitório de uma só vez e, sem que nenhum familiar esboçasse reação ou um tantinho só de resistência, me arrancaram do seio de minha mãe, coitada de mim, inerte e estupefata por um terror colossal! Assim as minhas bodas, a exemplo de Átis e Protesilau,[63] foram invadidas e arruinadas.

27. Mas eis que um pesadelo terrível me trouxe de volta, aliás amplificou o meu infortúnio, pois me vi, arrancada violentamente do lar, do tálamo, do dormitório e, por fim, do mesmo leito, a chamar pelas estradas ermas o nome do meu infeliz esposo, ao passo que ele, tal como quando se viu privado dos meus abraços (banhado em perfume e coroado de flores), seguia meus passos, enquanto pés alheios me carregavam. Porém, como ele, em meio aos gritos, lamentava o rapto da bela esposa e tomava o povo como testemunha, um dos bandidos, irritado com essa perseguição inoportuna, pegou uma pedra grande que tinha perto dos pés, atirou-a no meu jovem esposo e matou o pobrezinho. Atônita pela atrocidade dessa imagem, despertei do sonho funesto, apavorada.

Tunc fletibus eius assuspirans anus sic incipit: "Bono animo esto, mi erilis, nec vanis somniorum figmentis terreare. Nam praeter quod diurnae quietis imagines falsae perhibentur, tunc etiam nocturnae visiones contrarios eventus nonnumquam pronuntiant. Denique flere et vapulare et nonnumquam iugulari lucrosum prosperumque proventum nuntiant; contra ridere et mellitis dulciolis ventrem saginare vel in voluptatem Veneriam convenire tristitie animi, languore corporis, damnisque ceteris vexatum iri praedicabunt. Sed ego te narrationibus lepidis anilibusque fabulis protinus avocabo." Et incipit:

28. "Erant in quadam civitate rex et regina. Hi tres numero filias forma conspicuas habuere. Sed maiores quidem natu, quamvis gratissima specie, idonee tamen celebrari posse laudibus humanis credebantur. At vero puellae iunioris tam praecipua, tam praeclara pulchritudo nec exprimi ac ne sufficienter quidem laudari sermonis humani penuria poterat. Multi denique civium et advenae copiosi, quos eximii spectaculi rumor studiosa celebritate congregabat, inaccessae formositatis admiratione stupidi et admoventes oribus suis dexteram, primore digito in erectum pollicem residente, ut ipsam prorsus deam Venerem venerabantur religiosis adorationibus. Iamque proximas civitates et attiguas regiones fama pervaserat deam quam caerulum profundum pelagi peperit et ros spumantium fluctuum educavit iam numinis sui passim tributa venia in mediis conversari populi coetibus, vel certe rursum novo caelestium stillarum germine non maria, sed terras, Venerem aliam virginali flore praeditam pullulasse.

64 **relatos divertidos e contos de velha:** a par do cumprimento da tarefa indicada já na introdução da obra (divertir o leitor), chama a atenção o fato de que a narradora do episódio mais famoso do *Asno de ouro* é uma velha. Graverini (2003: 208 et seq.), citando Stephen Harrison, contrapõe o presente excurso aos Cantos 2 e 3 da *Eneida*, em que também se relata um episódio amoroso, mas em chave oposta: afinal, na *Eneida*, o desenlace do episódio é triste (pelo suicídio de Dido); porém, no presente romance, é feliz (e o leitor descobrirá por si mesmo o porquê).

Suspirando com as lágrimas da donzela, a velha senhora lhe dirigiu as seguintes palavras:

— Fique calma, minha filha, e não se aterrorize com as mentiras tolas dos sonhos, pois, além de as imagens do nosso sono diário se mostrarem falsas, as visões noturnas, na maioria das vezes, prenunciam que o que vai acontecer é o contrário. Por conta disso, chorar, apanhar e às vezes até ser degolado anunciam evento próspero e lucrativo. Já rir, encher a barriga de doces e guloseimas e saborear os prazeres de Vênus predizem que a pessoa será afligida por tristezas, doenças e outros tipos de males. No entanto, a partir de agora vou entreter você com alguns relatos divertidos e contos de velha.[64]

Ela, então, começou.

Fábula de Psiquê e Cupido

28. Era uma vez um rei e uma rainha que viviam em um reino. Três era o número de suas filhas, todas de uma rara beleza, mas a formosura das duas filhas mais velhas (por maior que fosse) podia ser descrita pela linguagem humana; já a perfeição da filha mais nova era tanta e tão notável, que a indigência das palavras dos mortais não era capaz de expressá-la e menos ainda louvá-la a contento. Muitos jovens do reino e outros tantos forasteiros, reunidos pelo célere rumor de uma visão tão maravilhosa, ficavam sem reação, admirando sua beleza inacessível, enquanto levavam a mão direita sobre os lábios com o dedo indicador pousado sobre o polegar ereto, e a veneravam com adoração religiosa, como se tivessem a deusa Vênus diante de si. Já havia se espalhado pelos demais reinos e países vizinhos a fama de que a deusa concebida nas profundezas azuis do mar e moldada no orvalho espumante das ondas tinha se estabelecido, com a permissão de sua divina graça, em meio às pessoas comuns, ou que certamente uma nova Vênus, adornada com a flor da virgindade, tinha desabrochado pela segunda vez das gotículas celestes, mas não sobre o mar, e sim na terra.

29. "Sic immensum procedit in dies opinio; sic insulas iam proximas et terrae plusculum provinciasque plurimas fama porrecta pervagatur. Iam multi mortalium longis itineribus atque altissimis maris meatibus ad saeculi men gloriosum confluebant. Paphon nemo, ac ne ipsa quidem Cythera ad conspectum deae Veneris navigabant. Sacra differuntur, templa deformantur, pulvinaria perteruntur, caerimoniae negleguntur; incoronata simulacra et arae viduae frigido cinere foedatae. Puellae supplicatur et in humanis vultibus deae tantae numina placantur; et in matutino progressu virginis victimis et epulis Veneris absentis nomen propitiatur; iamque per plateas commeantem populi frequenter floribus sertis et solutis apprecantur.

"Haec honorum caelestium ad puellae mortalis cultum immodica translatio verae Veneris vehementer incendit animos, et impatiens indignationis capite quassanti fremens altius sic secum disserit:

30. "'En rerum naturae prisca parens, en elementorum origo initialis, en orbis totius alma Venus, quae cum mortali puella partiario maiestatis honore tractor! Et nomen meum caelo conditum terrenis sordibus profanatur! Nimirum communi numinis piamento vicariae venerationis incertum sustinebo, et imaginem meam circumferet puella moritura. Frustra me pastor ille, cuius iustitiam fidemque magnus comprobavit Iuppiter, ob eximiam speciem tantis praetulit deabus. Sed non adeo gaudens ista, quaecumque est, meos honores usurpaverit: iam faxo huius etiam ipsius illicitae formositatis paeniteat.'

65 **Pafo, nem até Cnidos, nem mesmo até Citera**: locais de culto a Vênus.

66 **pastor:** Páris, que escolheu Vênus (Afrodite) entre Juno (Hera) e Minerva (Atena) como vencedora do pomo de ouro que a deusa Discórdia havia lançado nas bodas de Peleu e Tétis por não ter sido convidada. O prêmio de Páris foi o amor da mulher mais bela entre as belas, Helena de Troia. Sendo, porém, ela casada com o rei de Esparta, Menelau, Páris teve de raptá-la, o que resultou na guerra de Troia.

29. Dessa forma, essa crença se disseminou com o passar dos dias e a fama, se alastrando pelas ilhas mais próximas, depois um pouco mais pelo continente e, finalmente, por muitas províncias, se consolidou. Já eram muitos os mortais que, depois de longas jornadas e de atravessar mares altíssimos, confluíam para contemplar o mais glorioso espetáculo daquele século. Não havia mais ninguém que navegasse até Pafo, nem até Cnidos, nem mesmo até Citera[65] para homenagear a deusa Vênus. Os sacrifícios caíram no esquecimento; os templos se degradavam; os oratórios eram desmanchados; as cerimônias não eram mais observadas; as imagens eram abandonadas sem coroas e uma poeira fria se acumulava nos altares desolados. A donzela é que recebia orações e na presença de um ser humano é que se rogava o favor de tão majestosa deusa. Quando a donzela aparecia pela manhã, o nome de Vênus ausente era invocado com a imolação de vítimas e outros rituais. Assim que saía à rua, uma multidão que aparecia de todo canto lhe mostrava sua devoção com grinaldas e pétalas de flores.

Tal comutação de honras celestes para a veneração de uma donzela mortal acirrou com veemência os ânimos da verdadeira Vênus. Sem poder ocultar a sua indignação, ela balançou a cabeça e soltou um grito alto, discorrendo consigo mesma:

30. — Ora vejam só! Sou eu, Vênus, mãe primordial da Natureza, origem primeira dos elementos, nutriz do mundo inteiro, que estou sendo constrangida a compartilhar das honras da minha majestade com uma jovem mortal? Meu nome consagrado no céu está sendo profanado pelas imundícies terrestres! Quer dizer então que eu devo tolerar em silêncio a adoração a uma sósia, compartilhar as oferendas à minha divindade, e há de ser uma jovem mortal quem vai se encarregar por aí da minha imagem? Foi em vão que o famoso pastor, cuja justiça e lealdade o grande Júpiter corroborou, me preferiu, por conta da minha beleza, a deusas da maior importância?[66] Mas essa aí, quem quer que ela seja, nao vai se aproveitar por muito tempo das honrarias que me usurpou. Farei agora mesmo com que ela se arrependa dessa sua formosura ilícita!

"Et vocat confestim puerum suum pinnatum illum et satis temerarium, qui malis suis moribus contempta disciplina publica, flammis et sagittis armatus, per alienas domos nocte discurrens et omnium matrimonia corrumpens, impune committit tanta flagitia et nihil prorsus boni facit. Hunc, quamquam genuina licentia procacem, verbis quoque insuper stimulat et perducit ad illam civitatem et Psychen—hoc enim nomine puella nuncupabatur—coram ostendit. Et tota illa perlata de formositatis aemulatione fabula, gemens ac fremens indignatione,

31. "'Per ego te' inquit 'maternae caritatis foedera deprecor, per tuae sagittae dulcia vulnera, per flammae istius mellitas uredines, vindictam tuae parenti sed plenam tribue, et in pulchritudinem contumacem severiter vindica; idque unum et pro omnibus unicum volens effice: virgo ista amore flagrantissimo teneatur hominis extremi, quem et dignitatis et patrimonii simul et incolumitatis ipsius Fortuna damnavit, tamque infimi, ut per totum orbem non inveniat miseriae suae comparem.'

"Sic effata et osculis hiantibus filium diu ac pressule saviata, proximas oras reflui litoris petit, plantisque roseis vibrantium fluctuum summo rore calcato, ecce iam profundi maris sudo resedit vertice. Et ipsum quod incipit velle et statim, quasi pridem praeceperit—non moratur marinum obsequium. Adsunt Nerei filiae chorum canentes, et Portunus caerulis barbis hispidus, et gravis piscoso sinu Salacia, et auriga parvulus delphini Palaemon. Iam passim maria persultantes Tritonum catervae: hic concha sonaci leniter bucinat, ille serico tegmine flagrantiae solis obsistit inimici, alius sub oculis

67 **4.30:** Cupido só será apresentado pelo nome em *Asno de ouro* 5.22, quando é flagrado por Psiquê.

Sem tardar, ela chama seu filho, o garoto alado e bastante imprudente que, com seus maus costumes e desprezando a moral pública, sai durante a noite pelas casas alheias armado de flechas e tochas ardentes, corrompendo o matrimônio de todo mundo e cometendo impunemente tudo quanto é desgraça, sem fazer qualquer gesto de bondade.[67] Mesmo insolente por natureza, a mãe o instiga ainda mais com seus argumentos. Leva-o para aquele reino, mostrou-lhe Psiquê (era esse o nome da donzela) e, depois de lhe contar toda a história da rivalidade por conta da formosura, lhe solicita, entre gemidos e tremores de indignação:

31. — Pelos laços de amor materno, pelas doces feridas da sua flecha, pelas suaves queimaduras das suas tochas, peço que você vingue sua mãe, mas vingue-a completamente e castigue sem piedade essa beldade desaforada. Faça de boa vontade apenas uma coisa, que valerá por todas as outras: essa donzela se apaixonar perdidamente pelo homem mais baixo, a quem a Fortuna condenou a não ter nobreza, nem igualmente riquezas ou mesmo autoestima; um homem tão inferior, que não encontre ninguém tão azarado quanto ele em todo o reino.

Depois de dizer isso, durante um longo tempo encheu o filho de beijos estalando os lábios e se dirigiu para o litoral mais próximo, onde as ondas morrem. Tocando com os pés róseos a crista de espuma do curso vibrante das águas, ei-la assentada na calma superfície do mar profundo. Seu pedido é uma ordem: antes mesmo de ela falar, imediatamente a corte marinha se apressou para servi-la. Chegaram as filhas de Nereu cantando em coro, Portuno, com a barba cerúlea eriçada, Salácia, com as vestes carregadas de peixes, Palêmon, o pequeno auriga de um delfim, e, de todos os cantos, Tritões em grupo pulando sobre o mar: um soprava docemente uma concha sonora; outro tapava a luz do sol inimigo com um véu de seda; um terceiro colocava um espelho diante de sua senhora e os demais, em

dominae speculum progerit, curru biiuges alii subnatant. Talis ad Oceanum pergentem Venerem comitatur exercitus.

32. "Interea Psyche cum sua sibi perspicua pulchritudine nullum decoris sui fructum percipit. Spectatur ab omnibus, laudatur ab omnibus, nec quisquam, non rex, non regius, nec de plebe saltem cupiens eius nuptiarum petitor accedit. Mirantur quidem divinam speciem, sed ut simulacrum fabre politum mirantur omnes. Olim duae maiores sorores, quarum temperatam formositatem nulli diffamarant populi, procis regibus desponsae iam beatas nuptias adeptae. Sed Psyche virgo vidua domi residens deflet desertam suam solitudinem, aegra corporis, animi saucia, et quamvis gentibus totis complacitam odit in se suam formositatem. Sic infortunatissimae filiae miserrimus pater, suspectatis caelestibus odiis et irae superum metuens, dei Milesii vetustissimum percontatur oraculum, et a tanto numine precibus et victimis ingratae virgini petit nuptias et maritum. Sed Apollo, quamquam Graecus et Ionicus, propter Milesiae conditorem sic Latina sorte respondit:

33. "'Montis in excelsi scopulo, rex, siste puellam
ornatam mundo funerei thalami.
Nec speres generum mortali stirpe creatum,
sed saevum atque ferum vipereumque malum,
quod pinnis volitans super aethera cuncta fatigat,
flammaque et ferro singula debilitat,
quod tremit ipse Iovis, quo numina terrificantur
fluminaque horrescunt et Stygiae tenebrae.'

68 **exército que seguia Vênus: Nereu** é pai das ninfas do mar; **Portuno**, o deus dos portos; **Salácia**, divindade romana antiga, associada ao mar; **Palêmon (Melicertes)**, divindade marítima que assume a imagem de golfinho (Ovídio, *Metamorfoses* 4.531–542); **Tritões**, seres metade homens, metade peixes. A corte de Vênus aparece em Homero, *Ilíada* 18.39–48 e Virgílio, *Eneida* 5.240–242; 823–824.

pares, nadavam atrelados ao carro. Tal o exército que seguia Vênus rumo ao Oceano.[68]

32. Enquanto isso, Psiquê não tirava nenhum proveito da sua esplêndida formosura. Era admirada por todos, elogiada por todos, porém ninguém — nem rei, nem príncipe, nem mesmo plebeu — se apresentava a ela querendo pedi-la em casamento: reverenciavam sua beleza divina, mas todos a contemplavam como uma obra de arte perfeita. Fazia tempo que as irmãs mais velhas, cuja discreta beleza não havia caído na boca do povo, tinham assumido compromisso com pretendentes régios e contraído núpcias felizes. Porém Psiquê, donzela e solteira, continuava em casa lamentando o abandono e a solidão. De corpo frágil e alma ferida, detestava em si a beleza tão apreciada por todas as outras pessoas. Assim, pois, o pai mais infeliz da filha mais desditosa, suspeitando dos ódios celestes e temendo a ira divina, consultou o oráculo ancestral do deus de Mileto e, fazendo-lhe preces e sacrifícios, rogou a tão augusta divindade que concedesse marido e bodas de casamento à donzela rejeitada. Mas Apolo, muito embora grego e jônico, lhe ofereceu, em atenção ao autor desta fábula milésia, a resposta na língua latina dizendo assim:

33. *No alto d'um rochedo coloque a donzela*
pronta para o conúbio lutuoso,
mas sem buscar, ó rei, um genro entre os mortais
e sim um monstro bárbaro, mau, fero,
que, voando altaneiro, desordena tudo;
a ferro e fogo doma o que descobre,
faz tremer até Júpiter, aterra numes,
regatos e o Estige tenebroso.[69]

69 **4.33:** O oráculo de Apolo é vazado, não por acaso, em dísticos elegíacos, comumente empregados em matéria amorosa, em vez do esperado hexâmetro dactílico, que certamente teria efeito estético completamente oposto; afinal, o noivo não é senão Cupido, personificação do Amor. Optei por traduzir os dísticos em versos dodecassílabos alexandrinos + decassílabos heroicos, praxe de tradução do dístico elegíaco em português brasileiro.

"Rex olim beatus, affatu sanctae vaticinationis accepto, piger tristisque retro domum pergit, suaeque coniugi praecepta sortis enodat infaustae. Maeretur, fletur, lamentatur diebus plusculis. Sed dirae sortis iam urget taeter effectus. Iam feralium nuptiarum miserrimae virgini choragium struitur, iam taedae lumen atrae fuliginis cinere marcescit; et sonus tibiae zygiae mutatur in querulum Ludii modum, cantusque laetus hymenaei lugubri finitur ululatu; et puella nuptura deterget lacrimas ipso suo flammeo. Sic affectae domus triste fatum cuncta etiam civitas congemebat, luctuque publico confestim congruens edicitur iustitium.

34. "Sed monitis caelestibus parendi necessitas misellam Psychen ad destinatam poenam efflagitabat. Perfectis igitur feralis thalami cum summo maerore sollemnibus, toto prosequente populo vivum producitur funus, et lacrimosa Psyche comitatur non nuptias sed exsequias suas. Ac dum maesti parentes et tanto malo perciti nefarium facinus perficere cunctantur, ipsa illa filia talibus eos adhortatur vocibus:

"'Quid infelicem senectam fletu diutino cruciatis? Quid spiritum vestrum, qui magis meus est, crebris eiulatibus fatigatis? Quid lacrimis inefficacibus ora mihi veneranda foedatis? Quid laceratis in vestris oculis mea lumina? Quid canitiem scinditis? Quid pectora, quid ubera sancta tunditis? haec erunt vobis egregiae formositatis meae praeclara praemia. Invidiae nefariae letali plaga percussi sero sentitis. Cum gentes et populi celebrarent nos divinis honoribus, cum novam me Venerem ore consono nuncuparent, tunc dolere, tunc flere, tunc me iam quasi peremptam lugere debuistis. Iam sentio, iam video solo me nomine Veneris perisse. Ducite me et cui sors addixit scopulo sistite. Festino felices istas nuptias obire, festino ge-

O rei, até então feliz, afligiu-se ao ouvir o conteúdo do vaticínio sagrado. Regressou infeliz para casa e explicou para a esposa a sorte fatídica que o oráculo indicava. Por muitos dias eles sofreram, choraram e lamentaram. Porém, urgia a tétrica execução da predição sinistra: já se ajeitavam as bodas lutuosas da pobre donzela; já a luz da tocha se apagava sob a cinza da fuligem preta e o som da flauta nupcial era substituído pelas notas tristonhas da Lídia; o canto feliz do himeneu findava em gemido lúgubre e a donzela núbil enxugava as lágrimas em seu próprio véu. O reino inteiro também chorava a triste sina que se abateu sobre aquela casa e, num consenso veloz, assumia o luto público.

34. No entanto, a necessidade de se cumprirem os conselhos celestes intimava a pobre Psiquê a se sujeitar à punição a que estava destinada. Assim, pois, preparadas com imensa tristeza as bodas solenes do cruel casamento, o povo inteiro compareceu para acompanhar o cortejo fúnebre de um vivo. A lastimosa Psiquê participava não dos seus esponsais, mas do seu sepultamento e, enquanto seus pais, desolados e deprimidos por uma desgraça tão horrível, hesitavam em cumprir a terrível atrocidade, ela mesma os consolava dizendo-lhes o seguinte:

— Para que martirizar a infeliz velhice com o pranto incessante? Para que punir o seu espírito, que é mais meu do que seu, com tantos gemidos? Para que manchar essas faces veneráveis com lágrimas inócuas? Para que embaçar seus olhos, se eles são minha luz? Para que arrancar o cabelo senil? Para que bater no peito e no colo piedoso? Este será para vocês o prêmio da minha notória beleza. Vocês sentiram tarde demais o golpe fatal da inveja atroz. Quando povos e nações nos celebravam com honras divinas, quando me chamavam de nova Vênus a uma só voz, era então que vocês deviam chorar, sofrer e vestir o luto. Já sei, já vejo que morri apenas por causa do nome de Vênus. Me levem e me deixem no penhasco que a sorte assinalou. Tenho pressa de encontrar as tais felizes bodas, tenho pressa de saber quem é esse meu esposo generoso. Para que a

nerosum illum maritum meum videre. Quid differo, quid detrecto venientem, qui totius orbis exitio natus est?'

35. "Sic profata virgo conticuit ingressuque iam valido pompae populi prosequentis sese miscuit. Itur ad constitutum scopulum montis ardui, cuius in summo cacumine statutam puellam cuncti deserunt, taedasque nuptiales quibus praeluxerant ibidem lacrimis suis exstinctas relinquentes, deiectis capitibus domuitionem parant. Et miseri quidem parentes eius tanta clade defessi, clausae domus abstrusi tenebris, perpetuae nocti sese dedidere.

"Psychen autem, paventem ac trepidam et in ipso scopuli vertice deflentem, mitis aura molliter spirantis Zephyri vibratis hinc inde laciniis et reflato sinu sensim levatam suo tranquillo spiritu vehens paulatim per devexa rupis excelsae, vallis subditae florentis caespitis gremio leniter delapsam reclinat.

70 **Zéfiro:** vento da primavera, ao qual Ovídio atribui a capacidade de raptar donzelas (Ovídio, *Fastos* 5.201–202).

demora? Para que rejeitar a vinda de quem nasceu para a destruição do mundo inteiro?

35. Assim, depois de falar isso, a donzela ficou em silêncio e se misturou com passo firme à multidão que a seguia em cortejo. Dirigiu-se, por fim, ao precipício que lhe estava designado na montanha íngreme, em cujo topo todos abandonaram a donzela escolhida; ali também deixaram, apagadas com as lágrimas, as tochas nupciais com que tinham iluminado o caminho e, sem levantarem a cabeça, prepararam-se para regressar a casa. Os pobres pais dela, prostrados por tamanha desgraça, se entregaram, escondidos no palácio trancado, a uma noite de eterna escuridão.

Entretanto, a brisa suave do Zéfiro,[70] abanando para lá e para cá as franjas e pregas do vestido de Psiquê, alçou-a, enquanto ela temia, tremia e chorava na ponta daquele penhasco, carregando-a delicadamente com seu sopro tranquilo sem nenhuma pressa pelas encostas da rocha elevada até acomodá-la gentilmente no leito da relva florida de um vale.

Liber V

1. "Psyche teneris et herbosis locis in ipso toro roscidi graminis suave recubans, tanta mentis perturbatione sedata, dulce conquievit. Iamque sufficienti recreata somno, placido resurgit animo. Videt lucum proceris et vastis arboribus consitum, videt fontem vitreo latice perlucidum.

"Medio luci meditullio prope fontis allapsum domus regia est, aedificata non humanis manibus, sed divinis artibus. Iam scies ab introitu primo dei cuiuspiam luculentum et amoenum videre te diversorium. Nam summa laquearia citro et ebore curiose cavata subeunt aureae columnae; parietes omnes argenteo caelamine conteguntur, †bestiis et id genus pecudibus† occurrentibus ob os introeuntium. Mirus prorsum [magnae artis] homo, immo semideus vel certe deus, qui magnae artis subtilitate tantum efferavit argentum. Enimvero pavimenta ipsa lapide pretioso caesim deminuto in varia picturae genera discriminantur. Vehementer iterum ac saepius beatos illos qui super gemmas et monilia calcant! Iam ceterae partes longe lateque dispositae domus sine pretio pretiosae, totique parietes solidati massis aureis splendore proprio coruscant, ut diem suum sibi domus faciat licet sole nolente: sic cubicula, sic porticus, sic ipsae valvae fulgurant. Nec setius opes ceterae maiestati domus

Livro 5

1. Psiquê, suavemente deitada num jardim tranquilo e viçoso sobre o próprio leito da relva úmida de orvalho, docemente adormeceu, tendo já acalmado a enorme aflição do espírito. Depois de revigorada pelo sono aprazível, levantou-se com disposição e avistou um bosque repleto de árvores altas e frondosas; avistou ainda uma fonte cristalina e de águas vítreas.

Bem no meio do bosque, perto do local onde a fonte esguichava, havia um palácio real, edificado não por mãos humanas e sim pela arte divina. Era possível perceber, desde a entrada, que se tratava da luxuosa e agradável morada de algum deus. De fato, colunas de ouro sustentavam o teto elevado, de forro talhado em cedro e marfim; todas as paredes estavam revestidas de relevos de prata, nos quais feras e outros animais do gênero atraíam a atenção dos visitantes. Foi talvez um ser humano, ou um semideus, ou decerto um deus mesmo que, com a sutileza da arte, conferiu a forma animal a tanta prata. Até mesmo os pavimentos, com um precioso mosaico de pedras minúsculas, destacavam diferentes tipos de imagens. Felizes duas vezes ou muitas mais aqueles que põem os pés em joias e enfeites como esses! As demais dependências da casa eram de uma preciosidade sem preço tanto no tamanho quanto na altura e todas as paredes, feitas de tijolos de ouro, brilhavam de modo especial, a ponto de o domicílio ter luz própria em caso de o sol negá-lo, tamanho era o brilho dos aposentos, das galerias e inclusive das portas. As outras riquezas não respondiam de forma distinta à suntuosidade do domicílio, de modo que se poderia afirmar que o sublime

respondent, ut equidem illud recte videatur ad conversationem humanam magno Iovi fabricatum caeleste palatium.

2. "Invitata Psyche talium locorum oblectatione propius accessit et paulo fidentior intra limen sese facit. Mox lectante studio pulcherrimae visionis rimatur singula, et altrinsecus aedium horrea sublimi fabrica perfecta magnisque congesta gazis conspicit. Nec est quicquam quod ibi non est. Sed praeter ceteram tantarum divitiarum admirationem hoc erat praecipue mirificum, quod nullo vinculo, nullo claustro, nullo custode totius orbis thesaurus ille muniebatur. Haec ei summa cum voluptate visenti offert sese vox quaedam corporis sui nuda, et 'Quid,' inquit 'domina, tantis obstupescis opibus? Tua sunt haec omnia. Prohinc cubiculo te refer, et lectulo lassitudinem refove, et ex arbitrio lavacrum pete. Nos, quarum voces accipis, tuae famulae sedulo tibi praeministrabimus, nec corporis curatae tibi regales epulae morabuntur.'

3. "Sensit Psyche divinae providentiae beatitudinem, monitusque vocis informis audiens et prius somno et mox lavacro fatigationem sui diluit; visoque statim proximo semirotundo suggestu, propter instrumentum cenatorium rata refectui suo commodum, libens accumbit. Et ilico vini nectarei eduliumque variorum fercula copiosa nullo serviente, sed tantum spiritu quodam impulsa sumministrantur. Nec quemquam tamen illa videre poterat, sed verba tantum audiebat excidentia et solas voces famulas habebat. Post opimas dapes quidam introcessit et cantavit invisus. et alius citharam pulsavit, quae videbatur nec ipsa. Tunc modulatae multitudinis conferta vox aures eius affertur, ut, quamvis hominum nemo pareret, chorus tamen esse pateret.

71 **5.2:** eco da fala de Birrena a Lúcio em *Asno de ouro* 2.5 (atenção para a numeração!); assim como Lúcio, Psiquê recebe a informação da posse do palácio após se espantar com o luxo e os detalhes da construção. Kenney (2004: 235) vê nisso um indício de que tanto Lúcio quanto Psiquê caem em desgraça por conta de sua curiosidade.

palácio havia sido construído pelo grande Júpiter para habitar com seres humanos.

2. Psiquê, atraída pelo encanto de tais ambientes, se aproximou e, com um pouco mais de confiança, decidiu entrar. Ato contínuo, seduzida pelo fascínio da belíssima visão, examinou cada pormenor e observou, do outro lado do edifício, uns cômodos de arquitetura perfeita, que estavam repletos de objetos de valor. Não havia nada que não estivesse ali; mas, além da surpresa causada por tamanhas riquezas, o que era particularmente admirável era aquele tesouro de tantos lugares distintos não ser protegido por cadeados, grades ou guardiões. Enquanto ela observava com enorme interesse, tudo aquilo lhe foi oferecido por uma voz destituída de corpo que lhe disse:

— Senhora, por que se espanta com tamanhas riquezas? Todas elas lhe pertencem.[71] Entre no seu quatro, se refaça do cansaço em sua cama e mande lhe prepararem um banho, quando a senhora achar melhor. Nós, cujas vozes a senhora escuta, somos suas criadas e a atenderemos com toda a presteza. Assim que estiver bem disposta, lhe prepararemos sem demora uma ceia suntuosa.

3. Psiquê reconheceu a bênção e o aviso da Divina Providência. Atendendo às vozes informes, venceu o cansaço primeiro com o sono e depois com o banho. Vendo em seguida um elevado leito semicircular ali perto, percebeu que uma ceia estava sendo preparada para que ela se restabelecesse e tomou seu lugar nele com toda a satisfação. Lá, foram-lhe servidas, sem qualquer copeira e sim apenas por um sopro, bandejas fartas de vinho nectáreo e iguarias variadas. Ela, porém, não podia ver ninguém, apenas escutar palavras que ecoavam de algum lugar; suas criadas eram apenas vozes. Depois do copioso banquete, alguém entrou e, sem ser visto, cantou; outro, que também não se deixava ver, tocou a cítara. Então, chegou aos ouvidos de Psiquê o som encorpado de um grupo harmônico, de modo que, mesmo sem a presença de qualquer ser humano, ainda assim um coral se fazia presente.

4. "Finitis voluptatibus, vespera suadente concedit Psyche cubitum. Iamque provecta nocte clemens quidam sonus aures eius accedit. Tunc virginitati suae pro tanta solitudine metuens, et pavet et horrescit et quovis malo plus timet quod ignorat. Iamque aderat ignobilis maritus, et torum inscenderat, et uxorem sibi Psychen fecerat, et ante lucis exortum propere discesserat. Statim voces cubiculo praestolatae novam nuptam interfectae virginitatis curant. Haec diutino tempore sic agebantur. Atque, ut est natura redditum, novitas per assiduam consuetudinem delectationem ei commendarat, et sonus vocis incertae solitudinis erat solacium.

"Interea parentes eius indefesso luctu atque maerore consenescebant, latiusque porrecta fama sorores illae maiores cuncta cognorant, propereque maestae atque lugubres deserto lare certatim ad parentum suorum conspectum affatumque perrexerant.

5. "Ea nocte ad suam Psychen sic infit maritus—namque praeter oculos et manibus et auribus nihilominus sentiebatur:

"'Psyche dulcissima et cara uxor, exitiabile tibi periculum minatur Fortuna saevior, quod observandum pressiore cautela censeo. Sorores iam tuae mortis opinione turbatae tuumque vestigium requirentes scopulum istum protinus aderunt. Quarum si quas forte lamentationes acceperis, neque respondeas, immo nec prospicias omnino. Ceterum mihi quidem gravissimum dolorem, tibi vero summum creabis exitium.'

"Annuit et ex arbitrio mariti se facturam spopondit. Sed eo simul cum nocte dilapso diem totum lacrimis ac plangoribus misella consumit, se nunc maxime prorsus perisse iterans, quae beati carceris custodia saepta et humanae conversationis colloquio viduata, nec sororibus quidem suis de se maerentibus opem salutarem ferre ac ne videre eas quidem omnino posset. Nec lavacro nec cibo nec ulla denique refectione recreata, flens ubertim decessit ad somnum.

4. Findos esses prazeres e por força da noite que avançava, Psiquê se retirou para dormir. Eram já altas horas quando um sono clemente lhe tocou os ouvidos. Então, temendo por sua virgindade em meio a tamanha solidão, se deixou levar pelo terror e se apavorou, assustada mais com o desconhecido do que com algum outro infortúnio: o esposo incógnito havia chegado e tomara seu lugar ao leito. Ele fez de Psiquê sua mulher e, antes mesmo de o dia amanhecer, partiu rapidamente. De imediato, as vozes, que aguardavam do lado de fora do quarto, trataram de servir à nova esposa recém deflorada. Essa foi a rotina durante um longo tempo. Conforme a disposição da Natureza, a novidade, por conta da repetição, se transformara em prazer, e o som da voz ignota diminuiu a solidão de Psiquê.

Enquanto isso, seus pais envelheciam sob a amargura e o luto indefessos. O rumor se espalhava ao longe e chegou às irmãs mais velhas de Psiquê. Essas, tristes e chorosas, abandonaram seus lares com toda a pressa e, uma mais afoita do que a outra, foram ao encontro de seus pais para revê-los e consolá-los.

5. Naquela noite, o esposo (a quem, sem que ela conseguisse ver, podia ao menos tocar e ouvir) disse o seguinte à sua Psiquê:

— Psiquê, minha doce e querida esposa, a Fortuna cruel lhe prepara uma armadilha fatal, da qual aconselho-a a se precaver com cuidado redobrado: suas irmãs, transtornadas pelo boato da sua morte, já estão procurando você e logo vão chegar a este penhasco. Se, por acaso, você ouvir suas lamentações, não responda; aliás, nem lhes dê atenção. Do contrário, serei vítima de um grande desgosto, e você, de um fim doloroso.

Ela anuiu a isso e prometeu obedecer à vontade do esposo; porém, depois que ele sumiu junto com a noite, a pobrezinha passou o dia inteiro em prantos, repetindo que agora sim tinha morrido de vez, pois, aprisionada em um cárcere de luxo e privada do contato e da companhia de outros seres humanos, não poderia nem alentar suas irmãs, que morriam de saudades dela, nem sequer ir ao seu encontro. Sem comer, banhar-se ou fazer nada que lhe recuperasse as forças, ela foi dormir chorando copiosamente.

6. Nec mora cum paulo maturius lectum maritus accubans, eamque etiam nunc lacrimantem complexus sic expostulat:

"'Haecine mihi pollicebare, Psyche mea? Quid iam de te tuus maritus exspecto, quid spero? Et perdia et pernox nec inter amplexus coniugales desinis cruciatum. Age iam nunc ut voles, et animo tuo damnosa poscenti pareto! Tantum memineris meae seriae monitionis, cum coeperis sero paenitere.'

"Tunc illa precibus et dum se morituram comminatur extorquet a marito cupitis annuat, ut sorores videat, luctus mulceat, ora conferat. Sic ille novae nuptae precibus veniam tribuit, et insuper quibuscumque vellet eas auri vel monilium donare concessit. Sed identidem monuit ac saepe terruit, ne quando sororum pernicioso consilio suasa de forma mariti quaerat, neve se sacrilega curiositate de tanto fortunarum suggestu pessum deiciat nec suum postea contingat amplexum.

"Gratias egit marito, iamque laetior animo 'Sed prius' inquit 'centies moriar quam tuo isto dulcissimo conubio caream. Amo enim et efflictim te, quicumque es, diligo aeque ut meum spiritum, nec ipsi Cupidini comparo. Sed istud etiam meis precibus, oro, largire, et illi tuo famulo Zephyro praecipe simili vectura sorores hic mihi sistat.' Et imprimens oscula suasoria et ingerens verba mulcentia et inserens membra cogentia haec etiam blanditiis astruit: 'Mi mellite, mi marite, tuae Psychae dulcis anima.' Vi ac potestate Venerii susurrus invitus succubuit maritus et cuncta se facturum spopondit, atque etiam luce proximante de manibus uxoris evanuit.

6. Sem demora, o esposo, tomando seu lugar ao leito um pouco mais cedo, tomou-a entre os braços, enquanto ela ainda estava chorando, e lhe disse:

— Era essa a promessa que você me fez, minha Psiquê? Como seu esposo, que esperanças terei? O que devo aguardar? Dia e noite, ou mesmo quando estamos abraçados um ao outro, você não deixa de sofrer! Faça como quiser e em prejuízo seu satisfaça os anseios do seu coração. Você só vai se lembrar da minha séria advertência quando se arrepender e for tarde demais!

Ela, então, entre preces e ameaças de tirar a própria vida, obteve do esposo a tão desejada permissão de ver as irmãs, mitigar o seu luto e conversar com elas. Foi assim que ele cedeu aos pedidos da nova esposa e, ademais, permitiu-lhe que lhes ofertasse quaisquer joias e colares que desejasse. Porém, advertiu-a com veemência, a ponto de assustá-la, que evitasse, persuadida pelo conselho pernicioso das irmãs, responder-lhes qual era a forma do seu esposo, pois, por essa sacrílega curiosidade, ela seria derrubada do ponto mais alto da felicidade para as profundezas da terra e ele a privaria de seus abraços para todo o sempre. Psiquê agradeceu ao esposo, falando-lhe, já mais feliz:

— Prefiro morrer cem vezes a me privar da nossa dulcíssima relação. Amo você; seja quem for, tenho-o como parte da minha alma e não o comparo nem mesmo a Cupido. Inclua, porém, só mais uma coisa às minhas súplicas: mande que seu fâmulo Zéfiro, da mesma forma como me carregou, traga aqui minhas irmãs.

E, cobrindo-o de beijos sedutores, dizendo-lhe palavras afetuosas e apertando-o contra o seu corpo, deu-lhe esses nomes com todo o carinho:

— Meu bem-querer, meu esposo, doce alma de sua Psiquê.

O marido sucumbiu ao vigor e ao poder do sussurro lascivo e prometeu, mesmo sem querer, fazer tudo o que Psiquê lhe havia pedido. Porém, como o dia já se aproximava, ele se esquivou dos braços da esposa.

7. "At illae sorores, percontatae scopulum locumque illum quo fuerat Psyche deserta, festinanter adveniunt, ibique difflebant oculos et plangebant ubera, quoad crebris earum eiulatibus saxa cautesque parilem sonum resultarent. Iamque nomine proprio sororem miseram ciebant, quoad sono penetrabili vocis ululabilis per prona delapso, amens et trepida Psyche procurrit e domo.

"Et 'Quid' inquit 'vos miseris lamentationibus necquicquam effligitis? Quam lugetis adsum. Lugubres voces de sinite et diutinis lacrimis madentes genas siccate tandem. quippe cum iam possitis quam plangebatis amplecti.'

"Tunc vocatum Zephyrum praecepti maritalis admonet. Nec mora cum ille parens imperio statim clementissimis flatibus innoxia vectura deportat illas. Iam mutuis amplexibus et festinantibus saviis sese perfruuntur, et illae sedatae lacrimae postliminio redeunt prolectante gaudio.

"'Sed et tectum' inquit 'et larem nostrum laetae succedite, et afflictas animas cum Psyche vestra recreate.'

8. "Sic allocuta, summas opes domus aureae vocumque servientium populosam familiam demonstrat auribus earum, lavacroque pulcherrimo et inhumanae mensae lautitiis eas opipare reficit, ut illarum prorsus caelestium divitiarum copiis affluentibus satiatae iam praecordiis penitus nutrirent invidiam. Denique altera earum satis scrupulose curioseque percontari non desinit, quis illarum caelestium rerum dominus, quisve vel qualis ipsius sit maritus. Nec tamen Psyche coniugale illud praeceptum ullo pacto temerat vel pectoris arcanis exigit, sed e re nata confingit esse iuvenem quendam et speciosum, commodum lanoso barbitio genas inumbrantem, plerumque rurestribus ac montanis venatibus occupatum. Et ne qua sermonis procedentis labe consilium tacitum proderetur, auro facto

7. Entretanto as irmãs, perguntando onde ficavam o penhasco e o local onde Psiquê havia sido abandonada, para lá se dirigiram com toda a pressa. Ao chegarem, não continham as lágrimas e batiam no peito, a ponto de as rochas e os penedos devolverem o eco de seus incessantes gemidos. Chamavam tanto a irmã pelo nome que, indo ao encontro do som penetrante da sua voz ululante que descia pelas encostas, Psiquê, fora de si e tremendo, lhes disse, deixando o palácio:

— Por que vocês, sem qualquer motivo, se acabam em lamúrias tristes? Aquela por quem vocês lamentam está aqui! Cessem as infelizes queixas e sequem as faces encharcadas de lágrimas incessantes, pois vocês já podem abraçar aquela por quem choravam!

Então, chamando o Zéfiro, lhe deu a instrução do esposo. Sem tardar, obediente ao mandado, ele logo as transportou num sopro delicadíssimo sem lhes causar dano. Agora sim elas desfrutavam do encontro, trocando entre si abraços e beijos solícitos. Mas as lágrimas, que haviam sido estancadas, tornaram a cair, desta vez de alegria.

— Mas entrem em casa, em nosso lar — disse ela — e, felizes, reanimem o coração aflito na companhia de sua Psiquê.

8. Ditas essas palavras, mostrou a elas as enormes riquezas do palácio áureo e fê-las ouvirem a vasta criadagem de vozes serviçais. Com um banho caprichado e as delícias de uma mesa inumana, fez com que elas se recuperassem com toda a pompa, de modo que, saciadas com a copiosa fartura dessas riquezas claramente celestiais, elas já começassem a nutrir em seu íntimo o sentimento da inveja. Por fim, uma delas não deixou de perguntar com detalhes e cheia de curiosidade quem era o dono de tantas riquezas celestes, como era o marido e de qual qualidade. Psiquê, contudo, de modo algum desonrou o pacto conjugal nem o deixou escapar do fundo do seu coração, e sim inventou na hora que se tratava de um certo jovem muito belo, cuja face mal havia sido sombreada pela penugem da barba, e que passava muito tempo ocupado em caçadas nos campos e montes. E, para evitar que, com o avanço da conversa, o que havia sido mantido em segredo escapasse por descuido, chamou sem demora o Zéfiro

gemmosisque monilibus onustas eas statim vocato Zephyro tradit reportandas.

9. "Quo protinus perpetrato, sorores egregiae domum redeuntes iamque gliscentis invidiae felle flagrantes multa secum sermonibus mutuis perstrepebant. Sic denique infit altera:

"'En orba et saeva et iniqua Fortuna! Hocine tibi complacuit, ut utroque parente prognatae diversam sortem sustineremus? Et nos quidem, quae natu maiores sumus, maritis advenis ancillae deditae, extorres et lare et ipsa patria degamus longe parentum velut exulantes, haec autem novissima, quam fetu satiante postremus partus effudit, tantis opibus et deo marito potita sit? Quae nec uti recte tanta bonorum copia novit. Vidisti, soror, quanta in domo iacent et qualia monilia, quae praenitent vestes, quae splendicant gemmae, quantum praeterea passim calcatur aurum? Quodsi maritum etiam tam formosum tenet, ut affirmat, nulla nunc in orbe toto felicior vivit. Fortassis tamen procedente consuetudine et affectione roborata deam quoque illam deus maritus efficiet. Sic est hercules, sic se gerebat ferebatque. Iam iam sursum respicit et deam spirat mulier, quae voces ancillas habet et ventis ipsis imperitat. At ego misera primum patre meo seniorem maritum sortita sum, dein cucurbita calviorem et quovis puero pusilliorem, cunctam domum seris et catenis obditam custodientem.'

10. "Suscipit alia: 'Ego vero maritum articulari etiam morbo complicatum curvatumque ac per hoc rarissimo Venerem meam recolentem sustineo, plerumque detortos et duratos in lapidem digitos eius perfricans, fomentis olidis et pannis sordidis et foetidis cataplasmatibus manus tam delicatas istas adurens, nec uxoris officiosam faciem, sed medicae laboriosam personam sustinens. Et tu quidem, soror, videris quam patienti vel potius servili—dicam enim libere quod sentio—haec perferas animo. Enimvero ego nequeo sustinere

72 **prestar homenagem à minha Vênus:** eufemismo para o cumprimento das funções maritais, no que diz respeito à vida íntima do casal.

para que as levasse de volta, depois de cobri-las de peças de ouro e colares de pérolas.

9. Cumprida a ordem prontamente, as insignes irmãs, regressando a casa, discutiam entre si muitas coisas, ardendo no fel da inveja que só aumentava. Uma delas disse:

— Como você é cega, cruel e iníqua, Fortuna! Foi por capricho seu que, nascidas de mesmo pai e mesma mãe, tivéssemos destinos tão diferentes? Nós, que viemos ao mundo antes, fomos entregues como criadas a maridos estrangeiros e, afastadas de nosso lar e de nossa pátria, vivemos longe de nossos pais como degredadas; já a mais nova, último rebento com que a fertilidade de nossa mãe se esgotou, ia conseguir tantas riquezas e um deus como marido, dono de um monte de bens de que ela não sabe sequer como usufruir direito?! Você viu, irmã, quanta riqueza acumulada em casa, o brilho dos colares, a qualidade das roupas, o esplendor das joias, sem contar o ouro em que a gente pisa por todo canto? Se, ainda por cima, o marido é tão lindo como ela diz, neste instante não há mulher mais feliz em todo o mundo! É bem capaz, com a convivência e o amor aumentando com o passar do tempo, de o deus-marido fazer dela uma deusa! Por Hércules! É isso: ela já se comportava e agia assim! Olhava a gente de cima para baixo e, apesar de mulher, tinha o ar de deusa, com vozes como criadas e dando ordem até mesmo aos ventos! Já eu, coitada, para começar fui sorteada a um marido mais velho do que meu pai, mais calvo do que uma abóbora, nanico feito uma criança e que tranca a casa inteira com correntes e cadeados!

10. A outra acrescentou:

— E eu, que tenho que aguentar um marido reumático e além de tudo entrevado e curvado pela doença, razão de ele quase nunca prestar homenagem à minha Vênus?[72] Passo todo o tempo massageando seus dedos tortos e duros feito pedra, irritando estas minhas mãos tão delicadas com compressas fedidas, ataduras imundas e cataplasmas pútridos, fazendo o papel não de esposa prendada, e sim de enfermeira assoberbada de trabalho? Uma coisa eu lhe digo: você que aguente isso com paciência e docilidade, minha irmã. Eu

ulterius tam beatam fortunam allap sam indignae. Recordare enim quam superbe, quam arroganter nobiscum egerit, et ipsa iactatione immodicae ostentationis tumentem suum prodiderit animum, deque tantis divitiis exigua nobis invita proiecerit, confestimque praesentia nostra gravata propelli et efflari exsibilarique nos iusserit. Nec sum mulier nec omnino spiro, nisi eam pessum de tantis opibus deiecero. Ac si tibi etiam, ut par est, inacuit nostra contumelia, consilium validum requiramus ambae. Iamque ista quae ferimus non parentibus nostris ac nec ulli monstremus alii, immo nec omnino quicquam de eius salute norimus. Sat est quod ipsae vidimus quae vidisse paenituit, nedum ut genitoribus et omnibus populis tam beatum eius differamus praeconium. Nec sunt enim beati quorum divitias nemo novit. Sciet se non ancillas, sed sorores habere maiores. Et nunc quidem concedamus ad maritos, et lares pauperes nostros sed plane sobrios revisamus, diuque cogitationibus pressioribus instructae, ad superbiam poeniendam firmiores redeamus.'

11. "Placet pro bono duabus malis malum consilium. Totisque illis tam pretiosis muneribus absconditis, comam trahentes et proinde ut merebantur ora lacerantes, simulatos redintegrant fletus. Ac sic parentes quoque redulcerato prorsum dolore raptim deterrentes vesania turgidae domus suas contendunt, dolum scelestum, immo vero parricidium, struentes contra sororem insontem.

"Interea Psychen maritus ille, quem nescit, rursum suis illis nocturnis sermonibus sic commonet: 'Videsne quantum tibi periculum? Velitatur Fortuna eminus, ac nisi longe firmiter praecaves, mox comminus congredietur. Perfidae lupulae magnis conatibus nefarias insidias tibi comparant, quarum summa est ut te suadeant meos explorare vultus, quos, ut tibi saepe praedixi, non videbis si videris. Ergo igitur si posthac pessimae illae lamiae noxiis animis armatae venerint—venient autem, scio—neque omnino sermonem

é que não vou tolerar por mais tempo uma sorte tão bendita favorecer uma indigna. Lembra da soberba e da arrogância com que ela nos tratou? Com orgulho da própria empáfia ela mostrou como é insolente: de tanta riqueza, nos atirou umas poucas migalhas e ainda por cima a contragosto; aborrecida com a nossa presença, não tardou em mandar a gente embora com um sopro, aliás um assobio! Não sou mulher nem estou viva se não derrubá-la do alto do seu pedestal de tamanha riqueza! Se a infâmia que sofri despertou em você uma sensação parecida, devemos ambas tomar uma medida drástica. Deixemos as coisas como elas estão; não vamos mostrar nada aos nossos pais nem a ninguém; inclusive, vamos fazer de conta que não sabemos qualquer coisa sobre o estado dela. Foi o bastante ter visto o que vimos para não sair por aí anunciando aos nossos pais e a toda a gente como ela está bem: rico só é feliz quando ostenta o que tem. Ela vai ver que somos suas irmãs mais velhas, não suas copeiras! Por ora, vamos voltar para os nossos maridos e regressar aos nossos pobres, porém sóbrios lares. Depois de amadurecer os nossos planos, voltaremos mais preparadas para punir a sua arrogância.

11. As duas malvadas concordaram que a ideia maligna era boa; esconderam todos aqueles preciosos presentes e, desgrenhando os cabelos e arranhando o rosto (coisa que bem mereciam!), tornaram a derramar lágrimas fingidas. Foi assim que, renovando a dor de seus pais, tomaram o caminho de casa cheias de ódio, tramando o crime malicioso — na verdade, a morte da sua inocente irmã.

Enquanto isso, o esposo (que Psiquê não sabia como era) a advertia novamente em suas conversas noturnas:

— Está vendo quanto perigo você corre? A Fortuna está preparando o golpe de longe e, se você não tiver coragem para se antecipar, ela chegará perto de você para atacá-la. Lobas ferozes estão armando planos terríveis contra você com todo o empenho, dos quais o mais cruel é convencê-la a descobrir o meu rosto, que (como eu já lhe avisei antes) você não vai rever se tiver visto uma só vez. Portanto, se aquelas bruxas detestáveis vierem aqui armadas de más intenções — e virão sim, que eu sei —, não preste atenção nas palavras

conferas; et si id tolerare pro genuina simplicitate proque animi tui teneritudine non potueris, certe de marito nil quicquam vel audias vel respondeas. Nam et familiam nostram iam propagabimus et hic adhuc infantilis uterus gestat nobis infantem alium, si texeris nostra secreta silentio, divinum, si profanaveris, mortalem.'

12. "Nuntio Psyche laeta florebat, et divinae subolis solacio plaudebat, et futuri pignoris gloria gestiebat, et materni nominis dignitate gaudebat. Crescentes dies et menses exeuntes anxia numerat, et sarcinae nesciae rudimento miratur de brevi punctulo tantum incrementulum locupletis uteri.

"Sed iam pestes illae taeterrimaeque Furiae anhelantes vipereum virus et festinantes impia celeritate navigabant. Tunc sic iterum momentarius maritus suam Psychen admonet: 'Dies ultima et casus extremus et sexus infestus et sanguis inimicus iam sumpsit arma et castra commovit et aciem direxit et classicum personavit. Iam mucrone destricto iugulum tuum nefariae tuae sorores petunt. Heu quantis urguemur cladibus, Psyche dulcissima! Tui nostrique miserere, religiosaque continentia domum, maritum, teque et istum parvulum nostrum imminentis ruinae infortunio libera. Nec illas scelestas feminas, quas tibi post internecivum odium et calcata sanguinis foedera sorores appellare non licet, vel videas vel audias, cum in morem Sirenum scopulo prominentes funestis vocibus saxa personabunt.'

13. "Suscipit Psyche singultu lacrimoso sermonem incertans: 'Iam dudum, quod sciam, fidei atque parciloquio meo perpendisti documenta, nec eo setius approbabitur tibi nunc etiam firmitas animi

73 **Fúrias:** ver nota em 1.19.

74 **sereias:** metade mulheres, metade aves, as sereias são seres que afogam os marinheiros distraindo-os com sua canção (assim aparecem em Homero, *Odisseia* 12.39; 41–43). A referência aqui se dá provavelmente pelo fato de que as sereias seriam mulheres que cometeram alguma ofensa a Vênus

delas e, se você não conseguir fazer isso por causa da sua genuína simplicidade e da sua natural ternura, faça o possível para não ouvir nem responder nada sobre o seu esposo: é que dentro em breve vamos aumentar nossa família e este seu útero — até há pouco de criança — está gerando para nós agora uma nova criança: divina, se você mantiver nosso segredo em silêncio, ou mortal se você violá-lo.

12. Com a notícia, Psiquê, feliz, rejubilava, festejava o consolo de gerar o filho de um deus, exultava com a glória da dádiva futura e se alegrava com a dignidade de ser chamada de mãe. Contou ansiosa o avanço dos dias e o passar dos meses e, aprendendo a lidar com um fardo desconhecido, admirou-se ante o fato de, numa picada apenas, o seu útero se encher com um volume tão grande.

Contudo, aquelas pestes e Fúrias[73] medonhas, esguichando seu veneno de víboras, se apressavam a atravessar o mar com ímpia ansiedade. Então, novamente o transitório esposo advertiu a sua Psiquê:

— Chegou o dia fatal e o fim do prazo: um adversário do mesmo sexo, um inimigo do mesmo sangue já pegou as armas, montou acampamento, mobilizou as tropas e liderou o ataque: sacada a espada, suas ímpias irmãs já querem a sua cabeça. Quanta desgraça nos persegue, minha doce Psiquê! Tenha pena de si e de nós e, com todo o empenho, livre da ruína iminente esta casa, seu esposo, você mesma e nosso pequeno bebê. Não veja nem ouça aquelas sórdidas mulheres (a quem, pelo ódio mortal que carregam e por atropelarem os laços de sangue, você não deve chamar de irmãs), quando elas, como as sereias,[74] fizerem, logo que aparecerem no alto penhasco, as rochas ressoar seus apelos funestos!

13. Psiquê, em meio a lágrimas e soluços, assim respondeu às palavras do esposo:

— Há pouco lhe dei provas de minha fidelidade e do meu comedimento; agora o que lhe será provada será também a minha impas-

(Afrodite), sendo por isso metamorfoseadas e desterradas como forma de punição.

mei. Tu modo Zephyro nostro rursum praecipe, fungatur obsequio, et in vicem denegatae sacrosanctae imaginis tuae redde saltem conspectum sororum. Per istos cinnameos et undique pendulos crines tuos, per teneras et teretes et mei similes genas, per pectus nescio quo calore fervidum, sic in hoc saltem parvulo cognoscam faciem tuam: supplicis anxiae piis precibus erogatus, germani complexus indulge fructum, et tibi devotae dicataeque Psychae animam gaudio recrea. Nec quicquam amplius in tuo vultu requiro. Iam nil officiunt mihi nec ipsae nocturnae tenebrae: teneo te, meum lumen.'

"His verbis et amplexibus mollibus decantatus maritus lacrimasque eius suis crinibus detergens facturum spopondit, et praevertit statim lumen nascentis diei.

14. "Iugum sororium consponsae factionis, ne parentibus quidem visis, recta de navibus scopulum petunt illum praecipiti cum velocitate, nec venti ferentis oppertae praesentiam, licentiosa cum temeritate prosiliunt in altum. Nec immemor Zephyrus regalis edicti, quamvis invitus, susceptas eas gremio spirantis aurae solo reddidit. At illae incunctatae statim conferto vestigio domum penetrant, complexaeque praedam suam sorores nomine mentientes, thesaurumque penitus abditae fraudis vultu laeto tegentes, sic adulant:

"'Psyche, non ita ut pridem parvula, et ipsa iam mater es. Quantum, putas, boni nobis in ista geris perula! Quantis gaudiis totam domum nostram hilarabis! O nos beatas, quas infantis aurei nutrimenta laetabunt! Qui si parentum, ut oportet, pulchritudini responderit, prorsus Cupido nascetur.'

15. "Sic affectione simulata paulatim sororis invadunt animum. Statimque eas, lassitudine viae sedilibus refotas et balnearum vaporosis fontibus curatas, pulcherrime triclinio mirisque illis et beatis edulibus atque tuccetis oblectat. Iubet citharam loqui, psallitur;

sibilidade. Ordene só mais uma vez ao nosso Zéfiro que cumpra sua parte e, em troca da sua imagem sacrossanta (que me foi denegada), me conceda ao menos a de minhas irmãs. Por seus cabelos perfumados com o cinamomo e que se espalham em torno do seu rosto; por sua face delicada e bem feita como a minha; pelo seu peito em que arde uma chama secreta — traços esses que conhecerei ao menos em nosso pequenino: conceda em retorno às preces piedosas de uma ansiosa suplicante o conforto do abraço das irmãs e devolva a alma cheia de alegria a essa Psiquê que lhe pertence! Não quero saber mais nada sobre o seu rosto, e as trevas noturnas já nem me incomodam tanto assim: tenho você como a minha luz.

O esposo, arrebatado pelas declarações e pelos ternos abraços de Psiquê, secou-lhe as lágrimas com os cabelos, prometeu fazer o que ela lhe rogava e foi embora, antecipando-se ao nascer do dia.

14. A dupla de irmãs, confabuladas na intriga, desembarcaram do navio direto para o penhasco numa incrível velocidade sem sequer visitar os pais e, desistindo da presença do vento que as transportaria, se lançaram ao vazio com uma temeridade licenciosa. O Zéfiro não se esquecera da ordem real e, ainda que contrariado, tomou-as no seio de sua aura suave e pousou-as no chão. Apressadas, de imediato elas entraram no palácio a passos largos e, abraçando a presa de quem falsamente se diziam irmãs, cobriram com o rosto sorridente o tesouro do ardil escondido no coração, adulando Psiquê com estas palavras:

— Psiquê, você já não é mais a garotinha de antes, aliás até já é mãe. Quanta coisa boa para nós está guardada nesse ventre! Com que alegria você encherá nossa casa! Que felizes seremos como amas de leite de uma criança de ouro! Se ele tiver, como é provável, a mesma beleza dos pais, vai nascer um verdadeiro Cupido!

15. Assim, com a falsa afeição, foram invadindo lentamente o coração da irmã; sem tardar, depois de tomarem assento para mitigar o cansaço da viagem e se refazerem nas fontes de vapor da sala de banhos, Psiquê gentilmente as conduziu para o triclínio, servido com iguarias e manjares únicos e deliciosos. Ordenava tanger a cí-

tibias agere, sonatur; choros canere, cantatur. Quae cuncta nullo praesente dulcissimis modulis animos audientium remulcebant. Nec tamen scelestarum feminarum nequitia vel illa mellita cantus dulcedine mollita conquievit, sed ad destinatam fraudium pedicam sermonem conferentes, dissimulanter occipiunt sciscitari qualis ei maritus et unde natalium, secta cuials proveniret. Tunc illa simplicitate nimia pristini sermonis oblita novum commentum instruit, aitque maritum suum de provincia proxima magnis pecuniis negotiantem iam medium cursum aetatis agere, interspersum rara canitie. Nec in sermone isto tantillum morata, rursum opiparis muneribus eas onustas ventoso vehiculo reddidit.

16. "Sed dum Zephyri tranquillo spiritu sublimatae domum redeunt, sic secum altercantes: 'Quid, soror, dicimus de tam monstruoso fatuae illius mendacio? Tunc adulescens modo florenti lanugine barbam instruens, nunc aetate media candenti canitie lucidus. Quis ille, quem temporis modici spatium repentina senecta reformavit? Nil aliud reperies, mi soror, quam vel mendacia istam pessimam feminam confingere vel formam mariti sui nescire; quorum utrum verum est, opibus istis quam primum exterminanda est. Quodsi viri sui faciem ignorat, deo profec to denupsit et deum nobis praegnatione ista gerit. Certe si divini puelli—quod absit—haec mater audierit, statim me laqueo nexili suspendam. Ergo interim ad parentes nostros redeamus et exordio sermonis huius quam concolores fallacias attexamus.'

17. "Sic inflammatae, parentibus fastidienter appellatis et nocte turbatis vigiliis, perditae matutino scopulum pervolant, et inde solito venti praesidio vehementer devolant, lacrimisque pressura palpebrarum coactis hoc astu puellam appellant: 'Tu quidem felix et ipsa

tara, e ela retinia; modular a tíbia, e ela soava; cantar o coro, e ele cantava, e tudo o mais que deleitava com sons cadenciados a alma dos ouvintes, sem os executantes estarem presentes. Nem mesmo com a doçura melíflua do canto a maldade das mulheres criminosas foi aplacada; ao contrário, dirigindo a conversa para a cilada que apressaria o delito, começaram a fazer perguntas dissimuladamente sobre quem era o marido, de que família provinha, de que meio havia saído. Então Psiquê, na sua extrema simplicidade e esquecida do que tinha dito na conversa anterior, mudou a versão da história, falando que o esposo vinha de uma região vizinha, negociava altas somas de dinheiro e já era um homem de meia idade, com alguns cabelos brancos. Não se demorou nem um tantinho nessa conversa; mais uma vez, depois de encher as irmãs de presentes caríssimos, devolveu-as ao vento para que as levasse embora.

16. No entanto, enquanto regressavam a casa transportadas pelo sopro tranquilo do Zéfiro, conversavam entre si o seguinte:

— E o que dizer, irmã, da mentira boçal daquela esnobe? Então, o jovem cuja barba eram fios que mal haviam despontado agora é um senhor de meia-idade, em cuja cabeça resplandecem os cabelos brancos? Que homem é esse, transformado de repente em velho num breve intervalo de tempo? De duas, uma, minha irmã: ou essa pérfida mulher está mentindo ou desconhece quem é o próprio marido. Seja qual for a verdade, cabe a nós tirar dela essas riquezas o quanto antes! Se não sabe como é o marido, com certeza se casou com um deus e nos dará um deus com essa gravidez. Se ela ouvir que é mãe de um bebê divino (tomara que não!), me enforco sem pensar duas vezes! Mas vamos visitar nossos pais e, deixando para depois esta conversa, pensar na melhor cor para esta trama.

17. Assim inflamadas, depois de saudarem os pais com indiferença e passarem a noite em claro, estavam fora de si ao amanhecer. Dirigiram-se com toda a pressa para o rochedo e, com a habitual ajuda do vento, voaram velozmente. Pressionando as pálpebras para forçar as lágrimas, abordaram a jovem com estas palavras ardilosas:

tanti mali ignorantia beata sedes incuriosa periculi tui. Nos autem, quae pervigili cura rebus tuis excubamus, cladibus tuis misere cruciamur. Pro vero namque comperimus, nec te, sociae scilicet doloris casusque tui, celare possumus, immanem colubrum multinodis voluminibus serpentem, veneno noxio colla sanguinantem hiantemque ingluvie profunda, tecum noctibus latenter acquiescere. Nunc recordare sortis Pythicae, quae te trucis bestiae nuptiis destinatam esse clamavit. Et multi coloni quique circumsecus venantur et accolae plurimi viderunt eum vespera redeuntem e pastu proximique fluminis vadis innatantem.

18. Nec diu blandis alimoniarum obsequiis te saginaturum omnes affirmant, sed, cum primum praegnationem tuam plenus maturaverit uterus, opimiore fructu praeditam devoraturum. Ad haec iam tua est existimatio, utrum sororibus pro tua cara salute sollicitis assentiri velis et declinata morte nobiscum secura periculi vivere, an saevissimae bestiae sepeliri visceribus. Quodsi te ruris huius vocalis solitudo, vel clandestinae Veneris foetidi periculosique concubitus et venenati serpentis amplexus delectant, certe piae sorores nostrum fecerimus.'

"Tunc Psyche misella, utpote simplex et animi tenella, rapitur verborum tam tristium formidine. Extra terminum mentis suae posita prorsus omnium mariti monitionum suarumque promissionum memoriam effudit, et in profundum calamitatis sese praecipitavit, tremensque et exsangui colore lurida, tertiata verba semihianti voce substrepens, sic ad illas ait:

19. "'Vos quidem, carissimae sorores, ut par erat, in officio vestrae pietatis permanetis, verum et illi, qui talia vobis affirmant, non videntur mihi mendacium fingere. Nec enim umquam viri mei vidi faciem, vel omnino cuiatis sit novi, sed tantum nocturnis subaudiens vocibus maritum incerti status et prorsus lucifugam tolero,

75 **oráculo pítico:** referência à serpente Píton, que guardava o oráculo de Delfos até ser morta por Apolo por tentar tomar o seu lugar. É de se lembrar, porém, que o oráculo consultado pelos pais de Psiquê havia sido o de Mileto, na Jônia (4.32).

— Você é mesmo feliz e abençoada por desconhecer tanto mal e não se preocupar com o perigo que está correndo. Mas nós, bem atentas a tudo o que se relaciona a você, estamos cruelmente angustiadas com sua desgraça. Acontece que, aliadas suas na dor e no sofrimento, soubemos de fonte segura (e não podemos deixar de lhe contar) que é uma serpente enorme e de múltiplos anéis, em cujo pescoço corre um veneno mortal vertido de uma goela profunda, que secretamente se deita ao seu lado durante as noites. Lembre-se do oráculo pítico,[75] que prenunciou seu casamento com um monstro feroz. Foram vários os lavradores, os caçadores das redondezas e os vizinhos que o viram à tarde regressando de um campo próximo e nadando nas águas do rio.

18. Todo mundo diz que os banquetes finos que a alimentam não durarão muito tempo; pelo contrário, logo que o seu útero completar a gestação, você ficará mais saborosa e a serpente vai devorá-la. Agora é com você: prefere concordar com suas irmãs preocupadas com a sua salvação e, fugindo da morte, viver conosco livre do perigo ou ser sepultada nas entranhas de uma aberração crudelíssima? Se a solidão das vozes deste campo ou uma relação de amor oculta, hedionda e perigosa e o abraço de uma serpente venenosa fazem você feliz, pelo menos nós, suas irmãs piedosas, teremos feito a nossa parte.

Então, a pobre Psiquê, por ser simples e de ânimo frágil, foi aliciada pelo terror inspirado por palavras tão tristes. Com a mente atordoada, perdeu a memória dos conselhos do esposo e do que ela lhe prometera e se lançou no abismo da calamidade. Tremendo e perdendo a cor da face, tentou articular alguma frase e, com voz vacilante, respondeu-lhes:

19. — De fato, amadas irmãs, vocês, como era de se esperar de irmãs, estão agindo bem. Também acho que quem lhes diz essas coisas não parece estar mentindo. Nunca vi a face do meu esposo e nem imagino de onde ele vem; apenas de noite, enquanto ouço a sua voz, tolero um marido cujos traços desconheço e que some completamente

bestiamque aliquam recte dicentibus vobis merito consentio. Meque magnopere semper a suis terret aspectibus malumque grande de vultus curiositate praeminatur. Nunc si quam salutarem opem periclitanti sorori vestrae potestis afferre, iam nunc subsistite. Ceterum incuria sequens prioris providentiae beneficia corrumpet.'

"Tunc nanctae iam portis patentibus nudatum sororis animum facinerosae mulieres, omissis tectae machinae latibulis, destrictis gladiis fraudium simplicis puellae paventes cogitationes invadunt.

20. "Sic denique altera: 'Quoniam nos originis nexus pro tua incolumitate ne periculum quidem ullum ante oculos habere compellit, viam quae sola deducit iter ad salutem diu diuque cogitatam monstrabimus tibi. Novaculam praeacutam, appulsu etiam palmulae lenientis exasperatam, tori qua parte cubare consuesti latenter absconde, lucernamque concinnem, completam oleo, claro lumine praemicantem, subde aliquo claudentis aululae tegmine. Omnique isto apparatu tenacissime dissimulato, postquam sulcatos intrahens gressus cubile solitum conscenderit, iamque porrectus et exordio somni prementis implicitus altum soporem flare coeperit, toro delapsa nudoque vestigio pensilem gradum paullulatim minuens, caecae tenebrae custodio liberata lucerna, praeclari tui facinoris opportunitatem de luminis consilio mutuare, et ancipiti telo illo audaciter, prius dextera sursum elata, nisu quam valido noxii serpentis nodum cervicis et capitis abscide. Nec nostrum tibi deerit subsidium; sed cum primum illius morte salutem tibi feceris, anxie praestolatae advolabimus, cunctisque istis ocius tecum relatis, votivis nuptiis hominem te iungemus homini.'

21. "Tali verborum incendio flammata viscera sororis iam prorsus ardentis deserentes ipsae protinus, tanti mali confinium sibi etiam eximie metuentes, flatus alitis impulsu solito porrectae super sco-

com a luz. Estou de acordo com vocês quando dizem acertadamente que ele é um monstro. Ele sempre me assustou muito quanto à sua aparência e me ameaçou com uma grande punição caso eu tivesse a curiosidade de ver o seu rosto. Se, neste momento, vocês puderem trazer a maior ajuda possível para a sua indefesa irmã, façam isso já: a hesitação depois do aviso elimina os benefícios do aviso.

Como haviam conseguido abrir as portas da alma da irmã, as duas criminosas, tirando as capas que escondiam a armadilha e desembainhando as espadas das suas maldades, tomaram de assalto os pensamentos assombrados da moça.

20. Assim prosseguiu a outra irmã:

— Dado que o vínculo familiar nos obriga a fechar os olhos a todo perigo em nome da sua segurança, nós lhe mostraremos o único caminho para a sua salvação, trilha sobre a qual refletimos por um tempo longo e demorado. Esconda secretamente uma navalha afiada, já delicadamente amolada na palma da mão, debaixo do lado da cama em que você costuma se deitar e deixe perto de você, guardada numa caixa fechada, uma lamparina cheia de azeite e que emita uma luz clara. Depois de preparar e esconder tudo isso com todo o cuidado, logo que ele, deslizando sobre o chão, subir no leito como faz usualmente e, deitado e derrubado pelo primeiro sono, tiver começado a ronquejar, você, se levantando do leito descalça e na pontinha dos pés, deve resgatar a lamparina do cárcere da sombra cega e aproveitar, a conselho da luz, a chance para o seu feito ilustre. Com coragem, erguida a mão direita, desfira sem dó o golpe sobre o nó entre o pescoço e a cabeça da serpente maligna com o gume duplo da arma. Não lhe faltará o nosso auxílio: tão logo você fique a salvo com a morte dela, trataremos de tirá-la daqui levando com você todas essas riquezas e vamos uni-la em casamento a um mortal.

21. Com esse incêndio verbal já abrasando as vísceras de Psiquê em chamas, as irmãs de imediato foram embora, morrendo de medo de ficar nas imediações depois de tão grande maldade. Elas foram conduzidas para o alto do penhasco pelo habitual impulso do vento

pulum, ilico pernici se fuga proripiunt, statimque conscensis navibus abeunt.

"At Psyche relicta sola, nisi quod infestis Furiis agitata sola non est, aestu pelagi simile maerendo fluctuat, et, quamvis statuto consilio et obstinato animo, iam tamen facinori manus admovens, adhuc incerta consilii titubat multisque calamitatis suae distrahitur affectibus. Festinat differt, audet trepidat, diffidit irascitur; et, quod est ultimum, in eodem corpore odit bestiam, diligit maritum. Vespera tamen iam noctem trahente, praecipiti festinatione nefarii sceleris instruit apparatum. Nox aderat et maritus aderat priusque Veneris proeliis velitatus altum in soporem descenderat.

22. "Tunc Psyche, et corporis et animi alioquin infirma, fati tamen saevitia sumministrante viribus roboratur, et prolata lucerna et arrepta novacula sexum audacia mutatur. Sed cum primum luminis oblatione tori secreta claruerunt, videt omnium ferarum mitissimam dulcissimamque bestiam, ipsum illum Cupidinem formosum deum formose cubantem. Cuius aspectu lucernae quoque lumen hilaratum increbruit et acuminis sacrilegi novaculam paenitebat. At vero Psyche tanto aspectu deterrita et impos animi, marcido pallore defecta tremensque desedit in imos poplites et ferrum quaerit abscondere, sed in suo pectore. Quod profecto fecisset, nisi ferrum timore tanti flagitii manibus temerariis delapsum evolasset. Iamque lassa, salute defecta, dum saepius divini vultus intuetur pulchritudinem, recreatur animi.

"Videt capitis aurei genialem caesariem ambrosia temulentam, cervices lacteas genasque purpureas pererrantes crinium globos decoriter impeditos, alios antependulos, alios retropendulos, quorum splendore nimio fulgurante iam et ipsum lumen lucernae vacillabat. Per umeros volatilis dei pinnae roscidae micanti flore candicant, et quamvis alis quiescentibus extimae plumulae tenellae ac

76 **mudar de sexo:** aqui, significa dizer que Psiquê assumiu uma característica entendida como masculina.

alado. De lá, fugiram com toda pressa e, ato contínuo, embarcaram nos navios.

Mas Psiquê, abandonada — aliás, não abandonada e sim flagelada pelas Fúrias —, sofria, titubeando como o mar agitado pelas ondas. Muito embora resoluta e obstinada, hesitava ao se preparar para perpetrar o crime, insegura quanto à decisão: estava dividida pelas várias emoções que tal desgraça lhe provocava. Avança e recua; mostra ousadia e teme; desiste e arde de ódio; em suma, detesta o monstro ao passo que ama o marido. À tarde, que trazia a noite consigo, Psiquê acelerou os preparativos para a execução do crime nefasto. A noite chegara, o esposo também chegara e, logo após travados os combates de Vênus, ele caíra num sono profundo.

22. Então Psiquê, embora frágil de corpo e de alma, ganhou forças, apoiada como estava na ruindade do destino e, depois de pegar a lamparina e apanhar a navalha, a audácia fê-la mudar de sexo.[76] Porém, logo que os segredos do leito foram esclarecidos com o auxílio da luz, ela se deparou com a mais doce e meiga de todas as feras: o belo deus Cupido em pessoa repousando belamente, com cuja imagem até mesmo a luz faceira da lamparina se avivou, flagrando a navalha de gume sacrílego. Assim, pois, pasma e aturdida com a imagem estonteante, Psiquê, com o rosto pálido e assustada, sentiu tremerem-lhe os joelhos e quis esconder a arma, mas em seu próprio peito: e de fato o teria feito se o ferro, ante o temor de tamanho flagelo, não lhe tivesse escapado das mãos temerárias. Já vacilante e sem esperança de salvação, recuperou as forças ao contemplar mais de uma vez o rosto divino; viu a cabeleira radiante na cabeça áurea embebida em ambrosia, o pescoço lácteo, a face rosada, as mechas soltas de cabelo espargidas com toda a graça, algumas para frente e outras para trás, a cujo imenso e fulgurante esplendor inclusive o lume da lamparina se dobrava; aos ombros do deus alado, plumas róscidas luziam tal como a flor ao desabrochar e, embora com as asas em repouso, as penas suaves e delicadas ondulavam em frêmito

delicatae tremule resultantes inquieta lasciviunt. Ceterum corpus glabellum atque luculentum et quale peperisse Venerem non paeniteret. Ante lectuli pedes iacebat arcus et pharetra et sagittae, magni dei propitia tela.

23. “Quae dum insatiabili animo Psyche, satis et curiosa, rimatur atque pertrectat et mariti sui miratur arma, depromit unam de pharetra sagittam et puncto pollicis extremam aciem periclitabunda trementis etiam nunc articuli nisu fortiore pupugit altius, ut per summam cutem roraverint parvulae sanguinis rosei guttae. Sic ignara Psyche sponte in Amoris incidit amorem. Tunc magis magisque cupidine flagrans Cupidinis, prona in eum efflictim inhians, patulis ac petulantibus saviis festinanter ingestis, de somni mensura metuebat. Sed dum bono tanto percita saucia mente fluctuat, lucerna illa sive perfidia pessima sive invidia noxia sive quod tale corpus contingere et quasi basiare et ipsa gestiebat, evomuit de summa luminis sui stillam ferventis olei super umerum dei dexterum. Hem audax et temeraria lucerna et Amoris vile ministerium, ipsum ignis totius deum aduris, cum te scilicet amator aliquis, ut diutius cupitis etiam nocte potiretur, primus invenerit. Sic inustus exsiluit deus visaque detectae fidei colluvie protinus ex osculis et manibus infelicissimae coniugis tacitus avolavit.

24. “At Psyche, statim resurgentis eius crure dextero manibus ambabus arrepto, sublimis evectionis appendix miseranda et per nubilas plagas penduli comitatus extrema consequia, tandem fessa delabitur solo. Nec deus amator humi iacentem deserens, involavit proximam cupressum, deque eius alto cacumine sic eam graviter commotus affatur:

“‘Ego quidem, simplicissima Psyche, parentis meae Veneris praeceptorum immemor, quae te miseri extremique hominis devinctam cupidine infimo matrimonio addici iusserat, ipse potius amator ad-

constante. As outras partes do corpo eram brilhantes e macias e não melindrariam Vênus por tê-lo trazido ao mundo. Aos pés do leito dispunham-se o arco, o carcás e as flechas — as devidas armas do deus eminente.

23. Ao passo que, com zelo insaciável, Psiquê, bastante curiosa, examinava e até manuseava as armas de seu esposo, admirando-as, tirou uma das flechas do carcás e, testando a lâmina com a ponta do polegar que ainda tremia de medo, espetou-o com um pouco mais de força, de maneira que pequeninas gotas de sangue róseo lhe salpicassem a pele: foi assim que Psiquê, sem saber e por livre iniciativa, caiu de amores pelo Amor. Então, cada vez mais ébria de cupidez por Cupido, debruçou-se sobre ele, perdida de paixão, e beijou-o avidamente com beijos atrevidos e voluptuosos, temendo, porém, despertá-lo. No entanto, enquanto o palpitante coração ferido de Psiquê flutuava em meio a tamanho gozo, a tal lamparina, quer pela pior das perfídias, quer pela inveja nociva, quer por desejar ela mesma tocar aquele corpo e, da mesma forma, beijá-lo, lançou da ponta de sua chama uma gota de óleo fervente sobre o ombro direito do deus. Ah, lâmpada audaz e temerária, vil serviçal do amor, como ousa tisnar o próprio deus de todo o fogo, quando decerto foi um apaixonado o primeiro a inventá-la para ter entre os braços o seu bem-querer por mais tempo, noite adentro?! Assim chamuscado, o deus despertou; tendo visto sua fé traída, de imediato esquivou-se dos beijos e abraços da infelicíssima esposa e, calado, saiu voando.

24. Porém Psiquê, depois de agarrá-lo de improviso pela perna direita com ambas as mãos enquanto ele levantava voo, como um apenso digno de pena naquela viagem pelas alturas e pegada ao deus como um pêndulo entre as nuvens, caiu por fim sobre a terra, exausta. Mas o deus apaixonado, sem abandoná-la no chão, voou até um cipreste próximo e, de seu topo, dirigiu-lhe estas palavras, tomado de enorme comoção:

— De fato, Psiquê, a mais ingênua das ingênuas, esqueci-me dos preceitos de minha mãe Vênus, que me ordenara lhe dar, atraída pelo mais ínfimo e miserável dos homens, um casamento medío-

volavi tibi. Sed hoc feci leviter, scio, et praeclarus ille sagittarius ipse me telo meo percussi teque coniugem meam feci, ut bestia scilicet tibi viderer et ferro caput excideres meum, quod istos amatores tuos oculos gerit. Haec tibi identidem semper cavenda censebam, haec benivole remonebam. Sed illae quidem consiliatrices egregiae tuae tam perniciosi magisterii dabunt actutum mihi poenas; te vero tantum fuga mea punivero.' Et cum termino sermonis pinnis in altum se proripuit.

25. "Psyche vero, humi prostrata et quantum visu poterat volatus mariti prospiciens, extremis affligebat lamentationibus animum. Sed ubi remigio plumae raptum maritum proceritas spatii fecerat alienum, per proximi fluminis marginem praecipitem sese dedit. Sed mitis fluvius, in ho norem dei scilicet, qui et ipsas aquas urere consuevit, metuens sibi, confestim eam innoxio volumine super ripam florentem herbis exposuit. Tunc forte Pan deus rusticus iuxta supercilium amnis sedebat, complexus Echo montanam deam eamque voculas omnimodas edocens recinere. Proxime ripam vago pastu lasciviunt comam fluvii tondentes capellae. Hircuosus deus sauciam Psychen atque defectam, utcumque casus eius non inscius, clementer ad se vocatam sic permulcet verbis lenientibus:

"'Puella scitula, sum quidem rusticanus et upilio, sed senectutis prolixae beneficio multis experimentis instructus. Verum si recte coniecto, quod profecto prudentes viri divinationem autumant, ab isto titubante et saepius vacillante vestigio deque nimio pallore corporis et assiduo suspiritu, immo et ipsis maerentibus oculis tuis, amore nimio laboras. Ergo mihi ausculta, nec te rursus praecipitio vel ullo mortis accersitae genere perimas. Luctum desine et pone maerorem, precibusque potius Cupidinem deorum maximum percole, et utpote adulescentem delicatum luxuriosumque blandis obsequiis promerere.'

77 **cipreste**: árvore associada ao luto, conforme o relato do mito de Ciparisso (jovem amado por Apolo, metamorfoseado em cipreste após a morte) por Ovídio, *Metamorfoses* 10.107; 121; 130.

cre. Mas fui eu quem voou até você. Agi como tolo, eu sei; arqueiro ilustre, me feri com minha própria flecha e tornei-a minha esposa, com a intenção de lhe parecer um monstro para que, dona dos meus olhos enamorados, você me cortasse a cabeça com a espada. Eu a julgava sempre alerta e lhe relembrava isso com toda a ternura. Suas ilustres conselheiras, porém, não tardarão em receber de mim o devido castigo pela proeza tão perniciosa; quanto a você, a punição será somente o meu abandono.

E, concluindo sua fala, deixou o topo do cipreste,[77] voando para o alto.

25. Já Psiquê, caída no chão, assistiu com o coração aflito ao voo do esposo até onde foi possível. Porém, quando as alturas levaram para longe o marido raptado num remar de asas, ela se lançou afobadamente no leito de um rio próximo. Mas o rio ameno, decerto em respeito ao deus habilidoso em incendiar até mesmo as águas, de imediato, temendo por si mesmo, depositou-a, num fluxo inofensivo, sobre a sua margem coberta de flores. Ali por acaso se achava o rústico deus Pã, sentado numa encosta à beira do rio; estava abraçado a Eco, a deusa das montanhas, e lhe ensinava a entoar sons cadenciados. Junto à margem, cabrinhas pastavam livremente, talhando os cabelos do rio. A divindade de pés caprinos, chamando piedosamente para perto de si a infeliz e abatida Psiquê, de cujo desastre ele estava a par, dirigiu-lhe estas palavras lenitivas:

— Mocinha bonita, nada mais sou do que um simples pastor, mas, com a vantagem da idade avançada, experiente em muitas coisas. Se não estou interpretando mal (e, de fato, os homens sábios chamam isso de adivinhação), com esse passo indeciso e muitas vezes vacilante, o corpo exageradamente descorado e os sucessivos suspiros, e mais ainda com esse seu olhar lânguido, você padece de louco amor. Por isso, escute-me e não aceite de novo o convite da morte num precipício ou numa outra parte qualquer. Esqueça o luto e deixe a tristeza de lado; consagre suas preces a Cupido, o mais poderoso dos deuses, até enfim merecer as dádivas ternas desse jovem caprichoso e lascivo.

26. "Sic locuto deo pastore nulloque sermone reddito sed adorato tantum numine salutari, Psyche pergit ire. Sed cum aliquam multum viae laboranti vestigio pererrasset, inscio quodam tramite iam die labente accedit quandam civitatem, in qua regnum maritus unius sororis eius obtinebat. Qua re cognita Psyche nuntiari praesentiam suam sorori desiderat. Mox inducta, mutuis amplexibus alternae salutationis expletis, percontanti causas adventus sui sic incipit:

"'Meministi consilium vestrum scilicet quo mihi suasistis ut bestiam, quae mariti mentito nomine mecum quiescebat, priusquam ingluvie voraci me misellam hauriret, ancipiti novacula peremerem. Sed cum primum, ut aeque placuerat, conscio lumine vultus eius aspexi, video mirum divinumque prorsus spectaculum, ipsum illum deae Veneris filium, ipsum inquam Cupidinem, leni quiete sopitum. Ac dum tanti boni spectaculo percita et nimia voluptatis copia turbata fruendi laborarem inopia, casu scilicet pessimo lucerna fervens oleum rebullivit in eius umerum. Quo dolore statim somno recussus, ubi me ferro et igni conspexit armatam, "Tu quidem" inquit "ob istud tam dirum facinus confestim toro meo divorte, tibique res tuas habeto. Ego vero sororem tuam"—et nomen quo tu censeris aiebat—"iam mihi confarreatis nuptiis coniugabo." Et statim Zephyro praecipit ultra terminos me domus eius efflaret.'

27. "Necdum sermonem Psyche finierat; illa vesanae libidinis et invidiae noxiae stimulis agitata, e re concinnato mendacio fallens maritum, quasi de morte parentum aliquid comperisset, statim navem ascendit et ad illum scopulum protinus pergit. Et quamvis alio flante vento, caeca spe tamen inhians, 'Accipe me,' dicens 'Cupido, dignam te coniugem, et tu, Zephyre, suscipe dominam,' saltu se maximo praecipitem dedit. Nec tamen ad illum locum vel saltem mortua pervenire potuit. Nam per saxa cautium membris iactatis atque

26. Depois que o deus-pastor disse isso, e sem que fosse respondido, mas sim apenas adorado como um nume salutar, Psiquê seguiu seu caminho. Porém, após andar muito por muitos caminhos, entrou por uma senda ao cair da tarde e chegou a um reino, governado pelo marido de uma de suas irmãs. Ao saber disso, Psiquê quis que sua presença lhe fosse anunciada. A seguir, levada até ela, trocaram cumprimentos e abraços entre si quando a irmã lhe interrogou sobre o motivo da visita, ao que ela respondeu, dizendo:

— Lembra-se do conselho que vocês me deram, com o qual me persuadiram a matar com uma navalha afiada o monstro que se deitava ao meu lado sob a mentirosa alcunha de marido, antes que, coitada de mim, me engolisse com a sua fauce devoradora? Antes, tal como planejado, olhei para o rosto dele à luz da lamparina e vi diante de mim um espetáculo divino maravilhoso: o filho da deusa Vênus, sim, o próprio Cupido, dormir sossegadamente. Agitada diante de um espetáculo tão lindo e tomada de desejo e frustração por não poder fruir dele, deixei sem querer a lamparina derramar óleo fervente sobre o seu ombro. Com a dor, ele imediatamente despertou do sono. Quando me viu armada com o ferro e o fogo, disse: "Junte tudo o que é seu e, por cometer um crime tão abominável, saia já do meu leito! Na verdade, é a sua irmã", e você sabe de quem ele estava falando, "com quem vou contrair matrimônio agora mesmo". Em seguida, ordenou que o Zéfiro me levasse com seu sopro para fora do palácio dele.

27. Psiquê nem havia terminado de falar e a irmã, excitada por um desejo louco e fisgada pela inveja daninha, começou a pensar numa desculpa para enganar o marido. Inventando qualquer coisa sobre o falecimento dos pais, de imediato embarcou no navio e, sem demora, dirigiu-se ao tal penhasco. Conquanto a direção do vento não fosse a mesma, ela exclamou, instigada pela esperança cega:

— Cupido! Me aceite como sua legítima esposa e você, Zéfiro, conduza sua senhora! — e deu o maior dos saltos.

Contudo, não conseguiu chegar ao local pretendido — nem sequer depois de morta. De fato, com os membros dilacerados e espalhados

dissipatis et proinde ut merebatur laceratis visceribus suis, alitibus bestiisque obvium ferens pabulum interiit.

"Nec vindictae sequentis poena tardavit. Nam Psyche rursus errabundo gradu pervenit ad civitatem aliam, in qua pari modo soror morabatur alia. Nec setius et ipsa fallacie germanitatis inducta et in sororis sceleratas nuptias aemula, festinavit ad scopulum inque simile mortis exitium cecidit.

28. "Interim dum Psyche quaesitioni Cupidinis intenta populos circumibat, at ille vulnere lucernae dolens in ipso thalamo matris iacens ingemebat. Tunc avis peralba illa gavia, quae super fluctus marinos pinnis natat, demergit sese propere ad Oceani profundum gremium. Ibi commodum Venerem lavantem natantemque propter assistens, indicat adustum filium eius, gravi vulneris dolore maerentem, dubium salutis iacere; iamque per cunctorum ora populorum rumoribus conviciisque variis omnem Veneris familiam male audire, quod ille quidem montano scortatu, tu vero marino natatu secesseritis, ac per hoc non voluptas ulla, non gratia, non lepos, sed incompta et agrestia et horrida cuncta sint, non nuptiae coniugales, non amicitiae sociales, non liberum caritates, sed enormis colluvies et squalentium foederum insuave fastidium. Haec illa verbosa et satis curiosa avis in auribus Veneris fili lacerans existimationem ganniebat.

"At Venus irata solidum exclamat repente: 'Ergo iam ille bonus filius meus habet amicam aliquam? Prome agedum, quae sola mihi servis amanter, nomen eius, quae puerum ingenuum et investem sollicitavit, sive illa de Nympharum populo seu de Horarum numero seu de Musarum choro vel de mearum Gratiarum ministerio.'

78 **Ninfas:** espíritos que habitam campinas, bosques e rios. Filhas de Zeus, representam a fecundidade e a graça da Natureza.

79 **Horas:** são três: Talo (nascimento), Auxo (crescimento) e Carpo (fruto). Também nomeadas Disciplina, Justiça e Paz, são as divindades das estações do ano, cumprindo diversas funções no Olimpo.

80 **Musas:** nove divindades que presidem manifestações do pensamento como a arte, por exemplo.

entre as pedras dos rochedos, morreu como merecia: oferecendo suas vísceras despedaçadas como alimento das aves e animais de rapina.

A próxima vingança não demorou, pois de novo Psiquê, com passo errante, chegou a outro reino, no qual a outra irmã vivia. Sem diferença, também ela foi persuadida pela mentira fraterna e, copiando as bodas desvairadas da primeira irmã, se apressou rumo ao penhasco e sofreu o mesmo tipo de morte.

28. Nesse ínterim, enquanto Psiquê, no afã de encontrar Cupido, peregrinava por todas as aldeias, o deus, sofrendo com a queimadura da lamparina, jazia, aflito, no leito mesmo de sua mãe. Então a gaivota, ave de branca penugem que voa por cima das ondas marinas, com toda a rapidez mergulhou no gargalo do Oceano profundo. Vênus estava bem aí, a banhar-se e a nadar; pousando junto dela, a ave lhe contou que seu filho havia sofrido uma queimadura, que sofria com a terrível dor do ferimento, que sua vida corria risco e que, na boca de todo mundo, já circulavam boatos e rumores contra toda a família de Vênus:

— Ele anda com uma qualquer pelas montanhas, e a senhora a nadar no mar. Por isso, não há desejo, não há beleza, não há encanto; tudo é dissabor, grosseria, terror. Não há mais uniões conjugais, laços de amizade nem amor filial, e sim uma enorme confusão e o desagradável vazio dos relacionamentos impuros.

Isso grasnava aos ouvidos de Vênus a ave tagarela e bem indiscreta, que vilipendiava a reputação do filho da deusa. Vênus, cheia de raiva, exclamou de repente:

— Quer dizer então que meu bom filho já tem uma namorada! Diga-me, minha única serva leal, o nome daquela que corrompeu um jovem ingênuo e inocente: é uma das Ninfas?[78] Integra o número das Horas?[79] O coro das Musas?[80] O ministério de minhas Graças?[81]

81 **Graças:** em grego, as Cárites; são três irmãs (Eufrosina, Tali e Aglae), divindades da beleza, protetoras da vegetação, da alegria dos seres humanos e dos deuses, associadas a Afrodite (Vênus). Homero (*Ilíada* 18.382) menciona apenas uma, de nome Cáris.

"Nec loquax illa conticuit avis, sed 'Nescio,' inquit 'domina. Puto, puellam—si probe memini, Psyches nomine—dicitur efflicte cupere.'

"Tunc indignata Venus exclamavit vel maxime: 'Psychen illam meae formae succubam, mei nominis aemulam vere diligit? Nimirum illud incrementum lenam me putavit, cuius monstratu puellam illam cognosceret.'

29. "Haec quiritans properiter emergit e mari suumque protinus aureum thalamum petit, et reperto sicut audierat aegroto puero, iam inde a foribus quam maxime boans, 'Honesta' inquit 'haec et natalibus nostris bonaeque tuae frugi congruentia, ut primum quidem tuae parentis—immo dominae—praecepta calcares, nec sordidis amoribus inimicam meam cruciares, verum etiam hoc aetatis tuis licentiosis et immaturis iungeres amplexibus, ut ego nurum scilicet tolerarem inimicam. Sed utique praesumis, nugo et corruptor et inamabilis, te solum generosum, nec me iam per aetatem posse concipere. Velim ergo scias multo te meliorem filium alium genituram, immo ut contumeliam magis sentias, aliquem de meis adoptaturam vernulis eique donaturam istas pinnas et flammas et arcum et ipsas sagittas et omnem meam supellectilem, quam tibi non ad hos usus dederam. Nec enim de patris tui bonis ad instructionem istam quicquam concessum est.

30. "Sed male prima pueritia inductus es et acutas manus habes et maiores tuos irreverenter pulsasti totiens, et ipsam matrem tuam, me inquam ipsam, parricida denudas cotidie et percussisti saepius et quasi viduam utique contemnis, nec vitricum tuum fortissimum illum maximumque bellatorem metuis—quidni?—cui saepius in angorem mei paelicatus puellas propinare consuesti. Sed iam faxo te lusus huius paeniteat et sentias acidas et amaras istas nuptias.

82 **seu padrasto**: Marte (Ares), com quem Vênus traiu o esposo, Hefesto.

A ave loquaz não se conteve:

— Não sei, minha senhora — disse ela. Se eu não estiver enganada, a moça que ele ama perdidamente se chama Psiquê.

A deusa indignada, então, exclamou, gritando:

— Psiquê, a rival da minha beleza?! Se ele estiver mesmo apaixonado pela usurpadora do meu nome, sem dúvida me tratou como a alcoviteira que lhe apresentou aquela moça para ser a sua pretendente.

29. Depois de esbravejar essas palavras, emergiu incontinente das águas e se dirigiu imediatamente até o seu tálamo de ouro. Encontrando ali o filho adoentado, como havia sido informada, bradou-lhe com toda a força da voz sem sequer ter cruzado o limiar da porta:

— Que atitude honesta e coerente com a nossa classe e com a sua boa fama! Em primeiro lugar, passar por cima das ordens não da sua mãe, mas da sua senhora! Não só não castigou a minha inimiga com amores sórdidos, como ainda por cima, nesta sua idade, se uniu a ela em relação imatura e licenciosa para fazer da minha rival a minha nora! Você se acha espertinho e namorador, seu descarado; que só você é capaz de ter filhos e que eu, pela idade, já não posso mais conceber. Pois fique sabendo que pretendo ter um filho muito melhor do que você. Aliás, para o golpe lhe doer mais, eu vou adotar um dos meus criados e lhe darei essas plumas, essas chamas, esse arco, essas flechas e todo o equipamento que é meu e que lhe dei não para você fazer o que fez. Não foi para uma serventia dessas que você herdou qualquer um dos bens do seu pai.

30. Mas você se comporta mal desde a primeira infância; tem as mãos pesadas, muitas vezes maltratou os mais velhos com toda a insolência e até sua mãe — sim, eu mesma, seu matricida! — você engana todo dia: mais de uma vez me flechou e de todo jeito me despreza como se eu fosse viúva, e nem sequer respeita seu padrasto, o mais valente dos guerreiros.[82] Não é assim? Várias vezes, para o meu desespero, você lhe apresentou outras garotas. Mas já farei com que você se arrependa de tais brincadeiras e vivencie essas núpcias áci-

"'Sed nunc irrisui habita quid agam? Quo me conferam? Quibus modis stelionem istum cohibeam? Petamne auxilium ab inimica mea Sobrietate, quam propter huius ipsius luxuriam offendi saepius? At rusticae squalentisque feminae colloquium prorsus [adhibendum est] horresco. Nec tamen vindictae solacium undeunde spernendum est. Illa mihi prorsus adhibenda est nec ulla alia, quae castiget asperrime nugonem istum, pharetram explicet et sagittas dearmet, arcum enodet, taedam deflammet, immo et ipsum corpus eius acrioribus remediis coerceat. Tunc iniuriae meae litatum crediderim, cum eius comas, quas istis manibus meis subinde aureo nitore perstrinxi, deraserit, pinnas, quas meo gremio nectarei fontis infeci, praetotonderit.'

31. "Sic effata foras sese proripit infesta et stomachata biles Venerias. Sed eam protinus Ceres et Iuno continantur, visamque vultu tumido quaesiere cur truci supercilio tantam venustatem micantium oculorum coerceret. At illa 'Opportune' inquit 'ardenti prorsus isto meo pectori violentiam scilicet perpetraturae venitis. Sed totis, oro, vestris viribus Psychen illam fugitivam volaticam mihi requirite. Nec enim vos utique domus meae famosa fabula et non dicendi filii mei facta latuerunt.'

"Tunc illae, non ignarae quae gesta sunt, palpare Veneris iram saevientem sic adortae: 'Quid tale, domina, deliquit tuus filius, ut animo pervicaci voluptates illius impugnes et quam ille diligit tu quoque perdere gestias? Quod autem, oramus, isti crimen, si puellae lepidae libenter arrisit? An ignoras eum masculum et iuvenem esse, vel certe iam quot sit annorum oblita es? An, quod aetatem portat bellule, puer tibi semper videtur? Mater autem tu et praeterea cordata mulier filii tui lusus semper explorabis curiose, et in eo luxuriem culpabis et amores revinces, et tuas artes tuasque delicias

83 **Ceres e Juno:** divindades romanas associadas às deusas gregas Deméter e Hera. Ambas terão papel importante na história, já que Deméter é a deusa da produtividade e da fartura, ao passo que Hera é a protetora das mulheres casadas.

das e amargas. Porém, o que farei agora que todos riem de mim? Para onde mirar? Como coibir essa víbora? Devo pedir auxílio à minha inimiga Sobriedade, a quem tantas vezes ofendi por conta da luxúria deste moleque? Detesto a ideia de ir falar com aquela sujeita tosca e carrancuda. Só que não se deve desperdiçar a chance de vingança, venha de onde vier. Devo ir procurá-la, e a ninguém mais, a fim de dar a este fanfarrão o castigo justo, esvaziar seu carcás, desarmar suas flechas, privá-lo de seu arco, eliminar as chamas da paixão e aplicar no corpo dele os medicamentos mais eficazes. Só vou crer que minha desfeita foi reparada quando cortar seus cabelos, que tantas vezes acariciei com minhas mãos e fiz brilhar como o ouro, bem como arrancar essas penas, que tingi com a fonte de néctar do meu próprio seio.

31. Depois de dizer isso, foi-se embora morrendo de raiva. Porém, vinham ao seu encontro Ceres e Juno,[83] que, vendo-a de cenho franzido, lhe perguntaram o porquê de ela ocultar a beleza dos olhos brilhantes com uma expressão tão carregada. Ela respondeu:

— Que bom que vocês estão aqui para vingar este meu coração ardendo de ódio! Peço-lhes não poupar esforços para trazer Psiquê, essa fugitiva alada, até a minha presença. Até vocês já devem estar sabendo dos graves transtornos que acontecem na minha casa e as atitudes daquele que não merece ser chamado de meu filho.

Como elas não desconheciam o sucedido, tentaram acalmar a fúria cruel de Vênus, dizendo:

— Mas, Vênus, que ação tão horrível seu filho praticou para a senhora se opor à vontade dele com tanta violência e se esforçar pessoalmente para desgraçar a vida daquela a quem ele ama? Aliás, lhe perguntamos se o delito dele foi deliberadamente acenar para uma moça bonita. A senhora ignora que ele é homem e jovem ou por acaso esqueceu quantos anos ele tem? Ou, por causa da sua beleza jovial, ele vai lhe parecer uma criança para sempre? Porém, a senhora é mãe e, além disso, dotada de juízo: vai ficar espiando as aventuras dele para sempre? Culpará a luxúria dele? Reprovará seus amores?

in formoso filio reprehendes? Quis autem te deum, quis hominum patietur passim cupidines populis disseminantem, cum tuae domus amores amare coerceas et vitiorum muliebrium publicam praecludas officinam?'

"Sic illae metu sagittarum patrocinio gratioso Cupidini, quamvis absenti, blandiebantur. Sed Venus indignata ridi cule tractari suas iniurias praeversis illis alterorsus concito gradu pelago viam capessit.

Repreenderá em seu filho as artes e as delícias que também são suas? Que mortal ou deus vai aceitar que a senhora espalhe a paixão no meio de toda a gente, ao passo que proíba o Amor de amar em sua própria casa e feche a fábrica central de maus hábitos femininos?

E assim as deusas, com medo das flechas, defendiam a causa de Cupido, elogiando-o mesmo ausente. Vênus, porém, indignada pelo fato de que sua desfeita não estava sendo levada a sério, depois de lhes dar as costas tomou, a passos largos, o caminho do mar.

Liber VI

1. “Interea Psyche variis iactabatur discursibus dies noctesque mariti vestigationibus inquieta animo, tanto cupidior iratum licet, si non uxoriis blanditiis lenire, certe servilibus precibus propitiare. Et prospecto templo quodam in ardui montis vertice, ‘Unde autem’ inquit ‘scio an istic meus degat dominus?’ Et ilico dirigit citatum gradum, quem defectum prorsus assiduis laboribus spes incitabat et votum. Iamque naviter emensis celsioribus iugis pulvinaribus sese proximam intulit. Videt spicas frumentarias in acervo et alias flexiles in corona, et spicas hordei videt. Erant et falces et operae messoriae mundus omnis, sed cuncta passim iacentia et incuria confusa et ut solet aestu laborantium manibus proiecta. Haec singula Psyche curiose dividit et discretim semota rite componit, rata scilicet nullius dei fana ac caerimonias neglegere se debere, sed omnium benivolam misericordiam corrogare.

2. “Haec eam sollicite seduloque curantem Ceres alma deprehendit, et longum exclamat protinus: ‘Ain, Psyche miseranda? Totum per orbem Venus anxia disquisitione tuum vestigium furens animi requirit, teque ad extremum supplicium expetit et totis numinis sui viribus ultionem flagitat. Tu vero rerum mearum tutelam nunc geris et aliud quicquam cogitas nisi de tua salute?’

84 **Ceres:** a menção à deusa não é aleatória, pois Ceres é associada a Ísis por serem ambas as divindades associadas à fertilidade dos campos e das mulheres.

Livro 6

1. Enquanto isso, Psiquê seguia sua jornada por diferentes lugares, buscando noite e dia, com o coração aflito, algum vestígio do esposo. Desejava tão somente mitigar a raiva dele, se não com as carícias de uma esposa, ao menos abrandando-o com as súplicas de uma escrava. Ao ver um templo no cume de um monte, indagou: "Quem sabe se não é este o lugar onde meu senhor vive?", e para lá se dirigiu a passos rápidos, aos quais, embora exauridos pelo esforço repetido, a esperança e a fé impeliam. Tendo já escalado as alturas com toda a valentia, chegou perto do altar. Viu espigas de trigo apinhadas e ainda outras trançadas em coroa, bem como espigas de cevada; havia também foices e toda equipagem de colheita, mas espalhada por toda parte em completa desordem, como acontece nos dias quentes quando as mãos dos trabalhadores as deixam de lado. Ela colocou com cuidado uma por uma em seu devido lugar e as ajeitou em ordem, ciente de que não deveria negligenciar os templos e os rituais de nenhum deus, e sim implorar a benévola misericórdia de todos eles.

2. Ceres,[84] a deusa fértil, surpreendeu-a cumprindo essa tarefa com empenho e zelo e lhe exclamou de longe:

— Mas o que é isso, infeliz Psiquê? Andando raivosa pelo mundo todo, Vênus procura impacientemente o seu paradeiro, pôs a sua cabeça a prêmio e jura vingança com todas as forças de seu poder divino. Você, porém, está aqui colocando minhas coisas em ordem e se ocupando de tudo, menos da sua salvação?!

"Tunc Psyche pedes eius advoluta et uberi fletu rigans deae vestigia humumque verrens crinibus suis, multiiugis precibus editis veniam postulabat. 'Per ego te frugiferam tuam dexteram istam deprecor, per laetificas messium caerimonias, per tacita secreta cistarum, et per famulorum tuorum draconum pinnata curricula, et glebae Siculae sulcamina, et currum rapacem et terram tenacem, et illuminarum Proserpinae nuptiarum demeacula et luminosarum filiae inventionum remeacula, et cetera quae silentio tegit Eleusinis Atticae sacrarium: miserandae Psyches animae, supplicis tuae, subsiste. Inter istam spicarum congeriem patere vel pauculos dies delitescam, quoad deae tantae saeviens ira spatio temporis mitigetur, vel certe meae vires diutino labore fessae quietis intervallo leniantur.'

3. "Suscipit Ceres: 'Tuis quidem lacrimosis precibus et commoveor et opitulari cupio, sed cognatae meae, cum qua etiam foedus antiquum amicitiae colo, bonae praeterea feminae, malam gratiam subire nequeo. Decede itaque istis aedibus protinus, et quod a me retenta custoditaque non fueris, optimi consule.'

'Contra spem suam repulsa Psyche et afflicta duplici maestitia, iter retrorsum porrigens, inter subsitae convallis sublucidum lucum prospicit fanum sollerti fabrica structum. Nec ullam vel dubiam spei melioris viam volens omittere, sed adire cuiuscumque dei veniam, sacratis foribus proximat. Videt dona pretiosa et lacinias auro litteratas ramis arborum postibusque suffixas, quae cum gratia facti nomen deae cui fuerant dicata testabantur. Tunc genu

85 **6.2:** Apuleio resume aqui o rapto de Prosérpina (Perséfone) por Plutão (Hades ou Dite) tal como narrado por Ovídio (*Metamorfoses* 5.341–408): a fim de proteger a Sicília dos terremotos, o deus fazia a ronda no terreno guiando seu carro quando foi flechado por Cupido, enamorou-se da jovem Prosérpina, filha da deusa Ceres (Deméter), que estava colhendo flores, e a sequestrou. A prece de Psiquê é um apelo ao instinto materno, já que Ceres perdeu sua filha por uma ordem dada por Vênus – a qual, portanto, teria prejudicado tanto Psiquê quanto a própria deusa.

Então Psiquê, ajoelhada aos pés da deusa, desatando a chorar sobre eles e varrendo o chão com os cabelos, implorou ajuda com as seguintes preces desesperadas:

— Por tua destra frutífera, pelos fecundos rituais das colheitas, pelos mistérios tácitos de tuas cestas, pelas carruagens aladas dos dragões teus fâmulos, pelos sulcos dos campos da Sicília, pelo carro raptor, pela terra tenaz, pela descida de Prosérpina para as bodas tenebrosas, pelo retorno de tua filha, reencontrada à luz das tochas,[85] e por todos os mistérios eleusinos dos templos áticos[86] eu imploro: socorre a alma infeliz de Psiquê, que suplica a teus pés! Permite que eu me esconda durante uns poucos dias neste monte de espigas até que, nesse ínterim, a ira cruel de tão poderosa deusa se acalme ou, pelo menos, minhas forças, exauridas de tanto esforço, se refaçam num breve intervalo de descanso!

3. Ceres lhe respondeu:

— Suas preces lastimosas realmente me comovem e eu quero ajudá-la; contudo, não posso entrar em conflito com uma parente minha, com quem tenho uma longa amizade e, além do mais, é uma excelente mulher. Por isso, vá embora deste templo agora mesmo e agradeça por eu não retê-la e capturá-la.

Abandonada contra a sua expectativa e tomada de uma tristeza duplicada, Psiquê, tomando o caminho da volta, avistou à penumbra do bosque sagrado de um vale um templo de rica arquitetura. Sem querer desperdiçar qualquer oportunidade de êxito, mesmo que incerta, e buscando a ajuda de qualquer deus, ela se aproximou dos umbrais sagrados. Viu ex-votos preciosos e tecidos com inscrições em ouro pendurados nos ramos das árvores e nas portas, as quais davam testemunho das graças alcançadas, com o nome da deusa a

86 **mistérios eleusinos:** rituais de iniciação ao culto de Ceres e Prosérpina, originários de Elêusis, na Ática, onde se localizava o santuário pan-helênico que incluía o Telestérion.

nixa et manibus aram tepentem amplexa, detersis ante lacrimis sic apprecatur:

4. "'Magni Iovis germana et coniuga, sive tu Sami, quae sola partu vagituque et alimonia tua gloriatur, tenes vetusta delubra; sive celsae Carthaginis, quae te virginem vectura leonis caelo commeantem percolit, beatas sedes frequentas; seu prope ripas Inachi, qui te iam nuptam Tonantis et reginam dearum memorat, inclutis Argivorum praesides moenibus; quam cunctus oriens Zygiam veneratur et omnis occidens Lucinam appellat: sis meis extremis casibus Iuno Sospita, meque in tantis exanclatis laboribus defessam imminentis periculi metu libera. Quod sciam, soles praegnatibus periclitantibus ultro subvenire.'

"Ad istum modum supplicanti statim sese Iuno cum totius sui numinis augusta dignitate praesentat, et protinus 'Quam vellem' inquit 'per fidem nutum meum precibus tuis accommodare. Sed contra voluntatem Veneris, nurus meae, quam filiae semper dilexi loco, praestare me pudor non sinit. Tunc etiam legibus quae servos alienos perfugas invitis dominis vetant suscipi prohibeor.'

5. "Isto quoque Fortunae naufragio Psyche perterrita, nec indipisci iam maritum volatilem quiens, tota spe salutis deposita, sic ipsa suas cogitationes consuluit:

"'Iam quae possunt alia meis aerumnis temptari vel adhiberi subsidia, cui nec dearum quidem, quamquam volentium, potuerunt prodesse suffragia? Quo rursum itaque tantis laqueis inclusa vestigium porrigam, quibusque tectis vel etiam tenebris abscondita magnae Veneris inevitabiles oculos effugiam? Quin igitur masculum tandem sumis animum et cassae speculae renuntias fortiter, et ultroneam te dominae tuae reddis et vel sera modestia saevientes

87 **Tonante:** epíteto latino de Júpiter indicando seu poder sobre os trovões.

88 **Samos, Cartago, Ínaco:** três localidades de culto a Juno (Hera): quando jovem, era cultuada em Samos e Argo (Ínaco); já casada, em Cartago, onde figurava montada sobre um leão.

quem foram dedicados. Então, ajoelhada e abraçando o altar aquecido, enxugou as lágrimas e rezou:

4. —Ó irmã e esposa do grande Júpiter: quer tenhas morada em Samos (único lugar que pode se gloriar de ser teu berço, de ter ouvido teus vagidos e alimentado tua infância), quer te encontres nos recantos ditosos da excelsa Cartago (que te reverencia como a virgem que percorre o céu num leão), quer protejas as muralhas dos argivos às margens do Ínaco (que te recorda como a esposa do Tonante[87] e rainha dos deuses),[88] a quem todo o Oriente adora como Zígia e todo o Ocidente chama de Lucina,[89] sê nestas terríveis atribulações minha Juno Salvadora e me liberta, esgotada como estou por tantos reveses, do medo do perigo iminente! Sei que vens em socorro das gestantes em apuros.

A tais súplicas, Juno acudiu de imediato com toda a augusta dignidade de sua graça e, sem demora, falou para Psiquê:

— Como eu queria trazer algum conforto às suas preces! No entanto, o pudor não me permite contrariar a vontade de Vênus, minha nora,[90] que sempre amei como a uma filha. Além disso, estou impedida pelas leis que proíbem acolher escravos alheios sem o conhecimento dos seus donos.

5. Aterrada com esse novo naufrágio de sua sorte, Psiquê, já incapacitada de alcançar o esposo alado e despojada de qualquer esperança, teve consigo os seguintes pensamentos: "Que outro auxílio pode ser dado para sanar a minha desgraça, à qual nem sequer a ajuda das deusas, por mais que elas quisessem, foi capaz de reverter? Para onde voltarei meus passos, presa que estou em tantas teias? Sob que tetos ou sombras poderei escapar do olhar implacável da grande Vênus? Por que então não assumir um coração viril e renunciar, com toda a coragem, as vãs ilusões e, por livre iniciativa, se apresentar à sua senhora para mitigar, ainda que com modéstia tardia,

89 **Zígia, Lucina:** epítetos de Juno, respectivamente, como esposa e mãe.
90 **minha nora:** isso porque Afrodite era casada com Hefesto (Vulcano, entre os romanos), filho de Zeus e Hera.

impetus eius mitigas? Qui scias an etiam, quem diu quaeritas, illuc in domo matris reperies?' Sic ad dubium obsequium, immo ad certum exitium praeparata, principium futurae secum meditabatur obsecrationis.

6. "At Venus terrenis remediis inquisitionis abnuens caelum petit. Iubet instrui currum, quem ei Vulcanus aurifex subtili fabrica studiose poliverat et ante thalami rudimentum nuptiale munus obtulerat, limae tenuantis detrimento conspicuum et ipsius auri damno pretiosum. De multis, quae circa cubiculum dominae stabulant, procedunt quattuor candidae columbae, et hilaris incessibus picta colla torquentes iugum gemmeum subeunt, susceptaque domina laetae subvolant. Currum deae prosequentes gannitu constrepenti lasciviunt passeres, et ceterae quae dulce cantitant aves melleis modulis suave resonantes adventum deae pronuntiant. Cedunt nubes et Caelum filiae panditur et summus aether cum gaudio suscipit deam, nec obvias aquilas vel accipitres rapaces pertimescit magnae Veneris canora familia.

7. "Tunc se protinus ad Iovis regias arces dirigit, et petitu superbo Mercuri, dei vocalis, operae necessariam usuram postulat. Nec renuit Iovis caerulum supercilium. Tunc ovans ilico, comitante etiam Mercurio, Venus caelo demeat eique sollicite serit verba:

"'Frater Arcadi, scis nempe sororem tuam Venerem sine Mercuri praesentia nil umquam fecisse, nec te praeterit utique quanto iam tempore delitescentem ancillam nequiverim reperire. Nil ergo superest quam tuo praeconio praemium investigationis publicitus edicere. Fac ergo mandatum matures meum et indicia qui possit agnosci manifeste designes, ne, si quis occultationis illicitae crimen subierit, ignorantiae se possit excusatione defendere.' Et simul dicens libellum ei porrigit, ubi Psyches nomen continebatur et cetera. Quo facto protinus domum secessit.

91 **Irmão nascido na Arcádia**: isso porque Mercúrio (Hermes) teria nascido no monte Cilene, situado nessa região. Por ser o deus da mentira, poderia perfeitamente realizar a vingança de Vênus.

os ímpetos de sua fúria? Quem sabe talvez você encontre aquele que tanto procura na casa da própria mãe".

Assim, pronta para um milagre incerto ou mesmo para a morte certa, ela meditava consigo mesma o começo da próxima súplica.

6. Mas Vênus, desistindo da procura de Psiquê pelos artifícios terrenos, dirigiu-se ao céu. Mandou preparar a carruagem que Vulcano, o sublime ourives, havia construído para ela com toda a delicadeza e cuidado e lhe dera como presente de casamento. Das tantas pombinhas que viviam junto à casa de sua senhora, quatro, de cor branca, de passos agitados e que remexiam os pescoços coloridos, se ataram ao jugo de pedras preciosas e, levantando no ar a sua senhora, saíram contentes a voar. Seguindo a carruagem da deusa com gorjeios fragorosos, os pardais se divertiam e as demais aves, cantando melodias suaves com toda a doçura, anunciavam a presença da deusa. As nuvens lhe davam passagem, o céu se abria para a sua filha e o éter elevado recebia a deusa com alegria, sem que a canora criadagem da poderosa Vênus temesse que as águias e as aves de rapina lhe cruzassem o caminho.

7. Então, ela se dirigiu sem mais tardar às muralhas reais de Júpiter e, em voz alta, solicitou os serviços de Mercúrio, o deus de voz sonora, para um assunto urgente. O cenho cerúleo de Júpiter não lho negou. Então, Vênus desceu do céu, triunfante, na companhia de Mercúrio e lhe dirigiu as seguintes palavras:

— Irmão nascido na Arcádia,[91] você bem sabe que sua irmã Vênus jamais fez qualquer coisa sem a presença de Mercúrio e tampouco desconhece que, há bastante tempo, ela anda procurando uma escrava foragida; resta apenas anunciar publicamente com sua ajuda o prêmio pela captura. Assim, faça o que lhe solicito: dê claramente as indicações para que a escrava possa ser reconhecida, de modo que, se alguém cometer o crime de escondê-la ilicitamente, não consiga se defender com a escusa de não saber quem é ela.

Ao mesmo tempo que dizia isso, entregou-lhe um bilhete em que constava o nome de Psiquê e as demais informações. Feito isso, de imediato a deusa regressou para casa.

8. “Nec Mercurius omisit obsequium. Nam per omnium ora populorum passim discurrens, sic mandatae praedicationis munus exsequebatur: ‘Si quis a fuga retrahere vel occultam demonstrare poterit fugitivam regis filiam, Veneris ancillam, nomine Psychen, conveniat retro metas Murtias Mercurium praedicatorem, accepturus indicivae nomine ab ipsa Venere septem savia suavia et unum blandientis appulsu linguae longe mellitum.’

“Ad hunc modum pronuntiante Mercurio tanti praemii cupido certatim omnium mortalium studium arrexerat. Quae res nunc vel maxime sustulit Psyches omnem cunctationem. Iamque fores eius dominae proximanti occurrit una de famulitione Veneris nomine Consuetudo, statimque quantum maxime potuit exclamat: ‘Tandem, ancilla nequissima, dominam habere te scire coepisti? An pro cetera morum tuorum temeritate istud quoque nescire te fingis, quantos labores circa tuas inquisitiones sustinuerimus? Sed bene quod meas potissimum manus incidisti et inter Orci cancros iam ipsos haesisti datura scilicet actutum tantae contumaciae poenas.’

9. “Et audaciter in capillos eius immissa manu trahebat eam nequaquam renitentem. Quam ubi primum inductam oblatamque sibi conspexit Venus, laetissimum cachinnum extollit et qualem solent furenter irati, caputque quatiens et ascalpens aurem dexteram, ‘Tandem’ inquit ‘dignata es socrum tuam salutare? An potius maritum, qui tuo vulnere periclitatur, intervisere venisti? Sed esto secura; iam enim excipiam te, ut bonam nurum condecet.’ Et ‘Ubi sunt’ inquit ‘Sollicitudo atque Tristities, ancillae meae?’

“Quibus intro vocatis torquendam tradidit eam. At illae sequentes erile praeceptum Psychen misellam flagellis afflictam et ceteris tormentis excruciatam iterum dominae conspectui reddunt. Tunc rursus sublato risu Venus ‘Et ecce’ inquit ‘nobis turgidi ventris sui lenocinio commovet miserationem, unde me praeclara subo-

92 **pregoeiro Mercúrio atrás das colunas de Múrcia:** a expressão indica que os interessados deveriam procurar o deus do comércio (Mercúrio) junto ao templo de Vênus, cujo epíteto latino era Múrcia.

8. Mercúrio não descumpriu o pedido, pois fazia circular de boca em boca pelo mundo inteiro a seguinte mensagem: "Se alguém puder impedir a fuga ou denunciar onde Psiquê, escrava foragida, filha do rei e serva de Vênus, está escondida, procure o pregoeiro Mercúrio atrás das colunas de Múrcia.[92] O prêmio pela delação serão sete doces beijos de Vênus em pessoa, mais um, adocicado como o mel e dado com o leve afago da ponta da língua".

Falando nesses termos, Mercúrio excitou a vontade de todos os mortais receberem tamanho prêmio, coisa que suspendeu toda a hesitação de Psiquê. Às portas do palácio de sua senhora e pronta para a rendição, uma das criadas de Vênus, de nome Costume, de imediato lhe exclamou, aos brados:

— Só agora, escrava desprezível, você se deu conta de que possui uma senhora? Ou, com seu atrevimento habitual, você finge desconhecer as tribulações que passamos para encontrá-la? Mas que bom que você está precisamente nas minhas mãos e caiu nas garras do próprio Orco, pois agora mesmo vai pagar pela enorme teimosia.

9. E, agarrando-a pelos cabelos com violência, arrastou-a sem que ela se opusesse. Assim que Psiquê foi levada até a presença da deusa e colocada diante dela, Vênus deu uma gargalhada exultante, como costuma fazer quem está fora de si de tanta raiva. Em seguida, abanando a cabeça e coçando a orelha direita, exclamou:

— Até que enfim você se dignou a visitar sua sogra! Ou veio ver seu esposo gemendo de dor por causa da ferida que você lhe infligiu? Mas fique tranquila: vou recebê-la como uma nora merece. Onde estão — acrescentou — minhas criadas Angústia e Tristeza?

Depois de elas entrarem, Vênus lhes entregou Psiquê para que a torturassem. Então, depois de seguirem a ordem superior, trouxeram de volta à presença de sua senhora a pobre moça, aflita de sofrimento e punida com todo o tipo de tormento. Vênus, gargalhando alto mais uma vez, disse:

— Vejam só como ela nos comove com a farsa da gravidez, decerto para fazer de mim uma avó felizarda com seu filho. Como vou ficar

le aviam beatam scilicet faciat. Felix vero ego, quae in ipso aetatis meae flore vocabor avia, et vilis ancillae filius nepos Veneris audiet. Quamquam inepta ego frustra filium dicam. Impares enim nuptiae et praeterea in villa sine testibus et patre non consentiente factae legitimae non possunt videri, ac per hoc spurius iste nascetur, si tamen partum omnino perferre te patiemur.'

10. "His editis involat eam vestemque plurifariam diloricat, capilloque discisso et capite conquassato graviter affligit. Et accepto frumento et hordeo et milio et papavere et cicere et lente et faba commixtisque acervatim confusis in unum grumulum, sic ad illam: 'Videris enim mihi tam deformis ancilla nullo alio sed tantum sedulo ministerio amatores tuos promereri. Iam ergo et ipsa frugem tuam periclitabor. Discerne seminum istorum passivam congeriem, singulisque granis rite dispositis atque seiugatis ante istam vesperam opus expeditum approbato mihi.'

"Sic assignato tantorum seminum cumulo ipsa cenae nuptiali concessit. Nec Psyche manus admolitur inconditae illi et inextricabili moli, sed immanitate praecepti consternata silens obstupescit. Tunc formicula illa parvula atque ruricola, certa difficultatis tantae laborisque, miserta contubernalis magni dei socrusque saevitiam exsecrata, discurrens naviter convocat corrogatque cunctam formicarum accolarum classem. 'Miseremini, Terrae omniparentis agiles alumnae, miseremini, et Amoris uxori, puellae lepidae, periclitanti prompta velocitate succurrite.' Ruunt aliae superque aliae sepedum populorum undae, summoque studio singulae granatim totum digerunt acervum, separatimque distributis dissitisque generibus, e conspectu perniciter abeunt.

11. "Sed initio noctis e convivio nuptiali, vino madens et fraglans balsama, Venus remeat totumque revincta corpus rosis micantibus,

feliz sendo chamada de avó em plena flor da idade e ouvindo que o neto de Vênus é filho de uma criada qualquer! Que boba sou ao chamá-lo de filho, sem mérito. Os noivos não têm a mesma origem; além disso, as bodas foram celebradas no campo, sem testemunhas e sem a anuência do pai, de modo que não podem ser vistas como legítimas. Portanto, esse filho nascerá como um bastardo — e isto se nós permitirmos que a gravidez chegue ao fim.

10. Reveladas essas informações, Vênus voou sobre a moça, rasgou suas roupas e, arrancando-lhe os cabelos e sacudindo-lhe a cabeça, machucou-a gravemente. Depois de mandar que lhe trouxessem trigo, cevada, milho, papoula, ervilha, lentilha e fava e misturá-los numa massa compacta, disse o seguinte a Psiquê:

— Para mim, você é uma criada tão feia, que não agrada aos seus amantes com nada mais do que os serviços que você lhes presta. Eu também quero testar essa prestatividade: separe os grãos misturados nesta massa e, distribuídos e ordenados um a um, submeta a tarefa à minha aprovação antes do cair da tarde.

Tendo colocado a massa de tantos grãos à disposição de Psiquê, Vênus se dirigiu a um banquete nupcial. Psiquê não estendeu a mão para recolher aquela massa informe e confusa; perplexa com a desumanidade da ordem recebida, ficou em silêncio, estupefata. Foi então que uma formiguinha, aquela pequenina moradora dos campos, ciente da dificuldade de tamanha tarefa, compadecida da companheira do poderoso deus e execrando a maldade da sogra, saiu correndo ativamente por toda parte, convocando todas as formigas do formigueiro mais próximo e pedindo-lhes o seguinte:

— Tenham piedade, ágeis filhas da terra que tudo produz, tenham piedade e ajudem com toda a rapidez a bela e jovem esposa do Amor!

Uma após outra, vieram em hordas as criaturinhas de seis patas e, com todo o empenho, cada qual separou a pilha inteira, grão por grão e, depois de distribuí-los e ordená-los por gênero, se apressaram em desaparecer.

11. No início da noite, Vênus regressou do banquete nupcial embriagada de vinho, exalando perfume e com o corpo inteiro coberto de

visaque diligentia miri laboris, 'Non tuum,' inquit 'nequissima, nec tuarum manuum istud opus, sed illius cui tuo, immo et ipsius, malo placuisti.' Et frusto cibarii panis ei proiecto cubitum facessit.

"Interim Cupido solus interioris domus unici cubiculi custodia clausus coercebatur acriter, partim ne petulanti luxurie vulnus gravaret, partim ne cum sua cupita conveniret. Sic ergo distentis et sub uno tecto separatis amatoribus taetra nox exanclata.

"Sed Aurora commodum inequitante, vocatae Psychae Venus infit talia: 'Videsne illud nemus, quod fluvio praeterluenti ripisque longis attenditur, cuius invii frutices vicinum fontem despiciunt? Oves ibi nitentis auri vero decore florentes incustodito pastu vagantur. Inde de coma pretiosi velleris floccum mihi confestim quoquo modo quaesitum afferas censeo.'

12. "Perrexit Psyche volenter non obsequium quidem illa functura, sed requiem malorum praecipitio fluvialis rupis habitura. Sed inde de fluvio musicae suavis nutricula, leni crepitu dulcis aurae divinitus inspirata, sic vaticinatur harundo viridis: 'Psyche, tantis aerumnis exercita, neque tua miserrima morte meas sanctas aquas polluas, nec vero istud horae contra formidabiles oves feras aditum, quoad de solis flagrantia mutuatae calorem truci rabie solent efferri, cornuque acuto et fronte saxea et nonnunquam venenatis morsibus in exitium saevire mortalium. Sed dum meridies solis sedaverit vaporem et pecua spiritus fluvialis serenitate conquieverint, poteris sub illa procerissima platano, quae mecum simul unum fluentum bibit, latenter abscondere. Et cum primum mitigata furia

rosas vistosas; ao ver a diligência na execução da tarefa dificílima, exclamou:

— Miserável! Não é seu nem de suas mãos este trabalho, e sim daquele a quem você agradou, para desgraça sua e dele!

E, depois de lhe atirar um pedaço de pão velho, retirou-se para se deitar. Enquanto isso, Cupido, sozinho dentro de casa e mantido sob custódia num quarto isolado, estava sendo vigiado com todo o zelo, tanto para não agravar a ferida com sua energia petulante quanto para não encontrar a sua amada. Assim, pois, os amantes passaram a noite sombria sob o mesmo teto, mas separados e distantes. Porém, logo que a Aurora subiu em seu carro, Vênus chamou Psiquê e lhe disse o seguinte:

— Está vendo aquele bosque, banhado pelo rio, que se estende por longas margens e cujas árvores mais próximas espreitam a fonte vizinha? As ovelhas de pelos de ouro que pastam por ali ficam vagando pelo campo sem ter quem as monitore. Acho bom você ir lá e me trazer agora mesmo, não importa de que maneira, um floco daquele pelo precioso.

12. Psiquê, de boa vontade, se encaminhou para lá — não para executar a tarefa, e sim, se atirando da beira do rio, para dar um fim aos seus males. Porém, de dentro do rio, um caniço verde, criador de sons melodiosos, com a suave crepitação da brisa afável lhe dirigiu as seguintes palavras:

— Psiquê, mesmo que você tenha sido maltratada com tantos trabalhos, não polua minhas águas sagradas com a sua morte sordidíssima, nem tente se aproximar das terríveis ovelhas ferozes nesta hora do dia: agitadas pelo calor do sol, elas tendem a ser dominadas por uma raiva devastadora e, com o chifre pontiagudo, a testa de pedra e, algumas vezes, com mordidas envenenadas, investem mortalmente contra os mortais. Porém, quando o vigor do sol do meio-dia esmorecer e o rebanho sossegar com a calmaria da brisa que vem do rio, você poderá se esconder sorrateiramente debaixo daquele plátano altíssimo, que bebe comigo da mesma correnteza. Assim que as ovelhas, depois de acalmada a raiva, relaxarem, você vai e sacode os

laxaverint oves animum, percussis frondibus attigui nemoris lanosum aurum reperies, quod passim stirpibus convexis obhaerescit.'

13. "Sic harundo simplex et humana Psychen aegerrimam salutem suam docebat. Nec auscultatu impaenitendo diligenter instructa illa cessavit, sed observatis omnibus furatrina facili flaventis auri mollitie congestum gremium Veneri reportat. Nec tamen apud dominam saltem secundi laboris periculum secundum testimonium meruit, sed contortis superciliis surridens amarum sic inquit: 'Nec me praeterit huius quoque facti auctor adulterinus. Sed iam nunc ego sedulo periclitabor an oppido forti animo singularique prudentia sis praedita. Videsne insistentem celsissimae illi rupi montis ardui verticem, de quo fontis atri fuscae defluunt undae proximaeque conceptaculo vallis inclusae Stygias irrigant paludes et rauca Cocyti fluenta nutriunt? Indidem mihi de summi fontis penita scaturrigine rorem rigentem hauritum ista confestim defers urnula.' Sic aiens crystallo dedolatum vasculum, insuper ei graviora comminata, tradidit.

14. "At illa studiose gradum celerans montis extremum petit cumulum, certe vel illic inventura vitae pessimae finem. Sed cum primum praedicti iugi conterminos locos appulit, videt rei vastae letalem difficultatem. Namque saxum immani magnitudine procerum et inaccessa salebritate lubricum mediis e faucibus lapidis fontes horridos evomebat, qui statim proni foraminis lacunis editi perque proclive delapsi et angusti canalis exarato contecti tramite proximam convallem latenter incidebant. Dextra laevaque cautibus cavatis proserpunt ecce longa colla porrecti saevi dracones, inconivae vigiliae luminibus addictis et in perpetuam lucem pupulis excubantibus. Iamque et ipsae semet muniebant vocales aquae. Nam et 'Discede!' et 'Quid facis? Vide!' et 'Quid agis? Cave!' et 'Fuge!' et 'Peribis!' subinde clamant. Sic impossibilitate ipsa mutata in lapidem Psyche, quamvis praesenti corpore, sensibus tamen aberat, et inextricabilis

93 **Estige... Cócito:** rios do Hades, simbolizando as lamentações e os juramentos sagrados.

arbustos do bosque ali perto para colher os pelos de ouro agarrados aqui e ali nas pontas dos galhos.

13. E assim o caniço, sincero e piedoso, ajudou Psiquê a se salvar, por mais abatida que estivesse. Ela ouviu o conselho com atenção; seguindo-o meticulosamente, levou até Vênus o floco macio de ouro fulvo, depois de roubá-lo com facilidade. Mais uma vez, porém, o perigo do segundo trabalho não foi abonado; com um sorriso amargo e o cenho franzido, a deusa replicou:

— O autor espúrio desse novo feito não me passou despercebido. Mas estou decidida a testar agora se você possui mesmo o espírito corajoso e uma prudência sem par. Está vendo aquele cume situado na rocha mais alta daquele monte íngreme? Dali fluem águas escuras de uma fonte sombria que, acumuladas na bacia do vale vizinho, alagam os pântanos do Estige e alimentam as correntes ruidosas do Cócito.[93] É dali mesmo, da nascente oculta no alto do monte, que você imediatamente me trará água gelada, armazenada neste pequeno frasco.

14. Então Psiquê, acelerando o passo com resolução, se dirigiu ao cume do monte, certamente para encontrar ali nada menos do que o fim de uma vida desgraçada. Porém, ao se aproximar do pico da montanha indicada, percebeu a dificuldade mortal da imensa tarefa, pois o alto rochedo, de brutal magnitude e inacessível aspereza, vomitava do meio das fauces da rocha, escorregadio, jatos horrendos de água, que brotavam sem parar das cavidades abertas e, deslizando pelas encostas e abrindo caminho num estreito canal, desembocavam discretamente no vale vizinho. Além disso, à direita e à esquerda dos penhascos côncavos, serpenteavam dragões horríveis de longos pescoços, de olhos em constante vigília e pupilas sempre atentas à luz. Sem demora, as águas dotadas de voz defendiam-se a si mesmas, clamando, em sequência, "Vá embora!", "O que você está fazendo? Abra os olhos!", "O que você está preparando? Cuidado!", "Fuja!", "Você vai morrer!" Assim Psiquê, transformada em pedra pela própria incapacidade, havia perdido os sentidos, muito embora

periculi mole prorsus obruta lacrimarum etiam extremo solacio carebat.

15. "Nec Providentiae bonae graves oculos innocentis animae latuit aerumna. Nam supremi Iovis regalis ales illa repente propansis utrimque pinnis affuit, rapax aquila, memorque veteris obsequii, quo ductu Cupidinis Iovi pocillatorem Phrygium substulerat, opportunam ferens opem deique numen in uxoris laboribus percolens, alti culminis diales vias deserit et ob os puellae praevolans incipit:

"'At tu, simplex alioquin et expers rerum talium, sperasne te sanctissimi nec minus truculenti fontis vel unam stillam posse furari vel omnino contingere? Diis etiam ipsique Iovi formidabiles aquas istas Stygias vel fando comperisti, quodque vos deieratis per numina deorum, deos per Stygis maiestatem solere? Sed cedo istam urnulam.'

"Et protinus arreptam completum aquae festinat, libratisque pinnarum nutantium molibus inter genas saevientium dentium et trisulca vibramina draconum remigium dextra laevaque porrigens, nolentes aquas et ut abiret innoxius praeminantes excipit, commentus ob iussum Veneris petere eique se praeministrare, quare paulo facilior adeundi fuit copia.

16. "Sic acceptam cum gaudio plenam urnulam Psyche Veneri citata rettulit. Nec tamen nutum deae saevientis vel tunc expiare potuit. Nam sic eam maiora atque peiora flagitia comminans appellat renidens exitiabile: "Iam tu quidem magna videris quaedam mihi et alta prorsus malefica, quae talibus praeceptis meis obtemperasti naviter. Sed adhuc istud, mea pupula, ministrare debebis. Sume istam pyxidem et de die protinus usque ad inferos et ipsius Orci ferales penates te derige. Tunc conferens pyxidem Proserpinae, "Petit de te Venus" dicito "modicum de tua mittas ei formositate vel ad unam

94 **Escanção frígio:** Ganimedes (ver nota em 1.12).

95 **majestade do Estige:** isso porque se trata do rio dos juramentos sagrados, inquebráveis e que, por isso, acarretam sérias consequências quando profanados (Hesíodo, *Teogonia* 793–804).

de corpo presente. Oprimida pelo peso do perigo descomunal, não lhe restava sequer o derradeiro consolo das lágrimas.

15. Contudo, a aflição de sua alma inocente não escapou ao olhar atento da Boa Providência, pois a ave real do supremo Júpiter (a águia rapace) apareceu de repente, balançando suas asas. Lembrando-se de um antigo obséquio (em que, sob orientação de Cupido, havia raptado para Júpiter o escanção frígio),[94] trouxe a ajuda oportuna, honrando o nome do deus com o alívio à trabalheira da esposa. Abandonou as aleias divinas da altura celeste e, voando na altura da face da moça, começou a dizer:

— Quer dizer que você, além de ingênua e inexperiente em tais trabalhos, imagina que é capaz de roubar, ou pelo menos tocar, uma gota sequer dessa fonte sacratíssima e não menos perigosa? Não ouviu falar que essas águas estígias dão calafrios nos deuses e inclusive em Júpiter, e que o temor que vocês têm pelos numes divinos os deuses têm pela majestade do Estige?[95] Me dê aqui esse frasco!

Depois de agarrá-lo e prendê-lo, a ave tratou de se apressar; equilibrando a carga das asas oscilantes, abriu passagem, voando à direita e à esquerda, por entre as mandíbulas dos dentes mortíferos dos dragões e suas línguas de dardo triplo. Colhendo as águas arredias, que o mandavam ir embora para não machucá-lo, escusou-se dizendo que cumpria uma ordem de Vênus, razão pela qual lhe foi um pouco mais fácil se aproximar.

16. Assim, pois, depois de receber com alegria o frasco cheio, Psiquê saiu correndo para entregá-lo a Vênus. Mesmo assim não conseguiu granjear o favor da deusa inclemente, que, ameaçando-a com castigos maiores e piores, lhe retrucou, com uma risada sarcástica, as seguintes palavras:

— Acho que você é uma feiticeira, e das mais maléficas, por cumprir ordens como as minhas com tanta competência. Mas há mais uma, queridinha, que você deverá cumprir: pegue esta caixinha — e entregou-lha —, desça agora mesmo aos ínferos e dirija-se à presença dos próprios penates sombrios do Orco. Então, estendendo a caixinha a Prosérpina, diga a ela: "Vênus está pedindo que a senhora

saltem dieculam sufficiens. Nam quod habuit, dum filium curat aegrotum consumpsit atque contrivit omne." Sed haud immaturius redito, quia me necesse est indidem delitam theatrum deorum frequentare.'

17. "Tunc Psyche vel maxime sensit ultimas fortunas suas, et velamento reiecto ad promptum exitium sese compelli manifeste comperit—quidni?—quae suis pedibus ultro ad Tartarum manesque commeare cogeretur. Nec cunctata diutius pergit ad quampiam turrim praealtam, indidem sese datura praecipitem. Sic enim rebatur ad inferos recte atque pulcherrime se posse descendere. Sed turris prorumpit in vocem subitam, et 'Quid te' inquit 'praecipitio, misella, quaeris exstinguere? Quidque iam novissimo periculo laborique isto temere succumbis? Nam si spiritus corpore tuo semel fuerit seiugatus, ibis quidem profecto ad imum Tartarum, sed inde nullo pacto redire poteris.

18. "'Mihi ausculta. Lacedaemo, Achaiae nobilis civitas, non longe sita est. Huius conterminam deviis abditam locis quaere Taenarum. Inibi spiraculum Ditis, et per portas hiantes monstratur iter invium, cui te limine transmeato simul commiseris, iam canale directo perges ad ipsam Orci regiam. Sed non hactenus vacua debebis per illas tenebras incedere, sed offas polentae mulso concretas ambabus gestare manibus, at in ipso ore duas ferre stipes. Iamque confecta bona parte mortiferae viae, continaberis claudum asinum lignorum gerulum cum agasone simili, qui te rogabit decidentis sarcinae fusticulos aliquos porrigas ei; sed tu nulla voce deprompta tacita praeterito. Nec mora cum ad flumen mortuum venies, cui praefectus Charon, protinus expetens portorium, sic ad ripam ulteriorem sutili cumba deducit commeantes. Ergo et inter mortuos avaritia vivit, nec Charon ille Ditis exactor tantus deus quicquam gratuito

96 **o Tártaro e os Manes:** o Tártaro é o mundo inferior, onde fica o Hades, lugar em que estão os mortos. Manes são as almas dos parentes falecidos.

lhe mande uma dose de sua beleza, nem que seja o suficiente para apenas um dia, pois ela usou e gastou toda a que tinha cuidando do filho convalescente". Mas não demore para regressar, pois preciso aplicá-la antes de ir ao teatro dos deuses.

17. Psiquê, então, sentiu que sua vida estava chegando ao fim e percebeu, com toda a clareza, que estava sendo enviada à morte imediata sem o véu mortuário. E não é? Não estava sendo coagida a buscar com seus próprios pés o Tártaro e os Manes?[96] Sem mais delongas, dirigiu-se a uma torre elevada para se atirar de lá, pois calculou que dessa forma poderia descer aos ínferos mais direta e honestamente. A torre, no entanto, irrompeu em gritos:

— Pobre moça! Por que, se jogando no abismo, você está buscando a morte? Por que sucumbir ao último perigo de todos e logo nessa tarefa? Se o seu espírito deixar o corpo, você vai mesmo para as profundezas do Tártaro, mas não poderá voltar de jeito nenhum.

18. Escute-me: a Lacônia, cidade da Acaia, não fica muito longe daqui. Vá para Tênaro,[97] vizinho dela e oculto num lugar isolado. Ali mesmo está a entrada da casa de Dite, e pelas portas abertas é possível ver uma via intrafegável. Ao entrar nela, pegue a primeira trilha, que dá no palácio do Orco. Mas você não deverá cruzar essas trevas sem nada: em ambas as mãos, leve bolachas de aveia e mel e duas moedas na boca. Depois de atravessar uma boa parte da estrada mortífera, você vai encontrar um asno coxo carregando lenha e um guia, também coxo, que vai lhe pedir para entregar alguns cavacos que caíram do feixe. Você, porém, deve passar por ele em silêncio, sem dizer nada. Sem demora, ao chegar ao rio da morte, o barqueiro Caronte lhe cobrará a taxa; só assim ele transporta num barco frágil os viajantes até a outra margem. Pois é: a ganância vive inclusive entre os mortos, e nem mesmo Caronte, contabilista de Dite (deus de enorme importância) faz nada de graça. Mas até o pobre que fa-

97 **Tênaro:** a par do lago Averno, o cabo Tênaro era tido como um dos acessos ao mundo dos mortos (ver nota em 1.1).

facit. Sed moriens pauper viaticum debet quaerere, et aes si forte prae manu non fuerit, nemo eum exspirare patietur. Huic squalido seni dabis nauli nomine de stipibus quas feres alteram, sic tamen ut ipse sua manu de tuo sumat ore. Nec setius tibi pigrum fluentum transmeanti quidam supernatans senex mortuus putres attollens manus orabit ut eum intra navigium trahas; nec tu tamen illicita afflectare pietate.

19. "'Transito fluvio modicum te progressam textrices orabunt anus telam struentes, manus paulisper accommodes; nec id tamen tibi contingere fas est. Nam haec omnia tibi et multa alia de Veneris insidiis orientur, ut vel unam de manibus omittas offulam. Nec putes futile istud polentacium damnum leve: altera enim perdita, lux haec tibi prorsus denegabitur. Canis namque praegrandis, teriugo et satis amplo capite praeditus, immanis et formidabilis, tonantibus oblatrans faucibus mortuos, quibus iam nil mali potest facere, frustra territando, ante ipsum limen et atra atria Proserpinae semper excubans servat vacuam Ditis domum. Hunc offrenatum unius offulae praeda facile praeteribis ad ipsamque protinus Proserpinam introibis, quae te comiter excipiet ac benigne, ut et molliter assidere et prandium opipare suadeat sumere. Sed tu et humi reside et panem sordidum petitum esto; deinde nuntiato quid adveneris, susceptoque quod offeretur rursus remeans canis saevitiam offula reliqua redime; ac deinde, avaro navitae data quam reservaveras stipe transitoque eius fluvio, recolens priora vestigia ad istum caelestium siderum redies chorum. Sed inter omnia hoc observandum praecipue tibi censeo, ne velis aperire vel inspicere illam quam feres pyxidem, vel omnino divinae formositatis abditum arbitrari curiosius thesaurum.'

leceu deve pagar a taxa e, se ele não tiver o dinheiro, ninguém lhe concederá o descanso eterno. Você deve pagar com uma das moedas o valor do frete a esse velho esquálido, só que ele deve sacá-la de sua boca com as próprias mãos. E tem mais: enquanto você estiver cruzando as águas turvas, um velho morto, boiando, lhe estenderá as mãos putrefatas e lhe pedirá para puxá-lo para dentro do barco. Não se deixe levar por uma piedade que lhe está vedada.

19. Ao cruzar o rio e avançar alguns passos, velhas tecedeiras trabalhando num tear lhe pedirão para dar uma mãozinha na tarefa. Mas fazer isso também lhe é proibido: tudo isso e o que ainda virá são armações de Vênus para você soltar uma das bolachas. Não julgue ser de menor importância essa bolacha, ou que perdê-la será um dano leve. Se você se desfizer de uma só delas, a luz do dia lhe será interditada para todo o sempre. Acontece que um cão monstruoso, dotado de três cabeças bem grandes, feroz e assustador, que brada do fundo de sua garganta latidos apavorantes aos mortos aos quais não pode provocar mal algum, causando-lhes um terror inútil, e que protege continuamente as portas e o átrio escuro de Prosérpina, vigia o palácio deserto de Dite. Você vai domesticá-lo e passar por ele se lhe entregar como presa fácil uma das bolachas; em seguida, encontrará Prosérpina em pessoa, que lhe dará as boas-vindas e receberá você com toda a cortesia. Ela vai convidar você gentilmente a tomar seu lugar à mesa e lhe servirá um almoço luxuoso; você, porém, deve se sentar no chão e comer apenas um pedaço de pão ordinário. Então, diga-lhe a que veio, pegue o que lhe foi encomendado e, ao regressar, dê a outra bolacha para aplacar a fúria do cão. Depois de entregar ao barqueiro ganancioso a moeda que você havia lhe reservado e cruzar o seu rio, você reverá o coro de estrelas do céu graças às pegadas que havia deixado na ida. Mas, de tudo isso que eu lhe disse, acho bom você prestar muita atenção no seguinte: não abra de jeito nenhum a caixinha que você está carregando nem inspecione o que está guardado dentro dela; melhor dizendo, vença como for possível a curiosidade em relação ao tesouro oculto da beleza divina.

20. "Sic turris illa prospicua vaticinationis munus explicuit. Nec morata Psyche pergit Taenarum, sumptisque rite stipibus illis et offulis, infernum decurrit meatum. Transitoque silentium asinario debili et amnica stipe vectori data, per neglecto supernatantis mortui desiderio et spretis textricum subdolis precibus et offulae cibo sopita canis horrenda rabie, domum Proserpinae penetrat. Nec offerentis hospitae sedile delicatum vel cibum beatum amplexa, sed ante pedes eius residens humilis cibario pane contenta, Veneriam pertulit legationem. Statimque secreto repletam conclusamque pyxidem suscipit, et offulae sequentis fraude caninis latratibus obseratis residuaque navitae reddita stipe, longe vegetior ab inferis recurrit. Et repetita atque adorata candida ista luce, quamquam festinans obsequium terminare, mentem capitur temeraria curiositate. Et 'Ecce' inquit 'inepta ego divinae formositatis gerula, quae nec tantillum quidem indidem mihi delibo, vel sic illi amatori meo formoso placitura.'

21. "Et cum dicto reserat pyxidem; nec quicquam ibi rerum nec formositas ulla, sed infernus somnus ac vere Stygius, qui statim coperculo revelatus invadit eam crassaque soporis nebula cunctis eius membris perfunditur, et in ipso vestigio ipsaque semita collapsam possidet. Et iacebat immobilis et nihil aliud quam dormiens cadaver.

"Sed Cupido iam cicatrice solida revalescens, nec diutinam suae Psyches absentiam tolerans, per altissimam cubiculi quo cohibebatur elapsus fenestram, refectisque pinnis aliquanta quiete longe velocius provolans, Psychen accurrit suam; detersoque somno curiose et rursum in pristinam pyxidis sedem recondito, Psychen innoxio punctulo sagittae suae suscitat. Et 'Ecce' inquit 'rursum perieras, misella, simili curiositate. Sed interim quidem tu provinciam, quae tibi matris meae praecepto mandata est, exsequere naviter; cetera

20. Foi assim que aquela torre explanou seu vaticínio. Sem demora, Psiquê se dirigiu ao Tênaro e, cumprida rigorosamente a indicação de levar as moedas e as bolachas, completou o trajeto infernal. Depois de passar em silêncio pelo asno claudicante, pagar a taxa fluvial ao barqueiro, negar o que o morto boiando suplicava e oferecer a bolacha para aplacar a raiva horrenda do cão, adentrou o palácio de Prosérpina. Não aceitou o assento macio nem o almoço opulento da gentil anfitriã e sim, sentada humildemente aos seus pés e contente com o pedaço de pão, revelou a incumbência de Vênus. Sem tardar, pegou a caixinha fechada em segredo com o conteúdo e, com o artifício da segunda bolacha para calar os latidos do cão e pagando a taxa restante ao barqueiro, deixou para trás os ínferos com passos mais resolutos. Porém, depois de rever e adorar a cândida luz do dia, apesar de apressada para terminar o serviço, viu-se tomada de uma imensa curiosidade e disse: "Eu lá sou boba de carregar a beleza divina sem sequer passar um tiquinho dela em mim para ficar mais bonita para o meu lindo amado?"

21. Mal havia dito isso, abriu a caixinha. Porém, não havia coisa alguma ali dentro, nem sequer um vestígio de beleza, e sim um sono infernal, do Estige mesmo. Liberto, ele logo envolveu todos os membros dela numa nuvem grossa de sono, feito um cobertor, e deixou-a deitada ali, no meio do caminho. Psiquê jazia imóvel e não parecia outra coisa além de um cadáver.

No entanto Cupido, com a ferida já cicatrizada, havia melhorado. Sem aguentar mais a separação de sua amada Psiquê, saiu voando pela janela que ficava no ponto mais alto do quarto onde ele tinha sido encarcerado. As asas estavam curadas depois de algum tempo de descanso e, voando mais rápido do que nunca, ele foi encontrar sua Psiquê. Depois de espantar o sono com cuidado e guardá-lo novamente na caixinha, Cupido espetou Psiquê com a picada inofensiva de sua flecha e exclamou:

— Coitadinha! Mais uma vez a sua curiosidade quase matou você! Trate, porém, de completar a missão que minha mãe lhe encarregou. Eu farei o resto.

egomet videro.' His dictis amator levis in pinnas se dedit. Psyche vero confestim Veneri munus reportat Proserpinae.

22. "Interea Cupido amore nimio peresus et aegra facie matris suae repentinam sobrietatem pertimescens, ad armillum redit, alisque pernicibus caeli penetrato vertice, magno Iovi supplicat suamque causam probat. Tunc Iuppiter, prehensa Cupidinis buccula manuque ad os suum relata consaviat, atque sic ad illum 'Licet tu,' inquit 'domine fili, numquam mihi concessu deum decretum servaris honorem, sed istud pectus meum, quo leges elementorum et vices siderum disponuntur, convulneraris assiduis ictibus, crebrisque terrenae libidinis foedaveris casibus, contraque leges et ipsam Iuliam disciplinamque publicam turpibus adulteriis existimationem famamque meam laeseris, in serpentes, in ignes, in feras, in aves, et gregalia pecua serenos vultus meos sordide reformando, at tamen modestiae meae memor quodque inter istas meas manus creveris, cuncta perficiam, dum tamen scias aemulos tuos cavere, ac si qua nunc in terris puella praepollet pulchritudine, praesentis beneficii vicem per eam mihi repensare te debere.'

23. "Sic fatus iubet Mercurium deos omnes ad contionem protinus convocare ac, si qui coetu caelestium defuisset, in decem milium nummum conventum iri pronunpoenam tiare. Quo metu statim completo caelesti theatro, pro sede sublimi sedens procerus Iuppiter sic enuntiat:

98 **Lei Júlia:** trata-se da *Lex Iulia de adulteriis* (Lei Júlia sobre adultério), promulgada por Augusto em 18 EC, que estabelecia as punições para homens e mulheres que cometessem adultério. É comentada por Tácito (*Anais* 3.24), o qual alega motivos pessoais do príncipe para promulgá-la.

99 **6.22:** alusão às várias e célebres histórias das metamorfoses de Júpiter; em serpente, a fim de coabitar com Deméter ou com sua própria mãe, Réia (*Hinos Órficos*, frag. 58); em chuva de ouro, para seduzir Dânae – o texto de Apu-

Ditas essas palavras, o amante gentil bateu asas e voou, ao passo que Psiquê se apressou para entregar a Vênus o presente de Prosérpina.

22. Enquanto isso Cupido, tomado de um grande amor e com o semblante de um doente, temendo a repentina austeridade de sua mãe, tornou a aprontar das suas e, batendo as asas, foi parar no meio do céu, para onde foi dar queixa a Júpiter e advogar sua causa. Então Júpiter, beliscando a bochecha de Cupido e movendo o rosto dele em sua direção para beijá-lo, disse-lhe:

— Mesmo que o senhor, meu filho, jamais me tenha prestado as honras pactuadas por unanimidade com os deuses, e sim tenha ferido com flechadas em sequência o meu coração, com o qual são comandadas as leis dos elementos e o curso dos astros, me aviltado com casos vergonhosos de amor terreno e lesado minha reputação e minha fama com torpes adultérios contra as leis (sobretudo a Lei Júlia)[98] e a moral pública dando sordidamente ao meu semblante impassível a feição de serpentes, fogueiras, bichos ferozes, pássaros e animais de rebanho,[99] mesmo assim, me lembrando de minha bondade e que foram minhas mãos que o criaram, vou atender ao seu pedido, contanto que o senhor saiba se proteger dos seus imitadores e que, se houver hoje em dia uma moça na Terra que se diferencie pela beleza, é de seu dever me oferecê-la como recompensa pela presente gentileza.

23. Ditas essas palavras, mandou Mercúrio convocar sem demora uma assembleia com todos os deuses e anunciar que, se houvesse algum deles que não comparecesse à reunião divina, pagaria uma multa de dez mil moedas. De imediato, o teatro dos deuses ficou lotado por conta do medo e Júpiter, subindo no púlpito sublime, pronunciou-se nos seguintes termos:

leio parece corrompido nessa passagem em que se lê *ignes* (fogueiras) por *imbres* (tempestades) –; em cisne, para seduzir Leda; em touro, para seduzir e raptar Europa.

"'Dei conscripti Musarum albo, adulescentem istum quod manibus meis alumnatus sim profecto scitis omnes. Cuius primae iuventutis caloratos impetus freno quodam coercendos existimavi. Sat est cotidianis eum fabulis ob adulteria cunctasque corruptelas infamatum. Tollenda est omnis occasio, et luxuria puerilis nuptialibus pedicis alliganda. Puellam elegit et virginitate privavit. Teneat, possideat, amplexus Psychen semper suis amoribus perfruatur.'

"Et ad Venerem collata facie, 'Nec tu,' inquit 'filia, quicquam contristere, nec prosapiae tantae tuae statuque de matrimonio mortali metuas. Iam faxo nuptias non impares, sed legitimas et iure civili congruas.'

"Et ilico per Mercurium arripi Psychen et in caelum perduci iubet. Porrecto ambrosiae poculo, 'Sume,' inquit 'Psyche, et immortalis esto. Nec umquam digredietur a tuo nexu Cupido, sed istae vobis erunt perpetuae nuptiae.'

24. "Nec mora cum cena nuptialis affluens exhibetur. Accumbebat summum torum maritus, Psychen gremio suo complexus. Sic et cum sua Iunone Iuppiter ac deinde per ordinem toti dei. Tunc poculum nectaris, quod vinum deorum est, Iovi quidem suus pocillator, ille rusticus puer, ceteris vero Liber ministrabat; Vulcanus cenam coquebat, Horae rosis et ceteris floribus purpurabant omnia, Gratiae spargebant balsama, Musae quoque canora personabant. Apollo cantavit ad citharam, Venus suavi musicae superingressa formosa saltavit, scaena sibi sic concinnata ut Musae quidem chorum canerent, tibias inflaret Saturus, et Paniscus ad fistulam diceret.

100 **Deuses Conscritos**: paródia da expressão Pais Conscritos (*Patres Conscripti*) com que o senado romano é comumente identificado na oratória. Aliás, procurei fazer ressoar neste discurso de Júpiter (também ele paródico) o estilo solene da fala ordenada com que os oradores discursavam perante os senadores.

101 **Líber:** epíteto latino de Baco.

102 **Vulcano:** por metonímia, o deus do fogo é também cozinheiro.

103 **Sátiros:** seres que vivem nas florestas, sendo-lhes consagradas as árvores.

— Deuses Conscritos[100] no cadastro das Musas, certamente vós todos conheceis este adolescente que criei com minhas mãos e cujos vivos impulsos da primeira juventude considerei devessem ser reprimidos com algum freio. Basta ter ele sido infamado por escândalos cotidianos de adultério e todo tipo de depravação. Cabe a vós não lhe dardes oportunidade e lhe inibirdes a luxúria pueril com os laços do matrimônio. Ele escolheu uma donzela e tirou-lhe a virgindade: é mister mantê-la consigo, tomar conta dela e, unindo-se a Psiquê, desfrutar para sempre de seu amor.

Em seguida, virando-se para Vênus, disse-lhe:

— E a senhora, minha filha, não deve guardar mágoa nem temer a união dele com uma mortal por conta da grandeza de sua linhagem. Tratarei de fazer com que as núpcias não sejam desequilibradas, e sim legítimas e conformes ao Direito Civil.

E, ali mesmo, ordenou que Psiquê fosse raptada por Mercúrio e conduzida aos céus. Estendendo a ela uma taça de ambrosia, afirmou:

— Tome, Psiquê, e torne-se imortal. Cupido jamais desfará seu laço matrimonial, pois suas núpcias serão eternas.

24. Sem mais delongas, foi servido um jantar magnífico; o esposo se acomodou no triclínio de honra, abraçado a Psiquê; depois dele, Júpiter com sua esposa Juno e, por fim, todos os deuses em sequência. Ganimedes, o ilustre escanção, serviu a taça de néctar (o vinho dos deuses) a Júpiter; já o Líber[101] serviu os demais. Vulcano preparava o jantar,[102] as Horas enfeitavam tudo com rosas e outras flores e as Graças borrifavam perfumes; além disso, as Musas entoavam canções, Apolo tocava a cítara e a formosa Vênus dançava com todo o encanto ao ritmo de uma delicada melodia. A orquestra havia ensaiado para ela: as Musas cantavam em coro, um sátiro[103] soprava as tíbias e o Panisco[104] tocava a flauta.

104 **Panisco**: diminutivo de Pã, trata-se de um gênio que compartilha das características dessa divindade (corpo metade homem e metade carneiro, divindade das florestas).

"Sic rite Psyche convenit in manum Cupidinis; et nascitur illis maturo partu filia, quam Voluptatem nominamus."

25. Sic captivae puellae delira et temulenta illa narrabat anicula. Sed astans ego non procul dolebam mehercules quod pugillares et stilum non habebam qui tam bellam fabellam praenotarem.

Ecce confecto nescio quo gravi proelio latrones adveniunt onusti. Non nulli tamen, immo promptiores, vulneratis domi relictis et plagas recurantibus, ipsi ad reliquas occultatas in quadam spelunca sarcinas, ut aiebant, proficisci gestiunt. Prandioque raptim tuburcinato, me et equum vectores rerum illarum futuros fustibus exinde tundentes producunt in viam, multisque clivis et anfractibus fatigatos prope ipsam vesperam perducunt ad quampiam speluncam, unde multis onustos rebus rursum ne breviculo quidem tempore refectos ociter reducunt. Tantaque trepidatione festinabant, ut me plagis multis obtundentes propellentesque super lapidem propter viam positum deicerent, unde crebris aeque ingestis ictibus crure dextero et ungula sinistra me debilitatum aegre ad exsurgendum compellunt.

26. Et unus "Quo usque" inquit "ruptum istum asellum, nunc etiam claudum, frustra pascemus?" Et alius, "Quid quod et pessimo pede domum nostram accessit, nec quicquam idonei lucri exinde cepimus, sed vulnera et fortissimorum occisiones?" Alius iterum, "Certe ego, cum primum sarcinas istas quamquam invitus pertulerit, protinus eum vulturiis gratissimum pabulum futurum praecipitabo."

Foi assim, com a devida cerimônia, que Psiquê se uniu a Cupido e, no momento certo, eles tiveram uma filha, à qual chamamos Desejo.

Fim da Fábula de Psiquê e Cupido

25. Esse foi o conto narrado pela velhota louca e bêbada à donzela cativa; porém, eu, não muito longe delas, estava bem chateado (por Hércules!) por não ter comigo nem tabuinhas de cera nem estilo para registrar a linda historinha.

Eis que, não sei de qual situação complicada, os ladrões voltaram trazendo um monte de coisas. Alguns deles (os que se safaram), depois de deixar no abrigo os feridos para tratar das lesões, deram a entender que iam buscar o restante do butim que (segundo eles) estava escondido numa caverna. Engolida a comida com toda a voracidade, trataram de pôr em marcha o meu cavalo e eu a golpe de vara para apanhar logo toda aquela carga. Depois de muitas ladeiras e voltas, chegamos quase de noite a uma caverna, mortos de cansaço. De lá, sem descansar nem um segundo, nos trouxeram de volta carregados com várias coisas. A pressa e a agitação deles eram tão grandes que, me forçando e me batendo com violência, me fizeram tropeçar numa pedra no meio do caminho. Daí me obrigaram a levantar com várias pancadas, que me deixaram com a pata direita e o casco esquerdo bastante doloridos.

26. — Até quando — disse um deles — vamos manter, sem proveito algum, esse asno arrebentado e, agora, também manco?

E outro:

— Sem contar que entrou na nossa casa com o pé errado, porque desde então nunca mais conseguimos nada que valesse à pena, só agressões e a morte de nossos companheiros mais valentes.

Um terceiro acrescentou:

— Com certeza eu próprio, assim que ele, ainda que de má vontade, tiver levado essa carga ao seu destino, vou jogá-lo de um precipício para servir de pasto às aves famintas.

Dum secum mitissimi homines altercant de mea nece, iam et domum perveneramus, nam timor ungulas mihi alas fecerat. Tum quae ferebamus amoliti properiter, nulla salutis nostrae cura ac ne meae quidem necis habita, comitibus ascitis qui vulnerati remanserant dudum, recurrunt reliqua ipsi laturi taedio, ut aiebant, nostrae tarditatis.

Nec me tamen mediocris carpebat scrupulus contemplatione comminatae mihi mortis. Et ipse mecum: "Quid stas, Luci, vel quid iam novissimum exspectas? Mors, et haec acerbissima, decreto latronum tibi comparata est. Nec magno conatu res indiget. Vides istas rupinas proximas et praeacutas in his prominentes silices, quae te penetrantes antequam decideris membratim dissipabunt? Nam et illa ipsa praeclara magia tua vultum laboresque tibi tantum asini, verum corium non asini crassum, sed hirudinis tenue membranulum circumdedit. Quin igitur masculum tandem sumis animum tuaeque saluti, dum licet, consulis? Habes summam opportunitatem fugae, dum latrones absunt. An custodiam anus semimortuae formidabis, quam licet claudi pedis tui calce unica finire poteris? Sed quo gentium capessetur fuga, vel hospitium quis dabit? Haec quidem inepta et prorsus asinina cogitatio. Quis enim viantium vectorem suum non libenter auferat secum?"

27. Et alacri statim nisu lorum quo fueram destinatus abrumpo meque quadripedi cursu proripio. Nec tamen astutulae anus milvinos oculos effugere potui. Nam ubi me conspexit absolutum, capta super sexum et aetatem audacia lorum prehendit ac me deducere ac revocare contendit. Nec tamen ego, memor exitiabilis propositi latronum, pietate ulla commoveor, sed incussis in eam posteriorum pedum calcibus protinus applaudo terrae. At illa, quamvis humi prostrata, loro tamen tenaciter inhaerebat, ut me procurrentem aliquantisper tractu sui sequeretur. Et occipit statim clamosis ululatibus auxilium validioris manus implorare. Sed frustra fletibus

Enquanto esses homens piedosos deliberavam entre si sobre o meu fim, chegamos ao covil, pois o pavor tinha transformado meus cascos em asas. Então, depois de descarregar depressa a carga que trazíamos, sem qualquer atenção com a nossa vida nem com a minha morte, eles chamaram os parceiros que haviam permanecido ali por conta dos ferimentos e logo voltaram correndo para buscar o restante do butim, pois se diziam aborrecidos com a nossa lerdeza.

Porém, uma angústia nada pequena me assaltava diante da possibilidade da morte que me ameaçava e eu dizia para mim mesmo: "Por que ficar parado, Lúcio, que novidade você está esperando? A morte (e das mais cruéis) é o que lhe foi preparado por decisão dos ladrões. A coisa toda não precisa de esforço. Você está vendo os precipícios aqui perto com rochas pontudas e afiadas que, entrando no seu corpo, vão estraçalhar os seus membros antes de você se espatifar no chão. Acontece que o tal famoso feitiço lhe resultou somente nas feições e nos trabalhos de um asno; não lhe deu o couro bruto de um asno, mas sim a tênue membrana de uma sanguessuga. Por que não tomar atitude de homem enquanto pode pensar na sua salvação? Você tem uma ótima chance de fuga, agora que os ladrões estão ausentes. Vai ficar com medo da vigilância de uma velha zumbi, que você poderia eliminar com um só coice, mesmo que do seu casco claudicante? Mas... fugir para que país? Quem lhe dará abrigo? Essa ideia é mesmo idiota e bem típica de um burro. Que viajante não levaria de boa vontade o seu animal de carga consigo?"

27. E, num puxão rápido, rompi a correia à qual estava atado e saí galopando com toda a força das patas. Todavia, não pude escapar aos olhos astutos da velha perspicaz: logo que me viu solto, munida de uma audácia superior ao seu sexo e à sua idade, pegou a correia e se esforçou para me fazer desistir e regressar. Eu, porém, me lembrando do propósito fatal dos bandidos, não me deixei levar pela piedade e a joguei para longe com um coice. Mas ela, embora estendida no chão, segurava a correia com força, de modo que me seguiu na fuga sendo arrastada por um longo trecho. De imediato, começou a gritar pelo socorro de alguém mais forte. Contudo, em vão ela fazia um

cassum tumultum commovebat, quippe cum nullus afforet qui suppetias ei ferre posset, nisi sola illa virgo captiva. Quae vocis excitu procurrens videt hercules memorandi spectaculi scaenam, non tauro, sed asino dependentem Dircen aniculam, sumptaque constantia virili facinus audet pulcherrimum. Extorto etenim loro manibus eius, me placidis gannitibus ab impetu revocatum naviter inscendit et sic ad cursum rursum incitat.

28. Ego simul voluntariae fugae voto et liberandae virginis studio, sed et plagarum suasu, quae me saepicule commonebant, equestri celeritate quadripedi cursu solum replaudens, virgini delicatas voculas adhinnire temptabam. Sed et scabendi dorsi mei simulatione nonnumquam obliquata cervice, pedes decoros puellae basiabam.

Tunc illa suspirans altius caelumque sollicito nutu petens, "Vos," inquit "superi, tandem meis supremis periculis opem facite, et tu, Fortuna durior, iam saevire desiste. Sat tibi miseris istis cruciatibus meis litatum est. Tuque, praesidium meae libertatis meaeque salutis, si me domum pervexeris incolumem parentibusque et formoso proco reddideris, quas tibi gratias perhibebo, quos honores habebo, quos cibos exhibebo! Iam primum iubam istam tuam probe pectinatam meis virginalibus monilibus adornabo, frontem vero crispatam prius decoriter discriminabo, caudaeque setas incuria lavacri congestas et horridas prompta diligentia perpolibo, bullisque te multis aureis inoculatum velut stellis sidereis relucentem et gaudiis popularium pomparum ovantem, sinu serico progestans nucleos et edulia mitiora, te meum sospitatorem cotidie saginabo.

29. Sed nec inter cibos delicatos et otium profundum vitaeque totius beatitudinem deerit tibi dignitas gloriosa. Nam memoriam praesentis fortunae meae divinaeque providentiae perpetua testatione signabo, et depictam in tabula fugae praesentis imaginem meae

105 **Dirce:** atada pelos filhos, Zeto e Anfíon, a um touro que a arrastou até à morte, em vingança pelos maus-tratos de Dirce e de seu marido, Lico, a Antíope. O relato encontra-se em Apolodoro 3.5.5.

escândalo inútil com as lágrimas, pois não havia ninguém que lhe poderia trazer ajuda a não ser a donzela cativa. Esta, instigada pelos gritos, se deparou (por Hércules!) com uma cena memorável: uma Dirce[105] velhota, atada não a um touro e sim a um asno. Imbuída de força viril, a donzela arriscou-se a cometer um crime estupendo: depois de tomar a correia das mãos da velha, acalmou meu ímpeto com palavras carinhosas, montou diligentemente nas minhas costas e me esporeou para retomar o percurso.

28. Eu, premiado com a fuga voluntária e disposto a libertar a donzela, mas também incitado pelas chicotadas que, aqui e ali, me malhavam, fazia ressoar no chão o som dos meus cascos quadrúpedes, rápidos como os de um cavalo, e tentava relinchar palavras de conforto à donzela. Aliás, fingindo coçar as minhas costas, eu virava para trás e beijava os pés delicados da moça. Ela então, suspirando alto, ergueu o rosto para o céu com o olhar tenso e falou:

— Vinde em meu socorro, ó deuses soberanos, em meio a perigos extremos! E tu, Fortuna cruel, deixa de me perseguir agora mesmo! Já te glorifiquei o bastante com meus terríveis sofrimentos. E a você, fiador de minha liberdade e salvação, se me deixar sã e salva em casa e me devolver aos meus pais e ao meu lindo noivo, como poderei agradecer? Que respeito lhe terei! Quanta comida lhe darei! Para começar, vou pentear bem a sua crina e enfeitá-la com minhas joias de donzela; depois de desembaraçar os pelos da sua cabeça e dividi-los ao meio com esmero, bem como os da cauda, que agora estão crespos e opacos pela falta de banho, vou escová-los com cuidado e pendurar guizos de ouro em você, que ficará radiante como as estrelas do céu e será aplaudido ao desfilar por entre as pessoas, contentes de o verem. Vou carregar nozes e outras guloseimas num saquinho de seda e alimentar você todos os dias, meu salvador.

29. Aliás, além das finas iguarias, da completa tranquilidade e da felicidade para a vida toda, não lhe faltará o reconhecimento glorioso, pois darei o testemunho eterno da memória do presente sucesso e da Divina Providência consagrando, no átrio de minha casa, uma imagem pintada num quadro retratando este momento. Você vai

domus atrio dedicabo. Visetur et in fabulis audietur doctorumque stilis rudis perpetuabitur historia, 'Asino vectore virgo regia fugiens captivitatem.' Accedes antiquis et ipse miraculis, et iam credemus exemplo tuae veritatis et Phrixum arieti supernatasse et Arionem delphinum gubernasse et Europam tauro supercubasse. Quodsi vere Iuppiter mugivit in bovem, potest in asino meo latere aliqui vel vultus hominis vel facies deorum."

Dum haec identidem puella replicat votisque crebros intermiscet suspiratus, ad quoddam pervenimus trivium, unde me arrepto capistro dirigere dextrorsum magnopere gestiebat, quod ad parentes eius ea scilicet iretur via. Sed ego gnarus latrones illac ad reliquas commeasse praedas, renitebar firmiter atque sic in animo meo tacitus expostulabam: "Quid facis, infelix puella? Quid agis? Cur festinas ad Orcum? Quid meis pedibus facere contendis? Non enim te tantum verum etiam me perditum ibis." Sic nos diversa tendentes et in causa finali de proprietate soli, immo viae herciscundae contendentes, rapinis suis onusti coram deprehendunt ipsi latrones, et ad lunae splendorem iam inde longius cognitos risu maligno salutant.

30. Et unus e numero sic appellat: "Quorsum istam festinanti vestigio lucubratis viam, nec noctis intempestae manes larvasque formidatis? An tu, probissima puella, parentes tuos intervisere properas? Sed nos et solitudini tuae praesidium praestabimus et compendiosum ad tuos iter monstrabimus." Et verbum manu secutus prehenso loro retrorsum me circumtorquet, nec baculi nodosi quod gerebat suetis ictibus temperat. Tunc ingratis ad promptum recurrens exitium reminiscor doloris ungulae et occipio nutanti capite claudicare. Sed "Ecce" inquit ille qui me retraxerat "rursum titubas et va-

106 **Frixo, Aríon, Europa:** Frixo atravessou o Helesponto num carneiro levando a madrasta, Ino; desse carneiro proveio o velocino de ouro, resgatado posteriormente por Jasão e os Argonautas; Aríon foi salvo de um sequestro por um golfinho e Europa foi raptada por Zeus, metamorfoseado em touro.

ser admirado e lembrado nas fábulas e será perpetuada pelo estilo dos eruditos a rústica história da “Distinta Donzela que fugiu do cárcere no lombo de um Asno”. Você será uma das maravilhas da antiguidade e, graças ao seu exemplo, acreditaremos que Frixo atravessou o mar num carneiro, que Aríon guiou um golfinho e que Europa saiu galopando num touro.[106] De fato, se Júpiter mugiu na pele de um boi, é bem capaz de haver, sob os traços do meu asno, alguma forma humana ou face divina.

Enquanto a donzela repetia sem parar essas palavras e intercalava vários suspiros aos votos, chegamos a uma encruzilhada de onde, agarrando o meu laço com força, ela me forçava a dobrar à direita por um caminho que dava na casa de seus pais. Porém, sabendo que os ladrões tinham pegado aquela estrada para resgatar o restante do butim, eu teimava em não avançar e, quieto, lhe retorquia no meu íntimo desta maneira: “O que você está fazendo, pobre moça? No que está pensando? Por que corre em direção ao Orco? O que me obriga a fazer com meus próprios pés? Você vai dar fim não apenas a si mesma, como também a mim!” E foi assim que, enquanto cada um ia para um lado como quem discute a posse de um terreno ou determina a extensão de uma via, os bandidos, carregando sua pilhagem, toparam conosco. À luz da lua, eles nos reconheceram de longe e nos saudaram com uma risada sarcástica. Um dos membros da quadrilha nos abordou com a seguinte pergunta:

30. — Aonde vão com tanta pressa, cruzando esta estrada sem temer fantasmas e espíritos noturnos? Por acaso, moça direita, você estava correndo para reencontrar seus pais? Pois bem: nós vamos livrar você da solidão e lhe mostrar o caminho da casa deles.

E, depois de dizer isso, agarrou no meu laço e me obrigou a dar meia-volta, sem deixar de lado as habituais pancadas do bastão enrugado que ele portava. Então, vendo-me de novo diante da morte pela força das circunstâncias, me lembrei da ferida no casco e, meneando a cabeça, recomecei a mancar. Porém, o bandido que me havia agarrado pelo laço falou:

cillas, et putres isti tui pedes fugere possunt, ambulare nesciunt? At paulo ante pinnatam Pegasi vincebas celeritatem."

Dum sic mecum fustem quatiens benignus iocatur comes, iam domus eorum extremam loricam perveneramus. Et ecce de quodam ramo procerae cupressus induta laqueum anus illa pendebat. Quam quidem detractam protinus cum suo sibi funiculo devinctam dedere praecipitem, puellaque statim distenta vinculis, cenam, quam postuma diligentia praeparaverat infelix anicula, ferinis invadunt animis.

31. Ac dum avida voracitate cuncta contruncant, iam incipiunt de nostra poena suaque vindicta secum considerare. Et utpote in coetu turbulento variae fuere sententiae, ut primus vivam cremari censeret puellam, secundus bestiis obici suaderet, tertius patibulo suffigi iuberet, quartus tormentis excarnificari praeciperet. Certe calculo cunctorum utcumque mors ei fuerat destinata. Tunc unus omnium sedato tumultu placido sermone sic orsus est:

"Nec sectae collegii nec mansuetudini singulorum ac ne meae quidem modestiae congruit pati vos ultra modum delictique saevire terminum, nec feras nec cruces nec ignes nec tormenta ac ne mortis quidem maturatae festinas tenebras accersere. Meis itaque consiliis auscultantes vitam puellae, sed quam meretur, largimini. Nec vos memoria deseruit utique quid iam dudum decreveritis de isto asino semper pigro quidem, sed manducone summo, nunc etiam mendaci fictae debilitatis et virginalis fugae sequestro ministroque. Hunc igitur iugulare crastino placeat, totisque vacuefacto praecordiis per mediam alvum nudam virginem, quam praetulit nobis, insuere, ut sola facie praeminente ceterum corpus puellae nexu ferino coerceat; tunc super aliquod saxum scruposum insiciatum et fartilem asinum exponere et solis ardentis vaporibus tradere.

107 **Pégaso:** cavalo alado, cuja história está relacionada com o herói Belerofonte, que matou o monstro Quimera montado em seu lombo (Apolodoro 2.3.1).

— Ah, então você voltou a mancar e a vacilar? Suas patas podres conseguem fugir, mas não andar? Agora há pouco você superava a velocidade alada de Pégaso![107]

E assim, enquanto meu bondoso parceiro, me batendo com o bastão, caçoava de mim, paramos junto ao muro externo do esconderijo dos ladrões. Eis porém que, de um galho de um cipreste alto, a velha senhora pendia presa num laço. Tirada dali de imediato com a corda que a amarrava, um dos bandidos a atirou de um precipício e, logo depois de atarem com rapidez as mãos da donzela, os ladrões traçaram, feito animais, o jantar que a pobre velhinha lhes preparara com póstuma diligência.

31. Porém, mal tinham engolido toda a comida com um apetite voraz, já tratavam de decidir entre si sobre a nossa punição e sua vingança. Tal como, numa reunião agitada, são muitas as opiniões, um dos bandidos achava que a donzela devia ser queimada viva, outro aconselhava a jogá-la às feras, um terceiro a crucificá-la e um quarto, que ela fosse torturada até morrer. No final das contas, o cálculo de todos era o de condená-la à morte. Então um deles, depois de acalmado o tumulto, declarou, com voz calma, o seguinte:

— Não é costume do nosso grupo, nem do caráter generoso de cada um de vocês, nem mesmo do meu senso de justiça aplicar um castigo maior do que a ofensa recebida, nem recorrer a feras, cruzes, fogueiras, torturas ou outra forma assustadora e rápida de executar um homicídio. Sendo assim, se vocês ouvirem meus conselhos, vamos poupar a vida da garota, mas só até onde ela merece. Ainda se lembram do que, faz umas horas, tinham decidido em relação a esse asno, sempre com preguiça e jamais de barriga cheia, e que, além de ser um mentiroso, agora mesmo fingia mancar, enquanto agia como cúmplice e protetor da moça em fuga? Pois bem: amanhã é um bom dia para degolá-lo e, depois de arrancar todas as suas tripas, costurar a moça nua dentro da barriga dele, de maneira que só a cabeça apareça e o restante do corpo dela fique preso dentro do animal. Depois, é só deixar o asno embutido como uma salsicha em cima de algum rochedo escarpado, exposto aos vapores do sol escaldante.

32. Sic enim cuncta, quae recte statuistis, ambo sustinebunt, et mortem asinus, quam pridem meruit, et illa morsus ferarum, cum vermes membra laniabunt, et ignis flagrantiam, cum sol nimiis caloribus inflammarit uterum, et patibuli cruciatum, cum canes et vultures intima protrahent viscera. Sed et ceteras eius aerumnas et tormenta numerate: mortuae bestiae ipsa vivens ventrem habitabit; tum faetore nimio nares aestuabit, et inediae diutinae letali fame tabescet, nec suis saltem liberis manibus mortem sibi fabricare poterit."

Talibus dictis non pedibus sed totis animis latrones in eius vadunt sententiam. Quam meis tam magnis auribus accipiens, quid aliud quam meum crastinum deflebam cadaver?

32. Assim, ambos vão sofrer tudo o que vocês sugeriram: o asno, a morte bem merecida; ela, o ataque das feras (quando os vermes roerem suas carnes), a chama do fogo (quando o sol abrasar a barriga do animal com o calor excessivo) e a tortura da crucificação (quando cães e abutres lhe arrancarem as tripas). Somem a isso as outras aflições e tormentos: estando viva ela mesma, vai habitar a barriga de um animal morto. Daí que o nariz dela vai arder com o fedor imenso, ela vai definhar com a fome letal do jejum prolongado e suas mãos nem sequer estarão livres para ela consumar a própria morte.

Ditas essas palavras, os bandidos seguiram a opinião do companheiro não com os pés, e sim com a alma inteira. Ouvindo-a com orelhas tão grandes como as minhas, havia outra coisa para lamentar senão o cadáver que eu seria no dia seguinte?

Liber VII

1. Ut primum tenebris abiectis dies inalbebat et candidum solis curriculum cuncta collustrabat, quidam de numero latronum pervenit—sic enim mutuae salutationis officium indicabat. Is in primo speluncae aditu residens et ex anhelitu recepto spiritu tale collegio suo nuntium fecit:

"Quod ad domum Milonis Hypatini, quam proxime diripuimus, pertinet, discussa sollicitudine iam possumus esse securi. Postquam vos enim fortissimis viribus cunctis ablatis castra nostra remeastis, immixtus ego turbelis popularium, dolentique atque indignanti similis, arbitrabar super investigatione facti cuius modi consilium caperetur, et an et quatenus latrones placeret inquiri, renuntiaturus vobis, uti mandaveratis, omnia. Nec argumentis dubiis sed rationibus probabilibus congruo cunctae multitudinis consensu nescio qui Lucius auctor manifestus facinoris postulabatur, qui proximis diebus fictis commendaticiis litteris Miloni sese virum commentitus bonum artius conciliaverat, ut etiam hospitio susceptus inter familiares intimos haberetur. Plusculisque ibidem diebus demoratus, falsis amoribus ancillae Milonis animum irrepens, ianuae claustra sedulo exploraverat et ipsa membra in quis omne patrimonium condi solebat curiose perspexerat.

2. Nec exiguum scelerati monstrabatur indicium, quippe cum eadem nocte sub ipso flagitii momento idem profugisset, nec exinde usquam compareret. Nam et praesidium fugae, quo velocius frustratis insecutoribus procul ac procul abderet sese, eidem facile

Livro 7

1. Assim que, dissipadas as trevas, o dia amanheceu e a carruagem fulgurante do sol espargia luz sobre todas as coisas, apareceu um dos bandidos — pois esse era o ofício sugerido pelas saudações recíprocas. Tomando lugar bem na entrada da caverna, ele deu a seguinte notícia ao grupo, depois de respirar fundo:

— No tocante à questão da casa de Milão de Hípata, que assaltamos há um tempo atrás, já podemos deixar de lado a preocupação e ficar sossegados. Logo que vocês, carregando tudo com enorme coragem, voltaram para o nosso quartel, eu me misturei no meio da multidão, fingindo dor e indignação, e observava que rumo teria a investigação do crime ou se havia intenção de se procurarem os criminosos, me predispondo a lhes informar tudo conforme vocês me indicaram. Na percepção unânime de todo mundo, baseada não em impressões vagas, e sim em razões prováveis, admitia-se que o autor manifesto do crime era um tal Lúcio, que, poucos dias antes, tinha se apresentado a Milão numa carta falsa de recomendação como um homem totalmente de confiança para que, recebido como hóspede, caísse nas graças da família. Depois de passar uns dias naquela casa e ganhar, com amores fingidos, a confiança da criada de Milão, tinha examinado com cautela as fechaduras da porta e explorado com toda a curiosidade os cômodos onde o dono costumava deixar escondido todo o seu patrimônio.

2. Apontava-se como indício claro de que ele era o assaltante o fato de que, naquela mesma noite e no mesmo instante do crime, ele desparecesse sem voltar a ser visto em parte alguma; além disso, havia preparado um meio fácil de fuga, para despistar com maior rapidez

suppeditasse; equum namque illum suum candidum vectorem futurum duxisse secum. Plane servum eius ibidem in hospitio repertum scelerum consiliorumque erilium futurum indicem, per magistratus in publicam custodiam receptum et altera die tormentis vexatum pluribus ac paene ad ultimam mortem excarnificatum, nil quicquam rerum talium esse confessum. Missos tamen in patriam Lucii illius multos numero, qui reum poenas daturum sceleris inquirerent."

Haec eo narrante, veteris Fortunae et illius beati Lucii praesentisque aerumnae et infelicis asini facta comparatione, medullitus ingemebam, subibatque me non de nihilo veteris priscaeque doctrinae viros finxisse ac pronuntiasse caecam et prorsus exoculatam esse Fortunam, quae semper suas opes ad malos et indignos conferat, nec umquam iudicio quemquam mortalium eligat, immo vero cum is potissimum deversetur quos procul, si videret, fugere deberet; quodque cunctis est extremius, varias opiniones, immo contrarias nobis attribuat, ut et malus boni viri fama glorietur et innocentissimus contra noxio rumore plectatur.

3. Ego denique, quem saevissimus eius impetus in bestiam et extremae sortis quadripedem deduxerat, cuiusque casus etiam quovis iniquissimo dolendus atque miserandus merito videretur, crimine latrocinii in hospitem mihi carissimum postulabar. Quod crimen non modo latrocinium verum etiam parricidium quisque rectius nominarit. Nec mihi tamen licebat causam meam defendere vel unico verbo saltem denegare. Denique ne mala conscientia tam scelesto crimini praesens viderer silentio consentire, hoc tantum impatientia productus volui dicere: "Non feci." Et verbum quidem praecedens semel ac saepius immodice clamitavi, sequens vero nullo pacto disserere potui, sed in prima remansi voce et identidem boavi "Non non," quamquam nimia rotunditate pendulas vibrassem labias. Sed

quem o perseguisse em vão e para que ele fosse embora para o lugar mais distante possível: o seu cavalo branco, que ele havia trazido consigo e lhe serviria de montaria. Pouco depois do assalto, o escravo dele foi capturado na mesma casa onde ambos haviam sido hospedados e ficou sob custódia pública por ordem dos magistrados como testemunha dos planos do seu senhor. No dia seguinte, submetido a todo o tipo de tortura e golpeado até o limite da morte, alegou não saber de nada em relação ao assunto. Ainda assim, muitos emissários foram enviados à pátria do tal Lúcio para procurá-lo e efetuarem a prisão.

Enquanto ele narrava esses eventos, eu me lamentava com toda a tristeza do meu coração, comparando a situação do Lúcio de antes e sua boa sorte com a desgraça atual do pobre asno. Ocorreu-me que, não por acaso, os antigos sábios representaram a Fortuna e afirmaram que ela, além de cega, não tinha olhos, porque sempre favorece os maus e os indignos, jamais elege qualquer mortal pelo mérito (aliás, até protege aqueles dos quais fugiria, se conseguisse ver) e, pior de tudo, nos concede uma fama injusta, quer dizer, contrária, de modo que o malvado se vanglorie como homem de bem e, por outro lado, o mais inocente dos inocentes seja castigado com a pecha de malvado.

3. Portanto, eu (a quem o ímpeto rigorosíssimo dela tinha rebaixado ao nível de um jumento e quadrúpede da pior espécie e cujo infortúnio qualquer pessoa acharia digno de pena e lástima) estava sendo acusado de cometer um assalto contra o meu caríssimo anfitrião — crime esse que, com toda a razão, alguém chamaria não de assalto e sim de parricídio — e não podia fazer minha defesa nem denegá-lo com uma palavra que fosse. Enfim, para que, me sentindo mal com a situação, eu não desse a impressão de confessar em silêncio tamanho crime estando ali presente, apenas desejei, movido pela impaciência, falar uma coisa: "Não cometi o crime". A parte do "não" eu repeti várias vezes, só que o restante não saiu de jeito nenhum. Fiquei apenas na primeira palavra, relinchando repetidamente "não, não", mesmo articulando um círculo com os beiços pendentes e fa-

quid ego pluribus de Fortunae scaevitate conqueror, quam nec istud puduit me cum meo famulo meoque vectore illo equo factum conservum atque coniugem?

4. Talibus cogitationibus fluctuantem subit me illa cura potior, qua statuto consilio latronum manibus virginis decretam me victimam recordabar, ventremque crebro suspiciens meum iam misellam puellam parturibam. Sed ille qui commodum falsam de me notoriam pertulerat, expromptis mille aureum, quos insutu laciniae contexerat, quosque variis viatoribus detractos, ut aiebat, pro sua frugalitate communi conferebat arcae, infit etiam de salute commilitonum sollicite sciscitari. Cognitoque quosdam, immo vero fortissimum quemque variis quidem sed impigris casibus oppetisse, suadet, tantisper pacatis itineribus omniumque proeliorum servatis indutiis, inquisitioni commilitonum potius insisteretur et tirocinio novae iuventutis ad pristinae manus numerum Martiae cohortis facies integraretur. Nam et invitos terrore compelli et volentes praemio provocari posse, nec paucos humili servilique vitae renuntiantes ad instar tyrannicae potestatis sectam suam conferre malle. Se quoque iam dudum pro sua parte quendam convenisse hominem et statu procerum et aetate iuvenem et corpore vastum et manu strenuum, eique suasisse ac denique persuasisse, ut manus hebetatas diutina pigritia tandem referret ad frugem meliorem, bonoque secundae, dum posset, frueretur valetudinis, nec manum validam erogandae stipi porrigeret, sed hauriendo potius exerceret auro.

5. Talibus dictis universi omnes assensi, et illum, qui iam comprobatus videretur, adsciscі et alios ad supplendum numerum vestigari statuunt. Tunc profectus et paululum commoratus ille perducit immanem quendam iuvenem, uti fuerat pollicitus, nescio an ulli

zendo-os vibrar. No que mais posso me queixar da Fortuna, que ainda por cima teve a pachorra de me colocar como parceiro e aliado do meu criado e do meu cavalo?

4. Viajando nesses pensamentos, uma aflição ainda maior tomou conta de mim: voltei a me lembrar que, de acordo com a decisão tomada pelos ladrões, eu seria a vítima sacrificada aos Manes da donzela. Toda vez que eu olhava para a minha barriga, já me sentia grávido da pobre moça! Contudo, aquele sujeito que, horas antes, tinha feito a denúncia falsa contra mim, depois de tirar as mil moedas de ouro que trazia guardadas no bolso e que, roubadas de vários viajantes, ele ia depositar por generosidade (dizia) em um cofre coletivo, começou a perguntar com insistência o que havia acontecido aos demais companheiros. Inteirado de que alguns deles (aliás, os mais corajosos) morreram em diferentes situações, porém igualmente difíceis, defendeu a ideia de que, deixando as estradas em paz e evitando confrontos por um tempo, seria melhor procurar novos parceiros e, recrutando fileiras jovens, recuperar, com o mesmo número de efetivos, a aparência da antiga tropa marcial. Com efeito, os bandidos poderiam persuadir pelo medo aqueles que não aceitassem e, com prêmios, aqueles que se voluntariassem; além disso, não eram poucos os homens que prefeririam renunciar a uma vida miserável e servil para abraçar uma vida mais parecida com a de um tirano poderoso. Não fazia muito tempo que ele, por conta própria, havia encontrado um homem alto, jovem, corpulento e de mão leve, a quem convenceu e persuadiu a empregar os braços travados por uma longa preguiça numa atividade de maior proveito e se beneficiasse da força física enquanto lhe fosse possível, sem estender a mão saudável para pedir esmola, e sim antes se valer dela para arrecadar ouro.

5. Ditas essas palavras, o grupo inteiro se mostrou a favor, admitiu aquele que já estava sendo visto como um parceiro e decidiu sair à procura de outros que completassem o número. Então, aquele que havia falado saiu rapidinho e voltou acompanhado de um rapaz enorme, tal como ele havia garantido, e com quem não sei se havia

praesentium comparandum—nam praeter ceteram corporis molem toto vertice cunctos antepollebat et ei commodum lanugo malis inserpebat—sed plane centunculis disparibus et male consarcinatis semiamictum, inter quos pectus et venter crustata crassitie relucitabant.

Sic introgressus "Havete," inquit "fortissimi deo Marti clientes mihique iam fidi commilitones, et virum magnanimae vivacitatis volentem volentes accipite, libentius vulnera corpore excipientem quam aurum manu suscipientem, ipsaque morte, quam formidant alii, meliorem. Nec me putetis egenum vel abiectum, neve de pannulis istis virtutes meas aestimetis. Nam praefui validissimae manui totamque prorsus devastavi Macedoniam. Ego sum praedo famosus Haemus ille Thracius, cuius totae provinciae nomen horrescunt, patre Therone aeque latrone incluto prognatus, humano sanguine nutritus interque ipsos manipulos factionis educatus heres et aemulus virtutis paternae.

6. Sed omnem pristinam sociorum fortium multitudinem magnasque illas opes exiguo temporis amisi spatio. Nam procuratorem principis ducenaria perfunctum, dehinc Fortuna tristiore decussum, praetereuntem meo fato fueram aggressus. Sed rei noscendae carpo ordinem.

"Fuit quidam multis officiis in aula Caesaris clarus atque conspicuus, ipsi etiam probe spectatus. Hunc insimulatum quorundam astu proiecit extorrem saeviens Invidia. Sed uxor eius Plotina quaedam, rarae fidei atque singularis pudicitiae femina, quae decimo partus stipendio viri familiam fundaverat, spretis atque contemptis urbicae luxuriae deliciis fugientis comes et infortunii socia, tonso capillo, in masculinam faciem reformato habitu, pretiosissimis monilium et auro monetali zonis refertis incincta, inter ipsas custodientium militum manus et gladios nudos intrepida, cunctorum

algum dos presentes que pudesse ser comparado (pois, além do porte físico, superava os demais pela altura da cabeça, e os pelos da barba acabavam de despontar nas maçãs do seu rosto). Estava vestindo uns andrajos tortos e mal costurados, que mostravam a compleição do peitoral e do abdômen.

Ao entrar desse jeito, ele comentou:

— Saudações, valentes protegidos do deus Marte e desde já meus companheiros de batalha! Aceitem de bom grado alguém de enorme vigor que se alia a vocês por vontade própria, mais pronto para receber golpes pelo corpo do que para pegar ouro e superior à morte, da qual todo mundo tem medo. Não achem que eu sou mendigo ou miserável, nem julguem minha virtude por esses farrapos: fui líder de uma quadrilha muito poderosa e devastei a Macedônia. Sou eu o famoso bandido Hemão da Trácia, cujo nome todas as províncias temem, filho de Têron, ladrão célebre; fui alimentado com sangue humano e cresci no meio da bandidagem toda, herdeiro e rival do meu pai em virtude.

6. Porém, perdi num breve intervalo de tempo todo o antigo grupo de valentes parceiros e as enormes riquezas por conta de um procurador do príncipe, que ganhava duzentos mil sestércios, mas que caiu em desgraça, a quem, para o meu azar, ataquei quando ele estava passando pela região. Mas, para vocês entenderem a situação, vou colocar tudo em ordem:

Havia um certo homem ilustre e famoso na corte de César por conta de seus vários serviços e que, inclusive, era bem visto pelo próprio príncipe. Acusado pela malícia de algumas pessoas, uma inveja feroz o degredou; contudo, sua esposa Plotina (mulher de rara fidelidade e honestidade singular, que, ao custo de dez partos, tinha constituído a família do marido), ao desprezar e depreciar os luxos da vida urbana, foi companheira do esposo exilado e sua aliada no infortúnio. Cortou o cabelo e mudou a sua forma de vestir para ficar parecida com um homem; carregando na cintura uma bolsa cheia de colares preciosos e moedas de ouro, meteu-se no meio das tropas de guardas armados com espadas nuas. Arriscando-se a todos os

periculorum particeps et pro mariti salute pervigilem curam suscipiens, aerumnas assiduas ingenio masculo sustinebat. Iamque plurimis itineris difficultatibus marisque terroribus exanclatis Zacynthum petebat, quam sors ei fatalis decreverat temporariam sedem.

7. "Sed cum primum litus Actiacum, quo tunc Macedonia delapsi grassabamur, appulisset, nocte promota tabernulam quam litori navique proximam vitatis maris fluctibus incubabant invadimus et diripimus omnia. Nec tamen periculo levi temptati discessimus. Simul namque primum sonum ianuae matrona percepit, procurrens in cubiculum clamoribus inquietis cuncta miscuit, milites suosque famulos nominatim, sed et omnem viciniam suppetiatum convocans, nisi quod pavore cunctorum, qui sibi quisque metuentes delitiscebant, effectum est ut impune discederemus. Sed protinus sanctissima—vera enim dicenda sunt—et unicae fidei femina, bonis artibus gratiosa, precibus ad Caesaris numen porrectis, et marito reditum celerem et aggressurae plenam vindictam impetravit. Denique noluit esse Caesar Haemi latronis collegium, et confestim interivit: tantum potest nutus etiam magni principis. Tota denique factione militarium vexillationum indagatu confecta atque concisa, ipse me furatus aegre solus mediis Orci faucibus ad hunc evasi modum.

8. "Sumpta veste muliebri florida, in sinus flaccidos abundante, mitellaque textili contecto capite, calceis femininis albis illis et tenuibus indutus et in sequiorem sexum incertatus atque absconditus, asello spicas hordeacias gerenti residens per medias acies infesti militis transabivi. Nam mulierem putantes asinariam concedebant liberos abitus, quippe cum mihi etiam tunc depiles genae levi pueritia splendicarent. Nec ab illa tamen paterna gloria vel mea virtute descivi, quamquam semitrepidus iuxta mucrones Martios consti-

perigos e vigiando atentamente pela salvação do marido, aguentava as sucessivas adversidades com ânimo viril. Depois de vencer várias dificuldades em terra e os horrores do mar, estava se dirigindo a Zacinto, que a sorte fatal lhe prescrevera como pousada temporária.

7. Mas, pouco depois de o navio ancorar no litoral de Ácio, onde nós operávamos vindos da Macedônia, invadimos e roubamos, no meio da noite, tudo o que havia num albergue perto da embarcação e da costa, no qual os viajantes passavam a noite para evitar o balanço do mar. Contudo, não saímos de lá sem correr um sério perigo. Acontece que, assim que a respeitável senhora ouviu o primeiro barulho da porta, correu para dentro do quarto e assustou todo mundo com gritos alvoroçados, pedindo socorro não apenas aos seus criados (a quem chamava pelo nome) e aos soldados, como ainda a toda a vizinhança. Não fosse pelo pavor de todos que, temendo por si mesmos, se esconderam, o certo é que não sairíamos dali impunemente. Contudo, aquela mulher honestíssima e (verdade seja dita) de dedicação singular requereu depressa, com a ajuda de suas boas ações e devotando suas preces ao nume de César, o rápido regresso do marido e a plena vingança contra nossa agressão. Por fim, César vetou a existência da quadrilha do bandido Hemão, e sem demora ele despareceu. Tudo é possível com um simples aceno de um grande príncipe! De fato, como toda a facção foi extinta e dizimada após a perseguição de uma equipe de soldados, fui o único a escapar, com enorme dificuldade, das fauces do Orco com a seguinte estratégia:

8. Usando roupas de mulher floridas e cheias de pregas esvoaçantes, uma touca de tecido na cabeça, sandálias femininas de cor branca, daquelas bem finas, me disfarcei e, me camuflando e me escondendo sob o sexo frágil, passei ileso no meio da tropa de soldados montado num burro que carregava espigas de cevada. Achando que eu era mulher, eles deram passagem ao animal, mesmo porque, naquela altura, as maçãs lisas do meu rosto exibiam uma frágil meninice. Ainda assim, não desmereci nem a glória do meu pai nem a minha virtude. Mesmo um pouco amedrontado com as espadas marciais

tutus, sed habitus alieni fallacia tectus, villas seu castella solus aggrediens, viaticulum mihi corrasi." Et diloricatis statim pannulis in medium duo milia profudit aureorum, et "En" inquit "istam sportulam, immo vero dotem collegio vestro libens meque vobis ducem fidissimum, si tamen non recusatis, offero, brevi temporis spatio lapideam istam domum vestram facturus auream."

9. Nec mora nec cunctatio, sed calculis omnibus ducatum latrones unianimes ei deferunt, vestemque lautiusculam proferunt sumeret, abiecto centunculo divite. Sic reformatus, singulos exosculatus et in summo pulvinari locatus cena poculisque magnis inauguratur. Tunc sermonibus mutuis de virginis fuga deque mea vectura et utrique destinata monstruosa morte cognoscit; et ubi locorum esset illa percontatus deductusque, visa ea ut erat vinculis onusta, contorta et vituperanti nare discessit.

Et "Non sum quidem tam brutus vel certe temerarius" inquit "ut scitum vestrum inhibeam, sed malae conscientiae reatum intra me sustinebo, si quod bonum mihi videtur dissimulavero. Sed prius fiduciam vestri causa sollicito mihi tribuite, cum praesertim vobis, si sententia haec mea displicuerit, liceat rursus ad asinum redire. Nam ego arbitror latrones, quique eorum recte sapiunt, nihil anteferre lucro suo debere, ac ne ipsam quidem saepe et ultis? damnosam ultionem. Ergo igitur si perdideritis in asino virginem, nihil amplius quam sine ullo compendio indignationem vestram exercueritis. Quin ego censeo deducendam eam ad quampiam civitatem ibique venundandam. Nec enim levi pretio distrahi poterit talis aetatula. Nam et ipse quosdam lenones pridem cognitos habeo, quorum poterit unus magnis equidem talentis, ut arbitror, puellam istam praestinare condigne natalibus suis, in fornicem processuram, nec in similem fugam discursuram, non nihil etiam, cum lupanari

perto de mim, porém disfarçado de outra pessoa, consegui as provisões de viagem invadindo sozinho fazendas e povoados.

E sem tardar, depois de rasgar os farrapos, espalhou duas mil moedas de ouro no meio de todo mundo, dizendo:

— Aqui está a propina, melhor dizendo, o dote que entrego de boa vontade para o grupo de vocês e (caso vocês não recusem) me ofereço como seu líder genuíno, que transformará em pouco tempo esta casa de pedra num palácio de ouro.

9. Sem demora ou hesitação, após apurados os votos de todos, os ladrões foram unânimes em lhe conceder o posto de chefe da quadrilha. Trouxeram-lhe uma roupa elegante para vestir, depois que ele tirasse aquele suntuoso farrapo; depois de se trocar, ele deu um beijo em cada um dos bandidos e, quando tomou assento no melhor triclínio, um banquete foi celebrado com taças enormes. Foi então que, no meio da conversa entre os bandidos, ele tomou conhecimento da fuga da donzela, da minha colaboração e da monstruosa morte destinada a nós dois. Depois de perguntar em que lugar ela estava e ser conduzido até lá, encontrou-a presa do jeito que ela estava com as algemas e se retirou com a cara feia, torcendo o nariz e dizendo:

— Não sou estúpido nem atrevido para contrariar a decisão de vocês, mas vou ficar com a consciência pesada se esconder o que me parece o melhor a fazer. Porém, antes de tudo, deem um voto de confiança ao interesse que demonstro pelo proveito de vocês, sobretudo porque, se minha sugestão não agradar, vocês podem voltar para o plano do asno. Acho que os ladrões (aqueles que são espertos) não devem colocar nada acima do lucro, incluindo a vingança, que muitas vezes traz prejuízo para quem se vingou. Dessa forma, se vocês derem fim à donzela dentro do burro, não vão conseguir nada mais do que uma vingança sem qualquer provento. Por isso eu creio que ela deveria ser levada para alguma cidade e vendida. Sendo ela tão jovem, o preço cobrado não deverá ser pequeno. Eu mesmo há muito tempo conheço alguns cafetões, sendo que um deles (creio eu) vai poder pagar uns bons talentos por essa jovem de boa família, pronta para ir para um bordel sem conseguir fugir como tentou

servierit, vindictae vobis depensuram. Hanc ex animo quidem meo sententiam conducibilem protuli; sed vos vestrorum estis consiliorum rerumque domini."

10. Sic ille latronum fisci advocatus nostram causam pertulerat, virginis et asini sospitator egregius. Sed in diutina deliberatione ceteri cruciantes mora consilii mea praecordia, immo miserum spiritum, elidentes tandem novicii latronis accedunt sententiae, et protinus vinculis exsolvunt virginem. Quae quidem simul viderat illum iuvenem fornicisque et lenonis audierat mentionem, coepit risu laetissimo gestire, ut mihi merito subiret vituperatio totius sexus, cum viderem puellam, proci iuvenis amore nuptiarumque castarum desiderio simulato, lupanaris spurci sordidique subito delectari nomine. Et tunc quidem totarum mulierum secta moresque de asini pendebant iudicio.

Sed ille iuvenis sermone repetito, "Quin igitur" inquit "supplicatum Marti Comiti pergimus, et puellam simul vendituri et socios indagaturi? Sed, ut video, nullum uspiam pecus sacrificatui ac ne vinum quidem potatui affatim vel sufficiens habemus. Decem mihi itaque legate comites, quis contentus proximum castellum petam, inde vobis epulas saliares comparaturus."

Sic eo profecto ceteri copiosum instruunt ignem aramque caespite virenti Marti deo faciunt.

11. Nec multo post adveniunt illi vinarios utres ferentes et gregatim pecua comminantes. Unde praelectum grandem hircum annosum et horricomem Marti Secutori Comitique victimant. Et ilico prandium fabricatur opipare. Tunc hospes ille "Non modo" inquit "expeditionum praedarumque, verum etiam voluptatum vestrarum ducem me strenuum sentire debetis." Et aggressus insigni facilitate naviter cuncta praeministrat. Verrit, sternit, coquit, tucceta con-

108 **banquete dos sálios:** ver nota em 4.22.

aqui. Não vai ficar devendo nada à vingança de vocês quando estiver trabalhando num prostíbulo. Essa é a ideia lucrativa que lhes dou com toda a sinceridade, mas são vocês os donos das decisões e dos negócios.

10. Foi assim que o gerente contábil dos ladrões tinha defendido a nossa causa, tornando-se o herói salvador da donzela e do asno. Porém, numa longa deliberação, os demais bandidos, torturando o meu coração com a demora da sentença (ou melhor, me fazendo prender a respiração), por fim se mostraram favoráveis ao ladrão recém-chegado e, de imediato, tiraram as algemas da donzela. Ela, logo depois de ver quem era aquele rapaz e ficar sabendo do cafetão e do bordel, começou a rir alto, a ponto de tomar conta de mim (e com razão) o desprezo por todas as mulheres, quando percebi que a donzela, fingindo amar o noivo e desejar bodas castas, de repente ficou toda animada só de ouvir falar no prostíbulo imundo e sórdido. Porém, reiterando suas palavras, o rapaz perguntou:

— Por que não vamos oferecer nossas preces a Marte Companheiro antes de ir vender a moça e procurar novos parceiros? Mas, pelo que vejo, não temos em parte alguma nem boi para sacrificar, nem vinho o suficiente (ou o mínimo) para tomar. Então, me cedam dez companheiros, que é o suficiente para eu assaltar o povoado vizinho, e eu darei a vocês um banquete dos sálios![108]

Depois de ele ir embora, os demais começaram a fazer uma fogueira enorme e prepararam um altar de erva fresca para o deus Marte.

11. Não muito tempo depois os onze regressaram, portando odres de vinho e guiando um rebanho, do qual foi escolhido um bode enorme, velho e de tosão áspero, que eles sacrificaram a Marte Protetor e Companheiro. Ali mesmo foi celebrado um lauto banquete, ocasião em que o anfitrião afirmou:

— Não é só nos assaltos e no vandalismo que vocês devem ver como eu sou um líder empenhado, mas também nos momentos de diversão.

E, com grande desenvoltura, começou a arranjar tudo rapidamente. Limpava, arrumava a mesa, cozinhava, preparava as carnes, ser-

cinnat, apponit scitule, sed praecipue poculis crebris grandibusque singulos ingurgitat. Interdum tamen, simulatione promendi quae poscebat usus, ad puellam commeabat assidue, partesque surreptas clanculo et praegustatas a se potiones offerebat hilaris. At illa sumebat appetenter et nonnunquam basiare volenti promptis saviolis allubescebat. Quae res oppido mihi displicebat.

"Hem oblita es nuptiarum tuique mutui cupitoris, puella virgo, et illi nescio cui recenti marito, quem tibi parentes iunxerunt, hunc advenam cruentumque percussorem praeponis? Nec te conscientia stimulat, sed affectione calcata inter lanceas et gladios istos scortari tibi libet? Quid si quo modo latrones ceteri persenserint? Non rursum recurres ad asinum et rursum exitium mihi parabis? Re vera ludis de alieno corio."

12. Dum ista sycophanta ego mecum maxima cum indignatione disputo, de verbis eorum quibusdam dubiis, sed non obscuris prudenti asino, cognosco non Haemum illum praedonem famosum, sed Tlepolemum sponsum puellae ipsius. nam procedente sermone paulo iam clarius contempta mea praesentia quasi vere mortui, "Bono animo es," inquit "Charite dulcissima; nam totos istos hostes tuos statim captivos habebis." Et instantia validiore vinum iam immixtum, sed modico tepefactum vapore, sauciis illis et crapula vinolentiaque madidis ipse abstemius non cessat impingere. Et hercules suspicionem mihi fecit, quasi soporiferum quoddam venenum cantharis immisceret illis. Cuncti denique, sed prorsus omnes vino sepulti iacebant, omnes pariter mortui. Tunc nullo negotio artissimis vinculis impeditis ac pro arbitrio suo constrictis illis, imposita dorso meo puella, dirigit gressum ad suam patriam.

via os pratos com elegância, mas, sobretudo, enchia de vinho cada uma das taças imensas. Todavia, com o pretexto de ir pegar alguma coisa que faltava, dava um jeito de chegar perto da donzela, à qual servia, com um sorriso no rosto, porções de comida furtadas às escondidas e goles da bebida provada por ele. Ela aceitava de bom grado e, sempre que ele tentava beijá-la, a donzela lhe retribuía com beijos sonoros, toda entusiasmada. Essa era uma coisa que me chateava muito: será que você se esqueceu das bodas e do noivo que a amava, casta donzela? Vai trocar o recente esposo, a quem seus pais uniram você, por esse estrangeiro, que é um assassino cruel? Sua consciência não está pesada ou você prefere se prostituir entre essas lanças e espadas, passando por cima do sentimento? E se os outros bandidos perceberem? Não vai recorrer ao asno outra vez e tramar minha ruína novamente? A bem da verdade, você está brincando com o couro alheio!

12. Ao mesmo tempo que, com toda a indignação, eu fazia comigo mesmo essas denúncias, constatei, por algumas palavras evasivas entre eles (mas não difíceis de entender para um asno esperto), que o rapaz não era o tal do famoso ladrão Hemão, e sim Tlepólemo, o esposo da mesma donzela. Acontece que, durante a conversa, ele falou um pouco mais alto, sem levar em conta a minha presença, como se eu estivesse morto, e disse:

— Fique calma, minha doce Cáris, pois dentro em breve você verá todos esses seus inimigos capturados.

Voltando ao trabalho com disposição, o rapaz não parou de servir vinho puro e ligeiramente aquecido aos bandidos para lá de alterados e bêbados, ao passo que ele próprio não bebia nada. E (por Hércules!) ele me fez suspeitar de que estava botando algum narcótico naquelas ânforas, porque, dali a pouco, todos os ladrões (mas todos mesmo!) jaziam sepultos em vinho. Todo mundo parecia morto. Então, sem resistência, depois de amarrá-los com nós bem apertados e prendê-los como queria, o rapaz colocou a donzela sobre o meu dorso e tomou o rumo de sua terra natal.

13. Quam simul accessimus, tota civitas ad votivum conspectum effunditur. Procurrunt parentes, affines, clientes, alumni, famuli, laeti faciem, gaudio delibuti. Pompam cerneres omnis sexus et omnis aetatis, novumque et hercules memorandum spectamen, virginem asino triumphantem. Denique ipse etiam hilarior pro virili parte, ne praesenti negotio ut alienus discreparem, porrectis auribus proflatisque naribus rudivi fortiter, immo tonanti clamore personui. Et illam thalamo receptam commode parentes sui fovebant. Me vero cum ingenti iumentorum civiumque multitudine confestim retro Tlepolemus agebat non invitum. Nam et alias curiosus et tunc latronum captivitatis spectator optabam fieri. Quos quidem colligatos adhuc vino magis quam vinculis deprehendimus. Totis ergo prolatis erutisque rebus et nobis auro argentoque et ceteris onustis, ipsos partim constrictos uti fuerant provolutosque in proximas rupinas praecipites dedere, alios vero suis sibi gladiis obtruncatos reliquere.

Tali vindicta laeti et gaudentes civitatem revenimus. Et illas quidem divitias publicae custodelae commisere, Tlepolemo puellam repetitam lege tradidere.

14. Exin me suum sospitatorem nuncupatum matrona prolixe curitabat, ipsoque nuptiarum die praesepium meum hordeo passim repleri iubet faenumque camelo Bactrinae sufficiens apponi. Sed quas ego condignas Photidi diras devotiones imprecer, quae me formavit non canem sed asinum, quippe cum viderem largissimae cenae reliquiis rapinisque canes omnes inescatos atque distentos.

Post noctem unicam et rudimenta Veneris recens nupta gratias summas apud suos parentes ac maritum mihi meminisse non destitit, quoad summos illi promitterent honores habituri mihi. Convocatis denique gravioribus amicis consilium datur, quo potissimum

13. Assim que nós chegamos, a cidade inteira se aglomerou para nos dar as boas-vindas. Vieram os pais, os parentes, os compadres, as crianças e os fâmulos com um sorriso no rosto e transbordando de alegria. Era possível ver um desfile de pessoas de todos os sexos e idades (por Hércules, um espetáculo novo e digno de memória!) e uma dama sobre um asno em procissão triunfal! Enfim, até eu (mais feliz do que a parte que me cabia), para não parecer alheio à situação, com as orelhas empinadas e as narinas bem abertas zurrei alto, aliás ressoei como um trovão forte. A moça, levada para o quarto, era comodamente auxiliada pelos pais; já Tlepólemo, com uma grande quantidade de pessoas e de jumentos, me levava a passos largos para o lugar de onde viemos, sem que eu me opusesse; é que, curioso que sou desde sempre, desta vez o que eu queria era testemunhar a prisão dos bandidos. Lá, nós os flagramos mais rendidos pelo vinho do que pelas amarras. Subtraídos e pilhados todos os bens, e depois de nos carregarem de ouro, prata e outros tesouros, jogaram de um precipício vizinho alguns dos ladrões, amarrados do jeito que estavam, e deixaram os demais ali mesmo depois de degolá-los com as próprias espadas.

Contentes e satisfeitos com tamanha vingança, regressamos à cidade. Entregaram-se as riquezas ao tesouro público, e a Tlepólemo a esposa com quem se casara legalmente.

14. A partir daí, a senhora, que me chamava de "seu salvador", passou a cuidar de mim com toda a dedicação. No próprio dia das bodas, ela ordenou encherem a minha cocheira de cevada e me oferecem feno o suficiente para um camelo da Bactriana. Mas como eu não rogaria a praga merecida a Fótis, que me converteu em asno e não em cão, quando eu via todos os cães de barriga cheia com os restos ou com o que roubavam da ceia?

Depois da primeira noite e da iniciação nas artes de Vênus, a recém-casada não deixou de lembrar sua gratidão para comigo aos seus pais e ao seu marido, até eles prometerem me conceder as maiores honras. Assim, os amigos mais importantes da família foram convidados a se reunir para dar conselhos sobre a maneira mais

pacto digne remunerarer. Placuerat uni domi me conclusum et otiosum hordeo lecto fabaque et vicia saginari. Sed optinuit alius, qui meae libertati prospexerat, suadens ut rurestribus potius campis in greges equinos lasciviens discurrerem daturus dominis equarum inscensu generoso multas mulas alumnas.

15. Ergo igitur evocato statim armentario equisone magna cum praefatione deducendus assignor. Et sane gaudens laetusque praecurrebam sarcinis et ceteris oneribus iam nunc renuntiaturus, nanctaque libertate veris initio pratis herbantibus rosas utique reperturus aliquas. Subibat me tamen illa etiam sequens cogitatio, quod tantis actis gratiis honoribusque plurimis asino meo tributis, humana facie recepta multo tanta pluribus beneficiis honestarer.

Sed ubi me procul a civitate gregarius ille perduxerat, nullae deliciae ac ne ulla quidem libertas excipit. Nam protinus uxor eius, avara equidem nequissimaque illa mulier, molae machinariae subiugum me dedit, frondosoque baculo subinde castigans, panem sibi suisque de meo parabat corio. Nec tantum sui cibi gratia me fatigare contenta, vicinorum etiam frumenta mercenariis discursibus meis conterebat. Nec mihi misero statuta saltem cibaria pro tantis praestabantur laboribus. Namque hordeum meum frictum et sub eadem mola meis quassatum ambagibus colonis proximis venditabat, mihi vero per diem laboriosae machinae attento sub ipsa vespera furfures apponebat incretos ac sordidos multoque lapide salebrosos.

16. Talibus aerumnis edomitum novis Fortuna saeva tradidit cruciatibus, scilicet ut, quod aiunt, domi forisque fortibus factis adoriae plenae gloriarer. Equinis armentis namque me congregem pastor

digna de me recompensar. Um deles achou melhor que eu ficasse preso em casa, sem fazer nada e me enchendo de cevada escolhida, fava e ervilhaca. Porém, prevaleceu a opinião de um outro, que havia levado em conta a minha liberdade, defendendo que eu ficasse à vontade, correndo pelos campos rústicos entre bois e cavalos, e montasse éguas sem restrições para gerar muitas mulas para os meus donos.

15. Assim, pois, depois de chamarem o tratador de cavalos sem demora e lhe fazerem muitas recomendações, me entregaram a ele para ser levado embora; e eu trotava ao seu lado com toda alegria e prazer, já pronto para me livrar de fardos e cargas. Tendo adquirido a liberdade, logo no começo da primavera eu iria encontrar de todo jeito umas rosas no meio dos campos verdejantes. Todavia, pensei comigo em seguida que, se como asno eu havia granjeado tanta gratidão e ainda mais honras, uma vez restituída a face humana, eu receberia ainda mais benefícios.

Porém, mal o asneiro me conduzira para longe da cidade, não encontrei nenhuma alegria e nem sequer alguma liberdade. Acontece que a esposa dele, mulher gananciosa e extremamente malvada, me atrelou à mó de um moinho, me fustigando em seguida com uma vara verde, para levar o sustento a si própria e à sua família com o meu couro. Não contente em me maltratar para garantir o próprio pão, ainda por cima moía o trigo dos vizinhos para ganhar dinheiro com as minhas voltas ao redor da máquina. E (coitado de mim!) não recebia nem o mínimo de comida necessária para dar conta de tanto trabalho! Na verdade, ela vendia aos camponeses das redondezas a minha cevada, triturada e torrada pela própria mó que eu fazia girar; já para mim, que passava o dia atrelado àquela máquina cansativa, no final da noite ela servia farelos não peneirados e sujos, misturados com pedras.

16. Mesmo submetido a tais humilhações, a Fortuna me trouxe novos sofrimentos, certamente para que (como dizem) eu me vangloriasse das valentes proezas realizadas na pátria e no estrangeiro. Acontece que o asneiro exemplar ouviu tarde demais as ordens do patrão

egregius mandati dominici serus auscultator aliquando permisit. At ego tandem liber asinus, laetus et tripudians graduque molli gestiens, equas opportunissimas iam mihi concubinas futuras deligebam. Sed haec etiam spes hilarior in capitale processit exitium. Mares enim ob admissuram veterem pasti satianter ac diu saginati, terribiles alioquin et utique quovis asino fortiores, de me metuentes sibi et adulterio degeneri praecaventes, nec hospitalis Iovis servato foedere, rivalem summo furentes persequuntur odio. Hic elatis in altum vastis pectoribus arduus capite et sublimis vertice primoribus in me pugillatur ungulis; ille terga pulposis torulis obesa convertens postremis velitatur calcibus; alius hinnitu maligno comminatus remulsis auribus dentiumque candentium renudatis asceis totum me commorsicat. Sic apud historiam de rege Thracio legeram, qui miseros hospites ferinis equis suis lacerandos devorandosque porrigebat. Adeo ille praepotens tyrannus sic parcus hordei fuit, ut edacium iumentorum famem corporum humanorum largitione sedaret.

17. Ad eundem modum distractus et ipse variis equorum incursibus, rursus molares illos circuitus requirebam. Verum Fortuna meis cruciatibus insatiabilis aliam mihi denuo pestem instruxit. Delegor enim ligno monte devehundo, puerque mihi praefectus imponitur, omnibus ille quidem puer deterrimus. Nec me montis excelsi tantum arduum fatigabat iugum, nec saxeas tantum sudes incursando contribam ungulas, verum fustium quoque crebris ictibus per proclive dedolabar, ut usque plagarum mihi medullaris insideret dolor. Coxaeque dexterae semper ictus incutiens et unum feriendo locum dissipato corio et ulceris latissimi facto foramine, immo fovea vel etiam fenestra, nullus tamen desinebat identidem vulnus sanguine delibutum obtundere. Lignorum vero tanto me premebat pondere

109 **rei da Trácia:** Diomedes, cujos cavalos foram resgatados por Hércules em seu Oitavo Trabalho.

e por fim autorizou que eu me misturasse ao plantel de cavalos. E eu, asno finalmente livre, contente e trotando a passos firmes, já ia escolhendo para mim as éguas mais adequadas para serem futuras concubinas. Porém, mesmo essa feliz esperança se converteu em desgraça fatal. Os garanhões, saciados e bem alimentados há muito tempo com vistas à reprodução, tornavam-se ameaçadores e, em todo o caso, maiores do que qualquer asno. Sentindo-se ameaçados por mim e se precavendo contra o adultério que degeneraria a raça, perseguiram o rival cheios de ódio e sem respeitar as leis de Júpiter Hospitaleiro. Um deles, erguendo o peito vasto, levantando a cabeça e esticando o pescoço, me atacou com os cascos dianteiros; outro, dando-me as costas, me escoiceou com a forte garupa de músculos polpudos; um terceiro, me ameaçando com um relincho maligno, dobrando as orelhas e deixando à mostra os dentes brancos e afiados como facas, me mordeu o corpo inteiro. Eu já tinha lido uma história parecida sobre um rei da Trácia que entregava os pobres hóspedes aos seus cavalos ferozes para serem esquartejados e comidos;[109] pode ser que esse tirano prepotente era tão sovina com a cevada, que saciava o apetite das bestas vorazes com fatura de carne humana!

17. Retalhado do mesmo jeito pelos múltiplos ataques dos garanhões, eu quis voltar à mó do moinho. Porém, a Fortuna, incapaz de se satisfazer com as minhas desgraças, preparou mais uma vez outro suplício para mim. Recebi o encargo de carregar lenha e me colocaram sob as ordens de um moleque que, a bem da verdade, era o pior de todos os seres humanos. O que me esgotava não era apenas a subida árdua do monte escarpado, nem arrebentar os cascos, quando eu tropeçava nas pilhas de cascalho, e sim que a toda hora eu era esfolado com repetidas pancadas de pau, a ponto de a dor das bordoadas me ferir até a medula dos ossos. Batendo sempre na coxa direita e surrando um só lugar, meu couro desapareceu e a lesão abriu um baita de um furo, aliás uma fenda ou até mesmo uma janela; mas o moleque não parava de dar golpes na mesma zona empapada de sangue. Inclusive, ele me sobrecarregava tanto com o peso da lenha,

ut fascium molem elephanto non asino paratam putares. Ille vero etiam quotiens in alterum latus praeponderans declinarat sarcina, cum deberet potius gravantis ruinae fustes demere et levata paulisper pressura sanare me, vel certe in alterum latus translatis peraequare, contra lapidibus additis insuper sic iniquitati ponderis medebatur.

18. Nec tamen post tantas meas clades immodico sarcinae pondere contentus, cum fluvium transcenderemus qui forte praeter viam defluebat, peronibus suis ab aquae madore consulens ipse quoque insuper lumbos meos insiliens residebat, exiguum scilicet et illud tantae molis superpondium. Ac si quo casu limo caenoso ripae supercilia lubricante oneris impatientia prolapsus deruissem, cum deberet egregius agaso manum porrigere, capistro suspendere, cauda sublevare, certe partem tanti oneris, quoad resurgerem saltem, detrahere, nullum quidem defesso mihi ferebat auxilium; sed occipiens a capite, immo vero et ipsis auribus, totum me compilabat fusti grandissimo, donec fomenti vice ipsae me plagae suscitarent.

Idem mihi talem etiam excogitavit perniciem: spinas acerrimas et punctu venenato viriosas in fascem tortili nodo constrictas caudae meae pensilem deligavit cruciatum, ut incessu meo commotae incitataeque funestis aculeis infeste me convulnerarent.

19. Ergo igitur ancipiti malo laborabam. Nam cum me cursu proripueram fugiens acerbissimos incursus, vehementiore nisu spinarum feriebar. Si dolori parcens paululum restitissem, plagis compellebar ad cursum. Nec quicquam videbatur aliud excogitare puer ille nequissimus quam ut me quoquo modo perditum iret, idque iurans etiam nonnunquam comminabatur.

que se podia julgar que o feixe estava adequado para um elefante, não para um asno. Contudo, toda vez que a carga se inclinava para um lado, o moleque, em vez de tirar devidamente os cavacos que pesavam de um lado e me aliviar um pouco ou, melhor ainda, passá-los para o outro lado e equilibrar o fardo, preferia, ao contrário, colocar umas pedras em cima e controlar dessa maneira a diferença de peso.

18. Não contente depois das tantas provações que passei com o peso desmedido da carga, sempre que atravessávamos o rio, que por acaso cortava a estrada, o moleque saltava para cima de mim e se sentava no meu lombo a fim de evitar que suas botas ficassem molhadas — evidentemente, ele era um volume menor para o fardo enorme que eu já carregava. Porém, se, por não conseguir suportar o peso, por acaso eu caísse na lama viscosa que deixava a margem do rio escorregadia, o pajem exemplar, embora devesse me estender a mão, me puxar pelo cabresto, me levantar pela cauda ou subtrair uma parte da tralha até que eu me colocasse de pé, não me dava qualquer ajuda, por mais cansado que eu estivesse; ao contrário, começando pela cabeça, aliás pelas minhas próprias orelhas, me surrava o corpo todo com um bastão bem grosso até que as pancadas por si mesmas bastassem para me levantar.

Além disso, ele mesmo tramou uma enorme crueldade: pegou umas plantas de espinhos afiados e ponta venenosa, reuniu-as num maço com um nó firme e as amarrou na minha cauda como se fossem um chicote pendurado, de modo que, quando eu caminhava, o movimento e o impulso delas me cutucassem com seus aguilhões terríveis.

19. Dessa forma, eu enfrentava uma dupla adversidade: de fato, se eu acelerava o passo para escapar das pancadas para lá de doloridas, era machucado com mais força pelos espinhos; se, para aliviar a dor, eu fosse um pouquinho mais devagar, era impelido a andar rápido por conta das bordoadas. Parecia que o tal do desgraçado do moleque não pensava em outra coisa além de acabar com a minha vida de qualquer maneira. Aliás, de quando em quando me ameaçava, jurando que ia fazer isso.

Et plane fuit quod eius detestabilem malitiam ad peiores conatus stimularet. Nam quadam die, nimia eius insolentia expugnata patientia mea, calces in eum validas extuleram. Denique tale facinus in me comminiscitur. Stuppae sarcina me satis onustum probeque funiculis constrictum producit in viam, deque proxima villula spirantem carbunculum furatus oneris in ipso meditullio reponit. Iamque fomento tenui calescens et enutritus ignis surgebat in flammas et totum me funestus ardor invaserat, nec ullum pestis extremae suffugium, nec salutis aliquod apparet solacium, et ustrina talis moras non sustinet et meliora consilia praevertitur.

20. Sed in rebus scaevis affulsit Fortunae nutus hilarior, nescio an futuris periculis me reservans, certe praesente statutaque morte liberans. Nam forte pluviae pridianae recens conceptaculum aquae lutulentae proximum conspicatus ibi memet improvido saltu totum abicio, flammaque prorsus exstincta tandem et pondere levatus et exitio liberatus evado. Sed ille deterrimus ac temerarius puer hoc quoque suum nequissimum factum in me retorsit, gregariisque omnibus affirmavit me sponte vicinorum foculos transeuntem, titubanti gradu prolapsum, ignem ultroneum accersisse mihi; et arridens addidit, “Quo usque ergo frustra pascemus inigninum istum?”

Nec multis interiectis diebus longe peioribus me dolis petivit. Ligno enim quod gerebam in proximam casulam vendito, vacuum me ducens, iam se nequitiae meae proclamans imparem miserrimumque istud magisterium renuens, querelas huius modi concinnat:

21. “Videtis istum pigrum tardissimumque et nimis asinum? Me praeter cetera flagitia nunc novis periculis etiam angit. Ut quemque enim viatorem prospexerit, sive illa scitula mulier seu virgo nubilis seu tener puellus est ilico disturbato gestamine, nonnunquam

E sucedeu mesmo algo que deu estímulo para a sua malícia detestável tramar coisas piores: houve um dia em que, vencida a minha paciência pela enorme insolência dele, eu lhe dera uns belos coices. Foi aí que ele tramou um crime hediondo contra mim: depois de me carregar com um pesado fardo de estopa, devidamente amarrado com cordas, ele me levou para a estrada, roubou um tição em brasa de uma chácara ali perto e o colocou bem no meio da carga. A chama, alimentada e aquecida por um combustível qualquer, se transformou em labaredas; um calor sufocante me envolveu por inteiro e não havia por ali qualquer defesa contra a morte certa ou auxílio para a minha salvação. O incêndio, sem admitir delongas, não dava tempo para decisões melhores.

20. Contudo, nessa hora difícil, um raio risonho da Fortuna me iluminou — não sei se ela estava me preservando para futuros perigos, mas o certo é que, naquele momento, me libertava da morte iminente, pois, tendo visto por acaso uma poça d'água lamacenta recém-formada pela chuva do dia anterior, me joguei de supetão dentro dela. Logo que a chama foi extinta, saí enfim não apenas liberado do fardo como ainda a salvo. Mas, mesmo assim, o moleque desgraçado e atrevido colocou a culpa do seu crime horrendo em mim: ele afirmou para todos os pastores que eu, cruzando por iniciativa própria uma fogueira acesa pelos vizinhos, dei um passo em falso e coloquei fogo em mim mesmo de propósito. Acrescentou ainda, rindo:

— Até quando vamos alimentar em vão esse incendiário?

Passados uns poucos dias, ele armou trapaças ainda piores contra mim. Depois de ter vendido numa cabana vizinha a lenha que eu carregava, ele começou a reclamar, enquanto me guiava sem que eu trouxesse nada nas costas, de que não aguentava mais a minha inutilidade e que estava cansado do seu trabalho miserável. Além disso, inventava calúnias desta maneira:

21. — Estão vendo esse burro para lá de estúpido, preguiçoso e lerdíssimo? Como se não bastassem todas as suas ruindades, agora me aflige com novos perigos. Não pode ver nenhum viajante (seja uma mulher bonita, uma moça solteira ou um rapazinho simpático), e ali

etiam ipsis stramentis abiectis, furens incurrit et homines amator talis appetit, et humi prostratis illis inhians illicitas atque incognitas temptat libidines, et ferinas voluptates aversa Venere invitat ad nuptias. Nam imaginem etiam savii mentiendo ore improbo compulsat ac morsicat. Quae res nobis non mediocres lites atque iurgia, immo forsitan et crimina pariet. Nunc etiam visa quadam honesta iuvene, ligno quod devehebat abiecto dispersoque, in eam furiosos direxit impetus. Et festivus hic amasio humo sordida prostratam mulierem ibidem incoram omnium gestiebat inscendere. Quod nisi ploratu questuque femineo conclamatum viatorum praesidium accurrisset ac de mediis ungulis ipsius esset erepta liberataque, misera illa compavita atque dirupta ipsa quidem cruciabilem cladem sustinuisset, nobis vero poenale reliquisset exitium."

22. Talibus mendaciis admiscendo sermones alios qui meum verecundum silentium vehementius premerent, animos pastorum in meam perniciem atrociter suscitavit. Denique unus ex illis "Quin igitur publicum istum maritum," inquit "immo communem omnium adulterum illis suis monstruosis nuptiis condignam victimamus hostiam." Et "Heus tu, puer," ait "obtruncato protinus eo intestina quidem canibus nostris iacta, ceteram vero carnem omnem operariorum cenae reserva. Nam corium affirmatum cineris inspersu dominis referemus eiusque mortem de lupo facile mentiemur."

Sublata cunctatione accusator ille meus noxius, ipse etiam pastoralis exsecutor sententiae, laetus et meis insultans malis, calcisque illius admonitus, quam inefficacem fuisse mehercules doleo, protinus gladium cotis attritu parabat.

mesmo, depois de jogar para longe a carga e muitas vezes tirar até o arreio, sai correndo feito um doido, loucamente apaixonado pelos seres humanos. Atirando-os no chão, sobe em cima deles, tenta conseguir prazeres ilícitos e estranhos e os convida a núpcias animalescas, ofendendo Vênus. Aliás, simulando a forma do beijo com os beiços obscenos, chega inclusive a apalpá-los e a mordê-los. Esse tipo de coisa vai nos trazer dificuldades e problemas dos grandes, talvez até com a justiça. Hoje mesmo, quando ele avistou uma moça honesta, jogou fora e espalhou a lenha que carregava e foi para cima dela com violência. Todo contente, como se fosse seu namorado, lançou a mulher espantada no chão empoeirado e ali mesmo, na frente de todos, sinalizou que ia montá-la. Se não tivesse pedido socorro aos viajantes entre gritos e lágrimas e não tivesse sido pega e libertada do meio das patas do animal, a coitada, estuprada e arrebentada, teria realmente morrido da pior forma possível, deixando para nós a pena de morte como castigo.

22. Misturando a essas mentiras outros comentários que humilhavam ainda mais o meu silêncio vergonhoso, o moleque acirrou atrozmente os ânimos dos pastores para acabarem com a minha vida. Por fim, um deles sugeriu:

— Por que não sacrificamos esse marido de toda a gente, ou melhor, amante de todo mundo, como uma vítima digna das suas bodas monstruosas? — e continuou — Ei você, garoto, depois de cortar o pescoço dele e jogar suas tripas para os nossos cachorros, guarde toda a carne para o almoço dos trabalhadores. Podemos devolver aos patrões o couro dele curtido com cinzas e convencê-los facilmente de que um lobo foi o culpado pela sua morte.

Deixando de lado a hesitação, meu acusador traiçoeiro, aliás o próprio executor da sentença dos pastores, ficou exultante de alegria. Maldizendo meus males e relembrando aquele coice que lhe dei, cuja ineficácia (por Hércules!) eu lamento, de imediato foi afiar a espada, amolando-a numa pedra.

23. Sed quidam de coetu illo rusticorum "Nefas" ait "tam bellum asinum sic enecare et propter luxuriem lascivamque amatoriam criminatos opera servitioque tam necessario carere, cum alioquin exsectis genitalibus possit neque in venerem nullo modo surgere vosque omni metu periculi liberare, insuper etiam longe crassior atque corpulentior effici. Multos ego scio non modo asinos inertes, verum etiam ferocissimos equos, nimio libidinis laborantes atque ob id truces vesanosque, adhibita tali detestatione mansuetos ac mansues exinde factos et oneri ferundo non inhabiles et cetero ministerio patientes. Denique, nisi vobis suadeo nolentibus, possum spatio modico interiecto, quo mercatum proximum obire statui, petitis e domo ferramentis huic curae praeparatis, ad vos actutum redire trucemque amatorem istum atque insuavem dissitis femoribus emasculare et quovis vervece mitiorem efficere."

24. Tali sententia mediis Orci manibus extractus, sed extremae poenae reservatus, maerebam, et in novissima parte corporis totum me periturum deflebam. Inedia denique continua vel praecipiti ruina memet ipse quaerebam exstinguere, moriturus quidem nihilo minus, sed moriturus integer. Dumque in ista necis meae decunctor electione, matutino me rursum puer ille peremptor meus contra montis suetum ducit vestigium. Iamque me de cuiusdam vastissimae ilicis ramo pendulo destinato, paululum viam supergressus ipse securi lignum quod deveheret recidebat. Et ecce de proximo specu vastum attollens caput funesta proserpit ursa. Quam simul conspexi, pavidus et repentina facie conterritus totum corporis pondus in postremos poplites recello, arduaque cervice sublimiter elevata lorum quo tenebar rumpo, meque protinus pernici fugae committo. Perque prona non tantum pedibus, verum etiam toto proiecto corpore propere devolutus immitto me campis suppaten-

23. Contudo, um dos camponeses disse:

— É um crime matar um asno tão bonito assim e, incriminando-o pela sua lascívia e libertinagem amorosa, dispensar sua ajuda e seu serviço tão necessário, quando, de resto, se fosse castrado, não poderia de forma alguma ser seduzido por Vênus e aliviaria todo o medo do perigo de vocês; além disso, ele ficaria maior e mais robusto. Ouvi falar não apenas de muitos burros domados, como também de muitos cavalos bem ferozes que, levados pelo desejo excessivo, ficaram indóceis e violentos, mas que, depois de castrados, tornaram-se mansos e afáveis, ligeiros para transportar carga e dóceis para qualquer outro serviço. Enfim, se vocês não acharem o meu conselho ruim, eu poderia, daqui a pouquinho (porque antes eu preciso dar um pulo ali no mercado), pegar em casa as ferramentas destinadas a isso, voltar imediatamente para cá e, abrindo bem as pernas desse amante selvagem e odioso, castrá-lo e deixá-lo mais manso do que um cordeiro.

24. Tirado das palmas das mãos do Orco com tal sentença, mas reservado à pena capital, eu lamentava e chorava a morte do meu corpo inteiro, caso morresse aquela parte vigorosíssima do meu corpo. Por último, pensava em me matar pela inanição ou me atirando de um precipício; já que eu ia morrer de todo jeito, que ao menos fosse intacto.

Enquanto analisava de que forma eu ia morrer, o tal do moleque (ou meu algoz) subiu de manhã o monte comigo, como de costume. Depois de me prender num galho pendente de um enorme carvalho, ele se afastou um pouco dali para cortar com o machado a lenha que levaria para baixo. Eis que, de uma caverna próxima, um urso terrível apareceu mostrando a cabeça enorme. Assim que eu vi aquilo, tomado de medo e boquiaberto, apoiei o peso do meu corpo inteiro nas patas traseiras e, esticando bem o pescoço, arrebentei a correia que me prendia. De imediato, saí correndo em disparada; me jogando para a frente, não era com as patas que eu descia a encosta e sim com o corpo inteiro. Solto em campo aberto, eu fugia com toda a

tibus, ex summo studio fugiens im manem ursam ursaque peiorem illum puerum.

25. Tunc quidam viator solitarium vagumque me respiciens invadit, et properiter inscensum baculo quod gerebat obverberans per obliquam ignaramque me ducebat viam. Nec invitus ego cursui me commodabam, relinquens atrocissimam virilitatis lanienam. Ceterum plagis non magnopere commovebar, quippe consuetus ex forma concidi fustibus.

Sed illa Fortuna meis casibus pervicax tam opportunum latibulum mira celeritate praeversa novas instruxit insidias. Pastores enim mei perditam sibi requirentes vacculam variasque regiones peragrantes occurrunt nobis fortuito, statimque me cognitum capistro prehensum attrahere gestiunt. Sed audacia valida resistens ille fidem hominum deumque testabatur: "Quid me raptatis violenter? Quid invaditis?" "Ain, te nos tractamus inciviliter, qui nostrum asinum furatus abducis? Quin potius effaris ubi puerum, eiusdem agasonem, necatum scilicet occultaris?" Et ilico detractus ad terram pugnisque pulsatus et calcibus contusus infit deierans nullum semet vidisse ductorem, sed plane continatum solutum et solitarium ob indicivae praemium occupasse, domino tamen suo restituturum. "Atque utinam ipse asinus," inquit "quem numquam profecto vidissem, vocem quiret humanam dare meaeque testimonium innocentiae perhibere posset: profecto vos huius iniuriae pigeret."

Sic asseverans nihil quicquam promovebat. Nam collo constrictum reducunt eum pastores molesti contra montis illius silvosa nemora unde lignum puer solebat egerere.

persistência do urso imenso e daquele moleque, que era pior do que o urso.

25. Então um passante, me vendo vagando solitário e sem dono, se aproximou, montou em mim e, me batendo com a vara que carregava consigo, me conduziu por um atalho desconhecido. Não era de má vontade que eu seguia aquele caminho, deixando para trás a perda da minha virilidade. Além do mais, as bordoadas não me doíam tanto assim, dado que eu já estava acostumado a levar pancada regularmente.

Porém, a Fortuna, obstinada em me destruir, se adiantou com uma infeliz rapidez a uma fuga tão oportuna e preparou novas armadilhas: os meus pastores, buscando uma bezerra que haviam perdido, andavam por vários lugares, quando por acaso toparam conosco e, me reconhecendo de imediato, se apoderaram do meu cabresto e me puxaram. Contudo, se opondo com grande coragem, o sujeito clamava pelos deuses e pelos homens, perguntando:

— Por que vocês estão me atacando? Por que me agridem com essa violência toda?

— E por acaso somos nós os que lhe fazemos mal, quando foi você quem roubou o nosso asno e está fugindo? Por que não confessa logo onde você ocultou o moço que cuidava dele, certamente depois de matá-lo?

E, jogando-o no chão ali mesmo, deram-lhe socos e pontapés, enquanto ele jurava pelos deuses que não tinha visto tratador nenhum; que, encontrando o burro solto e sozinho, se apoderou dele para receber a recompensa e que ia devolvê-lo ao seu legítimo dono:

— Bem que eu queria que esse asno (que eu jamais queria ter visto) — prosseguiu — ganhasse voz humana e pudesse dar testemunho da minha inocência. Com certeza ele ia fazer vocês se arrependerem da sua injustiça!

Apesar de dizer isso, não conseguiu nada. Depois de lhe pegarem pelo pescoço, os pastores irritados o levaram até a mata fechada do monte ali em frente, onde o moleque costumava apanhar lenha.

26. Nec uspiam ruris reperitur ille, sed plane corpus eius membratim laceratum multisque dispersum locis conspicitur. Quam rem procul dubio sentiebam ego illius ursae dentibus esse perfectam, et hercules dicerem quod sciebam si loquendi copia suppeditaret. Sed, quod solum poteram, tacitus licet serae vindictae gratulabar. Et cadaver quidem disiectis partibus tandem totum repertum aegreque concinnatum ibidem terrae dedere. Meum vero Bellerophontem, abactorem indubitatum cruentumque percussorem criminantes, ad casas interim suas vinctum perducunt, quoad renascenti die sequenti deductus ad magistratus, ut aiebant, poenae redderetur.

Interim dum puerum illum parentes sui plangoribus fletibusque querebantur, et adveniens ecce rusticus nequaquam promissum suum frustratus destinatam sectionem meam flagitat. "Non est" in his inquit unus "indidem praesens iactura nostra, sed plane crastino libet non tantum naturam, verum etiam caput quoque ipsum pessimo isto asino demere. Nec tibi ministerium deerit istorum."

27. Sic effectum est ut in alterum diem clades differretur mea. At ego gratias agebam bono puero, quod saltem mortuus unam carnificinae meae dieculam donasset. Nec tamen tantillum saltem gratulationi meae quietive spatium datum. Nam mater pueri, mortem deplorans acerbam filii, fleta et lacrimosa fuscaque veste contecta, ambabus manibus trahens cinerosam canitiem, eiulans et exinde proclamans stabulum irrumpit meum, tunsisque ac diverberatis vehementer uberibus incipit:

"Et nunc iste securus incumbens praesepio voracitati suae deservit et insatiabilem profundumque ventrem semper esitando distendit, nec aerumnae meae miseretur vel detestabilem casum defuncti magistri recordatur. Sed scilicet senectam infirmitatemque meam contemnit ac despicit, et impune se laturum tantum scelus credit. At utcumque se praesumit innocentem; est enim congruens pessimis conatibus contra noxiam conscientiam sperare securitatem.

110 **Belerofonte:** herói que, montado no cavalo Pégaso, derrotou o monstro Quimera (cf. nota em 6.31).

26. Ele não foi encontrado em parte alguma do campo; seu corpo, no entanto, foi achado com os membros inteiramente espatifados e espalhados por vários lugares. Eu tinha absoluta certeza de que os dentes do urso haviam feito aquilo e (por Hércules!) diria o que sabia, se conseguisse me expressar com palavras. Contudo, a única coisa que eu podia fazer era me congratular em silêncio pela vingança, ainda que tardia. Os pastores sepultaram ali mesmo o cadáver, cujos restos dispersos foram reunidos com bastante dificuldade; quanto ao meu Belerofonte,[110] a quem sem hesitação acusaram de ladrão e de cruel assassino, levaram-no amarrado até as suas cabanas para apresentá-lo aos magistrados na manhã seguinte, a fim de que (diziam eles) fosse penalizado.

Nesse ínterim, enquanto os pais choravam a morte do tal do moleque, eis que regressou o camponês, que não havia faltado de jeito nenhum à sua promessa, reivindicando a castração que havia combinado com os demais. Um dos pastores comentou:

— Nossa desolação não é culpa desse aí, mas com certeza amanhã será um bom dia não só para cortar a genitália desse asno maldito, como também a cabeça. Não vai lhe faltar a ajuda de ninguém.

27. Foi assim que a minha imolação foi adiada para o dia seguinte. Eu agradecia ao bondoso moleque, porque, mesmo morto, tinha postergado o meu massacre em pelo menos um dia. Porém, não me foi concedido mais nem um pinguinho de alegria e descanso: é que a mãe do moleque, carpindo a morte cruel do filho, chorando e gemendo, trajada de luto, arrancando os cabelos brancos com ambas as mãos, ululando de dor enquanto berrava, irrompeu no meu estábulo e começou a falar, fustigando e rasgando o peito:

— E agora esse aí, tranquilo e reclinado sobre o cocho, sacia sua gula e, sempre faminto, enche a pança grande e esfomeada, sem ter pena do meu sofrimento nem fazer caso da triste fatalidade do seu falecido mestre. Bem ao contrário: despreza a minha velhice e a minha fraqueza, achando que vai ficar impune por um crime tão horrendo! É até possível que ele se julgue inocente: por piores que sejam os crimes, é comum esperar a salvação, mesmo com a cons-

Nam pro deum fidem, quadrupes nequissime, licet precariam vocis usuram sumeres, cui tandem vel ineptissimo persuadere possis atrocitatem istam culpa carere, cum propugnare pedibus et arcere morsibus misello puero potueris? An ipsum quidem saepius incursare calcibus potuisti, moriturum vero defendere alacritate simili nequisti? Certe dorso receptum auferres protinus, et infesti latronis cruentis manibus eriperes, postremum deserto derelictoque illo conservo magistro comite pastore non solus aufugeres. An ignoras eos etiam, qui morituris auxilium salutare denegarint, quod contra bonos mores id ipsum fecerint, solere puniri? Sed non diutius meis cladibus laetaberis, homicida. Senties, efficiam, misero dolori naturales vires adesse."

28. Et cum dicto subsertis manibus exsolvit suam sibi fasceam, pedesque meos singillatim illigans indidem constringit artissime, scilicet ne quod vindictae meae superesset praesidium, et pertica qua stabuli fores offirmari quam vicsolebant abrepta non prius me desiit obtundere tis fessisque viribus suopte pondere degravatus manibus eius fustis esset elapsus. Tunc de bracchiorum suorum cita fatigatione conquesta, procurrit ad focum ardentemque titionem gerens mediis inguinibus obtrudit usque donec, solo quod restabat nisus praesidio, liquida fimo strictim egesta faciem atque oculos eius confoedassem. Qua caecitate atque foetore tandem fugata est a me pernicies; ceterum titione delirantis Althaeae Meleager asinus interisset.

111 **Meleagro... Alteia:** Cega de ódio por ver seus irmãos assassinados por seu próprio filho, Meleagro, Alteia atirou às chamas um pedaço de madeira ao qual a vida de Meleagro estava vinculada, e assim o matou. O episódio é narrado por Ovídio (*Metamorfoses*, 8.445–514).

ciência pesada. Pela fé divina, quadrúpede maldito! Caso recebesse o dom da fala, ainda que por pouco tempo, a quem é que, por mais tapado que ele fosse, você conseguiria convencer da inocência dessa atrocidade, podendo defender o coitadinho do menino com as patas ou distribuindo mordidas? Mais de uma vez você teve a cara-de-pau de lhe dar coices, mas não foi capaz de defendê-lo com a mesma rapidez diante da morte? Você bem que poderia colocá-lo sem hesitação sobre o seu dorso e salvá-lo das garras terríveis do ladrão desgraçado, em vez de sair correndo e deixar para trás, sozinho e abandonado, um servo como você, o seu mestre, o seu parceiro, o seu pastor! Você por acaso não sabe que quem não presta socorro a quem está morrendo age contra os bons costumes e também pode ser punido? Mas você não vai rir da minha desgraça por mais tempo, seu assassino: juro que você vai sentir na própria pele como a natureza de cada um dá forças para vencer uma dor cruel.

28. Assim que disse isso, enfiou as mãos dentro da sua roupa, arrancou a faixa com que cobria os seios e, ligando cada uma das minhas patas com ela, apertou bem uma contra a outra, decerto para que não houvesse forma de eu me rebelar. Depois de pegar a tranca que fechava o portão, só parou de me bater, quando, perdidas e esgotadas as forças, a arma, pelo seu próprio peso, lhe caiu das mãos. Então, se queixando da rápida canseira dos seus braços, correu até a fogueira, agarrou um tição em brasa e o enfiou entre as minhas coxas até que, valendo-me do único recurso que me restava, eu lançasse um jato líquido de estrume bem no meio da cara dela e lhe turvasse os olhos. Foi graças a essa cegueira e ao fedor que me livrei da tortura. Não fosse por isso, o asno que eu era teria morrido como Meleagro sob o tição de uma Alteia delirante.[111]

Liber VIII

1. Noctis gallicinio venit quidam iuvenis proxima civitate, ut quidem mihi videbatur, unus ex famulis Charites, puellae illius quae mecum apud latrones pares aerumnas exanclaverat. Is de eius exitio et domus totius infortunio mira ac nefanda, ignem propter assidens inter conservorum frequentiam, sic annuntiabat:

"Equisones opilionesque, etiam busequae, fuit Charite nobis, quae misella et quidem casu gravissimo nec vero incomitata manes adivit. Sed ut cuncta noritis, referam vobis a capite quae gesta sunt quaeque possint merito doctiores, quibus stilos Fortuna subministrat, in historiae specimen chartis involvere.

"Erat in proxima civitate iuvenis natalibus praenobilis; quo clarus eo pecuniae fuit satis locuples, sed luxuriae popinalis scortisque et diurnis potationibus exercitatus atque ob id factionibus latronum male sociatus, nec non etiam manus infectus humano cruore, Thrasyllus nomine. Idque sic erat et Fama dicebat.

2. "Hic, cum primum Charite nubendo maturuisset, inter praecipuos procos summo studio petitionis eius munus obierat et, quamquam ceteris omnibus id genus viris antistaret eximiisque muneribus parentum invitaret iudicium, morum tamen improbatus repulsae

112 **o que aconteceu desde o começo**: a afirmação nos remete a Horácio que, na *Arte poética* (136-139), identifica como traço da poesia épica a narração iniciada abruptamente no meio do enredo (*in medias res*). Nesse sentido, a poesia épica difere da narrativa histórica porque esta remonta aos antecedentes dos eventos narrados, estabelecendo as relações de causa e consequência. Isso justifica a afirmação feita pela personagem logo a seguir.

Livro 8

1. Assim que o galo da madrugada cantou, chegou um certo rapaz vindo da cidade vizinha que me parecia um dos criados de Cáris — aquela moça que havia padecido comigo as mesmas agruras nas mãos dos bandidos. Sentando-se junto à fogueira, trazia aos demais servos como ele notícias espantosas e terríveis sobre a morte dela e sobre a desgraça da casa inteira. Estas foram as suas palavras:

— Tratadores de cavalos, pastores de ovelhas e também vocês, tocadores de boiada: nossa Cáris se foi. A coitada partiu para junto dos Manes, vítima de um destino trágico; porém, não sozinha. Mas, para vocês saberem de tudo, vou lhes contar o que aconteceu desde o começo.[112] Pessoas mais instruídas, aos quais a Fortuna oferece o estilo, teriam mais propriedade para relatar o que houve com Cáris em sua *História*.

Havia na cidade vizinha um rapaz nobre de nascimento, motivo pelo qual tinha muito dinheiro e era de distinção conhecida, mas que se entregava aos prazeres da luxúria e da bebida, que consumia até mesmo de dia. Por isso, se aproximou de quadrilhas de bandidos e suas próprias mãos se mancharam de sangue humano. Chamava-se Trasilo, e seu nome correspondia à fama.

2. Esse rapaz, assim que Cáris atingiu a idade de casar, foi um dos primeiros pretendentes a lhe pedir a mão em matrimônio, com enorme interesse. No entanto, ainda que pertencesse a uma classe superior à dos demais candidatos e buscasse o favor dos pais da donzela com muitos presentes, foi reprovado pela sua conduta e sofreu a vergo-

contumelia fuerat aspersus. Ac dum erilis puella in boni Tlepolemi manum venerat, firmiter deorsus delapsum nutriens amorem et denegati thalami permiscens indignationem, cruento facinori quaerebat accessum. Nanctus denique praesentiae suae tempestivam occasionem, sceleri quod diu cogitarat accingitur. Ac die quo praedonum infestis mucronibus puella fuerat astu virtutibusque sponsi sui liberata, turbae gratulantium exsultans insigniter permiscuit sese, salutique praesenti ac futurae suboli novorum maritorum gaudibundus, ad honorem splendidae prosapiae inter praecipuos hospites domum nostram receptus, occultato consilio sceleris, amici fidelissimi personam mentiebatur. Iamque sermonibus assiduis et conversatione frequenti, nonnunquam etiam cena poculoque communi carior cariorque factus, in profundam ruinam cupidinis sese paulatim nescius praecipitaverat. Quidni, cum flamma saevi Amoris parva quidem primo vapore delectet, sed fomentis consuetudinis exaestuans immodicis ardoribus totos amburat homines?

3. "Diu denique deliberaverat secum Thrasyllus, quod nec clandestinis colloquiis opportunum repperiret locum, et adulterinae Veneris magis magisque praeclusos aditus copia custodientium cerneret, novaeque atque gliscentis affectionis firmissimum vinculum non posse dissociari perspiceret, et puellae, si vellet, quamquam velle non posset, furatrinae coniugalis incommodaret rudimentum. Et tamen ad hoc ipsum quod non potest contentiosa pernicie, quasi posset, impellitur. Quod nunc arduum factu putatur, amore per dies roborato facile videtur effectu. Spectate denique, sed oro sollicitis animis intendite, quorsum furiosae libidinis proruperint impetus.

4. "Die quadam venatum Tlepolemus assumpto Thrasyllo petebat indagaturus feras, quod tamen in capreis feritatis est; nec enim Charite maritum suum quaerere patiebatur bestias armatas dente

nha da rejeição. Contudo, enquanto o bondoso Tlepólemo ganhava a mão da filha dos patrões, Trasilo, nutrindo com toda a força um amor que o reduzira a nada, misturado à indignação da recusa do matrimônio, procurou um caminho para perpetrar o crime sangrento. Tendo a chance de mostrar a que veio, pôs em prática o crime que planejara havia tempo. No dia em que a donzela havia sido libertada das terríveis armas dos bandidos pela astúcia e virtude do seu esposo, Trasilo, exultando de alegria, se misturou à multidão que celebrava o retorno do casal. Comemorando a salvação presente e a família vindoura e, em respeito à sua fidalguia, recebido em nossa casa como um dos convidados ilustres, fingia ser o melhor dos amigos da família, enquanto ocultava o plano do delito. Foi assim que, com frequentes reuniões, muitas conversas e uns tantos jantares e brindes entre amigos, tornou-se cada vez mais íntimo, sem perceber que havia lentamente se lançado no abismo profundo da paixão. Pois não é assim? Quando a chama do amor cruel é lenta no começo, traz felicidade; porém, alimentada pela intimidade, consome os seres humanos por inteiro com suas enormes labaredas.

3. Enfim, durante muito tempo, Trasilo tinha meditado consigo mesmo sobre o motivo de não achar a ocasião favorável para encontros clandestinos. Via o acesso aos amores adúlteros cada vez mais fechado, dado que a donzela sempre andava acompanhada por seguranças, e percebia que não poderia desfazer o poderoso vínculo de afeto renovado e reforçado. Além disso, mesmo que a moça o aceitasse (muito embora não o pudesse aceitar), sua inexperiência em traição conjugal lhes traria problemas. Contudo, ele era estimulado, com obstinado cinismo, a tentar o que não lhe era permitido como se permitido fosse, e o que antes parecia impossível de se realizar se tornava facilmente possível devido ao amor que aumentava a cada dia. Assim, peço-lhes que prestem bastante atenção e vejam até onde chega o ímpeto de uma paixão tresloucada!

4. Certo dia, Tlepólemo, acompanhado de Trasilo, saiu para caçar. Propunha-se a seguir o rastro de animais selvagens, se é que cabras são selvagens. Contudo, Cáris não tolerava que seu esposo caçasse

vel cornu. Iamque apud frondosum tumulum ramorumque densis tegminibus umbrosum, prospectu vestigatorum obsaeptis capreis, canes venationis indagini generosae mandato cubili residentes invaderent bestias immittuntur, statimque sollertis disciplinae memores partitae totos praecingunt aditus, tacitaque prius servata mussitatione, signo sibi repentino reddito latratibus fervidis dissonisque miscent omnia. Nec ulla caprea nec pavens dammula nec prae ceteris feris mitior cerva, sed aper immanis atque invisitatus exsurgit, toris callosae cutis obesus, pilis inhorrentibus corio squalidus, setis insurgentibus spinae hispidus, dentibus attritu sonaci spumeus, oculis aspectu minaci flammeus, impetu saevo frementis oris totus fulmineus. Et primum quidem canum procaciores, quae comminus contulerant vestigium, genis hac illac iactatis consectas interficit; dein calcata retiola, qua primos impetus reduxerat, transabiit.

5. Et nos quidem cuncti pavore deterriti et alioquin innoxiis venationibus consueti, tunc etiam inermes atque immuniti, tegumentis frondis vel arboribus latenter abscondimus; Thrasyllus vero nactus fraudium opportunum decipulum sic Tlepolemum captiose compellat:

"'Quid stupore confusi vel etiam cassa formidine similes humilitati servorum istorum, vel in modum pavoris feminei deiecti, tam opimam praedam mediis manibus amittimus? Quin equos inscendimus? Quin ocius indipiscimur? En cape venabulum et ego sumo lanceam.'

"Nec tantillum morati protinus insiliunt equos ex summo studio bestiam insequentes. Nec tamen illa genuini vigoris oblita retorquet impetum, et incendio feritatis ardescens, dente compulso quem primum insiliat cunctabunda rimatur. Sed prior Tlepolemus iaculum quod gerebat insuper dorsum bestiae contorsit. At Thrasyllus ferae quidem pepercit, sed equi quo vehebatur Tlepolemus postremos

animais armados de dentes afiados ou de chifres. Os parceiros tinham chegado a uma frondosa colina sombreada pelos galhos densos das árvores, que ocultavam os cabritos da vista dos caçadores. Então, soltaram os cães de caça com habilidade no rastreio para atacar os animais, surpreendendo-os em suas covas. De imediato, aplicando as lições do adestramento, os cães se espalharam e cercaram todas as saídas. No começo, rosnavam baixinho; porém, assim que receberam o sinal, encheram o local com latidos impacientes e confusos. Não apareceu nenhuma cabra, nem corça assustada, nem veado (o mais dócil de todos aqueles animais), e sim um javali enorme, que não tinha sido visto. Seus músculos eram fortes; sua pele, calejada. Tinha o couro eriçado de fios hirsutos; os pelos de sua espinha estavam arrepiados; seu focinho espumava com o rangido dos dentes; saíam faíscas dos seus olhos ameaçadores; com o ruído cruel de seu focinho impetuoso, parecia um raio. Primeiramente, ele matou os cães mais atrevidos que se aproximaram, retalhando-os com mordidas por todo lado; em seguida, rasgou a rede que havia dificultado seus primeiros golpes e a atravessou.

5. Então todos nós, tremendo de pavor e, além disso, não apenas acostumados a caçadas sem violência, como ainda inermes e desarmados, nos escondemos sob a sombra dos galhos ou atrás das árvores. Trasilo, porém, vendo a ocasião propícia para os seus golpes, dirigiu-se a Tlepólemo com as seguintes palavras:

— Por que, atrapalhados pelo medo ou mesmo por uma aflição vazia, oprimidos como escravos ou vencidos por um pavor feminino, deixamos uma presa tão excelente escapar das nossas mãos? Por que não montamos os cavalos e saímos atrás dela? Pegue esta lança; já agarrei uma flecha.

Sem tardar um segundo, eles montaram os cavalos e saíram atrás da fera com toda a diligência. Ela, ciente da sua força genuína, voltou-se para trás e, mostrando os dentes, inflamada de ódio, pensou com cuidado em quem ia atacar primeiro. Mas Tlepólemo lançou o dardo que portava sobre o dorso do animal; já Trasilo não atacou a fera e sim o cavalo que transportava Tlepólemo, cujas patas trasei-

poplites lancea feriens amputat. Quadrupes recidens qua sanguis effluxerat, toto tergo supinatus invitus dominum suum devolvit ad terram. Nec diu sed eum furens aper invadit iacentem, ac primo lacinias eius, mox ipsum resurgentem multo dente laniavit. Nec coepti nefarii bonum piguit amicum vel suae saevitiae litatum saltem tanto periculo cernens potuit expleri, sed percito atque plagosa crura [vulnera] contegenti suumque auxi lium miseriter roganti per femus dexterum dimisit lanvulnera similia futura prosectu dentium. Nec non tamen ceam, tanto ille quidem fidentius, quanto crederet ferri ipsam quoque bestiam facili manu transadigit.

6. "Ad hunc modum definito iuvene, exciti latibulo suo quamquam quisque familia maesta concurrimus. At ille perfecto voto prostrato inimico laetus ageret, vultu tamen gaudium tegit et frontem asseverat et dolorem simulat, et cadaver, quod ipse fecerat, avide circumplexus omnia quidem lugentium officia sollerter affinxit, sed solae lacrimae procedere noluerunt. Sic ad nostri similitudinem, qui vere lamentabamur, conformatus, manus suae culpam bestiae dabat.

"Necdum satis scelere transacto Fama dilabitur et cursus primos ad domum Tlepolemi detorquet et aures infelicis nuptae percutit. Quae quidem simul percepit tale nuntium quale non audiet aliud, amens et vecordia percita cursuque bacchata furibundo per plate as populosas et arva rurestria fertur, insana voce casum mariti quiritans. Confluunt civium maestae catervae, sequuntur obvii dolore sociato, civitas cuncta vacuatur studio visionis. Et ecce mariti cadaver accurrit labantique spiritu totam se super corpus effudit ac paenissime ibidem, quam devoverat, ei reddidit animam. Sed aegre

113 **Bacante:** ver nota em 1.13.

ras acertou com o dardo, mutilando-as. O cavalo, caindo em cima do sangue que se esvaía, virou-se de costas e derrubou seu dono na terra sem querer. Sem demora, o javali furioso avançou sobre Tlepólemo caído; primeiro, estraçalhou suas roupas com muitas dentadas; logo a seguir, o próprio Tlepólemo, enquanto ele se levantava. Seu bom amigo não se arrependeu da ação nefasta, nem ao menos ficou satisfeito de ver, em meio a tamanho sofrimento, a vítima da sua crueldade. Ao contrário, cravou a lança na coxa direita do amigo ferido e em pânico, que tentava se proteger das lesões e implorava sua ajuda desesperadamente. Ele agia com mais confiança à medida que achava que as feridas que ele provocava se confundiam com as marcas das dentadas. Ainda assim, acertou o animal da mesma forma, com mão firme.

6. Assim que o jovem morreu desse jeito, cada um dos criados saiu do esconderijo e, desolados, fomos todos juntos ao local. Mas Trasilo, embora cumprisse sua promessa e ficasse contente com a derrota do inimigo, escondeu a alegria com as feições do rosto, fechou a cara e simulou sofrimento. Abraçou com força o cadáver que ele mesmo tinha executado e agiu hipocritamente como quem está de luto; só as lágrimas não quiseram cair. Assim, imitando a gente (que chorava de verdade), ele atribuía ao animal a culpa que era de sua mão.

Não muito depois da execução do crime, a notícia se espalhou, dirigindo os primeiros passos até a casa de Tlepólemo e chegando até os ouvidos da infeliz esposa. Assim que recebeu a informação, sem igual de tão horrível, ela ficou fora de si, tomada de loucura, e saiu como uma bacante[113] alucinada pelas praças cheias de gente e pelos campos rústicos, lamentando a morte do marido com a voz ensandecida. A multidão desolada se ajuntou; os viajantes, seguindo-a, se somaram à sua dor e a cidade inteira se esvaziou para ir ver o desastre. Eis então que Cáris vai ao encontro do cadáver do esposo e, perto de desmaiar, se lança inteira sobre Tlepólemo. Não faltava nada para que deixasse ali mesmo a vida que consagrara a ele. Porém, a duras penas amparada pelos seus, continuou a viver sem querer. Foi

manibus erepta suorum invita remansit in vita; funus vero toto feralem pompam prosequente populo deducitur ad sepulturam.

7. "Sed Thrasyllus nimium nimius clamare, plangere, et quas in primo maerore lacrimas non habebat iam scilicet crescente gaudio reddere, et multis caritatis nominibus Veritatem ipsam fallere. Illum amicum, coaetaneum, contubernalem, fratrem denique addito nomine lugubri ciere; nec non interdum manus Charites a pulsandis uberibus amovere, luctum sedare, eiulatum coercere, verbis palpantibus stimulum doloris obtundere, variis exemplis multivagi casus solacia nectere, cunctis tamen mentitae pietatis officiis studium contrectandae mulieris adhibere, odiosumque amorem suum perperam delectando nutrire.

"Sed officiis inferialibus statim exactis puella protinus festinat ad maritum suum demeare, cunctasque prorsus pertemptat vias, certe illam lenem otiosamque nec telis ullis indigentem, sed placidae quieti consimilem: inedia denique misera et incuria squalida tenebris imis abscondita, iam cum luce transegerat. Sed Thrasyllus instantia pervicaci partim per semet ipsum, partim per ceteros familiares ac necessarios, ipsos denique puellae parentes extorquet tandem, iam lurore et illuvie paene collapsa membra lavacro, cibo denique confoveret. At illa, parentum suorum alioquin reverens, invita quidem verum religiosae necessitati succumbens, vultu non quidem hilaro verum paulo sereniore obiens ut iubebatur viventium munia, prorsus in pectore, immo vero penitus in medullis, luctu ac maerore carpebat animum diesque totos totasque noctes insumebat luctuoso desiderio, et imagines defunc ti, quas ad habitum dei Liberi formaverat, affixo servitio divinis percolens honoribus, ipso se solacio cruciabat.

114 **prestando culto divino com enorme dedicação ao retrato do falecido:** Apuleio pode ter se inspirado no mito de Laodâmia e Protesilau (ver nota em 4.26), segundo o qual Laodâmia obteve dos deuses o direito de se refugiar junto à estátua de cera de seu esposo após vê-lo pela última vez.

115 **deus Líber:** ver nota em 6.24.

dada a sepultura ao morto na presença de todo o povo, que seguiu o cortejo fúnebre.

7. Mas Trasilo, sem cuidado nem discrição, gritava, chorava, e as lágrimas (que não tinha quando lamentou pela primeira vez) apareceram, certamente transbordantes de alegria. Com muitas palavras de afeto, Trasilo enganava a própria Verdade. Dizia, com voz chorosa, que Tlepólemo era seu amigo, seu camarada, seu companheiro, seu irmão, enquanto impedia que Cáris golpeasse o peito, segurando a mão dela; apaziguava o seu luto, acalmava seus gemidos, sedava as fisgadas de dor com ternas palavras e buscava consolá-la com diferentes exemplos de desgraças que aqui e ali atingem as pessoas. Porém, com todos os cuidados de uma falsa piedade, Trasilo satisfazia a vontade de acariciar aquela mulher e alimentava seu amor odioso com um prazer perverso.

Contudo, assim que os ritos fúnebres terminaram, a moça imediatamente se apressou a se juntar ao seu marido, e a partir de então saiu à procura de todos os caminhos (sobretudo o mais fácil e cômodo, que prescinde de qualquer arma e é mais parecido com o sono calmo). Por fim, fraca pelo jejum, macilenta pela falta de cuidado e oculta pela completa escuridão, Cáris renunciou à luz do dia. Mas Trasilo, com persistente teimosia, fosse por si mesmo, fosse com a ajuda dos demais criados e amigos e, enfim, dos pais da moça, convenceu-a a tomar banho (pois seus membros quase se decompunham com o desasseio e a lividez) e, em seguida, a comer alguma coisa. De resto, por respeito aos seus pais (mas contrariada e de fato submetendo-se ao dever do respeito), sem um pingo de alegria no rosto, porém um pouco mais serena, ia levando a vida como lhe indicavam, muito embora, no fundo do coração e no mais íntimo do seu ser, consumia a alma em luto e tristeza. Passava dias e noites em lutuosa saudade e, prestando culto divino com enorme dedicação ao retrato do falecido,[114] que desenhara à semelhança do deus Líber,[115] se martirizava dessa forma para buscar alívio.

8. "Sed Thrasyllus, praeceps alioquin et de ipso nomine temerarius, priusquam dolorem lacrimae satiarent et percitae mentis resideret furor et in sese nimietatis senio lassesceret luctus, adhuc flentem maritum, adhuc vestes lacerantem, adhuc capillos distrahentem non dubitavit de nuptiis convenire et imprudentiae labe tacita pectoris sui secreta fraudesque ineffabiles detegere. Sed Charite vocem nefandam et horruit et detestata est, et, velut gravi tonitru procellaque sideris vel etiam ipso diali fulmine percussa, corruit corpus et obnubilavit animam. Sed intervallo revalescente paulatim spiritu, ferinos mugitus iterans et iam scaenam pessimi Thrasylli perspiciens, ad limam consilii desiderium petitoris distulit. Tunc inter moras umbra illa misere trucidati Tlepolemi, sanie cruentam et pallore deformem attollens faciem, quietem pudicam interpellat uxoris:

"'Mi coniunx, quod tibi prorsus ab alio dici non licebit, etsi pectori tuo iam permaneat nostri memoria vel acerbae mortis meae casus foedus caritatis intercidit, quovis alio felicius maritare, modo ne in Thrasylli manum sacrilegam convenias, neve sermonem conferas, nec mensam accumbas, nec toro acquiescas. Fuge mei percussoris cruentam dexteram. Noli parricidio nuptias auspicari. Vulnera illa, quorum sanguinem tuae lacrimae perluerunt, non sunt tota dentium vulnera: lancea mali Thrasylli me tibi fecit alienum.' Et addidit cetera omnemque scaenam sceleris illuminavit.

9. "At illa, ut primum maesta quieverat, toro faciem impressa, etiam nunc dormiens, lacrimis emanantibus genas cohumidat, et velut quodam tormento inquieta quieti excussa luctu redintegrato prolixum eiulat, discissaque interula decora bracchia saevientibus pal-

8. Mas Trasilo, de resto precipitado e, como seu próprio nome diz, temerário, antes que as lágrimas saciassem a dor de Cáris, o torpor de sua mente abalada se acalmasse e o luto baixasse pela longevidade do sofrimento, não hesitou, enquanto ela ainda chorava o marido, ainda rasgava as próprias roupas, ainda arrancava os cabelos, em pedi-la em casamento e expor com desprezível imprudência os segredos e delitos inenarráveis que ele escondia. Cáris, porém, ficou horrorizada e, inclusive, detestou suas palavras nefandas e, como se tivesse sido atingida por um forte corisco, por uma tempestade do céu ou até mesmo pelo próprio raio de Júpiter, sentiu o corpo desfalecer e a alma escurecer-se. Porém, passados alguns instantes, seu espírito recuperou-se lentamente e ela, rugindo como uma fera e já percebendo a armação do terrível Trasilo, protelou o desejo do pretendente para decidir o que fazer. Foi nesse intervalo que a sombra de Tlepólemo, morto torpemente, mostrando uma face desfigurada pela palidez e manchada de sangue, interrompeu o sono imaculado da consorte com as seguintes palavras:

— Amada esposa (nome com que outro não poderá lhe chamar daqui por diante), mesmo que a memória de nós dois já tenha morrido no seu coração e que a desgraça da minha amarga morte tenha eliminado a aliança do nosso amor, escolha outro alguém com quem contrair núpcias mais felizes, contanto que não aceite a mão sacrílega de Trasilo, nem lhe dirija a palavra, nem se sente com ele à mesa, nem compartilhe o leito com ele. Fuja da destra manchada do meu assassino, não deslustre os seus esponsais com um homicídio. Aqueles ferimentos, cujo sangue suas lágrimas lavaram, não foram todos provocados pelos dentes do javali: foi a flecha do maldoso Trasilo que me levou para longe de você.

A tal declaração, Tlepólemo acrescentou outros detalhes que aclararam toda a cena do crime.

9. Já a infeliz Cáris, assim que colocou a cabeça no travesseiro, cobriu a face de lágrimas, que brotavam mesmo quando ela dormia. Desperta do sono imperturbado perturbada por uma espécie de tortura, gritou alto por causa do luto renovado e, rasgando a camisola,

mulis converberat. Nec tamen cum quoquam participatis nocturnis imaginibus, sed indicio facinoris prorsus dissimulato et nequissimum percussorem punire et aerumnabili vitae sese subtrahere tacita decernit.

"Ecce rursus improvidae voluptatis detestabilis petitor aures obseratas de nuptiis obtundens aderat. Sed illa, clementer aspernata sermonem Thrasylli astuque miro personata, instanter garrienti summisseque deprecanti 'Adhuc' inquit 'tui fratris meique carissimi mariti facies pulchra illa in meis deversatur oculis, adhuc odor cinna meus ambrosei corporis per nares meas percurrit, adhuc formosus Tlepolemus in meo vivit pectore. Boni ergo et optimi consules, si luctui legitimo miserrimae feminae necessarium concesseris tempus, quoad residuis mensibus spatium reliquum compleatur anni, quae res cum meum pudorem, tum etiam tuum salutare commodum respicit, ne forte immaturitate nuptiarum indignatione iusta manes acerbos mariti ad exitium salutis tuae suscitemus.'

10. "Nec isto sermone Thrasyllus sobriefactus vel saltem tempestiva pollicitatione recreatus, identidem pergit linguae satiantis susurros improbos inurguere, quoad simulanter revicta Charite suscipit: 'Istud equidem certe magnopere deprecanti concedas necesse est mihi, Thrasylle, ut interdum taciti clandestinos coitus obeamus, nec quisquam persentiscat familiarium, quoad dies reliquos metiatur annus.'

"Promissioni fallaciosae mulieris oppressus succubuit Thrasyllus et prolixe consentit de furtivo concubitu, noctemque et opertas exoptat ultro tenebras, uno potiundi studio postponens omnia.

machucou os braços delicados com as palmas enfurecidas. Sem relatar a ninguém os pesadelos noturnos, e sim disfarçando muito bem a consciência do crime, decidiu a um só tempo castigar o homicida crudelíssimo e eliminar a própria vida, que só lhe trazia desgraça. Eis, porém, que, com sua paixão irresponsável, o detestável pretendente tornou a procurá-la para cansar seus ouvidos intransigentes com o pedido de casamento. Entretanto Cáris, desprezando gentilmente os galanteios de Trasilo e assumindo seu papel com admirável astúcia, respondeu o seguinte ao galanteador insistente e pretendente submisso:

— Até hoje tenho diante dos meus olhos o lindo rosto do seu irmão e meu esposo amadíssimo. Até hoje o perfume de cinamomo do seu corpo de ambrosia percorre minhas narinas. Até hoje o belo Tlepólemo vive no meu coração. Você vai agir como uma pessoa boa e correta se conceder o tempo necessário de luto para uma mulher infelicíssima, até que os meses restantes completem o espaço de um ano. Isso é o melhor tanto para a minha honra quanto para o seu proveito e interesse. Com um casamento prematuro, nós talvez provocaríamos, com uma indignação justa, os Manes irritados do meu esposo, e você não iria escapar.

10. Nem com essa advertência Trasilo tomou juízo ou, pelo menos, se conformou com a promessa auspiciosa: continuou, da mesma maneira, com os sussurros desonestos da língua atrevida até que Cáris, fingindo ter sido persuadida, lhe retorquiu:

— De toda forma, é essencial que você me conceda somente isto, que lhe peço do fundo meu coração, meu Trasilo: durante um tempo, não vamos falar nada e nos encontrar às escondidas. Ninguém da casa deve perceber coisa nenhuma até transcorrerem os dias que faltam para completar um ano de luto.

Derrotado pela falsa promessa da mulher, Trasilo se rendeu e aceitou de bom grado o relacionamento clandestino: aguardava ansiosamente a noite e as sombras protetoras, deixando todo o resto de lado pela ânsia de possuir Cáris:

"'Sed heus tu' inquit Charite 'quam probe veste contectus omnique comite viduatus prima vigilia tacitus fores meas accedas, unoque sibilo contentus nutricem istam meam opperiare, quae claustris adhaerens excubabit adventui tuo. Nec setius patefactis aedibus acceptum te nullo lumine conscio ad meum perducet cubiculum.'

11. "Placuit Thrasyllo scaena feralium nuptiarum. Nec sequius aliquid suspicatus, de exspectatione turbidus de diei tantum spatio et vesperae mora querebatur. Sed ubi sol tandem nocti decessit, ex imperio Charites adornatus et nutricis captiosa vigilia deceptus irrepit cubiculum pronus spei. Tunc anus de iussu dominae blandiens ei furtim depromptis calicibus et oenophoro, quod immixtum vino soporiferum gerebat venenum, crebris potionibus avide ac secure haurientem, mentita dominae tarditatem quasi parentem assideret aegrotum, facile sepelivit ad somnum. Iamque eo ad omnes iniurias exposito ac supinato, introvocata Charite masculis animis impetuque diro fremens invadit ac supersistit sicarium.

12. "'En' inquit 'fidus coniugis mei comes, en venator egregius, en carus maritus. Haec est illa dextera quae meum sanguinem fudit, hoc pectus quod fraudulentas ambages in meum concinnavit exitium, oculi isti quibus male placui, qui quodam modo tamen iam futuras tenebras auspicantes venientes poenas antecedunt. Quiesce securus, beate somniare. Non ego gladio, non ferro petam; absit ut simili mortis genere cum marito meo coaequeris. Vivo tibi morientur oculi, nec quicquam videbis nisi dormiens. Faxo feliciorem necem inimici tui quam vitam tuam sentias. Lumen certe non videbis, manu comitis indigebis; Chariten non tenebis, nuptias non frueris; nec mortis quiete recreaberis, nec vitae voluptate laetaberis, sed incertum simulacrum errabis inter Orcum et solem; et diu quaeres

116 **Ao cair da noite, chegue em silêncio perto da minha porta**: trata-se de um lugar-comum da poesia elegíaca, o *paraklausithyron*, no qual um amante é colocado do lado de fora da porta de sua amante, desejando entrada; ver Horácio, *Odes* 3.10; 3.26; Tibulo 1.2; Propércio 1.16 e Ovídio, *Amores* 1.6.

117 **Orco**: ver nota em 3.9.

— Mas, ei você! — disse-lhe ela — Vista-se com a roupa mais discreta possível e venha sem a companhia de mais ninguém. Ao cair da noite, chegue em silêncio perto da minha porta,[116] assobie uma vez só e espere esta minha criada abrir; ela estará com as mãos no ferrolho, preparada para a sua chegada. Assim que ela lhe abrir a porta, vai levar você, sem acender a luz, até o meu quarto.

11. Trasilo gostou da ideia do casamento fúnebre — ainda que, sem desconfiar de nada e sim cheio de ansiedade, somente reclamasse da duração do dia e da demora da noite. Porém, assim que o sol deu lugar à noite, Trasilo se vestiu conforme a indicação de Cáris e, iludido pela capciosa vigília da ama, adentrou o quarto, cheio de esperança. Então, por ordem da senhora, a velha ama procurou agradá-lo, furtivamente lhe trazendo cálices e uma ânfora, que continha veneno misturado ao vinho. Mentindo para Trasilo, que não parava de beber a poção com avidez e sem receio, disse a ele que sua senhora demorava porque estava cuidando do pai adoentado. Foi fácil fazê-lo cair no sono. E assim, já exposto e vulnerável a todos os ataques, a velha ama chamou Cáris para dentro do quarto. Ela entrou tremendo, mas com a coragem de um homem e uma raiva aterradora, e se atirou sobre o sicário, dizendo:

12. —Olha só! E não é que este é o fiel amigo do meu esposo, o excelente caçador, o meu querido marido?! Essa foi a mão que derramou meu sangue; foi esse o coração que tramou cruéis armadilhas para acabar comigo; foram esses os olhos que (para minha desgraça) agradei e que, adivinhando de alguma forma a escuridão futura, prenunciaram o castigo a caminho. Bom sono, durma bem! Não vou atacar você com a espada, não vou atacar você com o ferro. Você vai ficar vivo; seus olhos é que irão morrer. Você não verá nada a não ser dormindo. Farei você ter a certeza de que seu inimigo, estando morto, é mais feliz do que você, continuando vivo. É certo que você não vai mais ver a luz; vai precisar da ajuda de um amigo; não terá Cáris; não se casará; não vai descansar com a morte, nem vai gozar dos prazeres da vida, e sim, como uma sombra incerta, peregrinará entre o Orco[117] e o Sol; vai procurar dia e noite a mão que arran-

dexteram quae tuas expugnavit pupulas, quodque est in aerumna miserrimum, nescies à quo queraris. At ego sepulcrum mei Tlepolemi tuo luminum cruore libabo et sanctis manibus eius istis oculis parentabo. Sed quid mora temporis dignum cruciatum lucraris et meos forsitan tibi pestiferos imaginaris amplexus? Relictis somnolentis tenebris ad aliam poenalem evigila caliginem. Attolle vacuam faciem, vindictam recognosce, infortunium intellege, aerumnas computa. Sic pudicae mulieri tui placuerunt oculi, sic faces nuptiales tuos illuminarunt thalamos. Ultrices habebis pronubas et orbitatem comitem et perpetuae conscientiae stimulum.'

13. "Ad hunc modum vaticinata mulier acu crinali capite deprompta Thrasylli convulnerat tota lumina, eumque prorsus exoculatum relinquens, dum dolore nescio crapulam cum somno discutit, arrepto nudo gladio, quo se Tlepolemus solebat incingere, per mediam civitatem cursu furioso proripit se; procul dubio nescio quod scelus gestiens, recta monimentum mariti contendit. At nos et omnis populus, nudatis totis aedibus, studiose consequimur, hortati mutuo ferrum vesanis extorquere manibus. Sed Charite capulum Tlepolemi propter assistens gladioque fulgenti singulos abigens, ubi fletus uberes et lamentationes varias cunctorum intuetur, 'Abicite' inquit 'importunas lacrimas, abicite luctum meis virtutibus alienum. Vindicavi in mei mariti cruentum peremptorem, punita sum funestum mearum nuptiarum praedonem. Iam tempus est ut isto gladio deorsus ad meum Tlepolemum viam quaeram.'

14. "Et enarratis ordine singulis quae sibi per somnium nuntiaverat maritus quoque astu Thrasyllum inductum petisset, ferro sub papillam dexteram transadacto corruit, et in suo sibi pervolutata sanguine postremo balbuttiens incerto sermone perefflavit animam

118 **Fúrias Vingadoras:** ver nota em 1.19.

cou suas pupilas e (o que é a pior das misérias) não saberá quem você está procurando. Eu, porém, vou honrar a sepultura do meu Tlepólemo com o sangue dos seus olhos e os oferecerei aos Manes sagrados dele. Mas por que beneficiar você com o adiamento de um castigo merecido e deixá-lo fantasiar meus abraços, que lhe serão fatais? Deixando as trevas do sono, desperte para outra escuridão profunda! Levante o rosto esvaziado, reconheça a vingança, compreenda a sua desventura, faça a conta dos seus sofrimentos! Foi assim que seus olhos agradaram uma mulher honesta; foi assim que as tochas nupciais iluminaram o seu tálamo. Suas madrinhas serão as Fúrias Vingadoras;[118] suas companheiras, a cegueira e a agulha do remorso eterno!

13. Tendo feito esse prognóstico, a mulher retirou da cabeça o grampo de cabelo e furou os dois olhos de Trasilo, deixando-o cego a partir de então. Enquanto ele dissipa a embriaguez e o sono com uma dor desconhecida, Cáris, depois de pegar a espada nua que Trasilo costumava levar consigo, atravessou a cidade numa correria furiosa, indicando que iria cometer algum crime, e foi direto até a sepultura do esposo. Nós, porém, e todo o povo abandonamos nossas casas para segui-la com todo o interesse, implorando-lhe mutuamente a soltar a arma das mãos insanas. Mas Cáris, em pé junto à sepultura de Tlepólemo e afastando cada um de nós com a espada resplandecente, disse, assim que percebeu o choro copioso e as múltiplas lamentações:

— Parem com essas lágrimas importunas! Parem com o luto indiferente às minhas virtudes! Eu me vinguei do cruel assassino do meu esposo e castiguei o terrível ladrão das minhas núpcias. Chegou a hora de procurar, com esta espada, o caminho oculto para encontrar meu Tlepólemo.

14. Depois de narrar em sequência cada um dos fatos que o marido lhe havia revelado em sonho e com que astúcia havia atraído Trasilo para a armadilha, cravou a espada sob o seio direito e caiu no chão; por fim, afogada em seu próprio sangue, balbuciou algumas palavras incompreensíveis e exalou a alma viril. Então, rapidamente os

virilem. Tunc propere familiares miserae Charites accuratissime corpus ablutum unita sepultura ibidem marito perpetuam coniugem reddidere.

"Thrasyllus vero cognitis omnibus, nequiens idoneum exitum praesenti cladi reddere certusque tanto facinori nec gladium sufficere, sponte delatus ibidem ad sepulcrum, 'Ultronea vobis, infesti manes, en adest victima' saepe clamitans, valvis super sese diligenter obseratis inedia statuit elidere sua sententia damnatum spiritum."

15. Haec ille longos trahens suspiritus et nonnunquam illacrimans graviter affectis rusticis adnuntiabat. Tunc illi mutati dominii novitatem metuentes et infortunium domus erilis altius miserentes fugere comparant. Sed equorum magister, qui me curandum magna ille quidem commendatione susceperat, quidquid in casula pretiosum conditumque servabat meo atque aliorum iumentorum dorso repositum asportans, sedes pristinas deserit. Gerebamus infantulos et mulieres, gerebamus pullos, passeres, haedos, catellos, et quidquid infirmo gradu fugam morabatur, nostris quoque pedibus ambulabat. Nec me pondus sarcinae, quamquam enormis, urgebat, quippe gaudiali fuga detestabilem illum exsectorem virilitatis meae relinquentem.

Silvosi montis asperum permensi iugum rursusque reposita camporum spatia pervecti, iam vespera semitam tenebrante pervenimus ad quoddam castellum frequens et opulens, unde nos incolae nocturna, immo vero matutina etiam prohibebant egressione: lupos enim numerosos grandes et vastis corporibus sarcinosos ac nimia ferocitate saevientes passim rapinis assuetos infestare cunctam illam regionem, iamque ipsas vias obsidere et in modum latronum praetereuntes aggredi, immo etiam vesana fame rabidos finitimas expugnare villas, exitiumque inertissimorum pecudum ipsis iam humanis capitibus imminere. Denique ob iter illud qua nobis erat

amigos mais próximos da infeliz Cáris trataram o corpo com todo o cuidado e, juntando-os no mesmo túmulo, devolveram ao marido a eterna esposa.

Enquanto isso, Trasilo, inteirando-se de tudo o que aconteceu, não sabia como dar um fim honesto à presente desgraça e, certo de que a espada não bastava para tamanho delito, se entregou por sua própria vontade à mesma sepultura, clamando repetidamente:

— Aqui está, Manes funestos, a vossa vítima espontânea! — e, fechando com cuidado sobre si mesmo a pedra sepulcral, decidiu por iniciativa própria aniquilar a própria vida com a inanição.

15. Foi isso o que o rapaz, entre longos suspiros e muitas vezes até chorando, noticiou aos camponeses gravemente afetados. Eles, então, temendo o estorvo da mudança de senhorio e lamentando pesadamente o infortúnio da casa dos seus donos, decidiram fugir. Contudo, o tratador de cavalos, que tinha me recebido para ser cuidado com várias recomendações, foi embora da antiga estância levando consigo tudo de valioso que estava escondido na caverna e que ele havia carregado sobre as minhas costas e as dos outros jumentos. Levávamos crianças, mulheres, galinhas, pássaros, cabritos e cachorros. Tudo o mais que, com passo frouxo, dificultava a fuga, também andava em cima das nossas patas. O peso da carga, ainda que enorme, não me afligia; afinal de contas, eu estava escapando numa fuga exultante daquele detestável castrador da minha virilidade.

Vencido o topo áspero de uma montanha cheia de árvores e atravessadas as planícies durante o regresso, chegamos, quando o fim da tarde começava a escurecer os caminhos, a uma aldeia rica e populosa, de onde os habitantes nos interditavam a saída não apenas à noite, como inclusive no começo da manhã. Acontece que lobos numerosos, grandes e de corpos pesados, fortes, extremamente raivosos e acostumados a caçar por toda a parte infestavam toda a região. Eles obstruíam até as estradas e, como se fossem ladrões, assaltavam os viajantes. Aliás, danados de tanta fome, invadiam as chácaras vizinhas e ameaçavam com o fim reservado ao gado indefeso inclusive os próprios seres humanos. Por fim, ao longo do

commeandum iacere semesa hominum corpora suisque visceribus nudatis ossibus cuncta candere, ac per hoc nos quoque summa cautione viae reddi debere, idque vel in primis observitare, ut luce clara et die iam provecto et sole florido vitantes undique latentes insidias, cum et ipso lumine dirarum bestiarum repigratur impetus, non laciniatim disperso, sed cuneatim stipato commeatu difficultates illas transabiremus.

16. Sed nequissimi fugitivi ductores illi nostri caecae festinationis temeritate ac metu incertae insecutionis, spreta salubri monitione nec exspectata luce proxima, circa tertiam ferme vigiliam noctis onustos nos ad viam propellunt. Tunc ego metu praedicti periculi, quantum pote turbae medius et inter conferta iumenta latenter absconditus clunibus meis ab aggressionibus ferinis consulebam; iamque me cursu celeri ceteros equos antecellentem mirabantur omnes. Sed illa pernicitas non erat alacritatis meae, sed formidinis indicium. Denique mecum ipse reputabam Pegasum inclutum illum metu magis volaticum fuisse ac per hoc merito pinnatum proditum, dum in altum et adusque caelum sussilit ac resultat, formidans scilicet igniferae morsum Chimaerae. Nam et illi pastores qui nos agebant in speciem proelii manus obarmaverant: hic lanceam, ille venabulum, alius gerebat spicula, fustem alius, sed et saxa, quae salebrosa semita largiter sumministrabat. Erant qui sudes praeacutas attollerent; plerique tamen ardentibus facibus proterrebant feras; nec quicquam praeter unicam tubam deerat quin acies esset proeliaris.

Sed nequicquam frustra timorem illum satis inanem perfuncti, longe peiores inhaesimus laqueos. Nam lupi, forsitan confertae iuventutis strepitu vel certe nimia luce flammarum deterriti, vel

119 **Quimera:** monstro eliminado por Belerofonte, montado no cavalo Pégaso; ver nota em 6.30.

mesmo caminho por onde devíamos passar, jaziam corpos humanos pela metade e, por todo o lugar, viam-se ossos desprendidos de suas carnes. Por esse motivo, também nós devíamos seguir a viagem com enorme cuidado e, antes de mais nada, verificar se havia claridade, se o dia já havia amanhecido e se o sol brilhava, evitando assim as armadilhas latentes em toda a parte. Como a fúria dos malditos animais se acalmava com a própria luz do dia, enfrentaríamos aquelas dificuldades não separados em pequenos grupos, e sim agrupados em fileiras cerradas.

16. No entanto, na ansiedade de uma pressa cega e com medo de uma eventual perseguição, aqueles ineptos fugitivos que nos guiavam nos carregaram com a bagagem e pegaram a estrada no meio da madrugada, sem considerar a prudente advertência nem a aurora que se aproximava. Quanto a mim, com medo do perigo mencionado acima, fiz o possível para proteger meu traseiro do ataque das feras, me escondendo entre a multidão e me apertando com discrição no meio do comboio. Trotando rápido, todos se admiravam comigo, pois eu ultrapassava os demais cavalos; porém, a velocidade era um indicativo não da minha agilidade, e sim do meu temor. Ali mesmo, pensei comigo que o famoso Pégaso era um cavalo alado mais por medo do que por outra coisa e que, graças a isso, era reconhecido (com todo o mérito) por ter asas, pois ele se lançou nas alturas e pulou até os céus decerto temendo a mordida da Quimera[119] que vomitava fogo. Por outro lado, aqueles pastores que nos conduziam se organizaram em fileira como se estivessem se preparando para um combate: um portava lança; outro, um dardo; um terceiro, um arco; o quarto, um bastão; também havia pedras, que a trilha pedregosa fornecia em abundância; havia quem carregasse paus afiados, porém a maioria intimidava as feras com tochas acesas. Faltava apenas uma tuba para formar uma tropa de guerra.

Contudo, tomados de um pavor tolo e bastante inútil, caímos numa armadilha ainda pior. Acontece que os lobos, talvez por causa do ruído daqueles jovens apinhados ou, provavelmente, assustados pela claridade excessiva das tochas, ou mesmo por estarem em ou-

etiam aliorsum grassantes, nulli contra nos aditum tulerunt ac ne procul saltem ulli comparuerant.

17. Villae vero quam tunc forte praeteribamus coloni, multitudinem nostram latrones rati, satis agentes rerum suarum eximieque trepidi, canes rabidos et immanes et quibusvis lupis et ursis saeviores, quos ad tutelae praesidia curiose fuerant alumnati, iubilationibus solitis et cuiusce modi vocibus nobis inhortantur; qui praeter genuinam ferocitatem tumultu suorum exasperati contra nos ruunt, et undique laterum circumfusi passim insiliunt, ac sine ullo dilectu iumenta simul et homines lacerant, diuque grassati plerosque prosternunt. Cerneres non tam hercules memorandum quam miserandum etiam spectaculum: canes copiosos ardentibus animis alios fugientes arripere, alios stantibus inhaerere, quosdam iacentes inscendere, et per omnem nostrum commeatum morsibus ambulare.

Ecce tanto periculo malum maius insequitur. De summis enim tectis ac de proximo colle rusticani illi saxa super nos raptim devolvunt, ut discernere prorsus nequiremus qua potissimum caveremus clade, comminus canum an eminus lapidum. Quorum quidem unus caput mulieris quae meum dorsum residebat repente percussit. Quo dolore commota statim fletu cum clamore sublato maritum suum pastorem illum suppetiatum ciet.

18. At ille deum fidem clamitans et cruorem uxoris abstergens altius quiritabat: "Quid miseros homines et laboriosos viatores tam crudelibus animis invaditis atque obteritis? Quas praedas inhiatis? Quae damna vindicatis? At non speluncas ferarum vel cautes incolitis barbarorum, ut humano sanguine profuso gaudeatis."

Vix haec dicta et statim lapidum congestus cessavit imber et infestorum canum revocata conquievit procella. Unus illinc denique de summo cupressus cacumine, "At nos" inquit "non vestrorum

tra parte, não vieram nos atacar e nem sequer ficaram visíveis, ainda que de longe.

17. Só que os caseiros de uma fazenda pela qual passávamos por acaso, achando que o nosso grupo era de bandidos, temendo pelos seus bens e ficando bastante assustados, soltaram contra nós, com seus gritos usuais e barulhos de todo tipo, os seus cães bravos, enormes, mais ferozes do que quaisquer ursos e lobos e treinados sobretudo para a guarda. Exasperados não só pela natural ferocidade como ainda pelo alarido dos seus donos, nos rodearam por todos os lados, nos atacaram e, sem qualquer constrangimento, saíram mordendo tanto animais quanto homens. De tanto nos agredir, derrubaram vários de nós. Era possível (por Hércules!) ver um espetáculo não só inesquecível como ainda lamentável: os cães monstruosos, cheios de raiva, correrem atrás de alguns fugitivos, avançarem contra outros que estavam parados, caírem sobre os que estavam prostrados no chão e distribuírem mordidas por toda a nossa turma. Eis que tamanho perigo é sucedido por um mal ainda maior, pois do alto dos telhados e de uma montanha aqueles caseiros impulsivamente atiravam pedras contra nós, de modo que não sabíamos claramente qual ataque enfrentar em primeiro lugar — se o mais próximo (o dos cães) ou o mais distante (o das pedras). Um dos calhaus de repente atingiu a cabeça da mulher que estava sentada no meu lombo e de imediato, por conta da dor, ela começou, entre gritos e lágrimas, a pedir socorro ao marido, que era o pastor mencionado lá atrás.

18. Contudo ele, invocando o testemunho dos deuses e estancando o sangue da esposa, protestou em voz alta:

— Por que vocês estão atacando e ferindo com tanta violência estas pobres pessoas e estes viajantes sofredores? Que saque querem fazer? De que perda querem se vingar? Vocês não vivem em cavernas como as feras nem nos penhascos como os bárbaros para encontrar prazer no derramamento de sangue humano!

Mal havia dito isso, a saraivada de pedras cessou e se acalmou o dilúvio de cães, chamados para junto de seus donos. Por fim, um dos caseiros falou, do alto de um cipreste:

spoliorum cupidine latrocinamur, sed hanc ipsam cladem de vestris protelamus manibus. Iam denique pace tranquilla securi potestis incedere."

Sic ille, sed nos plurifariam vulnerati reliquam viam capessimus, alius lapidis, alius morsus vulnera referentes, universi tamen saucii. Aliquanto denique viae permenso spatio, pervenimus ad nemus quoddam proceris arboribus consitum et pratentibus virectis amoenum, ubi placuit illis ductoribus nostris refectui paululum conquiescere corporaque sua diverse laniata sedulo recurare. Ergo passim prostrati solo primum fatigatos animos recuperare ac dehinc vulneribus medelas varias adhibere festinant, hic cruorem praeterfluentis aquae rore deluere, ille spongeis inacidatis tumores comprimere, alius fasciolis hiantes vincire plagas. Ad istum modum saluti suae quisque consulebat.

19. Interea quidam senex de summo colle prospectat, quem circum capellae pascentes opilionem esse profecto clamabant. Eum rogavit unus e nostris haberetne venui lactem vel adhuc liquidum vel in caseum recentem incohatum. At ille diu capite quassanti, "Vos autem" inquit "de cibo vel poculo vel omnino ulla refectione nunc cogitatis? An nulli scitis quo loco consederitis?" Et cum dicto conductis oviculis conversus longe recessit. Quae vox eius et fuga pastoribus nostris non mediocrem pavorem incussit. Ac dum perterriti de loci qualitate sciscitari gestiunt, nec est qui doceat, senex alius, magnus ille quidem, gravatus annis, totus in baculum pronus et lassum trahens vestigium, ubertim lacrimans per viam proximat, visisque nobis cum fletu maximo singulorum iuvenum genua contingens sic adorabat:

20. "Per Fortunas vestrosque Genios, sic ad meae senectutis spatia validi laetique veniatis, decepto seni subsistite meumque parvulum ab

— Não somos ladrões que querem roubar seus despojos, e sim estamos nos defendendo da mesma crueldade vinda das mãos de vocês! Mas agora sim vocês podem seguir em paz.

E assim falou; mas nós continuamos nosso caminho, feridos de tudo quanto era jeito — um com as pedradas, outro com as mordidas, mas todos alquebrados. Tendo enfim percorrido uma certa distância, chegamos a um bosque repleto de árvores frondosas e revigorado pela relva verdejante, onde nossos guias decidiram parar para descansar um pouco e cuidar cautelosamente dos corpos machucados de diversas maneiras. Logo, deitados no chão aqui e ali, trataram de recuperar as forças e então de aplicar vários remédios sobre as feridas: um limpava o sangue na água corrente de uma fonte, outro fazia compressas sobre as lesões com uma esponja embebida em vinagre e um terceiro enfaixava as feridas abertas com ataduras. Era dessa maneira que cada qual se ocupava da própria saúde.

19. Enquanto isso, um velho nos observava do alto da colina; estava cercado de ovelhas que pastavam, certamente indicando que ele era um pastor. Um dos nossos lhe perguntou se não teria leite para vender, líquido ou coalhado para fazer queijo. Ele, no entanto, respondeu, movendo a cabeça:

— Vocês estão pensando em comida e bebida ou até mesmo em descansar numa hora destas?! Por acaso não sabem mesmo em que lugar vieram parar?

Depois de dizer isso, nos deu as costas e saiu, levando as ovelhas consigo. Suas palavras e sua fuga geraram um pavor nada desprezível nos nossos tratadores. E ao passo que, assustados quanto à natureza do lugar, procuravam informações sem encontrar quem as fornecesse, um outro velho (de elevada estatura, de bastante idade, com o corpo inteiro apoiado em um bastão, arrastando o passo lento e chorando copiosamente) apareceu na estrada e, nos observando em meio a muitas lágrimas, abraçou-se aos joelhos de um dos rapazes, suplicando nestes termos:

20. — Em nome da Fortuna e dos seus Gênios (e que vocês cheguem fortes e felizes a uma velhice como a minha!), eu imploro: socorram

inferis ereptum canis meis reddite. Nepos namque meus et itineris huius suavis comes, dum forte passerem incantantem saepiculae consectatur arripere, delapsus in proximam foveam quae fruticibus imis suppatet, in extremo iam vitae consistit periculo, quippe cum de fletu ac voce ipsius avum sibi saepicule clamitantis vivere illum quidem sentiam, sed per corporis, ut videtis, mei defectam valetudinem opitulari nequeam. At vobis aetatis et roboris beneficio facile est suppetiari miserrimo seni, puerumque illum novissimum successionis meae atque unicam stirpem sospitem mihi facere."

21. Sic deprecantis suamque canitiem distrahentis totos quidem miseruit. Sed unus prae ceteris et animo fortior et aetate iuvenior et corpore validior, quique solus praeter alios incolumis proelium superius evaserat, exsurgit alacer et, percontatus quonam loci puer ille decidisset, monstrantem digito non longe frutices horridos senem illum impigre comitatur. Ac dum pabulo nostro suaque cura refecti sarcinulis quisque sumptis suis viam capessunt, clamore primum nominatim cientes illum iuvenem frequenter inclamant, mox mora diutina commoti mittunt e suis arcessitorem unum, qui requisitum comitem tempestivae viae commonefactum reduceret. At ille modicum commoratum refert sese, buxanti pallore trepidus; mira super conservo suo renuntiat: conspicatum se quippe supinato illi et iam ex maxima parte consumpto immanem draconem mandentem insistere, nec ullum usquam miserinum senem comparere illum. Qua re cognita et cum pastoris sermone collata, qui saevum prorsus hunc illum nec alium locorum inquilinum praeminabatur, pestilenti deserta regione velociori se fuga proripiunt nosque pellunt crebris tundentes fustibus.

um velho abandonado e compensem meus cabelos brancos com meu pequeno parceiro, arrebatado pelas profundezas da terra! Meu neto e terno companheiro nesta caminhada, enquanto tentava agarrar por acaso um passarinho que cantava numa cerca, caiu num buraco ali próximo, que estava escondido pelos arbustos. Agora o garoto corre sério risco de morte. Ainda bem que, graças ao seu choro e à sua voz que a toda hora clama pelo avô, sei que ele está vivo. Porém, como vocês veem pela debilidade das forças do meu corpo, não consigo lhe prestar ajuda. Mas, por conta da juventude e da força, é fácil para vocês socorrer este pobre velho e me devolver o garoto são e salvo, o último dos meus descendentes e meu único sucessor.

21. Assim lamuriando e puxando os cabelos brancos, o velho comovia a todos. Um dos pastores, mais corajoso, mais jovem e mais forte do que os demais e que havia sido o único que escapou incólume do combate anterior, se levantou com toda a pressa e, depois de perguntar em que lugar aquele garoto havia caído, saiu atrás do tal do velho diligentemente, o qual indicava com o dedo umas moitas horríveis próximas dali. Depois de nos recuperarmos (nós, com o pasto; os pastores, com os curativos) e cada qual preparar o fardo que lhe cabia para seguir viagem, o pessoal que pegava a estrada começou a chamar o rapaz. Primeiro, chamaram-no várias vezes pelo nome; em seguida, incomodados com a demora, mandaram um dos seus no encalço dele para encontrá-lo e lembrá-lo de que era hora de partir. O pastor, no entanto, ficou longe por pouco tempo e regressou pálido feito bucho e tremendo; trazia notícias pavorosas sobre o seu colega, que também era escravo: é que ele tinha visto, sobre o colega caído no chão e comido quase por inteiro, uma serpente enorme que o devorava; além disso, ele não encontrou mais o tal do coitado do velho por ali. Noticiado o fato e relacionado à fala do pastor, que com certeza estava alertando-os contra ninguém menos do que aquele invasor da área, eles apressaram ainda mais a fuga daquele deserto pestilento, nos fustigando com incessantes golpes de vara.

22. Celerrime denique longo itinere confecto pagum quendam accedimus ibique totam perquiescimus noctem. Inibi coeptum facinus oppido memorabile narrare cupio.

Servus quidam, cui cunctam familiae tutelam dominus permiserat suus, quique possessionem maximam illam in quam deverteramus villicabat, habens ex eodem famulitio conservam coniugam, liberae cuiusdam extrariaeque mulieris flagrabat cupidine. Quo dolore paelicatus uxor eius instricta cunctas mariti rationes et quicquid horreo reconditum continebatur admoto combussit igne. Nec tali damno tori sui contumeliam vindicasse contenta, iam contra sua saeviens viscera laqueum sibi nectit, infantulumque quem de eodem marito iam dudum susceperat eodem funiculo nectit, seque per altissimum puteum appendicem parvulum trahens praecipitat. Quam mortem dominus eorum aegerrime sustinens arreptum servulum qui causam tanti sceleris luxurie sua praestiterat nudum ac totum melle perlitum firmiter alligavit arbori ficulneae, cuius in ipso carioso stipite inhabitantium formicarum nidificia bulliebant et ultro citro commeabant multiiuga scaturrigine. Quae simul dulcem ac mellitum corporis nidorem persentiscunt, parvis quidem sed numerosis et continuis morsiunculis penitus inhaerentes, per longi temporis cruciatum ita, carnibus atque ipsis visceribus adesis, homine consumpto membra nudarunt ut ossa tantum viduata pulpis nitore nimio candentia funestae cohaererent arbori.

23. Hac quoque detestabili deserta mansione, paganos in summo luctu relinquentes, rursum pergimus dieque tota campestres emensi vias civitatem quandam populosam et nobilem iam fessi pervenimus. Inibi larem sedesque perpetuas pastores illi statuere decernunt, quod et longe quaesituris firmae latebrae viderentur et annonae copiosae beata celebritas invitabat. Triduo denique iumentorum refectis corporibus, quo vendibiliores videremur, ad mercatum pro-

22. Por fim, depois de percorrer o longo caminho com toda a rapidez, chegamos a um povoado, e lá passamos toda a noite. Foi esse o lugar onde aconteceu um crime memorável, que eu quero contar.

Havia um escravo a quem seu dono havia confiado a tutela de toda a criadagem e que administrava aquela enorme propriedade em que nos alojáramos. Mesmo tendo uma esposa que fazia parte da mesma criadagem, ardia de paixão por uma mulher livre, que era de fora. Mas a esposa dele, tomada pela dor da traição, ateou fogo em todos os registros do marido, bem como tudo o que estava guardado no armazém. Não contente em ter vingado a ofensa ao seu leito e já voltando seu ódio contra as próprias entranhas, atou uma corda ao seu pescoço, prendeu com o mesmo laço a criança que, anos atrás, havia concebido do marido e se jogou num poço profundíssimo, levando o pequenino consigo. O senhor deles, profundamente irritado com essa morte, prendeu o escravo que havia dado motivo para o crime horrendo de sua esposa e o amarrou com força, nu e untado de mel, a uma figueira em cujo tronco carcomido fervilhavam as formigas de um formigueiro, que se movimentavam de um lado para o outro num denso manancial. Logo que sentiram o odor adocicado do mel naquele corpo, agarraram com força nele e lhe deram picadas pequenas, mas em grande quantidade e contínuas. Flagelando-o dessa maneira por longo tempo, devorando-lhe as carnes e as vísceras, desnudaram os membros do homem consumido, a ponto de somente os ossos, sem vestígio de carne e brilhando de tão brancos, se mesclarem à árvore funesta.

23. Escapando-nos também dessa paragem detestável e abandonando os camponeses no mais triste luto, seguimos nossa jornada. Depois de caminharmos o dia inteiro pelas estradas da planície, chegamos, mortos de cansaço, a uma cidade populosa e rica. Foi ali que os pastores decidiram ficar e se estabelecer, não só por lhes parecer um abrigo seguro contra buscas mais distantes, como também porque a boa quantidade de trigo em fartura os atraía. Dados, enfim, três dias de descanso para as bestas de carga, a fim de garantirmos vendas mais rentáveis, fomos levados para o mercado. Graças à voz alta

ducimur magnaque voce praeconis pretia singulis nuntiantis equi atque alii asini opulentis emptoribus praestinantur. At me relictum solum ac subsicivum cum fastidio plerique praeteribant. Iamque taedio contrectationis eorum qui de dentibus meis aetatem computabant, manum cuiusdam foetore sordentem, qui gingivas identidem meas putidis scalpebat digitis, mordicus arreptam plenissime conterui. Quae res circumstantium ab emptione mea utpote ferocissimi deterruit animos. Tunc praeco dirruptis faucibus et rauca voce saucius in meas fortunas ridiculos construebat iocos: "Quem ad finem cantherium istum venui frustra subiciemus, et vetulum extritis ungulis debilem, et dolore deformem, et in hebeti pigritia ferocem, nec quicquam amplius quam ruderarium cribrum? Atque adeo vel donemus eum cuipiam, si qui tamen faenum suum perdere non gravatur."

24. Ad istum modum praeco ille cachinnos circumstantibus commovebat. Sed illa Fortuna mea saevissima, quam per tot regiones iam fugiens effugere vel praecedentibus malis placare non potui, rursum in me caecos detorsit oculos et emptorem aptissimum duris meis casibus mire repertum obiecit. Scitote qualem: cinaedum et senem cinaedum, calvum quidem, sed cincinnis semicanis et pendulis capillatum, unum de triviali popularium faece, qui per plateas et oppida cymbalis et crotalis personantes deamque Syriam circumferentes mendicare compellunt. Is nimio praestinandi studio praeconem rogat cuiatis essem. At ille Cappadocum me et satis forticulum denuntiat. Rursum requirit annos aetatis meae.

Sed praeco lasciviens: "Mathematicus quidem, qui stellas eius disposuit, quintum ei numeravit annum, sed ipse scilicet melius istud de suis novit professionibus. Quamquam enim prudens crimen

120 **Deusa Síria:** tratar-se-ia de Atargatis-Derceto, deusa da fertilidade, associada ora a Vênus, ora a Réa no panteão greco-romano.

do pregoeiro, que anunciava o valor de cada animal, os cavalos e os demais asnos foram adquiridos por compradores ricos; porém, sozinho e rejeitado, muitos compradores me preteriram, olhando com desdém. Já cansado do contato com eles, que ficavam calculando minha idade pelos dentes, acertei em cheio uma mordida na mão fedorenta de um deles, cujos dedos também imundos me raspavam as gengivas — motivo que impediu as pessoas ao meu redor de adquirirem um animal tão bravo. Então, o pregoeiro, com a garganta arruinada e lesado pela voz rouca, começou a fazer piadas ridículas com a minha situação:

— Até que horas vamos expor à venda, sem retorno algum, esse burro lazarento? Velho, fraco, com os cascos desgastados, deforme de dor, violento por conta da preguiça boçal e que serve apenas como peneira de coar entulho? Bem que podíamos doá-lo para qualquer um, caso houvesse alguém que não se incomodasse em desperdiçar seu feno.

24. Desse modo, o pregoeiro fazia as pessoas ao redor caírem na risada. Mas a minha Fortuna crudelíssima, da qual não consegui escapar mesmo fugindo por tantos lugares até agora nem aplacar com as minhas desgraças anteriores, mais uma vez voltou seus olhos cegos contra mim e me apresentou o comprador estupendamente certo para minha dura situação. E veja só quem era: um gay; além disso, um gay velho, careca (mas com alguns fios grisalhos que lhe caíam da cabeça), um pé-de-chinelo da pior ralé, desses a quem obrigam a mendigar pelas praças e cidades a tocar crótalos e címbalos, carregando a Deusa Síria.[120] Com enorme vontade de me comprar, perguntou ao pregoeiro de onde eu vinha. Ele respondeu que eu era capadócio, e bem valente. O velho perguntou ainda qual era a minha idade. E o malandro do pregoeiro disse:

— Um astrólogo, que fez seu mapa astral, lhe contou cinco anos. Mas, claro, ele é o único que conhece melhor os seus dados pessoais. Por mais cauteloso que eu seja, cometeria um crime contra a Lei

Corneliae legis incurram, si civem Romanum pro servo tibi vendidero, quin emis bonum et frugi mancipium, quod te et foris et domi poterit iuvare?"

Sed exinde odiosus emptor aliud de alio non desinit quaerere, denique de mansuetudine etiam mea percontatur anxie.

25. At praeco "Vervecem" inquit "non asinum vides, ad usus omnes quietum, non mordacem nec calcitronem quidem, sed prorsus ut in asini corio modestum hominem inhabitare credas. Quae res cognitu non ardua. Nam si faciem tuam mediis eius feminibus immiseris, facile periclitaberis quam grandem tibi demonstret patientiam."

Sic praeco lurchonem tractabat dicacule. Sed ille cognito cavillatu similis indignanti "At te," inquit "cadaver surdum et mutum delirumque praeconem, omnipotens et omniparens dea Syria et sanctus Sabadius et Bellona et mater Idaea cum suo Attide et cum suo Adone Venus domina caecum reddant, qui scurrilibus iam dudum contra me velitaris iocis. An me putas, inepte, iumento fero posse deam committere, ut turbatum repente divinum deiciat simulacrum, egoque misera cogar crinibus solutis discurrere et deae meae humi iacenti aliquem medicum quaerere?"

Accepto tali sermone cogitabam subito velut lymphaticus exsilire, ut me ferocitate cernens exasperatum emptionem desineret. Sed praevenit cogitatum meum emptor anxius pretio depenso statim, quod quidem gaudens dominus scilicet taedio mei facile suscepit, septemdecim denarium, et ilico me stomida spartea deligatum tradidit Philebo—hoc enim nomine censebatur iam meus dominus.

121 **Lei Cornélia:** o vendedor cita, de maneira errônea ou tergiversada, a *Lex Cornelia de sicariis et veneficis* (Lei Cornélia sobre apunhaladores e envenenadores), aprovada por Sula em 82 AEC, a qual tratava, entre outros dispositivos alheios ao caso, da aquisição de ferramentas ou itens normalmente empregados em atos de feitiçaria, sem relação alguma, no entanto, com a manumissão.

Cornélia se lhe vendesse um cidadão romano como escravo.[121] Então, por que você não compra um escravo bom e de serventia, que poderá lhe ajudar dentro e fora de casa?

Mesmo depois disso, o comprador odioso não deixou de emendar uma pergunta atrás da outra, até enfim questionar ansiosamente se eu era manso.

25. — É um cordeiro — disse o pregoeiro — e não um asno o que o senhor está vendo. Dócil para tudo quanto é serviço, não morde e nem mesmo dá coices. Tanto é que o senhor poderia achar que, debaixo do couro de um asno, habita uma pessoa decente. Isso é fácil de comprovar: se o senhor colocar a cara entre as suas coxas, vai confirmar como é grande a tolerância dele.

Era com essa ironia que o pregoeiro debochava do pervertido. Mas o velho, percebendo a ironia, retorquiu, com ar de indignação:

— Cadáver surdo e mudo, vendedor de bobagens! Que a todo-poderosa e todo-criadora Deusa Síria, o santo Sabázio, Belona, a Mãe do Ida e a senhora Vênus com seu Adônis[122] tornem você cego por ficar caçoando de mim por tanto tempo com as suas gozações! Por acaso, seu idiota, você acha que eu poderia confiar a deusa a um asno bravo para que, assustado, ele derrube a imagem divina e que eu (coitado de mim!) seja obrigado a sair correndo com os cabelos soltos a buscar um médico para a minha deusa caída no chão?

Depois de ouvir essas palavras, eu cogitava sair pulando feito um doido, de modo que, me vendo alterado pela brabeza, o velho não fechasse o negócio. Contudo, o comprador ansioso se antecipou ao meu plano; sem hesitação, acertou o valor de dezessete denários, que meu dono (certamente por estar farto de mim) aceitou sem titubear. Amarrado ali mesmo com uma corda de esparto, ele me entregou a Filebo, pois era esse o nome do meu novo dono.

122 **santo Sabázio, Belona, Mãe do Ida, Senhora Vênus, Adônis**: Sabázio: deus da fertilidade; Belona: deusa romana da guerra; Mãe do Ida: a deusa Cibele; Vênus e Adônis: Adônis, pastor amado pela deusa Vênus, que morreu em um ataque de javali enviado por Marte, amante de Vênus.

26. At ille susceptum novicium famulum trahebat ad domum, statimque illinc de primo limine proclamat, "Puellae, servum vobis pulchellum en ecce mercata perduxi." Sed illae puellae chorus erat cinaedorum, quae statim exsultantes in gaudium fracta et rauca et effeminata voce clamores absonos intollunt, rati scilicet vere quempiam hominem servulum ministerio suo paratum. Sed postquam non cervam pro virgine, sed asinum pro homine succidaneum videre, nare detorta magistrum suum varie cavillantur: non enim servum, sed maritum illum scilicet sibi perduxisse. Et "Heus," aiunt "cave ne solus exedas tam bellum scilicet pullulum, sed nobis quoque tuis palumbulis nonnunquam impertias."

Haec et huius modi mutuo blaterantes praesepio me proximum deligant. Erat quidam iuvenis satis corpulentus, choraula doctissimus, collaticia stipe de mensa paratus, qui foris quidem circumgestantibus deam cornu canens adambulabat, domi vero promiscuis operis partiarius agebat concubinus. Hic me simul domi conspexit, libenter apositis largiter cibariis gaudens alloquitur: "Venisti tandem miserrimi laboris vicarius. Sed diu vivas et dominis placeas et meis defectis iam lateribus consulas." Haec audiens iam meas futuras novas cogitabam aerumnas.

27. Die sequenti variis coloribus indusiati et deformiter quisque formati, facie caenoso pigmento delita et oculis obunctis graphice prodeunt, mitellis et crocotis et carbasinis et bombycinis iniecti, quidam tunicas albas, in modum lanciolarum quoquoversum fluente purpura depictas, cingulo subligati, pedes luteis induti calceis.

26. Então ele saiu arrastando para casa o serviçal recém adquirido e, assim que se aproximou de lá, gritou antes mesmo de cruzar a porta:

— Meninas! Vejam aqui o escravo lindinho que comprei no mercado para vocês!

Aquelas meninas, no entanto, eram um grupo de gays que, exultantes de felicidade, de imediato começaram a dar gritinhos desafinados com a voz lânguida, rouca e afeminada, achando que, na verdade, teriam um homem como criadinho à sua disposição. Porém, logo que viram não um cervo no lugar da deusa e sim um asno no lugar de um homem, torceram o nariz e trataram de zombar do seu mestre de todas as formas possíveis: é que ele havia trazido não um escravo, e sim um marido para si próprio!

— Veja lá, hein! — disseram — Vê se não come sozinho esse franguinho tão bonito, mas sim, de vez em quando, o divida conosco, que somos suas pombinhas.

Debochando com essas e mais outras palavras, me prenderam em um estábulo ali próximo. Lá havia um jovem bem corpulento, excelente tocador de flauta, comprado num leilão com o dinheiro das esmolas, que, fora de casa, nas procissões, ficava junto da deusa tocando o instrumento, ao passo que, dentro de casa, agia como um gigolô oferecendo seus serviços a todo mundo. Esse rapaz, depois de se deparar comigo, disse contente, assim que me serviu um lauto banquete:

— Você veio para finalmente me substituir numa tarefa extremamente ingrata. Que você viva por muitos anos, sirva ao meu senhor e traga alívio para os meus flancos exauridos!

Ouvindo essas palavras, já imaginava as novas provações que eu iria enfrentar.

27. No dia seguinte, eles apareceram com roupas de cores variadas e cada um estava descabidamente maquiado, com a cara besuntada de uma base argilosa e os olhos artisticamente retocados. Trajavam vestidos de linho e seda e portavam pequenas mitras; alguns levavam túnicas brancas, de listras vermelhas por toda parte à imagem de pequenas lanças, e amarradas com uma cinta; os pés estavam

Deamque serico contectam amiculo mihi gerendam imponunt, bracchiisque suis umero tenus renudatis, attollentes immanes gladios ac secures, euantes exsiliunt, incitante tibiae cantu lymphaticum tripudium.

Nec paucis pererratis casulis ad quandam villam possessoris beati perveniunt, et ab ingressu primo statim absonis ululatibus constrepentes fanatice provolant, diuque capite demisso cervices lubricis intorquentes motibus crinesque pendulos in circulum rotantes et nonnunquam morsibus suos incursantes musculos, ad postremum ancipiti ferro quod gerebant sua quisque bracchia dissicant. Inter haec unus ex illis bacchatur effusius ac de imis praecordiis anhelitus crebros referens, velut numinis divino spiritu repletus, simulabat sauciam vecordiam, prorsus quasi deum praesentia soleant homines non sui fieri melio res, sed debiles effici vel aegroti.

28. Specta denique quale caelesti providentia meritum reportaverit. Infit vaticinatione clamosa conficto mendacio semet ipsum incessere atque criminari, quasi contra fas sanctae religionis dissignasset aliquid, et insuper iustas poenas noxii facinoris ipse de se suis manibus exposcere. Arrepto denique flagro quod semiviris illis proprium gestamen est, contortis taenis lanosi velleris prolixe fimbriatum et multiiugis talis ovium tesseratum, indidem sese multinodis commulcat ictibus, mire contra plagarum dolores praesumptione munitus. Cerneres prosectu gladiorum ictuque flagrorum solum spurcitia sanguinis effeminati madescere. Quae res incutiebat mihi non parvam sollicitudinem, videnti tot vulneribus largiter profusum cruorem, ne quo casu deae peregrinae stomachus, ut quorundam hominum lactem, sic illa sanguinem concupisceret asininum.

calçados com sapatos amarelos. Puseram em cima de mim a deusa coberta com um manto de seda para que eu a carregasse. Com seus braços nus à altura do ombro, saíram aos pulos erguendo enormes espadas e machados, executando, envolvidos pelo som da flauta, uma dança alucinada.

Depois de passar por alguns casebres, chegaram à residência de um rico proprietário. Assim que cruzaram a porta, puseram-se a gritar como bacantes na maior algazarra; mexiam de cabeça baixa o pescoço num requebro indecente, girando os cabelos desprendidos e, de vez em quando, arqueando a coluna para morder seus próprios músculos. Para terminar, cada um golpeava os braços com a espada de gume afiado que carregava. No meio disso tudo, um deles se descontrolou de um jeito ainda mais horroroso e, arrancando gemidos exasperados do fundo do peito à maneira de um possuído pelo espírito da divindade, simulou um delírio desesperado — como se, na presença dos deuses, os seres humanos não se tornassem melhores, e sim ficassem fracos e adoentados.

28. Veja, então, o modo com que a Divina Providência lhe deu a recompensa. Sucedeu que, com um vaticínio ruidoso, o tal sujeito, encenando uma mentira, começou de repente a maldizer a si mesmo como se tivesse cometido um sacrilégio contra a pureza da sua religião e, ainda por cima, a impor a si mesmo e com suas próprias mãos o castigo justo de um delito revoltante. Por fim, depois de pegar uma vara (objeto que é próprio desses semi-homens) coberta de flocos de lã bem entrelaçados em faixas e salpicados com vários ossinhos de ovelha, tratou ali mesmo de açoitar a si próprio com o bastão cheio de nós, exibindo espantosamente uma incrível resistência às dores da autoflagelação. Com o corte das espadas e o golpe das varas, era possível ver o chão ficar encharcado com a imundice do sangue afeminado. A situação me causava uma preocupação nem um pouco pequena ao observar o sangue de tantas lesões derramado por todo canto: e se o estômago da deusa estrangeira, tal como o de certos homens que preferem leite de jumenta, quisesse sangue de asno?

Sed ubi tandem fatigati vel certe suo laniatu satiati pausam carnificinae dedere, stipes aereas, immo vero et argenteas multis certatim offerentibus, sinu recepere patulo, nec non et vini cadum et lactem et caseos et farris et siliginis aliquid, et nonnullis hordeum deae gerulo donantibus, avidis animis corradentes omnia et in sacculos huic quaestui de industria praeparatos farcientes, dorso meo congerunt, ut duplici scilicet sarcinae pondere gravatus et horreum simul et templum incederem.

29. Ad istum modum palantes omnem illam depraedabantur regionem. Sed in quodam castello copia laetati largioris quaesticuli gaudiales instruunt dapes. A quodam colono fictae vaticinationis mendacio pinguissimum deposcunt arietem, qui deam Syriam esurientem suo satiaret sacrificio, probeque disposita cenula balneas obeunt, ac dehinc lauti quendam fortissimum rusticanum, industria laterum atque imis ventris bene praeparatum, comitem cenae secum adducunt. Paucisque admodum praegustatis holusculis ante ipsam mensam, spurcissima illa propudia ad illicitae libidinis extrema flagitia infandis uriginibus efferantur, passimque circumfusi nudatum supinatumque iuvenem exsecrandis oribus flagitabant. Nec diu tale facinus meis oculis tolerantibus, “Porro Quirites” proclamare gestivi, sed viduatum ceteris syllabis ac litteris processit “O” tantum, sane clarum ac validum et asino proprium, sed inopportuno plane tempore. Namque de pago proximo complures iuvenes abactum sibi noctu perquirentes asellum nimioque studio cuncta deversoria scrutantes, intus aedium audito ruditu meo, praedam absconditam latibulis aedium rati, coram rem invasuri suam improvisi conferto gradu se penetrant, palamque illos exsecrandas foeditates obeuntes deprehendunt. Iamiamque vicinos

Quando, finalmente cansados ou antes, satisfeitos com a sua imolação, puseram fim à carnificina, guardaram nos bolsos abertos as moedas de bronze (aliás, até mesmo de prata) da multidão que se acotovelava; receberam ainda um jarro de vinho, de leite, queijos e um quinhão de trigo e de farinha, e houve quem oferecesse cevada para aquele que carregava a deusa. Depois de recolher tudo com enorme ansiedade e abarrotar as sacolas preparadas com cuidado para este fim, eles juntaram toda a carga sobre o meu lombo de uma tal forma que, arriado pelo peso do fardo duplicado, eu ia embora parecendo ao mesmo tempo um celeiro e um templo.

29. Operando dessa maneira, eles saquearam toda aquela região. Contudo, numa certa aldeia, animados por ganhos mais exorbitantes que de costume, organizaram uma festa de comemoração: com uma previsão falsa, tomaram o carneiro mais gordo de um camponês para satisfazer o apetite da Deusa Síria com o sacrifício do animal. Preparada a oferenda com todo o capricho, foram aos banhos públicos e, depois de se banhar, trouxeram consigo como convidado para o jantar um aldeão dotado de excelente porte físico e bem equipado da cintura para baixo. Mal haviam experimentado a salada, ali mesmo à mesa aqueles infames nojentos, levados à extrema indecência de uma luxúria ilícita, se ofereceram aos prazeres da carne e, cercando por todos os lados o rapaz despido e deitado de costas, assediaram-no com palavras detestáveis. Sem que meus olhos aguentassem ver tamanha atrocidade, tentei articular um "Socorro, gente!" mas, privado das outras letras e sílabas, saiu somente um "ô" bem claro e sonoro, próprio para um asno, porém totalmente inoportuno para o momento. Foi aí que um grupo de jovens do povoado vizinho, procurando um burrinho que lhes tinha sido roubado durante a noite e vasculhando todos os lugares com enorme cuidado, acharam que, ao ouvir meu relincho dentro do prédio, sua presa estava escondida no interior do local. Na busca pelo seu patrimônio, entraram de mansinho em fileira cerrada e flagraram aquela gente praticando suas terríveis obscenidades diante deles. Chamando os vizinhos aos berros, mostraram-lhes a cena asquerosíssima e ainda

undique percientes turpissimam scaenam patefaciunt, insuper ridicule sacerdotum purissimam laudantes castimoniam.

30. Hac infamia consternati, quae per ora populi facile dilapsa merito invisos ac detestabiles eos cunctis effecerat, noctem ferme circa mediam collectis omnibus furtim castello facessunt. Bonaque itineris parte ante iubaris exortum transacta iam die claro solitudines avias nancti, multa secum prius collocuti, accingunt se meo funeri; deaque vehiculo meo sublata et humi reposita, cunctis stramentis me renudatum ac de quadam quercu destinatum flagro illo pecuinis ossibus catenato verberantes paene ad extremam confecerant mortem. Fuit unus qui poplites meos enervare secure sua comminaretur, quod de pudore illo candido scilicet suo tam deformiter triumphassem. Sed ceteri, non meae salutis, sed simulacri iacentis contemplatione in vita me retinendum censuere. Rursum itaque me refertum sarcinis planis gladiis minantes perveniunt ad quandam nobilem civitatem. Inibi vir principalis, et alias religiosus et eximie deam reverens, tinnitu cymbalorum et sonu tympanorum cantusque Phrygii mulcentibus modulis excitus, procurrit obviam, deamque votivo suscipiens hospitio nos omnes intra consaeptum domus amplissimae constituit, numenque summa veneratione atque hostiis opimis placare contendit.

31. Hic ego me potissimum capitis periclitatum memini. Nam quidam colonus partem venationis, immanis cervi pinguissimum femus, domino illi suo muneri miserat, quod incuriose pone culinae fores non altiuscule suspensum canis adaeque venaticus latenter invaserat, laetusque praeda propere custodientes oculos evaserat. Quo damno cognito suaque reprehensa neglegentia, cocus diu lamentatus lacrimis inefficacibus, iamiamque domino cenam flagitante, maerens et

por cima elogiaram, em tom de chacota, a puríssima castidade dos sacerdotes.

30. Abalados por essa infâmia (que, naturalmente, caiu na boca do povo e pela qual, com razão, eram aborrecidos e malquistos por toda a gente), àquela noite, perto das doze horas, depois de juntarem todos os seus pertences, furtivamente foram embora da aldeia. Tendo percorrido uma boa parte do caminho antes do crepúsculo das estrelas e alcançado um lugar afastado e solitário já com o dia claro, combinaram antes entre si o que fariam e se decidiram pelo meu funeral. Depois de retirarem a deusa dos meus costados e depositá-la no chão, me despojaram da sela, me amarraram numa árvore e, com aquele bastão salpicado com vários ossinhos de ovelha, me deram lapadas até eu quase chegar ao limite da morte. Havia um que ameaçava me amputar as patas com seu machado, porque me vangloriei expondo de maneira tão sórdida o seu pudor imaculado. Os outros, porém, tendo em vista não a minha salvação e sim o ídolo colocado no chão, acharam melhor me manter vivo. Então, mais uma vez me carregaram com o fardo e, me ameaçando com a parte lisa das espadas, se dirigiram a uma notável cidade. Chegando lá, uma autoridade local, extremamente devota tanto da deusa quanto das demais divindades e comovida pelo tilintar dos címbalos, pelo som dos tímpanos e pelas suaves modulações do canto frígio, correu ao nosso encontro e, tratando de receber a deusa sob seu teto, enfiou nós todos em sua extraordinária residência pretendendo reconfortar o nume sagrado com a maior veneração e com esplêndidas oferendas.

31. Foi nesse lugar onde corri o maior perigo da minha vida. Acontece que um colono tinha mandado parte de sua caça (uma coxa bem gorda de um cervo enorme) como presente para aquele aristocrata, da qual, guardada sem cuidado atrás da porta da cozinha numa altura irrisória, um cachorro que também era caçador se apoderou e, feliz da vida, escapou dos vigilantes rapidamente com a presa. Ao se dar conta do prejuízo e repreender sua negligência, o cozinheiro, lamuriando longamente com lágrimas ineficazes, lamentava o jantar

utcumque metuens altius, filio parvulo suo consalutato arreptoque funiculo, mortem sibi nexu laquei comparabat. Nec tamen latuit fidam uxorem eius casus extremus mariti, sed funestum nodum violenter invadens manibus ambabus, "Adeone" inquit "praesenti malo perterritus mente excidisti tua, nec fortuitum istud remedium quod deum providentia sumministrat intueris? Nam si quid in ultimo Fortunae turbine resipiscis, expergite mi ausculta et advenam istum asinum remoto quodam loco deductum iugula, femusque eius ad similitudinem perditi detractum et accuratius in protrimentis sapidissime percoctum appone domino cervini vicem."

Nequissimo verberoni sua placuit salus de mea morte, et multum conservae laudata sagacitate destinate iam lanienae cultros acuebat.

que o seu senhor havia reclamado poucos minutos atrás e, de todo jeito temendo ainda mais, depois de se despedir do seu filhinho e pegar uma corda, preparou sua morte com um laço. A situação extrema do marido não escapou à sua fiel esposa que, desfazendo o nó violentamente com ambas as mãos, disse:

— Mas ora essa! Você perdeu o juízo com medo do azar presente? Não está vendo esse remédio inesperado que a Divina Providência lhe ofereceu? Caso a última tempestade da Fortuna não tenha tirado o pouco que resta do seu raciocínio, levante e me escute: leve esse asno estranho para algum lugar escondido e o mate! No lugar do cervo, sirva ao senhor um pedaço da coxa dele, parecida com a do animal perdido e preparada com temperos no capricho.

O terrível carniceiro achou que era uma boa ideia se salvar com a minha morte e, depois de agradecer à companheira pela sua esperteza, tratou de afiar bem o cutelo para o abate a que eu estava destinado.

Liber IX

1. Sic ille nequissimus carnifex contra me manus impias obarmabat. At ego praecipitante consilium periculi tanti praesentia nec exspectata diutina cogitatione lanienam imminentem fuga vitare statui, protinusque, vinculo quo fueram deligatus abrupto, cursu me proripio totis pedibus ad tutelam salutis crebris calcibus velitatus, ilicoque me, raptim transcursa proxima porticu, triclinio in quo dominus aedium sacrificales epulas cum sacerdotibus deae cenitabat incunctanter immitto, nec pauca rerum apparatus cibarii, mensas etiam et ignes, impetu meo collido atque disturbo. Qua rerum deformi strage paterfamilias commotus, ut importunum atque lascivum me cuidam famulo curiose traditum certo aliquo loco clausum cohiberi iussit, ne rursum convivium placidum simili petulantia dissiparem. Hoc astutulo commento scitule munitus et mediis lanii manibus ereptus, custodela salutaris mihi gaudebam carceris.

Sed nimirum nihil Fortuna renuente licet homini nato dexterum provenire, nec consilio prudenti vel remedio sagaci divinae providentiae fatalis dispositio subverti vel reformari potest. Mihi denique id ipsum commentum, quod momentariam salutem repperisse videbatur, periculum grande, immo praesens exitium, conflavit aliud.

2. Nam quidam subito puer mobili ac trepida facie percitus, ut familiares inter se susurrabant, irrumpit triclinium, suoque annuntiat domino de proximo angiportu canem rabidam paulo ante per pos-

Livro 9

1. Assim, pois, aquele desalmado açougueiro estendia as mãos ímpias contra mim; mas eu, tomando uma decisão sem pensar muito diante de tamanho perigo, me decidi por fugir ao iminente massacre e, sem hesitar, com todas as patas rompi, num puxão abrupto, a corda com que estava preso, distribuindo coices como garantia da minha salvação. Logo que atravessei a primeira porta que vi, de imediato fui parar bem no meio do triclínio onde o dono da casa jantava as oferendas sagradas na companhia dos sacerdotes da deusa e, com a minha violência, arremessei e derrubei a comida e boa parte do aparelho de jantar. O patrão, estupefato com a atroz destruição das coisas, ordenou discretamente a um criado que me levasse preso para outro lugar para que, irritante e perturbado como eu parecia, não voltasse a atrapalhar, com semelhante arrogância, um banquete tão agradável. Espertamente protegido pela farsa astuciosa e arrancado das palmas das mãos do carniceiro, me alegrava com a proteção de uma detenção salvadora.

Mas, sem dúvida, quando a Fortuna não está de acordo, nada para o ser humano dá certo, nem a disposição fatal da Providência Divina pode ser revertida ou modificada com uma boa ideia ou remédio eficaz. A mesma farsa, que parecia ter descortinado uma salvação instantânea, me trouxe outro enorme perigo — a saber, o da imediata execução.

2. De repente aconteceu que um garoto, de cara apavorada e trêmula, invadiu o triclínio, enquanto os amigos conversavam aos sussurros entre si, e informou ao seu senhor que alguns minutos antes, vindo da rua de trás, um cão raivoso havia pulado a cerca dos fundos com

ticam impetu miro sese direxisse ardentique prorsus furore venaticos canes invasisse, ac dehinc proximum petisse stabulum atque ibi pleraque iumenta incurrisse pari saevitia, nec postremum saltem hominibus pepercisse; nam Myrtilum mulionem et Hephaestionem cocum et Hypnophilum cubicularium et Apollonium medicum, immo vero et plures alios ex familia abigere temptantes, variis morsibus quemque lacerasse, certe venenatis morsibus contacta non nulla iumenta efferari simili rabie. Quae res omnium statim percussit animos, ratique me etiam eadem peste infectum ferocire, arreptis cuiusce modi telis, mutuoque ut exitium commune protelarent cohortati, ipsi potius eodem vesaniae morbo laborantes persequuntur. Nec dubio me lanceis illis vel venabulis, immo vero et bipennibus, quae facile famuli sumministraverant, membratim compilassent, ni, respecto subiti periculi turbine, cubiculum in quo mei domini devertebant protinus irrupissem. Tunc clausis obseratisque super me foribus obsidebant locum, quoad sine ullo congressionis suae periculo pestilentiae letalis pervicaci rabie possessus ac peresus absumerer. Quo facto tandem libertatem nanctus, solitariae fortunae munus amplexus, super constratum lectum abiectus, post multum equidem temporis somnum humanum quievi.

3. Iamque clara die mollitie cubilis refota lassitudine vegetus exsurgo, atque illos qui meae tutelae pervigiles excubias agitaverant ausculto de meis sic altercare fortunis: "Adhucine miserum istum asinum iugi furore iactari credimus?" "Immo vero iam virus increscente saevitia prorsus exstinctum." Sic opinionis variae terminum ad explorationem conferunt, ac de rima quadam prospiciunt sanum

123 **Mirtilo, Heféstion, Hipnófilo, Apolônio:** nomes próprios que fazem referência a divindades ou a personagens míticas pelas suas habilidades: Mirtilo era o cocheiro de Pélope, rei mítico do Peloponeso; Heféstion (nome derivado de Hefesto), relacionado ao deus do fogo (e, por isso, ótimo cozinheiro); Apolônio (nome derivado de Apolo), relacionado ao deus da medicina (e, por isso mesmo, médico) e Hipnófilo, por etimologia, seria o "amigo do sono" relacionado ao deus Hipnos.

uma fúria impressionante e, sem rodeios, atacara os cães de caça; que, em seguida, se dirigira ao estábulo ali perto e avançara com igual violência contra vários jumentos sem, por fim, poupar sequer as próprias pessoas; que mordera com várias dentadas o arreeiro Mirtilo, o cozinheiro Heféstion, o mordomo Hipnófilo, o médico Apolônio,[123] bem como ferira muitos outros empregados que tentavam enxotá-lo e que, com mordidas contaminadas, havia certamente contagiado boa parte dos jumentos com a mesma raiva. A notícia imediatamente deixou todo mundo assustado, e eles deduziram que eu havia ficado enfezado por estar infectado com a mesma doença. Depois de pegar todo tipo de armas, convenceram-se uns aos outros a evitar a extinção de todos e saíram atrás de mim, mais tomados do que eu pela mesma doença da raiva. Sem dúvida, com tais lanças ou dardos (ou, inclusive, com machados afiados, que os criados manuseavam com facilidade), eu teria sido esquartejado membro por membro se, percebendo o turbilhão em que o perigo súbito havia me metido, eu não invadisse o quarto onde meus donos se recolhiam. Então, assim que as portas foram fechadas e trancadas estando eu lá dentro, eles cercaram o local até que, sem qualquer risco de que tivessem contato comigo, eu definhasse, possuído e consumido pela teimosa raiva, de contágio mortal. No entanto, depois disso, tomado de liberdade e premiado com a sorte de ficar sozinho, dormi, deitado no colchão macio, o sono humano pela primeira vez depois de muito tempo.

3. Já era dia claro quando, refeito do cansaço pela maciez do leito, me levantei, revigorado. Ouvi, então, aqueles que passaram a noite inteira acordados para me vigiar conversando o seguinte sobre o meu futuro:

— Será que o coitado daquele asno ainda está tomado de raiva?

— Já deve estar morto pela crueldade progressiva do vírus.

Dessa forma, decidiram dar uma espiada para tirar a dúvida e perceberam por uma fenda que eu, tranquilamente, estava sadio

me atque sobrium otiose consistere. Iamque, ultro foribus patefactis plenius, an iam sim mansuetus periclitantur. Sed unus ex his, de caelo scilicet missus mihi sospitator, argumentum explorandae sanitatis meae tale commonstrat ceteris, ut aquae recentis completam pelvem offerrent potui meo, ac si intrepidus et more solito sumens aquis allibescerem, sanum me atque omni morbo scirent expeditum. Contra vero si visum contactumque laticis vitarem ac perhorrescerem, pro comperto noxiam rabiem pertinaciter durare. Hoc enim libris etiam pristinis proditum observari solere.

4. Isto placito vas immane confestim aquae perlucidae de proximo petitae fonte cunctantes adhuc offerunt mihi. At ego sine ulla mora progressus etiam obvio gradu satis sitienter pronus et totum caput immergens salutares vere equidem illas aquas hauriebam. Iamque et plausus manum et aurium flexus et ductum capistri et quidvis aliud periclitantium placide patiebar, quoad contra vesanam eorum praesumptionem modestiam meam liquido cunctis approbarem.

Ad istum modum vitato duplici periculo, die sequenti rursum divinis exuviis onustus, cum crotalis et cymbalis circumforaneum mendicabulum producor ad viam. Nec paucis casulis atque castellis oberratis, devertimus ad quempiam pagum, urbis opulentae quondam, ut memorabant incolae, inter semiruta vestigia conditum, et hospitio proximi stabuli recepti, cognoscimus lepidam de adulterio cuiusdam pauperis fabulam, quam vos etiam cognoscatis volo.

5. Is gracili pauperie laborans fabriles operas praebendo parvis illis mercedibus vitam tenebat. Erat ei tamen uxorcula etiam satis quidem tenuis et ipsa, verum tamen postrema lascivia famigerabilis. Sed die quadam, dum matutino ille ad opus susceptum proficiscitur, statim latenter irrepit eius hospitium temerarius adulter. Ac

e controlado. Então, depois de abrir um pouco mais a porta, arriscaram-se a verificar se eu estava manso. Mas um deles (que certamente havia sido enviado pelos céus como meu salvador), indicou aos outros este procedimento para averiguar minha situação: me oferecer uma vasilha cheia d'água fresca para beber; se eu tomasse a água sem receio e com prazer, como é de praxe, teriam certeza de que eu estava sadio e curado da doença por completo. Mas, se ao ver o líquido eu evitasse prová-lo e fizesse uma careta de nojo, com certeza a raiva terrível prosseguia em mim com toda a força. Era isso o que costumava ser indicado, ao menos nos livros antigos.

4. Como a proposta caiu no agrado deles, imediatamente me ofereceram, ainda hesitantes, uma enorme vasilha da água cristalina de uma nascente que se achava ali perto. Eu, contudo, sem perder tempo me aproximei da vasilha com passo firme e, morrendo de sede como estava, meti a cabeça inteira nela para beber daquela água que, a bem da verdade, era para lá de revigorante. Depois disso, aguentei tapas, beliscões de orelha, puxões de cabresto e todo tipo de teste sem reclamar, até que, contrariando a delirante suspeita deles, provasse a todos minha sobriedade com o líquido.

Sendo assim, uma vez livre do perigo duplo, no dia seguinte, fizeram-me sair à rua, novamente carregado de objetos divinos, em meio a crótalos e címbalos para mendigar em outra freguesia. Depois de passar por vários casebres e atravessar fortalezas, chegamos a um povoado fundado sobre as ruínas de onde, conforme relembravam os habitantes do lugar, havia sido uma rica cidade e, nos hospedando na estalagem mais próxima, tivemos ciência da breve história de adultério de um pobre, que desejo que vocês também conheçam.

5. Ele levava a vida na pobreza extrema, oferecendo seu trabalho por uns poucos trocados. Tinha, além disso, uma esposa de condição igualmente simples, porém notável pela excessiva devassidão. Num certo dia, logo que ele saiu pela manhã para fazer um serviço, imediatamente um adúltero atrevido entrou sorrateiramente em sua casa; porém, enquanto os dois travavam juntos e em segurança os

dum Veneris colluctationibus securius operantur, maritus, ignarus rerum ac nihil etiam tum tale suspicans, improvisus hospitium repetit. Iamque clausis et obseratis foribus, uxoris laudata continentia ianuam pulsat, sibilo etiam praesentiam suam denuntiante. Tunc mulier callida et ad huiusmodi flagitia perastutula tenacissimis amplexibus expeditum hominem dolio, quod erat in angulo semiobrutum, sed alias vacuum, dissimulanter abscondit, et patefactis aedibus adhuc introeuntem maritum aspero sermone accipit.

"Sicine vacuus et otiosus insinuatis manibus ambulabis mihi, nec obito consueto labore vitae nostrae prospicies et aliquid cibatui parabis? At ego misera pernox et perdia lanificio nervos meos contorqueo, ut intra cellulam nostram saltem lucerna luceat. Quanto me felicior Daphne vicina, quae mero et prandio matutino saucia cum suis adulteris volutatur!"

6. Sic confutatus maritus, "Et quid istic est?" ait. "Nam licet forensi negotio officinator noster attentus ferias nobis fecerit, tamen hodiernae cenulae nostrae prospexi. Vide sis ut dolium, quod semper vacuum, frustra locum detinet tantum et re vera praeter impedimentum conversationis nostrae nihil praestat amplius. Istud ego sex denariis cuidam venditavi, et adest ut dato pretio secum rem suam ferat. Quin itaque praecingeris mihique manum tantisper accommodas, ut exobrutum protinus tradatur emptori?"

E re nata fallaciosa mulier, temerarium tollens cachinnum, "Magnum" inquit "istum virum ac strenuum negotiatorem nacta sum, qui rem, quam ego mulier et intra hospitium contenta iam dudum septem denariis vendidi, minoris distraxit."

Additamento pretii laetus, maritus "Et quis est ille" ait "qui tanto praestinavit?"

At illa "Olim, inepte," inquit "descendit in dolium, sedulo soliditatem eius probaturus."

combates de Vênus, o marido, que ignorava a situação e nem poderia imaginar o que acontecia, regressou para casa repentinamente. Bateu à porta e, como a encontrasse fechada e trancada, elogiou o recato da esposa e denunciou sua presença com um assobio. Então, a mulher, experiente e precavida contra esse tipo de encrenca, depois de se desprender dos abraços ardentes de paixão do amante, tratou de escondê-lo num jarro vazio que ficava num canto pouco iluminado e, ao abrir a porta para o marido, recebeu-o prontamente com estas palavras duras:

— E assim é que o senhor vai me sair à rua, desocupado e com as mãos no bolso, sem trabalhar (como de costume) para garantir a nossa vida nem arranjar algo para a gente comer? Já eu, coitada, arrebento meus braços fiando lã dia e noite para que ao menos uma lamparina ilumine nosso quarto! Bem mais feliz do que eu é a vizinha Dafne, que se revira na cama com os amantes empanturrada de comida e de vinho desde a manhã cedo!

6. Abordado dessa forma, o marido respondeu:

— E por que isso, agora? Acontece que o nosso patrão ficou ocupado com uma pendência no fórum e nos deu o dia livre, mas eu providenciei a nossa refeição. Está vendo esse jarro, que está sempre vazio só ocupando lugar e que, aliás, não serve para mais nada a não ser impedir nossa circulação? Eu o vendi por seis denários a um cliente, que está aqui para levar a sua compra pelo valor pago. Por que você não me dá uma mãozinha e vai pegá-lo para eu entregá-lo de uma vez ao comprador?

Nascida com o dom da mentira, a mulher deu uma gargalhada cínica e retrucou:

— Mas que grande marido e excelente vendedor eu fui arranjar! A mesma coisa que eu, uma dona de casa, acabei de vender por sete denários, ele negociou por menos!

Por conta do aumento do lucro, o marido falou:

— E quem é o sujeito que pagou tanto?

— Faz um tempo, seu estrupício — emendou ela —, que ele se enfiou no jarro para verificar com calma a qualidade dele.

7. Nec ille sermoni mulieris defuit, sed exsurgens alacriter "Vis" inquit "verum scire, mater familias? Hoc tibi dolium nimis vetustum est et multifariam rimis hiantibus quassum." Ad maritumque eius dissimulanter conversus, "Quin tu, quicumque es, homuncio, lucernam" ait "actutum mihi expedis, ut erasis intrinsecus sordibus diligenter aptumne usui possim dinoscere, nisi nos putas aes de malo habere?"

Nec quicquam moratus ac suspicatus acer et egregius ille maritus, accensa lucerna, "Discede," inquit "frater, et otiosus assiste, donec probe percuratum istud tibi repraesentem." Et cum dicto nudatus ipse delato lumine scabiem vetustam cariosae testae occipit exsculpere.

At vero adulter, bellissimus ille pusio, inclinatam dolio pronam uxorem fabri superincurvatus secure dedolabat. Ast illa capite in dolium demisso maritum suum astu meretricio tractabat ludicre. Hoc et illud et aliud et rursus aliud purgandum demonstrat digito suo, donec utroque opere perfecto, acceptis septem denariis, calamitosus faber collo suo gerens dolium coactus est ad hospitium adulteri perferre.

8. Pauculis ibi diebus commorati et munificentia publica saginati vaticinationisque crebris mercedibus suffarcinati, purissimi illi sacerdotes novum quaestus genus sibi comminiscuntur. Sorte unica pro casibus pluribus enotata consulentes de rebus variis plurimos ad hunc modum cavillantur. Sors haec erat:

Ideo coniuncti terram proscindunt boves,
ut in futurum laeta germinent sata.

124 **9.8**: por se tratar de vaticínio, são versos hexâmetros dactílicos no original; optei por vertê-los em dodecassílabos alexandrinos para o português brasileiro (cf. 4.33).

7. O adúltero não perdeu tempo e, saindo do jarro rapidamente, comentou:

— Quer saber a verdade, madame? Este seu vaso está velho demais e cheio de buracos por todo canto!

E, se virando astutamente para o marido, continuou:

— Ei, moço! Quem quer que você seja, poderia me trazer uma lanterna acesa, para que, depois de raspar com cuidado essa sujeira toda, eu possa ver se este vaso ainda serve para alguma coisa? Isso, claro, se você não achar que meu dinheiro não vale nada.

Sem esperar um minuto nem suspeitar de coisa alguma, o esperto e eficiente marido respondeu, depois de acender a lanterna:

— Se afaste um pouco, irmão, e espere sossegado até que eu lhe entregue o jarro devidamente higienizado.

Depois de dizer isso, o marido tirou a roupa e, se enfiando no jarro sob a luz da lanterna, tratou de descascar o limo grosso da área apodrecida. Enquanto isso, o tal jovem e belíssimo adúltero se encurvou sobre a esposa do artesão, inclinada sobre o jarro, para traçá-la com toda a tranquilidade. Já ela, com a cabeça metida no jarro, distraía por diversão o marido com a astúcia de uma prostituta. Apontava-lhe o dedo para cá, para lá e depois de novo para cá a fim de que ele fizesse a limpeza. Por fim, concluídos os dois trabalhos e recebidos os sete denários, o coitado do artesão foi obrigado a levar o jarro nas costas até à casa do adúltero.

8. Depois de passarem uns poucos dias aí, se fartarem da generosidade do povo e se locupletarem com as recompensas da falsa prenunciação, os sacerdotes puríssimos inventaram um novo tipo de truque em benefício próprio. Decoraram uma fórmula para diferentes situações, com a qual então burlavam vários clientes que buscavam previsões para casos distintos. A previsão dizia assim:

Vê bem: no jugo bois trabalham este chão
p'ra no futuro ricas brotarem as messes.[124]

Tum si qui matrimonium forte coaptantes interrogarent, rem ipsam responderi aiebant: iungendos conubio et satis liberum procreandis. Si possessiones praestinaturus quaereret, merito "boves" [ut] et iugum et arva sementis florentia pronuntiari. Si qui de profectione sollicitus divinum caperet auspicium, iunctos iam paratosque quadripedum cunctorum mansuetissimos et lucrum promitti de glebae germine. Si proelium capessiturus vel latronum factionem persecuturus utiles necne processus sciscitaretur, addictam victoriam forti praesagio contendebant, quippe cervices hostium iugo subactum iri et praedam de rapinis uberrimam fructuosamque captum iri.

Ad istum modum divinationis astu captioso corraserant non parvas pecunias.

9. Sed assiduis interrogationibus argumenti satietate iam defecti, rursum ad viam prodeunt, via tota quam nocte confeceramus longe peiorem—quidni?—lacunosis incilibus voraginosam, partim stagnanti palude fluidam et alibi subluvie caenosa lubricam. Crebris denique offensaculis et assiduis lapsibus iam contusis cruribus meis, vix tandem ad campestres semitas fessus evadere potui. Et ecce nobis repente de tergo manipulus armati supercurrit equitis, aegreque cohibita equorum curruli rabie, Philebum ceterosque comites eius involant avidi, colloque constricto et sacrilegos impurosque compellantes interdum pugnis obverberant, nec non manicis etiam cunctos coartant, et identidem urgenti sermone comprimunt promerent ocius aureum cantharum, promerent auctoramentum illud sui sceleris, quod simulatione sollemnium quae in operto factitaverant ab ipsis pulvinaribus matris deum clanculo furati, prorsus

Assim, se por acaso alguém os consultasse para saber se deveria contrair matrimônio, eles diziam que a resposta era evidente: a pessoa deveria se casar e teria muitos filhos. Se alguém quisesse adquirir terras, que a previsão tratava justamente de bois, de jugo e de colheitas. Se alguém pretendesse viajar e buscasse a proteção divina, que os cavalos, todos mansíssimos, já estavam atrelados e preparados, e que a germinação da terra indicava algo de bom. Se alguém desejasse saber se deveria ir para a guerra ou perseguir um bando de ladrões, afirmavam que, com a infalibilidade do presságio, a vitória estava garantida; que, obviamente, os inimigos seriam subjugados e a recompensa pela captura seria extremamente abundante e proveitosa.

Dotados de tamanha malandragem para esse tipo de adivinhação, os sacerdotes afanaram somas de dinheiro nem um pouco desprezíveis.

9. Porém, já cansados devido às consultas repetitivas, usaram a satisfação como argumento para voltarem a pegar a estrada. O caminho inteiro que percorremos durante a noite era, de longe, o pior de todos. E como era! Repleto de buracos por todo canto, uma parte estava mergulhada no charco e outra, coberta de lama viscosa. Por fim, depois de repetidos escorregões e vários tombos, com minhas patas já machucadas, consegui alcançar, a duras penas e bem cansado, uma trilha aberta no campo. Mas eis que, de repente, um pelotão formado por cavaleiros armados nos surpreendeu pelas costas. Mal controlaram o galope veloz de seus cavalos, e caíram furiosos sobre Filebo e os demais companheiros. Depois de agarrá-los pelo pescoço, chamaram-nos aos berros de sacrílegos e impuros, enquanto os esmurravam e, ato contínuo, os prenderam a todos com algemas. Faziam-lhes ao mesmo tempo inúmeras ameaças para que lhes entregassem o pote de ouro, que lhes entregassem a prova do crime que, durante a farsa da cerimônia realizada por eles em segredo, tinham cometido às escondidas, nos próprios altares da Mãe dos Deu-

quasi possent tanti facinoris evadere supplicium tacita profectione, adhuc luce dubia pomerium pervaserint.

10. Nec defuit qui, manu super dorsum meum iniecta, in ipso deae quam gerebam gremio scrutatus reperiret atque incoram omnium aureum depromeret cantharum. Nec isto saltem tam nefario scelere impuratissima illa capita confutari terrerive potuere, sed mendoso risu cavillantes, "En" inquiunt "indignae rei scaevitatem! Quam plerumque insontes periclitantur homines! Propter unicum caliculum, quem deum mater sorori suae deae Syriae hospitale munus obtulit, ut noxios religionis antistites ad discrimen vocari capitis."

Haec et alias similes afannas frustra blaterantes, eos retrorsus abducunt pagani statimque vinctos in Tullianum compingunt; cantharoque et ipso simulacro quod gerebam apud fani donarium redditis ac consecratis, altera die productum me rursum voce praeconis venui subiciunt, septemque nummis carius quam prius me comparaverat Philebus, quidam pistor de proximo castello praestinavit; protinusque frumento etiam coempto affatim onustum per iter arduum scrupis et cuiusce modi stirpibus infestum ad pistrinum quod exercebat perducit.

11. Ibi complurium iumentorum multivii circuitus intorquebant molas ambage varia, nec die tantum, verum perpeti etiam nocte prorsus instabili machinarum vertigine lucubrabant pervigilem farinam. Sed mihi, ne rudimentum servitii perhorrescerem scilicet, novus dominus loca lautia prolixe praebuit. Nam et diem primum illum feriatum dedit et cibariis abundanter instruxit praesepium. Nec tamen illa otii saginaeque beatitudo duravit ulterius, sed die sequenti molae quae maxima videbatur matutinus astituor, et ilico velata facie propellor ad incurva spatia flexuosi canalis, ut in orbe termini circumfluentis reciproco gressu mea recalcans vesti-

ses e, por julgar que evitariam a punição de um crime tão horrendo fugindo clandestinamente, cruzaram os limites da cidade antes do nascer do dia.

10. Não faltou quem, ao enfiar a mão no meu lombo e examinar até o colo da deusa que eu carregava, encontrasse e arrebatasse, na frente de todo mundo, o pote de ouro. Nem mesmo o flagrante de um crime tão horrendo fez aquela gente impuríssima se envergonhar ou temer, e sim exclamar com uma risada sarcástica:

— Mas que coisa horrorosa, que injustiça! É assim que, muitas vezes, pessoas inocentes são condenadas! Por causa de um copinho só (um mimo que a Mãe dos Deuses ofereceu à sua irmã, a Deusa Síria), os coitadinhos dos profetas sagrados estão sendo acusados de crime capital!

Apesar de se queixarem (em vão) com essas e outras baboseiras, os aldeões os levaram de volta e, sem esperar nem mais um minuto, os mandaram algemados para a cadeia. Quanto ao pote e à estátua que eles carregaram, foram devolvidos e consagrados junto ao altar do templo. No dia seguinte, fui levado para a rua e posto à venda pelo leiloeiro mais uma vez. Um moleiro da aldeia vizinha me adquiriu por sete moedas a mais do que Filebo pagara. Sem esperar, depois de também comprar trigo, me carregou de sacolas até o limite das minhas forças e me levou por um caminho íngreme, cheio de pedregulhos e arbustos de toda espécie, até o moinho onde trabalhava.

11. Ali havia uma tropa de jumentos que, andando em círculos, fazia girar mós de diversos tamanhos — e não apenas durante o dia; trabalhando inclusive a noite toda, triturava sem descanso a farinha, numa atividade constante das máquinas. Sem embargo, para eu não me assustar tão logo tivesse o primeiro contato com o serviço, meu novo dono gentilmente fez as honras da casa: me deu o primeiro dia de folga e encheu o cocho com bastante ração. Mas não durou muito aquela dádiva do descanso e da comida: na manhã no dia seguinte, me prenderam à mó que parecia ser a maior e ali, com a cara coberta, fui impelido a seguir a trilha recurvada de uma pista circular, de forma que, dando a volta no mesmo caminho em que

gia vagarer errore certo. Nec tamen sagacitatis ac prudentiae meae prorsus oblitus facilem me tirocinio disciplinae praebui; sed quamquam frequenter, cum inter homines agerem, machinas similiter circumrotari vidissem, tamen ut expers et ignarus operis stupore mentito defixus haerebam, quod enim rebar ut minus aptum et huius modi ministerio satis inutilem me ad alium quempiam utique leviorem laborem legatum iri vel otiosum certe cibatum iri. Sed frustra sollertiam damnosam exercui. Complures enim protinus baculis armati me circumsteterunt atque, ut eram luminibus obtectis securus etiamnunc, repente signo dato et clamore conserto, plagas ingerentes acervatim, adeo me strepitu turbulentant ut cunctis consiliis abiectis ilico scitissime taeniae sparteae totus innixus discursus alacres obirem.

12. At subita sectae commutatione risum toto coetu commoveram.

Iamque maxima diei parte transacta defectum alioquin me, helcio sparteo dimoto, nexu machinae liberatum applicant praesepio. At ego, quamquam eximie fatigatus et refectione virium vehementer indiguus et prorsus fame perditus, tamen familiari curiositate attonitus et satis anxius, postposito cibo, qui copiosus aderat, inoptabilis officinae disciplinam cum delectatione quadam arbitrabar.

Dii boni, quales illic homunculi vibicibus lividis totam cutem depicti, dorsumque plagosum scissili centunculo magis inumbrati quam obtecti, nonnulli exiguo tegili tantum modo pubem iniecti, cuncti tamen sic tunicati ut essent per pannulos manifesti, frontes litterati et capillum semirasi et pedes anulati, tum lurore deformes et fumosis tenebris vaporosae caliginis palpebras adesi atque adeo

repisava meus passos, vagava a esmo na direção indicada. Ainda assim, sem ter me esquecido completamente da minha sagacidade e da minha prudência, não prestei continência àquele serviço, e sim, embora tivesse visto com frequência, na época em que me achava entre os seres humanos, aquelas máquinas girarem, fiquei parado numa falsa letargia, como por ignorância e inexperiência. Eu julgava que, se alguém me considerasse menos capaz ou inútil o bastante para aquele tipo de obrigação, eu ficaria encarregado de um serviço mais leve ou até poderia ir comer sem trabalho nenhum. Mas em vão; minha esperteza me foi prejudicial. Sem tardar, vários homens armados de bastão me cercaram e, de repente, como eu estava distraído e de olhos vendados, avançaram ao primeiro sinal e em grito uníssono para me encher de bastonadas. O susto com a confusão foi tão grande que, abandonando todos os meus planos, ali mesmo, completamente atrelado à corda de fibra, retomei sabiamente a trilha, feliz da vida.

12. Com essa súbita mudança de atitude, fiz o grupo inteiro cair na gargalhada.

Tendo já passado a maior parte do dia, por fim, depois de afrouxar a corda de esparto, me libertaram do nó da máquina e me levaram, morto de cansaço, para o estábulo. Mas eu, embora exaurido, precisando muito recompor minhas forças e varado de fome, deixei-me levar pela minha habitual curiosidade. Bastante ansioso, dispensei a ração que me havia sido fornecida em abundância e fui examinar, com certo prazer, o funcionamento da fábrica insuportável. Meu deus! Quantas pessoas havia ali com a pele inteira marcada pelas terríveis chicotadas! Com as costas cheias de cicatrizes e mais escondidas do que cobertas por trapos puídos! Algumas vestiam um pedaço de pano tão curto, que mal cobria seu sexo; já outras estavam vestidas como se expusessem o corpo. Tinham letras marcadas na testa, os cabelos curtos e os tornozelos presos por grilhões. Além disso, seu rosto estava disforme pela palidez e suas pálpebras haviam sido corroídas pela sombra incandescente da fumaça espessa, a ponto de mal conseguirem enxergar. Parecendo os pugilistas que

male luminati, et in modum pugilum qui pulvisculo perspersi dimicant farinulenta cinere sordide candidati.

13. Iam de meo iumentario contubernio quid vel ad quem modum memorem? Quales illi muli senes vel cantherii debiles! Circa praesepium capita demersi contruncabant moles palearum, cervices cariosa vulnerum putredine follicantes, nares languidas assiduo pulsu tussedinis hiulci, pectora copulae sparteae tritura continua exulcerati, costas perpetua castigatione ossium tenus renudati, ungulas multivia circumcursione in enorme vestigium porrecti, totumque corium veterno atque scabiosa macie exasperati.

Talis familiae funestum mihi etiam metuens exemplum, veterisque Lucii fortunam recordatus et ad ultimam salutis metam detrusus, summisso capite maerebam. Nec ullum uspiam cruciabilis vitae solacium aderat, nisi quod ingenita mihi curiositate recreabar, dum praesentiam meam parvi facientes libere quae volunt omnes et agunt et loquuntur. Nec immerito priscae poeticae divinus auctor apud Graios summae prudentiae virum monstrare cupiens, multarum civitatium obitu et variorum populorum cognitu summas adeptum virtutes cecinit. Nam et ipse gratas gratias asino meo memini, quod me suo celatum tegmine variisque fortunis exercitatum, etsi minus prudentem, multiscium reddidit.

14. Fabulam denique bonam prae ceteris, suave comptam ad aures vestras afferre decrevi. Et en occipio.

Pistor ille qui me pretio suum fecerat, bonus alioquin vir et apprime modestus, pessimam et ante cunctas mulieres longe deterri-

125 **que muitas cidades dos homens viajou, conheceu seus costumes:** Apuleio verte, com algumas alterações, o terceiro verso da *Odisseia* (Homero, *Odisseia* 1.3 πολλῶν δ' ἀνθρώπων ἴδεν ἄστεα καὶ νόον ἔγνω). Adaptei a tradução brasileira de Carlos Alberto Nunes e optei por ser mais fiel ao verso homérico do que à versão de Apuleio.

se cobrem de pó para lutar, estavam totalmente envoltas pela cinza da farinha.

13. Quanto à tropa dos jumentos, meus companheiros, o que devo relembrar, ou de que modo? Que bando de mulas velhas! Que pangarés fracos! Dispostos ao redor do cocho, mastigavam montes de palha de cabeça baixa, espichando o pescoço carcomido de feridas. Tinham dilatadas as narinas adoentadas em razão dos frequentes acessos de tosse, o peito maltratado pela contínua fricção da corda de esparto e até as ancas estavam descarnadas por conta da eterna flagelação dos ossos. Os cascos estavam rachados por causa das inúmeras voltas no circuito interminável e o couro inteiro afetado pela magreza sarnenta e pela debilidade.

Com temor de que me tocasse o mesmo destino terrível dos meus parceiros, me lembrei da sorte do antigo Lúcio e, limitado à última expressão de vigor, abaixei a cabeça mergulhado em tristeza. Não me restava ali qualquer alívio de uma vida sofrida a não ser me entregar à minha curiosidade inata, ao passo que, sem ligar para a minha presença, os demais faziam e diziam livremente o que queriam. Não foi sem motivo que o divino criador da antiga poesia dos gregos pretendeu, ao lhe exaltar as mais excelsas virtudes, eternizar o *herói astucioso* que *muitas cidades dos homens viajou, conheceu seus costumes*;[125] pois eu também guardo a grata lembrança do asno que fui, uma vez que, depois de estar na pele dele e passar por diferentes situações, se não me tornei mais sábio, pelo menos me vi mais astucioso.[126]

14. Enfim, acho que vou roçar os ouvidos de vocês com uma história gostosa de se ouvir,[127] a melhor das melhores. Começo.

O moleiro que me adquiriu por uma fortuna (um bom homem, na verdade, e sobretudo honesto) tinha a pior e, de longe, a mais

126 **Astucioso:** epíteto de Odisseu, cuja astucia (μῆτις) possui enorme importância tanto na *Odisseia* quanto no *Filoctetes*, de Sófocles. Apuleio traduz o grego πολύτροπον por *multiscium* (literalmente,"sabedor de muita coisa").

127 **9.14:** paráfrase da proposta apresentada no primeiro parágrafo da obra, em que Apuleio sugere que irá divertir e entreter o leitor (ver nota em 1.1).

mam sortitus coniugam, poenas extremas tori larisque sustinebat, ut hercules eius vicem ego quoque tacitus frequenter ingemescerem. Nec enim vel unum vitium nequissimae illi feminae deerat, sed omnia prorsus ut in quandam caenosam latrinam in eius animum flagitia confluxerant: saeva scaeva, virosa ebriosa, pervicax pertinax, in rapinis turpibus avara, in sumptibus foedis profusa, inimica fidei, hostis pudicitiae. Tunc spretis atque calcatis divinis numinibus in vicem certae religionis mentita sacrilega praesumptione dei, quem praedicaret unicum, confictis observationibus vacuis fallens omnes homines et miserum maritum decipiens matutino mero et continuo stupro corpus manciparat.

15. Talis illa mulier miro me persequebatur odio. Nam et antelucio, recubans adhuc, subiungi machinae novicium clamabat asinum, et statim ut cubiculo primum processerat insistens iubebat incoram sui plagas mihi quam plurimas irrogari, et cum tempestivo prandio laxarentur iumenta cetera, longe tardius applicari praesepio iubebat. Quae saevitia multo mihi magis genuinam curiositatem in suos mores ampliaverat. Nam et assiduo plane commeantem in eius cubiculum quendam sentiebam iuvenem, cuius et faciem videre cupiebam ex summo studio, si tamen velamentum capitis libertatem tribuisset meis aliquando luminibus. Nec enim mihi sollertia defuisset ad detegenda quoquo modo pessimae feminae flagitia. Sed anus quaedam stuprorum sequestra et adulterorum internuntia de die cotidie inseparabilis aderat. Cum qua protinus ientaculo ac dehinc vino mero mutuis vicibus velitata, scaenas fraudulentas in exitium miserrimi mariti subdolis ambagibus construebat. At ego, quamquam graviter suscensens errori Photidis, quae me dum avem fabricat perfecit asinum, isto tamen vel unico solacio aerumnabilis deformitatis meae recreabar, quod auribus grandissimis praeditus cuncta longule etiam dissita facillime sentiebam.

perversa de todas as esposas, de quem suportava, no leito e no lar, tantas desfeitas que (por Hércules!) até eu mesmo, em várias situações, lamentava por ele em silêncio. Não faltava um vício sequer àquela mulher desumana; aliás, na alma dela se concentravam todas as imundícies, como numa latrina encardida: cruel, maléfica, vil, insana, teimosa, mesquinha nos seus furtos sórdidos, perdulária nos seus gastos vergonhosos, inimiga da boa-fé e contrária ao pudor. Desprezando e pisoteando os numes divinos e preferindo, no lugar da religião verdadeira, o sacrilégio impostor da crença num deus que acreditava ser o único, iludia todo mundo com uma devoção hipócrita e inútil e enganava o pobre marido, tomando vinho de manhã e prostituindo o corpo o dia inteiro.

15. Por ser como era, essa mulher me perseguia com um ódio assombroso. Afinal, antes mesmo do amanhecer ordenava, ainda deitada na cama, que o asno recém-chegado fosse atrelado à máquina; logo que saía do quarto, exigia insistentemente que, na presença dela, eu fosse açoitado com toda a violência e que, na hora do almoço, ao passo que os demais jumentos fossem soltos, eu só tivesse permissão para ir comer bem mais tarde. Sua crueldade havia aumentado bastante a minha genuína curiosidade em relação aos seus costumes. Acontece que, frequentemente, eu ouvia entrar em seu quarto, cedinho, um rapaz cujo rosto eu queria ver a todo custo, caso a venda que cobria meus olhos me concedesse, ao menos uma vez, liberdade para ver, pois não me faltava astúcia para, de um jeito ou de outro, descobrir as patifarias daquela mulher terrível. Contudo, uma velha alcoviteira e cúmplice dos adúlteros passava o dia inteiro sem sair de perto dela. Depois de tomarem o café da manhã juntas e, mais tarde, revezarem entre si várias taças de vinho puro, tramavam histórias cheias de reviravoltas para enganarem o coitado do marido. Eu, porém, ainda que fortemente indignado com o erro de Fótis (que, querendo me transformar em pássaro, fez de mim um asno), encontrava somente este alívio na minha angustiante deformidade: dotado de enormes orelhas, ouvir tudo com extrema facilidade, por mais distante e isolado que estivesse.

16. Denique die quadam timidae illius aniculae sermo talis meas affertur aures.

"De isto quidem, mi erilis, tecum ipsa videris, quem sine meo consilio pigrum et formidulosum familiarem istum sortita es, qui insuavis et odiosi mariti tui caperratum supercilium ignaviter perhorrescit ac per hoc amoris languidi desidia tuos volentes amplexus discruciat. Quanto melior Philesitherus adulescens et formosus et liberalis et strenuus et contra maritorum inefficaces diligentias constantissimus! Dignus hercules solus omnium matronarum deliciis perfrui, dignus solus coronam auream capite gestare vel ob unicum istud, quod nunc nuper in quendam zelotypum maritum eximio studio commentus est. Audi denique et amatorum diversum ingenium compara.

17. Nosti quendam Barbarum nostrae civitatis decurionem, quem Scorpionem prae morum acritudine vulgus appellat? Hic uxorem generosam et eximia formositate praeditam mira custodela munitam domi suae quam cautissime cohibebat."

Ad haec ultima pistoris illa uxor subiciens "Quidni?" inquit. "Novi diligenter. Areten meam condiscipulam memoras." "Ergo" inquit anus "nosti totam Philesitheri et ipsius fabulam?" "Minime gentium," inquit "sed nosse valde cupio et oro, mater, ordine mihi singula retexe."

Nec commorata illa sermocinatrix immodica sic anus incipit. "Barbarus iste cum necessariam profectionem pararet pudicitiamque carae coniugis conservare summa diligentia cuperet, servulum suum Myrmecem, fidelitate praecipua cognitum, secreto commonet, suaeque dominae custodelam omnem permittit, carcerem et perpetua vincula, mortem denique violentam defamem comminatus, si quisquam hominum vel in transitu digito tenus eam contigisset, idque deierans etiam confirmat per omnia divina numina. Ergo igitur summo pavore perculsum Myrmecem acerrimum relinquens uxori secutorem, securam dirigit profectionem.

16. Foi então que, certo dia, chegaram aos meus ouvidos as seguintes palavras da tal velha desatinada:

— É problema seu, minha senhora, esse amante safado e frouxo com quem você se enroscou apesar dos meus conselhos. Basta esse seu marido chato e antipático fechar a cara, para o sujeito ficar tremendo de medo. Bem melhor é o Filesítero, jovem, bonitão, cheio de energia, forte e que não se deixa abalar pela inútil marcação cerrada dos maridos! Ai, ai... só ele merece gozar das delícias de todas as mulheres! Ele é digno de uma coroa de ouro na cabeça só por causa do que ele aprontou contra um marido ciumento. É bem esperto mesmo, o garoto. Escute e compare a esperteza dele com a do seu amante.

17. Já ouviu falar de um tal de Bárbaro, decurião da nossa cidade, que o povão chama de Escorpião por causa da ruindade do seu caráter? Esse sujeito deixava a mulher, de família rica e de rara beleza, presa em casa e cercada de uma vigilância absurda.

A essas últimas palavras a esposa do moleiro comentou:

— E como não? Conheço muito bem. Você está falando da Arete, minha colega de classe.

— Pois é — prosseguiu a velha —, você conhece a história toda dela com o Filesítero?

— Toda, não — respondeu a mulher — Mas quero saber e lhe peço, mãe, que me conte tim tim por tim tim, do jeito que aconteceu.

Sem demorar, a tal velha fofoqueira começou:

— Esse Bárbaro, enquanto se preparava para uma viagem inadiável, queria preservar a honra da sua querida esposa a todo custo. Mandou em segredo o escravo dele, o Mírmex, que era conhecido pela enorme lealdade, tomar conta da senhora com todo o cuidado do mundo e ameaçou-o com a cadeia, com a prisão perpétua e até com a morte (morte lenta pela fome) se algum homem encostasse nem que fosse um dedinho nela. Ele deu sua palavra e jurou isso em nome de todos os deuses. Deixou o Mírmex morto de medo, como segurança particular da mulher, e foi fazer a viagem tranquilo.

"Tunc obstinato animo vehementer anxius Myrmex nec usquam dominam suam progredi sinebat, et lanificio domestico districtam inseparabilis assidebat, ac tantum necessario vespertini lavacri progressu affixus atque conglutinatus, extremas manu prendens lacinias, mira sagacitate commissae provinciae fidem tuebatur.

18. "Sed ardentem Philesitheri vigilantiam matronae nobilis pulchritudo latere non potuit. Atque hac ipsa potissimum famosa castitate et insignis tutelae nimietate instinctus atque inflammatus, quidvis facere, quidvis pati paratus, ad expugnandam tenacem domus disciplinam totis accingitur viribus. Certusque fragilitatis humanae fidei, et quod pecuniae cunctae sint difficultates perviae auroque soleant adamantinae etiam perfringi fores, opportune nanctus Myrmecis solitatem, ei amorem suum aperit et supplex eum medellam cruciatui deprecatur: nam sibi statutam decretamque mortem proximare, ni maturius cupito potiatur; nec eum tamen quicquam in re facili formidare debere, quippe cum vespera solus fide tenebrarum contectus atque absconditus introrepere et intra momentum temporis remeare posset; hic et huiusce modi suadelis validum addens ad postremum cuneum, qui rigentem prorsus servi tenacitatem violenter diffinderet; porrecta enim manu sua demonstrat ei novitate nimia candentes solidos aureos, quorum viginti quidem puellae destinasset, ipsi vero decem libenter offerret.

19. "Exhorruit Myrmex inauditum facinus et occlusis auribus effugit protinus. Nec auri tamen splendor flammeus oculos ipsius exire potuit, sed quam procul semotus et domum celeri gradu pervectus videbat tamen decora illa monetae lumina, et opulentam praedam iam tenebat animo; miroque mentis salo et cogitationum dissensione misellus in diversas sententias carpebatur ac distrahebatur: illic fides, hic lucrum, illic cruciatus, hic voluptas. Ad postremum tamen formidinem mortis vicit aurum. Nec saltem spatio cupido formosae pecuniae leniebatur, sed nocturnas etiam curas invaserat pestilens

O Mírmex, estressado e inabalável, não deixava de jeito nenhum a dona dele dar um passo, que ele ia junto. Enquanto ela tecia a lã, lá estava ele sentado ao lado; nem de tarde, quando ela precisava ir tomar banho, ele saía de perto: ficava ali colado, com a mão presa na barra da saia dela. Cumpria direitinho a missão de confiança que tinha recebido.

18. No entanto, a beleza da rica senhora não pôde passar despercebida pela vigilância apaixonada do Filesítero. Atiçado e excitado pelo notório excesso de cautela, mas sobretudo pela famosa castidade da mulher, arranjou todas as forças para acabar com a disciplina ferrenha daquela casa. Estava preparado para fazer ou aguentar o que quer que fosse; tinha certeza de que a lealdade das pessoas é coisa frágil; que, para o dinheiro, obstáculo não existe e que ouro derruba até porta de aço. Aproveitou o momento em que o Mírmex estava sozinho, confessou a ele o seu amor e pediu de joelhos o remédio para o seu calvário, já que estava decidido e pronto para morrer se não conseguisse logo o que desejava. Disse que, numa situação tão simples, o Mírmex não deveria ter medo de coisa nenhuma, ainda mais porque, sozinho e de noite, protegido e tutelado pela escuridão, ele poderia, num segundo, entrar e sair de mansinho. A esses e outros pretextos ele juntou o golpe fatal, que derrubou de uma vez por todas a firmeza cruel do escravo: estendeu a mão e mostrou para ele umas moedas, brilhando de tão novas. Vinte iam para a moça, e dez ele ofereceu de boa vontade ao próprio Mírmex.

19. O Mírmex ficou apavorado com o crime assombroso e saiu correndo, tapando as orelhas. Mas o brilho coruscante das moedas não saiu da cabeça dele. Mesmo perdido na distância, depois de chegar em casa a passos rápidos, ainda via a luz perfeita daquelas moedas e já tinha em mente o tamanho do lucro. Atormentado feito o mar agitado e em conflito consigo mesmo, o coitadinho estava dividido e perseguido por vários sentimentos contrários: de um lado, a lealdade; de outro, o interesse; de um lado, o calvário; de outro, a felicidade. Mas, no final de tudo, o ouro venceu o medo da morte. Nem com o passar do tempo a vontade das lindas moedas se acalmava, e sim

avaritia, ut, quamvis erilis eum comminatio domi cohiberet, aurum tamen foras evocaret. Tunc devorato pudore et dimota cunctatione, sic ad aures dominae mandatum perfert. Nec a genuina levitate descivit mulier, sed exsecrando metallo pudicitiam suam protinus auctorata est. Ita gaudio perfusus advolat ad suae fidei praecipitium Myrmex, non modo capere, verum saltem contingere quam exitio suo viderat pecuniam cupiens; et magnis suis laboribus perfectum desiderium Philesithero laetitia percitus nuntiat, statimque destinatum praemium reposcit. Et tenet nummos aureos manus Myrmecis, quae nec aereos norat.

20. "Iamque nocte promota solum perducit ad domum, probeque capite contectum amatorem strenuum infert adusque dominae cubiculum. Commodum novis amplexibus Amori rudi litabant, commodum prima stipendia Veneri militabant nudi milites, et contra omnium opinionem captata noctis opportunitate improvisus maritus assistit suae domus ianuam. Iam pulsat, iam clamat, iam saxo fores verberat, et ipsa tarditate magis magisque suspectus dira comminatur Myrmeci supplicia. At ille repentino malo perturbatus et misera trepidatione ad inopiam consilii deductus, quod solum poterat, nocturnas tenebras sibi causabatur obsistere quin clavem curiose absconditam reperiret. Interdum Philesiterus cognito strepitu raptim tunicam iniectus, sed plane prae turbatione pedibus intectis procurrit cubiculo. Tunc Myrmex tandem clave pessulis subiecta repandit fores et recipit etiam tunc fidem deum boantem dominum, eoque propere cubiculum petente, clandestino transcursu dimittit Philesitherum. Quo iam pro limine liberato, securus sui clausa domo rursum se reddidit quieti.

128 **lá os soldados combatiam, nus, as primeiras batalhas:** nova referência à *militia amoris*, tal como aquela que Lúcio e Fótis tiveram no Livro 2 (ver nota em 2.10).

a ganância letal superava os receios dele. Assim, por mais que a ordem do dono o prendesse em casa, o ouro o chamava para fora. Por fim, depois de engolir a própria honra e deixar de lado a dúvida, levou aos ouvidos da senhora o que lhe haviam pedido. A mulher não ignorou a irresponsabilidade que lhe era genuína e, imediatamente, pôs sua castidade à disposição do vil metal. Então, explodindo de felicidade, Mírmex saiu atrás da derrota final da sua lealdade e, querendo não digo pegar, e sim apenas apalpar o dinheiro que (para a sua desgraça) tinha visto, foi correndo de alegria avisar ao Filesítero que, graças ao seu esforço, o desejo dele seria cumprido. Pediu, em seguida, a recompensa: e eis que Mírmex tinha moedas de ouro nas mãos, sem sequer ter conhecido as de bronze.

20. Na calada da noite, levou para casa o bravo amante, sozinho e com a cabeça devidamente coberta, e lhe deu passagem para o quarto da senhora. E lá os dois celebravam, com abraços ainda tímidos, o Amor noviço; e lá os soldados combatiam, nus, as primeiras batalhas.[128] No entanto, ao contrário do que todos imaginavam, o imprevisível marido, aproveitando as vantagens da noite, regressou para casa: e bateu à porta, e chamou, e tacou pedra e, por causa da demora, cada vez mais suspeitando de que alguma coisa estava acontecendo, ameaçou Mírmex com os piores castigos. Só que ele, assustado com o repentino contratempo, ficou sem saber o que fazer diante daquela infeliz confusão e, sendo este o único recurso que tinha, se defendeu culpando a escuridão da noite por não conseguir achar a chave que tinha escondido com todo o cuidado. Enquanto isso o Filesítero, percebendo a bagunça, vestiu rapidinho a roupa, mas, por causa da algazarra, saiu correndo do quarto de pés descalços. Só então o Mírmex colocou a chave na fechadura, abriu a porta e, enfim, recebeu seu senhor, que se esgoelava implorando paciência aos deuses. Enquanto ele ia direto para o quarto, Mírmex botava, com toda a pressa, o Filesítero para fora escondido. Na frente de casa, depois de ter se livrado do Filesítero, Mírmex se sentiu aliviado e, após trancar a porta, foi dormir.

21. "Sed dum prima luce Barbarus procedit cubiculo, videt sub lectulo soleas incognitas, quibus inductus Philesitherus irrepserat; suspectisque e re nata quae gesta sunt, non uxori, non ulli familiarium cordolio patefacto, sublatis iis et in sinum furtim absconditis, iusso tantum Myrmece per conservos vincto forum versus attrahi, tacitos secum mugitus iterans rapidum dirigit gressum, certus solearum indicio vestigium adulteri posse se perfacile indipisci. Sed ecce per plateam dum Barbarus vultu turgido subductisque superciliis incedit iratus, ac pone eum Myrmex vinculis obrutus, non quidem coram noxae prehensus, conscientia tamen pessima permixtus, lacrimis uberibus ac postremis lamentationibus inefficacem commovet miserationem, opportune Philesitherus occurrens, quamquam diverso quodam negotio destinatus, repentina tamen facie permotus, non enim deterritus, recolens festinationis suae delictum et cetera consequenter suspicatus sagaciter extemplo sumpta familiari constantia, dimotis servulis invadit cum summo clamore Myrmecem, pugnisque malas eius clementer obtundens, 'At te,' inquit 'nequissimum et periurum caput, dominus iste tuus et cuncta caeli numina, quae deierando temere devocasti, pessimum pessime perduint, qui de balneis soleas hesterna die mihi furatus es. Dignus hercules, dignus qui et ista vincula conteras et insuper carceris etiam tenebras perferas.'

"Hac opportuna fallacia vigorati iuvenis inductus, immo sublatus et ad credulitatem delapsus Barbarus, postliminio domum regressus, vocato Myrmece, soleas illas offerens et ignovit ex animo et uti domino redderet cui surripuerat suasit."

22. Hactenus adhuc anicula garriente suscipit mulier "Beatam illam, quae tam constantis sodalis libertate fruitur! At ego misella molae

21. No entanto, assim que amanheceu, Bárbaro se levantou da cama e se deparou com as sandálias anônimas que o Filesítero estava usando quando entrou ali. Suspeitando com isso que alguma coisa havia acontecido, guardou a mágoa no fundo do peito, sem falar nada para a esposa nem para nenhum dos escravos. Ordenou somente que o Mírmex fosse acorrentado sob a vigilância dos outros escravos e arrastado até o fórum. Resmungando desta vez em silêncio consigo mesmo, saiu rapidamente para a rua, seguro de que, tendo as sandálias como indício, facilmente poderia seguir o rastro do mulherengo. Eis então o Bárbaro, que andava pela praça irritado, com a cara amarrada e as sobrancelhas franzidas, e atrás dele o Mírmex, atado aos grilhões, sem demonstrar em público sua culpa, mas com a consciência pesada e despertando, com o rosto banhado em lágrimas e com lamentações arrebatadas, uma piedade ineficaz. Por acaso, o Filesítero passava por ali; embora ele estivesse indo tratar de outros negócios, ficou comovido — mas não assustado — diante do imprevisto. Lembrou-se do delito resultante da sua pressa e, desconfiando astutamente do que aconteceu depois, de imediato se valeu do seu conhecido sangue-frio: afastou os escravos e, dando um grito alto, foi para cima do Mírmex, lhe dando socos de mentirinha no meio da cara:

— Ah! Tomara que o seu dono — esbravejou ele — e todos os deuses, que você injuriou prometendo obedecer, lhe deem o pior dos castigos, seu covardão desalmado! Foi você quem me roubou as sandálias ontem nos banhos! É justo, muito justo, é justíssimo você estar acorrentado desse jeito e que, ainda por cima, veja o sol nascer quadrado!

Enredado por essa oportuna mentira do esperto rapaz — aliás, influenciado e persuadido até o limite da ingenuidade —, Bárbaro, assim que pôs os pés em casa, chamou Mírmex à sua presença, devolveu-lhe as tais sandálias, perdoou o do fundo do coração e o convenceu a restituir ao dono o que tinha surrupiado.

22. Quando a velhinha chegou a este ponto da história que estava contando, a mulher a interrompeu, exclamando:

etiam sonum et ecce illius scabiosi asini faciem timentem familiarem incidi." Ad haec anus "Iam tibi ego probe suasum et confirmatum animi amatorem illum alacrem vadimonium sistam." Et insuper condicta vespertina regressione cubiculo facessit. At pudica uxor statim cenas saliares comparat, vina pretiosa defaecat, pulmenta recentia tuccetis temperat. Mensa largiter instructa denique, ut dei cuiusdam adventus sic exspectatur adulteri. Nam et opportune maritus foris apud naccam proximum cenitabat.

Ergo igitur metis die propinquante, helcio tandem absolutus refectuique secure redditus, non tam hercules laboris libertatem gratulabar quam quod revelatis luminibus liber iam cunctas facinorosae mulieris artes prospectare poteram. Sol ipsum quidem delapsus Oceanum subterrenas orbis plagas illuminabat, et ecce nequissimae anus adhaerens lateri temerarius adulter adventat, puer admodum et adhuc lubrico genarum splendore conspicuus, adhuc adulteros ipse delectans. Hunc multis admodum saviis exceptum mulier cenam iubet paratam accumbere.

23. Sed ut primum occursoriam potionem et incohatum gustum extremis labiis contingebat adulescens, multo celerius opinione rediens maritus adventat. Tunc uxor egregia diras devotiones in eum deprecata et crurum ei fragium amborum ominata, exsangui formidine trepidantem adulterum alveo ligneo, quo frumenta contusa purgari consuerant, temere propter iacenti suppositum abscondit; ingenitaque astutia dissimulato tanto flagitio, intrepidum mentita vultum, percontatur de marito cur utique contubernalis artissimi deserta cenula praematurus afforet.

At ille dolenti prorsus animo suspirans assidue, "Nefarium" inquit "et extremum facinus perditae feminae tolerare nequiens fuga me proripui. Hem qualis, dii boni, matrona, quam fida quamque so-

— Sorte dela, que tem à sua disposição um parceiro tão firme assim! Já eu, coitada, fui cair nas mãos de um sujeito que treme de medo só com o barulho da mó e com as fuças desse asno sarnento aí.

Ao que a velha retorquiu:

— Já lhe trago o amante porreta que prometi, devidamente instruído e de coragem comprovada!

E, depois de avisar que voltaria ao cair da tarde, saiu do quarto. A casta esposa, entretanto, foi logo preparar um jantar digno dos sálios: decantou vinhos nobres, preparou carne fresca bem temperada, arranjou a mesa com todo o capricho e, ao final de tudo, se pôs a esperar seu amante como a um deus; isso porque, muito oportunamente, o marido tinha ido jantar na casa de um tintureiro ali perto.

Assim, pois, o dia já estava chegando ao fim quando, solto da coleira e dispensado para relaxar tranquilamente, fiquei contente (por Hércules!) não por estar livre do trabalho, mas porque, com os olhos destapados, poderia observar à vontade todas as artimanhas daquela mulher desprezível. O Sol havia mergulhado no Oceano e iluminava as regiões do mundo inferior, quando o amante destemido se apresentou ao lado da velha ordinária. Era um rapaz bem novinho, de rosto ainda liso e sedutor, que por si só despertava o desejo dos libertinos. A mulher então o agarrou e, depois de cobri-lo de beijos, o convidou para se sentar à mesa.

23. Porém, mal o rapaz tomou o primeiro gole e deu a primeira garfada na comida, e o marido, mais rápido do que se imaginava, voltou para casa. Então a esposa exemplar, xingando-o de todos os palavrões e desejando que ele tivesse quebrado as pernas, escondeu o amante (que, pálido, tremia de medo) num caixote de madeira deixado por acaso num canto ali perto, em que o trigo moído ficava armazenado. Assim que conseguiu disfarçar um desaforo tão grande com a sua astúcia natural, fingiu estar calma e perguntou ao marido o porquê de ele ter deixado a mesa de um amigo tão querido e voltado para casa tão cedo. Com muita pena, ele respondeu, entre suspiros:

— Não pude aguentar o delito grave e terrível de uma mulher perdida e saí dali correndo. Meu deus! Como que uma senhora de res-

bria turpissimo se dedecore foedavit! Iuro per istam ego sanctam Cererem me nunc etiam meis oculis de tali muliere minus credere."

His instincta verbis mariti, audacissima uxor noscendae pio fabulam promeret. Nec destitit donec eius voluntati succubuit maritus et sic, ignarus suorum, domus alienae percenset infortunium.

24. "Contubernalis mei fullonis uxor, alioquin servati pudoris ut videbatur femina, quae semper secundo rumore gloriosa larem mariti pudice gubernabat, occulta libidine prorumpit in adulterum quempiam. Cumque furtivos amplexus obiret assidue, ipso illo denique momento quo nos lauti cenam petebamus cum eodem illo iuvene miscebatur in venerem. Ergo nostra repente turbata praesentia, subitario ducta consilio, eundem illum subiectum contegit viminea cavea, quae fustium flexu tereti in rectum aggerata cumulum lacinias circumdatas suffita candido fumo sulfuris inalbabat, eoque iam ut sibi videbatur tutissime celato mensam nobiscum secura participat. Interdum acerrimo gravique odore sulpuris iuvenis inescatus atque obnubilatus intercluso spiritu diffluebat, utque est ingenium vivacis metalli, crebras ei sternutationes commovebat.

25. Atque ut primum e regione mulieris pone tergum eius maritus acceperat sonum sternutationis—quod enim putaret ab ea profectum—solito sermone salutem ei fuerat imprecatus, et iterato rursum et frequentato saepius, donec rei nimietate commotus quod res erat tandem suspicatur. Et impulsa mensa protinus remotaque cavea producit hominem crebros anhelitus aegre reflantem, inflammatusque indignatione contumeliae, gladium flagitans iugulare moriturum gestiebat, ni respecto communi periculo vix eum

129 **esta santa Ceres:** é lícito pensar que o moleiro tenha uma estátua de Ceres em casa, já que essa é a deusa que rege a fartura de grãos e o sucesso das colheitas.

peito, tão fiel e tão séria, foi se rebaixar de um jeito horrível desses? Juro por esta santa Ceres[129] que até agora não consigo acreditar no que vi, com meus olhos, aquela mulher fazer.

Instigada pelas palavras do marido, a sem-vergonha da mulher, querendo saber o que aconteceu, não parou de aporrinhá-lo para que contasse toda a história desde o começo. Não desistiu até que o marido sucumbisse à sua vontade e começasse a contar a desgraça da casa vizinha, ignorando a que se passava na sua.

24. A esposa do meu amigo tintureiro — que, de todo modo, parecia uma mulher de grande honestidade e, desde sempre bem vista na opinião de todo mundo, governava com toda a dignidade o lar do marido — se meteu numa paixão proibida com um amante qualquer. Como ela estava disponível para esses encontros clandestinos a qualquer hora, bem no momento em que nos preparamos para jantar ela foi fazer sexo com o tal rapaz. Por conta disso, atrapalhada com a nossa repentina presença, foi levada a tomar uma decisão de improviso e escondeu-o numa jaula de madeira, feita de traves ajeitadas num cone com a ponta para cima e toda coberta de pedaços de pano ao redor, que servia para tingir tecido com a fumaça cinzenta do enxofre. Depois de esconder o rapaz (pelo menos era o que ela achava), foi se sentar à mesa conosco com toda a tranquilidade. Enquanto isso, o garoto, intoxicado pelo cheiro denso e terrível do enxofre e perto de desmaiar por causa da asfixia, começou a ficar sufocado e, como é comum acontecer pelo efeito ativo do mineral, a espirrar sem parar.

25. Da primeira vez que o marido escutou, vindo de trás da mulher, o ruído do espirro que achou ter sido dado por ela, lhe desejou saúde, como era de se esperar; veio, porém, um segundo espirro e depois mais outros sem interrupção, até que, intrigado por essa frequência excessiva, ele desconfiou do que estava acontecendo e, dando um empurrão na mesa, foi direto abrir a gaiola e tirou de lá o sujeito, que arquejava e mal conseguia respirar. Furioso pela gravidade da afronta, o marido saiu a procurar a sua espada, ameaçando degolar o moribundo — e assim ele teria feito se eu, pensando na salvação

ab impetu furioso cohibuissem, asseverans brevi absque noxa nostri suapte inimicum eius violentia sulpuris periturum. Nec suadela mea, sed ipsius rei necessitate lenitus, quippe iam semivivum illum in proximum deportat angiportum. Tum uxorem eius tacite suasi ac denique persuasi, secederet paululum atque ultra limen tabernae ad quampiam tantisper deverteret familiarem sibi mulierem, quoad spatio fervens mariti sedaretur animus, qui tanto calore tantaque rabie perculsus non erat dubius aliquid etiam de se suaque coniuge tristius profecto cogitare. Talium contubernalis epularum taedio fugatus larem reveni meum."

26. Haec recensente pistore iam dudum procax et temeraria mulier verbis exsecrantibus fullonis illius detestabatur uxorem: illam perfidam, illam impudicam, denique universi sexus grande dedecus, quae suo pudore postposito torique genialis calcato foedere larem mariti lupanari maculasset infamia, iamque perdita nuptae dignitate prostitutae sibi nomen asciverit; addebat et tales oportere vivas exuri feminas. Et tamen taciti vulneris et suae sordidae conscientiae commonita, quo maturius stupratorem suum tegminis cruciatu liberaret, identidem suadebat maritum temperius quieti decedere. At ille, utpote intercepta cena profugus et prorsus ieiunus, mensam potius comiter postulabat. Apponebat ei propere, quamvis invita, mulier quippini destinatam alii.

Sed mihi penita carpebantur praecordia et praecedens facinus et praesentem deterrimae feminae constantiam cogitanti, mecumque sedulo deliberabam si quo modo possem detectis ac revelatis fraudibus auxilium meo perhibere domino, illumque, qui ad instar testudinis alveum succubabat, depulso tegmine cunctis palam facere.

de todos, a duras penas não o tivesse detido na sua violência com a justificativa de que, dali a poucos minutos e sem que fosse por culpa nossa, o inimigo dele iria morrer pela própria ação letal do enxofre. Acalmado não pelos meus argumentos, e sim pela força das próprias circunstâncias (pois o homem já estava quase morto), o marido o abandonou num beco ali próximo. Então, eu aconselhei discretamente a mulher e convenci-a a se afastar do ateliê por uns dias e ficar na casa de alguma amiga até que, com o passar do tempo, a raiva brutal do marido diminuísse; afinal de contas, tomado de tanta fúria e tanta violência, sem dúvida ele iria tramar alguma coisa de muito ruim tanto contra si próprio quanto contra a esposa. Foi para me afastar dessa chateação durante o jantar do meu amigo que decidi voltar para minha casa.

26. Enquanto o moleiro fazia esse relato, a insolente e audaciosa esposa xingava a mulher do tintureiro com vários palavrões: que ela era uma impostora, que era uma sem-vergonha e, por fim, que era a maior escória de todo o gênero feminino, pois, desprezada a castidade e achincalhado o vínculo do leito nupcial, havia maculado o lar do marido com a infâmia de um prostíbulo e, já perdida a honestidade de esposa, gravou em si mesma o nome de prostituta. Acrescentava, ainda, que o certo era mulheres assim serem queimadas vivas. E, no entanto, intimidada por um secreto infortúnio e pela sórdida consciência, ela própria convencia o marido a ir se recolher mais cedo para libertar, o quanto antes, o seu sedutor do sofrimento da clausura. O marido, no entanto, visto que havia abandonado o jantar sem comer absolutamente nada, pedia afavelmente para jantar alguma coisa antes de se recolher. Sem demora a mulher lhe serviu da comida, mas muito a contragosto, porque estava destinada ao outro.

Mas eu, com o coração sofrendo de dó e pensando no delito recente e no presente cinismo da terrível mulher, refletia ativamente comigo mesmo se de alguma forma poderia, com descobrir e revelar as falcatruas, prestar socorro ao meu dono e, ao retirar o pano que cobria o caixote, revelar para todo mundo aquele que, tal como uma tartaruga, estava agachado lá.

27. Sic erili contumelia me cruciatum tandem caelestis respexit Providentia. Nam senex claudus cui nostra tutela permissa fuerat universa nos iumenta, id hora iam postulante, ad lacum proximum bibendi causa gregatim prominabat. Quae res optatissimam mihi vindictae sumministravit occasionem. Namque praetergrediens observatos extremos adulteri digitos, qui per angustias cavi tegminis prominebant, obliquata atque infesta ungula compressos usque ad summam minutiem contero, donec intolerabili dolore commotus, sublato flebili clamore repulsoque et abiecto alveo, conspectui profano redditus scaenam propudiosae mulieris patefecit. Nec tamen pistor damno pudicitiae magnopere commotus exsangui pallore trepidantem puerum serena fronte et propitiata facie commulcens incipit.

"Nihil triste de me tibi, fili, metuas. Non sum barbarus, nec agresti morum squalore praeditus, nec ad exemplum naccinae truculentiae sulpuris te letali fumo necabo, ac ne iuris quidem severitate lege de adulteriis ad discrimen vocabo capitis tam venustum tamque pulchellum puellum, sed plane cum uxore mea partiario tractabo. Nec herciscundae familiae, sed communi dividundo formula dimicabo, ut sine ulla controversia vel dissensione tribus nobis in uno conveniat lectulo. Nam et ipse semper cum mea coniuge tam concorditer vixi ut ex secta prudentium eadem nobis ambobus placerent. Sed nec aequitas ipsa patitur habere plus auctoritatis uxorem quam maritum."

28. Talis sermonis blanditie cavillatum deducebat ad torum nolentem puerum, sequentem tamen. Et pudicissima illa uxore alterorsus disclusa, solus ipse cum puero cubans gratissima corruptarum nuptiarum vindicata perfruebatur. Sed cum primum rota solis lucida diem peperit, vocatis duobus e familia validissimis, quam altissime su-

27. Assim, pois, estando eu aflito com o aviltamento do meu dono, a Divina Providência voltou-se para mim: sucede que o velho aleijado, que era o encarregado do nosso trabalho, prevendo que já era a hora, levaria para um lago ali próximo a nossa manada de jumentos para beber água, todos de uma vez. Essa atitude me ofereceu a oportunidade mais do que desejada para minha vingança. Ao deixar o local, vi a ponta dos dedos do adúltero, que apareciam pelas bordas do esconderijo oco e, com a pressão do casco oblíquo e enfurecido, lhe dei uma pisadela a ponto de esmagá-los até que, abalado por uma dor insuportável, ele deu um tremendo de um grito e, abrindo e jogando de um lado o caixote, revelou, mostrando-se para todo mundo, a farsa da mulher desavergonhada. Contudo, o moleiro, sem ter ficado chocado o bastante com a honra manchada, começou a dizer, acariciando o rapaz com a cara tranquila e a expressão piedosa, ao passo que ele, completamente pálido, tremia de medo:

— Não tema nada de ruim da minha parte, meu filho. Não sou bárbaro nem tenho a ignorância da gente do interior. Também não vou matar você, como fez o tintureiro truculento, com a fumaça letal do enxofre, nem buscar na severidade da lei contra o adultério a punição capital para um rapazinho tão bonitinho e tão bem apessoado. Ao contrário: junto da minha esposa, vou cobrar a parte que me cabe. Não vou discutir como dividir o patrimônio, e sim como desfrutá-lo em conjunto para que nós três, sem polêmica ou discussão, possamos compartilhar do leito. Desde sempre vivi tão bem com minha esposa que, como ditam os ensinamentos dos sábios, nós dois gostamos das mesmas coisas. Mas nem a própria igualdade permite que a esposa tenha mais autoridade que o marido.

28. Com esse falatório cheio de ternura, ia levando para sua cama o ludibriado rapaz, que não queria segui-lo, mas o seguia; e, tendo deixado de fora a esposa, casta que só ela, foi se deitar sozinho com ele e gozar da deliciosa vingança de seu casamento desonrado. No entanto, logo que o disco luminoso do Sol produziu o dia, chamou dois de seus escravos mais fortes e, assim que eles ergueram o ra-

blato puero, ferula nates eius obverberans, "Tu autem," inquit "tam mollis ac tener et admodum puer, defraudatis amatoribus aetatis tuae flore, mulieres appetis atque eas liberas, et conubia lege sociata corrumpis, et intempestivum tibi nomen adulteri vindicas?"

His et pluribus verbis compellatum et insuper affatim plagis castigatum forinsecus abicit. At ille adulterorum omnium fortissimus, insperata potitus salute, tamen nates candidas illas noctu diuque dirruptus, maerens profugit. Nec setius pistor ille nuntium remisit uxori eamque protinus de sua proturbavit domo.

29. At illa praeter genuinam nequitiam contumelia etiam. quamvis iusta, tamen altius commota atque exasperata ad armillum revertit, et ad familiares feminarum artes accenditur; magnaque cura requisitam veteratricem quandam feminam, quae devotionibus ac maleficiis quidvis efficere posse credebatur, multis exorat precibus multisque suffarcinat muneribus, alterum de duobus postulans, vel rursum mitigato conciliari marito vel, si id nequiverit, certe larva vel aliquo diro numine immisso violenter eius expugnari spiritum. Tunc saga illa et divini potens primis adhuc armis facinerosae disciplinae suae velitatur, et vehementer offensum mariti flectere atque in amorem impellere conatur animum. Quae res cum ei sequius ac rata fuerat proveniret, indignata numinibus et praeter praemii destinatum compendium contemptione etiam stimulata, ipsi iam miserrimi mariti incipit imminere capiti, umbramque violenter peremptae mulieris ad exitium eius instigare.

30. Sed forsitan lector scrupulosus reprehendens narratum meum sic argumentaberis: "Unde autem tu, astutule asine, intra terminos pistrini contentus, quid secreto, ut affirmas, mulieres gesserint sci-

paz o mais alto possível, surrou-lhe as nádegas com uma correia, repreendendo-o nestes termos:

— Então quer dizer que você, que ainda é um garoto tão frágil e tão novinho, em vez de permitir que os apaixonados desfrutem da flor da sua idade, corre atrás das mulheres (e, ainda por cima, das cidadãs e das que estão impedidas pelas leis conjugais) para fazer safadezas com elas e pleitear para você mesmo a pecha indevida de adúltero?

Dando esse e mais outros sermões, acrescidos de umas boas lapadas, mandou embora o rapaz insultado e castigado. Apesar disso, ele (o mais valente de todos os mulherengos), tratando de aproveitar a salvação inesperada (ainda que com as cândidas nádegas maltratadas a noite toda e o dia inteiro), saiu correndo, aflito. O moleiro também pediu divórcio à mulher e botou-a o quanto antes para fora de sua casa.

29. Mas, além da sua maldade natural, ela ficou muito perturbada e irritada com a ofensa, por mais justa que fosse. Retomou antigos hábitos seus e reavivou as artes familiares às mulheres. Depois de muito procurar, localizou uma famosa feiticeira, que, com despachos e bruxarias, diziam ser capaz de fazer qualquer coisa e lhe suplicou ajuda, prometendo muitos prêmios a ela caso conseguisse uma destas duas coisas: a reconciliação com o marido pacificado ou, na hipótese de ele não querê-la mais, que alguma entidade ou espírito infernal lhe tirasse violentamente a vida. Então a bruxa de poder divino emprega, em primeiro lugar, as armas de sua técnica facínora: tenta derrotar a alma do marido seriamente ofendido e reacender nela a chama do amor. Porém, como a ação não teve o efeito esperado, indignada com os deuses e bem mais estimulada pelo valor da recompensa do que pela negligência divina, tratou de colocar em risco a própria vida do coitado do marido, instigando contra a vida dele o espírito de uma mulher morta brutalmente.

30. Talvez você, fino leitor, criticando minha narrativa, perguntar-me-á o seguinte: “Mas como foi que você, asno espertalhão, encerrado entre as quatro paredes do moinho, conseguiu descobrir (como

re potuisti?" Accipe igitur quem ad modum homo curiosus iumenti faciem sustinens cuncta quae in perniciem pistoris mei gesta sunt cognovi.

Diem ferme circa mediam repente intra pistrinum mulier reatu miraque tristitie deformis apparuit, flebili centunculo semiamicta, nudis et intectis pedibus, lurore buxeo macieque foedata, et discerptae comae semicanae sordentes inspersu cineris pleramque eius anteventulae contegebant faciem. Haec talis, manu pistori clementer iniecta, quasi quippiam secreto collocutura, in suum sibi cubiculum deducit eum et adducta fore quam diutissime demoratur. Sed cum esset iam confectum omne frumentum quod inter manus opifices tractaverant, necessarioque peti deberet aliud, servuli cubiculum propter astantes dominum vocabant operique supplementum postulabant. Atque ut illis iterum et saepicule vocaliter clamantibus nullus respondit dominus, iam forem pulsare validius et, quod diligentissime fuerat oppessulata, maius peiusque aliquid opinantes, nisu valido reducto vel diffracto cardine, tandem patefaciunt aditum. Nec uspiam reperta illa muliere, vident e quodam tigillo constrictum iamque exanimem pendere dominum; eumque nodo cervicis absolutum detractumque summis plangoribus summisque lamentationibus atque ultimo lavacro procurant, peractisque feralibus officiis, frequenti prosequente comitatu, tradunt sepulturae.

31. Die sequenti filia eius accurrit e proximo castello, in quod pridem denupserat, maesta atque crines pendulos quatiens et interdum pugnis obtundens ubera. Quae nullo quidem domus infortunium nuntiante cuncta cognorat, sed ei per quietem obtulit sese flebilis patris sui facies adhuc nodo revincta cervice, eique totum novercae scelus aperuit de adulterio, de maleficio, et quem ad modum larvatus ad inferos demeasset. Ea cum se diutino plangore cruciasset,

você afirma) o que as mulheres tramavam às escondidas?" Ouça, então, como eu — um homem curioso sustentando a face de um asno — me inteirei de tudo o que foi maquinado para acabar com o moleiro, meu dono.

Perto do meio-dia, apareceu de repente no moinho uma senhora que parecia ré, disforme pela notável tristeza, vestindo andrajos esfarrapados, com os pés nus e descalços, pálida feito bucho e magra de dar dó. Os cabelos grisalhos, revoltos e sujos de cinza caíam-lhe pela testa e lhe cobriam boa parte do rosto. A tal senhora, pegando gentilmente na mão do moleiro, levou-o para o quarto, como se quisesse lhe falar a sós, e, a portas fechadas, se demorou lá dentro o maior tempo possível. Porém, como o trigo que os serventes receberam para manusear já estava completamente moído e mais uma leva deveria ser solicitada ao moleiro, os escravos, na frente do quarto, começaram a chamar pelo dono e a lhe pedir o suprimento para o trabalho; e, como não houve resposta nenhuma do dono aos gritos deles, altos e contínuos, depois de baterem com força à porta, que tinha sido cuidadosamente trancada, e cogitarem que algo de muito ruim havia acontecido, abriram passagem com um empurrão violento ou arrebentando o trinco. Não acharam a mulher em parte alguma, mas viram o dono pendurado numa viga, já falecido. Tendo tirado a corda do pescoço dele e, entre vários lamentos, descido seu corpo, procederam com os últimos cuidados e, concluída a cerimônia fúnebre, seguiram num cortejo lotado de gente para lhe dar sepultura.

31. No dia seguinte, apareceu a filha do moleiro, vinda do vilarejo ali próximo onde tinha ido viver depois de se casar. Estava desolada, agitando os cabelos desgrenhados e, de quando em quando, batia no peito com o punho fechado. Ninguém, de fato, havia lhe anunciado a desgraça que se abateu sobre sua casa, mas ela descobrira tudo, pois seu infeliz pai, durante a noite, lhe dera a notícia em pessoa ainda com a corda presa no pescoço. Revelou a ela o crime da madrasta com detalhes, o adultério, o sortilégio e como tinha ido parar como uma alma penada no mundo inferior. Ela, depois de martirizada por

concursu familiarium cohibita tandem pausam luctui fecit. Iamque nono die rite completis apud tumulum sollemnibus, familiam supellectilemque et omnia iumenta ad hereditariam deducit auctionem. Tunc unum larem varie dispergit venditionis incertae licentiosa Fortuna. Me denique ipsum pauperculus quidam hortulanus comparat quinquaginta nummis, magno, ut aiebat, sed ut communi labore victum sibi quaereret.

32. Res ipsa mihi poscere videtur ut huius quoque serviti mei disciplinam exponam. Matutino me multis holeribus onustum proximam civitatem deducere consuerat dominus atque ibi venditoribus tradita merce dorsum insidens meum, sic hortum redire. Ac dum fodiens, dum irrigans ceteroque incurvus labore deservit, ego tantisper otiosus placida quiete recreabar. Sed ecce siderum ordinatis ambagibus per numeros dierum ac mensuum remeans annus post mustulentas autumni delicias ad hibernas Capricorni pruinas deflexerat, et assiduis pluviis nocturnisque rorationibus sub dio et intecto conclusus stabulo, continuo discruciabar frigore, quippe cum meus dominus mia paupertate ne sibi quidem nedum mihi posset stramen aliquod vel exiguum tegimen parare, sed frondoso casulae contentus umbraculo degeret. Ad hoc matutino lutum nimis frigidum gelusque praeacuta frusta nudis invadens pedibus enicabar, ac ne suetis saltem cibariis ventrem meum replere poteram. Namque et mihi et ipsi domino cena par ac similis, oppido tamen tenuis aderat, lactucae veteres et insuaves illae, quae seminis enormi senecta ad instar scoparum in amaram caenosi sucus cariem exolescunt.

33. Nocte quadam paterfamilias quidam e pago proximo, tenebris illuniae caliginis impeditus et imbre nimio madefactus atque ob id ab itinere directo cohibitus, ad hortulum nostrum iam fesso equo deverterat; receptusque comiter pro tempore, licet non delicato, necessario tamen quietis subsidio, remunerari benignum hospitem

um renitente sofrimento, pôs fim ao luto, confortada pela presença dos amigos. Ao cabo do nono dia, observados os rituais solenes junto ao túmulo, levou a leilão a mobília e toda a tropa de jumentos; e foi assim que a casualidade desregrada de um leilão aleatório espalhou um único lar em várias direções. Eu mesmo fui comprado por um humilde hortelão por cinquenta moedas — valor alto (dizia), mas ele buscaria o sustento com o trabalho de nós dois.

32. A presente ocasião parece reclamar de minha parte que eu também descreva a rotina deste meu trabalho. Pela manhã, meu senhor costumava me levar, carregado de muitas hortaliças, para a cidade vizinha e, após entregar a mercadoria aos feirantes, montava no meu lombo e voltava para a sua horta. Enquanto cavava, enquanto regava e fazia as demais tarefas agachado, eu ficava um longo tempo sem fazer nada, em completo ócio. Porém, quando o ano, seguindo a ordem do giro das estrelas e percorrendo o ciclo de dias e meses, se voltou das delícias das vindimas do outono para as geadas invernais de Capricórnio, eu me congelava de frio, trancado o tempo todo no estábulo sem teto e exposto às frequentes chuvas e nevascas noturnas. O pior de tudo era que o meu senhor, por conta de sua enorme pobreza, não conseguia arranjar um leito de palha ou um cobertor, por menor que fosse, nem sequer para si mesmo — e menos ainda para mim. Ele encontrava abrigo num barraco com teto de folhas. Além disso, era um suplício enfiar, de manhã, a pata descalça na lama congelada e em lascas afiadas de gelo, e eu nem sequer conseguia a ração diária para encher a barriga. A comida era a mesma para mim e para meu dono, mas em quantidade bem menor: pés de alfaces velhos e amargos, que pareciam vassouras devido à podridão e murchavam num limo azedo.

33. Certa noite um cavalheiro da região vizinha, detido pela escuridão de uma noite sem luar e encharcado devido a uma tempestade horrenda (razão pela qual havia sido obrigado a se desviar do caminho certo), apareceu na nossa horta com o cavalo já extenuado. Recebido amigavelmente por conta das circunstâncias e acolhido, se não confortavelmente, pelo menos com o mínimo necessário para

cupiens, promittit ei de praediis suis sese daturum et frumenti et olivi aliquid et amplius duos vini cados. Nec moratus meus, sacculo et utribus vacuis secum apportatis, nudae spinae meae residens ad sexagesimum stadium profectionem comparat. Eo iam confecto viae spatio, pervenimus ad praedictos agros, ibique statim meum dominum comis hospes opipari prandio participat.

Iamque iis poculis mutuis altercantibus mirabile prorsus evenit ostentum. Una de cetera cohorte gallina per mediam cursitans aream clangore genuino velut ovum parere gestiens personabat. Eam suus dominus intuens, "O bona" inquit "ancilla et satis fecunda, quae multo iam tempore cotidianis nos partubus saginasti. Nunc etiam cogitas, ut video, gustulum nobis praeparare." Et "Heus," inquit "puer, calathum fetui gallinaceo destinatum angulo solito collocato." Ita uti fuerat iussum procurante puero, gallina consuetae lecticulae spreto cubili ante ipsos pedes domini praematurum sed magno prorsus futurum scrupulo prodidit partum. Non enim ovum quod scimus illud; sed pinnis et unguibus et oculis et voce etiam perfectum edidit pullum, qui matrem suam coepit continuo comitari.

34. Nec eo setius longe maius ostentum et quod omnes merito perhorrescerent exoritur. Sub ipsa enim mensa quae reliquias prandii gerebat terra dehiscens imitus largissimum emicuit sanguinis fontem. Hinc resultantes uberrimae guttae mensam cruore perspergunt. Ipsoque illo momento quo stupore defixi mirantur ac trepidant divina praesagia, concurrit unus e cella vinaria nuntians omne vinum, quod olim diffusum fuerat, in omnibus doliis ferventi calore et prorsus ut igne copioso subdito rebullire. Visa est interea mustela etiam mortuum serpentem forinsecus mordicus attrahens,

130 **sessenta estádios**: em nosso padrão de medida, seriam aproximadamente 11 km.

o descanso, quis que o bondoso anfitrião fosse recompensado e se comprometeu a gratificá-lo com uma parte de trigo e azeite de suas terras, e mais amplamente com dois barris de vinho. Sem demora, meu dono, subindo no meu lombo sem sela com sacolas e odres vazios, enfrentou o trajeto de sessenta estádios.[130] Já percorrida essa distância, chegamos à propriedade indicada e lá, sem tardança, o anfitrião ofereceu ao meu dono um banquete suntuoso. Em meio às conversas e às taças de vinho, um prodígio totalmente estranho aconteceu. A galinha de um dos poleiros, andando no meio do quintal, começou a fazer seu emblemático cacarejo, como se estivesse prestes a botar um ovo. Ao avistá-la, disse o dono:

— Criada boa e abençoada, que há tanto tempo nos sacia diariamente com seus ovos! Agora mesmo você está pensando (conforme vejo) em nos oferecer mais um aperitivo.

E, gritando, continuou:

— Ei, garoto! Pegue a cesta de ovos e coloque ela no lugar de sempre.

O garoto, cumprindo a ordem, se dirigiu ao local designado; a galinha, porém, desprezando o ninho onde costumava chocar seus ovos, foi pôr aos pés do próprio dono seu ovo prematuro, mas que, no instante seguinte, viria a causar um enorme espanto: não foi um ovo tal como o conhecemos que saiu dali, mas um perfeito pintinho, com penas, garras, olhos e até pio, que imediatamente se pôs a seguir sua mamãe.

34. Não demorou muito para que algo mais espantoso despertasse o terror de todos (e não podia ser diferente): debaixo da própria mesa em que se achavam os restos da refeição, abriu-se um buraco profundo, de onde jorrava uma fonte de sangue cujos esguichos inundaram o móvel. E, no mesmo instante em que todos, embasbacados, presenciavam os presságios divinos e tremiam de pavor, alguém apareceu, vindo da adega, para avisar que todo o vinho que havia sido armazenado há um tempo atrás estava borbulhando nos respectivos barris, como se tivesse sido colocado para ferver num enorme fogareiro. Viram-se ainda doninhas com serpentes mortas

et de ore pastoricii canis virens exsiluit ranula, ipsumque canem, qui proximus consistebat, aries appetitum unico morsu strangulavit. Haec tot ac talia ingenti pavore domini illius et familiae totius ad extremum stuporem deiecerant animos, quid prius quidve posterius, quid magis quid minus numinum caelestium leniendis minis quot et qualibus procuraretur hostiis.

35. Adhuc omnibus expectatione taeterrimae formidinis torpidis accurrit quidam servulus, magnas et postremas domino illi fundorum clades annuntians.

Namque is adultis iam tribus liberis doctrina instructis et verecundia praeditis vivebat gloriosus. His adulescentibus erat cum quodam paupere modicae casulae domino vetus familiaritas. At enim casulae parvulae conterminos magnos et beatos agros possidebat vicinus potens et dives et iuvenis et splendidae prosapiae, sed maiorum gloria male utens pollensque factionibus et cuncta facile faciens in civitate; hic hostili modo vicini tenuis incursabat pauperiem pecua trucidando, boves abigendo, fruges adhuc immaturas obterendo. Iamque tota frugalitate spoliatum ipsis etiam glebulis exterminare gestiebat, finiumque inani commota quaestione terram totam sibi vindicabat. Tunc agrestis, verecundus alioquin, avaritia divitis iam spoliatus, ut suo saltem sepulcro paternum retineret solum, amicos plurimos ad demonstrationem finium trepidans eximie corrogarat. Aderant inter alios tres illi fratres cladibus amici quantulum quantulum ferentes auxilium.

36. Nec tamen ille vesanus tantillum praesentia multorum civium territus vel etiam confusus, licet non rapinis, saltem verbis temperare voluit, sed illis clementer expostulantibus fervidosque eius mores blanditiis permulcentibus, repente suam suorumque caro-

entre os dentes, uma rã verde pulando para fora da boca de um cão de pastoreio e um carneiro que, numa única mordida, estrangulou esse mesmo cão parado ao seu lado. Esses e outros fenômenos que levaram o anfitrião e toda a família ao completo desespero, sem saberem o que fazer antes ou depois, de mais ou menos importante, ou com quais oferendas apaziguar os numes divinos e prestar-lhes culto.

35. Estando todos estupefatos ante a possibilidade de um horror ainda mais impressionante, apareceu, esbaforido, um pequeno escravo para anunciar ao seu dono as enormes e terríveis desgraças que assolaram a propriedade.

Sucede que o homem tinha três filhos já adultos, instruídos e honestos, dos quais se orgulhava muito. Esses jovens tinham uma amizade de longa data com um homem simples, que morava num pobre casebre. Porém, o vizinho dessa pequena casa era um homem poderoso, jovem e rico, que possuía uma enorme e próspera fazenda; entretanto, ele abusava da nobreza de sua origem e, por ter influência sobre vários grupos, fazia o que bem queria na cidade. Como um inimigo estrangeiro, estendia a pobreza de seu humilde vizinho, trucidando o gado, roubando bois e destruindo colheitas ainda prematuras. Depois de espoliar todo o sustento dele, tinha intenção de lhe tomar até as próprias terras, reivindicando a posse de toda a propriedade com base numa acusação vazia sobre a demarcação. Então, o camponês, confuso como estava e já espoliado pela ganância do rico, pediu ajuda para vários amigos a fim de delimitar os limites de sua propriedade, de modo que conseguisse manter pelo menos o solo herdado dos pais para sua própria sepultura. Entre os demais amigos, compareceram aqueles três irmãos para prestar o máximo de auxílio possível ao amigo em dificuldade.

36. Contudo, aquele insano, nem um pouco amedrontado e ainda menos desconcertado com a presença de tantos concidadãos, não parecia disposto a parar com a roubalheira nem a diminuir o tom das suas ameaças; ao contrário, ao passo que eles expunham a sua demanda amigavelmente e procuravam acalmar os ânimos exaltados

rum salutem sime adiurans asseverat parvi se pendere tot mediatorum quam sanctispraesentiam, denique vicinum illum auriculis per suos servulos sublatum de casula longissime statimque proiectum iri. Quo dicto insignis indignatio totos audientium pertemptavit animos. Tunc unus e tribus fratribus incunctanter et paulo liberius respondit, frustra eum suis opibus confisum tyrannica superbia comminari, cum alioquin pauperes etiam liberali legum praesidio de insolentia locupletium consueverint vindicari.

Quod oleum flammae, quod sulpur incendio, quod flagellum Furiae, hoc et iste sermo truculentiae hominis nutrimento fuit. Iamque ad extremam insaniam vecors, suspendium sese et totis illis et ipsis legibus mandare proclamans, canes pastoricios villaticos feros atque immanes, assuetos abiecta per agros essitare cadavera, praeterea etiam transeuntium viatorum passivis morsibus alumnatos, laxari atque in eorum exitium inhortatos immitti praecepit. Qui simul signo solito pastorum incensi atque inflammati sunt, furiosa rabie conciti et latratibus etiam absonis horribiles eunt in homines, eosque variis aggressi vulneribus distrahunt ac lacerant, nec fugientibus saltem compercunt, sed eo magis irritatiores sequuntur.

37. Tunc inter confertam trepidae multitudinis stragem, e tribus iunior offenso lapide atque obtunsis digitis terrae prosternitur, saevisque illis et ferocissimis canibus instruit nefariam dapem; protinus enim nancti praedam iacentem miserum illum adulescentem frustatim discerpunt. Atque ut eius letalem ululatum cognovere ceteri fratres, accur runt maesti suppetias, obvolutisque lacinia laevis manibus lapidum crebris iactibus propugnare fratri atque abigere canes aggrediuntur. Nec tamen eorum ferociam vel conterere vel expugnare potuere, quippe cum miserrimus adulescens ultima voce prolata, vindicarent de pollutissimo divite mortem fratris iunioris, ilico laniatus interisset.

Tunc reliqui fratres, non tam hercules desperata quam ultro neglecta sua salute, contendunt ad divitem, atque ardentibus animis

do homem, ele asseverou, jurando pela sua vida e pela dos seus familiares, que não dava a mínima para a presença de tantos defensores, e mais: que seu vizinho, puxado pela orelha pelos seus serviçais, seria prontamente levado para bem longe de sua choupana. Ao dizer isso, uma fúria gigantesca tomou conta da alma de todos os presentes. Então, um dos três irmãos respondeu, no mesmo instante e sem papas na língua, que o homem não devia fazer ameaças arrogantes e autoritárias confiado na sua riqueza, pois os pobres estavam acostumados a revidar a insolência dos ricos recorrendo às leis.

Essas palavras serviram de estímulo para a truculência do homem como o óleo para o fogo, o ar para o incêndio e o chicote para as Fúrias. Alucinado e a ponto de explodir de raiva, mandou todo mundo se danar, incluindo as leis, e ordenou soltar os cães — desses de guarda, ferozes e perigosos, que ficam soltos nos campos, acostumados a devorar cadáveres e a sair correndo atrás dos viajantes nas estradas para mordê-los — a fim de que atacassem as pessoas até matá-las. Ao sinal costumeiro dos pastores, de imediato os cães foram inflamados e assaltados por uma fúria incontrolável, em meio a latidos dissonantes. Avançam, monstruosos, sobre as pessoas e, atacando-as com várias mordidas e em várias ofensivas, rasgam-nas e decepam-nas em pedaços; não pouparam dos ataques sequer os que não fugiram: aliás, perseguiram-nos com sanha ainda maior.

37. Então, em meio ao tumulto trágico da multidão apavorada, o mais jovem dos três irmãos, atingido por uma pedra e com os dedos feridos, é derrubado no chão e brinda uma triste oferenda aos cães extremamente ferozes e cruéis. Aceita de imediato a presa caída no chão, eles retalham o jovem em pedaços. Assim que os outros ouviram os gritos fúnebres do irmão, buscaram, em pânico, prestar-lhe ajuda e, protegendo a mão esquerda com um pano, defendê-lo e afastar os cães jogando muitas pedras neles. Não conseguiram conter ou acabar com a sua ferocidade. O pobre irmão, em suas últimas palavras, pediu que vingassem a morte do caçula na pessoa daquele rico facínora, e ali mesmo faleceu. Então, os demais irmãos, não por terem perdido a esperança na salvação, e sim porque ela não lhes

impetuque vesano lapidibus crebris in eum velitantur. At ille cruentus et multis ante flagitiis similibus exercitatus percussor iniecta lancea duorum alterum per pectus medium transadegit. Nec tamen peremptus ac prorsum exanimatus adulescens ille terrae concidit; nam telum transvectum atque ex maxima parte pone tergum elapsum soloque nisus violentia defixum rigore librato suspenderat corpus.

Sed et quidam de servulis procerus et validus, sicario illi ferens auxilium, lapide contorto tertii illius iuvenis dexterum bracchium longo iactu petierat, sed impetu casso per extremos digitos transcurrens lapis contra omnium opinionem deciderat innoxius.

38. Nonnullam tamen sagacissimo iuveni proventus humanior vindictae speculam sumministravit. Ficta namque manus suae debilitate sic crudelissimum iuvenem compellat: "Fruere exitio totius nostrae familiae, et sanguine trium fratrum insatiabilem tuam crudelitatem pasce, et de prostratis tuis civibus gloriose triumpha, dum scias, licet privato suis possessionibus paupere fines usque et usque proterminaveris, habiturum te tamen vicinum aliquem. Nam haec etiam dextera, quae tuum prorsus amputasset caput, iniquitate fati contusa decidit."

Quo sermone, alioquin exasperatus, furiosus latro rapto gladio sua miserrimum iuvenem manu perempturus invadit avidus. Nec tamen sui molliorem provocarat; quippe insperato et longe contra eius opinionem resistens iuvenis complexu fortissimo arripit eius dexteram, magnoque nisu ferro librato multis et crebris ictibus impuram elidit divitis animam, et, ut accurrentium etiam familiarium manu se liberaret, confestim adhuc inimici sanguine delibuto mucrone gulam sibi prorsus exsecuit.

Haec erant quae prodigiosa praesagaverant ostenta, haec quae miserrimo domino fuerant nuntiata. Nec ullum verbum ac ne taci-

importava, foram atrás do ricaço e, cheios de raiva, lhe atiraram muitas pedras com ímpeto violento. Contudo, aquele malfeitor, que acumulava uma longa experiência em tais crimes, atingiu o meio do peito de um deles com uma lança e derrubou-o no chão. No entanto, o jovem, apesar de gravemente ferido, não veio a falecer, pois a lança, cuja ponta atravessou seu corpo e saiu pelas costas, se enfiou na terra por conta da velocidade e deixou o corpo em suspensão, com o peso equilibrado.

De um ponto alto, um escravo parrudo, prestando ajuda àquele bandido, arremessou uma pedra e tentou atingir à distância o braço direito do terceiro irmão, mas, tendo fracassado na tentativa, a pedra inócua mal triscou na ponta dos dedos do jovem, ao contrário do que se poderia pensar.

38. Porém, o desfecho menos triste dessa situação ofereceu ao jovem astucioso alguma esperança de revanche, pois, simulando debilidade em sua mão, provocou o delinquente dizendo o seguinte:

— Deixe a sua crueldade desfrutar da morte de toda a nossa família e do sangue de três irmãos e comemore, triunfante, a queda de três concidadãos! Mas fique sabendo que, mesmo tirando de pouco em pouco as posses de um pobre cidadão, você ainda vai continuar a ter algum vizinho! Eu estava prestes a arrancar a sua cabeça com esta mão, mas ela ficou inutilizada pela maldade do destino.

Ouvidas essas palavras, o bandido furioso e, ainda por cima, exasperado, se precipitou cheio de raiva sobre o coitadinho do rapaz, com a espada na mão. Entretanto, não tinha provocado alguém mais fraco do que ele; de fato, o intrépido jovem, rapidamente e sem que o outro sequer desconfiasse, agarrou-o pela mão e, num abraço apertadíssimo, deteve o ímpeto da arma numa luta difícil. Com numerosos e seguidos golpes, tirou a vida do ricaço e, para se livrar das mãos dos escravos que corriam para acudi-lo, ali mesmo e sem demora degolou a própria garganta com a lâmina ainda manchada do sangue do inimigo.

Essas eram as coisas prognosticadas naqueles prodígios bizarros. O velho pai, ao descobrir tamanha desgraça, não conseguiu emitir

tum quidem fletum tot malis circumventus senex quivit emittere, sed arrepto ferro, quo commodum inter suos epulones caseum atque alias prandii partes diviserat, ipse quoque ad instar infelicissimi sui filii iugulum sibi multis ictibus contrucidat, quoad super mensam cernulus corruens portentuosi cruoris maculas novi sanguinis fluvio proluit.

39. Ad istum modum puncto brevissimo dilapsae domus fortunam hortulanus ille miseratus, suosque casus graviter ingemescens depensis pro prandio lacrimis, vacuasque manus complaudens saepicule, protinus inscenso me retro quam veneramus viam capessit. Nec innoxius ei saltem regressus evenit.

Nam quidam procerus et, ut indicabat habitus atque habitudo, miles e legione, factus nobis obvius, superbo atque arroganti sermone percontatur quorsum vacuum duceret asinum. At meus, adhuc maerore permixtus et alias Latini sermonis ignarus, tacitus praeteribat. Nec miles ille familiarem cohibere quivit insolentiam, sed indignatus silentio eius ut convicio, viti quam tenebat obtundens eum dorso meo proturbat. Tunc hortulanus supplicue respondit, sermonis ignorantia se quid ille diceret scire non posse. Ergo igitur Graece subiciens miles "Ubi" inquit "ducis asinum istum?" Respondit hortulanus petere se civitatem proximam. "Sed mihi" inquit "opera eius opus est; nam de proximo castello sarcinas praesidis nostri cum ceteris iumentis debet advehere." Et iniecta statim manu loro me quo ducebar arreptum incipit trahere. Sed hortulanus, prioris plagae vulnere prolapsum capite sanguinem detergens, rursus de-

qualquer palavra ou derramar uma lágrima silenciosa, e sim, pegando a faca com que tinha acabado de repartir entre seus convidados o queijo e outros pratos do banquete, rasgou a própria garganta com vários golpes, a exemplo do pobrezinho do seu filho, até que, caindo de bruços sobre a mesa, lavasse, com um rio de sangue novo, as manchas de um sangue profético.

39. E foi desta maneira que o comovido hortelão, deplorando profundamente tanto o destino daquela família destruída em tão pouco tempo quanto seu próprio infortúnio, pagou a refeição com suas lágrimas, bateu várias vezes as palmas das mãos vazias e, em seguida, se sentando no meu lombo, tomou o caminho contrário àquele em que tínhamos vindo.

Mas nem sequer o seu regresso sucedeu sem contratempos, pois o soldado parrudo de uma legião (pelo que indicavam seu porte e sua atitude), dando de cara conosco, perguntou em tom soberbo e arrogante aonde o paisano estava levando um asno sem carga nenhuma. Meu senhor, porém, tomado de tristeza como estava e, ademais, sem saber uma palavra de latim, passou calado por ele. O soldado não soube conter a sua natural insolência e, indignado pelo silêncio do meu dono como se sofresse uma afronta, lhe bateu com o galho de videira que trazia na mão e o derrubou do meu lombo. Então, o hortelão respondeu humildemente que, por desconhecer o idioma, não era capaz de entender o que o soldado dizia. O soldado, então, continuou, em grego:

— Para onde você está levando esse burro?

Ao que o hortelão respondeu que estava se dirigindo à cidade vizinha.

— Mas — prosseguiu a autoridade — vou precisar de um serviço: ele deve se juntar aos outros jumentos para trazer nosso equipamento da fortificação vizinha.

E, pondo a mão em mim, tomou a rédea com a qual meu dono me guiava e começou a me puxar. Porém, o hortelão, enxugando o sangue que escorria pelo seu rosto por conta da lapada que tinha acaba-

precatur civilius atque mansuetius versari commilitonem, idque per spes prosperas eius orabat adiurans. "Nam et hic ipse" aiebat "iners asellus et nihilo minus mordax morboque detestabili caducus vix etiam paucos holerum maniculos de proximo hortulo solet anhelitu languido fatigatus subvehere, nedum ut rebus amplioribus idoneus videatur gerulus."

40. Sed ubi nullis precibus mitigari militem magisque in suam perniciem advertit efferari, iamque inversa vite de vastiore nodulo cerebrum suum diffindere, currit ad extrema subsidia, simulansque sese ad commovendam miserationem genua eius velle contingere, summissus atque incurvatus, arreptis eius utrisque pedibus sublimem elatum terrae graviter applaudit, et statim qua pugnis, qua cubitis, qua morsibus, etiam de via lapide correpto totam faciem manusque eius et latera converberat. Nec ille, ut primum humi supinatus est, vel repugnare vel omnino munire se potuit, sed plane identidem comminabatur, si surrexisset, sese concisurum eum machaera sua frustatim. Quo sermone eius commonefactus hortulanus eripit ei spatham, eaque longissime abiecta rursum saevioribus eum plagis aggreditur. Nec ille prostratus et praeventus vulneribus ullum reperire saluti quiens subsidium, quod solum restabat, simulat sese mortuum.

Tunc spatham illam secum asportans hortulanus inscenso me concito gradu recta festinat ad civitatem, nec hortulum suum saltem curans invisere, ad quempiam sibi devertit familiarem. Cunctisque narratis deprecatur periclitanti sibi ferret auxilium, seque cum suo sibi asino tantisper occultaret, quoad celatus spatio bidui triduive capitalem causam evaderet. Nec oblitus ille veteris amicitiae prompte suscipit, meque per scalas complicitis pedibus in su-

do de receber, pediu mais uma vez que o camarada fosse mais comedido e humano e, jurando pela boa-sorte do soldado, lhe confessou:

— É que esse burrinho só serve mesmo é para morder! Sofre de uma doença deplorável; mal consegue carregar uns poucos pés de legumes de uma horta próxima, e logo fica cansado e com falta de ar. Não parece capaz de jeito nenhum de transportar um fardo mais pesado.

40. Mas, assim que percebeu que o soldado não se comovia com súplica nenhuma, e sim que ficava cada vez mais bravo com ele e já se preparava para rachar sua cabeça com a parte mais espessa do galho dobrado, recorreu a um recurso definitivo e, simulando, perante aquela situação, querer se ajoelhar diante dele para despertar sua piedade, agarrou o soldado pelos dois pés e o derrubou bravamente no chão. Em seguida, golpeou-o no rosto, nas mãos e no tronco com socos, chutes, mordidas e até mesmo com a pedra que ele arrancou da estrada. O soldado, logo que caiu de costas no chão, não conseguiu de forma alguma se defender ou revidar, e sim ameaçá-lo, assim como vinha fazendo, de cortá-lo em pedacinhos com a sua adaga caso se levantasse. O hortelão se precaveu com estas ameaças, tomou a espada dele e, atirando-a para bem longe, voltou a lhe bater com pancadas ainda mais fortes. Estendido de costas no chão e sem reação nenhuma por conta dos machucados, não sobrou outra alternativa para o soldado se salvar senão recorrer ao único recurso disponível, que era se fingir de morto.

Então, o hortelão, levando a espada consigo, subiu no meu lombo e se dirigiu à cidade com toda a pressa, sem sequer pensar em rever sua horta. Dirigiu-se à casa de um amigo e, depois de lhe narrar tudo o que aconteceu, pediu-lhe ajuda para se livrar do perigo, escondendo a ele e ao seu burrico durante algum tempo até que, depois de passar uns dois ou três dias fora de vista, ele pudesse escapar da pena capital. O amigo, se lembrando da velha amizade, prontamente o ajudou. Depois de me amarrar pelas patas e me levar escada acima até o andar superior, o hortelão permaneceu no andar de baixo,

perius cenaculum attracto, hortulanus deorsus in ipsa tabernula derepit in quandam cistulam et supergesto delitiscit orificio.

41. At miles ille, ut postea didici, tandem velut emersus gravi crapula nutabundus tamen et tot plagarum dolore saucius baculoque se vix sustinens, civitatem adventat confususque de impotentia deque inertia sua quicquam ad quemquam referre popularium, sed tacitus iniuriam devorans, quosdam commilitones nanctus is tantum clades enarrat suas. Placuit ut ipse quidem contubernio se tantis. per absconderet—nam praeter propriam contumeliam militaris etiam sacramenti genium ob amissam spatham verebatur—ipsi autem signis nostris enotatis investigationi vindictaeque sedulam darent operam.

Nec defuit vicinus perfidus qui nos ilico occultari nuntiaret. Tum commilitones accersitis magistratibus mentiuntur sese multi pretii vasculum argenteum praesidis in via perdidisse, idque hortulanum quendam repperisse nec velle restituere, sed apud familiarem quendam sibi delitescere. Tunc magistratus et damno et praesidis nomine cognito veniunt ad deversori nostri fores claraque voce denuntiant hospiti nostro nos, quos occultaret apud se certo certius, dedere potius quam discrimen proprii subiret capitis. Nec ille tantillum conterritus salutique studens eius quem in suam receperat fidem, quicquam de nobis fatetur ac diebus plusculis nec vidisse quidem illum hortulanum contendit. Contra commilitones ibi nec uspiam illum delitiscere adiurantes genium principis contendebant. Postremum magistratibus placuit obstinate denegantem scrutinio detegere. Immissis itaque lictoribus ceterisque publicis ministeriis angulatim cuncta sedulo perlustrari iubent, nec quisquam mortalium ac ne ipse quidem asinus intra limen comparere nuntiatur.

onde ficava a própria loja; escorregou para dentro de uma pequena cesta e fechou-a com a tampa.

41. Contudo o tal soldado, como vim a saber depois, despertara, enfim, como quem se recupera de uma bebedeira e, cambaleando, dolorido por conta de tantas feridas e mal conseguindo se apoiar num pedaço de pau, foi parar na cidade. Atrapalhado e sem dizer nada da sua impotência e inércia a nenhum paisano, e sim devorando em silêncio a injúria dentro de si, deu de cara com seus companheiros de tropa e lhes confessou em segredo as suas desventuras. Ficou decidido que ele ficaria um tempo escondido no quartel (pois, além da própria desfeita, temia ofender a entidade protetora dos soldados por ter perdido a espada), ao passo que os demais tratariam de rastrear um sinal nosso e nos dar o devido castigo.

Não faltou um desgraçado de um vizinho que dedurasse o lugar onde nos escondíamos. Então, os companheiros do soldado, se dirigindo aos magistrados, lhes mentiram dizendo que haviam perdido na rua um vasinho muito caro pertencente ao comandante e que um hortelão o havia encontrado, mas não o queria devolver e se escondera na casa de um amigo seu. Os magistrados, então, cientes tanto do prejuízo quanto do bom nome do comandante, foram bater à porta do nosso refúgio e em alta voz nos denunciaram ao nosso anfitrião, acusando-o de certamente ter-nos escondido, e que o mais certo era nos entregar em vez de colocar em risco a própria vida. Ele, nem um pouquinho acuado, e sim empenhado em salvar aquele que lhe havia sido leal, não admitiu coisa alguma sobre nós e afirmou que nem sequer tinha visto o tal hortelão nos últimos dias. Por outro lado, os soldados, jurando pela divindade do príncipe, asseguravam que o hortelão só poderia estar ali e em nenhum outro lugar. Por fim, os magistrados acharam melhor colocar o mentiroso à prova fazendo uma busca minuciosa. Chamando os lictores e os demais oficiais públicos, mandaram-nos vasculhar cada canto com o máximo de atenção. No entanto, não foi confirmada a presença de qualquer pessoa ou de qualquer asno ali dentro.

42. Tunc gliscit violentior utrimquesecus contentio, militum pro comperto de nobis asseverantium fidemque Caesaris identidem implorantium, at illius negantis assidue que deum numen obtestantis. Qua contentione et clamoso strepitu cognito, curiosus alioquin et inquieti procacitate praeditus asinus, dum obliquata cervice per quandam fenestrulam quidnam sibi vellet tumultus ille prospicere gestio, unus e commilitonibus casu fortuito collimatis oclis ad umbram meam cunctos testatur incoram. Magnus denique continuo clamor exortus est, et emensis protinus scalis iniecta manu quidam me velut captivum detrahunt. Iamque omni sublata cunctatione scrupulosius contemplantes singula, cista etiam illa revelata, repertum productumque et oblatum magistratibus miserum hortulanum poenas scilicet capite pensurum in publicum deducunt carcerem, summoque risu meum prospectum cavillari non desinunt. Unde etiam de prospectu et umbra asini natum est frequens proverbium.

131 **o famoso ditado popular sobre a espiadela e a sombra do burro:** o ditado equivaleria a algo como o nosso "o burro se conhece pelas orelhas", mas Apuleio combina dois ditos populares de sua época que possuem origens diferentes; a *espiadela [do burro]* equivaleria ao nosso "a curiosidade matou o gato"; já a *sombra do burro* é referência a uma fábula que teria sido contada por Demóstenes (Pseudo-Plutarco, *Vida dos Dez Oradores*, 848a) e foi depois assimilada ao *corpus* de Esopo segundo a qual o burro foge, enquanto seu dono e aquele que o havia alugado discutiam sobre quem teria o direito de usufruir de sua sombra.

42. Então, o bate-boca entre ambas as partes aumentou drasticamente; os soldados, invocando repetidamente o nome de César, diziam estar seguros do nosso paradeiro; o outro, tomando os numes dos deuses por testemunhas, negava. A par da discussão e da enorme bagunça, o burro curioso que sou e, ainda por cima, munido de uma indiscrição irrequieta, estendi o pescoço por uma fresta da janela com a intenção de ver o que significava aquela algazarra, quando, por acaso, um dos soldados, voltando os olhos para a minha sombra, chamou a atenção de todos os presentes. O resultado foi uma gritaria incessante e os soldados, depois de subirem as escadas com toda a pressa do mundo, me agarraram e me puxaram para fora como escravo. Tendo já sido esclarecidas todas as dúvidas e depois de o espaço inteiro ter sido minuciosamente vasculhado, a cesta também foi aberta e o pobre hortelão, encontrado e levado à presença dos magistrados. Levaram-no para a casa de detenção, para que, aparentemente, recebesse a pena capital. Os soldados não paravam de debochar, às gargalhadas, da minha espiadela. Foi daí que surgiu o famoso ditado popular sobre a espiadela e a sombra do burro.[131]

Liber X

1. Die sequenti meus quidem dominus hortulanus quid egerit nescio, me tamen miles ille qui propter eximiam impotentiam pulcherrime vapularat ab illo praesepio nullo equidem contradicente diductum abducit, atque a suo contubernio—hoc enim mihi videbatur—sarcinis propriis onustum et prorsum exornatum armatumque militariter producit ad viam. Nam et galeam nitore praemicantem et scutum gerebam longius relucens, sed etiam lanceam longissimo hastili conspicuam, quae scilicet non disciplinae tunc quidem causa, sed propter terrendos miseros viatores in summo atque edito sarcinarum cumulo ad instar exercitus sedulo composuerat. Confecta campestri nec adeo difficili via ad quandam civitatulam pervenimus, nec in stabulo, sed in domo cuiusdam decurionis devertimus. Statimque me commendato cuidam servulo ipse ad praepositum suum, qui mille armatorum ducatum sustinebat, sollicite proficiscitur.

2. Post dies plusculos ibidem dissignatum scelestum ac nefarium facinus memini, sed ut vos etiam legatis, ad librum profero.

Dominus aedium habebat iuvenem filium probe litteratum atque ob id consequenter pietate, modestia praecipuum, quem tibi quoque provenisse cuperes vel talem. Huius matre multo ante defuncta, rursum matrimonium sibi reparaverat, ductaque alia filium procreaverat alium, qui adaeque iam duodecimum annum aetatis supergressus erat. Sed noverca forma magis quam moribus in domo

Livro 10

1. A bem da verdade, o que sucedeu no dia seguinte com meu dono hortelão eu não sei. Por outro lado, o tal soldado que, por conta da sua notável frouxidão, tinha apanhado até não aguentar mais, me levou embora do estábulo com ele, sem a objeção de ninguém. Então, carregado com a sua bagagem, deixei a caserna (pois era o que aquilo me parecia) e tomei meu rumo, armado e equipado como um soldado. De fato, eu carregava um elmo de brilho extraordinário e um escudo que cintilava de longe, além de uma lança para lá de sofisticada, de haste muito comprida, que, na prática, o soldado colocou com todo o cuidado bem em cima do meu lombo, no topo da bagagem (como faz o exército) não por respeito à regra, mas para dar medo aos coitados dos viajantes. Depois de atravessar uma planície (o que não foi muito difícil), chegamos a uma cidadezinha; mas não ficamos num albergue, e sim hospedados na casa de um decurião. Sem demora, logo após me confiar a um criadinho, o soldado se apresentou prontamente ao seu capitão, que tinha sob seu comando uma tropa de mil homens.

2. Lembro que, passados uns poucos dias, aconteceu ali mesmo um crime considerado perverso e sórdido, mas, para vocês também ficarem sabendo, vou relatá-lo aqui no livro.

O dono da casa possuía um filho jovem, corretamente instruído e, como resultado disso, provido do senso de dever e do equilíbrio — alguém que quereríamos ter como filho. Como a mãe dele tinha falecido havia muitos anos, o pai se casara novamente e criara o filho da segunda esposa, o qual tinha acabado de completar doze anos de idade na ocasião. Porém, a madrasta, que mandava na casa mais

mariti praepollens, seu naturaliter impudica seu fato ad extremum impulsa flagitium, oculos ad privignum adiecit.

Iam ergo, lector optime, scito te tragoediam, non fabulam, legere et a socco ad cothurnum ascendere.

Sed mulier illa, quamdiu primis elementis Cupido parvulus nutriebatur, imbecillis adhuc eius viribus facile ruborem tenuem deprimens silentio resistebat. At ubi, completis igne vesano totis praecordiis, immodice bacchatus Amor exaestuabat, saevienti deo iam succubuit, et languore simulato vulnus animi mentitur in corporis valetudine. Iam cetera salutis vultusque detrimenta et aegris et amantibus examussim convenire nemo qui nesciat: pallor deformis, marcentes oculi, lassa genua, quies turbida, et suspiritus cruciatus tarditate vehementior. Crederes et illam fluctuare tantum vaporibus febrium, nisi quod et flebat. Heu medicorum ignarae mentes, quid venae pulsus, quid coloris intemperantia, quid fatigatus anhelitus et utrimquesecus iactatae crebriter laterum mutuae vicissitudines! Dii boni, quam facilis licet non artifici medico, cuivis tamen docto Veneriae cupidinis comprehensio, cum videas aliquem sine corporis calore flagrantem!

3. Ergo igitur impatientia furoris altius agitata diutinum rupit silentium et ad se vocari praecipit filium—quod nomen in eo, si posset, ne ruboris admoneretur libenter eraderet. Nec adulescens aegrae parentis moratus imperium, senili tristitie striatam gerens frontem, cubiculum petit, uxori patris matrique fratris utcumque debitum sistens obsequium. Sed illa cruciabili silentio diutissime fatiga-

132 **vai trocar as sandálias pelo coturno:** referência aos sapatos usados pelos atores cômicos (*socus*) e pelos trágicos (*cothurnus*), respectivamente. A metonímia ocorre entre o calçado do ator e o gênero teatral.

133 **Ó ciência vã dos médicos:** no original, *Heu medicorum ignarae mentes*!, eco de Virgílio (*Eneida* 4.65 *Heu vatum ignarae mentes*!), mas como paródia: afinal, Dido pronuncia essas palavras por estar em vão apaixonada por Eneias, enquanto em Apuleio o apelo é físico, sexual. Aqui segui a tradução de Carlos Alberto Nunes para destoar de Apuleio.

pela formosura do que pela honestidade, ou era atrevida por natureza ou foi impelida pelo destino a cometer a bobagem de pôr os olhos no enteado.

Fique sabendo, fino leitor, que você vai ler uma tragédia, e não uma comédia; vai trocar as sandálias pelo coturno.[132]

A tal mulher, enquanto um Cupido ainda pequenino lhe proporcionava os primeiros impulsos do amor, resistia até o momento em silêncio aos seus assaltos suaves, disfarçando o rubor com facilidade; mas, quando o coração foi completamente invadido pela chama da loucura, um Amor desvairado começou a atiçá-la desmedidamente; ela sucumbiu prontamente ao deus descomedido e, dissimulando o sofrimento, escondeu sob a enfermidade do corpo a ferida na alma. Não há ninguém que não saiba que são precisamente iguais todos os danos na saúde e na aparência física dos enfermos e dos apaixonados: a palidez grosseira, os olhos fundos, os joelhos fatigados, a mudez agitada e a respiração pesada e profunda por causa da prostração. Seria possível dizer que ela flutuava apenas nos vapores da febre, se além disso não parasse de chorar. *Ó ciência vã dos médicos*![133] O que querem dizer o pulso rápido, o excesso de calor, a respiração cansada e os tremores que repetidamente afetam o corpo por todas as partes? Deuses bondosos! Como é fácil para qualquer um, mesmo sem o conhecimento da medicina, e sim com a experiência nos apetites de Vênus, fazer um diagnóstico de alguém que ele vê ardendo sem calor no corpo!

3. Assim, pois, agitada pela impaciência de uma paixão cada vez mais violenta, a madrasta rompeu o longo silêncio e mandou chamar o filho — nome esse que, se pudesse, se o rubor não a denunciasse, apagaria de livre e espontânea vontade. O jovem, como se tivesse o rosto abatido pela tristeza da velhice e prestando o devido respeito à mulher de seu pai e à mãe de seu irmão, não tardou em obedecer a ordem da madrasta adoentada. Ela, no entanto, longamente exaurida por um silêncio excruciante, como se estivesse se afogando num

ta, et ut in quodam vado dubitationis haerens, omne verbum quod praesenti sermoni putabat aptissimum rursum improbans, nutante etiam nunc pudore, unde potissimum caperet exordium decunctatur. At iuvenis nihil etiam tunc sequius suspicatus summisso vultu rogat ultro praesentis causas aegritudinis. Tunc illa nancta solitudinis damnosam occasionem prorumpit in audaciam, et ubertim allacrimans laciniaque contegens faciem voce trepida sic eum breviter affatur:

"Causa omnis et origo praesentis doloris et etiam medela ipsa et salus unica mihi tute ipse es. Isti enim tui oculi per meos oculos ad intima delapsi praecordia meis medullis acerrimum commovent incendium. Ergo miserere tua causa pereuntis, nec te religio patris omnino deterreat, cui morituram prorsus servabis uxorem. Illius enim recognoscens imaginem in tua facie merito te diligo. Habes solitudinis plenam fiduciam, habes capax necessarii facinoris otium. Nam quod nemo novit paene non fit."

4. Repentino malo perturbatus adulescens, quamquam tale facinus protinus exhorruisset, non tamen negationis intempestiva severitate putavit exasperandum, sed cautae promissionis dilatione leniendum. Ergo prolixe pollicetur et bonum caperet animum refectionique se ac saluti redderet impendio suadet, donec patris aliqua profectione liberum voluptati concederetur spatium, statimque se refert a noxio conspectu novercae. Et tam magnam domus cladem ratus indigere consilio pleniore, ad quendam compertae gravitatis educatorem senem protinus refert. Nec quicquam diutina deliberatione tam salubre visum quam fuga celeri procellam fortunae saevientis evadere.

Sed impatiens vel exiguae dilationis, mulier ficta qualibet causa confestim marito miris persuadet artibus ad longissime dissitas festinare villulas. Quo facto maturatae spei vesania praeceps

rio de dúvida, reprovava qualquer palavra que achasse mais adequada para aquela conversa; porém, mesmo com o pudor vacilante, buscava o melhor jeito de começar. O rapaz, por outro lado, sem suspeitar nada de ruim, perguntou em tom submisso quais eram os reais motivos da enfermidade. Ela, então, aproveitando a brecha perigosa da solicitude dele, começou a se esvair em lágrimas e, cobrindo o rosto, disse-lhe, com a voz trêmula:

— Você é o motivo e a origem desta minha dor, e é também meu único e excepcional remédio. Seus olhos, que penetraram pelos meus olhos até o fundo do meu coração, provocaram no meu íntimo o mais inclemente dos incêndios. Tenha piedade daquela que está morrendo por sua causa e não se sinta, de forma alguma, impedido pelo respeito ao seu pai, cuja esposa prestes a morrer você vai salvar! Reconheço em você a imagem dele; é por causa da sua aparência que, com toda razão, eu te amo. Pode confiar na completa solidão em que estamos; aproveite o silêncio oportuno para a ação inadiável! O que ninguém viu não aconteceu.

4. O rapaz, perturbado pelo dano inesperado, achou melhor, muito embora se horrorizasse de início com tal atrocidade, não torná-la mais grave com uma crueldade inoportuna, mas sim atenuá-la com o paliativo de um pacto cauteloso. Por isso, fez mil promessas e convenceu a madrasta a se acalmar e tentar recuperar o otimismo e a saúde até que, no momento em que o pai saísse de viagem outra vez, encontrasse o momento certo para dar vazão ao desejo dela. Sem demora, o moço tratou de se afastar da presença horrível da madrasta e, percebendo que a enorme desgraça que se aproximava da família exigia uma decisão drástica, foi imediatamente procurar socorro junto a um velho preceptor, dotado de notável sensatez. Depois de muito refletir, nada lhe pareceu mais correto do que fugir rapidamente da tempestade do impiedoso azar.

Mas a mulher, sem querer esperar um segundo sequer, de improviso e empregando artifícios repulsivos, convenceu o marido a ir monitorar, por um motivo qualquer, umas chácaras localizadas muito longe dali. Feito isso, ela, tomada pela loucura de uma esperança

promissae libidinis flagitat vadimonium. Sed iuvenis, modo istud modo aliud causae faciens, exsecrabilem frustratur eius conspectum, quoad illa, nuntiorum varietate pollicitationem sibi denegatam manifesto perspiciens, mobilitate lubrica nefarium amorem ad longe deterius transtulisset odium. Et assumpto statim nequissimo et ad omne facinus emancipato quodam dotali servulo, perfidiae suae consilia communicat. Nec quicquam melius videtur quam vita miserum privare iuvenem. Ergo missus continuo furcifer venenum praesentarium comparat, idque vino diligenter dilutum insontis privigni praeparat exitio.

5. Ac dum de oblationis opportunitate secum noxii deliberant homines, forte fortuna puer ille iunior, proprius pessimae feminae filius, post matutinum laborem studiorum domum se recipiens, prandio iam capto sitiens, repertum vini poculum in quo venenum latebat inclusum nescius fraudis occultae continuo perduxit haustu. Atque ubi fratri suo paratam mortem ebibit, exanimis terrae procumbit; ilicoque repentina pueri pernicie paedagogus commotus ululabili clamore matrem totamque ciet familiam. Iamque cognito casu noxiae potionis, varie quisque praesentium auctores insimulabant extremi facinoris. Sed dira illa femina et malitiae novercalis exemplum unicum, non acerba filii morte, non parricidii conscientia, non infortunio domus, non luctu mariti vel aerumna funeris commota, cladem familiae in vindictae compendium traxit; missoque protinus cursore qui vianti marito domus expugnationem nuntiaret, ac mox eodem ocius ab itinere regresso, personata nimia temeritate insimulat privigni veneno filium suum interceptum. Et hoc quidem non adeo mentiebatur, quod iam destinatam iuveni mortem prae-

exagerada, cobrou do moço a realização da promessa de prazer. O jovem, porém, com a desculpa de estar ocupado com mil e uma coisas, fugiu da execrável presença dela até que a tal mulher, se dando conta, pela quantidade de evasivas, de que a promessa dele claramente não seria cumprida, converteu, numa sórdida mudança, o amor nefasto num ódio ainda mais profundo. Ordenou que um criadinho que havia recebido como dote, de péssimo caráter e conhecedor de todo tipo de atrocidade se apresentasse imediatamente diante dela e lhe comunicou as decisões motivadas pela sua maldade: nada lhe havia parecido mais correto do que tirar a vida do pobre rapaz. Assim, pois, aquele covarde, logo após receber a ordem, preparou um poderoso veneno para eliminar o inocente enteado, e o misturou cuidadosamente ao vinho.

5. Porém, enquanto os dois decidiam entre si qual seria o momento em que serviriam o vinho fatal, por mero acaso o caçula, filho legítimo daquela terrível mulher, tendo chegado em casa já alimentado depois das aulas da manhã, encontrou a taça em que o veneno estava diluído e, por estar com sede, bebeu-o de um só gole, sem saber do crime premeditado. Logo que ingeriu a morte destinada ao irmão, estatelou-se no chão, morto. Naquele instante, o pedagogo, apavorado com o óbito repentino do garoto, chamou aos gritos desesperados a mãe dele e a família toda e, descoberto o lance da poção mortífera, os que estavam ali presentes logo começaram a imputar uns aos outros a responsabilidade pelo crime hediondo. Contudo a execrável mulher, exemplo único da maldade das madrastas, nada comovida com a dolorosa morte do filho, com a consciência do assassinato, com a desventura da família, com o luto do esposo ou com os preparativos do funeral, encontrou na dor dos parentes o meio para sua vingança. Sem esperar um minuto, enviou o mensageiro para que levasse ao esposo em viagem a notícia da desgraça que se abateu sobre seu lar e, assim que ele tomou prontamente o caminho de volta, a mulher, assumindo um tom extremamente cínico, levantou a suspeita de que a vida de seu filho tinha sido interrompida pelo veneno do enteado. Isso não era uma completa mentira, já que

venisset puer. Sed fratrem iuniorem fingebat ideo privigni scelere peremptum, quod eius probrosae libidini qua se comprimere temptaverat noluisset succumbere. Nec tam immanibus contenta mendaciis addebat sibi quoque ob detectum flagitium eundem illum gladium comminari.

Tunc infelix duplici filiorum morte percussus magnis aerumnarum procellis aestuat. Nam et iuniorem incoram sui funerari videbat, et alterum ob incestum parricidiumque capitis scilicet damnatum iri certo sciebat. Ad hoc uxoris dilectae nimium mentitis lamentationibus ad extremum subolis impellebatur odium.

6. Vixdum pompae funebres et sepultura filii fuerant explicatae et statim ab ipso eius rogo senex infelix, ora sua recentibus adhuc rigans lacrimis trahensque cinere sordentem canitiem, foro se festinus immittit. Atque ibi tum fletu, tum precibus, genua etiam decurionum contingens, nescius fraudium pessimae mulieris in exitium reliqui filii plenis operabatur affectibus: illum incestum paterno thalamo, illum parricidam fraterno exitio, et in comminata novercae caede sicarium. Tanta denique miseratione tantaque indignatione curiam sed et plebem maerens inflammaverat ut, remoto iudicandi taedio et accusationis manifestis probationibus et responsionis meditatis ambagibus, cuncti conclamarint lapidibus obrutum publicum malum publice vindicari.

Magistratus interim metu periculi proprii, ne de parvis indignationis elementis ad exitium disciplinae civitatisque seditio procederet, partim decuriones deprecari, partim populares compescere ut, rite et more maiorum iudicio reddito et utrimquesecus allegationibus examinatis, civiliter sententia promeretur, nec ad instar barba-

o garoto tomou a dianteira na morte planejada para o irmão, mas a mulher dava a entender que o filho caçula tinha sido morto por iniciativa do enteado, porque ela não tinha cedido às imundas investidas dele para tentar estuprá-la. Não satisfeita com as mentiras escabrosas, alegou ainda que, por ter denunciado a intenção dele, estava sendo ameaçada à mão armada.

Então o desgraçado pai, aturdido pela morte dos dois filhos, começou a se debater num mar agitado de angústias: via o filho mais novo ser velado em sua presença, e tinha certeza de que o mais velho seria condenado à pena capital pelo incesto e pelo fratricídio. Além disso, graças às fingidas lamentações de sua querida esposa, sentia-se tomado pelo mais profundo ódio ao seu herdeiro.

6. Mal as cerimônias fúnebres e o enterro do filho haviam sido concluídos quando, de imediato, o desgraçado pai, deixando o túmulo do garoto com o rosto banhado em lágrimas frescas e arrancando os cabelos grisalhos, se dirigiu rapidamente ao fórum. Lá, entre lamentos e súplicas e ignorando a fraude da terrível esposa, se lançou aos pés dos decuriões para garantir, com todas as suas forças, a morte do filho restante, que havia cometido incesto no leito paterno, derramado o sangue do próprio irmão e ameaçado à mão armada a própria madrasta. Tamanha era a consternação e tamanha era a dor que o afligiam, que ele havia inflamado não apenas a cúria, como igualmente a plebe, fazendo com que todos reclamassem, deixando de lado o aborrecimento do processo penal, as comprovações dos fatos pela acusação e as frívolas refutações da defesa, que o mal público fosse vingado com o réu morto por apedrejamento.

Enquanto isso, os magistrados, temendo pela própria vida e pelo perigo de que, nascida de pequenas faíscas de indignação, uma revolta resultasse no fim da ordem pública e da legalidade, ora exigiam dos decuriões, ora tranquilizavam a multidão, para que a sentença fosse pronunciada civilizadamente e de acordo com os costumes dos ancestrais a partir da decisão do júri e ouvidas ambas as partes envolvidas. Dessa forma, ninguém seria condenado antes de se defender, como é hábito entre os bárbaros selvagens ou sob a prepotência

ricae feritatis vel tyrannicae impotentiae damnaretur aliquis inauditus et in pace placida tam dirum saeculo proderetur exemplum.

7. Placuit salubre consilium, et ilico iussus praeco pronuntiat, patres in curiam convenirent. Quibus protinus dignitatis iure consueta loca residentibus, rursum praeconis vocatu primus accusator incedit. Tunc demum clamatus inducitur etiam reus, et exemplo legis Atticae Martiique iudicii causae patronis denuntiat praeco neque principia dicere neque miserationem commovere.

Haec ad istum modum gesta compluribus mutuo sermocinantibus cognovi. Quibus autem verbis accusator urserit, quibus rebus diluerit reus ac prorsus orationes altercationesque neque ipse absens apud praesepium scire, neque ad vos quae ignoravi possum enuntiare, sed quae plane comperi ad istas litteras proferam.

Simul enim finita est dicentium contentio, veritatem criminum fidemque probationibus certis instrui, nec suspicionibus tantam coniecturam permitti placuit, atque illum potissimum servum, qui solus haec ita gesta esse scire diceretur, sisti modis omnibus oportere. Nec tantillum cruciarius ille vel fortuna tam magni iudicii vel confertae conspectu curiae vel certe noxia conscientia sua deterritus, quae ipse finxerat quasi vera asseverare atque asserere incipit: quod se vocasset indignatus fastidio novercae iuve nis, quod ulciscens iniuriam filii eius mandaverit necem, quod promisisset grande silentii praemium, quod recusanti mortem sit comminatus, quod venenum sua manu temperatum dandum fratri reddiderit, quod ad criminis probationem reservatum poculum neglexisse suspicatus

134 **Pais Conscritos:** forma solene de referência aos senadores durante os períodos republicano e imperial.

135 **10.7:** procedimento caro à narrativa historiográfica, relatar o que foi testemunhado e aquilo de que se ouviu falar como coisas equivalentes serve para oferecer mais de uma versão sobre o fato – o que era tido como sinal de verossimilhança da narrativa e isenção do historiador. Aparece frequentemente em Tácito (*Anais* 2.88; 3.16; 4.53; 5.7; 5.9). Aqui, claro está, o procedimento é paródico.

dos tiranos e, em tempos de paz duradoura, não seria legado para a posteridade um exemplo tão ominoso.

7. A decisão salutar foi do agrado de todos; o proclamador foi enviado para comunicar que os Pais Conscritos[134] se reuniriam em congresso. Sem mais delongas, os senadores tomaram seus lugares nos assentos costumeiros, em conformidade com a prerrogativa conferida por sua reputação. O primeiro acusador se apresentou após o segundo aviso do proclamador. Só então o acusado foi chamado a se apresentar e, seguindo o exemplo da lei ateniense e do tribunal de Marte, o proclamador proibiu que os advogados da causa começassem a discursar e granjeassem piedade.

Tive conhecimento de que as coisas aconteceram dessa forma pelas várias conversas que ouvi; todavia, de que imputações o acusador se serviu, de que incriminações o réu se defendeu, da sucessão de discussões e debates não pude me inteirar por ter ficado de fora, no estábulo, e não posso lhes narrar o que desconheço. No entanto, relatarei neste livro as coisas que eu soube de fonte segura.[135]

No mesmo instante em que as acareações terminaram, ficou acordado que a verdade dos crimes seria apurada, que o rigor dos fatos seria confirmado com as provas certas e que não seriam permitidas tantas inferências a partir de afirmações suspeitas. Além disso, seria extremamente importante que, de todas as maneiras, o tal criado fosse convocado a prestar depoimento, pois todos diziam que ele era o único a saber como as coisas haviam acontecido. Nem um pouquinho apreensivo pela fama de um julgamento tão relevante, pela atenção dispensada pela cúria repleta de gente e pela sua consciência maléfica, aquele malfeitor digno da forca começou a afirmar e sustentar suas mentiras como se fossem verdades: que o rapaz, enfurecido com a displicência da madrasta, chamou-o num canto; que, para se vingar do desaforo, se dispusera a matar o filho dela; que lhe havia prometido uma grande recompensa pelo silêncio; que havia sido ameaçado de morte por ter recusado; que havia recebido o veneno preparado pelas mãos dele para ser ministrado ao irmão; e, por fim, que, suspeitando de que o outro empregaria a taça como

sua postremum manu porrexerit puero. Haec eximie ad veritatis imaginem verberone illo sine ulla tum trepidatione proferente, finitum est iudicium.

8. Nec quisquam decurionum tam aequus remanserat iuveni quin eum evidenter noxae compertum insui culleo pronuntiaret. Cum iam sententiae pares, cunctorum stilis ad unum sermonem congruentibus, ex more perpetuo in urnam aeream deberent coici, quo semel conditis calculis, iam cum rei fortuna transacto, nihil postea commutari licebat, sed mancipabatur potestas capitis in manum carnificis, unus e curia senior prae ceteris compertae fidi atque auctoritatis praecipuae medicus, orificium urnae manu contegens ne quis mitteret calculum temere, haec ad ordinem pertulit:

"Quod aetatis sum, vobis approbatum me vixisse gaudeo, nec patiar falsis criminibus petito reo manifestum homicidium perpetrari, nec vos, qui iure iurando astricti iudicatis, inductos servuli mendacio peierare. Ipse non possum calcata numinum religione conscientiam meam fallens perperam pronuntiare. Ergo ut res est de me cognoscite.

9. "Furcifer iste, venenum praesentarium comparare sollicitus centumque aureos solidos offerens pretium, me non olim convenerat, quod aegroto cuidam dicebat necessarium, qui morbi inextricabilis veterno vehementer implicitus vitae se cruciatui subtrahere gestiret. At ego, perspiciens malum istum verberonem blaterantem atque inconcinne causificantem certusque aliquod moliri flagitium, dedi quidem potionem; dedi, sed futurae quaestioni praecavens non statim pretium quod offerebatur accepi. Sed 'Ne forte aliquis' inquam 'istorum quos offers aureorum nequam vel adulter repperiatur, in hoc ipso sacculo conditos eos anulo tuo praenota, donec

136 **decurião:** no período imperial, tratava-se do militar de baixa patente, o que dá a entender que a situação seja a de um júri popular.

prova do crime, serviu com as próprias mãos o líquido ao garoto. Tendo aquele canalha eficientemente contado, com uma fingida consternação, essas mentiras como se fossem verdade, o julgamento se encerrou.

8. Não houve nenhum decurião[136] que ficasse a favor do rapaz a ponto de não declará-lo culpado diante das evidências e condená-lo a ser costurado dentro de um saco de couro. O veredito era o mesmo, pois o registro de todos convergia na mesma fórmula. De acordo com a antiga tradição, cabia-lhes depositar os votos numa urna de bronze. Contados esses votos e decidida a sorte do réu, não lhes seria mais permitido mudar de parecer: o poder sobre a vida do réu passava para a mão do carrasco. Foi então que um dos mais velhos membros da cúria — médico reconhecido por todos por conta de sua sinceridade e de sua autoridade — cobriu com a mão a boca da urna para impedir que alguém porventura depositasse seu voto e dirigiu à ordem as seguintes palavras:

— Na idade em que estou, me alegro pelo respeito que Vossas Excelências me têm. Mas não posso tolerar que um réu acusado de falsos crimes seja abertamente executado, nem que Vossas Excelências, que exercem a justiça sob juramento, cometam perjúrio com base na mentira de um escravo. Eu mesmo não consigo, atropelando as normas religiosas e enganando minha consciência, pronunciar um veredito injusto. Portanto, ouçam de mim como as coisas aconteceram.

9. Faz uns dias que este canalha me procurou, atrás de um veneno infalível pelo qual me oferecia cem moedas de ouro. Dizia que precisava dele para alguém que, por sofrer de uma doença em fase terminal, tinha intenção de aliviar de uma vez o sofrimento de sua própria vida. Eu, porém, percebendo que esse salafrário, pelo jeito estranho como falava, tinha más intenções, e certo de que ele tramava algum crime, lhe entreguei o fármaco. Entreguei, sim; mas, receando uma futura denúncia, não aceitei de imediato o preço que me oferecia e lhe pedi o seguinte: "para não ter dúvida de que esse ouro que você está me ofertando não é falso ou ilícito, marque com seu anel este

altera die nummulario praesente comprobentur.' Sic inductus signavit pecuniam, quam exinde, ut iste repraesentatus est iudicio, iussi de meis aliquem curriculo taberna promptam afferre, et en ecce perlatam coram exhibeo. Videat et suum sigillum recognoscat. Nam quem ad modum eius veneni frater insimulari potest, quod iste comparaverit?"

10. Ingens exinde verberonem corripit trepidatio, et in vicem humani coloris succedit pallor infernus, perque universa membra frigidus sudor emanabat. Tunc pedes incertis alternationibus commovere, modo hanc modo illam capitis partem scalpere, et ore semiclauso balbutiens nescio quas afannas effutire, ut eum nemo prorsus a culpa vacuum merito crederet. Sed revalescente rursus astutia constantissime negare et accersere mendacii non desinit medicum. Qui praeter iudicii religionem cum fidem suam coram lacerari videret, multiplicato studio verberonem illum contendit redarguere, donec iussu magistratuum ministeria publica contrectatis nequissimi servi manibus anulum ferreum deprehensum cum signo sacculi conferunt, quae comparatio praecedentem roboravit suspicionem. Nec rota vel eculeus more Graecorum tormentis eius apparata iam deerant, sed offirmatus mira praesumptione nullis verberibus ac ne ipso quidem succumbit igni.

11. Tum medicus "Non patiar," inquit "hercules, non patiar vel contra fas de innocente isto iuvene supplicium vos sumere, vel hunc ludificato nostro iudicio poenam noxii facinoris evadere. Dabo enim rei praesentis evidens argumentum. Nam cum venenum peremptorium comparare pessimus iste gestiret, nec meae sectae crederem convenire causas ulli praebere mortis nec exitio, sed saluti homi-

137 **a roda e o cavalete**: dois instrumentos de tortura; o condenado era preso à roda de carroça e seus membros, quebrados com o movimento circular; no cavalete, o condenado era amarrado por mãos e pés às extremidades de uma estrutura retangular, tensionada por manivela para provocar uma dor intensa.

saquinho onde ele ficará guardado até que, amanhã, sua legitimidade seja atestada perante o moedeiro". Induzido a fazer isso, marcou o saquinho com o dinheiro que, por conta da acusação deste réu em juízo, mandei um dos meus criados ir correndo buscar no meu consultório. Aqui está o ouro, vou mostrá-lo a Vossas Excelências. Veja aqui o seu sinal, reconheça sua marca: como é possível que o irmão seja culpado, sendo que foi este escravo quem comprou o veneno?

10. A partir daí, um inusitado calafrio percorreu os membros do salafrário e, no lugar do aspecto humano, uma palidez descarnada tomou de assalto o rosto dele. Um suor frio lhe escorria por todo o corpo; ele começou a mexer os pés sem direção, um de cada vez; coçava um lado da cabeça e depois outro e dizia coisas sem sentido, balbuciando com a boca semicerrada. Por isso, não houve ninguém que (com toda razão) achasse que ele não era culpado. Mas, retomando a astúcia, tornou a negar a culpa veementemente e a chamar o médico de mentiroso. Já esse, ao ver que, além da formalidade do tribunal, sua franqueza estava sendo achincalhada em público, passou a rebater o delinquente com empenho duplo até que as forças públicas, por ordem dos magistrados, agarraram o criado sem-vergonha pelas mãos e, depois de lhe tirarem o anel de ferro, cotejaram-no com a marca na sacola. A comparação confirmou as últimas suspeitas. Foram logo trazidos a roda e o cavalete,[137] em conformidade com a tradição grega; ele, porém, resistiu à tortura com toda a arrogância e não sucumbiu a nenhuma pancada, nem mesmo ao fogo.

11. O médico continuou:

— Por Hércules! Não vou permitir, mas não vou mesmo, que Vossas Excelências ordenem, contra o que é direito, a morte deste jovem inocente ou que este escravo, zombando deste tribunal, escape à punição de um crime hediondo. Darei, pois, a prova cabal do que digo a Vossas Excelências. De fato, quando este criminoso deu a entender que pretendia adquirir um veneno mortal, não achei que o papel da minha profissão era fornecer os meios para a morte de ninguém, pois não aprendi que a medicina se prestasse à morte, e sim

num medicinam quaesitam esse didicissem, verens ne, si daturum me negassem, intempestiva repulsa viam sceleri sumministrarem et ab alio quopiam exitiabilem mercatus hic potionem vel postremum gladio vel quovis telo nefas incohatum perficeret, dedi venenum, sed somniferum, mandragoram illum gravedinis compertae famosum et morti simillimi soporis efficacem. Nec mirum desperatissimum istum latronem certum extremae poenae, quae more maiorum in eum competit, cruciatus istos ut leviores facile tolerare. Sed si vere puer meis temperatam manibus sumpsit potionem, vivit et quiescit et dormit, et protinus marcido sopore discusso remeabit ad diem lucidam. Quod sive peremptus est, sive morte praeventus est, quaeratis licet causas mortis eius alias."

12. Ad istum modum seniore adorante placuit, et itur confestim magna cum festinatione ad illud sepulcrum quo corpus pueri depositum iacebat. Nemo de curia, de optimatibus nemo, ac ne de ipso quidem populo quisquam qui non illuc curiose confluxerit. Ecce pater, suis ipse manibus coperculo capuli remoto, commodum discusso mortifero sopore surgentem postliminio mortis deprehendit filium, eumque complexus artissime, verbis impar praesenti gaudio, producit ad populum. Atque ut erat adhuc feralibus amiculis instrictus atque obditus deportatur ad iudicium puer. Iamque liquido servi nequissimi atque mulieris nequioris patefactis sceleribus procedit in medium nuda veritas, et novercae quidem perpetuum indicitur exilium, servus vero patibulo suffigitur, et omnium consensu bono medico sinuntur aurei, opportuni somnii pretium. Et illius quidem senis famosa atque fabulosa fortuna providentiae divinae condignum accepit exitum, qui momento modico, immo puncto exiguo, post orbitatis periculum adulescentium duorum pater repente factus est.

à vida. Porém, com medo de que, se eu me negasse a lhe entregar o fármaco, abriria as portas para o crime graças à minha súbita recusa, ou que este escravo fosse comprar o narcótico fatal com outro médico, ou que, por fim, concluísse com a espada ou a lança o que havia começado, entreguei-lhe não o veneno, mas um sonífero: a mandrágora, famosa por seus atributos letárgicos e por provocar um sono muito parecido com a morte. Não é por acaso que esse delinquente, sem nada mais a esperar e seguro da punição capital que, de acordo com a tradição, lhe corresponde, conseguiu aguentar com facilidade estas torturas, como se fossem as mais leves. No entanto, se a criança bebeu mesmo o fármaco preparado por minhas mãos, está viva, descansando e dormindo. Daqui a pouco, vai despertar do sono letárgico e voltar à luz do dia. Por outro lado, se estiver morta de verdade, se foi levada pela morte, o correto é Vossas Excelências investigarem as causas de seu falecimento.

12. Todos concordaram com o que o idoso tinha acabado de falar e, com enorme pressa, se dirigiram à sepultura onde o corpo do garoto estava enterrado. Não havia nenhum dos senadores, dos nobres e até mesmo do próprio povo que, por curiosidade, não correu para lá. Foi o próprio pai que, abrindo logo a tampa do caixão, resgatou com as próprias mãos o filho que, com o fim do sono mortífero, voltava do limiar da morte. Depois de apertar a criança entre os braços, sem palavras diante da felicidade ímpar do momento, a apresentou ao povo coberta e envolta na mortalha como ainda estava e a levou para o tribunal. Provado o crime de envenenamento praticado pelo criado desalmado e pela madrasta ainda mais desalmada, a verdade nua apareceu. A madrasta foi condenada ao exílio perpétuo e o escravo, à forca. Com o consentimento de todos, o ouro pago por um sono oportuno ficou com o bom médico. E, assim, a aventura tão famosa quanto fabulosa do velho homem resultou num desfecho digno da Providência Divina; afinal, em tão pouco tempo ou melhor, de uma hora para outra, ele se viu, depois do risco de perder os filhos, pai de dois adolescentes.

13. At ego tunc temporis talibus fatorum fluctibus volutabar. Miles ille, qui me nullo vendente comparaverat et sine pretio suum fecerat, tribuni sui praecepto debitum sustinens obsequium, litteras ad magnum scriptas principem Romam versus perlaturus, vicinis me quibusdam duobus servis fratribus undecim denariis vendidit. His erat dives admodum dominus. At illorum alter pistor dulciarius, qui panes et mellita concinnabat edulia, alter cocus, qui sapidissimis intrimentis sucuum pulmenta condita vapore mollibat. Unico illi contubernio communem vitam sustinebant, meque ad vasa illa compluria gestanda praedestinarant, quae domini regiones plusculas pererrantis variis usibus erant necessaria. Asciscor itaque inter duos illos fratres tertius contubernalis, haud ullo tempore tam benivolam fortunam expertus. Nam vespera post opiparas cenas earumque splendidissimos apparatus multas numero partes in cellulam suam mei solebant reportare domini, ille porcorum, pullorum, piscium, et cuiusce modi pulmentorum largissimas reliquias, hic panes, crustula, lucunculos, hamos, laterculos, et plura scitamenta mellita. Qui cum se refecturi clausa cellula balneas petissent, oblatis ego divinitus dapibus affatim saginabar. Nec enim tam stultus eram tamque vere asinus ut dulcissimis illis relictis cibis cenarem asperrimum faenum.

14. Et diu quidem pulcherrime mihi furatrinae procedebat artificium, quippe adhuc timide et satis parce surripienti de tam multis pauciora, nec illis fraudes ullas in asino suspicantibus. At ubi fiducia latendi pleniore capta partes opimas quasque devorabam et iucundiora eligens abligurribam dulcia, suspicio non exilis fratrum pupugit animos, et quamquam de me nihil etiam tum tale crederent, tamen cotidiani damni studiose vestigabant reum. Illi vero postremo etiam mutuo sese rapinae turpissimae criminabantur, iamque curam diligentiorem et acriorem custodelam et dinumerationem adhibebant

13. Mas, nessa mesma época, eu continuava às voltas no redemoinho do destino: o tal soldado que, sem vendedor, me adquirira como sua propriedade e me considerara seu sem pagar nada, tinha de levar a Roma, cumprindo a determinação de seu tribuno, uma carta destinada ao príncipe e me vendeu para dois irmãos por onze denários. O patrão deles era muito rico. Um dos irmãos era confeiteiro e fazia pães e bolos de mel; o outro era chefe de cozinha e preparava carnes suculentas, temperadas com molhos deliciosíssimos. Dividiam o mesmo quarto e me incumbiram da tarefa de transportar diversos utensílios, que serviam de várias maneiras para o patrão, quando viajava para diferentes lugares. Por isso, formamos um trio, aqueles dois irmãos e eu, e jamais tinha desfrutado uma sorte tão grande. No final da tarde, depois de banquetes opulentos e servidos com toda a pompa, meus donos costumavam levar boa parte das sobras para o quartinho deles: um trazia vários pedaços de porco e de frango, peixes e tudo quanto havia de carnes; o outro, pães, biscoitos, bolos, doces em forma de anzol ou lagartixas e várias guloseimas. Depois de trancarem o quarto e se dirigirem aos banhos públicos para recobrarem as forças, eu me lambuzava o quanto fosse possível com os manjares divinos, pois não era tão tonto nem tão burro assim para comer feno amargo em vez daquelas sobras de comida gostosíssimas.

14. Por um bom tempo, esse jeito de roubar funcionou para mim às mil maravilhas, até porque eu roubava timidamente e somente uma pequena parte de tantas coisas deliciosas; além do mais, eles não suspeitariam de nenhum furto cometido por um asno. Contudo, à medida que aumentava a convicção de que eu não seria descoberto, passei a escolher bem e só devorar as melhores partes, bem como me empanturrar com as guloseimas mais gostosas. Então, uma suspeita nem um pouco irrelevante tomou de assalto a alma dos irmãos e, embora não desconfiassem de mim, se esforçavam para achar o responsável pelo dano diário. Por fim, começaram a culpar um ao outro pela roubalheira para lá de sórdida, passando a tomar um cuidado cada vez mais constante, a redobrar a vigilância e a fazer a

partium. Tandem denique rupta verecundia sic alter alterum compellat:

"At istud iam neque aequum ac ne humanum quidem cotidie te partes electiores surripere atque iis divenditis peculium latenter augere, de reliquis aequam vindicare divisionem. Si tibi denique societas ista displicet, possumus omnia quidem cetera fratres manere, ab isto tamen nexu communionis discedere. Nam video in immensum damni procedentem querelam nutrire nobis immanem discordiam."

Subicit alius: "Laudo istam tuam mehercules et ipse constantiam, quod cotidie furatis clanculo partibus praevenisti querimoniam, quam diutissime sustinens tacitus ingemescebam, ne viderer rapinae sordidae meum fratrem arguere. Sed bene quod utrimquesecus sermone prolato iacturae remedium quaeritur, ne silentio procedens simultas Eteocleas nobis contentiones pariat."

15. His et similibus altercati conviciis deierantur utrique nullam se prorsus fraudem, nullam denique surreptionem factitasse, sed plane debere cunctis artibus communis dispendii latronem inquiri. Nam neque asinum, qui solus interesset, talibus cibis affici posse, et tamen cotidie partes electiles comparere nusquam, nec utique cellulam suam tam immanes involare muscas, ut olim Harpyiae fuere quae diripiebant Phineias dapes.

Interea liberalibus cenis inescatus et humanis affatim cibis saginatus, corpus obesa pinguitie compleveram, corium arvina suculenta molliveram, pilum liberali nitore nutriveram. Sed iste corporis mei decor pudori peperit grande dedecus. Insolita namque tergoris vastitate commoti, faenum prorsus intactum cotidie remanere cernentes, iam totos ad me dirigunt animos. Et hora consueta velut

138 **Etéocles e Polinices**: filhos de Édipo que morreram em uma guerra civil. O evento é objeto da tragédia *Os sete contra Tebas*, de Ésquilo, e antecede cronologicamente a tragédia *Antígona*, de Sófocles.

contagem das sobras. Chegou o momento, porém, em que um disse ao outro, sem reservas:

— Não é direito e nem sequer humano roubar todo dia as melhores sobras, aumentar às escondidas a própria renda com a venda delas e, ainda por cima, exigir a partilha justa do restante. Se não quer mais a colaboração que existe entre nós, podemos continuar como irmãos em tudo o mais, porém deixando de compartilhar todas as coisas. Vejo que esta confusão está gerando um grande prejuízo e virando uma briga cruel entre nós.

Ao que o outro acrescentou:

— Mas, rapaz, muito me admira essa sua cara-de-pau! É você que fica roubando minha parte às escondidas todo dia e agora reclama da mesma coisa que eu ia reclamar, depois de ficar tanto tempo quieto, para não me ver acusando meu próprio irmão de um crime tão bárbaro. Pois muito bem; já que tocamos no assunto, vamos buscar juntos o remédio para o problema, antes que esse conflito entre nós avance em silêncio e produza uma guerra como a de Etéocles e Polinices.[138]

15. Depois de trocarem essas e outras acusações entre si, ambos juraram firmemente que não haviam cometido nenhum crime nem que roubaram nada, mas chegaram a um acordo de que deveriam achar, de qualquer maneira que fosse, o ladrão que lhes causou tanto prejuízo; afinal, um burro que ficava ali sozinho não poderia consumir iguarias como aquelas. No entanto, todo dia as melhores sobras desapareciam; não era o caso de moscas voarem pelo quarto deles, como faziam as Harpias que pilhavam as refeições de Fineu.

Enquanto isso, empanturrado com os generosos banquetes e satisfeito até o limite com a comida dos seres humanos, fiquei com o corpo bem rechonchudo, o couro esticado pela gordura e o pelo brilhoso, de boa aparência. Mas esse benefício físico resultou num grande prejuízo. Acontece que os irmãos ficaram incomodados com o tamanho da minha barriga e, percebendo que o feno invariavelmente continuava intacto, voltaram todas as suas atenções para mim. No horário habitual, como se fossem para os banhos públi-

balneas petituri, clausis ex more foribus, per quandam modicam cavernam rimantur me passim expositis epulis inhaerentem. Nec ulla cura iam damni sui habita, mirati monstruosas asini delicias risu maximo dirumpuntur, vocatoque uno et altero ac dein pluribus conservis, demonstrant infandam memoratu hebetis iumenti gulam. Tantus denique ac tam liberalis cachinnus cunctos invaserat ut ad aures quoque praetereuntis perveniret domini.

16. Sciscitatus denique quid bonum rideret familia, cognito quod res erat, ipse quoque per idem prospiciens foramen delectatur eximie. Ac dehinc risu ipse quoque latissimo adusque intestinorum dolorem redactus, iam patefacto cubiculo proxime consistens coram arbitratur. Nam et ego tandem ex aliqua parte mollius mihi renidentis fortunae contemplatus faciem, gaudio praesentium fiduciam mihi sumministrante, nec tantillum commotus securus esitabam, quoad novitate spectaculi laetus dominus aedium duci me iussit, immo vero suis etiam ipse manibus ad triclinium perduxit, mensaque posita omne genus edulium solidorum et illibata fercula iussit apponi. At ego, quamquam iam bellule suffarcinatus, gratiosum commendatioremque me tamen ei facere cupiens, esurienter exhibitas escas appetebam. Nam et quid potissimum abhorreret asino excogitantes scrupulose, ad explorandam mansuetudinem id offerebant mihi, carnes lasere infectas, altilia pipere inspersa, pisces exotico iure perfusos. Interim convivium summo risu personabat.

Quidam denique praesens scurrula "Date" inquit "sodali huic quippiam meri." Quod dictum dominus secutus "Non adeo" respondit "absurde iocatus es, furcifer. Valde enim fieri potest ut contubernalis noster poculum quoque mulsi libenter appetat." Et "Heus," ait "puer, lautum diligenter ecce illum aureum cantharum mulso

cos, trancavam a porta como de costume e me observavam, por uma pequena fenda, ocupado com a comida que estava por ali. Sem se preocuparem com seu prejuízo e espantados com os prazeres aberrantes de um asno, os irmãos romperam numa enorme gargalhada e, chamando primeiro um colega, depois outro e então mais outros ainda, exibiam a gula inexplicável de um jumento espertalhão. Uma gargalhada tão alta e tão exagerada se espalhou ao longe, a ponto de chegar aos ouvidos do patrão.

16. Ele, por fim, perguntou que piada fazia os criados gargalharem e, depois de descobrir do que se tratava, também ele, olhando pela fresta, caiu na risada. Aliás, sua vontade de gargalhar era tanta, que ele acabou ficando com dor de barriga e, logo que abriu a porta, foi para junto de mim a fim de verificar o fenômeno pessoalmente. Por outro lado, admirei o rosto da Fortuna rindo para mim com mais ternura e, relevando com alegria o atrevimento dos que ali estavam, continuei, sem me incomodar nem um pouquinho, a comer tranquilamente, até que o dono da casa, feliz com a novidade do espetáculo, ordenou que me levassem (quer dizer, ele mesmo me levou com suas próprias mãos) até o triclínio. Arrumada a mesa, mandou que fosse servido todo tipo de iguarias e petiscos não tocados por ninguém. Mas eu, embora lindamente satisfeito, queria parecer engraçado para ele e conquistar seu favor, caindo de boca na comida que estava à minha disposição. Já os criados me ofereciam, para testar a minha docilidade, precisamente o que achavam que poderia causar a maior repulsa de um asno: carnes temperadas com raízes fortes, linguiças apimentadas e peixes com molhos exóticos. Enquanto isso, os convidados faziam ressoar uma gargalhada alta.

Por fim, um dos presentes quis dar uma de engraçadinho e sugeriu:

— Ofereçam um pouco de vinho puro ao companheiro!

Dito isso, o patrão emendou:

— O que você sugere não é de todo absurdo, seu fanfarrão! Pode até ser que o nosso comensal aprecie uma boa taça de vinho temperado com mel. Ei, garoto! — prosseguiu ele — Lave direitinho aquele

contempera et offers parasito meo. Simul quod ei praebiberim commoneto."

Ingens exin oborta est epulonum exspectatio. Nec ulla tamen ego ratione conterritus, otiose ac satis genialiter contorta in modum ligulae postrema labia grandissimum illum calicem uno haustu perduxi. Et clamor exsurgit consona voce cunctorum salute me prosequentium.

17. Magno denique delibutus gaudio dominus, vocatis servis suis, emptoribus meis, iubet quadruplum restitui pretium, meque cuidam acceptissimo liberto suo et satis peculiato magnam praefatus diligentiam tradidit. Qui me satis humane satisque comiter nutriebat et, quo se patrono commendatiorem faceret, studiosissime voluptates eius per meas argutias instruebat. Et primum me mensam accumbere suffixo cubito, dein alluctari et etiam quidem saltare sublatis primoribus pedibus perdocuit, quodque esset apprime mirabile, verbis nutum commodare, ut quod nollem relato, quod vellem deiecto capite monstrarem, sitiensque pocillatore respecto, ciliis alterna conivens, bibere flagitarem. Atque haec omnia perfacile oboediebam, quae nullo etiam monstrante scilicet facerem. Sed verebar ne, si forte sine magistro humano ritu ederem pleraque, rati scaevum praesagium portendere, velut monstrum ostentumque me obtruncatum vulturiis opimum pabulum redderent. Iamque rumor publice crebuerat, quo conspectum atque famigerabilem meis miris artibus effeceram dominum: "Hic est qui sodalem convivamque possidet asinum luctantem, asinum saltantem, asinum voces humanas intellegentem, sensum nutibus exprimentem."

18. Sed prius est ut vobis, quod initio facere debueram, vel nunc saltem referam quis iste vel unde fuerit. Thiasus—hoc enim nomine

139 **penetra**: no original, *parasito*, personagem-tipo da comédia romana normalmente caracterizado pela gula.

jarro de ouro, encha-o de vinho temperado com mel e ofereça ao penetra[139] aqui. Diga também a ele que bebi antes em sua saúde.

Com isso, surgiu uma enorme expectativa nos convidados. Sem, de jeito nenhum, estar com medo, eu torci, tranquilamente e com bastante graça, o beiço inferior como se fosse a língua e tomei todo aquele jarro num gole só. Foi grande o barulho, quando todos, em uníssono, me desejaram saúde.

17. Assim, pois, o patrão era só felicidade. Depois de chamar os criados que haviam me comprado, ordenou que lhes fosse restituído o valor da compra multiplicado por quatro e me confiou a um dos seus libertos prediletos, que ademais era bem abastado, e lhe solicitou que cuidasse bem de mim. O moço era muito bondoso e amistoso comigo e me alimentava bem para parecer mais prestativo para o patrão. Com todo o empenho do mundo, exercitava minhas habilidades para satisfazer as vontades dele. Primeiro, me ensinou a me comportar à mesa, apoiado sobre os cotovelos; depois a lutar e até a dançar, erguendo as patas dianteiras; além disso (algo que era ainda mais peculiar) a responder comandos, de modo a demonstrar com o pescoço para trás o que não me agradava, e para frente o que eu preferia. Caso eu estivesse com sede, olhava para o escanção e, piscando um olho de cada vez, pedia para beber. Tudo isso eu obedecia com facilidade, porque é claro que poderia fazê-lo sem que ninguém me ensinasse. Tinha receio, porém, de que, se eu talvez agisse como ser humano sem ter recebido treinamento, as pessoas me tratariam como um monstro ou uma aberração e, acreditando que eu fosse um presságio sinistro, me fariam em pedaços para servir de alimento aos urubus. O rumor já havia se espalhado por todo mundo, razão pela qual eu havia tornado o patrão conhecido e famoso pelos meus talentos esquisitos: "este é o homem que possui como compadre e comensal um burro que luta, um burro que dança, um burro que entende a linguagem humana e que manifesta seu pensamento com gestos!"

18. Mas, antes de prosseguir, vou enfim contar a vocês o que deveria ter dito no começo: quem é e de onde vem esse homem. Tíaso

meus nuncupabatur dominus—oriundus patria Corintho, quod caput est totius Achaiae provinciae, ut eius prosapia atque dignitas postulabat, gradatim permensis honoribus quinquennali magistratui fuerat destinatus, et ut splendori capessendorum responderet fascium, munus gladiatorium triduani spectaculi pollicitus latius munificentiam suam porrigebat. Denique gloriae publicae studio tunc Thessaliam etiam accesserat, nobilissimas feras et famosos inde gladiatores comparaturus, iamque ex arbitrio dispositis coemptisque omnibus domuitionem parabat. Spretis luculentis illis suis vehiculis ac posthabitis decoris raedarum carpentis, quae partim contecta, partim revelata frustra novissimis trahebantur consequiis, equis etiam Thessalicis et aliis iumentis Gallicanis, quibus generosa suboles perhibet pretiosam dignitatem, me, phaleris aureis et fucatis ephippiis et purpureis tapetis et frenis argenteis et pictilibus balteis et tintinnabulis perargutis exornatum, ipse residens amantissime nonnumquam comissimis affatur sermonibus, atque inter alia pleraque summe se delectari profitebatur quod haberet in me simul et convivam et vectorem.

19. At ubi partim terrestri, partim maritimo itinere confecto Corinthum accessimus, magnae civium turbae confluebant, ut mihi videbatur, non tantum Thiasi studentes honori quam mei conspectus cupientes. Nam tanta etiam ibidem de me fama pervaserat ut non mediocri quaestui praeposito illi meo fuerim. Qui cum multos videret nimio favore lusus meos spectare gestientes, obserata fore atque singulis eorum sorsus admissis, stipes acceptans non parvas summulas diurnas corradere consuerat.

Fuit in illo conventiculo matrona quaedam pollens et opulens. Quae more ceterorum visum meum mercata ac dehinc multiformibus ludicris delectata, per admirationem assiduam paulatim in admirabilem mei cupidinem incidit. Nec ullam vesanae libidini

(pois esse é o nome do meu patrão) vem de Corinto, capital de toda a província da Acaia. Depois de gradativamente ocupar as funções públicas conforme lhe facultavam sua origem e nobreza, alcançou a magistratura quinquenal e, como forma de agradecimento pela esplêndida obtenção dos fasces, resolveu ampliar sua influência oferecendo jogos de gladiadores que durassem três dias. Assim, num esforço de granjear reconhecimento público, se dirigiu à Tessália para arranjar as mais excelentes feras e os mais famosos gladiadores da região. Depois de comprar e contratá-los todos de acordo com seu gosto pessoal, se preparou para regressar: deixou de lado seus elegantes veículos e desprezou as carruagens de quatro rodas (algumas cobertas e outras, conversíveis), que vieram vazias no final caravana, bem como os cavalos da Tessália e demais animais de montaria de origem gaulesa, cuja nobreza de raça lhes conferia enorme valor. Subindo no meu lombo com delicadeza (eu estava adornado com cordões de ouro, xales coloridos, mantas cor de púrpura, freios de prata, arreios bordados e sinetas ressoantes), uma e outra vez me dirigia palavras muito amigáveis e, entre uma conversa aqui e ali, confessava se alegrar muito pelo fato de ver em mim tanto um meio de transporte quanto um companheiro de mesa.

19. Mas quando, em trajeto ora terrestre ora marítimo, chegamos a Corinto, uma grande multidão de cidadãos se juntou não para receber Tíaso (ao que parecia), e sim querendo me ver. De fato, minha grande fama também havia chegado ali, razão pela qual proporcionei ganhos nada desprezíveis ao meu mestre. Ao perceber que várias pessoas tinham um enorme interesse em assistir à minha atuação, ele fechou a porta e controlou a passagem das pessoas uma a uma, separadamente. Cobrando entrada, conseguiu juntar um bom dinheiro com o passar dos dias.

Esteve certa vez naquele local uma mulher de boa família, rica e próspera, que pagou como os demais para me assistir e, depois disso, entusiasmada com minhas variadas posições, foi lentamente de uma obsessiva admiração até uma admirável paixão por mim. Sem encontrar remédio para aquela atração tresloucada, ansiava

medelam capiens ad instar asinariae Pasiphaae complexus meos ardenter exspectabat. Grandi denique praemio cum altore meo ta est noctis unius concubitum. At ille nequaquam anxius depececquid posset de me suave provenire, lucro suo tantum contentus, annuit.

20. Iam denique cenati e triclinio domini decesseramus, et iam dudum praestolantem cubiculo meo matronam offendimus. Dii boni, qualis ille quamque praeclarus apparatus! Quattuor eunuchi confestim pulvillis compluribus ventose tumentibus pluma delicata terrestrem nobis cubitum praestruunt, sed et stragula veste auro ac murice Tyrio depicta probe consternunt, ac desuper brevibus admodum, sed satis copiosis pulvillis aliis nimis modicis, quis maxillas et cervices delicatae mulieres suffulcire consuerunt, superstruunt. Nec dominae voluptates diutina sua praesentia morati, clausis cubiculi foribus facessunt. At intus cerei praeclara micantes luce nocturnas nobis tenebras inalbabant.

21. Tunc ipsa cuncto prorsus spoliata tegmine, taenia quoque qua decoras devinxerat papillas, lumen propter assistens, de stagneo vasculo multo sese perungit oleo balsamino meque indidem largissime perfricat, sed multo tanta impensius; tura etiam nares perfundit meas. Tunc exosculata pressule, non qualia in lupanari solent basiola iactari vel meretricum poscinummia vel adventorum negantinummia, sed pura atque sincera, instruit et blandissimos affatus: "Amo" et "Cupio" et "Te solum diligo" et "Sine te iam vivere nequeo," et cetera quis mulieres et alios inducunt et suas testantur affectationes. Capistroque me prehensum more quo didiceram reclinat facile, quippe nil novi nihilque difficile facturus mihi viderer, praesertim post tantum temporis tam formosae mulieris cupientis amplexus obiturus. Nam et vino pulcherrimo atque copioso memet madefeceram et unguento fraglantissimo prolubium libidinis suscitaram.

140 **Pasífae:** esposa do rei Minos, rei de Creta, que, segundo o mito, escondeu-se numa escultura de madeira em formato de vaca, construída por Dédalo, para ter relações sexuais com um touro, donde o nascimento do Minotauro; cf. Ovídio, *Arte de amar* 1.289–326.

ardentemente por um abraço meu, como uma Pasífae[140] apaixonada por um burro. Por fim, ofereceu uma grande soma ao meu mestre para dormir comigo uma noite que fosse. Ele, sem avaliar se o combinado sairia caro para mim, e sim pensando apenas no seu lucro, concordou.

20. Ao final do jantar, deixamos o triclínio do patrão e topamos com a madame que me esperava no quarto havia várias horas. Meu deus do céu! Que preparativos eram aqueles! Quanto cuidado! Quatro eunucos rapidamente nos proveram com um leito no chão, coberto com várias almofadas forradas de plumas delicadas. Revestiram-no, porém, com uma colcha bordada a ouro, tingida primorosamente com a púrpura de Tiro. Por cima, ajeitaram mais almofadas, bem macias e pequenas, mas em bastante quantidade — desse tipo que mulheres discretas usam para apoiar as faces e a nuca. Sem retardar demais a sua saída, fecharam as portas do quarto e aceleraram a satisfação dos desejos de sua senhora. Lá dentro, as velas de brilho intenso afastavam de nós a escuridão da noite.

21. Então, depois de tirar toda a roupa e, inclusive, a faixa com a qual cobrira os belos seios, chegou mais perto da luz, passou pelo corpo todo o óleo balsâmico de um frasco de estanho e, por um bom tempo, me esfregou por inteiro com o mesmo óleo, tendo muito cuidado em untar minhas narinas. Além disso, me cobriu de beijos — não como aqueles que se costumam dar no bordel, quando as prostitutas querem dinheiro ou quando os clientes não querem pagar, mas puros e sinceros — enquanto dizia estas palavras ternas: “Te amo”, “Te desejo”, “Eu só quero você”, “Já não posso viver sem ti” e tudo o mais que as mulheres dizem para seduzir ou confessar o que sentem. Em seguida, me pegou pelo cabresto e me deitou sem dificuldade, do jeito como eu tinha aprendido — mesmo porque isso não me parecia algo novo nem difícil e, sobretudo, porque eu estava, depois de tanto tempo, com vontade de sentir o calor de uma mulher tão bonita e fogosa; de fato, eu havia tomado umas boas taças de um vinho excelente e o aroma do perfume havia despertado meu desejo.

22. Sed angebar plane non exili metu reputans quem ad modum tantis tamque magnis cruribus possem delicatam matronam inscendere, vel tam lucida tamque tenera et lacte ac melle confecta membra duris ungulis complecti, labiasque modicas ambroseo rore purpurantes tam amplo ore tamque enormi et saxeis dentibus deformi saviari, novissime quo pacto, quamquam ex unguiculis perpruriscens, mulier tam vastum genitale susciperet. Heu me, qui dirrupta nobili femina bestiis obiectus munus instructurus sim mei domini! Molles interdum voculas et assidua savia et dulces gannitus commorsicantibus oculis iterabat illa, et in summa "Teneo te," inquit "teneo, meum palumbulum, meum passerem." Et cum dicto vanas fuisse cogitationes meas ineptumque monstrat metum. Artissime namque complexa totum me prorsus, sed totum recepit. Illa vero quotiens ei parcens nates recellebam, accedens totiens nisu rabido et spinam prehendens meam applicitiore nexu inhaerebat, ut hercules etiam deesse mihi aliquid ad supplendam eius libidinem crederem, nec Minotauri matrem frustra delectatam putarem adultero mugienti. Iamque operosa et pervigili nocte transacta, vitata lucis conscientia facessit mulier, condicto pari noctis futurae pretio.

23. Nec gravate magister meus voluptates ex eius arbitrio largiebatur, partim mercedes amplissimas acceptando, partim novum spectaculum domino praeparando. Încunctanter ei denique libidinis nostrae totam detegit scaenam. At ille liberto magnifice munerato destinat me spectaculo publico. Et quoniam neque egregia illa uxor mea propter dignitatem, neque prorsus ulla alia inveniri potuerat grandi praemio, vilis acquiritur aliqua sententia praesidis bestiis

22. Porém, alarmado por um temor nada pequeno, eu queria muito descobrir como conseguiria, com tantas patas e tão grandes, me encaixar numa dama tão delicada, ou abraçar, com meus cascos duros, seus membros tão radiosos, tão tenros e feitos de leite e mel, ou beijar, com um beiço tão comprido, tão grande e cheio de dentes rígidos feito pedras, seus lábios meigos e rubros, orvalhados de ambrosia — e, antes de mais nada, como poderia a mulher, muito embora excitada até a ponta das unhas, receber um órgão genital tão imenso. Ai de mim! Se arrebentasse essa nobre mulher, eu seria lançado às feras como atração dos jogos oferecidos pelo meu patrão! Enquanto isso, ela repetia palavras doces e redobrava os beijos e os suaves gemidos, me lançando olhares provocantes:

— Você é meu — dizia ela —, é todo meu, pardalzinho, meu passarinho!

Mas, depois que ela disse isso, provou que minhas impressões eram vãs e meu temor, desnecessário. De fato, me abraçando com toda a força, ela sem demora me recebeu por inteiro — mas por inteiro mesmo e, ainda que eu recuasse as ancas para poupá-la, ela me pegava pelas costas e, pressionando com firmeza, me estreitava num enlace ainda mais apertado, de forma que (por Hércules!) eu até achava que não seria capaz de satisfazer o desejo dela e que não era sem motivo que a mãe do Minotauro se deliciava com um amante que mugia! Assim passamos acordados aquela noite trabalhosa. Evitando a indiscreta luz do dia, a mulher fechou o mesmo valor para uma noite futura.

23. Meu senhor, sem pressão alguma, atendia aos seus desejos conforme ela queria, tanto para receber pagamentos cada vez maiores quanto para oferecer um espetáculo inédito ao patrão. Em consequência disso, lhe revelou o cenário inteiro dos nossos prazeres. O patrão, então, depois de gratificar generosamente o liberto, me reservou para um espetáculo público. Porém, como nem a minha ilustre esposa poderia ser contratada devido à sua nobreza, nem outra mulher (por maior que fosse o prêmio), tratou de achar uma terceira, condenada às feras pelo governador, que poderia descer

addicta, quae mecum incoram publicans pudicitiam populi caveam frequentaret. Eius poenae talem cognoveram fabulam.

Maritum habuit, cuius pater peregre proficiscens mandavit uxori suae, matri eiusdem iuvenis—quod enim sarcina praegnationis oneratam eam relinquebat—ut, si sexus sequioris edidisset fetum, protinus quod esset editum necaretur. At illa, per absentiam mariti nata puella, insita matribus pietate praeventa descivit ab obsequio mariti, eamque prodidit vicinis alumnandam, regressoque iam marito natam necatamque nuntiavit. Sed ubi flos aetatis nuptialem virgini diem flagitabat, nec ignaro marito dotare filiam pro natalibus quibat, quod solum potuit, filio tacitum secretum aperuit. Nam et oppido verebatur ne quo casu, caloris iuvenalis impetu lapsus, nescius nesciam sororem incurreret. Sed pietatis spectatae iuvenis et matris obsequium et sororis officium religiose dispensat, et, arcanis domus venerabilis silentii custodiae traditis, plebeiam facie tenus praetendens humanitatem, sic necessarium sanguinis sui munus aggreditur ut desolatam vicinam puellam parentumque praesidio viduatam domus suae tutela receptaret, ac mox artissimo multumque sibi dilecto contubernali, largitus de proprio dotem, liberalissime traderet.

24. Sed haec bene atque optime plenaque cum sanctimonia disposita feralem Fortunae nutum latere non potuerunt, cuius instinctu domum iuvenis protinus se direxit saeva Rivalitas. Et ilico haec eadem uxor eius, quae nunc bestiis propter haec ipsa fuerat addicta, coepit puellam velut aemulam tori succubamque primo suspicari, dehinc detestari, dehinc crudelissimis laqueis mortis insidiari.

Tale denique comminiscitur facinus. Anulo mariti surrepto, rus profecta mittit quendam servulum sibi quidem fidelem, sed de ipsa

ao anfiteatro comigo e tornar pública a sua defloração. E aqui está a sua história.

Ela tinha sido casada com um jovem cujo pai, ao viajar para o estrangeiro, ordenou à esposa e mãe do rapaz (a quem deixava com o fardo pesado da gravidez) que, se tivesse um bebê do sexo feminino, deveria matar a recém-nascida imediatamente. Mas, dado o nascimento de uma menina durante a ausência do marido, ela, cheia da piedade natural às mães, não obedeceu à ordem do esposo e entregou a filha a uma vizinha para que a criasse. Assim que o marido regressou, contou-lhe que tinha tido uma menina e que a matara. Mas, quando a flor da juventude requeria da moça que ela se casasse, a mãe não teria como dar à filha, sem que o marido percebesse, o dote condigno com a sua fidalguia. Fez, então, apenas o que conseguiu: confiou o segredo íntimo ao seu filho, pois tinha muito medo de que, levado por algum arroubo juvenil, ele se aproximasse dela sem saber que se tratava de sua irmã e sem que a moça também soubesse disso. Contudo, o jovem de notável prudência conciliou devotadamente a obediência à mãe ao cuidado com a irmã. Confiou o segredo de sua família a um respeitoso silêncio, simulando no rosto apenas uma bondade banal. Dessa forma, cumpriu as obrigações exigidas pelos laços sanguíneos, a ponto de receber em sua casa a jovem vizinha, órfã e abandonada; algum tempo depois, generosamente lhe atribuiu um dote tirado de seus próprios recursos e deu-a em casamento a um de seus melhores e mais queridos amigos.

24. Tudo isso, no entanto, embora ocorresse bem e fosse realizado com a melhor das intenções, não pôde escapar da vicissitude feroz da Fortuna, com cujo estímulo o cruel Ciúme adentrou, sem demora, a casa do jovem. Ali, a mulher dele (esta mesma que, por sua atitude, agora estava condenada às feras), começou a achar que a moça fosse sua rival e amante de seu marido; depois, passou a odiá-la; em seguida, a tramar terríveis emboscadas para provocar sua morte; por fim, executou o seguinte crime:

Depois de roubar a aliança do esposo e viajar para o campo, enviou um criadinho seu (que lhe tinha muita lealdade, mas não era

Fide pessime merentem, qui puellae nuntiaret quod eam iuvenis profectus ad villulam vocaret ad sese, addito ut sola et sine ullo comite quam maturissime perveniret. Et ne qua forte nasceretur veniendi cunctatio, tradit anulum marito subtractum, qui monstratus fidem verbis astipularetur. At illa mandatu fratris obsequens—hoc enim nomen sola sciebat—respecto etiam signo eius quod offerebatur, naviter ut praeceptum fuerat incomitata festinat. Sed ubi fraudis extremae lapsa decipulo laqueos insidiarum accessit, tunc illa uxor egregia sororem mariti, libidinosae furiae stimulis efferata, primum quidem nudam flagris ultime verberat, dehinc quod res erat clamantem quodque frustra paelicatus indignatione bulliret, fratrisque nomen saepius iterantem, velut mentitam atque cuncta fingentem titione candenti inter media femina detruso crudelissime necavit.

25. Tunc acerbae mortis exciti nuntiis frater et maritus accurrunt, variisque lamentationibus defletam puellam tradunt sepulturae. Nec iuvenis sororis suae mortem tam miseram et quae minime par erat illatam aequo tolerare quivit animo, sed medullitus dolore commotus acerrimaeque bilis noxio furore perfusus exin flagrantissimis febribus ardebat, ut ipsi quoque iam medela videretur esse necessaria. Sed uxor, quae iam pridem nomen uxoris cum fide perdiderat, medicum convenit quendam notae perfidiae, qui iam multarum palmarum spectatus proeliis magna dexterae suae tropaea numerabat, eique protinus quinquaginta promittit sestertia, ut ille quidem momentarium venenum venderet, illa autem emeret mortem mariti sui. Quo compecto simulatur necessaria praecordiis leniendis bilique subtrahendae illa praenobilis potio quam sacram Saluti doctiores nominant, sed in eius vicem subditur alia Proserpinae sacra. Iamque praesente familia et nonnullis amicis et affinibus, aegroto medicus poculum probe temperatum manu sua porrigebat.

digno da própria Lealdade) para avisar à moça que o marido estava a caminho da chácara e lhe pedia que fosse encontrá-lo o quanto antes, porém sozinha e sem qualquer companhia. E, para evitar que a desconfiança talvez a impedisse de agir, mostrou-lhe a aliança subtraída ao jovem, cuja apresentação conferia veracidade às palavras. A moça, então, obedecendo ao pedido do irmão (relação de que somente ela tinha conhecimento) e depois de reparar no sinal que lhe era apresentado, se apressou para ir sozinha ao encontro dele, conforme indicado. Contudo, quando a moça caiu na armadilha daquela horrível traição, a esposa honrada, tomada de uma raiva despudorada pela irmã do marido, primeiro desnudou-a e chicoteou-a até quase matá-la; em seguida, embora a moça dissesse a verdade (que não havia adultério algum para a outra ferver de ódio) e repetisse diversas vezes que o rapaz era seu irmão, a mulher achou que tudo isso era mentira e, enfiando-lhe um tição em brasa por entre as pernas, assassinou-a da maneira mais brutal possível.

25. Então o irmão e o marido, depois de receberem a notícia da terrível morte, saíram correndo e, chorando pela moça, com toda a tristeza lhe deram sepultura. O jovem não conseguiu suportar o decesso tão infeliz e tremendamente injusto de sua irmã; sofrendo até a medula e tomado do sentimento maléfico provocado pela bile inclemente, começou a arder em febre, a ponto de necessitar de cuidados médicos. Então, a mulher, que além do título de esposa também havia perdido a lealdade, procurou um médico de notória maldade que, agraciado com inúmeros aplausos, enumerava muitos triunfos obtidos por suas mãos nas batalhas e, sem regatear, lhe ofereceu cinquenta sestércios para que lhe vendesse um veneno fulminante. O que ela estava fazendo era comprar a morte do marido. Feito o negócio, fingiu que aquele elixir se destinava a acalmar o coração e eliminar a bile. Os mais sábios chamavam-no de Elixir da Salvação, mas, no lugar desse, o médico e a mulher lhe ministraram o Elixir consagrado a Prosérpina. Assim, na presença dos criados e de alguns amigos e parentes, o médico ofereceu ao enfermo um cálice devidamente preparado por sua mão.

26. Sed audax illa mulier, ut simul et conscium sceleris amoliretur et quam desponderat pecuniam lucraretur, coram detento calice, “Non prius,” inquit “medicorum optime, non prius carissimo mihi marito trades istam potionem quam de ea bonam partem hauseris ipse. Unde enim scio an noxium in ea lateat venenum? Quae res utique te, tam prudentem tamque doctum virum, nequaquam offendit, si religiosa uxor circa salutem mariti sollicita necessariam affero pietatem.”

Qua mira desperatione truculentae feminae repente perturbatus medicus, excussusque toto consilio et ob angustiam temporis spatio cogitandi privatus, antequam trepidatione aliqua vel cunctatione ipsa daret malae conscientiae suspicionem, indidem de potione gustavit ampliter. Quam fidem secutus adulescens etiam sumpto calice quod offerebatur hausit. Ad istum modum praesenti transacto negotio medicus quam celerrime domum remeabat, salutifera potione pestem praecedentis veneni festinans exstinguere. Nec eum obstinatione sacrilega qua coeperat truculenta mulier ungue latius a se discedere semel passa est “priusquam” inquit “digesta potione medicinae proventus appareat.” Sed aegre precibus et obtestationibus eius multum ac diu fatigata tandem abire concessit. Interdum perniciem caecam totis visceribus furentem medullae penitus attraxerant. Multum denique saucius et gravedine somnulenta iam demersus domum pervadit ac gerrime. Vixque enarratis cunctis ad uxorem, mandato saltem promissam mercedem mortis geminatae deposceret, sic elisus violenter spectatissimus medicus effundit spiritum.

27. Nec ille tamen iuvenis diutius vitam tenuerat, sed inter fictas mentitasque lacrimas uxoris pari casu mortis fuerat exstinctus. Iamque eo sepulto, paucis interiectis diebus quis feralia mortuis li-

26. Porém, com o intuito de se eximir da responsabilidade do crime e, ao mesmo tempo, reaver o dinheiro que havia desembolsado, a audaciosa mulher falou, pegando o cálice na frente de todos:

— Não, médico excelente, o senhor não vai dar ao meu amado esposo este elixir antes de o senhor mesmo tomar um bom gole dele. Como vou saber se isso que o senhor está lhe oferecendo não é um veneno poderoso? Se existe uma coisa que, de jeito nenhum, vai ofender um doutor tão prudente e sábio como o senhor é uma esposa que tem respeito ao marido e está preocupada com a sua saúde.

O médico, confundido repentinamente pelo estranho desespero da mulher truculenta, sem saber o que fazer e, por conta da situação angustiante, sem ter o tempo necessário para achar uma solução e antes de que a perplexidade e a indecisão dessem algum sinal da sua consciência pesada, tomou um bom gole da poção que estava no cálice. Diante da prova de confiança, o garoto pegou a taça e bebeu do que lhe era oferecido. Em seguida, concluída a presente transação, o médico quis voltar para casa o mais rápido possível, afobado para se livrar do estrago do veneno que acabava de engolir. Mas a truculenta mulher, resgatando a desalmada perseverança com a qual dera início àquela situação, não permitiu que o médico desse um passo dali e ordenou:

— Espere até que a ingestão do remédio tenha efeito!

Porém, já por demais cansada dos persistentes pedidos e desculpas do médico, permitiu, muito à revelia, que ele fosse embora. Nesse intervalo, o corpo do médico absorvera o mal cego que corroía todas as suas vísceras até a medula. Por fim, debilitado por inteiro e já mergulhado num torpor sonolento, ele adentrou a casa com muita dificuldade. Contou tudo à esposa a duras penas e lhe recomendou que ao menos cobrasse o que tinha sido prometido pelas duas mortes. E foi assim que o famosíssimo médico, dominado por uma dor violenta, entregou a sua alma.

27. Já o jovem não conseguira se manter vivo por muito tempo. Entre lágrimas fingidas e hipócritas da mulher, falecera do mesmo tipo de morte. Já passados uns poucos dias desde a celebração das hon-

tantur obsequia, uxor medici pretium geminae mortis petens aderat. Sed mulier usquequaque sui similis, fidei supprimens faciem, praetendens imaginem, blandicule respondit, et omnia prolixe accumulateque pollicetur, et statutum praemium sine mora se reddituram constituit, modo pauxillum de ea potione largiri sibi vellet ad incepti negotii persecutionem. Quid pluribus? Laqueis fraudium pessimarum uxor inducta medici facile consentit et, quo se gratiorem locupleti feminae faceret, properiter domo petitam totam prorsus veneni pyxidem mulieri tradidit. Quae grandem scelerum nancta materiam longe lateque cruentas suas manus porrigit.

28. Habebat filiam parvulam de marito quem nuper necaverat. Huic infantulae quod leges necessariam patris successionem deferrent sustinebat aegerrime, inhiansque toto filiae patrimonio imminebat et capiti. Ergo certa defunctorum liberorum matres sceleratas hereditates excipere, talem parentem praebuit qualem exhibuerat uxorem, prandioque commento pro tempore et uxorem medici simul et suam filiam veneno eodem percutit. Sed parvulae quidem tenuem spiritum et delicata ac tenera praecordia conficit protinus virus infestum, at uxor medici. dum noxiis ambagibus pulmones eius pererrat tempestas detestabilis potionis, primum suspicata quod res erat, mox urgente spiritu iam certo certior, contendit ad ipsam praesidis domum, magnoque fidem eius protestata clamore et populi concitato tumultu, utpote tam immania detectura flagitia, efficit statim sibi simul et domus et aures praesidis patefierent. Iamque ab ipso exordio crudelissimae mulieris cunctis atrocitatibus diligenter expositis, repente mentis nubilo turbine correpta semihiantes adhuc compressit labias et, attritu dentium longo stridore reddito, ante ipsos praesidis pedes exanimis corruit.

Nec ille, vir alioquin exercitus, tam multiforme facinus excetrae venenatae dilatione languida passus marcescere, confestim cubi-

ras fúnebres, apareceu a esposa do médico para pedir o pagamento pelas duas mortes. A outra, porém, mantendo a firmeza de sempre, escondendo suas intenções e fingindo ser quem não era, respondeu-lhe gentilmente, prometeu lhe pagar tudo direitinho e com juros e se comprometeu a fazê-lo sem demora, mas queria receber um pouco mais daquela poção para concluir a ação que tinha começado. Precisa dizer mais? A esposa, presa nas redes dos piores delitos, consentiu com facilidade e, para agradar à mulher rica, rapidamente trouxe de casa o frasco cheio do veneno. A outra, provida de grande material para cometer seus crimes, estendeu suas mãos cobertas de sangue ao máximo e por todas as partes.

28. A mulher possuía uma filha pequena do marido que tinha acabado de assassinar; as leis conferiam a essa criança o direito de herança, algo com que a mulher não se conformava. Cobiçando o patrimônio todo, começou a atentar também contra a vida da filha. Assim, pois, segura de que as mães recebiam as desditosas heranças dos filhos falecidos, revelou ser a mesma mãe que havia sido como esposa e, achando a ocasião propícia para oferecer um almoço, atingiu com o mesmo veneno a esposa do médico e sua própria filha. O pernicioso veneno aniquilou de imediato a frágil existência da menina e seus membros delicados e tenros; mas a esposa do médico, enquanto o efeito da poção detestável se espalhava pelos seus pulmões num turbilhão destrutivo, primeiro suspeitou do que acontecia e depois, convencida de que sua respiração diminuía cada vez mais, se dirigiu às pressas até a casa do governador e, suplicando sua proteção aos berros e suscitando o tumulto entre o povo, conseguiu que, ao mesmo tempo, tanto as portas da casa do governador quanto os ouvidos dele se abrissem para ela. Assim que conseguiu detalhar, desde o início, todas as atrocidades da crudelíssima mulher, foi atacada de repente por um nebuloso torpor da mente, comprimiu os lábios até ali semiabertos e, num longo rangido provocado pelo atrito entre os dentes, caiu morta no chão, aos pés do governador.

Homem experiente, ele não esperou que os múltiplos crimes da serpente venenosa sumissem com a morosidade dos processos ju-

culariis mulieris attractis vi tormentorum veritatem eruit, atque illam, minus quidem quam merebatur, sed quod dignus cruciatus alius excogitari non poterat, certe bestiis obiciendam pronuntiavit.

29. Talis mulieris publicitus matrimonium confarreaturus ingentique angore oppido suspensus exspectabam diem muneris, saepius quidem mortem mihimet volens conscisvel infamia publici spectaculi depudescerem. Sed privatus cere priusquam scelerosae mulieris contagio macularer humana manu, privatus digitis, ungula rotunda atque mutila gladium stringere nequaquam poteram. Plane tenui specula solabar clades ultimas, quod ver in ipso ortu iam gemmulis floridis cuncta depingeret et iam purpureo nitore prata vestiret, et commodum dirrupto spineo tegmine spirantes cinnameos odores promicarent rosae, quae me priori meo Lucio redderent.

Dies ecce muneri destinatus aderat. Ad consaeptum caveae prosequente populo pompatico favore deducor. Ac dum ludicris scaenicorum choreis primitiae spectaculi dedicantur, tantisper ante portam constitutus pabulum laetissimi graminis, quod in ipso germinabat aditu, libens affectabam, subinde curiosos oculos patente porta spectaculi prospectu gratissimo reficiens.

30. Nam puelli puellaeque virenti florentes aetatula, forma conspicui, veste nitidi, incessu gestuosi, Graecanicam saltaturi pyrricam, dispositis ordinationibus decoros ambitus inerrabant, nunc in orbem rotatum flexuosi, nunc in obliquam seriem conexi, et in quadratum patorem cuneati, et in catervae discidium separati. At ubi discursus reciproci multinodas ambages tubae terminalis cantus explicuit, aulaeo subducto et complicitis sipariis scaena disponitur.

141 **dança pírrica**: coreografada como a simulação de uma batalha, a performance da dança pírrica costumava ser realizada por jovens portando escudos, em trajes militares.

diciais e, sem tardar, depois de convocar os serviçais da mulher, extraiu a verdade deles sob tortura e condenou a mulher (menos do que ela merecia, mas porque ele não encontrava uma penalidade à altura) a ser atirada às feras.

29. Era com essa mulher que, em público, eu ia contrair matrimônio. Assaltado por uma angústia enorme, eu aguardava a data do espetáculo. A bem da verdade, em vários momentos pensei em tirar minha própria vida antes de ser aviltado pelo contágio com aquela criminosa ou desonrado com a baixeza de uma exposição pública. Porém, privado das mãos humanas, privado de dedos e com cascos rombudos e estropiados, não conseguiria de jeito nenhum empunhar uma espada. O que me consolava nesta situação delicada era a pequena esperança de que a primavera, então em seus primeiros sinais, colorisse tudo com os botões das flores, vestisse os campos com seu brilho purpúreo e que as rosas, rompendo sua haste de espinhos, espalhassem por toda parte o perfume do cinamomo e me devolvessem à forma do antigo Lúcio.

Chegou então o dia marcado para o espetáculo. Fui levado até o recinto do teatro, seguido do cortejo do povo em festa. Enquanto o coral de artistas cênicos fazia a apresentação de abertura, fiquei um tempo parado diante da porta, me servindo muito bem da grama abundante que crescia ali mesmo na entrada, e observava com curiosidade o cenário esplêndido do espetáculo.

30. Havia rapazes e moças na flor da idade, todos muito bonitos e bem vestidos, fazendo com gestos precisos a dança pírrica[141] dos gregos. Ora tomavam o espaço alinhados em círculo, ora formavam pares numa sequência paralela, representavam as arestas do quadrado ou se separavam em grupos. Mas, quando as notas finais da tuba puseram fim aos passos variados do complexo baile, o palco foi preparado e levantaram-se as cortinas.

Erat mons ligneus, ad instar incluti montis illius quem vates Homerus Idaeum cecinit, sublimi instructus fabrica, consitus virectis et vivis arboribus, summo cacumine de manibus fabri fonte manante fluviales aquas eliquans. Capellae pauculae tondebant herbulas, et in modum Paridis, Phrygii pastoris, barbaricis amiculis umeris defluentibus pulchre indusiatus adulescens, aurea tiara contecto capite, pecuarium simulabat magisterium. Adest luculentus puer, nudus nisi quod ephebica chlamida sinistrum tegebat umerum, flavis crinibus usquequaque conspicuus, et inter comas eius aureae pinnulae colligatione simili sociatae prominebant; quem et virgula Mercurium indicabat. Is saltatorie procurrens malumque bracteis inauratum dextra gerens ei qui Paris videbatur porrigit, quid mandaret Iuppiter nutu significans, et protinus gradum scitule referens e conspectu facessit. Insequitur puella vultu honesta in deae Iunonis speciem similis: nam et caput stringebat diadema candida, ferebat et sceptrum. Irrupit alia, quam putares Minervam, caput contecta fulgenti galea—et oleaginea corona tegebatur ipsa galea—clipeum attollens et hastam quatiens, et qualis illa cum pugnat.

31. Super has introcessit alia, visendo decore praepollens, gratia coloris ambrosei designans Venerem, qualis fuit Venus cum virgo, nudo et intecto corpore perfectam formositatem fuit professa, nisi quod tenui pallio bombycino inumbrabat spectabilem pubem. Quam quidem laciniam curiosulus ventus satis amanter nunc lasciviens reflabat, ut dimota pateret flos aetatulae, nunc luxurians aspirabat, ut adhaerens pressule membrorum voluptatem graphice liniaret,

142 **(Monte) Ida:** montanha de Troia celebrada em várias passagens da *Ilíada* como o local de pastoreio de Páris e onde se deu a competição entre Hera (Juno), Afrodite (Vênus) e Atenas (Minerva) pelo pomo de ouro.

Ali se via uma montanha de madeira, semelhante ao famoso monte que o poeta Homero celebrou como o Ida.[142] Foi construída com engenhosidade sublime; cercava-se de árvores verdejantes e vivas e, do pináculo feito pelas mãos do cenógrafo, uma fonte deitava as águas de um rio. Umas poucas cabritinhas podavam as ervas e um rapaz, à feição de Páris (o pastor frígio), belamente vestido com trajes exóticos que pendiam de seus ombros e com o rosto emoldurado por uma tiara de ouro, simulava pastorear a rês. Estava acompanhado de um moço de rara beleza, sem qualquer peça de roupa além de uma clâmide de efebo sobre o ombro esquerdo. Com suas mechas loiras, era alvo da atenção de todos ao redor; asas de ouro, fixadas harmonicamente em ambos os lados, apareciam no meio de seus cabelos. O caduceu e a varinha indicavam se tratar de Mercúrio. Entrou em cena dançando e, trazendo à mão direita o pomo folheado a ouro, ofereceu-o àquele que parecia Páris, indicando num gesto o que Júpiter ordenara. Sem se demorar, deu um passo para trás elegantemente e se retirou. Entrou em seguida uma garota de semblante honesto, à semelhança da deusa Juno. Um diadema branco lhe cingia a cabeça e ela trazia um cetro na mão. Uma outra moça, que se poderia julgar como Minerva, entrou em cena. Portava um escudo e um elmo brilhante na cabeça (o próprio elmo estava coberto por uma coroa de oliveira) e brandia uma lança tal qual a deusa quando em combate.

31. Atrás delas entrou a terceira moça, que despertava a atenção de todos pela formosura. Pela graça da cor de ambrosia, parecia ser Vênus, pois era tal qual a deusa quando donzela. Ostentava um encanto sublime no corpo nu e sem adornos, a não ser por um pequeno véu de seda que lhe ocultava o púbis atraente. Uma brisa curiosa meneava esse pedaço de pano bem delicadamente. Às vezes era lasciva, de modo que a flor da juventude se revelava; outras era apaixonada, de modo que o pano, agarrando-se estreitamente ao corpo da moça, delineava com todos os contornos a sensualidade de seus membros. Porém, a própria aparência da deusa, cheia de nuances,

autem color deae diversus in speciem: corpus candidum, Ipse quod caelo demeat, amictus caerulus, quod mari remeat.

Iam singulas virgines quae deae putabantur sui comitabantur comites, Iunonem quidem Castor et Pollux, quorum capita cassides ovatae stellarum apicibus insignes contegebant; sed et isti Castores erant scaenici pueri. Haec puella, varios modulos Iastia concinente tibia, procedens quieta et inaffectata gesticulatione nutibus honestis pastori pollicetur, si sibi praemium decoris addixisset, sese regnum totius Asiae tributuram. At illam armorum Minervam fecerat duo pueri muniebant, proequam cultus liaris deae comites armigeri, Terror et Metus, nudis insultantes gladiis. At pone tergum tibicen Dorium canebat bellicosum et, permiscens bombis gravibus tinnitus acutos in modum tubae, saltationis agilis vigorem suscitabat. Haec inquieto capite et oculis in aspectu minacibus citato et intorto genere gesticulationis alacer demonstrabat Paridi, si sibi formae victoriam tradidisset, fortem tropaeisque bellorum inclutum suis adminiculis futurum.

32. Venus ecce cum magno favore caveae in ipso meditullio scaenae, circumfuso populo laetissimorum parvulorum, dulce surridens constitit amoene. Illos teretes et lacteos puellos diceres tu Cupidines veros de caelo vel mari com modum involasse; nam et pinnulis et sagittulis et habitu cetero formae praeclare congruebant, et velut nuptiales epulas obiturae dominae coruscis praelucebant facibus. Et influunt innuptarum puellarum decorae suboles, hinc Gratiae gratissimae, inde Horae pulcherrimae, quae iaculis floris serti et soluti deam suam propitiantes scitissimum construxerant chorum, dominae voluptatum veris coma blandientes. Iam tibiae multiforabiles cantus Lydios dulciter consonant. Quibus spectatorum pectora suave mulcentibus, longe suavior Venus placide commoveri cunctantique lente vestigio et leniter fluctuante spinula et sensim

143 **Dióscuros:** epíteto de Cástor e Pólux, indicando serem ambos filhos de Zeus.

144 **10.32:** sobre o séquito de Vênus ("Mãe dos Prazeres"), ver notas em 5.28.

matizava o corpo cândido, de procedência celeste, e contrastava com o manto azul da cor do mar.

Cada uma das jovens que lembravam as deusas estava acompanhada por um séquito particular. O de Juno eram Cástor e Pólux, que portavam sobre a cabeça uns elmos insignes, em formato de ovo e com estrelas na ponta. No entanto, os Dióscuros[143] também eram representados por garotos. A primeira jovem, enquanto a flauta jônica modulava distintas melodias, avançava com gestos silenciosos e sem afetação e prometia, com acenos honestos, que recompensaria o pastor com o reino da Ásia inteira, caso ele lhe conferisse o prêmio por sua beleza. A outra, que parecia Minerva pelo cuidado conferido às armas, era protegida por dois rapazes, os guardas armados da deusa guerreira chamados Terror e Medo, que empunhavam espadas nuas. Por detrás dela, a tíbia entoava a belicosa melodia dórica e, misturando tons agudos com roncos graves à maneira de uma tuba, provia de ímpeto a ágil coreografia. A moça, com as expressões irrequietas e ostentando um olhar ameaçador, estava decidida a mostrar a Páris, em mímica rápida e gestos agressivos, que, graças ao seu auxílio, ele se tornaria um guerreiro valente e afamado pelas conquistas bélicas caso lhe desse a vitória por sua formosura.

32. Eis que, entre os aplausos da plateia, Vênus se detém no meio do palco, cercada de uma turma de alegres crianças, sorrindo com doçura e leveza. Cabe dizer que as crianças, alvas e roliças, pareciam ter acabado de cair do céu ou sair do mar como veros Cupidos, pois condiziam com ele nas pluminhas, nas flechinhas e nos demais adereços e, com fachos brilhantes, iluminavam o caminho da deusa como se se tratassem de núpcias. A seguir, entrou o grupo uniforme de jovens donzelas: aqui, as Graças cheias de graça, ali as belíssimas Horas que, espalhando pétalas e ramos de flores em honra de sua deusa, formavam um coro talentosíssimo, que agraciava a Mãe dos Prazeres com a folhagem da primavera.[144] As flautas de múltiplas frinchas tangiam as notas lídias docemente. Seus sons tocavam suavemente o coração dos espectadores. Vênus, de longe a mais suave de todas as deusas, começou a se mover calmamente. Devagar, deu

adnutante capite coepit incedere, mollique tibiarum sono delicatis respondere gestibus, et nunc mite coniventibus, nunc acre comminantibus gestire pupulis, et nonnunquam saltare solis oculis. Haec ut primum ante iudicis conspectum facta est, nisu bracchiorum polliceri videbatur, si fuisset deabus ceteris antelata, daturam se nuptam Paridi forma praecipuam suique consimilem. Tunc animo volenti Phrygius iuvenis malum quod tenebat aureum velut victoriae calculum puellae tradidit.

33. Quid ergo miramini, vilissima capita, immo forensia pecora, immo vero togati vulturii, si toti nunc iudices sententias suas pretio nundinantur, cum rerum exordio inter deos et homines agitatum iudicium corruperit gratia, et originalem sententiam magni Iovis consiliis electus iudex rusticanus et opilio lucro libidinis vendiderit, cum totius etiam suae stirpis exitio? Sic hercules et aliud sequens que iudicium inter inclutos Achivorum duces celebratum, vel cum falsis insimulationibus eruditione doctrinaque praepollens Palamedes proditionis damnatur, vel virtute Martia praepotenti praefertur Ulixes modicus Aiaci maximo. Quale autem et illud iudicium apud legiferos Athenienses catos illos et omnis scientiae magistros? Nonne divinae prudentiae senex, quem sapientia praetulit cunctis mortalibus deus Delphicus, fraude et invidia nequissimae factionis circumventus velut corruptor adolescentiae, quam frenis coercebat, herbae pestilentis suco noxio peremptus est, relinquens civibus ignominiae perpetuae maculam, cum nunc etiam egregii philosophi sectam eius sanctissimam praeoptent et summo beatitudinis studio iurent in ipsius nomen?

Sed ne quis indignationis meae reprehendat impetum secum sic reputans "Ecce nunc patiemur philosophantem nobis asinum?" rursus unde decessi revertar ad fabulam.

145 **Palamedes... Ájax:** Apuleio pode ter se baseado na disputa das armas de Aquiles por Ájax e Odisseu nas *Metamorfoses* (Ovídio, *Metamorfoses* 13.1–381), em que Ájax lamenta a morte de Palamedes pela traição de Odisseu, que se defende em discurso imediatamente posterior à acusação do companheiro.

um passinho hesitante; lentamente, gingou com o corpo e, cautelosamente, meneou a cabeça. Ao som sereno das tíbias, respondeu com gestos graciosos e lançou um olhar ora lânguido, ora penetrante — às vezes dançava apenas com a expressão. E assim a deusa fez. Na presença do juiz, parecia lhe prometer, estendendo os braços, que, se fosse preferida às demais deusas, ela daria a Páris em casamento alguém idêntica a ela na perfeição das formas. O jovem frígio, então, sem pensar duas vezes, entregou à moça o pomo de ouro que segurava nas mãos como penhor da vitória.

33. Sendo assim, por que, vis mortais (aliás, bestas forenses, ou melhor: abutres togados), vocês ficam espantados quando os juízes, hoje em dia, fixam o preço de suas sentenças, se, desde o começo do mundo, a barganha corrompe o entendimento acertado entre deuses e homens? Até o pastor escolhido como juiz por decisão de Júpiter vendeu a primeira decisão judicial a mero troco de uma paixão que provocou o fim de sua gente. O julgamento que se seguiu a esse aconteceu do mesmo jeito entre os ínclitos chefes dos aqueus. Por Hércules! Com falsas insinuações Palamedes, que se sobressaía aos demais em erudição e sabedoria, foi condenado por traição e Ájax, o melhor nas estratégias de combate, foi preterido pelo mediano Ulisses.[145] E o que dizer da justiça dos sábios legisladores atenienses, mestres nessa área? Por acaso o ancião de divina prudência, a quem o deus de Delfos antepôs a todos os mortais pela sabedoria, acusado pela fraude e pela inveja de uma facção infame de corromper a juventude à qual ele impunha limites, não acabou sendo morto pelo suco venenoso de uma erva daninha, legando aos cidadãos a culpa de uma eterna ignomínia, já que, mesmo na nossa época, os filósofos mais insignes se amparam em seus conhecimentos e, na intensa procura pela felicidade, juram em seu nome? Mas, para que ninguém se sinta incomodado e se pergunte a si mesmo "Será que agora vamos ter que aguentar um asno filosofando?", vou voltar à história no ponto em que parei.

34. Postquam finitum est illud Paridis iudicium, Iuno quidem cum Minerva tristes et iratis similes e scaena redeunt, indignationem repulsae gestibus professae, Venus vero gaudens et hilaris laetitiam suam saltando toto cum choro professa est. Tunc de summo montis cacumine per quandam latentem fistulam in excelsum prorumpit vino crocus diluta, sparsimque defluens pascentes circa capellas odoro perpluit imbre, donec in meliorem maculatae speciem canitiem propriam luteo colore mutarent. Iamque tota suave fraglante cavea montem illum ligneum terrae vorago decepit.

Ecce quidam miles per mediam plateam dirigit cursum, petiturus iam populo postulante illam de publico carcere mulierem, quam dixi propter multiforme scelus bestiis esse damnatam meisque praeclaris nuptiis destinatam. Etiam torus genialis scilicet noster futurus accuratissime disternebatur lectus Indica testudine perlucidus, plumea congerie tumidus, veste serica floridus.

At ego praeter pudorem obeundi publice concubitus, praeter contagium scelestae pollutaeque feminae, metu etiam mortis maxime cruciabar, sic ipse mecum reputans, quod in amplexu Venerio scilicet nobis cohaerentibus, quaecumque ad exitium mulieris bestia fuisset immissa, non adeo vel prudentia sollers vel artificio docta vel abstinentia frugi posset provenire, ut adiacentem lateri meo laceraret mulierem, mihi vero quasi indemnato et innoxio parceret.

35. Ergo igitur non de pudore iam, sed de salute ipsa sollicitus, dum magister meus lectulo probe coaptando districtus inservit, et tota familia partim ministerio venationis occupata, partim voluptario spectaculo attonita, meis cogitationibus liberum tribuebatur arbitrium, nec magnopere quisquam custodiendum tam mansuetum putabat asinum, paulatim furtivum pedem proferens portam quae proxima est potitus, iam cursu memet celerrimo proripio, sexque totis passuum milibus perniciter confectis Cenchreas pervado, quod oppidum audit quidem nobilissimae coloniae Corinthiensium,

34. Assim que aquele julgamento de Páris terminou, Juno e Minerva saíram de cena igualmente tristes e cheias de raiva, indicando por meio de gestos que estavam indignadas com a derrota. Já Vênus, alegre e sorrindo, mostrava seu entusiasmo dançando com o coral inteiro. Então, de uma rachadura escondida no cume da montanha, esguichou um jato de vinho misturado com açafrão que se esparramou em forma de chuva, caindo sobre as cabritas que pastavam ao redor até que, melhorando sua aparência, sua cor naturalmente alva ficasse tingida de dourado. Depois, quando o auditório ficou impregnado pela suave fragrância, um buraco na terra engoliu a montanha de madeira.

Eis, então, que, a pedido dos presentes, um guarda abriu caminho no meio da plateia para trazer da casa de detenção aquela mulher que eu falei que havia sido condenada às feras por conta de seu crime reiterado e estava destinada a se casar comigo. Decerto para ser o nosso leito nupcial, um colchão estava sendo cuidadosamente arrumado com um lençol transparente da Índia; era preenchido com plumas e adornado com um manto de seda. Mas eu, além da vergonha de fazer sexo em público e de ter contato com aquela mulher infame e desprezível, pensava comigo mesmo que, se algum animal feroz tivesse sido solto para matar a mulher enquanto estivéssemos juntos no meio de uma relação sexual, era bem capaz que ele não fosse dotado de sabedoria, nem teria conhecimento o bastante ou limitasse seu apetite para dilacerar a mulher ao meu lado e me deixar ileso, quase absolvido.

35. Portanto, eu já não estava preocupado com a minha integridade, e sim com a minha própria vida. Enquanto meu adestrador tratava de arrumar a cama e o resto da criadagem se dividia ora com os preparativos da caça, ora com o prazeroso espetáculo, eu ganhava liberdade para pensar no que quisesse. Além disso, ninguém achava que um asno tão manso precisava mesmo ser vigiado. A passos bem lentos e furtivos alcancei a porta que ficava ali próxima e, em seguida, saí aos galopes. Depois de cumprir seis léguas sem descanso, cheguei a Cêncreas (cidade banhada pelo mar Egeu e pelo golfo

alluitur autem Aegaeo et Saronico mari. Inibi portus etiam tutissimum navium receptaculum magno frequentatur populo. Vitatis ergo turbulis et electo secreto litore, prope ipsas fluctuum aspergines in quodam mollissimo harenae gremio lassum corpus porrectus refoveo. Nam et ultimam diei metam curriculum solis deflexerat, et vespernae me quieti traditum dulcis somnus oppresserat.

146 **Cêncreas:** um dos dois portos de Corinto, a par do Lequeu; a cidade havia sido destruída no período das guerras mediterrâneas do século III AEC (as ruínas constituem um pequeno parque arqueológico atualmente), mas foi refundada como colônia romana em 44 AEC.

Sarônico, que, segundo dizem, é a colônia mais famosa de Corinto).[146] Ali existe um porto tido como muito seguro para os navios, sendo por isso frequentado por muita gente. Assim, depois de me esquivar da multidão e achar uma praia escondida, recuperei as forças do corpo me deitando num buraco na areia à beira do mar, onde as ondas rebentavam. O sol havia completado a última parcela do dia e um sono doce me convidara ao descanso noturno.

Liber XI

1. Circa primam ferme noctis vigiliam experrectus pavore subito, video praemicantis lunae candore nimio completum orbem commodum marinis emergentem fluctibus. Nanctusque opacae noctis silentiosa secreta, certus etiam summatem deam praecipua maiestate pollere resque prorsus humanas ipsius regi providentia, nec tantum pecuina et ferina, verum inanima etiam divino eius luminis numinisque nutu vegetari, ipsa etiam corpora terra caelo marique nunc incrementis consequenter augeri, nunc detrimentis obsequenter imminui, fato scilicet iam meis tot tantisque cladibus satiato et spem salutis, licet tardam, sumministrante, augustum specimen deae praesentis statui deprecari. Confestimque discussa pigra quiete laetus et alacer exsurgo meque protinus purificandi studio marino lavacro trado, septiesque summerso fluctibus capite, quod eum numerum praecipue religionibus aptissimum divinus ille Pythagoras prodidit, deam praepotentem lacrimoso vultu sic apprecabar.

147 **lua cheia**: primeiro sinal da manifestação de Ísis, associada no Panteão romano a Diana, deusa da Lua.

148 **Providência**: o uso da letra maiúscula denota o poder de comando do destino pela deusa em pessoa. O devir de Lúcio já não está mais no domínio da sorte ou da Fortuna.

149 **sete vezes... rituais religiosos**: faltam estudos para aprofundar a importância do número sete no *Asno de ouro*. Algumas evidências: Vênus, associada de várias formas a Ísis em toda a narrativa, oferece sete beijos pela

Livro 11

1. Mais ou menos à primeira hora da noite, percebi, desperto num súbito pavor, tudo ao meu redor iluminado pelo fulgor profuso da lua cheia,[147] que acabava de emergir das ondas marinas. Aproveitando os silenciosos segredos da calada da noite e, ademais, com a certeza de que a deusa magnífica exerce seu poder com augusta majestade e que a realidade humana é governada por sua Providência;[148] que não apenas as feras e os bichos, como até os seres inanimados são guiados pelo arbítrio de sua luz e de sua Graça; que, inclusive, os próprios entes, na terra, no céu ou no mar, às vezes crescem graças aos seus estímulos e, outras vezes, minguam devido ao seu esgotamento, decidi (pois meu destino já estava saciado com tantas e tão grandes desgraças e me permitia ter esperança na salvação, ainda que tardia) pedir um milagre à deusa ali presente. Sacudindo o torpor preguiçoso do sono, me levantei rápido e, animado, fui direto tomar um banho de mar para me purificar. Depois de mergulhar a cabeça nas ondas sete vezes (pois este é o número que o divino Pitágoras indicou ser o mais adequado para rituais religiosos),[149] dirigi à deusa soberana estas palavras, com o rosto banhado em lágrimas:

delação de Psiquê (6.8); o moleiro bondoso adquiriu Lúcio por sete moedas (9.10); sete foram as testemunhas na história de Télifron (2.24); Lâmaco, o chefe do bando que havia assaltado a casa de Milão de Hípata, foi morto em Tebas dos Sete Portões (4.9); sete denários custou o vaso da história do adúltero pobre (9.6) e Filebo pagou dezessete denários para gozar dos prazeres de Lúcio no Livro 8 (8.25).

2. "Regina caeli—sive tu Ceres alma frugum parens originalis, quae, repertu laetata filiae, vetustae glandis ferino remoto pabulo, miti commonstrato cibo, nunc Eleusiniam glebam percolis; seu tu caelestis Venus, quae primis rerum exordiis sexuum diversitatem generato Amore sociasti et aeterna subole humano genere propagato nunc circumfluo Paphi sacrario coleris; seu Phoebi soror, quae partu fetarum medelis lenientibus recreato populos tantos educasti praeclarisque nunc veneraris delubris Ephesi; seu nocturnis ululatibus horrenda Proserpina, triformi facie larvales impetus comprimens, terraeque claustra cohibens, lucos diversos inerrans vario cultu propitiaris—ista luce feminea collustrans cuncta moenia, et udis ignibus nutriens laeta semina, et Solis ambagibus dispensans incerta lumina; quoquo nomine, quoquo ritu, quaqua facie te fas est invocare: tu meis iam nunc extremis aerumnis subsiste, tu fortunam collapsam affirma, tu saevis exanclatis casibus pausam pacemque tribue. Sit satis laborum, sit satis periculorum. Depelle quadripedis diram faciem, redde me conspectui meorum, redde me meo Lucio. Ac si quod offensum numen inexorabili me saevitia premit, mori saltem liceat, si non licet vivere."

3. Ad istum modum fusis precibus et astructis miseris lamentationibus, rursus mihi marcentem animum in eodem illo cubili sopor circumfusus oppressit. Necdum satis coniveram et ecce pelago medio venerandos diis etiam vultus attollens emergit divina facies; ac dehinc paulatim toto corpore perlucidum simulacrum excusso pelago ante me constitisse visum est. Eius mirandam speciem ad vos

150 **Ceres:** Tanto Varrão (*Sobre a língua latina* 5.64) quanto Cícero (*Sobre a natureza dos deuses* 2.26.67) atribuem a Ceres o dom da criação do alimento pela (falsa) etimologia do nome (*Ceres ~ geres*); já **Prosérpina**, filha de Ceres, é associada à semente que, debaixo da terra, busca a mãe crescendo para o alto; por isso, ambos os autores remetem etimologicamente seu nome à ação de serpentear (*Proserpina ~ proserpere*). As duas deusas eram cultuadas em Elêusis, região vizinha a Atenas, em rituais pouco conhecidos – daí serem chamados mistérios eleusinos.

2. "Rainha do Céu — quer sejas Ceres criadora, mãe original dos frutos que, feliz com o encontro da filha, depois de banir a antiga pinha (sustento primitivo) e nos apresentar o alimento cultivado, agora celebras a terra eleusina;[150] quer sejas Vênus celestial que, nos primeiros momentos do universo, juntaste pelo amor a diversidade dos sexos e, espalhando o gênero humano numa eterna descendência, agora és venerada no santuário de Pafo, cercado de água; quer sejas a irmã de Febo[151] que, com os remédios que curam as dores do parto, trouxeste ao mundo tantos povos e agora és cultuada nos templos famosos de Éfeso; quer sejas a horrenda Prosérpina de face tripla, que uivas à noite, constranges o ímpeto dos vermes, trancas os calabouços, erras por diversos lugares e és aplacada em copioso culto —; tu, que iluminas com tua luz feminina todos os muros, que nutres as sementes ditosas com teus raios úmidos, que emites raios incertos em teu caminho solitário, qualquer que seja o nome que assumas, o ritual, o semblante com que é lícito te invocar, socorre-me nesta situação, que agora chegou ao limite; decide minha sorte duvidosa, dá calma e paz ao meu sofrimento tão cruel! Basta de tanto apuro, basta de tanto perigo! Tira de mim a maldita cara de quadrúpede, devolve-me à presença dos meus, restituí-me ao meu Lúcio! Mas, se algum deus ofendido me persegue com inexorável crueldade, é melhor que eu morra, se viver não me for permitido".

3. Deste modo, juntando preces e lamentos infelizes, mais uma vez o sono tomou conta da minha mente debilitada naquele mesmo lugar que me servira de leito. Mal tinha fechado os olhos e eis que, do meio do mar, o divino semblante (face veneranda inclusive para os próprios deuses) surgiu; a seguir, à medida que o corpo inteiro emergia das águas, enxerguei pouco a pouco a imagem límpida que aparecia diante de mim. Eu tentaria descrever para vocês a admirá-

151 **Irmã de Febo:** Diana; Cícero (*Sobre a natureza dos deuses* 2.27.69) associa seu nome ao dom de gerar o dia (*Diana ~ dies*); além disso, o calendário lunar era a base da contagem dos meses da gravidez.

etiam referre conitar, si tamen mihi disserendi tribuerit facultatem paupertas oris humani, vel ipsum numen eius dapsilem copiam elocutilis facundiae sumministraverit.

Iam primum crines uberrimi prolixique et sensim intorti per divina colla passive dispersi molliter defluebant. Corona multiformis variis floribus sublimem destrinxerat verticem, cuius media quidem super frontem plana rotunditas in modum speculi, vel immo argumentum lunae, candidum lumen emicabat, dextra laevaque sulcis insurgentium viperarum cohibita, spicis etiam Cerialibus desuper porrectis ornata. Tunica multicolor, bysso tenui pertexta, nunc albo candore lucida, nunc croceo flore lutea, nunc roseo rubore flammida; et quae longe longeque etiam meum confutabat optutum palla nigerrima splendescens atro nitore, quae circumcirca remeans et sub dexterum latus ad umerum laevum recurrens, umbonis vicem deiecta parte laciniae, multiplici contabulatione dependula, ad ultimas oras nodulis fimbriarum decoriter confluctuabat.

4. Per intextam extremitatem et in ipsa eius planitie stellae dispersae coruscabant, earumque media semenstris luna flammeos spirabat ignes. Quaqua tamen insignis illius pallae perfluebat ambitus, individuo nexu corona totis floribus totisque constructa pomis adhaerebat. Iam gestamina longe diversa. Nam dextra quidem ferebat aereum crepitaculum, cuius per angustam lamminam in modum baltei recurvatam traiectae mediae paucae virgulae, crispante bracchio trigeminos iactus, reddebant argutum sonorem. Laevae vero cymbium dependebat aureum, cuius ansulae, qua parte conspicua est, insurgebat aspis caput extollens arduum cervicibus late tumescentibus. Pedes ambroseos tegebant soleae palmae victricis foliis intextae. Talis ac tanta, spirans Arabiae felicia germina, divina me voce dignata est:

152 **11.8**: a écfrase dos cabelos de Ísis retoma a descrição dos cabelos de Fótis (2.9), incluindo agora os trajes da deusa. Ambas as cabeleiras são apresentadas como reflexo de uma imagem graciosa.

vel efígie se a pobreza da linguagem humana me conferisse a capacidade de me expressar ou se a própria deusa me concedesse a riqueza de recursos de sua eloquência.

Primeiro, os cachos abundantes e compridos, suavemente ondulados e se espalhando largamente, flutuavam delicadamente sobre a nuca divina. A coroa de flores diferentes e multiformes lhe contornava o alto da cabeça, no meio da qual um disco plano, posicionado em cima do rosto como um espelho ou, mais precisamente, a lua, emitia uma luz cândida. A direita e a esquerda estavam ladeadas por caudas de víboras que se elevavam e, na parte de cima, se penduravam nas espigas de Ceres.[152] A veste multicolorida, tecida em fino linho, ora tinha um brilho alvo de neve, ora alaranjado como o fogo. O que deixava meu olhar cada vez mais perplexo era a túnica de um negro intenso, que resplendia num brilho sombrio. Estendendo-se de um lado a outro, passava debaixo do lado direito até o ombro esquerdo, com parte da aba pendurada num corpete parecido com um escudo, pendia em pregas até a pontas da barra e terminava graciosamente numa franja.

4. Ao longo da barra bordada e na parte lisa da túnica espalhavam-se estrelas brilhantes. No meio delas, a lua cheia lançava chamas ardentes. Por onde aquele manto insigne se estendia, seguia uma guirlanda composta integralmente de flores e frutas de todo tipo. Os adornos eram muito variados: na mão direita, a deusa portava um sistro de bronze cuja estreita lâmina, recurvada à maneira de uma alça, era atravessada por umas poucas varinhas que, quando a deusa agitava o braço três vezes seguidas, produziam um som límpido. Já à esquerda pendia uma taça de ouro, de cuja asa (sua parte mais protuberante) uma serpente, de cabeça erguida, surgia com o colo amplamente inflado. Sandálias de folhas de palmeira calçavam os pés venerandos. Exalando as fragrâncias prolíferas da Arábia, a tão grande e tão majestosa deusa se dignou a me dirigir as seguintes palavras divinas:

5. "En adsum tuis commota, Luci, precibus, rerum naturae parens, elementorum omnium domina, saeculorum progenies initialis, summa numinum, regina manium, prima caelitum, deorum dearumque facies uniformis, quae caeli luminosa culmina, maris salubria flamina, inferum deplorata silentia nutibus meis dispenso; cuius numen unicum multiformi specie, ritu vario, nomine multiiugo totus veneratur orbis. Inde primigenii Phryges Pessinuntiam deum matrem, hinc autocthones Attici Cecropeiam Minervam, illinc fluctuantes Cyprii Paphiam Venerem, Cretes sagittiferi Dictynnam Dianam, Siculi trilingues Ortygiam Proserpinam, Eleusinii vetusti Actaeam Cererem, Iunonem alii, Bellonam alii, Hecatam isti, Rhamnusiam illi, et qui nascentis dei Solis incohantibus illustrantur radiis Aethiopes utrique priscaque doctrina pollentes Aegyptii, caerimoniis me propriis percolentes, appellant vero nomine reginam Isidem. Adsum tuos miserata casus, adsum favens et propitia. Mitte

153 **tuas preces**: o uso da segunda pessoa aparece justificada em nota de rodapé constante da Introdução deste volume.

154 **Mãe Pessinúncia**: Pessinunte era uma cidade da Ásia Menor, famosa pelo culto à deusa Cibele, patrona do local, cujo dom era o de ser a mãe de todos os seres vivos e criadora de tudo (Lobato 2021: 10).

155 **Minerva Cecrópeia**: epíteto da deusa Atena, pois o rei Cécrope teria sido o fundador mítico da cidade (Lobato 2021: 10).

156 **Vênus Páfia:** ou seja, Vênus de Pafo (na ilha de Chipre), onde se localizava o templo dedicado à deusa (4.29; 11.2).

157 **Diana Dictina:** segundo Lobato (2021: 10, adaptado), "*Dictynna* significa *senhora das redes*, divindade da pescaria e da caça em Creta também chamada de Britomartis. Posteriormente, quando do surgimento do culto a Ártemis, as duas divindades passaram a ser cultuadas como uma só e Dictina se tornou outro nome para Ártemis (ou Diana). Essa mudança ocorreu por ambas as divindades compartilharem dos mesmos atributos: deusas da caça, matronas dos caçadores e pescadores".

158 **Prosérpina Estígia:** epíteto da deusa vivendo nos ínferos, onde se localizava o rio Estige; havia dois festivais dedicados à deusa na região da Sicília (de fala latina, grega e cartaginesa, por isso trilíngue), um para celebrar o plantio e outro, a colheita.

5. — Estou aqui, Lúcio, movida pelas tuas preces.[153] Eu sou a Mãe da Natureza, Senhora de todos os elementos, Progênie Inaugural dos séculos, Sublime entre os numes, Rainha dos Manes, Superior entre os celestes, Face Uniforme de deuses e deusas que controlo, segundo minha vontade, os píncaros luminosos do céu, os sopros salubres do mar e os silêncios sofridos dos ínferos, e cujo nume único sob aparência multiforme, em culto variado e nome multímodo o mundo inteiro adora. Por isso, os primogênitos frígios me chamam Mãe Pessinúncia[154] dos deuses; do lado de cá, os áticos autóctones me chamam de Minerva Cecrópeia;[155] de lá, os cíprios flutuantes me chamam de Vênus Páfia;[156] os cretenses sagíferos, de Diana Dictina;[157] os sículos trilíngues, de Prosérpina Estígia;[158] os eleusinos, de antiga deusa Ceres; uns me chamam de Juno; outros, de Belona;[159] estes me chamam Hécate;[160] aqueles, de Ramnúsia;[161] ambos os etíopes, que são os primeiros a serem iluminados pelos raios do deus Sol, e os egípcios, que evoluíram com a antiga doutrina e me veneram em cerimônias próprias, me conferem o nome verdadeiro de Rainha Ísis. Aqui estou, com pena da tua derrocada; aqui estou, favorá-

159 **Belona:** divindade itálica tida como irmã ou esposa de Marte, deus da guerra.

160 **Hécate:** segundo Lobato (2021: 10), "O nome *Hécate* significa aquela que *trabalha de longe*. Trata-se de uma antiga deusa ctônica relacionada à magia e ao submundo; teria auxiliado Deméter em sua busca por Perséfone guiando seus caminhos com uma tocha. Assim, sua imagem era representada com tochas e seu culto também incluía essa característica de uma divindade que guia caminhos".

161 **Ramnúsia**: "outro nome para Nêmesis (deusa de Ramnunte/Rhamnus), deusa da justiça como retribuição, a personificação do ressentimento; era uma divindade conhecida por ser vingativa e punitiva. Tinha o papel de equilibrar a felicidade e a tristeza da humanidade. Se um indivíduo possuía bens em excesso e era demasiado feliz, ela trazia tragédias. Agia em resposta a duas situações: felicidades imerecidas e males cometidos de forma injusta" (Lobato 2021: 10, adaptado).

iam fletus et lamentationes omitte. Depelle maerorem. Iam tibi providentia mea illucescit dies salutaris. Ergo igitur imperiis istis meis animum intende sollicitum. Diem qui dies ex ista nocte nascetur aeterna mihi nuncupavit religio, quo sedatis hibernis tempestatibus et lenitis maris procellosis fluctibus, navigabili iam pelago rudem dedicantes carinam primitias commeatus libant mei sacerdotes. Id sacrum nec sollicita nec profana mente debebis opperiri.

6. Nam meo monitu sacerdos in ipso procinctu pompae roseam manu dextera sistro cohaerentem gestabit coronam. Incunctanter ergo dimotis turbulis alacer continuare pompam mea volentia fretus, et de proximo clementer velut manum sacerdotis osculabundus rosis decerptis, pessimae mihique iam dudum detestabilis beluae istius corio te protinus exue. Nec quicquam rerum mearum reformides ut arduum. Nam hoc eodem momento quo tibi venio, simul et ibi praesens, quae sunt sequentia sacerdoti meo per quietem facienda praecipio. Meo iussu tibi constricti comitatus decedent populi, nec inter hilares caerimonias et festiva spectacula quisquam deformem istam quam geris faciem perhorrescet, vel figuram tuam repente mutatam sequius interpretatus aliquis maligne criminabitur.

"Plane memineris et penita mente conditum semper tenebis mihi reliqua vitae tuae curricula adusque terminos ultimi spiritus vadata. Nec iniurium, cuius beneficio redieris ad homines, ei totum debere quod vives. Vives autem beatus, vives in mea tutela gloriosus, et cum spatium saeculi tui permensus ad inferos demearis, ibi quoque in ipso subterraneo semirotundo me, quam vides, Acherontis tenebris interlucentem Stygiisque penetralibus regnantem, campos

162 **há muito detestado por mim**: Kenney (2004: xxiii) informa que o assassino de Osíris, esposo de Ísis e deus do Sol, foi Seth-Typhon, que havia assumido a forma de asno.

vel e propícia. Cessa as lágrimas, silencia as lamentações, deixa de lado a tristeza: graças à minha Providência, já brilhará para ti o dia da salvação. Presta atenção, pois, nestas minhas ordens. Meu culto eterno designou este dia, que nascerá ao fim desta noite, em meu louvor. Nele, acalmadas as tempestades de inverno, pacificadas as ondas tormentosas do mar e já navegável o oceano, meus sacerdotes, consagrando a rude carena, celebram as primícias da atividade comercial. Deves aguardar a celebração sem a mente transtornada nem blasfema.

6. Por indicação minha, um sacerdote levará na mão direita, durante toda a procissão, uma coroa de rosas atada ao sistro. Então, sem hesitares, abre caminho entre as pessoas e acompanha o cortejo sem demora, confiado na minha vontade. Chegando perto do sacerdote, como se fosses beijar piedosamente a sua mão, perderás de imediato, depois de colher as rosas, esse aspecto terrível de asno, há muito detestado por mim.[162] Não consideres difícil qualquer prescrição minha, pois neste mesmo instante em que venho a ti estou pessoalmente revelando em sonho ao meu sacerdote o que ele deve fazer em seguida. Por ordem minha, o povo apertado em fileiras te dará passagem; não haverá quem se assuste, em cerimônias alegres e espetáculos festivos, com a face deforme que carregas, nem fará má interpretação ou delatará tua imagem mudada de repente. Porém, terás muito claro e guardarás para sempre na memória que o curso restante da tua vida estará consagrado a mim até o teu último suspiro: afinal, não é injusto dever tudo àquela por cujo benefício regressarás ao convívio humano. Porém, viverás feliz, terás glória sob minha tutela; e, quando terminares o curso de tua existência e baixares aos ínferos, também lá, no hemisfério subterrâneo, adorarás a esta que se coloca diante de ti e que verás brilhando entre as trevas do Aqueronte e reinando nas profundezas do Estige.[163]

163 A deusa se refere aqui à sua manifestação como Prosérpina.

Elysios incolens ipse, tibi propitiam frequens adorabis. Quodsi sedulis obsequiis et religiosis ministeriis et tenacibus castimoniis numen nostrum promerueris, scies ultra statuta fato tuo spatia vitam quoque tibi prorogare mihi tantum licere."

7. Sic oraculi venerabilis fine prolato numen invictum in se recessit. Nec mora cum somno protinus absolutus pavore et gaudio ac dein sudore nimio permixtus exsurgo, summeque miratus deae potentis tam claram praesentiam, marino rore respersus magnisque imperiis eius intentus monitionis ordinem recolebam. Nec mora cum noctis atrae fugato nubilo Sol exsurgit aureus, et ecce discursu religioso ac prorsus triumphali turbulae complent totas plateas, tantaque hilaritudine praeter peculiarem meam gestire mihi cuncta videbantur ut pecua etiam cuiusce modi et totas domos et ipsum diem serena facie gaudere sentirem. Nam et pruinam pridianam dies apricus ac placidus repente fuerat insecutus, ut canorae etiam aviculae prolectatae verno vapore concentus suaves assonarent, matrem siderum, parentem temporum orbisque totius dominam blando mulcentes affamine. Quid quod arbores etiam, quae pomifera subole fecundae quaeque earum tantum umbra contentae steriles, austrinis laxatae flatibus, germine foliorum renidentes, clementi motu bracchiorum dulces strepitus obsibilabant. Magnoque procellarum sedato fragore ac turbido fluctuum tumore posito, mare quietas alluvies temperabat. Caelum autem, nubilosa caligine disiecta, nudo sudoque luminis proprii splendore candebat.

8. Ecce pompae magnae paulatim praecedunt anteludia votivis cuiusque studiis exornata pulcherrime. Hic incinctus balteo militem gerebat, illum succinctum chlamyde crepides et venabula venatorem fecerant, alius soccis obauratis inductus serica veste mundoque pretioso et attextis capite crinibus incessu perfluo feminam

Mesmo vivendo nos Campos Elíseos, cultuarás minha divindade, que te é propícia. Mas, se por tua zelosa vigilância, assídua preocupação e irrepreensível decência mereceres a minha proteção, terás ciência de que somente a mim é permitido prorrogar tua vida muito além dos limites determinados pelo destino.

7. Então, uma vez concluído o oráculo venerável, o nume invicto se recolheu. Arrancado do sono, sem demora me levantei com um sentimento misto de pavor e alegria, porém estava encharcado de suor. Profundamente espantado com a presença tão ilustre da poderosa divindade, me banhei na água do mar e, meditando sobre as ordens supremas, repassei a sequência da instrução. Daí a pouco, assim que o sol de ouro surgiu com a dispersão da neblina da noite escura, eis que multidões encheram toda a praça num cortejo religioso, de fato triunfal e, sem falar da minha alegria, me parecia que tudo aparentava tanta felicidade, que eu sentia até mesmo os animais, todas as casas e o próprio dia de alguma forma se deleitarem, numa feição serena. Uma ensolarada e plácida manhã de repente sucedeu à geada noturna, de modo que mesmo as aves canoras, atraídas pelo frescor da primavera, entoavam canções delicadas, que acariciavam num tom suave a Mãe das estrelas, a Senhora do tempo, a Dona de todo o universo. Inclusive as árvores — tanto as que produzem frutos abundantes quanto as que, estéreis, apenas se contentam em dar sombra —, abandonadas à brisa do Austro e sorrindo aos brotos de suas folhas, solfejavam doces melodias com o movimento complacente dos galhos. Aplacado o enorme fragor das tempestades e acalmado o turbilhão furioso das ondas, o mar atenuava o ímpeto das marés; já o céu, depois de afastar o nevoeiro fechado, irradiava a luz límpida e clara que lhe é característica.

8. Eis que, aos poucos, desfilam os primeiros grupos da enorme procissão, ricamente adornados conforme a disposição e o interesse de cada um dos participantes. Um, cingido com um cinturão, lembrava um militar; outro, trajando clâmide, botas e com flechas na mão, representava um caçador. Outro, calçando sandálias douradas, com um vestido de seda, enfeites preciosos, um coque no alto da cabeça

mentiebatur. Porro alium ocreis scuto galea ferroque insignem e ludo putares gladiatorio procedere. Nec ille deerat qui magistratum fascibus purpuraque luderet, nec qui pallio baculoque et baxeis et hircino barbitio philosophum fingeret, nec qui diversis harundinibus alter aucupem cum visco, alter piscatorem cum hamis induceret. Vidi et ursam mansuem, quae cultu matronali sella vehebatur, et simiam pilleo textili crocotisque Phrygiis Catamiti pastoris specie aureum gestantem poculum, et asinum pinnis agglutinatis adambulantem cuidam seni debili, ut illum quidem Bellerophontem, hunc autem diceres Pegasum, tamen rideres utrumque.

9. Inter has oblectationes ludicras popularium, quae passim vagabantur, iam sospitatricis deae peculiaris pompa moliebatur. Mulieres candido splendentes amicimine, vario laetantes gestamine, verno florentes coronamine, quae de gremio per viam qua sacer incedebat comitatus solum sternebant flosculis; aliae quae nitentibus speculis pone tergum reversis venienti deae obvium commonstrarent obsequium, et quae pectines eburnos ferentes gestu bracchiorum flexuque digitorum ornatum atque oppexum nium regalium fingerent; illae etiam quae ceteris unguentis et geniali balsamo guttatim excusso conspargebant plateas; magnus praeterea sexus utriusque numerus lucernis, taedis, cereis, et alio genere facticii luminis siderum caelestium stirpem propitiantes. Symphoniae dehinc suaves, fistulae tibiaeque modulis dulcissimis personabant. Eas amoenus lectissimae iuventutis veste nivea et cataclista praenitens sequebatur chorus, carmen venustum iterantes, quod Camenarum favore sollers poeta modulatus edixerat, quod argumentum referebat interim maiorum antecantamenta votorum. Ibant et dicati magno Sarapi tibicines, qui per obliquum calamum ad aurem

164 **Ganimedes**: ver nota em 1.12 e 6.15.

165 **Belerofonte, Pégaso**: ver nota em 6.30.

166 **Camenas**: identificadas como as Musas gregas; na Itália, eram originalmente divindades da primavera.

e passos delicados, simulava a imagem de uma mulher. Perto dele, havia outro que parecia impecável com a sua joelheira, seu escudo, seu capacete e sua espada, como se tivesse saído de um jogo de gladiadores. Não faltava quem se fingia de magistrado com os fasces e a toga púrpura, nem quem imitava um filósofo com o pálio e o cajado, as botinas e barba de bode; havia ainda dois que portavam caniços diferentes, o primeiro era o passarinheiro com o visco e o segundo, o pescador com a vara. Também vi uma ursa domesticada; com ares de senhora, era carregada em liteira; um macaco, com boné de tecido e uma túnica amarela à moda frígia, lembrava o pastor Ganimedes[164] e trazia um copo na mão. Um asno com penas perambulava com um velho fraco, sendo que este sugeria ser Belerofonte e aquele, Pégaso,[165] mas ambos provocavam riso.

9. Em meio à folia popular que se espalhava por todo canto, tinha início a romaria ímpar da deusa salvadora. Havia mulheres que, desfilando com vestidos brancos, adornadas de enfeites variados e portando coroas primaveris, espalhavam pelo chão onde a comitiva sagrada passava as pétalas que guardavam entre os seios. Outras, carregando espelhos brilhantes nas costas, virados para a deusa, lhe refletiam em seu avanço a homenagem dos fiéis. Havia aquelas que, trazendo pentes de marfim, simulavam pelo gesto dos braços e o movimento dos dedos um rico penteado nos cabelos régios e as que borrifavam a conta-gotas nas praças um bálsamo divino e outros perfumes. Além disso, havia um grande número de pessoas de ambos os sexos que, com lanternas, tochas, velas e todo tipo de fachos, rendiam homenagem à Geradora das estrelas celestes. Em seguida, vinham as sinfonias delicadas da fístula e da tíbia de notas dulcíssimas. Depois delas, o coro harmônico dos mais belos jovens; trajavam uma veste nívea, de fino talhe, cantando um hino muito bonito, que um poeta engenhoso compusera inspirado pelas Camenas[166] e cujos versos serviam de prelúdio para os votos solenes. Também estavam presentes os tubistas devotados ao grande Serápis,[167] que, com o

167 **Serápis**: divindade greco-egípcia relacionada a Osíris, esposo da deusa Ísis.

porrectum dexteram familiarem templi deique modulum frequentabant, praeciaeque qui facilem sacris viam dari praedicarent.

10. Tunc influunt turbae sacris divinis initiatae, viri feminaeque omnis dignitatis et omnis aetatis, linteae vestis candore puro luminosi, illae limpido tegmine crines madidos obvolutae, hi capillum derasi funditus verticem praenitentes—magnae religionis terrena sidera—aereis et argenteis, immo vero aureis etiam sistris argutum tinnitum constrepentes; et antistites sacrorum proceres illi, qui candido linteamine cinctum pectoralem adusque vestigia strictim iniecti potentissimorum deum proferebant insignes exuvias. Quorum primus lucernam claro praemicantem porrigebat lumine, non adeo nostris illis consimilem quae vespertinas illuminant epulas, sed aureum cymbium medio sui patore flammulam suscitans largiorem. Secundus vestitum quidem similis, sed manibus ambabus gerebat altaria, id est auxilia, quibus nomen dedit proprium deae summatis auxiliaris providentia. Ibat tertius attollens palmam auro subtiliter foliatam nec non Mercuriale etiam caduceum. Quartus aequitatis ostendebat indicium deformatam manum sinistram porrecta palmula, quae genuina pigritia, nulla calliditate nulla sollertia praedita, videbatur aequitati magis aptior quam dextera; idem gerebat et aureum vasculum in modum papillae rotundatum, de quo lacte libabat. Quintus auream vannum aureis congestam ramulis, sextus ferebat amphoram.

11. Nec mora cum dei dignati pedibus humanis incedere prodeunt, hic horrendus ille superum commeator et inferum, nunc atra, nunc aurea facie sublimis, attollens canis cervices arduas, Anubis, laeva caduceum gerens, dextera palmam virentem quatiens. Huius vestigium continuum sequebatur bos in erectum levata statum, bos, om-

168 **Anúbis:** é possível que a face bicolor do deus represente o céu e o mundo subterrâneo; seu atributo é ser um pastor de almas, no que compartilha dos dons de Mercúrio.

instrumento curvo que alcança a orelha direita, tocavam a melodia do deus em seu templo. Havia ainda muitos outros que abriam alas para o cortejo sagrado.

10. Apareceu então o grupo de iniciados nos rituais sagrados: eram homens e mulheres de todos os estatutos e de todas as idades, radiantes com a completa brancura da túnica de linho. Elas tinham os cabelos perfumados e estavam cobertas por um lenço transparente; eles tinham o cabelo rente, aliás eram completamente calvos: como estrelas terrenas da solene religião, produziam um som agudo com sistros de prata, de bronze, ou até mesmo de ouro. Por outro lado, os mais importantes líderes daquelas cerimônias, que trajavam um manto branco da altura do peito até os pés, portavam as insignes relíquias dos deuses poderosíssimos. Deles, o primeiro trazia uma lanterna na mão que emitia uma luz clara. Não lembrava em nada as nossas, que iluminam os banquetes noturnos: era uma canoa de cujo centro se elevava uma chama densa. Já o segundo estava vestido da mesma forma, mas carregava em ambas as mãos os altares auxiliares, nome técnico que lhes conferiu o auxílio providente da deusa soberana. O terceiro avançava erguendo uma folha de palmeira delicadamente folheada a ouro, bem como o caduceu de Mercúrio. O quarto mostrava o símbolo da justiça: a mão esquerda figurada com a palma aberta; fadada por natureza à preguiça, sem competência e sem esperteza, ela parecia mais apta a representar a justiça do que a mão direita. Também carregava um vaso de ouro, arredondado em formato de seio, com o qual fazia a libação de leite. O quinto trazia uma guirlanda cheia de ramos de ouro e o sexto, uma ânfora.

11. Sem demora chegaram os deuses, que se dignavam a caminhar sobre pés como os seres humanos. Primeiro, o sublime cão Anúbis, terrível intermediário entre as divindades e os mortais, que tinha a face altiva em parte negra e em parte dourada; trazia na mão esquerda o caduceu e, na direita, uma vicejante folha de palmeira.[168] Seguia seus passos uma vaca em posição ereta, imagem bem-aven-

niparentis deae fecundum simulacrum, quod residens umeris suis proferebat unus e ministerio beato gressu gestuosus. Ferebatur ab alio cista secretorum capax penitus celans operta magnificae religionis. Gerebat alius felici suo gremio summi numinis venerandam effigiem, non pecoris, non avis, non ferae, ac ne hominis quidem ipsius consimilem, sed sollerti repertu etiam ipsa novitate reverendam, altioris utcumque et magno silentio tegendae religionis argumentum ineffabile, sed ad istum plane modum fulgente auro figuratum: urnula faberrime cavata, fundo effigiata; eius orificium non altiuscule levatum in canalem quam rotundo, miris extrinsecus simulacris Aegyptiorum porrectum longo rivulo prominebat; ex alia vero parte multum recedens spatiosa dilatione adhaerebat ansa, quam contorto nodulo supersedebat aspis squameae cervicis striato tumore sublimis.

12. Et ecce praesentissimi numinis promissa nobis accedunt beneficia, et fata salutemque ipsam meam gerens sacerdos appropinquat, ad ipsum praescriptum divinae promissionis ornatum dextera proferens sistrum deae, mihi coronam, et hercules coronam consequenter, quod tot ac tantis exanclatis laboribus, tot emensis periculis, deae maximae providentia alluctantem mihi saevissime Fortunam superarem. Nec tamen gaudio subitario commotus inclementi me cursu proripui, verens scilicet ne repentino quadripedis impetu religionis quietus turbaretur ordo, sed placido ac prorsus humano gradu cunctabundus paulatim obliquato corpore, sane divinitus decedente populo, sensim irrepo.

13. At sacerdos, ut reapse cognoscere potui, nocturni commonefactus oraculi miratusque congruentiam mandati muneris, confestim restitit et ultro porrecta dextera ob os ipsum meum coronam exhi-

169 Esta é a manifestação de Ísis em todo o seu esplendor.

turada da deusa criadora de todas as coisas,[169] a qual alguém carregava apoiada sobre os seus ombros, contente com a tarefa, pois seu passo era cheio de dignidade. Uma grande arca era trazida pelo terceiro; nela estavam bem escondidos os segredos da magnífica religião. Outro levava no colo abençoado a veneranda imagem da suma divindade, que não era semelhante a um bovino, a uma ave, a uma fera e nem sequer a um homem, mas que chamava a atenção pela própria novidade, o que a tornava ainda mais reverente. De toda forma, representava a inefável prova de uma religião que deveria ser mantida em segredo por um silêncio profundo. Tratava-se de uma imagem de ouro fulgente representando o seguinte: um pequeno vaso fabricado com maestria, com fundo redondo e, por fora, decorado com os notáveis desenhos dos egípcios. Sua abertura não era muito elevada e projetava um longo bico em forma de canudo; do outro lado, via-se uma asa cujo arco se abria numa curvatura ampla, sobre a qual a sublime serpente de pescoço túmido e estriado de escamas se enroscava em nó firme.

12. Eis que os benefícios prometidos pela diligentíssima deusa se tornaram realidade. O sacerdote, senhor do meu destino e da minha salvação, avançou com os ornamentos tal como haviam sido indicados na aparição divina: na mão direita, ele trazia para a deusa o sistro e, para mim (ah, Hércules!), a coroa, sim, precisamente a coroa! Depois de cumprir tantos trabalhos e de aguentar tantos perigos, graças à Providência da deusa suprema eu venceria a Fortuna que me atacou tão cruelmente! Porém, mesmo tomado de uma súbita alegria, não saí correndo feito um desesperado e sim, temendo que a pacífica ordem da cerimônia sagrada fosse quebrada pelo ímpeto repentino de um quadrúpede, lentamente me meti deslizando o corpo, a passo lento e francamente humano, no meio da multidão que, por inspiração divina, me abria caminho.

13. O sacerdote, notificado pelo oráculo noturno (como me dei conta pela própria situação) e admirado com a pontualidade com que a missão se cumpria, se deteve imediatamente e, me estendendo a mão direita, aproximou do meu focinho a coroa. Eu, então, estre-

buit. Tunc ego trepidans, assiduo pulsu micanti corde, coronam, quae rosis amoenis intexta fulgurabat, avido ore susceptam cupidus promissi cupidissime devoravi. Nec me fefellit caeleste promissum: protinus mihi delabitur deformis et ferina facies. Ac primo quidem squalens pilus defluit, ac dehinc cutis crass tenuatur, venter obesus residet, pedum plantae per ungulas in digitos exeunt, manus non iam pedes sunt sed in erecta porriguntur officia, cervix procera cohibetur, os et caput rotundatur, aures enormes repetunt pristinam parvitatem, dentes saxei redeunt ad humanam minutiem, et, quae me potissimum cruciabat ante, cauda nusquam.

Populi mirantur, religiosi venerantur tam evidentem maximi numinis potentiam et consimilem nocturnis imaginibus magnificentiam et facilitatem reformationis, claraque et consona voce, caelo manus attendentes, testantur tam illustre deae beneficium.

14. At ego stupore nimio defixus tacitus haerebam, animo meo tam repentinum tamque magnum non capiente gaudium, quid potissimum praefarer primarium, unde novae vocis exordium caperem, quo sermone nunc renata lingua felicius auspicarer, quibus quantisque verbis tantae deae gratias agerem. Sed sacerdos utcumque divino monitu cognitis ab origine cunctis cladibus meis, quamquam et ipse insigni permotus miraculo, nutu significato prius praecipit tegendo mihi linteam dari laciniam. Nam me cum primum nefasto tegmine despoliaverat asinus, compressis in artum feminibus et superstrictis accurate manibus, quantum nudo licebat velamento me naturali probe muniveram. Tunc e cohorte religionis unus impigre superiorem exutus tunicam supertexit me celerrime. Quo facto sacerdos vultu geniali et hercules inhumano in aspectum meum attonitus sic effatur:

meci e, palpitando, com o coração aos pulos, devorei de boca cheia, impaciente pelo resultado, a guirlanda que fulgurava com as rosas frescas com que estava entrelaçada. A promessa celeste não me decepcionou. De imediato, a cara deforme de animal desapareceu: primeiro, os pelos desenriçaram; depois, o couro firme amoleceu, a barriga obesa diminuiu, as plantas dos pés viraram dedos com unhas, as mãos já não eram patas e se prestaram à função de membros superiores, o pescoço voltou ao tamanho normal, o rosto e a cabeça se arredondaram, as orelhas enormes voltaram à antiga pequenez, os dentes de pedra se reduziram à proporção humana e a cauda (coisa que mais me torturava!) sumiu.

A multidão ficou maravilhada e os devotos veneraram o tão evidente poder da suprema divindade, a grandiosidade que fez jus à minha visão noturna e a facilidade da metamorfose. Com a voz clara e em uníssono, ergueram as mãos aos céus e deram testemunho do ilustre milagre da deusa.

14. Mas eu, tomado de enorme emoção, fiquei paralisado, sem que a minha alma conseguisse assimilar tão repentina e tão enorme alegria. O que eu devia dizer antes de qualquer outra coisa? Por onde começar com a minha voz restaurada? Tendo naquele momento recuperado a língua, qual seria a apologia, quais e quantas seriam as palavras com que eu poderia agradecer a uma deusa tão poderosa? O sacerdote, porém, que sabia o tempo todo, por aviso divino, dos sofrimentos que passei desde o começo, mesmo embasbacado com o prodigioso milagre, fez primeiro um sinal para que me fosse dada alguma peça de linho para eu me cobrir. De fato, desde o instante em que perdi a aparência maldita de asno, apertei bem as coxas uma na outra e cobri cautelosamente com as mãos, como uma vestimenta natural, o quanto fosse possível da minha nudez. Então, um dos membros da comitiva religiosa tirou rapidamente a parte de cima da túnica e, sem hesitar, me vestiu com ela. Depois disso, o sacerdote me olhou com feição enigmática e (por Hércules!) sobrenatural e, atônito com o meu aspecto, disse o seguinte:

15. "Multis et variis exanclatis laboribus magnisque Fortunae tempestatibus et maximis actus procellis, ad portum Quietis et aram Misericordiae tandem, Luci, venisti. Nec tibi natales ac ne dignitas quidem, vel ipsa qua flores usquam doctrina profuit, sed lubrico virentis aetatulae ad serviles delapsus voluptates, curiositatis improsperae sinistrum praemium reportasti. Sed utcumque Fortunae caecitas, dum te pessimis periculis discruciat, ad religiosam istam beatitudinem improvida produxit malitia. Eat nunc et summo furore saeviat et crudelitati suae materiem quaerat aliam; nam in eos quorum sibi vitas in servitium deae nostrae maiestas vindicavit non habet locum casus infestus. Quid latrones, quid ferae, quid servitium, quid asperrimorum itinerum ambages reciprocae, quid metus mortis cotidianae nefariae Fortunae profuit? In tutelam iam receptus es Fortunae, sed videntis, quae suae lucis splendore ceteros etiam deos illuminat. Sume iam vultum laetiorem candido isto habitu tuo congruentem. Comitare pompam deae sospitatricis inovanti gradu. Videant irreligiosi, videant et errorem suum recognoscant. En ecce pristinis aerumnis absolutus Isidis magnae providentia gaudens Lucius de sua Fortuna triumphat. Quo tamen tutior sis atque munitior, da nomen sanctae huic militiae. cuius non olim sacramento etiam rogabaris, teque iam nunc obsequio religionis nostrae dedica et ministerii iugum subi voluntarium. Nam cum coeperis deae servire, tunc magis senties fructum tuae libertatis."

16. Ad istum modum vaticinatus sacerdos egregius fatigatos anhelitus trahens conticuit. Exin permixtus agmini religioso procedens comitabar sacrarium totae civitati notus ac conspicuus, digitis hominum nutibusque notabilis. Omnes in me populi fabulabantur:

170 **curiosidade desditosa:** sobre a importância da curiosidade no *Asno de ouro*, ver Introdução.

171 **cega Fortuna**: trata-se de um paradoxo; afinal, se Ísis é identificada com a Fortuna e foi isso o que levou Lúcio precisamente à situação que ora se apresenta, então a ação da Fortuna na narrativa não foi casual; porém, podemos pensar, a depreender do epíteto **Clarividente** atribuído à Fortuna

15. — Depois de tantos e tão sofridos trabalhos, de padecer com as vicissitudes da Fortuna e suportar as piores tempestades chegaste enfim, Lúcio, ao porto da Bonança e ao altar da Misericórdia. O berço, o prestígio ou a cultura mesma da qual brotaram flores por toda parte não te serviram para nada e sim, escorregando nas tentações da juventude, caíste na libertinagem dos escravos e recebeste o prêmio sinistro da curiosidade desditosa.[170] Porém, de uma forma ou de outra, a cega Fortuna, enquanto te livrava dos perigos mais imediatos, te trouxe com acidental malícia até este devoto regozijo.[171] Agora, que ela vá embora, te libere de seu ódio terrível e busque outra vítima para a sua crueldade, pois não há lugar para acidentes que afetem aqueles cujas vidas a majestade de nossa deusa reivindicou lhe fossem oferecidas. Que proveito a maldosa Fortuna tirou dos ladrões, das feras, da escravidão, das idas e vindas por estradas enfadonhas, do medo da morte iminente? Recebeste a proteção da Fortuna, mas da Clarividente, que com o esplendor de sua luz ilumina inclusive os demais deuses. Põe um sorriso no rosto, congruente com esta tua veste branca, e segue a procissão da deusa salvadora com passo vitorioso! Que os incrédulos vejam, sim! Que vejam e reconheçam seu erro: "Eis o Lúcio, livre das antigas aflições por diligência da Grande Ísis e feliz com seu destino! Porém, para que fiques ainda mais protegido e abençoado, entrega-te de corpo e alma a esta sagrada comitiva, cujo juramento ainda não prestaste. Dedica-te daqui em diante ao serviço de nossa religião e aceita o compromisso por vontade própria, pois, assim que começares a servir à deusa, te darás ainda mais conta de qual é o fruto da tua liberdade.

16. O egrégio sacerdote, depois de pronunciar essas palavras proféticas, calou-se para recobrar o fôlego. Daí, juntando-me ao cortejo religioso, avancei em sua companhia e tomei parte do ritual, reconhecido por toda a cidade e apontado em gestos e sinais pelos transeuntes. Eu era o assunto das conversas de todo mundo: "Hoje, o

logo a seguir, que se trata de duas coisas distintas: a função da Fortuna na narrativa é uma; a Fortuna como manifestação de Ísis, outra.

"Hunc omnipotentis hodie deae numen augustum reformavit ad homines. Felix hercules et ter beatus, qui vitae scilicet praecedentis innocentia fideque meruerit tam praeclarum de caelo patrocinium, ut renatus quodam modo statim sacrorum obsequio desponderetur."

Inter haec et festorum votorum tumultum paulatim progressi iam ripam maris proximamus atque ad ipsum illum locum quo pridie meus stabulaverat asinus pervenimus. Ibi deum simulacris rite dispositis, navem faberrime factam picturis miris Aegyptiorum circumsecus variegatam summus sacerdos taeda lucida et ovo et sulpure, sollemnissimas preces de casto praefatus ore, quam purissime purificatam deae nuncupavit dedicavitque. Huius felicis alvei nitens carbasus litteras auro intextas progerebat. Eae litterae votum instaurabant de novi commeatus prospera navigatione. Iam malus insurgit pinus rotunda, splendore sublimis, insigni carchesio conspicua, et puppis intorta chenisco, bracteis aureis vestita fulgebat, omnisque prorsus carina citro limpido perpolita florebat. Tunc cuncti populi tam religiosi quam profani vannos onustas aromatis et huiusce modi suppliciis certatim congerunt et insuper fluctus libant intritum lacte confectum, donec muneribus largis et devotionibus faustis completa navis, absoluta strophiis ancoralibus, peculiari serenoque flatu pelago redderetur. Quae postquam cursus spatio prospectum sui nobis incertat, sacrorum geruli, sumptis rursum quae quisque detulerant, alacres ad fanum reditum capessunt simili structu pompae decori.

17. At cum ad ipsum iam templum pervenimus, sacerdos maximus quique divinas effigies progerebant et qui venerandis penetralibus pridem fuerant initiati, intra cubiculum deae recepti, disponunt rite simulacra spirantia. Tunc ex his unus, quem cuncti grammatea di-

nume poderoso da deusa devolveu a esse cavalheiro a forma humana: bendito e (por Hércules!) três vezes abençoado é quem mereceu tão importante favor divino devido à inocência de sua vida pregressa e à sua fé, a ponto de se entregar ao serviço sagrado depois de ter, de uma certa forma, renascido!"

Avançamos pouco a pouco, entre essas conversas e o tumulto das festividades religiosas; nos aproximamos da orla do mar e chegamos ao mesmo lugar onde, anteriormente, o asno que eu era havia parado para descansar. Ali, depois de dispor as imagens dos deuses conforme o rito, o sumo sacerdote, proferindo com seus lábios honestos as preces solenes e purificando com uma tocha brilhante, enxofre e ovo um navio puramente dedicado à deusa, construído com tecnologia avançada e decorado por todas as partes com as admiráveis pinturas egípcias, proferiu a fórmula e consagrou-o. A vela dessa feliz embarcação, ostentando um brilho forte, possuía letras lavradas em ouro; essas letras formavam os votos de próspera retomada das viagens de ida e de volta. Então, levantou-se o mastro feito de um tronco imponente, de sublime esplendor; a vigia era conspícua e a popa, encurvada na forma de um cisne. Brilhava, folhada a ouro, e a quilha inteira, feita de cedro polido, resplandecia. Então, a multidão como um todo, tanto os religiosos quanto os não iniciados, começou a depositar garrafas cheias de líquidos aromáticos e outras oferendas do mesmo tipo e a fazer libações sobre a água com um caldo misturado ao leite, até que a embarcação, abarrotada de generosos presentes e ofertas propícias, foi lançada ao mar, depois de levantadas as âncoras, com ajuda de uma brisa suave e incomum. Depois de tomar seu curso, o navio desapareceu de nossa vista. Os portadores dos objetos sagrados, tendo recolhido o que cada um trouxera, começaram a regressar, felizes, para o templo na mesma procissão, com idêntica solenidade.

17. Mas, assim que, de fato, chegamos ao templo, o sumo sacerdote, os que transportavam as imagens divinas e os que já haviam sido admitidos no santuário venerando, tendo entrado na câmara da deusa, puseram os simulacros vivos em seus lugares conforme o rito.

cebant, pro foribus assistens coetu pastophorum—quod sacrosancti collegii nomen est—velut in contionem vocato, indidem de sublimi suggestu de libro de litteris fausta vota praefatus principi magno senatuique et equiti totoque Romano populo, nauticis, navibusque, quae sub imperio mundi nostratis reguntur, renuntiat sermone rituque Graeciensi τὰ πλοιαφέσια. Quam vocem feliciter cunctis evenire signavit populi clamor insecutus. Exin gaudio delibuti populares thallos, verbenas, corollas ferentes, exosculatis vestigiis deae, quae gradibus haerebat argento formata, ad suos discedunt lares. Nec tamen me sinebat animus ungue latius indidem digredi sed intentus in deae specimen pristinos casus meos recordabar.

18. Nec tamen Fama volucris pigra pinnarum tarditate cessaverat, sed protinus in patria deae providentis adorabile beneficium meamque ipsius fortunam memorabilem narraverat passim. Confestim denique familiares ac vernulae quique mihi proximo nexu sanguinis cohaerebant, luctu deposito quem de meae mortis falso nuntio susceperant, repentino laetati gaudio varie quisque munerabundi ad meum festinant ilico diurnum reducemque ab inferis conspectum. Quorum desperata ipse etiam facie recreatus oblationes honestas aequi bonique facio, quippe cum mihi familiares, quo ad cultum sumptumque largiter succederet, deferre prospicue curassent.

19. Affatis itaque ex officio singulis narratisque meis propere et pristinis aerumnis et praesentibus gaudiis, me rursum ad deae gratissimum mihi refero conspectum, aedibusque conductis intra consaeptum templi larem temporarium mihi constituo, deae ministeriis

Então, um deles, a quem todos chamavam de escriba, parando junto à porta e convocando o grupo dos pastóforos (nome com que o sagrado colegiado é conhecido) como se estivesse numa assembleia, subiu num estrado que ficava ali e pronunciou, lendo em um livro, os votos de felicidade dirigidos ao príncipe, ao senado, aos cavaleiros e ao povo romano como um todo, bem como aos navegadores e às embarcações que estão sujeitas ao nosso poder no mundo inteiro. Em seguida, anunciou, em conformidade com a fórmula na língua grega, o início da temporada de navegações. O povo inteiro sinalizou que aquelas palavras representavam um bom presságio. Por fim, os populares, tomados de alegria e carregando brotos, ramos e guirlandas e, depois de beijarem os pés da deusa cuja imagem argêntea se encontrava no alto de uma escadaria, voltaram para suas casas. No entanto, meu espírito não permitia que eu me afastasse dali sequer um dedo e sim que, hipnotizado pela imagem da deusa, me recordasse da minha antiga situação.

18. Todavia, a fama voadora não se deixara levar pelo marasmo distraído de suas asas, e sim, dirigindo-se diretamente à minha pátria, relatara com detalhes o adorável benefício da deusa providente e a sorte memorável que me tocou. Por conta disso, de imediato meus amigos, meus escravos e aqueles que estavam ligados a mim pelos laços sanguíneos, depondo o luto que haviam assumido com a falsa notícia da minha morte e tomados de uma repentina felicidade, vieram correndo ao meu encontro, cada qual trazendo vários tipos de presentes, para verem como eu havia regressado do mundo dos mortos. Também eu, diante das caras incrédulas deles, recobrei a esperança e aceitei de bom grado seus presentes honestos, pois eles haviam tido a preocupação de trazer o que fosse necessário para eu me sustentar e pagar minhas despesas.

19. Assim, depois de conversar com cada um conforme o dever e de relatar devidamente tanto minhas desgraças passadas quanto as alegrias presentes, tornei à presença agradabilíssima da deusa; buscando alojamento no interior do tempo, constituí ali o meu lar temporário e me ofereci para servir a deusa em particular, mas como

adhuc privatis appositus contuberniisque sacerdotum individuus et numinis magni cultor inseparabilis. Nec fuit nox una vel quies aliqua visu deae monituque ieiuna, sed crebris imperiis sacris suis me, iam dudum destinatum, nunc saltem censebat initiari. At ego quamquam cupienti voluntate praeditus, tamen religiosa formidine retardabar, quod enim sedulo percontaveram difficile religionis obsequium et castimoniorum abstinentiam satis arduam, cautoque circumspectu vitam, quae multis casibus subiacet, esse muniendam. Haec identidem mecum reputans nescio quo modo quamquam festinans differebam.

20. Nocte quadam plenum gremium suum visus est mihi summus sacerdos offerre, ac requirenti quid utique istud respondisse partes illas de Thessalia mihi missas, servum etiam meum indidem supervenisse nomine Candidum. Hanc experrectus imaginem diu diuque apud cogitationes meas revolvebam quid rei portenderet, praesertim cum nullum umquam habuisse me servum isto nomine nuncupatum certus essem. Utut tamen sese praesagium somni porrigeret, lucrum certum modis omnibus significari partium oblatione credebam. Sic anxius et in proventum prosperiorem attonitus templi matutinas apertiones opperiebar. Ac dum, velis candentibus reductis in diversum, deae venerabilem conspectum apprecamur, et per dispositas aras circumiens sacerdos, rem divinam procurans supplicamentis sollemnibus, de penetrali fontem petitum spondeo libat. Rebus iam rite consummatis incohatae lucis salutationibus religiosi primam nuntiantes horam perstrepunt. Et ecce superveniunt Hypata quos ibi reliqueram famulos, cum me Photis malis incapistrasset erroribus, cognitis scilicet fabulis meis, nec non et equum quoque illum meum reducentes, quem diverse distractum notae dorsualis agnitione recuperaverant. Quare sollertiam somni tum mirabar vel

auxiliar dos sacerdotes e adorador inseparável da suma divindade. Não houve uma só noite ou madrugada em que fiquei sem me encontrar com a deusa ou receber sua advertência; na verdade, em suas ordens sagradas e indiscutíveis, em mais de uma ocasião ela indicou que eu já estava pronto para ser iniciado. Eu, porém, embora ansioso e cheio de vontade, me sentia cerceado pelo temor religioso, já que eu havia cuidadosamente me inteirado de que o sacerdócio era exigente, que a abstinência sexual era bastante difícil e que a vida, sujeita a muitas vicissitudes, deveria ser levada com uma série de precauções. Pensando nessas coisas comigo mesmo sem cessar, não sei de que maneira eu procrastinava, apesar de estar com pressa.

20. Certa noite, sonhei que o sumo sacerdote me oferecia algo que ele trazia entre os braços. Perguntei-lhe o que era aquilo e para que servia; a resposta foi que eram peças enviadas da Tessália para mim, e que um criado meu, de nome Branco, acabava de chegar de lá. Aturdido por esse sonho, passei dias e dias pensando comigo sobre o que isso indicava, sobretudo porque tinha certeza de jamais ter tido um criado com esse nome. Porém, eu acreditava que, qualquer que fosse a previsão que o sonho fazia, as peças indicavam, de toda forma, que eu certamente teria um ganho. Dessa forma, ansioso com benefícios mais favoráveis, eu aguardava a abertura do templo todas as manhãs. Então, depois de puxar as cortinas para os lados, adorávamos a imagem venerável da deusa, e o sacerdote, dando a volta nos altares para cuidar dos objetos divinos enquanto pronunciava as preces sagradas, fazia as libações no vaso santo com a água tirada do santuário. Concluída a oferenda de acordo com o rito, os fiéis, anunciando a primeira hora do dia, faziam sua saudação à luz que renascia. Eis, então, que chegaram de Hípata os criados que eu deixara, quando Fótis me ludibriara com seus terríveis enganos. É de se supor que já tinham tido conhecimento da minha história; até trouxeram o meu cavalo que, depois de passar de mão em mão, haviam recuperado graças ao sinal que ele tinha no dorso. Por conta disso, fiquei extremamente admirado com a exatidão do sonho já

maxime, quod praeter congruentiam lucrosae pollicitationis argumento servi Candidi equum mihi reddidisset colore candidum.

21. Quo facto idem sollicitius sedulum colendi frequentabam ministerium, spe futura beneficiis praesentibus pignerata. Nec minus in dies mihi magis magisque accipiendorum sacrorum cupido gliscebat, summisque precibus primarium sacerdotem saepissime conveneram, petens ut me noctis sacratae tandem arcanis initiaret. At ille, vir alioquin gravis et sobriae religionis observatione famosus, clementer ac comiter et ut solent parentes immaturis liberorum desideriis modificari, meam differens instantiam, spei melioris solaciis alioquin anxium mihi permulcebat animum: nam et diem quo quisque possit initiari deae nutu demonstrari, et sacerdotem qui sacra debeat ministrare eiusdem providentia deligi, sumptus etiam caerimoniis necessarios simili praecepto destinari. Quae cuncta nos quoque observabili patientia sustinere censebat, quippe cum aviditati contumaciaeque summe cavere et utramque culpam vitare ac neque vocatus morari nec non iussus festinare deberem. Nec tamen esse quemquam de suo numero tam perditae mentis vel immo destinatae mortis qui, non sibi quoque seorsum iubente domina, temerarium atque sacrilegum audeat ministerium subire noxamque letalem contrahere. Nam et inferum claustra et salutis tutelam in deae manu posita, ipsamque traditionem ad instar voluntariae mortis et precariae salutis celebrari, quippe cum transactis vitae temporibus iam in ipso finitae lucis limine constitutos, quis tamen tuto possint magna religionis committi silentia, numen deae soleat elicere et sua providentia quodam modo renatos ad novae reponere rursus salutis curricula. Ergo igitur me quoque oportere caeleste

que, além da correspondência entre o presente recebido com o indicativo de um criado chamado Branco, havia voltado para as minhas mãos um cavalo de cor branca.

21. Por conta desse acontecimento, eu me mostrava mais interessado em desempenhar o diligente serviço religioso, com a esperança futura depositada nos benefícios presentes. Além disso, a vontade de me encargar dos rituais sagrados crescia cada vez mais dentro de mim. Sempre que podia, me aproximava do sumo sacerdote e lhe fazia várias súplicas para que me iniciasse nos arcanos da noite sagrada. Ele, porém, por ser um homem sério e conhecido pelo rigor na observação dos rituais, com brandura e delicadeza, tal como os pais costumam impor limites aos desejos imaturos dos filhos, se livrava da minha insistência cativando meu espírito com o bálsamo da renovação da esperança: dizia que o dia em que cada pessoa poderia ser iniciada era designado pela deusa e que, pela Providência dela, era escolhido o sacerdote que deveria realizar o procedimento sagrado. Da mesma forma, os recursos necessários para a cerimônia eram indicados em instrução semelhante. Ele achava que devíamos observar tudo isso com paciência reverente e, acima de qualquer outra coisa, nos esquivarmos da ansiedade e da teimosia, bem como evitar estes dois erros: não deveria me demorar se eu fosse convocado a servir, nem me apressar se não recebesse a ordem. Não havia nenhum entre os membros do clero que estivesse tão maluco, ou melhor, tão predisposto a morrer, para ousar enfrentar os riscos de um ministério temerário e sacrílego sem receber ordem expressa de sua Senhora, incorrendo assim num pecado que lhe valeria a morte. A bem da verdade, tanto as galerias do mundo dos mortos quanto a proteção para a salvação estão sob o poder da deusa, e a própria iniciação é celebrada como uma morte voluntária ou uma salvação provisória. Isso porque, ao cumprirem os ciclos da vida, a divindade tem o costume de selecionar os que, podendo manter em profundo segredo os grandes mistérios da religião, já alcançaram o limite mesmo em que luz da existência se extingue e, renascendo de algum modo pela Providência dela, recomeçam o ciclo da redenção. Assim,

sustinere praeceptum, quamquam perspicua evidentique magni numinis dignatione iam dudum felici ministerio nuncupatum destinatumque; nec secus quam cultores ceteri cibis profanis ac nefariis iam nunc temperare, quo rectius ad arcana purissimae religionis secreta pervaderem.

22. Dixerat sacerdos, nec impatientia corrumpebatur obsequium meum, sed intentus miti quiete et probabili taciturnitate sedulum quot dies obibam culturae sacrorum ministerium. Nec me fefellit vel longi temporis prolatione cruciavit deae potentis benignitas salutaris, sed noctis obscurae non obscuris imperiis evidenter monuit advenisse diem mihi semper optabilem, quo me maximi voti compotiret, quantoque sumptu deberem procurare supplicamentis, ipsumque Mithram illum suum sacerdotem praecipuum, divino quodam stellarum consortio ut aiebat mihi coniunctum, sacrorum ministrum decernit.

Quis et ceteris benivolis praeceptis summatis deae recreatus animi, necdum satis luce lucida discussa quiete protinus ad receptaculum sacerdotis contendo atque eum cubiculo suo commodum prodeuntem continatus saluto. Solito constantius destinaveram iam velut debitum sacris obsequium flagitare. At ille statim ut me conspexit, prior "O" inquit "Luci, te felicem, te beatum, quem propitia voluntate numen augustum tantopere dignatur." Et "Quid" inquit "iam nunc stas otiosus teque ipsum demoraris? Adest tibi dies votis assiduis exoptatus, quo deae multinominis divinis imperiis per istas meas manus piissimis sacrorum arcanis insinueris."

Et iniecta dextera senex comissimus ducit me protinus ad ipsas fores aedis amplissimae, rituque sollemni apertionis celebrato ministerio ac matutino peracto sacrificio, de opertis adyti profert quosdam libros litteris ignorabilibus praenotatos, partim

172 **alinhado comigo por alguma divina conjunção astral**: no original, *divino quodam stellarum consortio mihi coniunctum*, eco de Horácio (*Odes* 2.17. 21–22, *utrumque nostrum incredibili modo / consentit astrum*), no intuito de espelhar a relação do poeta com seu patrono, Mecenas.

pois, também a mim me conviria respeitar o preceito celeste, ainda que eu estivesse destinado e reservado para o feliz ministério graças à precípua e evidente autorização da sublime divindade. Assim como os demais fieis, o que me cabia para o momento era evitar alimentos profanos e danosos, de modo que eu me introduzisse nos arcanos da puríssima religião com toda a perfeição possível.

22. Assim falara o sacerdote. A paciência não atrapalhava meu comprometimento; eu me mostrava interessado, agindo com moderada calma e razoável discrição, em prestar o diligente culto sagrado dia após dia. Porém, a bondade salutar da deusa poderosa não me decepcionou nem me impôs uma longa espera; numa noite escura, indicou, com termos precisos, que o dia tão esperado por mim havia chegado: eu receberia os sumos votos e deveria arranjar os recursos para as formalidades. Ela designou como ministro o mesmo Mitras, seu sumo sacerdote e, como dizia, alinhado comigo por alguma divina conjunção astral.[172] Animado por essas e outras indicações benévolas da deusa suprema, mal havia amanhecido e a quietude da madrugada se dissipado, quando, de imediato, me dirigi à cela do sacerdote para saudá-lo, como sempre faço, e o encontrei já desperto e saindo de seu quarto. Tratei de insistir no meu pedido, mas desta vez como algo que era de meu direito. Ele, contudo, assim que me viu, comentou o seguinte:

— Ô, Lúcio! Que sorte, que bênção é a sua, pois a divindade de boa vontade agraciou você com tão grande honra! — e emendou — O que está esperando? Vai ficar aí parado? Chegou o dia tão aguardado da sua ordenação em que, por ordem divina da deusa de múltiplos nomes, você será apresentado pelas minhas mãos aos pios arcanos dos rituais sagrados!

O ancião, pousando a mão direita sobre mim, me levou o quanto antes para as portas do enorme templo e, após o rito solene de abertura, as celebrações iniciais e a realização do sacrifício matinal, trouxe de um canto do santuário alguns livros escritos em caracteres estranhos. Uma parte deles trazia várias fórmulas representadas

figuris cuiusce modi animalium concepti sermonis compendiosa verba suggerentes, partim nodosis et in modum rotae tortuosis capreolatimque condensis apicibus a curiositate profanorum lectione munita. Indidem mihi praedicat quae forent ad usum teletae necessario praeparanda.

23. Ea protinus naviter et aliquanto liberalius partim ipse, partim per meos socios coemenda procuro. Iamque tempore, ut aiebat sacerdos, id postulante, stipatum me religiosa cohorte deducit ad proximas balneas et prius sueto lavacro traditum, praefatus deum veniam, purissime circumrorans abluit, rursumque ad templum reductum, iam duabus diei partibus transactis, ante ipsa deae vestigia constituit, secretoque mandatis quibusdam, quae voce meliora sunt, illud plane cunctis arbitris praecipit: decem continuis illis diebus cibariam voluptatem coercerem, neque ullum animal essem et invinius essem.

Quis venerabili continentia rite servatis, iam dies aderat divino destinatus vadimonio, et Sol curvatus intrahebat vesperam. Tum ecce confluunt undique turbae sacrorum ritu vetusto variis quisque me muneribus honorantes. Tunc semotis procul profanis omnibus, linteo rudique me contectum amicimine arrepta manu sacerdos deducit ad ipsius sacrarii penetralia.

Quaeras forsitan satis anxie, studiose lector, quid deinde dictum, quid factum. Dicerem si dicere liceret, cognosceres si liceret audire. Sed parem noxam contraherent et aures et lingua, ista impiae loquacitatis, illae temerariae curiositatis. Nec te tamen desiderio forsitan religioso suspensum angore diutino cruciabo. Igitur audi, sed crede, quae vera sunt. Accessi confinium mortis et, calcato Proserpinae limine, per omnia vectus elementa remeavi; nocte media vidi solem candido coruscantem lumine; deos inferos et deos superos

por imagens de animais, e outra parte era composta por rabiscos rugosos e redondos que se sobrepunham uns aos outros à maneira de galhos de videira para evitar a leitura por parte de não iniciados. Seguindo esses livros, ele me apontou o que eu deveria preparar para a ordenação.

23. De imediato, com empenho e generosidade ainda maior, procurei adquirir os itens para a cerimônia tanto por esforço próprio quanto com a ajuda dos colegas. Porém, como o sacerdote falou, havia chegado o momento: ele conduziu-me, cercado pela congregação de religiosos, até os banhos públicos mais próximos e, antes que eu tomasse o banho ritual, me purificou por completo, pedindo licença aos deuses. Levando-me de volta ao templo (e isso ao final de duas partes do dia), me fez parar diante da imagem da deusa, confiando-me em segredo algumas recomendações melhores do que se fossem ditas em voz alta. Preceituou ainda, diante de todo mundo, que, durante os dez dias seguintes, eu evitasse comer demais, não me alimentasse da carne de nenhum animal nem bebesse vinho.

Tendo eu obedecido essas recomendações com venerável seriedade, chegou enfim o dia destinado ao compromisso divino. O sol poente absorvia a tarde; então eis que, de todas as partes, confluíram grupos de fieis que, segundo o ritual tradicional, me honraram com vários presentes. Porém, depois de afastar todos os não iniciados, o sacerdote me pegou pela mão e me levou, vestido de um rude linho branco, até o interior mesmo do santuário.

Talvez, discreto leitor, você queira saber com ansiosa curiosidade o que foi dito e o que aconteceu em seguida. Eu diria, se fosse permitido dizer, e você saberia, se lhe fosse permitido escutar. Mas tanto ouvidos quanto línguas incorreriam no mesmo erro; estas, pelo sacrilégio de falarem demais e aqueles, pela temerária inconveniência. Contudo, não vou castigar você com uma angústia infindável apenas por escrúpulo religioso. Ouça, então, e acredite naquilo que é a verdade. Cruzei os limites da morte e, depois de colocar os pés na soleira de Prosérpina, regressei conduzido por todos os elementos. Em plena noite, vi o sol brilhar com luz clara; tive acesso aos deuses

accessi coram et adoravi de proximo. Ecce tibi rettuli quae, quamvis audita, ignores tamen necesse est. Ergo quod solum potest sine piaculo ad profanorum intelligentias enuntiari referam.

24. Mane factum est, et perfectis sollemnibus processi duodecim sacratus stolis, habitu quidem religioso satis, sed effari de eo nullo vinculo prohibeor, quippe quod tunc temporis videre praesentes plurimi. Namque in ipso aedis sacrae meditullio ante deae simulacrum constitutum tribunal ligneum iussus superstiti, byssina quidem, sed floride depicta veste conspicuus. Et umeris dependebat pone tergum talorum tenus pretiosa chlamyda. Quaqua tamen viseres, colore vario circumnotatis insignabar animalibus; hinc dracones Indici, inde grypes Hyperborei, quos in speciem pinnatae alitis generat mundus alter. Hanc Olympiacam stolam sacrati nuncupant. At manu dextera gerebam flammis adultam facem, et caput decore corona cinxerat palmae candidae foliis in modum radiorum prosistentibus. Sic ad instar Solis exornato me et in vicem simulacri constituto, repente velis reductis in aspectum populus errabat. Exhinc festissimum celebravi natalem sacrorum, et suaves epulae et faceta convivia. Dies etiam tertius pari caerimoniarum ritu celebratus, et ientaculum religiosum et teletae legitima consummatio.

Paucis dehinc ibidem commoratus diebus, inexplicabili voluptate simulacri divini perfruebar, irremunerabili quippe beneficio pigneratus. Sed tandem deae monitu, licet non plene, tamen pro meo modulo supplicue gratis persolutis, tardam satis domuitionem comparo, vix vix equidem abruptis ardentissimi desiderii retinaculis. Provolutus denique ante conspectum deae et facie mea diu

173 **grifos:** Diz Heródoto (3.116; 4.13) que o norte da Europa era rico em ouro, roubado aos grifos (monstros protetores) pelos arimaspos, homens de um olho só; **hiperbóreos** é adjetivo pátrio, identificando os grifos como habitantes do norte do continente.

dos ínferos e dos céus e os adorei de perto. Aí está; contei-lhe tudo o que, por ser de ouvido, você não deve entender. Por isso, vou lhe detalhar o que só pode ser confiado ao entendimento dos não iniciados sem cometer nenhum pecado.

24. Fez-se manhã; cumpridos os ritos solenes, apareci vestido religiosamente com doze batinas das quais, apesar de ser um hábito religioso, não estou proibido de falar — sobretudo porque vários dos presentes na ocasião puderam vê-las. De fato, diante da imagem da deusa, fui convidado a subir na tribuna de madeira que ficava bem no centro do templo sagrado, onde me distinguia pelo traje de seda bordada com imagens sortidas. Uma clâmide preciosa se prendia aos meus ombros estendendo-se das costas aos calcanhares; se alguém a notasse, repararia que eu estava rodeado de figuras de animais, todo colorido: aqui, serpentes indianas; ali, grifos hiperbóreos,[173] representados com asas como as aves de um outro mundo. Os iniciados chamam essa veste de "batina olímpica". Na mão direita eu trazia uma grande tocha brilhante; a fronte estava elegantemente cingida com uma coroa de palma cintilante, com folhas projetadas para a frente como se fossem raios. Assim, representando o Sol, fui exposto como uma estátua. De repente, ao abrirem-se as cortinas, a multidão começou a entrar para me ver. Ato contínuo, celebrei o dia do meu renascimento. As refeições foram agradáveis e os convidados se divertiram. Houve ainda um terceiro dia de celebrações, com o mesmo ritual de cerimônias e o encerramento solene da iniciação.

Passados então mais alguns dias, eu continuava a sentir uma vontade inexplicável de estar junto da imagem divina, endividado por conta de um benefício insolúvel. No entanto, advertido pela própria deusa e depois de ter dado, embora não plenamente, mas no limite das minhas possibilidades, o meu tributo pelas graças alcançadas, comecei a preparar o regresso para casa adiado havia bastante tempo, depois de cortar a contragosto os vínculos de uma devoção extremamente fervorosa. Por fim, prostrado diante da imagem da deusa e limpando gentilmente seus pés com meu rosto entre lágri-

detersis vestigiis eius, lacrimis obortis, singultu crebro sermonem interficiens et verba devorans aio:

25. "Tu quidem, sancta et humani generis sospitatrix perpetua, semper fovendis mortalibus munifica, dulcem matris affectionem miserorum casibus tribuis. Nec dies nec quies ulla ac ne momentum quidem tenue tuis transcurrit beneficiis otiosum, quin mari terraque protegas homines et depulsis vitae procellis salutarem porrigas dexteram, qua fatorum etiam inextricabiliter contorta retractas licia et Fortunae tempestates mitigas et stellarum noxios meatus cohibes. Te superi colunt, observant inferi. Tu rotas orbem, luminas solem, regis mundum, calcas Tartarum. Tibi respondent sidera, redeunt tempora, gaudent numina, serviunt elementa. Tuo nutu spirant flamina, nutriunt nubila, germinant semina, crescunt germina. Tuam maiestatem perhorrescunt aves caelo meantes, ferae montibus errantes, serpentes solo latentes, beluae ponto natantes. At ego referendis laudibus tuis exilis ingenio et adhibendis sacrificiis tenuis patrimonio; nec mihi vocis ubertas ad dicenda quae de tua maiestate sentio sufficit, nec ora mille linguaeque totidem vel indefessi sermonis aeterna series. Ergo quod solum potest religiosus quidem, sed pauper alioquin, efficere curabo: divinos tuos vultus numenque sanctissimum intra pectoris mei secreta conditum perpetuo custodiens imaginabor."

Ad istum modum deprecato summo numine, complexus Mithram sacerdotem et meum iam parentem, colloque eius multis osculis inhaerens, veniam postulabam quod eum condigne tantis beneficiis munerari nequirem.

26. Diu denique gratiarum gerendarum sermone prolixo commoratus, tandem digredior et recta patrium larem revisurus meum post aliquam multum temporis contendo. Paucisque post diebus deae potentis instinctu raptim constrictis sarcinulis, nave conscensa, Ro-

174 **casa**: é de se lembrar que Lúcio é grego de Corinto, o que nos relembra que o *Asno de ouro* segue o modelo de romance de aventuras grego.

mas que caíam sem parar, eu lhe disse, interrompido pelos soluços e com palavras entrecortadas:

25. "Ó santa e perpétua salvação da humanidade, sempre dadivosa para com os pobres mortais, que ofereces o doce afeto de mãe aos aflitos em sofrimento! Não há dia, noite ou nenhum segundo alheios aos teus benefícios, em que não protejas os humanos na terra e no mar ou não estendas a destra salutar aos expostos às tempestades da vida. Com tua mão não hesitas em desfazer as intrigas do destino, fazes cessar as vicissitudes da Fortuna e coíbes o curso agourento das estrelas. Os imortais te cultuam, os mortais te respeitam; tu fazes o planeta girar, brindas a luz ao Sol, reges o mundo e calcas o Tártaro. As estrelas te obedecem, os tempos te acatam, os numes se alegram, os elementos te servem. Com um gesto teu, os ventos sopram, as nuvens se condensam, as sementes brotam e os brotos crescem. As aves que percorrem o céu, as feras que vagueiam pelos montes, as serpentes que rastejam no chão, as criaturas que nadam no mar temem a tua majestade. Falta-me, porém, talento para expressar teus louvores e meu patrimônio é diminuto para te oferecer sacrifícios. Não tenho palavras o suficiente para declarar o que tua majestade me inspira, nem mil lábios, nem línguas, nem mesmo a fluência de um estilo incansável. Poderei apenas me ocupar, como o pobre devoto que sou, do que estiver ao meu alcance: guardar no fundo do peito teu semblante abençoado e tua sacratíssima divindade para todo o sempre". Depois de fazer essa prece à deusa soberana, abracei o sacerdote Mitras, a quem já amava como a um pai e, cobrindo-o de beijos, pedi-lhe desculpas por não conseguir lhe retribuir à altura os vários benefícios.

26. Enfim, depois de ter me alongado numa conversa efusiva sobre a gratidão que eu sentia, fui embora e, para voltar para casa,[174] tomei sem desvios o caminho que eu não fazia havia muito tempo. Passados uns poucos dias, por inspiração da poderosa deusa, fiz rapida-

mam versus profectionem dirigo, tutusque prosperitate ventorum ferentium Augusti portum celerrime pervenio, ac dehinc carpento pervolavi, vesperaque quam dies insequebatur Iduum Decembrium sacrosanctam istam civitatem accedo. Nec ullum tam praecipuum mihi exinde studium fuit quam cotidie supplicare summo numini reginae Isidis, quae de templi situ sumpto nomine Campensis summa cum veneratione propitiatur. Eram cultor denique assiduus, fani quidem advena, religionis autem indigena.

Ecce transcurso signifero circulo Sol magnus annum compleverat, et quietem meam rursus interpellat numinis benefici cura pervigilis, et rursus teletae, rursus sacrorum commonet. Mirabar quid rei temptaret, quid pronuntiaret futurum. Quidni? Plenissime iam dudum videbar initiatus.

27. Ac dum religiosum scrupulum partim apud meum sensum disputo, partim sacratorum consiliis examino, novum mirumque plane comperior: deae quidem me tantum sacris imbutum, at magni dei deumque summi parentis, invicti Osiris, necdum sacris illustratum; quamquam enim conexa, immo vero unita ratio numinis religionisque esset, tamen teletae discrimen interesse maximum; prohinc me quoque peti magno etiam deo famulum sentire deberem.

Nec diu res in ambiguo stetit. Nam proxima nocte vidi quendam de sacratis linteis iniectum, qui thyrsos et hederas et tacenda quaedam gerens ad ipsos meos lares collocaret, et occupato sedili meo religionis amplae denuntiaret epulas. Is, ut agnitionem mihi scilicet certo aliquo sui signo sumministraret, sinistri pedis talo paululum reflexo, cunctabundo clementer incedebat vestigio. Sublata est ergo post tam manifestam deum voluntatem ambiguitatis tota caligo, et ilico deae matutinis perfectis salutationibus summo studio percontabar singulos ecqui vestigium similis ut somnium. Nec fides afuit. Nam de pastophoris unum conspexi statim praeter indicium pe-

175 **indissociáveis**: isso porque o corpo esquartejado de Osíris foi recomposto, unido e ressuscitado por Ísis.

mente a mala e subi num barco em direção a Roma. Ajudado pela bonança dos ventos, cheguei sem demora ao Porto de Augusto e, daí, após pegar um carro no final da tarde anterior aos idos de dezembro, cheguei a esta Cidade sagrada. A partir de então, não tive vontade de fazer mais nada além de oferecer todos os dias as minhas preces à suprema divindade da Rainha Ísis que, de seu alto posto no templo, recebe o nome de "Campense" e é adorada com a maior devoção. Sendo assim, eu era seu fiel adorador — na verdade um novato no templo, mas veterano na religião.

Eis então que, perfazendo o círculo do Zodíaco, o grande Sol havia cumprido um ano; mais uma vez, a solicitude vigilante da bondosa divindade interrompeu meu sono e, novamente, falou comigo sobre a ordenação e sobre os rituais sagrados. Eu fiquei intrigado com seu plano, com o que preparava para o meu futuro; afinal, há muito eu já me imaginava completamente iniciado.

27. Mas, enquanto punha o escrúpulo religioso em confronto tanto com meu próprio pensamento quanto com a opinião dos devotos, descobri algo claramente novo e admirável: que, de fato, eu só havia sido iniciado nos rituais da deusa, mas não instruído nos rituais do Grande Deus e Sumo Pai dos deuses, o invicto Osíris. Muito embora as divindades e a fé estavam conectadas, na verdade indissociáveis,[175] havia uma grande diferença na ordenação. Por conta disso, eu também deveria me sentir instado a prestar serviço ao grandioso deus. A situação não ficou pendente por longo tempo pois, na noite seguinte, sonhei com um dos religiosos trajando uma veste de linho que, trazendo tirsos, folhas de hera e outras coisas que não posso dizer, colocou-os diante da minha casa e, tomando lugar na minha cadeira, anunciou um banquete dedicado à veneranda religião. Para me dar completa certeza de quem ele era, trazia o sinal de mancar e andar a passo lento por ter uma leve deformação no calcanhar esquerdo. Assim, pois, após tão manifesta vontade dos deuses, dissipou-se toda a névoa da incerteza e, ali mesmo, depois de realizada com todo esmero a saudação matinal à deusa, observei um por um dos sacerdotes cuja forma de caminhar fosse parecida com a do so-

dis cetero etiam statu atque habitu examussim nocturnae imagini congruentem, quem Asinium Marcellum vocitari cognovi postea, reformationis meae minime alienum nomen. Nec moratus conveni protinus eum, sane nec ipsum futuri sermonis ignarum, quippe iam dudum consimili praecepto sacrorum ministrandorum commonefactum. Nam sibi visus est quiete proxima, dum magno deo coronas exaptaret, de eius ore, quo singulorum fata dictat, audisse mitti sibi Madaurensem sed admodum pauperem, cui statim sua sacra deberet ministrare; nam et illi studiorum gloriam et ipsi grande compendium sua comparari providentia.

28. Ad istum modum desponsus sacris, sumptuum tenuitate contra votum meum retardabar. Nam et viriculas patrimonii peregrinationis attriverant impensae, et erogationes urbicae pristinis illis provincialibus antistabant plurimum. Ergo duritia paupertatis intercedente, quod ait vetus proverbium, inter sacrum ego et saxum positus cruciabar; nec setius tamen identidem numinis premebar instantia. Iamque saepicule non sine magna turbatione stimulatus, postremo iussus, veste ipsa mea quamvis parvula distracta, sufficientem corrasi summulam. Et id ipsum praeceptum fuerat specialiter: "An tu," inquit "si quam rem voluptati struendae moliris, laciniis tuis nequaquam parceres; nunc tantas caerimonias aditurus impaenitendae te pauperiei cunctaris committere?"

Ergo igitur cunctis affatim praeparatis, decem rursus diebus inanimis contentus cibis, insuper etiam deraso capite, principalis dei nocturnis orgiis illustratus, plena iam fiducia germanae religionis obsequium divinum frequentabam. Quae res summum peregrina-

176 **nome que tinha tudo a ver com a minha metamorfose:** isso porque *asno*, em latim, se diz *asinus*. Sobre esta passagem, ver Introdução.

177 **eu estava entre a cruz e a espada:** no original, "posicionado entre o sacrifício e o precipício" (*inter sacrum et saxum positus*); eco de Plauto (*Os prisioneiros* 617 *inter sacrum saxumque sto*), que traduzi orientado pela ideia de que se trate de uma expressão corriqueira.

nho. A fé não me desapontou: sem tardar, reparei em um dos pastóforos que, além do sinal no pé, correspondia também na altura e no porte à imagem do sonho. Descobri que seu nome era Asínio Marcelo, nome que tinha tudo a ver com a minha metamorfose.[176] Sem hesitar, me aproximei dele, que não ignorava o que eu iria dizer, porque já havia sido avisado anteriormente sobre o mesmo procedimento da iniciação nos rituais sagrados. De fato, na noite anterior ele também tinha tido um sonho: enquanto ajeitava coroas de flores para o deus, ouviu de seus lábios, com os quais ditava o destino de cada um, que lhe seria enviado um cidadão madaurense, homem muito pobre, a quem deveria imediatamente conferir o sacramento, pois sua Providência concederia àquele homem a glória nos estudos das Letras, e a ele próprio um grande lucro.

28. Desse modo, mesmo que destinado ao serviço sagrado, eu estava sendo impedido (contra a minha vontade) pela falta de recursos. Os gastos com a peregrinação acabaram com meu escasso patrimônio e o custo de vida na cidade era muito superior ao que era antes, na província. Assim, pois, por ingerência da pobreza, eu estava entre a cruz e a espada,[177] como o diz o velho ditado; aliás, a pressão divina também não era nem um pouco menor. Impelido por uma insistência nada pequena, que, por fim, se tornou ordem, juntei a soma suficiente depois de empenhar até mesmo da roupa do corpo, por menor que fosse o seu valor. Isso havia sido expressamente indicado pelo deus, que me interpelou nestes termos:

— Se fosse para satisfazer a sua lascívia, você não iria poupar nem mesmo sua roupa. Agora, para cumprir cerimônias tão importantes, você encontra dificuldade em se entregar a uma pobreza que não vai lhe trazer arrependimento?

Por isso, preparei tudo com cuidado e passei dez dias novamente me alimentando de comida vegetariana; inclusive, raspei a cabeça e, iluminado pelos mistérios noturnos do deus soberano, já confiado plenamente na religião irmã, eu me confiei à benevolência divina.

tioni meae tribuebat solacium nec minus etiam victum uberiorem sumministrabat—quidni?—spiritu faventis Eventus quaesticulo forensi nutrito per patrocinia sermonis Romani.

29. Et ecce post pauculum tempus inopinatis et usquequaque mirificis imperiis deum rursus interpellor et cogor tertiam quoque teletam sustinere. Nec levi cura sollicitus, sed oppido suspensus animi mecum ipse cogitationes exercitius agitabam, quorsus nova haec et inaudita se caelestium porrigeret intentio, quid subsicivum quamvis iteratae iam traditioni remansisset. "Nimirum perperam vel minus plene consuluerunt in me sacerdos uterque." Et hercules iam de fide quoque eorum opinari coeptabam sequius. Quo me cogitationis aestu fluctuantem ad instar insaniae percitum sic instruxit nocturna divinatione clemens imago.

"Nihil est" inquit "quod numerosa serie religionis, quasi quicquam sit prius omissum, terreare. Quin assidua ista numinum dignatione laetus capesse gaudium, et potius exsulta ter futurus quod alii vel semel vix conceditur, teque de isto numero merito praesume semper beatum. Ceterum futura tibi sacrorum traditio pernecessaria est, si tecum nunc saltem reputaveris exuvias deae quas in provincia sumpsisti in eodem fano depositas perseverare, nec te Romae diebus sollemnibus vel supplicare iis vel, cum praeceptum fuerit, felici illo amictu illustrari posse. Quod felix itaque ac faustum salutareque tibi sit, animo gaudiali rursum sacris initiare deis magnis auctoribus."

30. Hactenus divini somnii suada maiestas quod usus foret pronuntiavit. Nec deinceps postposito vel in supinam procrastinationem reiecto negotio, statim sacerdoti meo relatis quae videram, inanimae protinus castimoniae iugum subeo et lege perpetua praescrip-

O que havia me confortado na minha peregrinação não me fornecia um meio de sobrevivência menos abundante; afinal, levado pelo sopro do sucesso, consegui ganhar dinheiro com a atividade forense, advogando na língua latina.

29. Eis, porém, que novamente fui interpelado um tempo depois pelos comandos inopinados e sempre assombrosos dos deuses e fui obrigado a realizar uma terceira ordenação. Instado por uma preocupação nada leve, mas com uma ansiedade incontrolável, pensava muitas coisas comigo mesmo: até onde iria essa nova e inaudita intenção dos deuses celestes e o que ainda faltava para a minha iniciação, por mais repetida que fosse. Eu havia deixado muita coisa de lado (ou talvez pouco), ou ambos os sacerdotes haviam cometido algum erro na minha consagração... Por Hércules! Comecei a cogitar a possibilidade de que, infelizmente, eles tinham mesmo agido de má fé. No ímpeto dessas ideias eu, tomado de uma excitação que beirava a loucura, fui instruído nestes termos pela imagem piedosa que me apareceu numa profecia noturna:

— Não há nada para temeres nesta sequência numerosa de rituais, como se alguma etapa anterior fosse negligenciada. Ao contrário, deves alegrar-te com essa assídua atenção divina e exultar por receberes três vezes o que outros receberam apenas uma. Graças a tal número, julga-te para sempre abençoado. É muito importante que passes por uma nova iniciação nos mistérios sagrados, caso enfim tenhas em mente que os ornamentos da deusa, que recebeste na província, seguem depositados no mesmo templo. Não deves empregá-los em Roma, nas datas festivas, nem te mostrares trajado com elas se não receberes autorização. Portanto, para que sejas feliz, bem-aventurado e protegido, deves mais uma vez, seguindo o comando dos deuses generosos, te iniciar, com alma exultante, nos mistérios sagrados.

30. Depois disso, a majestade persuasiva do sonho divino determinou que atitude eu deveria tomar. Sem desprezá-la ou deixá-la para depois, relatei ao meu superior o que havia sonhado; em seguida, me submeti à dieta vegetariana que, por iniciativa própria, estendi

tis illis decem diebus spontali sobrietate multiplicatis instructum teletae comparo largitus, omnibus ex studio pietatis magis quam mensura rerum mearum collatis. Nec hercules laborum me sumptuumque quidquam tamen paenituit—quidni?—liberali deum providentia iam stipendiis forensibus bellule fotum.

Denique post dies admodum pauculos deus deum magnorum potior et maiorum summus et summorum maximus et maximorum regnator, Osiris, non in alienam quampiam personam reformatus, sed coram suo illo venerando me dignatus affamine per quietem recipere visus est: quae nunc incunctanter gloriosa in foro redderem patrocinia, nec extimescerem malevolorum disseminationes, quas studiorum meorum laboriosa doctrina ibidem exciebat. Ac ne sacris suis gregi cetero permixtus deservirem, in collegium me pastophorum suorum, immo inter ipsos decurionum quinquennales allegit. Rursus denique quaqua raso capillo collegii vetustissimi et sub illis Sullae temporibus conditi munia, non obumbrato vel obtecto calvitio, sed quoquoversus obvio, gaudens obibam.

178 **tempos de Sula:** o ditador Sula viveu entre 138 e 78 AEC; Kenney (2004: 260) sugere que o intervalo de tempo se refira aos primeiros registros do culto de Ísis em Roma.

para além dos dez dias preceituados na lei perpétua e organizei os preparativos para a realização da ordenação mais por devoção do que contabilizando os gastos. Por Hércules! A bem da verdade, não tive gastos nem prejuízos nesse processo. Não poderia ser diferente, pois o deus bem que me agraciou com os proventos da atividade judicial. Enfim, depois de uns poucos dias, o maior dos maiores deuses, o mais poderoso dos poderosos, o mais sublime dos sublimes, o mais soberano dos soberanos Osíris, não disfarçado de alguma outra forma viva, e sim me dignando a ter sua augusta figura diante de mim, apareceu-me em sonho para indicar que eu continuasse a desempenhar a gloriosa atividade forense sem temer o falatório dos maldosos contra a expertise dos meus conhecimentos, revelada ali. Para eu me dedicar ao seu ritual sem me misturar às demais pessoas, me escolheu para entrar no colegiado dos pastóforos — aliás, me somar entre os próprios decuriões quinquenais. Por fim, depois de rapar mais uma vez a cabeça e sem cobrir ou disfarçar a calvície, mas sim assumindo-a para todo mundo, me confiei à missão desse colegiado antiquíssimo, fundado ainda nos tempos de Sula[178] — e a cumpri feliz da vida!

Referências bibliográficas

A) EDIÇÃO DE REFERÊNCIA

HANSON, J. A. (ed.). *Apuleius: Metamorphoses. Books 1-6.* Edited and Translated by J. Arthur Hanson. Cambridge [MA]: Harvard University Press (Loeb), 1996 [1989].

HANSON, J. A. (ed.). *Apuleius: Metamorphoses. Books 7-11.* Edited and Translated by J. Arthur Hanson. Cambridge [MA]: Harvard University Press (Loeb), 1989.

B) TRADUÇÕES

BIANCHET, S. B. (trad.). *As Metamorfoses de um Burro de Ouro de Apuleio.* Tradução de Sandra Braga Bianchet. Curitiba: Appris, 2020.

CORTEGANA, D. L. (trad.). *Apuleyo. El Asno de Oro.* Traducción de Diogo López de Cortegana. Madrid: Alianza Editorial, 2013 [1543].

GUIMARÃES, R. (trad.). *Apuleio. O asno de ouro.* Tradução, prefácio e notas de Ruth Guimarães. Apresentação e notas adicionais de Adriane da Silva Duarte. SP: Editora 34, 2019.

GULLAR, F. (trad.). *Eros e Psiquê.* Tradução de Ferreira Gullar. São Paulo: FTD, 2009.

KENNEY, E. J. (trans.). *Apuleius. The Golden Ass.* Translated with an introduction and notes by E. J. Kenney. London: Penguin Books, 2004.

LEÃO, D. (trad.). *Apuleio. O burro de ouro.* Tradução do latim e introdução de Delfim Leão. Lisboa: Cotovia, 2007.

ROYO, J. M. (trad.). *Apuleyo. El asno de oro.* Edición y Traducción de José María Royo. Madrid: Cátedra, 2012.

C) ESTUDOS

ARAÚJO, S. R. R. DE. "O Asno de Ouro: uma metáfora da escravidão". *PHOÎNIX*, v. 12, n. 1, 2020, p. 257–278.

BAKHTIN, M. *Questões de estética e literatura. A teoria do romance*. São Paulo: Hucitec; Annablume, 2002.

_____. *Estética da criação verbal*. São Paulo: Martins Fontes, 2003.

BRADLEY, K. *Apuleius and Antonine Rome: Historical Essays*. Toronto: University of Toronto Press, 2012.

CARVER, R. H. F. *The Protean Ass. The Metamorphoses of Apuleius from Antiquity to the Renaissance*. Oxford: Oxford University Press, 2007.

DOWDEN, K. "A Tale of Two Texts: Apuleius' *sermo Milesius* and Plato's *Symposium*". In: KEULEN, W.; NAUTA, R. R.; PANAYOTAKIS, S. (ed.). *Lectiones Scrupulosae. Essays on the Text and Interpretation of Apuleius' Metamorphoses*. Groningen: Barkhuis Publishing & Groningen University Library, 2006, p. 42–58.

DUARTE, A. DA S. "Tudo está bem quando acaba bem: o final feliz no romance grego". In: CÁRITON DE AFRODÍSIAS. *Quéreas & Calírroe*. Tradução, apresentação e posfácio de Adriane da Silva Duarte. São Paulo: Editora 34, 2020, p. 183-199.

FRANGOULIDIS, St. *Roles and Performances in Apuleius' Metamorphoses*. Boston: De Gruyter, 2001.

_____. *Witches, Isis and Narrative. Approaches to Magic in Apuleius' Metamorphoses*. Boston: De Gruyter, 2008.

_____. "Byrrhaena and her Household (*Metamorphoses* Books 2–3). In: HARRISON, S. J. (ed.). *Characterisation in Apuleius' Metamorphoses. Nine Studies*. Cambridge: Cambridge Scholars Publishing, 2015, p. 75–89.

GAISSER, J. H. *The Fortunes of Apuleius and the Golden Ass. A Study in Transmission and Reception*. Princeton: Princeton University Press, 2008.

GRAVERINI, L. "The Winged Ass. Intertextuality and Narration in Apuleius' *Metamorphoses*". In: PANAYOTAKIS, S.; ZIMMERMAN, M.; KEU-

LEN, W. (ed.). *The Ancient Novel and Beyond*. Leiden; Boston: Brill, 2003, p. 207–218.

_____. *Literature and Identity in The Golden Ass of Apuleius*. Ohio: The Ohio State University Press, 2012.

GRIFFITHS, J. G. *Apuleius of Madauros. The Isis-Book (Metamorphoses, Book XI)*. Leiden: E. J. Brill, 1975.

HARRISON, S. J. *Apuleius. A Latin Sophist*. Oxford: Oxford University Press, 2004

_____. (ed.). *Characterisation in Apuleius' Metamorphoses. Nine Studies*. Cambridge: Cambridge Scholars Publishing, 2015.

_____. "Narrative Subversion and Religious Satire in *Metamorphoses* 11". In: KEULEN, W.; EGELHAAF-GAISER, U. (ed.). *Aspects of Apuleius' Golden Ass. Volume III: The Isis-Book. A collection of original papers*. Leiden; Boston: Brill, 2012, p. 73–85.

HARRISON, S.; WINTERBOTTOM, M. "The Prologue to Appuleius' *Metamorphoses*: Text, Translation, and Textual Commentary". In: KAHANE, A.; LAIRD, A. (ed.). *A Companion to the Prologue of Apuleius' Metamorphoses*. Oxford: Oxford University Press, 2005 [2001].

KAHANE, A.; LAIRD, A. (ed.). *A Companion to the Prologue of Apuleius' Metamorphoses*. Oxford: Oxford University Press, 2005 [2001].

KEULEN, W.; EGELHAAF-GAISER, U. (ed.). *Aspects of Apuleius' Golden Ass. Volume III: The Isis-Book. A collection of original papers*. Leiden; Boston: Brill, 2012.

KEULEN, W.; NAUTA, R. R.; PANAYOTAKIS, S. (ed.). *Lectiones Scrupulosae. Essays on the Text and Interpretation of Apuleius' Metamorphoses*. Groningen: Barkhuis Publishing & Groningen University Library, 2006.

KIRICHENKO, A. *A Comedy of Storytelling. Theatricality and Narrative in Apuleius' Golden Ass*. Heidelberg: Universitätsverlag Winter, 2010.

LOBATO, B. DE A. *Ísis em O Asno de Ouro, de Apuleio: uma análise da retratação da divindade na obra*. Trabalho de Conclusão de Curso (Letras). Instituto de Letras da Universidade de Brasília, 2021.

MAGUEIJO, C. "Eu, Lúcio – Memórias de um Burro" In: LUCIANO DE SAMÓSATA. *Luciano* [II]. Coimbra: Imprensa da Universidade de Coimbra, 2012, p. 71–60.

MAY, R. *Apuleius and drama. The Ass on Stage.* Oxford: Oxford University Press, 2006.

_____. "Photis (*Metamorphoses* Books 1–3)". In: HARRISON, S. J. (ed.). *Characterisation in Apuleius' Metamorphoses. Nine Studies.* Cambridge: Cambridge Scholars Publishing, 2015, p. 59–74.

MORESCHINI, C. *Apuleius and the Metamorphoses of Platonism*. New York: Brepols, 2015.

NETO, B. M. L. *Conflito familiar, vida urbana e estigmatização na África Proconsularis: o caso de Apuleio de Madaura* (*século* II d.C.). Tese de Doutorado. Universidade Federal do Espírito Santo, 2015.

PANAYOTAKIS, S.; ZIMMERMAN, M.; KEULEN, W. (ed.). *The Ancient Novel and Beyond.* Leiden/Boston: Brill, 2003.

SANDY, G. *The Greek World of Apuleius. Apuleius and the Second Sophistic.* Boston: Brill, 1997.

SCHLAM, C. C. *The Metamorphoses of Apuleius. On Making an Ass of Oneself.* London: The University of North Carolina Press; Chapel Hill & London, 1992.

VAN DER STOCKT, L. "Plutarch and Apuleius. Laborious Routes to Isis". In: KEULEN, W.; EGELHAAF-GAISER, U. (ed.). *Aspects of Apuleius' Golden Ass. Vo-lume III: The Isis-Book. A collection of original papers*. Leiden; Boston: Brill, 2012, p. 168–182.

WINKLER, J. J. *Auctor & Actor. A Narratological Reading of Apuleius's Golden Ass.* California: University of California Press, 1985.

WRIGHT, C. S.; HOLLOWAY, J. B. *Tales within Tales: Apuleius Through Time.* New York: AMS Press, 2000.

ZIMMERMAN, M. *Apuleius Madaurensis Metamorphoses Book X. Text, Introduction and Commentary.* Groningen: Egbert Forsten, 2000.

ZIMMERMAN, M.; SCHMELING, G.; et al. *Ancient Narrative – vol. 3.* Groningen: Barkhuis & The University Library Groningen, 2003.

ZIMMERMAN, M.; HUNINK, V.; et al. *Aspects of Apuleius' Golden Ass. Volume 2: Cupid and Psyche.* Groningen: Egbert Forsten, 1998.

Sobre o tradutor

Gilson Charles dos Santos é formado em Letras Latim-Português pela Universidade de São Paulo (USP), e é mestre e doutor em Letras Clássicas pela mesma universidade. Atuou como professor na rede particular de São Paulo e como coordenador pedagógico do Centro Cultural Brasil-Peru, atual Instituto Guimarães Rosa, em Lima. Atualmente, é professor de Latim da Universidade de Brasília (UnB), onde desenvolve pesquisa nas áreas de Poética e Retórica na Roma Imperial. Traduziu os *Tópicos* (Pontes, 2018) e as *Filípicas* (EdUnB, 2021), de Cícero, bem como os romances *Huasipungo*, de Jorge Icaza (2023) e *María*, de Jorge Isaacs (2025), ambos publicados pela Editora Pinard.